BESTSELLER

Isaac Asimov, escritor norteamericano de origen ruso, nació en Petrovich en 1920 y falleció en 1992. Doctor en ciencias por la Universidad de Columbia, fue también profesor de bioquímica y doctor en filosofía. Autor de notables libros de divulgación científica y de numerosas novelas de ciencia ficción que le dieron fama internacional. Entre sus obras más conocidas figura la Trilogía de la Fundación –*Fundación*, *Fundación e Imperio* y *Segunda Fundación*–, que el autor complementó con una precuela –*Preludio a la Fundación* y *Hacia la Fundación*– y una secuela –*Los límites de la Fundación* y *Fundación y Tierra*–. Asimismo, destaca la serie Robots formada por dos antologías de relatos y novelas cortas –*Visiones de Robot* y *Sueños de Robot*– y cuatro novelas –*Bóvedas de acero*, *El sol desnudo*, *Los robots del amanecer* y *Robots e imperio*.

Biblioteca

ISAAC ASIMOV

Hacia la Fundación

Traducción de
Albert Solé

DEBOLS!LLO

Papel certificado por el Forest Stewardship Council®

MIXTO
Papel procedente de
fuentes responsables
FSC® C117695

Penguin
Random House
Grupo Editorial

Título original: *Forward the Foundation*

Primera edición con esta cubierta: junio de 2022

© 1993, 2022, Nightfall, Inc.
Publicado por acuerdo con The Doubleday Broadway Publishing Group,
una división de Random House, Inc.
© 1993, 2022, Penguin Random House Grupo Editorial, S. A. U.
Travessera de Gràcia, 47-49. 08021 Barcelona
© 1993, Albert Solé, por la traducción
Diseño de la cubierta: basado en el diseño e ilustración original
de Mike Topping para © HarperCollinsPublishers Ltd 2016

Printed in Spain – Impreso en España

ISBN: 978-84-663-6274-0
Depósito legal: B-5.416-2022

Impreso en Novoprint
Sant Andreu de la Barca (Barcelona)

P 3.6 2 7 4 0

Para todos mis reales lectores

Primera parte
ETO DEMERZEL

DEMERZEL, ETO. Aunque no cabe duda de que Eto Demerzel fue el auténtico poder del gobierno durante gran parte del reinado del emperador Cleón I, los historiadores están divididos en cuanto a la naturaleza de su autoridad. La interpretación clásica dice que fue uno más en la larga serie de opresores poderosos e implacables del último siglo del Imperio Galáctico no dividido, pero recientes opiniones revisionistas insisten en que, si se trató de un despotismo, el suyo fue benévolo. Estas opiniones dan gran importancia a su relación con Hari Seldon, aunque ésta siempre permanecerá sumida en la incertidumbre, especialmente en lo referente a lo que ocurrió durante el inusual episodio de Laskin Joranum, cuya meteórica ascensión...

ENCICLOPEDIA GALÁCTICA*

* Todas las citas de la Enciclopedia Galáctica reproducidas están tomadas de la edición número 116, publicada el año 1020 E.F. por la Compañía Editora de la Enciclopedia Galáctica, Terminus, con permiso de la editorial.

1

–Hari, insisto en que tu amigo Demerzel está metido en un buen lío –dijo Yugo Amaryl con una inconfundible expresión de desagrado y poniendo un ligero énfasis en la palabra «amigo».

Hari Seldon detectó este desagrado y lo ignoró.

–Yugo, insisto en que eso son tonterías –dijo alzando la cabeza y apartando la mirada de su triordenador–. ¿Por qué me haces perder el tiempo insistiendo en ello? –añadió con un leve, muy leve tono de fastidio.

–Porque creo que es importante.

Amaryl se sentó y lo contempló con expresión desafiante. Su gesto indicaba que iba a ser muy difícil convencerle de lo contrario. Estaba allí, y allí se quedaría.

Ocho años antes era calorero en el Sector de Dahl, el peldaño más bajo de la escala social, pero Seldon lo había sacado de esa posición, elevándolo y convirtiéndolo en un matemático y un intelectual... más que eso, en un psicohistoriador.

Amaryl no olvidaba ni por un instante lo que había sido, quién era actualmente y a quién debía ese cambio. Eso significaba que, si debía hablar con aspereza a Hari Seldon –por el bien del propio Seldon–, no le detendría ninguna consideración de respeto y afecto hacia aquel hombre mayor que él, ni las consecuencias que eso pudiera deparar a su propia carrera. La deuda que había contraído con Seldon le obligaba a usar esa áspera franqueza y, de ser necesario, mucha más aún.

—Mira, Hari —dijo hendiendo el aire con la mano izquierda—, por alguna razón que supera mi comprensión tú tienes un concepto muy alto de Demerzel, pero yo no. Salvo tú, nadie cuya opinión respete le aprecia. No me importa lo que ocurra, Hari, pero si a ti te importa no me queda otro remedio que hablarte del asunto.

Seldon sonrió, tanto por el apasionamiento de Amaryl como por lo que consideraba una preocupación inútil. Apreciaba mucho a Yugo Amaryl..., en realidad era más que aprecio. Yugo era una de las cuatro personas a las que había conocido durante el corto período de su vida en que, huyendo, tuvo que recorrer el planeta Trantor. Eto Demerzel, Dors Venabili, Yugo Amaryl y Raych..., cuatro personas, y desde entonces no había conocido a nadie que pudiera comparárseles.

Los cuatro le resultaban indispensables en una forma determinada y distinta en cada caso; Yugo Amaryl, en particular, por su rápida comprensión de los principios de la psicohistoria y la imaginación que le permitía adentrarse en nuevas áreas. Resultaba consolador saber que si le ocurría algo antes de que las matemáticas de la disciplina estuvieran totalmente desarrolladas —y qué lento era el avance, qué altas parecían las montañas de obstáculos— quedaría por lo menos un cerebro inteligente que proseguiría con la investigación.

—Lo siento, Yugo —dijo—. No pretendía impacientarme contigo o rechazar de antemano eso que tienes tantas ganas de hacerme comprender, sea lo que sea. Todo es culpa de mi trabajo. Ya sabes, el ser jefe de un departamento universitario...

Amaryl advirtió que era su turno de sonreír y reprimió una risita.

—Lo siento, Hari, y no debería reírme, pero no tienes aptitudes naturales para ese puesto.

—Lo sé, pero tendré que aprender. Debo aparentar que estoy haciendo algo inofensivo y no hay nada, *nada*, más inofensivo que dirigir el Departamento de Matemáticas de la Universidad de Streeling. Puedo ocupar toda mi jornada en tareas intrascendentes de tal forma que nadie necesita estar al corriente o hacer preguntas sobre el curso de nuestra investigación psicohistórica, pero el problema estriba en que acabo ocupando toda la jornada en nimiedades y no dispongo de tiempo suficiente para...

Sus ojos vagabundearon por el despacho y contemplaron el material almacenado en los ordenadores a los que sólo Seldon y Amaryl tenían acceso. Aunque alguien lograra acceder a él por casualidad, todos los datos estaban expresados en una simbología inventada que sólo ellos podían entender.

—Cuando estés más familiarizado con tus deberes empezarás a delegar funciones y dispondrás de más tiempo —dijo Amaryl.

—Eso espero —murmuró Seldon con voz dubitativa—. Pero cuéntame, ¿qué es eso tan importante que querías decirme sobre Eto Demerzel?

—Sencillamente que Eto Demerzel, el primer ministro de nuestro gran emperador, está muy ocupado promoviendo una insurrección.

Seldon frunció el ceño.

—¿Y por qué iba a querer hacer algo semejante?

—No he dicho que quiera hacerlo, sino que lo está haciendo, tanto si es consciente de ello como si no, y con considerable ayuda de algunos de sus enemigos políticos. Oh, a mí me da igual, compréndelo... Creo que lo ideal sería tenerle fuera del palacio y lejos de Trantor... fuera del Imperio, de hecho. Pero como he dicho antes, tú tienes un concepto muy alto de Demerzel, y por eso te advierto, porque sospecho que no sigues el curso de los acontecimientos políticos tan atentamente como deberías.

—Hay cosas más importantes de las que ocuparse —dijo Seldon en voz baja y serena.

—Como la psicohistoria. Estoy de acuerdo. Pero, ¿cómo vamos a desarrollar la psicohistoria con esperanza de éxito si ignoramos la política? Me refiero al día a día de la política. El ahora es el momento en que el presente se está convirtiendo en futuro. No podemos limitarnos a estudiar el pasado. Sabemos qué ocurrió en el pasado, pero sólo podremos comprobar los resultados comparándolos con el presente y el futuro próximo.

—Me parece que ya he oído ese argumento antes —dijo Seldon.

—Y lo volverás a oír. Parece que hablarte de esto no sirve de nada.

Seldon suspiró, se reclinó en su asiento y contempló a Amaryl con una sonrisa en los labios. Amaryl podía ser un poco irritante, pero se tomaba la psicohistoria muy en serio... y eso lo compensaba sobradamente.

Amaryl aún llevaba la marca de sus años de calorero. Poseía los anchos hombros y la constitución musculosa de alguien habituado a un trabajo físico muy duro. No había permitido que su cuerpo se ablandara y eso era una suerte, porque ayudaba a Seldon a resistir el impulso de pasar todo su tiempo sentado detrás del escritorio. No poseía la fuerza física de Amaryl, pero no había perdido su habilidad en la lucha de torsión a pesar de que acababa de cumplir los cuarenta y no podría conservarla indefinidamente; pero de momento estaba dispuesto a continuar ejercitándose. Gracias a sus ejercicios diarios su cintura seguía siendo esbelta y sus piernas y sus brazos firmes.

—Toda esta preocupación por Demerzel no puede obedecer simplemente a que sea amigo mío —dijo—. Has de tener otro motivo.

—No es ningún misterio. Mientras seas amigo de Demerzel tu posición en la universidad no puede ser más segura, y podrás seguir trabajando en la investigación psicohistórica.

—¿Ves? *Tengo* una buena razón para ser amigo suyo, y no me parece que esté más allá de tu comprensión.

—Te interesa estar a buenas con él, cierto, y eso lo entiendo. Pero en cuanto a una auténtica amistad... Eso no lo entiendo. Ahora bien, si Demerzel pierde el poder, aparte del efecto que eso pueda tener sobre tu posición, Cleón gobernaría personalmente el Imperio y su declive se precipitaría. La anarquía podría caer sobre nosotros antes de que hubiéramos comprendido todas las implicaciones de la psicohistoria y hacer posible que esa ciencia salve a la Humanidad.

—Comprendo. Pero... Verás, francamente no creo que

consigamos desarrollar la psicohistoria a tiempo de evitar la caída del Imperio.

—Aunque no pudiéramos evitar la caída, podríamos hacer que los efectos resultaran menos terribles, ¿no?

—Quizá.

—Bien, ahí lo tienes. Cuanto más tiempo podamos trabajar en paz más posibilidades hay de que consigamos evitar la caída o, por lo menos, atenuar sus efectos. En tal caso y si seguimos el razonamiento en sentido inverso quizá sea necesario salvar a Dumerzel tanto si nos..., o por lo menos, tanto si me gusta como si no.

—Pero acabas de decir que te gustaría verle fuera del palacio, lejos de Trantor... y fuera del Imperio, de hecho.

—Sí, y dije que eso sería lo ideal. Pero no vivimos en condiciones ideales y necesitamos a nuestro primer ministro incluso si es un instrumento de represión y despotismo.

—Entiendo. Pero ¿por qué crees que el Imperio se encuentra tan cerca de la disolución que la pérdida de un primer ministro bastará para provocarla?

—Por la psicohistoria.

—¿La estás usando para hacer predicciones? Aún no disponemos del marco estructural adecuado. ¿Qué clase de predicciones puedes hacer?

—Existe algo llamado intuición, Hari.

—La intuición *siempre* ha existido. Queremos algo más, ¿no? Queremos disponer de un tratamiento matemático que nos proporcione las probabilidades de desarrollos futuros específicos bajo esta condición o aquella. Si la intuición basta para guiarnos no necesitamos la psicohistoria para nada.

—No tiene por qué ser una cuestión de una o la otra, Hari. Estoy hablando de ambas, de una combinación que puede ser mejor que cualquiera de ellas por separado... al menos hasta que la psicohistoria esté perfeccionada.

—Si es que llega a estarlo alguna vez —repuso Seldon—. Pero, dime... ¿de dónde surge ese peligro que amenaza a Demerzel? ¿Qué es lo que tiene tantas probabilidades de hacerle daño o derrocarle? ¿Estamos hablando del derrocamiento de Demerzel?

—Sí —dijo Amaryl, y compuso una expresión seria.

—Bien, explícame a qué te refieres. Apiádate de mi ignorancia.

Amaryl se ruborizó.

—Estás siendo condescendiente, Hari. Supongo que has oído hablar de Jo-Jo Joranum, ¿no?

—Desde luego. Es un demagogo... Espera, ¿de dónde es? De Nishaya, ¿verdad? Un mundo muy poco importante. Rebaños de cabras, creo, y quesos de alta calidad.

—Exacto, pero es algo más que un demagogo. Tiene muchos seguidores, y su número aumenta cada día. Dice que su objetivo es la justicia social y una mayor participación del pueblo en la política.

—Sí —dijo Seldon—, ya lo he oído. Su lema es «El gobierno pertenece al pueblo».

—No exactamente, Hari. Joranum dice que «El gobierno *es* el pueblo».

Seldon asintió.

—Bueno, la verdad es que estoy bastante de acuerdo con esa idea.

—Yo también. Estoy totalmente a favor de ella... suponiendo que Joranum fuera sincero. Pero no lo es, y sólo le interesa como trampolín. Es un camino, no una meta. Quiere librarse de Demerzel. Después de eso manipular a Cleón resultará fácil, y entonces Joranum subirá al trono y *será* el pueblo. Tú mismo me has contado que se han producido varios episodios similares en la historia imperial, y ahora el Imperio es más débil y menos estable que en el pasado. Un golpe que en siglos anteriores sólo lo habría hecho vacilar, actualmente puede hacerlo añicos. El Imperio sucumbirá a la guerra civil y nunca se recuperará, y no dispondremos de la psicohistoria para enseñarnos lo que debe hacerse.

—Sí, comprendo adónde quieres llegar, pero estoy seguro de que librarse de Demerzel no será tan fácil.

—No tienes ni idea de lo fuerte que se está volviendo Joranum.

—Lo fuerte que se está volviendo no importa. —La sombra de un pensamiento fugaz pareció cruzar la frente de Seldon—. Me pregunto por qué sus padres le pusieron de nombre Jo-Jo... Es un nombre curiosamente juvenil.

Sus padres no tuvieron nada que ver con eso. Su auténtico nombre es Laskin, un nombre muy común en Nishaya. Él mismo escogió llamarse Jo-Jo, presumiblemente por la primera sílaba de su apellido.

—Cometió una estupidez, ¿no te parece?

—No, no me lo parece. Sus seguidores lo gritan. «Jo..., Jo..., Jo..., Jo...», una y otra vez. Resulta hipnótico.

—Bueno —dijo Seldon iniciando el gesto de volverse hacia su triordenador para hacer un ajuste en la simulación multidimensional que había creado—, ya veremos qué ocurre.

—¿Cómo puedes tomártelo con tanta despreocupación? Te estoy diciendo que el peligro es inminente.

—No, no lo es —dijo Seldon. Sus ojos adquirieron un brillo acerado, y su voz se endureció de repente—. No dispones de todos los hechos.

—¿De qué hechos no dispongo?

—Ya hablaremos de eso en otro momento, Yugo. Por ahora sigue con tu trabajo y deja que sea yo quien se preocupe por Demerzel y la situación del Imperio.

Amaryl tensó los labios, pero la costumbre de obedecer a Seldon era muy vieja y fuerte.

—Sí, Hari.

Pero no lo suficiente como para impedir que se volviera antes de llegar a la puerta.

—Estás cometiendo un error, Hari —dijo.

Los labios de Seldon esbozaron una débil sonrisa.

—No lo creo, pero ya he oído tu advertencia y no la olvidaré. Aun así, te aseguro que todo irá bien.

Amaryl se marchó y la sonrisa de Seldon se desvaneció. ¿Iría todo bien... o no?

2

Seldon no olvidó la advertencia de Amaryl, pero tampoco se centró demasiado en ella. Su cuarenta aniversario llegó y pasó tras asestarle el golpe psicológico habitual.

¡Cuarenta años! Ya no era joven. La vida ya no se extendía ante él como un inmenso panorama por explorar cuyo horizonte se perdía en la distancia. Llevaba ocho años en Trantor y el tiempo había transcurrido muy deprisa. Ocho años más y ya casi tendría cincuenta, y la vejez empezaría a alzar su sombra delante de él.

¡Y ni siquiera había conseguido un auténtico comienzo de desarrollo de la psicohistoria! Yugo Amaryl se entusiasmaba hablando de leyes y creaba sus ecuaciones mediante osadas hipótesis basadas en la intuición, pero ¿cómo someter a prueba esas hipótesis? La psicohistoria aún no era una ciencia experimental. El estudio completo de la psicohistoria requeriría experimentos que involucrarían a planetas llenos de seres humanos, centurias de tiempo... y una ausencia total de responsabilidad ética.

Aquello planteaba un problema insoluble y Seldon odiaba el tener que verse obligado a perder un instante invirtiéndolo en tareas del departamento, por lo que al final del día volvió a casa de bastante mal humor.

En circunstancias normales siempre podía contar con que un paseo por el *campus* le animaría. La Universidad de Streeling estaba cubierta por una cúpula de gran altura, y el *campus* proporcionaba la sensación de estar al aire libre sin necesidad de soportar la clase de intemperie que Seldon había experimentado durante su primera (y única) visita al Palacio Imperial. Había árboles, praderas y senderos, y casi tenía la sensación de estar en el *campus* universitario de Helicón, el planeta donde había nacido.

El control meteorológico había creado la ilusión de que el día estaba nublado haciendo que la luz solar (no había sol, naturalmente, sólo luz solar) apareciese y desapareciese a intervalos irregulares, y hacía un poco de fresco, sólo un poco.

Seldon tenía la impresión de que los días frescos empezaban a ser un poco más frecuentes que antes. ¿Sería que Trantor estaba intentando ahorrar energía, o un mero aumento de la ineficiencia? O (y al pensarlo experimentó el equivalente a un fruncimiento de ceño mental) quizá se estaba haciendo viejo y notaba el frío con más facilidad que antes... Metió las manos en los bolsillos de su chaqueta e inclinó los hombros hacia delante.

Normalmente no se tomaba la molestia de escoger su camino de una forma consciente. Su cuerpo conocía a la perfección la ruta que llevaba de su despacho a su sala de ordenadores, y desde allí hasta su apartamento y viceversa. Lo habitual era que Seldon recorriese el sendero con el pensamiento en otra parte, pero aquel día un sonido logró abrirse paso hasta su cerebro... Un sonido que no tenía ningún significado.

—Jo... Jo... Jo... Jo... Jo...

No era muy fuerte y sonaba bastante lejano, pero trajo consigo un recuerdo. Sí, la advertencia de Amaryl... El demagogo. ¿Estaría en el *campus*?

Sus piernas cambiaron de rumbo instintivamente y le hicieron subir por la suave pendiente que llevaba hasta el Campo Universitario, una explanada que se utilizaba para los ejercicios calisténicos, los deportes y la oratoria estudiantil.

En el centro del campo había una pequeña multitud de estudiantes que canturreaban entusiásticamente. Sobre una plataforma había alguien a quien Seldon no reconoció, alguien que poseía una voz muy potente que subía y bajaba de tono.

Pero no era Joranum. Seldon había visto varias veces a Joranum en la holovisión. Después de la advertencia de Amaryl, Seldon había prestado bastante atención a todas sus apariciones. Joranum era corpulento y su sonrisa estaba impregnada de una especie de salvaje camaradería. Tenía una abundante cabellera color arena y ojos azul claro.

Aquel orador era más bien bajito y delgado. Tenía la boca muy grande, el cabello oscuro y chillaba mucho. Seldon no estaba escuchando las palabras, aunque oyó la frase «poder de uno solo a la multitud» y el grito de respuesta emitido por muchas voces.

«Estupendo —pensó Seldon—, pero ¿cómo pretende conseguirlo... y es sincero?»

Ya había llegado a la primera fila de la multitud. Miró alrededor buscando alguna persona conocida hasta que vio a Finangelos, un joven apuesto, de tez oscura y cabellera lanuda, que estaba a punto de conseguir su licenciatura en matemáticas.

—¡Finangelos! —gritó.

—Profesor Seldon —dijo Finangelos después de contemplarle por un momento como si la ausencia de un teclado debajo de sus dedos le impidiese reconocer a Seldon. El joven trotó hacia él—. ¿Ha venido a escuchar a ese tipo?

—He venido con el único propósito de averiguar qué estaba causando toda esta algarabía. ¿Quién es?

—Se llama Namarti, profesor. Está hablando en nombre de Jo-Jo.

—*Eso* ya lo he oído —dijo Seldon mientras escuchaba el nuevo canturreo colectivo, que al parecer se iniciaba cada vez que el orador decía algo que el público consideraba importante—. ¿Y quién es Namarti? No me suena... ¿En qué departamento trabaja?

—No es miembro del claustro universitario, profesor. Es uno de los hombres de Jo-Jo.

—Si no es miembro del claustro universitario no tiene derecho a hablar aquí, a menos que haya obtenido un permiso. ¿Crees que tiene permiso para hablar en público?

—No lo sé, profesor.

—Bueno, vamos a averiguarlo.

Seldon se dispuso a abrirse paso por entre la multitud, pero Finangelos le detuvo agarrándole por una manga.

—No se meta en problemas, profesor. Ha venido acompañado por unos matones.

Detrás del orador había seis jóvenes inmóviles y a bastante distancia entre sí. Los seis tenían las piernas separadas, los brazos cruzados delante del pecho y el ceño fruncido.

—¿Matones?

—Por si las cosas se ponían difíciles... por si alguien intentaba crearle problemas.

—En tal caso estoy seguro de que no es miembro del claustro universitario, y ni siquiera el disponer de un permiso justificaría la presencia de los que tú llamas «matones». Finangelos, avisa a los agentes de seguridad del recinto universitario. Ya tendrían que estar aquí sin necesidad de que les advirtieran.

–Supongo que no quieren buscarse problemas –murmuró Finangelos–. Por favor, profesor, no intente nada... Si quiere que avise a los agentes de seguridad, lo haré, pero espere hasta que hayan llegado.

–Quizá pueda acabar con esto yo solo.

Empezó a abrirse paso por entre la multitud. No era demasiado difícil. Algunos de los presentes le reconocieron, y todos podían ver la insignia de profesor cosida en su hombro. Seldon llegó a la plataforma, puso las manos sobre ella y se impulsó hacia arriba salvando sus noventa centímetros de altura con un gruñido ahogado. Pensar que diez años antes podría haberlo conseguido con una sola mano y sin el gruñido le provocó una punzada de nostalgia.

Cuando se irguió, vio que el orador había dejado de hablar y le dirigía una mirada recelosa. Sus ojos eran tan fríos y duros como el hielo.

–Su permiso para dirigirse a los estudiantes, señor –dijo Seldon con voz serena.

–¿Quién es usted? –preguntó el orador.

Habló en un tono bastante alto, y su voz llegó a los confines del Campo.

–Soy miembro del claustro universitario –replicó Seldon con un tono tan alto como el empleado por el orador–. ¿Me enseña su permiso, señor?

–Niego su derecho a interrogarme sobre este particular.

Los jóvenes que permanecían detrás del orador habían cerrado filas.

–Si no dispone de un permiso, le sugiero que abandone el recinto universitario inmediatamente.

–¿Y si no lo hago?

–Bueno, para empezar los agentes de seguridad de la universidad ya están de camino. –Seldon se volvió hacia la multitud–. ¡Estudiantes –gritó–, tenemos derecho a la libertad de palabra y de reunión dentro del *campus*, pero se nos puede privar de él si permitimos que desconocidos que carecen de permiso celebren actos públicos no autorizados y...!

Una pesada mano cayó sobre su hombro. Seldon torció el gesto. Se volvió y vio que la mano pertenecía a uno de los jóvenes a los que Finangelos había calificado de «matones».

–Largo de aquí..., y *deprisa* –dijo el joven con un acento muy marcado que Seldon no logró identificar.

–Olvídalo –replicó Seldon–. Los agentes de seguridad estarán aquí de un momento a otro.

–En ese caso habrá un disturbio –dijo Namarti acompañando sus palabras con una fiera sonrisa–. Eso no nos asusta.

–Oh, claro que no –dijo Seldon–. Les encantaría, pero no habrá ningún disturbio. Todos ustedes se irán de aquí sin armar jaleo. –Se volvió hacia los estudiantes y se quitó la mano del hombro con un brusco encogimiento–. Nosotros nos ocuparemos de que así sea, ¿no es así?

–¡Es el profesor Seldon! –gritó alguien entre la multitud–. ¡Es un buen tipo! ¡No le hagan daño!

Seldon ya había advertido que la multitud vacilaba. Sabía que algunos acogerían con alegría la perspectiva de una refriega con los agentes de seguridad del *campus* por la única razón de que adoraban los alborotos. Por otra parte, en la multitud había gente que le apreciaba y personas que no le conocían, pero que no desearían ver a un miembro del claustro universitario tratado de forma violenta.

–¡Cuidado, profesor! –gritó una voz femenina.

Seldon suspiró y se volvió hacia los corpulentos jóvenes que había detrás de él. No sabía si lo conseguiría, y a pesar de sus proezas en la lucha de torsión no estaba seguro de que sus reflejos fueran lo bastante rápidos y sus músculos lo suficientemente fuertes.

Un matón venía hacia él. Parecía tan confiado en sí mismo que no se acercaba demasiado deprisa, lo cual proporcionó a Seldon un poco del tiempo que su ya no tan joven cuerpo necesitaría. El matón extendió un brazo en un gesto amenazador, y eso hizo que todo resultara aún más fácil.

Seldon le agarró por el brazo, giró sobre sí mismo y se dobló impulsando el brazo hacia arriba y abajo (con un gruñido... oh, ¿por qué tenía que soltar esos gruñidos?), y el matón salió despedido por los aires, propulsado en parte por su propia inercia. Aterrizó con un golpe ahogado sobre el final de la plataforma. Su hombro derecho había quedado dislocado.

El curso inesperado que habían tomado los acontecimientos hizo que la multitud lanzara una exclamación de sorpresa y entusiasmo. El orgullo institucional afloró al instante.

—¡Acabe con ellos, profe! —gritó una voz que no tardó en ser coreada.

Seldon se mesó los cabellos e intentó no jadear. Después extendió una pierna y empujó al matón que no paraba de gemir hasta hacerle caer de la plataforma.

—¿Alguien más? —preguntó con afabilidad—. ¿O prefieren marcharse sin armar jaleo?

Se encaró con Namarti y sus cinco secuaces, que parecían desconcertados.

—Les advierto que ahora la multitud está de mi lado —dijo Seldon—. Si intentan atacarme en grupo les harán pedazos. De acuerdo, ¿quién es el próximo? Venga, de uno en uno...

Había subido el tono de voz al pronunciar la última frase y la acompañó moviendo los dedos invitándoles a que se aproximaran. La multitud expresó su aprobación con una nueva exclamación.

Namarti no se había movido. Seldon se abalanzó sobre él y le atrapó el cuello en el hueco de un brazo. Los estudiantes ya habían empezado a subir a la plataforma gritando «¡De uno en uno! ¡De uno en uno!», y se apresuraban a interponerse entre los guardaespaldas y Seldon.

Seldon aumentó la presión sobre la tráquea de Namarti.

—Namarti —le susurró al oído—, sólo hay una forma de hacer esto y yo la sé. Tengo años de práctica. Si intenta liberarse le dejaré la laringe tan destrozada que nunca podrá volver a hablar, salvo en murmullos. Si aprecia su voz, obedézcame. Aflojaré la presión y usted dirá a sus matones que se marchen. Si dice cualquier otra cosa, serán las últimas palabras que pronunciará con voz normal, y si vuelve a este *campus* no me andaré con tantos miramientos. Acabaré el trabajo, ¿entiende?

Aflojó la presión durante unos momentos.

–Fuera todos –dijo Namarti con voz enronquecida.

Los matones se apresuraron a retirarse llevándose consigo a su camarada lesionado.

–Lo siento, caballeros –dijo Seldon unos momentos después, cuando llegaron los agentes de seguridad–. Ha sido una falsa alarma.

Salió del campo y reanudó el trayecto a casa sintiéndose bastante preocupado. Había revelado una faceta de sí mismo que no deseaba revelar. Él era Hari Seldon, matemático, no Hari Seldon, luchador de torsión con tendencia al sadismo.

«Y además Dors se enterará de lo ocurrido», pensó lúgubremente. De hecho sería mejor que se lo contara él mismo para impedir que oyera una versión que pintase el incidente peor de lo que realmente había sido.

Y sabía que a Dors no le haría ninguna gracia.

3

No se la hizo.

Dors le esperaba en la puerta de su apartamento en una postura tranquila y relajada. Tenía una mano apoyada en la cadera y su aspecto era parecido al que había tenido cuando la conoció en la Universidad de Streeling hacía ocho años: delgada, bien proporcionada, cabellera rizada entre rojiza y dorada... Él la encontraba muy hermosa aunque no lo fuera en ningún sentido objetivo de la palabra, pero tras los primeros días de su amistad nunca pudo juzgarla objetivamente.

¡Dors Venabili! Pensó al ver su rostro sereno. Había muchos mundos e incluso sectores de Trantor, en los que habría sido normal llamarla Dors Seldon, pero él siempre había pensado que equivalía a marcarla con una señal de propiedad, a pesar de que la costumbre estaba sancionada por una larga existencia que se perdía en las nieblas del pasado preimperial.

—Ya me he enterado, Hari —dijo Dors en voz baja y con un triste menear de cabeza que agitó casi imperceptiblemente sus rizos—. ¿Qué voy a hacer contigo?

—Un beso no iría nada mal.

—Bueno, quizá, pero sólo después de hablar del asunto. Entra. —La puerta se cerró detrás de ellos—. Querido, ya sabes que debo ocuparme de mi curso y de mi investigación. Sigo escribiendo esa horrible historia del Reino de Trantor que resulta esencial para tu trabajo. ¿La abandono y me dedico a ir contigo a todas partes para protegerte? Sigue siendo mi trabajo, ya sabes, y ahora que estás progresando con la psicohistoria lo es más que nunca.

—¿Progresando? Ojalá... Pero no necesito que me protejas.

—¿No? Envié a Raych en tu busca. Después de todo, estaba preocupada por tu retraso. Normalmente cuando llegas tarde me avisas de antemano y... Siento dar la impresión de que soy tu guardiana, Hari, pero la verdad es que *soy* tu guardiana.

—Guardiana Dors, ¿se te ha ocurrido pensar que de vez en cuando me gusta librarme de la correa durante un rato?

—Y si te ocurre algo, ¿qué le diré a Demerzel?

—¿Llego demasiado tarde a cenar? ¿Hemos avisado al servicio de cocina?

—No. Te estaba esperando, y ya que estás aquí puedes avisar tú. Eres más quisquilloso que yo en lo que respecta a la comida. Y no cambies de tema.

—Supongo que Raych te informó de que no me había ocurrido nada, así que no veo de qué hay que hablar.

—Cuando te vio tenías la situación bajo control, pero se marchó un poco antes que tú. Desconozco los detalles. Venga, dime... ¿Qué... estabas... haciendo?

Seldon se encogió de hombros.

—Hubo una reunión ilegal, Dors, y la dispersé. Si no lo hubiese hecho la Universidad habría tenido un montón de problemas que no necesita para nada.

–¿Y era tu misión evitar que los tuviera? Hari, ya no eres un luchador de torsión. Eres un...

–¿Un viejo? –se apresuró a interrumpir Seldon.

–Para lo que se espera de un luchador de torsión, sí. Tienes cuarenta años. ¿Cómo te sientes?

–Bueno... Un poco entumecido.

–Lo imagino. Y como sigas fingiendo que eres un joven atleta heliconiano uno de estos días te romperás una costilla... Bien, cuéntame lo ocurrido.

–Bueno, ya sabes que Amaryl me advirtió de que Demerzel iba a tener problemas por culpa de ese demagogo llamado Jo-Jo Joranum.

–Jo-Jo. Sí, ya lo sé. Pero, ¿qué es lo que no sé? ¿Qué ha ocurrido hoy?

–Había una reunión en el *campus*. Un partidario de Jo-Jo llamado Namarti estaba pronunciando un discurso...

–Namarti es Gambol Deen Namarti, la mano derecha de Joranum.

–Bueno, ya sabes más que yo. En fin, el caso es que estaba pronunciando un discurso y no tenía permiso, que había mucha gente, y creo que tenía la esperanza de que se produjera alguna clase de disturbio. Tales desórdenes son su sustento, y si hubiese conseguido cerrar la universidad, aunque sólo fuese temporalmente, habría acusado a Demerzel de reprimir la libertad académica. Supongo que le echan la culpa de todo, así que se lo impedí... Hice que se marcharan sin que se produjera disturbio alguno.

–Pareces orgulloso de ti mismo.

–¿Por qué no? No está mal para un hombre de cuarenta años.

–¿Es eso lo que hiciste? ¿Averiguar de qué eres capaz a tus cuarenta años?

Seldon tecleó pensativamente el menú de la cena.

–No –dijo por fin–. Estaba realmente preocupado porque temía que la universidad tuviese problemas innecesarios, y también por Demerzel. Me temo que las obsesivas historias de Yugo han acabado por impresionarme más de lo que había creído al principio. Fue una estupidez, Dors, porque sé que Demerzel puede cuidar de sí mismo. No podía explicar eso a Yugo o a nadie que no seas tú.

Seldon tragó una honda bocanada de aire.

—Es asombroso lo placentero que me resulta hablar de esto contigo. Tú sabes, yo sé y Demerzel sabe que es intocable, y nadie más lo sabe..., o, al menos, eso creo.

Dors pulsó un botón disimulado en un hueco de la pared y el comedor de su apartamento quedó iluminado por una suave claridad color melocotón. Ella y Hari fueron hacia la mesa, que ya estaba preparada con la mantelería, la vajilla y los cubiertos. Se sentaron y la cena empezó a llegar —a esas horas de la noche nunca había demasiado retraso—, y Seldon la aceptó sin darle importancia. Hacía mucho tiempo que se había acostumbrado a la posición social que hacía innecesaria su presencia en los comedores de la facultad.

Seldon saboreó las especias y aderezos que habían aprendido a disfrutar durante su estancia en Micógeno, las únicas cosas de aquel extraño sector dominado por los varones, impregnado de religión y anclado en el pasado que no habían detestado desde el primer momento.

—¿A qué te refieres con eso de que es «intocable»? —preguntó Dors en voz baja.

—Vamos, querida... Demerzel tiene el poder de alterar las emociones. No lo habrás olvidado, ¿verdad? Si Joranum llegara a ser realmente peligroso... —Seldon movió las manos—, podría ser alterado. Se le podría hacer cambiar de ideas.

Dors puso cara de sentirse incómoda y la cena fue más silenciosa que de costumbre. Dors no volvió a hablar hasta que terminaron de comer y los restos —platos, tenedores y todo lo demás— cayeron por el conducto de eliminación que había en el centro de la mesa (que se apresuró a ocultarse en cuanto hubo acabado de cumplir su función).

—No estoy segura de querer hablar de esto, Hari —dijo—, pero no puedo permitir que seas víctima de tu propia inocencia.

—¿Inocencia?

Seldon frunció el ceño.

—Sí. Nunca hemos hablado de ello. En realidad nunca pensé que llegara el momento en el que fuera preciso, pero Demerzel no es omnipotente. No es intocable, se le puede dañar y sin duda Joranum supone un serio peligro para él.

–¿Hablas en serio?

–Por supuesto. No entiendes a los robots..., y, desde luego, no a uno tan complejo como Demerzel. Yo, en cambio, sí.

4

Volvió a haber un breve silencio, pero sólo porque los pensamientos no se oyen. Los que se agolpaban en la cabeza de Seldon formaban un auténtico torbellino mental.

Sí, era cierto. Su esposa poseía conocimientos realmente increíbles sobre los robots. A lo largo de los años, Hari se había cuestionado tantas veces su procedencia, que había acabado por rendirse y confinar el enigma en un rincón de su mente. De no ser por Eto Demerzel –un robot–, Hari jamás habría conocido a Dors. ¿Por qué? Porque Dors *trabajaba* para Demerzel. Fue él quien le «asignó» el caso de Hari ocho años atrás, ordenándole que protegiera su huida a través de los sectores de Trantor. Actualmente era su esposa, su confidente y su «mejor mitad», pero Hari seguía preguntándose por la extraña relación que unía a Dors con el robot Demerzel. Era la única zona de su vida en la que Hari se sentía un intruso... y no bien acogido. Y eso trajo a su mente la pregunta más dolorosa de todas, la de si Dors seguía con él por obediencia a Demerzel o porque le *amaba* de verdad. Quería creer que era porque le amaba, pero...

Seldon era feliz con Dors Venabili, pero esa felicidad se había obtenido a cambio de un precio y con una condición. La condición no se había establecido a través de la discusión o el acuerdo, sino mediante un entendimiento mutuo sin palabras, y eso la hacía aún más pesada y difícil de soportar.

Seldon comprendía que había encontrado en Dors todo cuanto deseaba de una esposa. Cierto, no tenían hijos, pero no esperaba tenerlos porque, en realidad, nunca los había deseado. Tenía a Raych, quien emocionalmente era tan hijo suyo como si hubiese heredado todo el genoma seldoniano..., y quizá más.

El mero hecho de que Dors le hiciera pensar en el asunto rompía el acuerdo que les había permitido llevar una existencia tranquila y agradable durante aquellos años. Seldon sintió un leve resentimiento que iba creciendo poco a poco.

Volvió a relegar esos pensamientos y esas preguntas a un rincón de su mente. Había aprendido a aceptar el papel de Dors como protectora, y seguiría haciéndolo. Después de todo, con él compartía una casa, una mesa y una cama..., no con Demerzel.

La voz de Dors le sacó de su meditación.

—He dicho... Hari, ¿estás enfadado?

Seldon se sobresaltó ligeramente. El tono de su voz indicaba que repetía lo mismo, y Seldon comprendió que durante los últimos momentos se había sumergido en las profundidades de su mente hasta alejarse de la conversación.

—Lo siento, querida. No, no estoy enfadado..., y no intento ponerme de mal humor. Me preguntaba cómo responder a tu afirmación.

—¿Sobre los robots?

Cuando pronunció la última palabra la voz de Dors no podía ser más serena.

—Dijiste que no sé tanto sobre ellos como tú. ¿Cómo he de responder a eso? —Hizo una pausa, y cuando siguió hablando lo hizo en voz baja porque sabía que corría un riesgo—. Sin ofenderte, quiero decir —añadió.

—No he dicho que no supieras nada sobre los robots. Si vas a citar mis palabras hazlo con precisión. He dicho que no entendías a los robots. Estoy segura de que sabes muchas cosas sobre ellos, quizá más que yo, pero saber no significa necesariamente entender.

—Vamos, Dors... Utilizas deliberadamente paradojas para irritarme. Una paradoja surge única y exclusivamente de una ambigüedad engañosa, ya sea por casualidad o porque así se desea. No me gusta que haya paradojas en la ciencia y tampoco me gusta encontrarme con ellas en una conversación, a menos que tengan una finalidad humorística, y no creo que ése sea el caso ahora.

Dors dejó escapar su típica risa suave y no muy ruidosa, esa leve carcajada que daba a entender que la diversión era algo demasiado valioso para ser compartido de una forma excesivamente generosa.

—Al parecer la paradoja te ha irritado lo suficiente para caer en la ampulosidad, y cuando te pones así resultas muy gracioso, pero me explicaré. No tengo la más mínima intención de irritarte.

Alargó un brazo para darle una palmadita en la mano, y Seldon se sorprendió al darse cuenta de que había cerrado las manos en forma de puño.

—Hablas mucho de la psicohistoria, por lo menos cuando estás conmigo —dijo Dors—. ¿Lo sabías?

Seldon carraspeó para aclararse la garganta.

—En lo que a eso concierne confiaré en tu misericordia. El proyecto es secreto por su misma naturaleza. La psicohistoria sólo funcionará si las personas a las que afecta no saben nada sobre ella, por lo que sólo puedo hablar del tema con Yugo y contigo. Para Yugo todo se reduce a la intuición. Es muy brillante, pero los saltos a ciegas en la oscuridad se le dan tan bien que debo jugar el papel de eterno cauteloso que siempre tira de él haciéndole retroceder. Yo también tengo ideas atrevidas de vez en cuando, y exteriorizarlas en voz alta me ayuda incluso... —y sonrió—, incluso cuando estoy seguro de que no entiendes ni una sola palabra de lo que digo.

—Ya sé que me utilizas como oído en el que rebotan tus ideas, y no me importa. No, Hari, de veras, no me importa, así que no empieces a tomar decisiones sobre tu conducta en el futuro. No comprendo las matemáticas que utilizas, por supuesto. No soy más que una historiadora, y ni siquiera soy historiadora de la ciencia. La influencia del cambio económico en el desarrollo político es lo que ocupa todo mi tiempo...

—Sí, y en lo que respecta a eso *yo* soy el oído en el que haces rebotar tus ideas... ¿O es que no te habías dado cuenta? Necesitaré esos datos para la psicohistoria cuando llegue el momento, por lo que sospecho que serás una ayuda indispensable para mí.

—¡Bien! Ya sabemos cuál es la razón de que sigas conmigo, estaba segura de que no era por mi etérea belleza; permíteme ahora explicarte que de vez en cuando te alejas de los aspectos estrictamente matemáticos, y en esos momentos me parece que comprendo adónde quieres llegar. En varias ocasiones me has explicado lo que tú llamas la necesidad del minimalismo, y creo entenderlo. Al usar esas palabras te refieres a...

—Sé perfectamente a qué me refiero.

Dors puso cara de sentirse herida.

—Usa un tono menos altivo, por favor. No trato de explicártelo, quiero explicármelo a mí misma. Has dicho que eras mi oído, así que actúa como tal cuando te toca el turno. Creo que es lo justo, ¿no?

—Desde luego, pero si vas a acusarme de altivez cuando lo único que he hecho ha sido...

—¡Basta! ¡Cállate! Has dicho que el minimalismo es de la más alta importancia en la psicohistoria aplicada, en el arte de convertir un desarrollo no deseado en uno deseado o, por lo menos, en uno que no resulte tan indeseable. Has dicho que ha de aplicarse un cambio lo más diminuto y mínimo posible...

—Sí —se apresuró a decir Seldon—, y eso se debe a que...

—No, Hari, soy yo quien está intentando explicarlo. Los dos sabemos que tú lo entiendes. El minimalismo es necesario porque cada cambio, sea cual sea, tiene una miríada de efectos colaterales no siempre tolerables. Si el cambio es demasiado grande y los efectos colaterales excesivamente numerosos, se puede tener la seguridad de que el desenlace estará muy lejos de lo planeado y de que resultará totalmente impredecible.

—Exacto —dijo Seldon—. Es la esencia de un efecto caótico. El problema estriba en si hay algún cambio lo bastante pequeño para que las consecuencias resulten razonablemente predecibles o si, por el contrario, la historia humana es inevitable e inalterablemente caótica en todos y cada uno de sus hechos. Eso fue lo que al principio me hizo pensar que la psicohistoria no era...

—Ya lo sé, pero no me dejas hablar. La cuestión a debatir no es la de si existe algún cambio lo suficientemente pequeño, sino el de si cualquier cambio superior al mínimo *es* caótico. El mínimo requerido puede ser cero, pero si no lo es entonces sigue siendo muy pequeño..., y encontrar algún cambio lo bastante pequeño y, aun así, significativamente mayor que cero sería un auténtico problema. Creo que te refieres a eso cuando hablas de la necesidad del minimalismo.

—Más o menos —dijo Seldon—. Naturalmente, y como ocurre siempre, todo eso se puede expresar de forma más compacta y rigurosa en el lenguaje matemático. Verás...

—Ahórramelo —dijo Dors—. Hari, ya sabes eso respecto a la psicohistoria, y también deberías saberlo sobre Demerzel. Posees el conocimiento, pero no la comprensión porque al parecer no se te ha ocurrido aplicar las reglas de la psicohistoria a las Leyes de la Robótica.

—Ahora soy yo quien no entiendo adónde quieres llegar —replicó Seldon en voz baja.

—Hari, ¿no te parece que él también necesita el minimalismo? La Primera Ley de la Robótica dice que un robot no puede dañar a un ser humano. Ésa es la regla básica para un robot corriente, pero Demerzel se sale de lo corriente y para él la Ley Cero es una realidad, por encima incluso de la Primera Ley. La Ley Cero dice que un robot no puede dañar a la Humanidad considerada como un todo, pero eso hace que Demerzel se encuentre en la misma situación que tú cuando intentas desarrollar la psicohistoria. ¿Lo ves?

—Estoy empezando a verlo.

—Eso espero... Si Demerzel posee la capacidad de alterar las mentes tiene que hacerlo sin provocar efectos colaterales no deseados..., y como es el primer ministro del emperador, los efectos colaterales por los que debe preocuparse son muy numerosos.

—¿Y la aplicación al caso actual?

—¡Piensa en ello! No puedes decirle a nadie que Demerzel es un robot, salvo a mí, claro, porque él te ha alterado para que no puedas hacerlo. Pero, ¿qué ajuste fue preciso hacer? ¿Quieres revelar a otras personas que es un robot? ¿Quieres acabar con su efectividad cuando dependes de él para que te proteja, para que apoye la concesión de tus becas y ejerza discretamente su influencia en tu beneficio? Claro que no. El cambio que efectuó fue muy pequeño, justo el suficiente para impedir que se te escapara en un momento de nerviosismo o descuido. Es un cambio tan pequeño que no existen efectos colaterales apreciables, y así es como Demerzel intenta gobernar el Imperio habitualmente.

–¿Y el caso Joranum?

–Está claro que es totalmente distinto al tuyo. No sabemos qué motivos le impulsan, pero se opone ferozmente a Demerzel. Sin duda podría cambiar esa actitud, pero tendría que pagar el precio de una alteración tan considerable en Joranum que produciría resultados impredecibles para Demerzel. En vez de correr el riesgo de dañar a Joranum y producir efectos colaterales peligrosos para otras personas y, posiblemente, para toda la Humanidad, debe olvidarse de Joranum y permitirle actuar hasta que encuentre algún *pequeño* cambio que resuelva el problema sin causar perjuicios. Por eso Yugo está en lo cierto, Demerzel es vulnerable.

Seldon había escuchado con suma atención, pero no dijo nada. Parecía absorto en sus pensamientos, y pasaron unos minutos antes de que volviera a hablar.

–Si Demerzel no puede hacer nada al respecto... Entonces soy yo quien debe actuar –dijo.

–Si él no puede hacer nada, ¿qué puedes hacer tú?

–El caso es distinto. No estoy atado por las leyes de la robótica. No necesito preocuparme obsesivamente por el minimalismo... Para empezar, he de ver a Demerzel.

Dors parecía un poco preocupada.

–¿Tienes que verle? No considero prudente revelar vuestra conexión.

–Hemos llegado a un momento en el que ya no podemos permitir que la supuesta inexistencia de nuestra unión nos gobierne y manipule. Naturalmente, no iré a su encuentro precedido por el resonar de los clarines después de anunciarlo por holovisión, pero he de verle.

5

Seldon había descubierto que el paso del tiempo le enfurecía. Cuando llegó a Trantor hace ocho años, podía emprender cualquier clase de acción en cuestión de instantes. Sólo tenía que abandonar una habitación de hotel y recorrer los sectores de Trantor a su antojo.

En la actualidad tenía frecuentes reuniones de departamento, decisiones que tomar y trabajo que hacer. Salir corriendo cuando quisiera en busca de Demerzel no era tan sencillo, y aunque hubiese podido, Demerzel también tenía un horario muy apretado. Encontrar un momento en el que los dos pudieran verse resultaría fácil.

Comprobar que Dors le miraba y meneaba la cabeza también resultaba bastante duro de soportar.

—No sé lo que pretendes, Hari.

—Yo tampoco lo sé, Dors —replicó impacientemente—. Tengo la esperanza de que lo averiguaré en cuanto vea a Demerzel.

—La psicohistoria es tu deber prioritario. Demerzel te lo recordará.

—Quizá. Ya veremos.

Justo al acabar de fijar la hora de entrevista con el primer ministro para dentro de ocho días, la pantalla mural de su despacho le mostró un mensaje escrito en un tipo de letra algo anticuado que encajaba a la perfección con el arcaico texto del mensaje: SUPLICO Y RUEGO AL PROFESOR HARI SELDON QUE ME CONCEDA UNA AUDIENCIA.

Seldon contempló el mensaje con asombro. Aquella frase con siglos de antigüedad ni siquiera se utilizaba para dirigirse al emperador.

La firma también se salía de lo habitual, y no había sido creada pensando en la claridad. Estaba adornada con una floritura que no impedía que fuese perfectamente legible y, al mismo tiempo, le proporcionaba un aura artística, entre casual e improvisada, propia de un maestro. El mensaje estaba firmado por LASKIN JORANUM. Era el mismísimo Jo-Jo, y solicitaba una audiencia.

Seldon no pudo contener una risita. El motivo de aquellas palabras estaba muy claro, así como el del tipo de letra. Servían para convertir una simple petición en algo que estimulaba la curiosidad. Seldon no tenía muchos deseos de recibirle..., o no los habría tenido en circunstancias normales. Pero, ¿a qué venía tanto arcaísmo y cuidado artístico? Quería descubrirlo.

Hizo que su secretario fijara la fecha y el lugar de la entrevista. Evidentemente se desarrollaría en el despacho, no en su apartamento, y sería una reunión de negocios, no un acontecimiento social. Además, tendría lugar antes de la entrevista con Demerzel.

—No me sorprende, Hari —dijo Dors—. Lesionaste a dos de sus hombres, uno de ellos su primer ayudante; echaste a perder su acto de propaganda y conseguiste dejarle como un idiota a través de sus secuaces. Quiere echarte un vistazo, y creo que sería mejor que yo estuviera contigo mientras lo hace.

Seldon meneó la cabeza.

—Iré con Raych. Conoce todos los trucos tan bien como yo, y es un joven fuerte y activo de veintidós años de edad; aunque estoy seguro de que no necesitaré protección alguna.

—¿Cómo puedes estar tan seguro?

—Joranum me verá dentro del recinto universitario, y habrá gran número de jóvenes en los alrededores. Gozo de cierta popularidad entre los estudiantes y sospecho que Joranum es la clase de tipo que siempre hace los deberes y sabe que estaré en territorio amigo. Estoy seguro de que será cortés y afable...

—*Humm* —dijo Dors, y la comisura de sus labios se curvó ligeramente hacia abajo.

—Y mortalmente peligroso —añadió Seldon.

6

Hari Seldon mantuvo el rostro inexpresivo e inclinó la cabeza lo imprescindible para transmitir una razonable impresión de cortesía. Se había tomado la molestia de examinar unos cuantos hologramas de Joranum, pero, como suele ocurrir, la persona de carne y hueso que cambia continuamente en respuesta a las alteraciones de las circunstancias nunca es totalmente idéntica al holograma, por muy meticulosa y cuidada que sea la grabación. Seldon pensó que tal vez la diferencia se situaba en la respuesta del observador al ver a la persona en *carne y hueso*.

Joranum era alto −tanto como Seldon−, pero más voluminoso en otro sentido. No se debía a un físico musculoso, pues daba cierta impresión de blandura sin llegar a la auténtica gordura. Tenía el rostro redondeado, una espesa melena de un rubio pajizo y ojos azul claro. Vestía un mono muy discreto y su rostro estaba iluminado por una media sonrisa que creaba la ilusión de afabilidad y que, sin embargo, se las arreglaba para dejar bien claro que no era más que una ilusión.

−Profesor Seldon... −Joranum tenía una voz sonora y grave sometida a un control muy estricto, la voz típica de un orador−. Es un placer conocerle. Ha sido muy amable al acceder a esta entrevista. Confío en que no se ofenderá por haber traído un acompañante a pesar de no tener permiso para ello. Es mi mano derecha, y se llama Gambol Deen Namarti..., tres nombres, fíjese bien. Creo que ya se conocen.

−Sí, le reconozco. Recuerdo muy bien el incidente.

Seldon contempló a Namarti y sus ojos brillaron con un matiz de sarcasmo. En su encuentro anterior Namarti había estado soltando un discurso en el *campus* universitario. En esta ocasión Seldon le observaba atentamente en condiciones mucho menos tensas. Namarti era un hombre de estatura media, rostro delgado, tez pálida y cabellos oscuros, y tenía la boca bastante grande. No poseía la media sonrisa de Joranum o cualquier otra expresión perceptible, salvo un aire de cautela recelosa.

−Mi amigo, el doctor Namarti, es licenciado en literatura antigua, ¿sabe? −dijo Joranum, y su sonrisa se hizo un poco más evidente−. Ha querido acompañarme para disculparse.

Joranum lanzó una instintiva mirada de soslayo a Namarti.

−Profesor, lamento lo ocurrido en el *campus* −dijo Namarti con voz átona. Sus labios se tensaron un poco, pero el fruncimiento desapareció en seguida–. No estaba muy enterado de las estrictas reglas que regulan los actos públicos en el recinto universitario, y temo que me dejé llevar por el entusiasmo.

–Es comprensible –dijo Joranum–, y aparte de eso tampoco sabía quién era usted. Creo que ahora podemos olvidar el asunto.

–Caballeros, les aseguro que no tengo ningún deseo de recordarlo –dijo Seldon–. Éste es mi hijo, Raych Seldon. Como ven yo también tengo un acompañante.

Raych se había dejado crecer un abundante bigote negro, el símbolo de la masculinidad dahlita. Cuando conoció a Seldon ocho años atrás no tenía bigote, y por aquel entonces era un chico callejero que vestía con harapos y hambriento. Raych era bajito pero esbelto y robusto, y mostraba una permanente expresión de altivez para añadir unos cuantos centímetros a su estatura.

–Buenos días, joven –dijo Joranum.

–Buenos días, señor –dijo Raych.

–Siéntense, caballeros –propuso Seldon–. ¿Puedo ofrecerles algo de comer o de beber?

Joranum alzó las manos en un gesto de cortés negación.

–No, gracias. Esto no es una visita social. –Se sentó en el sillón que le había indicado Seldon–. Sin embargo, tengo la esperanza de que habrá muchas visitas de esa naturaleza en el futuro...

–Bien, si vamos a hablar de negocios, empecemos.

–Profesor Seldon, cuando me enteré del pequeño incidente que usted ha tenido la amabilidad de olvidar, en seguida me pregunté por qué corrió un riesgo semejante. Debe admitir que corrió un riesgo.

–Lo cierto es que no pensé que corriera riesgo alguno.

–Pero el riesgo existía, así que me tomé la libertad de averiguar todo lo que pude sobre usted, profesor Seldon. Es usted un hombre muy interesante, ¿sabe? Descubrí que llegó hasta aquí procedente de Helicón.

–Sí, nací allí. Los registros son accesibles a todo el mundo.

–Lleva ocho años en Trantor.

–Eso también es del dominio público.

–Y se hizo bastante famoso gracias a un trabajo matemático sobre.... ¿Cómo lo llama? ¿La psicohistoria?

Seldon meneó la cabeza de forma casi imperceptible. Cuántas veces había lamentado aquella indiscreción... Aunque por aquel entonces ignoraba que fuese una indiscreción.

–Un entusiasmo juvenil –dijo–. Al final quedó en nada.

–¿De veras? –Joranum miró a su alrededor con una expresión entre sorprendida y complacida–. Sin embargo, fíjese ahora, está al frente del Departamento de Matemáticas de una de las mayores universidades de Trantor, y creo que con sólo cuarenta años de edad... Por cierto, yo tengo cuarenta y dos, así que evidentemente no le considero un anciano. Ha de ser un matemático muy competente para alcanzar esta posición.

Seldon se encogió de hombros.

–No deseo pronunciarme al respecto.

–O ha de tener amigos muy poderosos.

–A todos nos gustaría tener amigos muy poderosos, señor Joranum, pero creo que no encontrará a ninguno por aquí. Los profesores universitarios rara vez tienen amigos poderosos, y a veces pienso que lo habitual es que no los tengan de ninguna clase.

Seldon sonrió.

Joranum hizo lo mismo.

–Profesor Seldon, ¿no cree que el emperador debe ser considerado un *amigo poderoso*?

–Desde luego que sí, pero ¿qué tiene que ver eso conmigo?

–Tengo la impresión de que el emperador es amigo suyo.

–Señor Joranum, estoy seguro de que los registros le indicarán que disfruté de una audiencia con Su Majestad Imperial hace ocho años. Duró una hora o quizá menos, y entretanto no detecté ninguna predisposición especial hacia mí. Desde entonces no he vuelto a hablar con el emperador, y ni siquiera le he visto..., salvo en la holovisión, por supuesto.

–Pero profesor, el emperador puede ser un amigo poderoso sin necesidad de verle o hablar con él. Basta con ver o hablar con Eto Demerzel, su primer ministro. Demerzel es su protector, por tanto podemos decir que el emperador también lo es.

–¿Ha encontrado alguna referencia a esa supuesta protección en los registros? ¿Ha encontrado algo, lo que sea, que le permita deducir la existencia de tal protección?

–¿Por qué buscar en los registros cuando es bien sabido que existe una relación entre ustedes? Usted lo sabe y yo lo sé. Aceptemos ese hecho como algo probado y sigamos hablando. Y, por favor... –Joranum alzó las manos–. No se tome la molestia de hacerme oír sus más sinceras negativas. Sería una pérdida de tiempo.

–En absoluto –dijo Seldon–. Iba a preguntarle qué le lleva a pensar que el primer ministro quiere protegerme. ¿Con qué fin iba a hacerlo?

–¡Profesor! ¿Está insinuando que soy un colosal ingenuo? Ya he hablado de su psicohistoria, y Demerzel está muy interesado en ella.

–Y yo le he dicho que se trató de una indiscreción juvenil que acabó en nada.

–Usted puede decirme muchas cosas, profesor, pero yo no estoy obligado a creer en ellas. Vamos, hablemos con franqueza... He leído su trabajo y he intentado comprenderlo con la ayuda de algunos matemáticos de mi organización. Me han dicho que es un sueño sin pies ni cabeza, algo totalmente imposible...

–Estoy totalmente de acuerdo con ellos –dijo Seldon.

–Sin embargo presiento que Demerzel espera que la psicohistoria sea desarrollada y utilizada; y si él puede esperar yo también puedo hacerlo. Créame, sería más útil para usted que yo esperase, profesor Seldon.

–¿Por qué?

–Porque Demerzel no permanecerá en su posición actual durante mucho más tiempo. La opinión pública se está volviendo en su contra. Es muy posible que cuando el emperador se canse de un primer ministro impopular que amenaza con arrastrar al trono en su caída, le encuentre un sustituto, e incluso podría ser que el nombramiento de primer ministro recaiga sobre mi humilde persona. Usted

39

seguirá necesitando un protector, alguien que le permita trabajar sin molestias y que garantice amplios fondos para cubrir sus posibles necesidades de equipo o ayudantes.

—Y usted sería ese protector, ¿verdad?

—Por supuesto..., y por la misma razón por la que lo es Demerzel. Quiero disponer de una técnica psicohistórica que funcione para gobernar el Imperio de forma más eficiente.

Seldon asintió con expresión pensativa y esperó unos momentos antes de replicar.

—Pero en ese caso, señor Joranum, ¿por qué debo involucrarme en esto? —dijo—. Soy un pobre estudioso que lleva una existencia tranquila consagrada a las actividades pedagógicas y a algo tan poco mundano como las matemáticas. Usted afirma que Demerzel es mi protector actual y que usted lo será en el futuro, por lo que puedo seguir ocupándome tranquilamente de mis asuntos. Usted y el primer ministro pueden luchar hasta que haya un vencedor. Sea quien sea el que gane yo seguiré teniendo un protector..., o al menos eso es lo que usted me asegura.

La eterna sonrisa de Joranum se debilitó un poco. Namarti volvió su ceñudo rostro hacia Joranum y pareció disponerse a decir algo, pero la mano de Joranum se movió unos milímetros y Namarti tosió permaneciendo en silencio.

—Doctor Seldon, ¿es usted un patriota? —preguntó Joranum.

—Por supuesto que sí. El Imperio ha proporcionado varios milenios de paz o, por lo menos, varios milenios razonablemente pacíficos a la Humanidad y ha permitido que hubiera un progreso continuo.

—Así es..., pero durante los últimos dos siglos el progreso ha sido más lento.

Seldon se encogió de hombros.

—No me he dedicado a estudiar esas materias.

—No tiene por qué hacerlo. Usted sabe que políticamente hablando los últimos dos siglos han sido una época de intranquilidad y disturbios. Los reinados imperiales han sido breves, y en ciertas ocasiones se han visto acortados por el asesinato...

—El mero hecho de hablar de eso ya se acerca a la traición —dijo Seldon—. Preferiría que no...

—Bueno, ahí lo tiene. —Joranum se apoyó en el respaldo de su asiento—. ¿Ve qué inseguro se siente? El Imperio está en decadencia, y estoy dispuesto a decirlo en público y sin rodeos. Quienes me siguen lo hacen porque también lo saben. Necesitamos que el emperador tenga a su lado a alguien capaz de controlar el Imperio, reprimir los focos de rebelión que surgen por todas partes, proporcionar a las fuerzas armadas el liderazgo natural que les corresponde, dirigir la economía...

Seldon le interrumpió con el gesto impaciente de una mano.

—No siga... Usted es el hombre que puede hacer todo eso, ¿no?

—Tengo intención de serlo. No será un trabajo fácil y dudo de que se presenten muchos voluntarios... por razones obvias. Es evidente que Demerzel no puede hacerlo. Con él la decadencia del Imperio se está acelerando, y no tardará en consumarse una ruina total.

—Pero usted puede detener el curso de esa decadencia.

—Sí, doctor Seldon. Con su ayuda y la psicohistoria.

—Quizá Demerzel también podría impedir la catástrofe con la psicohistoria... suponiendo que exista.

—Existe —dijo Joranum sin inmutarse—. No finjamos lo contrario. Su existencia no ayuda a Demerzel. La psicohistoria no es más que una herramienta. Necesita un cerebro que la comprenda y un brazo que la emplee.

—Y debo suponer que usted posee ambas cosas, ¿no?

—Sí. Conozco muy bien mis propias virtudes. Quiero disponer de la psicohistoria.

Seldon meneó la cabeza.

—Puede desear cuanto le apetezca. No la tengo, y no puedo entregársela.

—Sí que la tiene. No voy a discutir ese punto. —Joranum se inclinó hacia delante y se acercó a Seldon como si quisiera introducir su voz directamente en sus oídos—. Ha dicho que era un patriota. Pues bien, debo sustituir a Demerzel en el puesto de primer ministro para evitar la destrucción del Imperio, pero la forma en que se lleve a cabo esa sustitución podría debilitarlo catastróficamente. Eso es lo último que deseo. *Usted* puede aconsejarme sobre cómo lograr ese objetivo de forma discreta y sutil, sin provocar daños materiales o perjuicios a las personas..., por el bien del Imperio.

–No puedo hacerlo –dijo Seldon–. Me acusa de poseer unos conocimientos que no tengo. Me gustaría ayudarle, pero no puedo.

Joranum se levantó de repente.

–Bien, ya sabe lo que opino y qué es lo que quiero de usted. Piense en ello, y también le pido que piense en el Imperio. Quizá cree estar en deuda con el expoliador de todos los millones interplanetarios de la Humanidad, sólo porque le ha protegido con su amistad. Tenga cuidado. Lo que haga puede hacer tambalear los mismísimos cimientos del Imperio. Le pido que me ayude en nombre de los cuatrillones de seres humanos que viven en la galaxia. Piense en el Imperio.

Joranum había ido bajando su tono de voz hasta convertirla en un semisusurro apremiante y emotivo. Seldon se apercibió de que sus palabras le habían afectado lo suficiente para provocarle un leve temblor.

–Siempre pensaré en el Imperio –dijo.

–Entonces eso es todo lo que le pido por ahora –dijo Joranum–. Gracias por haber accedido a verme.

Seldon vio cómo Joranum y su acompañante salían de su despacho. Las puertas se deslizaron a los lados sigilosamente y los dos hombres se marcharon.

Frunció el ceño. Había algo que le inquietaba..., y ni siquiera estaba seguro de qué era.

7

Los oscuros ojos de Namarti seguían clavados en Joranum. Estaban en su despacho del sector de Streeling, una estancia protegida por todos los sistemas de seguridad imaginables. No eran unos cuarteles generales muy lujosos. Los joranumitas eran bastante débiles en el sector, pero no tardarían en ser más numerosos.

El movimiento crecía de forma asombrosa. Había empezado desde cero tres años atrás y actualmente sus tentáculos se extendían por todo Trantor, aunque en algunos sitios eran más abundantes y poderosos que en otros, naturalmente. Los Mundos Exteriores seguían prácticamente libres de todo contacto con la organización. Demerzel había hecho cuanto estaba en sus manos para mantenerlos satisfechos, y ése era su gran error. Las rebeliones más peligrosas eran las que surgían en Trantor. En cualquier otro sitio podían controlarse, pero aquí Demerzel podía ser derrocado. Parecía extraño que no se apercibiera de ello, pero Joranum siempre había sostenido la teoría de que la reputación de Demerzel era muy exagerada, de que si alguien osaba oponérsele resultaría no ser más que un cascarón vacío y de que el emperador se apresuraría a destituirle en cuanto le pareciera que su seguridad personal estaba en juego. De momento todas las predicciones de Joranum se habían cumplido. No había tenido ni un solo contratiempo salvo en asuntos de poca importancia, como el reciente acto en la Universidad de Streeling en el que había interferido el tal Seldon.

Ésa era la razón por la que Joranum había insistido en entrevistarse con él. Nada podía pasar por alto, ni el más pequeño contratiempo. Joranum disfrutaba sintiéndose infalible, y Namarti tenía que admitir que la sucesión ininterrumpida de éxitos era la forma más segura de garantizar la continuidad de los mismos. Las personas tendían a evitar la humillación del fracaso uniéndose al bando vencedor, aunque ello exigiera ir en contra de sus propias convicciones.

Pero Namarti no estaba seguro de si la entrevista con Seldon había supuesto un éxito o sólo un segundo tropezón que añadir al primero. El hecho de que Joranum le obligara a presentar sus más humildes disculpas no le hacía ninguna gracia, y, aparte de eso, le parecía que su presencia era inútil.

Joranum estaba sentado en silencio frente a él, obviamente perdido en sus pensamientos, mientras se mordisqueaba la punta de un pulgar como si intentara extraer alguna clase de alimento mental.

—Jo-Jo —dijo Namarti en voz baja.

Era una de las poquísimas personas que podían dirigirse a Joranum usando el diminutivo que las multitudes gritaban sin parar durante sus apariciones públicas. Joranum solicitaba el amor de la turba de aquella forma, entre otras, pero en privado exigía respeto a los individuos con los que trataba, y la única excepción a esa regla eran los amigos más antiguos que habían estado con él desde el principio.

—Jo-Jo... —repitió.

Joranum alzó la mirada.

—Sí, G.D., ¿qué ocurre?

Parecía un poco malhumorado.

—Jo-Jo, ¿qué hacemos con Seldon?

—¿Hacer? De momento nada. Puede que se una a nosotros.

—¿Por qué esperar? Podemos presionarle. Podemos tirar de unos cuantos hilos en la universidad y hacer que la vida le resulte muy desagradable...

—No, no. Hasta el momento Demerzel nos ha dejado trabajar sin obstáculos. Ese idiota es excesivamente confiado, pero lo último que debemos hacer es obligarle a actuar antes de que estemos totalmente preparados; y actuar de forma evidente contra Seldon podría producir ese efecto. Sospecho que Demerzel le considera enormemente importante.

—¿Debido a esa psicohistoria de la que hablasteis?

—Así es.

—¿Qué es eso de la psicohistoria? Jamás he oído hablar de ella.

—Pocas personas han oído hablar de ella. Es un sistema matemático de análisis social que da como resultado predicciones de futuro.

Namarti frunció el ceño y sintió que su cuerpo se inclinaba un poco hacia atrás apartándose de Joranum. ¿Se trataba de una broma? Namarti nunca había entendido cuándo o por qué debía reírse de algo. En realidad, nunca tuvo necesidad de ello.

—¿Predecir el futuro? —preguntó—. ¿Cómo?

—¡Ah! Si lo supiera, ¿qué necesidad tendría de Seldon?

–Bueno, Jo-Jo, francamente me parece imposible. ¿Cómo se puede predecir el futuro? Es lo mismo que la buenaventura y esas cosas.

–Ya lo sé, pero después de que Seldon interrumpiera tu acto propagandístico hice que le investigaran..., muy a fondo. Llegó a Trantor hace ocho años y presentó un trabajo sobre la psicohistoria en una convención de matemáticos, y luego el asunto se olvidó. Nadie ha vuelto a hacer la más mínima referencia a la psicohistoria..., ni siquiera Seldon.

–Así, se diría que no hay nada de verdad en ello.

–Oh, no, todo lo contrario. Si el revuelo inicial se hubiera apagado poco a poco o si hubiera sucumbido al ridículo, yo también diría que no hay verdad en ello, pero que todo muriera de repente y de forma tan completa significa que el asunto ha sido guardado en la más segura y gélida de las neveras. Puede que ésa sea la razón de que Demerzel no haya hecho nada para detenernos. Quizá le mueve un estúpido exceso de confianza en sí mismo. Quizás está siendo guiado por la psicohistoria, la cual estaba prediciendo algo que Demerzel planea utilizar en beneficio propio cuando llegue el momento. En tal caso, si no utilizamos la psicohistoria podríamos fracasar.

–Seldon afirma que la psicohistoria no existe.

–¿No harías tú lo mismo si estuvieras en su lugar?

–Sigo diciendo que deberíamos presionarle.

–No serviría de nada, G.D. ¿No has oído la historia del Hacha de Venn?

–No.

–De haber nacido en Nishaya la conocerías. Es un cuento popular muy conocido allí... Te la resumiré: Venn era un leñador que poseía un hacha mágica capaz de derribar cualquier árbol con sólo un golpecito. El hacha era enormemente valiosa, claro, pero Venn nunca hizo lo más mínimo para ocultarla o conservarla..., y a pesar de eso nunca se la robaron, porque aparte de Venn nadie era capaz de alzar el hacha o de manejarla.

»Bueno, actualmente nadie puede utilizar la psicohistoria aparte de Seldon. Si estuviera de nuestro lado única y exclusivamente por obligación, jamás podríamos estar seguros de su lealtad, y cabría siempre la posibilidad de que nos incitara a tomar un curso de acción aparentemente favorable para nosotros, diseñado con tal sutileza que, pasado un tiempo, nos encontráramos total y repentinamente aniquilados. No, tiene que unirse a nosotros voluntariamente y debe trabajar para nosotros porque desee vernos triunfar.

—Pero, ¿cómo podemos atraerle a nuestro bando?

—Está el hijo de Seldon. Creo que se llama Raych... ¿Te fijaste en él?

—No demasiado.

—G.D., G.D... Si no observas con atención se te pasan cosas por alto. Ese joven me escuchó con una expresión de auténtica fascinación. Estaba impresionado. Me di cuenta de ello, ¿entiendes? Si hay algo que no se me escapa es el efecto que produzco sobre los demás. Sé darme cuenta de cuándo he afectado a alguien, de cuándo le impulso hacia la conversión...

Joranum sonrió. No era la sonrisa falsamente cálida destinada a congraciarse con los demás que utilizaba en público. No, esta sonrisa era auténtica, y resultaba fría y vagamente amenazadora.

—Veremos qué podemos hacer con Raych —dijo—, y averiguaremos si podemos llegar a Seldon a través de él.

8

Después de que los dos políticos se marcharon, Raych observó a Hari Seldon y se acarició el bigote. Acariciarlo le reportaba un placer indefinible. En el sector de Streeling algunos hombres llevaban bigote, pero normalmente no eran más que incoloras miniaturas despreciables, e incluso los bigotes oscuros seguían siendo miniaturas despreciables. La mayoría de hombres no llevaba bigote, y se conformaba con mostrar la desnudez de su labio superior. Por ejemplo, Seldon no llevaba bigote y era mejor así. Dado el color de su cabello, un bigote habría resultado una parodia risible.

Raych siguió observando a Seldon con atención en espera de que regresara de sus pensamientos, y de repente descubrió que no podía esperar más.

—¡Papá! —exclamó.

Seldon alzó la mirada.

—¿Qué? —dijo.

Raych tuvo la impresión de que la brusca interrupción de sus pensamientos le había irritado un poco.

—Creo que no habrías tenido que hablar con esos dos tipos —dijo Raych.

—Oh, ¿no? ¿Y por qué no?

—Bueno, el delgado, como se llame... Era el tipo al que creaste tantos problemas en el *campus*. No pudo gustarle mucho.

—Pero se disculpó.

—No era sincero. Pero el otro tipo, Joranum... Puede ser peligroso. ¿Y si hubieran ido armados?

—¿Qué? ¿Aquí, en la universidad? ¿En mi despacho? Pues claro que no llevaban armas. Esto no es Billibotton. Además, si hubieran intentado cualquier cosa podría haberme ocupado de los dos sin ningún problema.

—No sé, papá... —dijo Raych con voz dubitativa—. Te estás...

—No lo digas, monstruo ingrato —le interrumpió Seldon amenazándole con un dedo—. Me recordarás a tu madre, y estoy harto de oírle decir ese tipo de cosas. No me estoy haciendo viejo..., o, por lo menos, no *tanto*. Además, tú estabas conmigo y eres un luchador de torsión casi tan bueno como yo.

Raych arrugó la nariz.

—La lucha de torsión no sirve de mucho en estos casos. (Era inútil. Raych se oyó hablar y se dio cuenta de que a pesar de llevar ocho años fuera del laberinto de Dahl, aún usaba ocasionalmente el acento dahlita que le marcaba irrevocablemente como miembro de la clase más pobre y, aparte de eso, era bajo, hasta tal punto que a veces tenía la sensación de haberse quedado atrofiado. Pero tenía su bigote, y nadie osaba tratarle de forma condescendiente más de una vez.) ¿Qué piensas hacer respecto a Joranum? —preguntó.

—Por ahora nada.

–Papá, he visto a Joranum en TrantorVisión un par de veces, e incluso tengo algunas holocintas con sus discursos grabados. Todo el mundo habla de él, y pensé que debía enterarme de lo que dice y... En fin, lo que dice tiene cierto sentido. No me gusta y desconfío de él, pero estoy bastante a favor de lo que defiende. Quiere que todos los sectores tengan los mismos derechos y las mismas oportunidades..., y no creo que haya nada malo en eso, ¿verdad?

–Desde luego que no. Todas las personas civilizadas piensan lo mismo.

–Entonces, ¿por qué no disponemos de todo eso? ¿Qué es lo que opina el emperador? ¿Qué opina Demerzel?

–El emperador y el primer ministro tienen todo un Imperio del que preocuparse. No pueden concentrar todos sus esfuerzos en Trantor. Oh, a Joranum le resulta muy fácil hablar de igualdad... No tiene responsabilidades. Si estuviera en el puesto de gobernante descubriría que un Imperio de veinticinco millones de planetas es capaz de diluir considerablemente tus esfuerzos, y además descubriría que los mismos sectores le pondrían obstáculos a cada momento. Cada uno quiere gran dosis de igualdad para sí..., pero no tanta para los demás. Dime, Raych, ¿crees que Joranum debería tener la ocasión de gobernar sólo para demostrar lo que es capaz de hacer?

Raych se encogió de hombros.

–No lo sé. A veces me lo pregunto... Pero si hubiera intentado algo contra ti me habría abalanzado sobre su cuello antes de que se hubiese movido dos centímetros.

–Entonces tu lealtad hacia mí es superior a tu preocupación por el Imperio.

–Claro. Eres mi padre.

Seldon contempló a Raych con ternura, y creyó intuir cierta incertidumbre oculta detrás de aquella emoción. ¿Hasta dónde podía llegar la hipnótica influencia de Joranum?

9

Hari Seldon se reclinó en su asiento y el respaldo vertical cedió hasta permitirle una posición semirrecostada. Tenía las manos entrelazadas detrás de la cabeza y sus pupilas no estaban centradas en nada concreto. Apenas hacía ruido al respirar.

Dors Venabili estaba al otro lado de la habitación con el visor desconectado y los microfilmes guardados. Había estado revisando sus opiniones sobre el incidente de Florina a comienzos de la historia trantoriana, y había descubierto que salir de aquel estado de concentración intensa por unos momentos, para especular sobre qué podía estar pensando Seldon le resultaba relajante.

Tenía que ser la psicohistoria. Ir siguiendo las sinuosidades y desviaciones de aquella técnica semicaótica probablemente le ocuparía el resto de su vida. Terminaría con una ciencia incompleta en sus manos, y tendría que dejar a otros (a Amaryl, suponiendo que aquel joven no se consumiera igualmente en la labor) la posibilidad de completarla..., y aquella obligación le destrozaría.

Y, sin embargo, era una razón para vivir. Hari viviría más tiempo con el problema latente, ocupando sin tregua todos sus recursos..., y eso la complacía. Sabía que algún día le perdería, y había descubierto que pensar en ello la afligía. Al principio —cuando su tarea se limitaba a protegerle por lo que sabía—, no le pareció que eso debiera entristecerla.

¿Cuándo se convirtió en una necesidad personal? ¿Cómo se explicaba una necesidad tan personal? ¿Qué había en aquel hombre que la hacía sentirse intranquila cuando no estaba a la vista, incluso cuando sabía que estaba a salvo y las órdenes residentes en lo más profundo de su ser no tenían que ejercer su función? Le habían ordenado que se preocupara única y exclusivamente por su seguridad. ¿Cómo se había infiltrado el resto?

Había hablado de ello con Demerzel hacía mucho tiempo, cuando la sensación se volvió inconfundible.

Demerzel compuso un rostro serio y la contempló en silencio durante unos momentos.

—Eres muy compleja, Dors —dijo por fin—, y no hay respuestas sencillas. En mi vida ha habido varios individuos cuya presencia facilitaba mis pensamientos y me hacían más agradable reaccionar y dar respuestas. He intentado evaluar la facilidad con que reaccionaba en su presencia y las dificultades que experimentaba después de su ausencia definitiva para averiguar si el balance global era positivo o negativo. Entretanto una cosa me quedó clara: el placer de su compañía superaba con mucho el dolor de su pérdida, por lo que en conjunto creo que es mejor experimentar y sentir el presente que privarte de ello.

«Algún día Hari dejará un vacío —pensó—, y ese día se aproxima a cada momento que pasa, y no debo pensar en ello.»

Acabó por interrumpir su meditación para librarse de ese pensamiento.

—¿En qué estás pensando Hari?

—¿Qué?

Centrar su mirada en ella pareció costarle cierto esfuerzo.

—Supongo que pensabas en la psicohistoria. Me imagino que te encuentras en otro callejón sin salida, ¿no?

—Bueno, en realidad... No, no pensaba en nada de eso. —Seldon se echó a reír—. ¿Quieres saber en qué estaba pensando? ¡En el cabello!

—¿El cabello? ¿El cabello de quién?

—Ahora mismo en el tuyo.

La contemplaba con ternura.

—¿Le ocurre algo? ¿Crees que debería teñirlo de otro color? O quizá... Bueno, después de todos estos años quizá tendría que estar gris.

—¡Vamos! ¿Quién necesita o desea que haya canas en tu cabellera? Pero me ha llevado a pensar en otras cosas. Nishaya, por ejemplo.

—¿Nishaya? ¿Qué es eso?

—Nunca formó parte del Reino de Trantor en la época preimperial, por lo que no me sorprende que no hayas oído hablar de Nishaya. Es un pequeño y aislado planeta sin importancia. Nadie ha reparado en él. Sé algunas cosas sobre Nishaya porque me tomé la molestia de averiguarlas, no por otra razón. Muy pocos mundos de entre los veinticinco millones que forman el Imperio pueden ser famosos continuamente, pero dudo de que exista otro tan insignificante como Nishaya... Lo cual es significativo, ¿no te parece?

Dors apartó su material de referencia a un lado.

—¿A qué viene esta nueva inclinación hacia la paradoja, cuando siempre la has detestado? —preguntó—. ¿Cuál es el significado de la insignificancia?

—Oh, las paradojas no me molestan en lo más mínimo cuando soy *yo* quien las utiliza. Verás, Joranum es de Nishaya.

—Ah, así que pensabas en Joranum...

—Sí. He estado viendo algunos de sus discursos..., debido a la insistencia de Raych. No tienen mucho sentido, pero el efecto global puede resultar casi hipnótico. Joranum ha causado gran impresión en Raych.

—Supongo que cualquier persona con orígenes dahlitas quedaría impresionada por Joranum, Hari. Su entusiasta defensa de la igualdad entre sectores es algo que tiene que atraer irresistiblemente a los pobres caloreros oprimidos y despreciados. ¿Te acuerdas de cuando estuviste en Dahl?

—Lo recuerdo perfectamente, y por supuesto no culpo al chico. Tan sólo me molesta que Joranum sea de Nishaya.

Dors se encogió de hombros.

—Bueno, Joranum tiene que haber nacido en algún sitio y, al igual que cualquier otro mundo, Nishaya tiene que enviar a algunos de sus habitantes fuera del planeta de vez en cuando..., incluso a Trantor.

—Sí, pero como te he dicho me he molestado en hacer ciertas investigaciones sobre Nishaya. Incluso he establecido contacto hiperespacial con un funcionario de poca importancia..., lo cual cuesta una considerable cantidad de créditos que mi conciencia me impide cargar en la cuenta de gastos del departamento.

—¿Y has descubierto algo que justificara el gasto de esos créditos?

—Creo que sí. Verás, Joranum siempre cuenta anécdotas e historias para ilustrar sus teorías..., leyendas de Nishaya, ¿entiendes? Eso le resulta muy útil en Trantor porque le presenta como un hombre del pueblo con una sólida filosofía casera. Sus discursos están repletos de esas historias. Dan la impresión de que procede de un mundo pequeño y de que creció en una granja aislada rodeada por una ecología salvaje, no domesticada. A la gente le gustan esas cosas..., sobre todo a los trantorianos, aunque preferirían morir a encontrarse atrapados en una ecología por domesticar, pero eso no impide que les encante soñar con un entorno semejante.

–Vale, pero ¿qué has aclarado de todo eso?

–Lo extraño es que el funcionario de Nishaya no conocía ni una sola de las historias que cuenta Joranum.

–Eso no es significativo, Hari. Puede que Nishaya sea un planeta pequeño, pero sigue siendo un planeta. Lo que es del dominio público en la sección donde nació Joranum, puede ser desconocido en el lugar de origen de tu funcionario.

–No, no... Los cuentos y leyendas populares suelen ser conocidos en todo el planeta ya sea de una forma u otra, pero aparte de eso tuve considerables problemas para entender a ese tipo. Hablaba el galáctico con un acento terrible. Hablé con unas cuantas personas más para asegurarme, y todas tenían el mismo acento.

–¿Y qué?

–Joranum no tiene ese acento. Habla un trantoriano excelente..., de hecho, su trantoriano es mucho mejor que el mío. Sigo teniendo la tendencia heliconiana a poner cierto énfasis en la letra «r», y él no lo hace. Según los registros llegó a Trantor cuando tenía diecinueve años. En mi opinión, es sencillamente imposible pasar los primeros diecinueve años de tu vida hablando esa bárbara versión nishayana del galáctico, trasladarse luego a Trantor y perder el acento. Por mucho tiempo que lleve aquí tendría que conservar algún resto de su acento natural... Fíjate en Raych y en cómo se le escapa el acento dahlita de vez en cuando.

–¿Y qué deduces de todo eso?

–Lo que he deducido a lo largo de toda la velada, como una máquina deductora..., es que Joranum no nació en

Nishaya. De hecho, creo que escogió Nishaya como lugar en el que fingir haber nacido, sencillamente porque es un planeta tan lejano e insignificante que a nadie se le ocurriría comprobar si dice la verdad. Debió de emprender una concienzuda búsqueda mediante ordenadores para descubrir el mundo con menos posibilidades de que se descubriera su falacia.

–Pero eso es ridículo, Hari. ¿Por qué iba a fingir que venía de un mundo del que no era? Eso exigiría una considerable labor de falsificación en los registros.

–Y eso es exactamente lo que habrá hecho. Probablemente tiene suficientes seguidores entre el funcionariado para ello. Probablemente nadie ha hecho ningún auténtico trabajo de investigación sobre él, y todos sus seguidores son demasiado fanáticos para hacerlo.

–Pero aun así... ¿Por qué?

–Porque sospecho que Joranum no quiere que la gente sepa de dónde es en realidad.

–¿Y por qué? Todos los mundos del Imperio son iguales, tanto por la ley como por la costumbre.

–No estoy seguro de ello. Esas teorías idealistas siempre se las arreglan para no ser puestas en práctica en la realidad.

–Entonces, ¿de dónde procede? ¿Tienes alguna idea al respecto?

–Sí. Lo cual nos lleva al asunto del cabello.

–¿Qué pasa con el cabello?

–Estuve sentado delante de Joranum contemplándole y sintiéndome inquieto sin saber por qué, y finalmente comprendí que era su cabello lo que me inquietaba. Había algo en él, una vida extraña, un brillo..., una *perfección* que no había visto antes. Y de repente lo comprendí todo. Su cabellera es artificial y ha sido cuidadosamente diseñada para un cráneo que debería mantener su inocencia original en lo que respecta a cosas como el cabello.

–¿Que *debería*...? –Dors entrecerró los ojos. De pronto lo entendió todo. ¿Quieres decir que...?

–Sí, eso es lo que quiero decir. Joranum procede de Micógeno, ese sector de Trantor mitológico y anclado en el pasado. Eso es lo que se ha esforzado por ocultar.

10

Dors Venabili pensó fríamente en el asunto. Era su única forma de pensar: con frialdad. Las emociones y el apasionamiento no cumplían función alguna en su cerebro.

Cerró los ojos para concentrarse. Habían pasado ocho años desde que ella y Hari visitaron Micógeno, y no estuvieron mucho tiempo. Aparte de la comida, en Micógeno había muy poco que admirar.

Las imágenes llegaron poco a poco. La sociedad dura y puritana que giraba alrededor de los hombres; la pasión por el pasado; la eliminación del vello corporal, un proceso doloroso deliberadamente autoimpuesto para distinguirse de los demás y permitir que los habitantes de Micógeno supiesen «quiénes eran»; sus leyendas; sus recuerdos (o fantasías) del tiempo en el que gobernaron la galaxia, cuando sus vidas eran prolongadas, cuando existían los robots...

Dors abrió los ojos.

—¿Por qué, Hari? —preguntó.

—¿Por qué qué, cariño?

—¿Por qué fingir que no es de Micógeno?

No creía que Hari recordase Micógeno con mayor detalle que ella, pero la mente de Hari Seldon era sin duda distinta, era superiormente lúcida. La mente de Dors se limitaba a recordar y extraer las inferencias obvias como si tratara de una deducción matemática. Hari Seldon poseía una mente capaz de moverse a gran velocidad en direcciones inesperadas. Le gustaba fingir que la intuición era un dominio reservado a Yugo Amaryl, su ayudante, pero Dors no se dejaba engañar por ello. Seldon disfrutaba usando el disfraz del matemático solitario y distraído que contemplaba el mundo con ojos perpetuamente asombrados, pero ella tampoco se dejaba engañar por esa treta.

—¿Por qué quiere fingir que no es de Micógeno? —repitió mientras él seguía sentado en silencio con los ojos absortos en una especie de mirada introspectiva que Dors asociaba con un intento de exprimir una nueva gotita de utilidad y validez a los conceptos de la psicohistoria.

—La sociedad de Micógeno es dura y restrictiva —dijo Seldon por fin—. Hay personas que no soportan su obsesión por regular cada acto y cada pensamiento. Algunos descubren que no pueden adaptarse a la presión de las bridas, que quieren disfrutar de las mismas libertades disponibles en el mundo secular fuera del planeta. Es comprensible.

—¿Y hacen que les crezca una cabellera artificial?

—No, normalmente no. El Desviado promedio, es como llaman despectivamente a los desertores en Micógeno, lleva una peluca. Es más sencillo, pero menos efectivo. Me han dicho que los desviados que se toman realmente en serio la ruptura con su sociedad natal optan por la cabellera artificial. El proceso resulta difícil y caro, pero una vez terminado resulta prácticamente imposible distinguir entre esa cabellera y una natural. Nunca me había encontrado con un caso, aunque había oído hablar del proceso. He pasado años estudiando los ochocientos sectores de Trantor, intentando descubrir las leyes básicas y matemáticas de la psicohistoria. Por desgracia no tengo mucho que enseñar como resultado de ese esfuerzo, pero he averiguado unas cuantas cosas.

—Pero esos desviados... ¿Por qué ocultan el hecho de que han nacido en Micógeno? Que yo sepa no se les persigue.

—No, no se les persigue. De hecho, no existe el menor indicio de que los nacidos en Micógeno sean inferiores. Es algo mucho peor. No se les toma en serio. Todo el mundo admite que son muy inteligentes y que han gozado de una educación impecable, que son gente cultivada y de trato irreprochable, auténticos magos de la alimentación y de todo lo referente a la comida, y la capacidad de hacer prosperar a su sector resulta casi aterradora..., pero nadie les toma en serio. Los que viven fuera de Micógeno opinan que sus creencias son ridículas, risibles e increíblemente estúpidas, y esa opinión incluye a los nativos que han optado por convertirse en desviados. Un intento micogenita de tomar el poder gubernamental sería aplastado por las carcajadas. Ser temido no es nada, e incluso ser despreciado puede acabar siendo soportable. Pero que se rían de ti... Eso es fatal. Joranum aspira a primer ministro, por lo que necesita tener cabellera, y la única forma de actuar sin problemas es presentarse a sí mismo como alguien que ha nacido y crecido en un oscuro planeta alejado de Micógeno lo más posible.

—Estoy segura de que existen casos de calvicie natural.

—Sí, claro. Pero nunca tan completamente depilados como se obligan a sí mismos los nacidos en Micógeno. En los Mundos Exteriores eso no tendría importancia, pero para ellos Micógeno no es más que un susurro distante. Los micogenitas se mantienen tan aislados de los demás que muy raramente se atreven a salir de Trantor. Pero aquí en Trantor, la situación es distinta. Se puede ser calvo, por supuesto, pero normalmente los calvos tienen una franja de cabello que deja bien claro que no han nacido en Micógeno..., o se dejan crecer el vello facial. Los escasísimos casos de carencia de vello absoluta, lo que suele estar relacionado con un estado patológico..., bueno, no son más que mala suerte. Supongo que tendrán que llevar encima un certificado médico para demostrar que no han nacido en Micógeno.

—¿Y eso nos ayuda en algo? —preguntó Dors frunciendo ligeramente el ceño.

—No estoy seguro.

—¿No podrías filtrar la noticia de que nació en Micógeno?

—No estoy seguro de que sea tan fácil como parece. Debe de haber ocultado muy bien su pasado, y aun suponiendo que pudiera hacerse...

—¿Sí?

Seldon se encogió de hombros.

—No quiero crear la excusa que dé rienda suelta al fanatismo y los prejuicios. La situación social de Trantor ya es lo bastante mala sin necesidad de liberar pasiones que ni yo ni nadie podríamos controlar. Si tengo que utilizar el hecho de que haya nacido en Micógeno será como último recurso.

—Entonces tú también quieres emplear el minimalismo.

—Por supuesto.

—Bien, ¿y qué harás?

—He conseguido que Demerzel me conceda una entrevista. Puede que él sepa qué debemos hacer.

Dors le miró fijamente.

—Hari, ¿estás cayendo en la trampa de esperar que Demerzel resuelva tus problemas?

—No, pero quizá sea capaz de resolver este problema en concreto.

—¿Y si no puede hacerlo?

—Entonces tendré que pensar en alguna otra solución, ¿no crees?

—¿Como cuál?

Seldon torció el gesto.

—No lo sé, Dors. Tú tampoco debes esperar que yo sea capaz de resolver todos los problemas.

11

Eto Demerzel no era fácil de ver, salvo por el emperador Cleón. Su política habitual era permanecer en segundo plano por varias razones; una de ellas consistía en que su apariencia cambiaba muy poco con el transcurso del tiempo.

Hari Seldon llevaba años sin verle, y no había mantenido una conversación realmente privada con él desde los primeros tiempos de su estancia en Trantor.

La reciente y nada tranquilizadora entrevista que Seldon había mantenido con Laskin Joranum, había hecho que tanto Seldon como Demerzel opinaran que lo mejor era mantener su relación lo más discretamente posible. Que Hari Seldon visitara al primer ministro en el Palacio Imperial no pasaría inadvertido, y decidieron que, por razones de seguridad, sería más conveniente utilizar una pequeña pero lujosa suite del Hotel Límite de la Cúpula, situado junto al recinto del palacio.

Ver a Demerzel hizo que los viejos tiempos volvieran con una claridad casi dolorosa. El hecho de que Demerzel siguiera mostrando el mismo aspecto agudizó el dolor. Los rasgos de su rostro no habían perdido su regularidad y seguían tan marcados como siempre. Seguía siendo alto y de apariencia robusta, y tenía la misma cabellera oscura con algún matiz rubio casi imperceptible. No era apuesto, pero poseía una impresionante distinción. Parecía encarnar el ideal de un primer ministro imperial, y ninguno de los anteriores primeros ministros había poseído ese aspecto en grado tan elevado. Seldon pensó que sólo su apariencia ya le proporcionaba la mitad del poder que ejercía sobre el emperador, y consecuentemente sobre la corte imperial y, por tanto, sobre el Imperio.

Demerzel fue hacia él. Sus labios esbozaron una afable sonrisa sin alterar la grave dignidad de su porte.

—Hari, es un gran placer verte —dijo—. Temía que cambiaras de opinión y cancelaras la entrevista.

—A mí me horrorizó la posibilidad de que fuerais vos quien la cancelara, primer ministro.

—Eto..., por si temes utilizar mi nombre auténtico.

—No podría hacerlo aunque quisiera. Ya sabes que se negaría a salir de mis labios.

—Conmigo no. Dilo. Me gustaría escucharlo.

Seldon dudó como si no creyera que sus labios podrían articular aquellas palabras, o que sus cuerdas vocales podrían crear los sonidos adecuados.

—Daneel —dijo por fin.

—R. Daneel Oliwan —dijo Demerzel—. Sí. Cenarás conmigo, Hari. Si ceno contigo no tendré que comer, lo cual será un alivio.

—Me encantará, aunque sea el único que coma no es lo que yo entiendo por una cena relajada. Supongo que un par de bocados...

—Sólo para complacerte...

—De todas formas, no puedo evitar preguntarme si es prudente que pasemos demasiado tiempo juntos —dijo Seldon.

—Lo es. Órdenes imperiales. Su Majestad Imperial así lo desea.

—¿Por qué, Daneel?

—La Convención Decenal volverá a reunirse dentro de dos años... Pareces sorprendido. ¿Lo habías olvidado?

–No, la verdad es que no, pero no había pensado en ello.

–¿Ibas a dejar de asistir? En la última causaste sensación.

–Sí. Con mi psicohistoria... Menuda sensación.

Atrajiste la atención del emperador. Ningún otro matemático lo consiguió.

–Fuiste tú quien se interesó por la psicohistoria, no el emperador. Después tuve que huir y mantenerme lo bastante lejos del emperador para evitar su atención hasta el momento en el que pude asegurar que mi investigación psicohistórica empezaba a progresar, tras lo cual me permitiste llevar una existencia oscura pero tranquila.

–Estar al frente de un departamento de matemáticas muy prestigioso no me parece que sea una posición oscura.

–Lo es, ya que me permite ocultar mi psicohistoria.

–Ah, ahí está la comida... Hablemos de otras cosas durante un rato, tal y como hacen los amigos. ¿Qué tal está Dors?

–Maravillosa. Es una auténtica esposa. Me hace la vida imposible preocupándose por mi seguridad.

–Es su trabajo, no lo olvides.

–Así me lo recuerda..., con mucha frecuencia. En serio, Daneel, nunca podré agradecerte lo suficiente el que nos hayas reunido.

–Gracias, Hari, pero francamente no esperaba ninguna clase de felicidad conyugal para ninguno de los dos, especialmente para Dors...

–Aun así, gracias por el detalle por muy alejadas que estuvieran tus expectativas de las consecuencias finales.

–Eso me complace mucho, pero descubrirás que ese detalle quizás acabe teniendo otras consecuencias no demasiado agradables..., al igual que mi amistad.

Seldon no supo qué contestar. Demerzel le hizo un gesto y Seldon se concentró en la comida.

Pasado un rato, contempló un trocito de pescado en su tenedor y asintió con la cabeza.

–No tengo idea de qué organismo pueda ser –dijo–, pero está cocinado al estilo de Micógeno.

–Cierto. Sé que te encanta su cocina.

–Es lo único que justifica la existencia de Micógeno, pero los habitantes de ese sector significan algo especial para ti. No debo olvidarlo.

–El significado especial ya no existe. Hace mucho, mucho tiempo sus antepasados habitaron en el planeta Aurora. Vivieron allí durante más de trescientos años, y eran los señores de los cincuenta mundos de la galaxia. Fui diseñado y construido por un aurorano. No he olvidado. Lo recuerdo con mayor precisión –y muchas menos distorsiones– que sus descendientes micogenianos; pero les abandoné hace ya mucho, mucho tiempo. Elegí lo que debía considerarse el bien de la Humanidad y así he seguido lo mejor posible hasta este momento.

–¿Pueden oírnos? –preguntó Seldon sintiéndose repentinamente alarmado.

Su reacción pareció divertir a Demerzel.

–Si acabas de pensar en esa posibilidad ya es demasiado tarde para evitarlo, ¿no te parece? No temas, he tomado las precauciones oportunas; cuando llegaste no te vio demasiada gente..., y ocurrirá lo mismo cuando te marches, y quienes te vean no se sorprenderán. Todo el mundo sabe que soy un matemático aficionado con grandes pretensiones y escasas dotes, lo cual supone una fuente de diversión para los miembros de la corte que no me aprecian demasiado, pero mi interés por los preparativos iniciales de la próxima Convención Decenal no extrañará a nadie. Deseo hacerte algunas consultas sobre la convención, ¿comprendes?

–No sé si podré ayudarte. Sólo puedo hablar de una cosa durante la convención..., y no me está permitido. Si asisto será única y exclusivamente como espectador. No tengo intención de presentar ningún trabajo.

–Lo comprendo. Pero si quieres saber algo curioso... Bueno, Su Majestad Imperial se acuerda de ti.

–Supongo que porque tú te has encargado de que me recuerde.

–No, no he hecho nada en ese sentido, pero Su Majestad Imperial me sorprende de vez en cuando. Sabe que ya no falta mucho para que se celebre la convención, y al parecer se acuerda de tu ponencia en la convención anterior. Sigue bastante interesado en la psicohistoria y debo advertirte de que ese interés puede tener algunas consecuencias inesperadas. Existe la posibilidad de que quiera verte. Estoy seguro de que la corte consideraría un gran honor recibir la llamada imperial dos veces en la vida.

—Estás bromeando. ¿De qué serviría que le viera?

—En cualquier caso, si te convocan para una audiencia con el emperador no puedes negarte, ¿verdad? ¿Qué tal están Yugo y Raych, tus jóvenes protegidos?

—Ya debes saberlo. Supongo que te mantienes al corriente de todo cuanto hago.

—Sí, desde luego. Me entero de todo lo concerniente a tu seguridad, pero no sigo todos los aspectos de tu existencia. Me temo que mis deberes ocupan gran parte de mi tiempo y no soy omnisapiente.

—Pero Dors te va informando, ¿no?

—Lo haría en una crisis, pero sólo en tal caso. No le gusta desempeñar el papel de espía en asuntos que no sean estrictamente esenciales.

Los labios de Demerzel volvieron a esbozar una leve sonrisa.

Seldon dejó escapar un gruñido.

—Mis chicos se encuentran bien. Yugo resulta más difícil de manejar a cada día que pasa. Como psicohistoriador es mucho mejor que yo, y tiene la sensación de que le impido avanzar. En cuanto a Raych, es un pilluelo adorable..., como siempre. Me conquistó cuando era un aborrecible callejero, y lo más sorprendente es que también conquistó a Dors. Daneel, estoy convencido de que si Dors se hartara de mí y quisiera abandonarme se quedaría sólo con Raych.

Demerzel asintió.

—Si Rashelle de Wye no le hubiera encontrado adorable yo no estaría aquí —siguió diciendo Seldon en un tono de voz más sombrío—. Habría sido ejecutado... —Seldon se removió nerviosamente en su asiento—. No me gusta pensar en eso, Daneel. Fue un acontecimiento tan absolutamente accidental e impredecible... ¿En qué me habría ayudado la psicohistoria entonces?

–¿No has dicho que en el mejor de los casos la psico-historia puede ocuparse de las probabilidades a escala social, pero no de los individuos?

–Pero si da la casualidad de que la importancia del individuo es crucial...

–Sospecho que descubrirás que ningún individuo es tan importante. Ni siquiera yo..., o tú.

–Quizá tengas razón. Me he dado cuenta de que por mucho que intente grabar esas ideas en mi mente sigo considerándome importantísimo, y de que me guío por una especie de egoísmo exacerbado que trasciende todos los dictados del sentido común. Tú también eres igual de importante, y he venido aquí para hablar lo más francamente posible del asunto, entre otras cosas. Tengo que saberlo...

–¿Saber qué?

Un criado se había encargado de quitar los restos de la cena y la iluminación de la estancia se debilitó un poco. Las paredes parecieron aproximarse creando mayor sensación de intimidad.

–Joranum... –dijo Seldon.

La palabra fue un murmullo ahogado, como si Seldon creyera que bastaría con pronunciar ese nombre para darse a entender.

–Ah, sí.

–¿Sabes quién es?

–Por supuesto. ¿Cómo podría no saberlo?

–Bueno, también quiero saber unas cuantas cosas más sobre él.

–¿Qué quieres saber?

–Vamos, Daneel, no juegues conmigo... ¿Es peligroso?

–Pues claro que lo es. ¿Acaso lo dudas?

–Me refiero a si es peligroso para ti, para tu posición como primer ministro...

–Es exactamente lo que quería decir. Su peligrosidad consiste precisamente en eso.

–¿Y aun así permites que...?

Demerzel se inclinó hacia delante y apoyó su codo izquierdo sobre la mesa.

–Algunos acontecimientos ocurren sin pedir permiso,

Hari. Pongámonos un poquito filosóficos... Su Majestad Imperial Cleón, primero de ese nombre, lleva dieciocho años en el trono y durante todo ese tiempo yo he sido jefe de su Casa Real, primer ministro, además de ocupar puestos de importancia semejante durante los últimos años del reinado de su padre. Eso es mucho tiempo, y es raro que los primeros ministros permanezcan tantos años en el poder.

—Tú no eres un primer ministro corriente, Daneel, y lo sabes. Debes permanecer en el poder mientras la psicohistoria esté siendo desarrollada. No, no te sonrías... Es verdad. Cuando nos conocimos hace ocho años, me dijiste que el Imperio se encontraba en una situación de declive y degeneración. ¿Has cambiado de opinión en cuanto a ello?

—No, por supuesto que no.

—De hecho la degeneración es más evidente que nunca, ¿no?

—Sí, lo es, aunque hago cuanto puedo para evitarlo.

—Y sin ti, ¿qué ocurriría? Joranum está incitando al Imperio en tu contra.

—A Trantor, Hari, a Trantor... Hasta el momento los mundos exteriores están razonablemente satisfechos conmigo a pesar del declive económico y la continua disminución de los intercambios comerciales.

—Pero Trantor es el centro de todo el sistema. Trantor, el mundo imperial en el que vivimos, la capital del Imperio, el núcleo, la sede administrativa... Trantor puede acabar contigo. Si Trantor dice «no» te resultará imposible seguir en el puesto.

—Estoy de acuerdo.

—Y si te vas, ¿quién se ocupará de los mundos exteriores impidiendo la degeneración y el declive del Imperio hasta caer en la anarquía?

—Es una posibilidad, desde luego.

—Por lo tanto tienes que hacer algo al respecto. Yugo está convencido de que corres un peligro terrible y de que no podrás seguir en el poder. Está seguro de su intuición, ¿entiendes? Dors dice lo mismo y lo justifica en términos de las tres o cuatro leyes de la..., de la...

—Robótica —murmuró Demerzel.

—El joven Raych parece sentirse bastante atraído hacia las doctrinas de Joranum..., recuerda que es de origen dahlita. Y yo... Yo no sé qué hacer. Supongo que he venido a verte porque quiero que me tranquilices asegurándome que todo irá bien. Para que me digas que tienes controlada la situación...

—Si pudiera lo haría, pero no tengo consuelo alguno que ofrecerte. *Estoy* en peligro.

—¿No estás haciendo nada?

—No. Estoy haciendo muchas cosas para contener el descontento e impedir la difusión del mensaje de Joranum. De lo contrario es muy posible que ya hubiese perdido el poder, pero todo ello resulta insuficiente.

Seldon vaciló.

—Creo que Joranum nació en Micógeno —dijo por fin.

—¿De veras?

—Así lo creo. Había pensado que quizá lo podríamos utilizar ensu contra, pero me asusta dejar en libertad las fuerzas del fanatismo y los prejuicios.

—Tus dudas demuestran que eres inteligente. Muchas de las cosas que podríamos hacer tendrían efectos colaterales que no deseamos. Verás, Hari, abandonar mi puesto no me da miedo..., siempre que encontrara un sucesor que se guiara por los principios que he estado utilizando para que el declive fuese lo más lento posible. Por otra parte, si Joranum me sucediera creo que los resultados serían catastróficos.

—Entonces cualquier método que utilicemos para detenerle es justificable.

—No del todo. El Imperio puede caer en la anarquía incluso si eliminamos la amenaza que representa Joranum y yo sigo en el puesto. Así pues, si lo que haga para acabar con Joranum y seguir en el poder ayuda a que se produzca la caída del Imperio, no debo recurrir a esa solución. No se me ha ocurrido ningún curso de acción que acabe con Joranum y, al mismo tiempo, evite la anarquía.

—Minimalismo —murmuró Seldon.

—Disculpa, ¿qué has dicho?

–Dors me explicó que estabas sometido al minimalismo.

–Y así es.

–Entonces mi visita no ha servido de nada, Daneel.

–Quieres decir que viniste a verme buscando que te
tranquilizara y no lo he hecho.

–Me temo que sí.

–Pero yo quería verte porque necesito ayuda.

–¿De mí?

–De la psicohistoria, la cual debería encontrar la solución al problema actual.

Seldon suspiró.

–Daneel, la psicohistoria aún no ha sido desarrollada
hasta ese extremo.

El primer ministro le miró muy seriamente.

–Has dispuesto de ocho años, Hari.

–Aunque hubieran sido ochocientos quizá no estuviera
desarrollada hasta ese punto. Es un problema que parece
insoluble.

–No esperaba que la técnica estuviera perfeccionada
–dijo Demerzel–, pero creía que quizá dispusieras de algún esbozo, un esqueleto o un principio que usar como
guía. Algo imperfecto, quizá, pero siempre mejor que las
simples conjeturas...

–Sigo estando tan lejos como lo estaba hace ocho años
–dijo Seldon con una voz apagada–. Bien, la situación no
puede ser más obvia... Debes seguir en tu cargo y Joranum
debe ser destruido para garantizar la estabilidad imperial
durante el mayor tiempo posible, de manera que yo disponga de una posibilidad razonable de desarrollar la psicohistoria, lo cual es estrictamente imposible a menos que
antes haya desarrollado la psicohistoria. ¿No es así?

–Eso parece, Hari.

–Entonces la discusión seguirá moviéndose en círculos inútiles y el Imperio será destruido.

–A menos que ocurra algo imprevisto. Es decir, a menos que *hagas* que ocurra algo imprevisto...

–¿Yo? Daneel, ¿cómo puedo hacer eso sin la psicohistoria?

–No lo sé, Hari.

Seldon se puso en pie para marcharse..., sumido en la más profunda desesperación.

12

Durante los días siguientes Hari Seldon descuidó sus deberes como jefe del departamento y dedicó su ordenador en la acumulación de noticias.

No existían muchos ordenadores capaces de enfrentarse a la compleja tarea de recopilar las noticias cotidianas procedentes de veinticinco millones de mundos. Los cuarteles generales del Imperio contaban con unos cuantos dotados de esa capacidad, ya que eran imprescindibles para las funciones gubernamentales. Algunas capitales de los mundos exteriores más poblados poseían ordenadores semejantes, aunque la mayoría se contentaba con establecer una hiperconexión con la Central de Noticias de Trantor.

Si el ordenador de un departamento de matemáticas importante estaba suficientemente avanzado, podía ser modificado para que operase como fuente de noticias independiente, y eso era lo que Seldon había hecho con el suyo. Después de todo, era necesario para el desarrollo de la psicohistoria, aunque las sorprendentes capacidades del ordenador habían sido justificadas mediante otras razones abrumadoramente plausibles.

El ordenador informaría de cualquier acontecimiento que se saliese de lo corriente producido en cualquier mundo del Imperio. Una luz de alerta codificada y discreta se activaría, y Seldon podría averiguar la causa de su conexión. La luz raramente se encendía, pues la definición de «salirse de lo corriente» era muy estricta y se limitaba a los trastornos a gran escala.

Si la luz permanecía apagada había que examinar mundos al azar..., no los veinticinco millones, naturalmente, sino unas cuantas decenas. Era una tarea deprimente e incluso agotadora, pues no había ningún mundo exento de su cuota cotidiana de catástrofes relativamente menores. Una erupción volcánica aquí, una inundación o un colapso económico allá y, por supuesto, disturbios. Durante los últimos mil años, ni un solo día había estado libre de disturbios por una causa u otra en cien o más mundos distintos.

Naturalmente esos acontecimientos tenían que ser pasados por alto. Preocuparse por los disturbios habría sido tan inútil como preocuparse por las erupciones volcánicas, porque ambos fenómenos eran constantes de los mundos habitados. Al contrario, si llegara un día en el que no hubiera informes de ningún disturbio en ningún mundo del Imperio, *eso* supondría que algo fuera de lo corriente, digno de la más grave preocupación, se estaría gestando.

Pero Seldon no sentía esa emoción. A pesar de todos sus desórdenes e infortunios, los Mundos Exteriores eran como un inmenso océano en un día apacible, una colosal extensión de agua mecida por un suave oleaje con alguna que otra agitación ocasional, nada más. No encontró indicio alguno de una clara situación general de declive en los últimos ocho años, y ni siquiera en los últimos ochenta; pero Demerzel (en su ausencia Seldon no podía pensar en él como Daneel) afirmaba que el declive avanzaba y su dedo seguía el pulso cotidiano del Imperio hasta lugares inalcanzables para Seldon..., por lo menos hasta que dispusiera del poder de la psicohistoria.

Posiblemente el declive sería tan minúsculo y lento que resultaría imperceptible hasta que se llegara a cierto punto crucial, como ocurre en una casa que se deteriora lentamente sin mostrar síntomas evidentes hasta la noche misma en que el tejado se derrumba.

¿Cuándo se derrumbaría el tejado? Ése era el problema, y Seldon ignoraba la respuesta.

De vez en cuando Seldon inspeccionaba la situación en Trantor. Allí las noticias eran considerablemente más abundantes y sustanciosas. En primer lugar, Trantor albergaba cuarenta mil millones de personas y eso lo convertía en el más poblado de todos los mundos. En segundo lugar, sus ochocientos sectores formaban una especie de miniimperio y, en tercer lugar, el complejo mecanismo de las funciones gubernamentales y las actividades de la familia imperial eran tan tediosas como difíciles de seguir.

Pero el acontecimiento que atrajo la atención de Seldon se produjo en el sector de Dahl. Las elecciones para el Consejo del sector de Dahl habían colocado a cinco joranumitas en cargos públicos, y según todos los indicios, era la primera ocasión en que unos joranumitas accedían a cargos públicos en un sector.

En realidad, no tenía nada de sorprendente. Si había algún sector considerado como una auténtica fortaleza joranumita era Dahl, pero Seldon lo interpretó como una inquietante señal de los progresos realizados por el demagogo. Pidió un *microchip* de la noticia y se lo llevó para estudiarlo.

Raych apartó la vista de su ordenador cuando Seldon entró en casa, y pareció sentir la necesidad de explicar lo que estaba haciendo.

—Estoy ayudando a mamá a localizar unos materiales de referencia que necesita —dijo.

—¿Y tu trabajo?

—Ya está, papá. Ya lo he hecho todo.

—Bien... Mira esto.

Alargó la mano hacia Raych y le enseñó el *microchip* antes de introducirlo en el proyector.

Raych contempló la noticia que flotaba en el aire delante de sus ojos.

—Sí, ya lo sabía —dijo por fin.

—Ah, ¿sí?

—Claro. Suelo mantenerme al corriente de lo que ocurre en Dahl. Ya sabes..., tu sector natal y todo eso.

—¿Y qué opinas?

—No me sorprende en absoluto. ¿A ti sí? El resto de Trantor considera que Dahl no es más que un estercolero. ¿Por qué no iban a estar de acuerdo con las ideas de Joranum?

—¿Tú también estás de acuerdo con ellas?

—Bueno... —Los rasgos de Raych adoptaron una expresión pensativa—. Debo admitir que algunas de las cosas que dice me gustan. Reclama la igualdad para todos. ¿Qué tiene eso de malo?

–Nada en absoluto..., si habla en serio, si es sincero y siempre que no lo utilice como un truco electoral.

–Claro, papá, pero supongo que la mayoría de dahlitas piensan que no tienen nada que perder. La ley dice que son iguales, pero no disfrutan de esa igualdad.

–La igualdad es algo muy difícil de conseguir mediante leyes.

–De acuerdo, pero no supone un consuelo para el desespero.

Seldon pensaba a toda prisa. No había dejado de hacerlo desde que encontró la información en el servicio de noticias.

–Raych, no has estado en Dahl desde que tu madre y yo te sacamos del sector, ¿verdad? –preguntó.

–Claro que sí. Te acompañé durante tu visita a Dahl hace cinco años.

–Sí, sí... –Seldon movió una mano–. Pero eso no cuenta. Nos alojamos en un hotel intersectorial que no tenía nada de dahlita, y si mal no recuerdo, Dors no permitió que salieras solo a la calle en ningún momento. Al fin y al cabo solamente tenías quince años... ¿Te gustaría visitar Dahl solo, sin nadie a quien rendir cuentas..., ahora que ya tienes más de veinte?

Raych dejó escapar una risita.

–Mamá nunca lo permitiría.

–No he dicho que la perspectiva de enfrentarme a ella resulte agradable, pero no tengo intención de pedirle permiso. La pregunta que debes responder es si estarías dispuesto a hacerlo por mí.

–¿Por curiosidad? Claro. Me encantaría ver qué ha ocurrido desde que me marché.

–¿Puedes robar ese tiempo a tus estudios?

–Desde luego. Un par de semanas... Ni siquiera las echaré en falta, y además puedes grabar las clases y ya me pondré al día cuando vuelva. Puedo conseguir el permiso. Después de todo mi padre es miembro del claustro universitario..., a menos que te hayan despedido, papá.

–Todavía no, pero no estaba pensando en unas vacaciones de recreo.

–Me sorprendería mucho lo contrario. Creo que ni siquiera sabes lo que son unas vacaciones o el pasarlo bien, papá... De hecho, me sorprende que conozcas esas palabras.

–No seas impertinente. Cuando vayas allí quiero que hables con Laskin Joranum.

Raych se sorprendió.

–¿Y cómo me las voy a arreglar? No sabré adónde encontrarle.

–Estará en Dahl. Se le ha pedido que hable ante el consejo del sector para celebrar la elección de los nuevos consejeros joranumitas. Averiguaremos qué día lo hará y puedes ir allí unos cuantos días antes.

–¿Y cómo conseguiré verle, papá? No creo que reciba muchas visitas sin invitación previa.

–Yo tampoco lo sé, eso lo dejo en tus manos. Cuando tenías doce años habrías sabido cómo arreglártelas. Espero que tu agudo ingenio no se haya obstruido durante los años que han transcurrido desde entonces.

Raych sonrió.

–Ojalá sea así, pero... Imagínate que consigo verle. ¿Qué hago entonces?

–Bueno, averigua todo lo que puedas sobre él, sobre cuáles son sus verdaderos planes y lo que piensa en realidad.

–¿De veras crees que me lo va a decir?

–No me sorprendería nada. Tienes la rara habilidad de inspirar confianza, miserable muchacho... Hablemos del asunto.

Y así lo hicieron repetidamente...

Un confuso torbellino de pensamientos se agitaba en la mente de Seldon. No estaba seguro de cómo acabaría todo aquello, pero no se atrevía a consultar con Yugo Amaryl, Demerzel o (especialmente) Dors porque podrían retenerle. Podrían demostrar que su idea era inútil, y no quería enfrentarse a las hipotéticas pruebas. Lo que había planeado parecía el único camino directo a la salvación, y Seldon no quería verlo bloqueado.

Pero... ¿Existía ese camino? Seldon creía que Raych era la única persona capaz de ganarse la confianza de Joranum, pero no estaba seguro de que fuese el adecuado para ello. Era dahlita y simpatizaba con las ideas de Joranum. Seldon no sabía hasta qué punto podía confiar en él.

¡Era horrible! Su propio *hijo*..., hasta entonces, Seldon no había tenido la más mínima desconfianza de Raych.

13

Seldon dudaba de la eficacia de su idea, temía precipitar los acontecimientos en una dirección equivocada, haciendo que se produjeran de forma prematura. Se debatía en una agonía de indecisión constante, por sus dudas al respecto de la capacidad de Raych para desempeñar correctamente el papel asignado..., pero no tenía la menor duda sobre cuál sería la reacción de Dors al enfrentarse con el hecho consumado.

Y no quedó decepcionado..., suponiendo que ésa fuese la palabra más adecuada para expresar su emoción.

Sin embargo, en cierto modo sí quedó decepcionado, pues Dors no emitió el grito de horror que esperaba oír, y para el cual se había estado preparando.

¿Pero cómo podía saberlo? Dors era distinta de las otras mujeres y Seldon nunca la había visto realmente enfadada. Quizá su naturaleza no le permitía un auténtico enfado..., o lo que Seldon consideraba como tal.

Dors se limitó a lanzarle una gélida mirada, y cuando habló usó un tono de voz muy bajo e impregnado de amargura y desaprobación.

—¿Le has enviado a Dahl? ¿Solo?

Casi susurraba. Como si no pudiera creerlo.

Aquel tono de voz tranquilo y suave dejó tan impresionado a Seldon que tardó unos momentos en reaccionar.

—Tenía que hacerlo —replicó por fin con firmeza—. Era necesario.

—Deja que intente comprenderlo. ¿Le has enviado a esa guarida de ladrones, ese cubil de asesinos, esa aglomeración de criminales intergalácticos?

—¡Dors! Siempre que hablas así consigues que me enfade. Creía que sólo una persona cegada por la intolerancia sería capaz de utilizar esa clase de tópicos...

–¿Niegas que Dahl sea como lo he descrito?

–Pues claro que sí. En Dahl hay criminales y suburbios, de acuerdo, y lo sé muy bien. Los dos lo sabemos, pero no todo Dahl es así. Hay criminales y suburbios en todos los sectores, incluso en el sector imperial y en Streeling.

–Hay grados, ¿no? Uno no es igual a diez. Si todos los mundos y todos los sectores conocen el crimen, Dahl es uno de los peores, ¿no crees? El ordenador está ahí. Echa un vistazo a las estadísticas.

–No necesito hacerlo. Dahl es el sector más pobre de Trantor y admito que existe una correlación positiva entre la pobreza, la miseria y el crimen.

–¡Lo admites! ¿Y le enviaste solo? Podrías haber ido con él, o pedirme que le acompañara, o haberle enviado con media docena de compañeros de clase. Estoy segura de que les habría encantado tomarse un descanso.

–Le necesito para algo que exige que esté solo.

–¿Y para qué le necesitas?

Seldon guardó silencio al respecto.

–Conque así están las cosas, ¿eh? –dijo Dors–. ¿No confías en mí?

–Es una especie de apuesta. Sólo yo puedo correr el riesgo. No me atrevo a involucrarte..., ni a ti ni a ninguna otra persona.

–Pero tú no corres riesgo alguno, sino el pobre Raych.

–No correrá ningún riesgo –replicó Seldon con impaciencia–. Tiene veinte años de edad, es joven, vigoroso y tan sólido como un árbol..., y no me refiero a los arbolitos protegidos por cúpulas de cristal que tenemos en Trantor. Estoy hablando de uno de esos árboles auténticos que pueblan los bosques de Helicón..., y además conoce los secretos de la lucha de torsión, los dahlitas no.

–Tú y tu lucha de torsión –dijo Dors en un tono igualmente igual de gélido–. Crees que es la respuesta a todo. Los dahlitas llevan cuchillos..., todos y cada uno de ellos, ¿entiendes? Y estoy segura de que también van armados con desintegradores.

–No lo creo. Las leyes son bastante estrictas en lo que respecta a los desintegradores, y en cuanto a los cuchillos puedo asegurarte que Raych lleva uno encima. ¡Pero si lo lleva incluso en el *campus* a pesar de ir contra la ley! ¿Acaso crees que no lo llevará en Dahl?

Dors no dijo nada.

Seldon también guardó silencio durante unos minutos, y acabó decidiendo que había llegado el momento de calmarla un poco.

—Oye, lo único que puedo revelar es que tengo la esperanza de que conseguirá ver a Joranum —dijo.

—Oh. ¿Y qué esperas que haga Raych? ¿Conseguir que se arrepienta de su malvada política actual y provocarle tales remordimientos que decida regresar a Micógeno?

—Vamos... No, Dors, en serio, si piensas adoptar esta actitud, hablar del tema no servirá de nada. —Seldon volvió la cabeza hacia la ventana y contempló el cielo gris y azul que se extendía bajo la cúpula—. Lo que espero que haga... —dijo, y durante un momento se le quebró la voz—, es salvar al Imperio.

—Claro. Eso debe de ser mucho más fácil.

—Es lo que *espero* —dijo Seldon, recobrando la firmeza anterior—. Tú no tienes ninguna solución. Demerzel no tiene ninguna solución, y prácticamente llegó a sugerir que encontrarla es tarea mía. Es lo que estoy intentando, por eso necesito que Raych vaya a Dahl. Después de todo, ya sabes hasta qué punto es capaz de inspirar afecto, ¿no? Ese don funcionó con nosotros, y estoy convencido de que también lo hará con Joranum. Si estoy en lo cierto, puede que todo se acabe arreglando.

Dors abrió un poco más los ojos.

—¿Vas a decirme que te guías por la psicohistoria?

—No, no voy a mentirte. No he llegado al punto en que la psicohistoria pueda servirme como guía, pero Yugo siempre está hablando de la intuición..., y yo también tengo intuición.

—¡La intuición! ¿Qué es? ¡Defínela!

—Es muy sencillo. La intuición es un arte, una peculiaridad de la mente humana que le permite obtener la respuesta correcta a partir de datos incompletos o quizá engañosos.

—Y tú has conseguido esa respuesta correcta.

—Sí, lo he conseguido —dijo Seldon plenamente convencido.

Pero en su fuero interno pensó en lo que no se atrevía a compartir con Dors. ¿Y si el encanto de Raych se había esfumado? O peor aún, ¿y si su conciencia dahlita se fortalecía lo bastante para resultar irresistible?

14

Billibotton era Billibotton: oscura, sinuosa, enorme y sucia Billibotton. Emanaba un aura decadente y, sin embargo, estaba llena de una vitalidad incomparable con ningún otro lugar del Imperio. Raych lo sabía, a pesar de que su experiencia se reducía al mundo de Trantor.

Había visto Billibotton por última vez cuando tenía poco más de doce años, pero incluso las personas parecían las mismas. Seguían exhibiendo una mezcla irreverente de marginación abatida; rebosaban de orgullo sintético y resentimiento malhumorado. Los hombres llevaban la marca de su oscuro y abundante bigote y las mujeres la de sus vestidos en forma de saco que, a los ojos de Raych —envejecidos y familiarizados con el gran mundo—, resultaban tan poco higiénicos como elegantes.

¿Cómo era posible que aquellas mujeres y sus vestidos atrajeran a los hombres? Era una pregunta estúpida, claro. Incluso a los doce años, Raych ya tenía una idea clara de la facilidad y rapidez con que se podían quitar un vestido.

Y allí estaba, perdido en sus pensamientos y recuerdos. Pasó por una calle llena de escaparates e intentó convencerse a sí mismo de que recordaba todos los lugares, y se preguntó si entre aquella gente habría alguien a quien recordar ocho años después. Tal vez sus amigos de infancia..., pero el hecho de recordar algunos de sus apodos no mitigaba la angustia que le producía el haber olvidado sus nombres verdaderos.

De hecho los huecos de su memoria eran enormes. Ocho años no era tanto tiempo, pero suponía dos quintas partes de la existencia de un joven de veinte, y su vida después de abandonar Billibotton había sido tan distinta que todo cuanto la precedió se había esfumado como un sueño nebuloso.

Pero los olores permanecían. Se detuvo delante de una pastelería, un edificio oscuro y bastante feo, y saboreó el aroma de coco que impregnaba la atmósfera, aquel olor al que en otros lugares siempre parecía faltarle algo indefinible. Siempre que habían comprado tartas de coco −incluso cuando eran anunciadas como «hechas al estilo dahlita»−, se habían encontrado con torpes imitaciones del original.

Sintió la irresistible tentación. Bueno, ¿por qué no? Disponía de los créditos necesarios y Dors no estaba allí para arrugar la nariz y preguntarse en voz alta lo limpio −o, seguramente lo sucio− que podía ser el establecimiento. ¿Quién se preocupaba por la *limpieza* en los viejos tiempos?

El local estaba sumido en la penumbra y sus ojos necesitaron unos momentos para adaptarse a ella. Había unas cuantas mesas con un par de sillas cada una que parecían poco resistentes, y estaba claro que servían para que los clientes consumieran una comida ligera, algo así como té con pastas. Un joven estaba sentado a una mesa con un tazón vacío delante de él. Llevaba una camiseta que en tiempos había sido blanca, y que probablemente habría parecido incluso más sucia si la iluminación hubiera sido mejor.

El pastelero −o, en cualquier caso, el que servía los productos de la pastelería−, salió de la trastienda.

−¿Qué vas a tomar? −preguntó en un tono de voz malhumorado.

−Un cocotero −dijo Raych.

Usó un tono de voz tan poco agradable como el del empleado (nadie nacido en Billibotton era cortés), y empleó la palabra del argot local que recordaba tan bien de los viejos tiempos.

La palabra seguía en circulación, pues el hombre le entregó el artículo que había pedido cogiéndolo con los dedos. Raych-niño no habría encontrado nada de extraño en ello, pero Raych-hombre se sintió un poco sorprendido.

−¿Quieres una bolsa?

75

—No —dijo Raych—, me lo comeré aquí mismo.

Pagó el precio del artículo, cogió el pastel y le dio un mordisco saboreando la suculenta blandura con los ojos entrecerrados. Cuando era pequeño, disfrutar de un cocotero era una rara delicia que sólo podía permitirse cuando había conseguido el dinero necesario o cuando un amigo temporalmente rico le había ofrecido un mordisco y, casi siempre, cuando había robado uno aprovechando que nadie miraba. Ahora podía comprar todos los que le diera la gana.

—Eh —dijo una voz.

Raych abrió los ojos. Era el joven de la mesa que le observaba con el ceño fruncido.

—¿Hablas conmigo, chaval? —le preguntó Raych afablemente.

—Sí. ¿Qué estás haciendo?

—Me estoy comiendo un cocotero. ¿Te importa?

Utilizar la forma de hablar seca y cortante típica de Billibotton fue una reacción automática, surgida sin el más mínimo esfuerzo.

—¿Y qué haces en Billibotton?

—Nací aquí y me crié aquí. En una cama, no en la calle como tú.

El insulto brotó de sus labios con sorprendente facilidad, como si no hubiera salido nunca de Billibotton.

—¿De veras? Pues vas muy bien vestido para ser de Billibotton. Muy elegante, sí señor... Apestas a perfume —dijo el joven, y alzó un dedo meñique para sugerir afeminamiento.

—No pienso decir nada de la peste que echas tú. He visto mundo.

—¿Has visto mundo? *Cha-cha-chaaan...* —Dos hombres entraron en la pastelería. Raych frunció ligeramente el ceño porque no estaba seguro de si les habían avisado. El joven de la mesa se volvió hacia los recién llegados—. Este tipo ha visto mundo. Dice que nació en Billibotton.

Uno de los recién llegados obsequió a Raych con un saludo burlón y una sonrisa en la que no había ni rastro de buen humor o afabilidad. Tenía los dientes oscurecidos.

—Qué bien, ¿no? Siempre alegra ver a un chico de Billibotton al que le han ido bien las cosas... Eso le da la oportunidad de ayudar a los pobres infortunados del sector con... Bueno, con créditos, por ejemplo. Supongo que te sobrarán un par de créditos para los pobres, ¿eh?

–¿Cuántos créditos lleva encima, señor? –preguntó el otro recién llegado.

La sonrisa ya había desaparecido.

–Eh –dijo el hombre de detrás del mostrador–. Salid todos de mi local ahora mismo. No quiero jaleo aquí dentro.

–No habrá ningún jaleo –dijo Raych–. Me marcho.

Se dispuso a salir de la pastelería, pero el joven sentado a la mesa extendió una pierna y la interpuso en su camino.

–No te vayas, amigo. Echaremos de menos tu compañía.

El hombre de detrás del mostrador cruzó la puerta de la trastienda. Evidentemente se temía lo peor.

Raych sonrió.

–Veréis, chicos, recuerdo que cuando vivía en Billibotton iba caminando con mi viejo y mi vieja, y diez tipos nos pararon en la calle. Diez. Los conté, ¿sabéis? Tuvimos que ocuparnos de ellos...

–Ah, ¿sí? –murmuró el que había estado hablando con Raych–. ¿Tu viejo se ocupó de diez tipos?

–¿Mi viejo? No, qué va... Él no es de los que pierden el tiempo con esas cosas. No, fue mi vieja la que se encargó de ellos..., y yo soy más duro que ella, vosotros sois tres, así que si no os importa... Largo, ¿entendido?

–Claro. Basta con que antes nos des todo tu dinero. Y algo de ropa también.

El joven de la mesa se levantó. Tenía un cuchillo en la mano.

–Vaya –dijo Raych–. Me vais a hacer perder el tiempo, ¿eh?

Había terminado su cocotero y dio media vuelta. Después se agarró a la mesa moviéndose con la rapidez del pensamiento mientras su pierna derecha salía hacia delante, impactando certeramente con la punta de su pie en la ingle del joven armado.

Su adversario se derrumbó dejando escapar un grito

enronquecido. Raych impulsó la mesa hacia arriba aprisionando al segundo hombre contra la pared, mientras su brazo derecho, rápido como el rayo, golpeaba la laringe del tercer hombre, quien tosió y cayó al suelo.

Todo había ocurrido en un par de segundos.

—Y ahora, ¿quién de vosotros quiere moverse? —preguntó Raych con un cuchillo en cada mano.

Los tres se miraron sin moverse.

—En tal caso, me voy —dijo Raych.

Pero el empleado, refugiado en la trastienda, debió de pedir ayuda, pues en aquel instante tres hombres entraron en la pastelería mientras el empleado gritaba: «¡Problemas, sólo crean problemas!»

Los recién llegados vestían de forma idéntica y llevaban un uniforme que Raych nunca había visto. Las perneras de los pantalones estaban metidas en las botas, las holgadas camisetas de color verde quedaban ceñidas por cinturones y un extraño sombrero semiesférico, vagamente cómico, cubría sus cabezas. En el hombro izquierdo de cada camiseta se veían las letras GJ.

Los tres hombres tenían la apariencia típica del dahlita, pero su bigote era un poco distinto al corriente. Los bigotes eran abundantes y negros, pero estaban cuidadosamente recortados al nivel del labio y sus propietarios no permitían que alcanzaran una frondosidad excesiva. Raych se permitió una risita silenciosa. Les faltaba el valor de su bigote, pero tenía que admitir que resultaban elegantes y transmitían una impresión de limpieza.

—Soy el cabo Quinber —dijo el líder de los tres hombres—. ¿Qué ha estado ocurriendo aquí?

Los billibottonenses derrotados ya habían empezado a ponerse en pie, y ninguno de los tres parecía hallarse en muy buen estado. Uno de ellos seguía doblado sobre sí mismo, otro se frotaba la garganta y el tercero actuaba como si tuviera un hombro dislocado.

El cabo les contempló con una expresión vagamente filosófica mientras sus dos hombres se colocaban delante de la puerta. Después se volvió hacia Raych, el único que parecía intacto.

—¿Eres de Billibotton, chico?

—Nací y me crié aquí, pero he vivido ocho años en otro sitio.

Raych dejó que el acento de Billibotton se debilitara, pero seguía presente, por lo menos en la medida en que también lo estaba en la forma de hablar del cabo. Dahl no se limitaba a Billibotton, y algunas zonas aspiraban a civilizadas e incluso elegantes.

—¿Son ustedes agentes de algún cuerpo de seguridad? —preguntó Raych—. Me parece que no recuerdo el uniforme que...

—No somos agentes de ningún cuerpo de seguridad. No encontrarás muchos en Billibotton. Somos de la guardia de Joranum, y mantenemos la paz y el orden en Billibotton. Conocemos a estos tipos y ya habían sido advertidos. Nos ocuparemos de ellos, pero nuestro auténtico problema eres tú, muchacho. Dame tu nombre y número de referencia.

Raych se los dio y explicó lo sucedido.

—¿Y qué habías venido a hacer aquí?

—Eh, oiga, ¿tiene derecho a interrogarme? —preguntó Raych—. Si no son agentes de seguridad...

—Escucha —dijo el cabo, y su voz se endureció de repente—, no lo pongas en duda. Somos la única Policía que hay en Billibotton y tenemos el derecho a interrogarte porque nos lo hemos tomado. Dices que le diste una paliza a esos tres hombres y te creo, pero no podrás dárnosla a nosotros. No se nos permite llevar desintegradores...

El cabo sacó lentamente un desintegrador de su bolsillo.

—Y ahora cuéntame qué has venido a hacer aquí.

Raych dejó escapar un suspiro. Si hubiera ido directamente a una sala de sector, tal y como tendría que haber hecho, si no hubiera perdido el tiempo sumergiéndose en la nostalgia de Billibotton y los cocoteros...

—Estoy aquí para ver al señor Joranum en relación con un asunto muy importante —dijo—, y ya que ustedes parecen formar parte de su organi...

—¿Quieres ver al líder?

—Sí, cabo.

—¿Con dos cuchillos encima?

—Son para defenderme. No pensaba llevarlos cuando fuese a ver al señor Joranum.

—Eso es lo que tú dices... Bien, amigo, vendrás con nosotros para ser sometido a un interrogatorio. Llegaremos al fondo de este asunto. Puede que haga falta algún tiempo, pero lo haremos.

—Pero no tienen ningún derecho a retenerme. No son ninguna fuerza legal...

—Bueno, encuentra alguien a quien quejarte. Hasta entonces eres nuestro.

Los cuchillos fueron confiscados, y Raych tuvo que acompañarles.

15

Cleón ya no era el apuesto y joven monarca de los hologramas. Quizá seguía siéndolo —en los hologramas, claro—, pero su espejo le mostraba una realidad muy distinta. Su último cumpleaños se había celebrado con la pompa y el ritual habituales, pero eso no impedía que fuera el número cuarenta de su vida.

El emperador no encontraba nada malo al hecho de tener cuarenta años. Su salud era perfecta. Había engordado un poco, pero no demasiado. Su rostro quizás habría envejecido de no ser por los microajustes a que se sometía periódicamente y que proporcionaban a su piel una apariencia ligeramente esmaltada.

Llevaba dieciocho años ocupando el trono —su reinado ya era uno de los más prolongados del siglo— y tenía la impresión de que nada le impediría reinar cuarenta años más y, quizás, acabar teniendo el reinado más largo de la historia imperial.

Cleón volvió a contemplarse en el espejo y pensó que su aspecto era un poquito mejor si no actualizaba la tercera dimensión.

Demerzel, en cambio... El fiel, necesario y siempre digno de confianza, e *insoportable* Demerzel no había cambiado en lo más mínimo. Seguía teniendo el mismo aspecto de siempre y, por lo que sabía Cleón, no se había sometido a ningún microajuste. Naturalmente Demerzel era muy reservado al respecto, así que... Y nunca había sido *joven*, por supuesto. Cuando servía al padre de Cleón y él era el Príncipe Imperial, su aspecto ya no tenía nada de juvenil, y ahora tampoco había ningún signo jovial en su aspecto. Cleón se preguntó si no sería preferible haber tenido aspecto de viejo desde el principio para evitar el cambio posterior.

¡El cambio!

Eso le recordó que había llamado a Demerzel por un motivo concreto, y no para que permaneciera de pie mientras el emperador estaba absorto en sus pensamientos. Demerzel interpretaría un exceso de meditación imperial como un indicio de vejez.

—Demerzel —dijo.

—¿Alteza?

—Ese tal Joranum... Estoy harto de oír hablar de él.

—No hay ninguna razón por la que debierais oír hablar de él, Alteza. Es uno de esos fenómenos arrojados a la superficie de las noticias por un tiempo y que acaban por desaparecer.

—Pero no desaparece.

—A veces esa desaparición se hace esperar, Alteza.

—¿Qué opinas de él, Demerzel?

—Es peligroso, y goza de cierta popularidad. Es precisamente la popularidad la que lo convierte en peligroso.

—Si opinas que es peligroso y a mí me parece molesto e irritante, ¿por qué debemos esperar? ¿No se le puede meter en la cárcel, ejecutar o hacer algo con él?

—Alteza, la situación política de Trantor es delicada...

—Siempre lo ha sido. ¿Cuándo has dicho que fuera otra cosa aparte de delicada?

—Vivimos una época muy delicada, Alteza. Actuar de forma evidente en su contra resultaría inútil si sólo sirviese para exacerbar el peligro.

—No me gusta. Puede que no haya leído mucho, un emperador no tiene mucho tiempo para leer, pero conozco la suficiente historia imperial para saber que ha habido bastantes casos de individuos llamados populistas que se han adueñado del poder en el último par de siglos. Todos y cada uno de ellos convirtieron al emperador reinante en una mera figura decorativa. No deseo verme convertido en algo parecido, Demerzel.

—Eso es impensable, Alteza.

—Si continúas sin hacer nada no lo será.

—Estoy intentando tomar medidas, Alteza, pero actúo con la máxima cautela.

—Bien, por lo menos sé de alguien que no es tan cauteloso como tú. Hace cosa de un mes un profesor de la universidad..., un *profesor*, acabó con lo que podría haberse convertido en un disturbio joranumita sin ayuda de nadie. Intervino en el momento preciso y les dispersó.

—Cierto, Alteza, eso es lo que hizo. ¿Cómo ha llegado a vuestros oídos?

—Porque se trata de cierto profesor en quien estoy interesado. ¿Cómo es que no me has hablado del asunto?

—¿Creéis que sería oportuno que os molestara con todos los detalles insignificantes que pasan por mi escritorio? —replicó Demerzel en un tono casi obsequioso.

—¿Insignificantes? El hombre que actuó era Hari Seldon.

—Cierto, ése es su nombre.

—Un nombre familiar, por cierto. Hace varios años presentó un trabajo en la última Convención Decenal muy interesante, ¿verdad?

—Sí, Alteza.

Cleón pareció complacido.

—Como puedes ver tengo buena memoria. No dependo de mi personal para todo. Hablé con ese tal Seldon a propósito del trabajo presentado, ¿no?

—Vuestra memoria es realmente intachable, Alteza.

—¿Qué ha sido de su idea? Se trataba de un artefacto para predecir el futuro, ¿no? Mi intachable memoria no recuerda cómo se llamaba.

—Psicohistoria, Alteza. No era exactamente un artefacto para predecir el futuro, sino una teoría relativa a las formas de predecir las tendencias generales de la historia humana.

—¿Y qué ha sido de ella?

—Nada, Alteza. Tal y como os expliqué en su momento,

la idea no demostró practicidad alguna. Se trataba de una idea pintoresca y llamativa, pero inútil.

—Sin embargo, ese hombre fue capaz de actuar para detener lo que podría haber sido un grave disturbio. ¿Se habría atrevido a hacerlo si no hubiera sabido de antemano que tendría éxito? ¿Acaso lo que hizo no prueba que esa..., esa psicohistoria suya funciona?

—Alteza, sólo prueba que Hari Seldon es un temerario. Aunque en el caso de que la teoría psicohistórica fuera susceptible de aplicación práctica, no habría arrojado resultados relativos a una sola persona o acción individual.

—Tú no eres matemático, Demerzel. El matemático es Seldon, y creo que ha llegado el momento de que vuelva a hablar con él. Después de todo, no falta mucho para que se celebre la próxima Convención Decenal.

—Sería un desperdicio de...

—Demerzel, lo deseo. Ocúpate de ello.

—Sí, Alteza.

16

Raych escuchaba con una impaciencia terrible que intentaba disimular. Estaba sentado en una celda improvisada, situada en la zona más recóndita de Billibotton, hasta la que había sido conducido por callejones que ya no recordaba. (Él, que en los viejos tiempos habría recorrido aquellos mismos callejones sin vacilación alguna, y despistando a cualquier perseguidor...)

El hombre que estaba con él llevaba el atuendo verde de la guardia joranumita y tenía que ser un misionero, un especialista en lavado de cerebros o una especie de teólogo fracasado. En cualquier caso, dijo que se llamaba Sandor Nee, y le estaba soltando un discurso larguísimo que había aprendido de memoria y que recitaba con un marcado acento dahlita.

—Si los habitantes de Dahl quieren disfrutar de la igualdad deben demostrar que son dignos de ella. Un buen gobierno, una conducta tranquila y placeres discretos son todos los requisitos. La agresividad y los cuchillos son los argumentos de otros sectores para justificar su intolerancia. Debemos ser limpios de palabra y...

—Estoy de acuerdo con todo lo que ha dicho, guardia Nee —le interrumpió Raych—, pero he de ver al señor Joranum.

El guardia Nee movió lentamente la cabeza de un lado a otro.

—No puedes hacerlo a menos que tengas una cita previa o algún permiso especial.

—Oiga, soy hijo de un importante profesor de la Universidad de Streeling..., un profesor de matemáticas.

—No conozco a ningún profesor. Creí que habías dicho que naciste en Dahl.

—Pues claro que he nacido en Dahl. ¿Es que no se nota mi acento?

—¿Tu padre profesor de universidad? No me parece muy probable.

—Bueno, es mi padre adoptivo.

El guardia asumió con indiferencia la revelación y acabó por volver a menear la cabeza.

—¿Conoces a alguien en Dahl?

—La madre Rittah me reconocerá.

(Cuando la conoció era ya muy vieja. Podía estar en pleno estado senil... o muerta.)

—Nunca he oído hablar de ella.

(¿Quién más? No conocía a nadie cuyo nombre tuviera alguna probabilidad de abrirse paso a través del duro cráneo del hombre sentado frente a él. Su mejor amigo era otro chico llamado Sobón..., al menos ése era el nombre con que él le había conocido. Raych estaba desesperado, pero ni aun así podía imaginarse diciendo «¿Conoce a alguien de mi edad llamado Sobón?»)

—Está Yugo Amaryl —dijo por fin.

Una tenue lucecita pareció encenderse en los ojos de Nee.

—¿Quién?

—Yugo Amaryl —se apresuró a repetir Raych—. Trabaja para mi padre adoptivo en la universidad.

—¿También es dahlita? ¿Es que en la universidad todos son dahlitas?

—No, sólo él y yo. Había sido calorero.

—¿Y qué está haciendo en la universidad?

—Mi padre le sacó de los pozos de calor hace ocho años.

—Bueno... Enviaré a alguien.

Raych tuvo que esperar. Aun suponiendo que escapara al laberinto de callejones y pasadizos de Billibotton, ¿dónde podía ir sin que fuera capturado en cuestión de segundos?

Transcurrieron veinte minutos antes de que Nee volviera con el cabo que había arrestado a Raych. Raych pensó que el cabo quizá tendría algo de cerebro, y sintió una débil esperanza.

—¿Quién es ese dahlita al que conoces? —preguntó el cabo.

—Se llama Yugo Amaryl, cabo. Era calorero. Mi padre le conoció en Dahl hace ocho años y se lo llevó consigo a la Universidad de Streeling.

—¿Y por qué lo hizo?

—Pensó que Yugo podría hacer cosas más importantes que su trabajo de calorero, cabo.

—¿Como cuáles?

—Matemáticas. Él...

El cabo alzó una mano.

—¿En qué pozo de calor trabajaba?

Raych tuvo que pensar durante unos momentos antes de responder.

—Por aquel entonces yo era un crío, pero creo que trabajaba en el c-2.

—Bastante cerca. El c-3.

—¿Lo conoce, cabo?

—No personalmente, pero es una historia famosa en todos los pozos de calor, yo también he trabajado allí..., así que quizá fue así como te enteraste de ella. ¿Tienes alguna prueba de que realmente conoces a Yugo Amaryl?

—Oiga, deje que le explique lo que me gustaría hacer. Voy a escribir mi nombre y el de mi padre en un trozo de papel, y luego añadiré una palabra. Póngase en contacto de la forma que quiera con alguien importante del séquito del señor Joranum, el señor Joranum estará en Dahl mañana, ¿no?, y léale mi nombre, el nombre de mi padre y esa palabra. Si no sucede nada supongo que permaneceré aquí hasta que me pudra, pero francamente no creo que pase eso. De hecho, estoy seguro de que me sacarán de aquí tres segundos después, y de que usted obtendrá un ascenso por haber transmitido la información. Si se niega a hacer lo que le pido, cuando descubran que estoy aquí, y lo descubrirán, se encontrará en la situación más apurada que pueda imaginar. Después de todo, si sabe que Yugo Amaryl se marchó de Dahl con un matemático importante, intente decirse a sí mismo que ese matemático es mi padre. Se llama Hari Seldon.

El rostro del cabo indicó claramente que el nombre no le resultaba desconocido.

—¿Cuál es la palabra que quieres escribir en el trozo de papel? —preguntó.

—Psicohistoria.

El cabo frunció el ceño.

—¿Qué es eso?

—No importa. Usted limítese a transmitir la información y ya veremos qué ocurre.

El cabo le entregó una hojita de papel arrancada de un cuadernillo de anotaciones.

—De acuerdo. Escribe todo eso y ya veremos qué ocurre.

Raych se dio cuenta de que temblaba. Tenía muchas ganas de saber qué ocurriría. Todo dependería de cuál fuese la persona con la que hablara el cabo y del poder que pudiera contener la palabra.

17

Hari Seldon observó cómo se formaban las gotas de lluvia sobre las ventanillas del vehículo terrestre imperial, y sintió una insoportable punzada de nostalgia.

Era la segunda vez en ocho años de estancia en Trantor, que se le ordenaba visitar al emperador en la única extensión de terreno desprotegida existente en el planeta, y el tiempo había sido malo en las dos ocasiones. La primera visita tuvo lugar poco después de su llegada a Trantor, y el mal tiempo no le molestó excesivamente, porque estaba acostumbrado. Después de todo en Helicón, su planeta natal, las tormentas no eran nada raro, especialmente en la zona donde había crecido.

Pero ya llevaba ocho años viviendo en un clima falso donde las tormentas eran reguladas mediante ordenadores, produciéndose a intervalos aleatorios, con lloviznas artificiales durante las horas dedicadas al sueño. Los vendavales furiosos eran sustituidos por brisas, no había ningún extremo de frío o calor, sólo pequeños cambios que obligaban a desabrochar algún botón de la camisa o a cambiar de chaqueta. Sin embargo, había llegado a oír quejas motivadas por aquellas mínimas desviaciones del promedio.

Hari contemplaba una lluvia de verdad cayendo cansinamente de un cielo frío. Hacía años que no veía algo semejante, y le encantaba porque era real y no una imitación. Le recordaba a Helicón, su juventud, los días en los que apenas tenía nada de qué preocuparse, y se preguntó si podría convencer al conductor para que fuese al palacio por la ruta más larga.

¡Imposible! El emperador quería verle y el trayecto en vehículo terrestre resultaba bastante largo, incluso avanzando en línea recta sin ningún tráfico. El emperador no podía esperar, naturalmente.

Seldon se encontró con un Cleón distinto al que había visto hacía ocho años. Había engordado unos cinco kilos, daba la impresión de estar de mal humor y la piel de sus mejillas y de las comisuras de sus ojos estaba tensa. Hari reconoció los resultados de un exceso de microajustes, y sintió compasión de Cleón, pues pese a todo su poder y arrogancia, el emperador no podía hacer nada para detener el paso del tiempo.

Cleón recibió a Hari Seldon a solas, y en la misma habitación lujosamente amueblada donde se había producido su primer encuentro. Seldon esperó a que el emperador se dirigiera a él, tal y como era costumbre; así lo hizo después de contemplarle por unos momentos.

—Me alegra verle, profesor —dijo el emperador en un

tono de voz afable y tranquilo–. Prescindamos de las formalidades, tal y como hicimos durante nuestra entrevista anterior.

–Sí, Alteza –dijo Seldon con voz algo tensa.

Ser informal porque el emperador te lo ordenaba, podía resultar arriesgado en un momento de efusividad.

Cleón hizo un gesto imperceptible y la habitación cobró vida en un torbellino de actividad automatizada. La mesa se preparó a sí misma y los platos empezaron a aparecer. Seldon quedó tan confuso que se le escaparon los detalles del proceso.

–¿Cenará conmigo, Seldon? –preguntó el emperador como si la idea fuera improvisada.

Cleón había usado el tono de voz correspondiente a una pregunta, pero se las había arreglado para darle la fuerza de una orden.

–Me sentiría muy honrado, Alteza –dijo Seldon, y lanzó una cautelosa mirada a lo que le rodeaba. Sabía muy bien que nadie hacía preguntas al emperador, pero no veía ninguna forma de evitarlas–. ¿El primer ministro no cenará con nosotros? –murmuró, disimulando la pregunta todo lo posible.

–No –dijo Cleón–. Tiene otras cosas de las que ocuparse en estos momentos, y de todas formas deseo que hablemos en privado.

Comieron en silencio durante unos minutos. Cleón no apartaba los ojos de su rostro, y Seldon trataba de sonreír. No tenía fama de cruel y mucho menos de irresponsable, pero en teoría podía arrestar a Seldon acusándole de cualquier cosa, y si el emperador deseaba ejercer su influencia, era muy posible que el caso jamás llegara a los tribunales. No llamar la atención era la mejor política cuando se trataba con él, y en aquellos momentos Seldon no podía emplearla.

Estaba seguro de que cuando los guardias armados le llevaron al palacio ocho años antes, todo podría haber sido peor, pero eso no hacía que Seldon se sintiera aliviado.

Cleón decidió romper el silencio.

–Seldon –dijo–, el primer ministro me es muy útil,

pero a veces tengo la sensación de que la gente piensa que carezco de cerebro. ¿Cree que carezco de cerebro?

—Nunca he pensado eso, Alteza —dijo Seldon con voz serena.

—No lo creo. Bien, el caso es que *tengo* un cerebro y recuerdo que cuando llegó a Trantor estaba empezando a juguetear con algo llamado psicohistoria.

—Alteza, estoy seguro de que también recordaréis que entonces os expliqué que se trataba de una teoría matemática sin aplicaciones prácticas —replicó Seldon en voz baja.

—Eso es lo que me dijo. ¿Sigue afirmándolo?

—Sí, Alteza.

—¿Ha estado trabajando en esa teoría desde entonces?

—De vez en cuando me distraigo con ella, pero nunca he obtenido ningún resultado tangible. Por desgracia, el caos siempre interfiere y la predicibilidad no es...

El emperador le interrumpió.

—Hay un problema concreto que quiero que intente resolver... Sírvase algo de postre, Seldon. Es muy bueno.

—¿Cuál es el problema, Alteza?

—Un hombre llamado Joranum. Demerzel me ha dicho..., oh, con muchísima cortesía, desde luego..., que no puedo arrestarle y que no puedo utilizar la fuerza armada para aplastar a sus seguidores. Dice que sólo serviría para empeorar la situación.

—Si el primer ministro lo dice, supongo que será verdad.

—Pero yo no quiero que Joranum... Bien, no estoy dispuesto a que me convierta en su marioneta. Demerzel no hace nada.

—Seguro que hace cuanto puede, Alteza.

—Una cosa es segura, y es que si está trabajando para resolver el problema no me ha informado de ello.

—Alteza, eso puede deberse a un deseo natural de manteneros por encima de la conciencia política cotidiana. El primer ministro quizá opina que si Joranum llegara a..., llegara a...

—Adueñarse del poder —dijo Cleón con una repugnancia infinita.

–Sí, Alteza... Mirad, dar la impresión de que sentís una animadversión personal hacia él no sería prudente. La estabilidad del Imperio exige que no tengáis ningún contacto con ese tipo de situaciones.

–Preferiría asegurar la estabilidad del Imperio sin Joranum. ¿Qué sugiere, Seldon?

–¿Yo, Alteza?

–Sí, Seldon, usted –dijo Cleón con cierta impaciencia–. Permítame decirle que no creo su afirmación de que la psicohistoria no es más que un juego. Demerzel sigue favoreciéndole con su amistad. ¿Acaso cree que soy tan idiota como para no saberlo? Demerzel *espera* algo de usted. Espera que ponga la herramienta de la psicohistoria en sus manos, y como no soy idiota, yo también lo espero. Seldon, ¿está *a favor* de Joranum? ¡Quiero la verdad!

–No, Alteza. Le considero un terrible peligro para el Imperio.

–Muy bien. Le creo. Tengo entendido que interrumpió un acto celebrado en el recinto de su universidad que podría haberse convertido en un disturbio joranumita..., sin ayuda de nadie.

–Fue un arrebato, Alteza.

–Dígale eso a los idiotas, no a mí. Usó la psicohistoria para averiguar qué ocurriría.

–¡Alteza!

–No proteste. ¿Qué está haciendo respecto a Joranum? Si está del lado del Imperio tiene que hacer algo.

–Alteza –dijo cautelosamente Seldon, no muy seguro de hasta dónde sabía el emperador–, he enviado a mi hijo al sector de Dahl para que hable con Joranum.

–¿Por qué?

–Mi hijo es dahlita..., y muy astuto. Quizá descubra algo que nos sea de utilidad.

–¿Quizá?

–Sólo quizá, Alteza.

–¿Me mantendrá informado?

–Por supuesto, Alteza.

–Ah, Seldon... No me diga que la psicohistoria no es más que un juego y que no existe, porque no es lo que quiero oír. Espero que haga algo respecto a Joranum. En cuanto a qué pueda ser..., no lo sé, pero debe hacer algo. Es mi deseo. Puede marcharse.

Seldon volvió a la Universidad de Streeling en un estado de ánimo mucho más sombrío que cuando había salido de ella. Cleón no parecía dispuesto a aceptar el fracaso.

Todo dependía de Raych.

18

Raych estaba sentado en la antesala de un edificio público de Dahl en el que nunca había entrado −en el que nunca *podría* haber entrado−, cuando era un jovencito harapiento; y siendo sincero consigo mismo, tenía que reconocerse un poco inquieto, como si se encontrara en un lugar prohibido.

Intentaba aparentar cierta tranquilidad, cierta confianza y simpatía.

Su padre había dicho que era una cualidad propia de él, pero Raych nunca llegó a ser del todo consciente. Si era un don natural, de haber exagerado para *parecer* lo que ya *era*, probablemente habría desaparecido.

Intentó relajarse observando a un funcionario que trabajaba con un ordenador. El funcionario no era dahlita. De hecho, era Gambol Deen Namarti, y había acompañado a Joranum durante la entrevista con su padre, a la que también había asistido Raych.

De vez en cuando, Namarti alzaba la vista hacia Raych y le lanzaba una mirada hostil. Raych se había apercibido de que su don de inspirar afecto y simpatía no parecía funcionar con Namarti.

Raych no intentó replicar a su hostilidad con Namarti con una sonrisa amistosa. Esa reacción habría parecido demasiado forzada, y se limitó a esperar. Había llegado hasta allí, y si Joranum se presentaba, tal y como esperaba, Raych tendría la ocasión de hablar con él.

Joranum entró de repente. Lucía su sonrisa pública impregnada de calor humano y confianza en sí mismo. Namarti alzó una mano y Joranum se detuvo. Los dos hombres hablaron en voz baja mientras Raych les observaba con mucha atención e intentaba fingir sin éxito que no estaba allí. Raych dedujo que Namarti se oponía a la entrevista, y eso le irritó un poco.

Joranum miró a Raych, sonrió y apartó a Namarti a un lado. Raych supo que Namarti quizá fuera el cerebro del equipo, pero obviamente era Joranum quien poseía el carisma.

Joranum fue hacia él y le ofreció una mano regordeta y algo húmeda.

—Bien, bien... El joven del profesor Seldon. ¿Qué tal estás?

—Estupendamente, señor, gracias.

—Tengo entendido que tuviste algunos problemas para llegar hasta aquí.

—No demasiados, señor.

—Confío en que habrás traído un mensaje de tu padre. Espero que haya decidido reconsiderar su postura y unirse a mí en la gran cruzada.

—No lo creo, señor.

Joranum frunció el ceño.

—¿Has venido aquí sin que él lo sepa? —preguntó.

—No, señor. Él me envió.

—Comprendo... ¿Tienes hambre, muchacho?

—Por el momento no, señor.

—¿Te importa que coma? No dispongo de mucho tiempo para dedicar a los pequeños placeres de la vida —dijo Joranum esbozando una gran sonrisa.

—Desde luego que no, señor.

Fueron juntos hacia una mesa y se sentaron. Joranum desenvolvió un bocadillo y le dio un mordisco.

—¿Y por qué te ha enviado a verme, hijo? —preguntó con la voz ligeramente ahogada por el trozo de bocadillo que tenía en la boca.

Raych se encogió de hombros.

—Creo que quizá pensó que descubriría algo sobre usted para utilizar en su contra. Es uña y carne con el primer ministro Demerzel.

—¿Tú no?

—No, señor. Yo soy dahlita.

—Ya sé que lo eres, mi joven Seldon, pero... ¿Qué significa eso?

—Significa que me siento oprimido, que estoy de su lado y que quiero ayudarle. Naturalmente, no quiero que mi padre se entere.

—No hay ninguna razón por la que deba llegar a saberlo. ¿Y cómo te propones ayudarme? —Joranum lanzó una rápida mirada a Namarti, quien estaba apoyado en su escritorio escuchándoles con los brazos cruzados y una expresión cada vez más sombría—. ¿Sabes algo sobre la psicohistoria?

—No, señor. Mi padre nunca me habla de eso..., y si lo hiciera no le entendería. Creo que no está llegando a ninguna parte.

—¿Estás seguro?

—Claro que estoy seguro. Un tipo que trabaja con mi padre... Yugo Amaryl, que también es dahlita, ha hablado de eso algunas veces. Estoy seguro de que no ha habido ninguna novedad importante.

—¡Ah! ¿Y crees que yo podría ver a Yugo Amaryl?

—No lo creo. No aprecia mucho a Demerzel, pero haría cualquier cosa por mi padre. Nunca le llevaría la contraria.

—¿Y tú? ¿Lo harías?

Raych puso cara de sentirse muy incómodo.

—Soy dahlita —dijo con voz malhumorada.

Joranum se aclaró la garganta.

—Entonces deja que te lo vuelva a preguntar... ¿Cómo te propones ayudarme, muchacho?

—Puedo contarle algo que quizá no crea.

—¿De veras? Ponme a prueba. Si no lo creo te lo diré.

—Es sobre Eto Demerzel, el primer ministro...

—¿Y bien?

Raych se removió nerviosamente y miró a su alrededor.

—Sólo Namarti y yo.

—De acuerdo. Entonces escúcheme con atención... Ese hombre, Demerzel... Bueno, en realidad no es un hombre. Es un robot.

—¿Qué? —estalló Joranum.

Raych tuvo la impresión de que debía explicarse.

—Un robot es un hombre mecánico, señor. No es humano, es una máquina.

Namarti se apresuró a intervenir.

—Jo-Jo, no creas ni una sola palabra. Es ridículo...

Joranum le hizo callar levantando una mano. Le ardían los ojos.

—¿Por qué has dicho eso?

—Mi padre estuvo en Micógeno hace tiempo, y me lo contó. En Micógeno hablan mucho de robots.

—Sí, ya lo sé. Por lo menos, eso es lo que he oído comentar.

—Los micogenitas creen que hubo un tiempo en el que sus antepasados usaban los robots para muchas cosas, pero que fueron destruidos.

Namarti entrecerró los ojos.

—Pero, ¿qué te hace pensar que Demerzel es un robot? Por lo poco que he oído de esas fantasías, los robots son metálicos, ¿no?

—Así es —se apresuró a decir Raych—. Pero también he oído que unos cuantos eran idénticos a los seres humanos y que vivían eternamente...

Namarti negó violentamente con la cabeza.

—¡Leyendas! ¡Leyendas ridículas! Jo-Jo, ¿por qué estamos escuchando...?

Pero Joranum le interrumpió en seguida.

—No, G.D., quiero escuchar lo que tenga que decir. Yo también he oído hablar de esas leyendas.

—Son tonterías, Jo-Jo.

—No te precipites al decir que son «tonterías», y aun suponiendo que lo fueran, las personas viven y mueren por tonterías. Lo importante no es lo que existe, sino lo que la gente cree que existe. Bien, muchacho, dejando a un lado las leyendas... Supongamos que los robots existen. Entonces, ¿qué hay de particular en Demerzel que te impulse a afirmar que es un robot? ¿Te lo ha dicho él?

—No, señor —dijo Raych.

—¿Te lo ha dicho tu padre? —preguntó Joranum.

—No, señor. No me lo ha dicho nadie, pero estoy seguro de que es un robot.

–¿Por qué? ¿Qué te hace estar tan seguro?

–Es..., es algo extraño que hay en él. No cambia. No parece envejecer. No muestra emociones, es insensible. Hay algo en él que..., bueno *parece* como si estuviera hecho de metal.

Joranum se reclinó en su asiento y contempló a Raych durante unos momentos. Casi se podía oír el zumbido de sus pensamientos.

–Supongamos que *es* un robot, muchacho –dijo por fin–. ¿Por qué debería importarte? ¿En qué te afecta?

–Pues claro que me importa –dijo Raych–. Soy un ser humano. No quiero ver a un robot controlando el Imperio.

Joranum se volvió hacia Namarti y movió una mano en un gesto de aprobación entusiástica.

–¿Has oído eso, G.D.? «Soy un ser humano. No quiero ver a un robot controlando el Imperio...» Llévale a la holovisión y haz que lo repita. Haz que lo repita una y otra vez hasta que haya quedado grabado en el cerebro de todos los habitantes de Trantor...

–Eh –exclamó Raych, quien por fin había recuperado el aliento–. No puedo decir eso en la holovisión. No puedo permitir que mi padre descubra que...

–No, tranquilo –se apresuró a decir Joranum–. No podemos permitirlo. Nos limitaremos a citar las palabras. Ya encontraremos a otro dahlita... Usaremos a una persona de cada sector expresándose en su propio dialecto, pero el mensaje siempre será el mismo: «No quiero ver a un robot controlando el Imperio.»

–¿Y qué ocurrirá cuando Demerzel demuestre que *no* es un robot? –preguntó Namarti.

–Oh, vamos –dijo Joranum–. ¿Cómo va a demostrarlo? Le resultará imposible... Es psicológicamente imposible. ¿Qué va a hacer? El gran Demerzel, el poder oculto tras el trono, el hombre que ha manipulado los hilos que controlan a Cleón I durante estos años, y los que controlaban a su padre antes de que él mismo subiera al trono... ¿Crees que bajará del pedestal y se dirigirá a los súbditos gimoteando que es un ser humano? Eso resultaría tan destructivo como el que fuese un robot. G.D., tenemos atrapado al enemigo en una situación en la que, inevitablemente, saldrá perdiendo, y todo se lo debemos a este joven maravilloso.

Raych se ruborizó.

—Te llamas Raych, ¿verdad? —dijo Joranum—. En cuanto nuestro partido se lo pueda permitir, te demostraré que no olvidamos los favores. Dahl será bien tratado y tú disfrutarás de una buena posición con nosotros. Algún día serás el líder del sector de Dahl, Raych, y nunca lamentarás haber hecho esto. ¿Lo lamentas?

—No lo lamentaré mientras viva —dijo Raych con gran pasión.

—En ese caso, nos ocuparemos de que regreses con tu padre. Notifícale que no tenemos intención de crearle problemas, que le consideramos una persona muy valiosa. En cuanto a cómo lo descubriste, di lo que te parezca. Ah, y si averiguas algo más que pueda parecerte útil, algo sobre la psicohistoria en particular, háznoslo saber.

—Puede apostar por ello. Pero, ¿habla en serio cuando dice que se encargará de que Dahl sea tratado como merece?

—Desde luego que sí. Igualdad de sectores, muchacho, igualdad de mundos... Tendremos un nuevo Imperio del que habrán sido eliminadas las viejas lacras del privilegio y la desigualdad.

Y Raych asintió vigorosamente con la cabeza.

—Eso es lo que quiero —dijo.

19

Cleón, emperador de la galaxia, pasó muy deprisa por debajo de la arcada que separaba sus aposentos privados en el Pequeño Palacio del sector de oficinas repleto de personal que vivía en los distintos anexos del Palacio Imperial, centro nervioso del Imperio.

Unos cuantos ayudantes personales del emperador le seguían con la más profunda preocupación expresada en sus rostros. El emperador no se movía para ver a nadie. Llamaba a quienes deseaba ver y esas personas acudían. Si el emperador caminaba, nunca daba señales de apresuramiento o tensión emocional. ¿Cómo podía hacerlo? Era el emperador y, por tanto, estaba más próximo a ser un símbolo de los mundos que un ser humano.

Sin embargo, ahora parecía humano. Apartaba a todo el mundo con un gesto impaciente de su mano derecha, y sostenía un holograma multicolor en la izquierda.

—El primer ministro... —dijo con una voz casi estrangulada y desposeída de todas las modulaciones cuidadosamente calculadas que había asumido junto con el trono—. ¿Dónde está?

Los altos funcionarios con los que se encontró vacilaron, emitieron balbuceos inarticulados y descubrieron que les resultaba imposible responder coherentemente. El emperador los fue apartando con manotazos irritados e, indudablemente, consiguió que todos tuvieran la sensación de estar viviendo una pesadilla.

Al final, acabó por irrumpir en el despacho privado de Demerzel, jadeando ligeramente y gritando el nombre de su primer ministro.

—*¡Demerzel!*

Demerzel alzó la mirada con expresión levemente sorprendida en el rostro y se apresuró a levantarse, pues nadie permanecía sentado en presencia del emperador si no contaba con su expreso permiso.

—¿Alteza? —murmuró.

Y el emperador dejó caer el holograma sobre el escritorio de Demerzel con un golpe seco.

—¿Qué es esto? —preguntó—. ¿Quieres hacer el favor de explicármelo?

Demerzel contempló lo que el emperador acababa de dejar delante de él. Era un holograma magnífico, preciso y lleno de vida. Casi se podía oír al niño —de unos diez años— pronunciando las palabras incluidas en el encabezamiento: «No quiero ver a un robot dirigiendo el Imperio.»

—Alteza, yo también lo he recibido —dijo Demerzel en voz baja.

—¿Y quién más lo ha recibido?

—Tengo la impresión de que se trata de un panfleto que está siendo distribuido por todo Trantor, Alteza.

—Sí, ¿y ves a la persona a la que está mirando ese mocoso? —Cleón golpeó el holograma con un índice imperial—. ¿No te parece que eres tú?

—La semejanza es asombrosa, Alteza.

—¿Me equivoco al suponer que el objetivo de este panfleto, como tú lo llamas, es acusarte de ser un robot?

—Parece que es lo que se pretende, Alteza.

—E interrúmpeme si me equivoco, pero ¿acaso los robots no son esos legendarios seres humanos de hojalata de los que están repletos las..., las noveluchas de misterio y los cuentos infantiles?

—Alteza, uno de los dogmas de los micogenitas es que los robots...

—Los micogenitas y sus dogmas no me interesan lo más mínimo. ¿Por qué te acusan de ser un robot?

—Seguro que se trata de una metáfora, Alteza. Quieren crear la imagen de que soy un hombre sin corazón, cuyas opiniones y actos no son más que los cálculos de una máquina desprovista de conciencia.

—Eso es demasiado sutil, Demerzel. No soy idiota. —El emperador volvió a golpear el holograma con la punta de un dedo—. Quieren hacer creer a la gente que eres un robot.

—Si la gente quiere creerlo no podemos hacer gran cosa para impedirlo, Alteza.

—No podemos permitirlo. Va en detrimento de la dignidad de tu puesto. Peor aún, va en detrimento de mi propia dignidad... La implicación estriba en que he escogido como primer ministro a un hombre mecánico, y eso es algo que no se puede consentir. Veamos, Demerzel, ¿acaso no hay *leyes* que prohíben difamar a los funcionarios públicos del Imperio?

—Sí, las hay... y son bastante severas, Alteza. Su antigüedad se remonta a los tiempos de los grandes Códigos Legales de Aburamis.

—Y difamar al emperador es un delito capital, ¿no?

—Sí, Alteza, es un delito castigado con la muerte.

—Bien, la difamación nos afecta a los dos..., el responsable de esto debería ser ejecutado de inmediato. Naturalmente, Joranum está detrás de todo, ¿no?

—Indudablemente, Alteza, pero demostrarlo podría resultar bastante difícil.

—¡Tonterías! ¡Tengo pruebas más que suficientes! Quiero una ejecución.

—Alteza, el problema radica en que las leyes sobre difamación casi nunca han sido utilizadas y, desde luego, no en este siglo.

—Ésa es la razón de que la sociedad se haya vuelto inestable y de que las mismísimas raíces del Imperio estén siendo atacadas. Las leyes están en los códigos, así que utilízalas.

—Alteza, os ruego que reflexionéis —dijo Demezel—. Puede que no sea el curso de acción más prudente... Os haría quedar como un tirano y un déspota. El éxito de vuestro reinado se debe a la bondad y la...

—Sí, y mira en qué situación me ha colocado. Quizás haya llegado el momento de cambiar de estilo, quizá deban temerme en vez de amarme.

—Alteza, debo aconsejaros que no lo hagáis. Podría ser la chispa que provoque una rebelión.

—Entonces, ¿qué piensas hacer? ¿Presentarte ante el pueblo y decir «Miradme, no soy un robot»?

—No, Alteza, pues, como me habéis dicho, eso me colocaría en una posición indigna y, lo que es peor, afectaría gravemente a la dignidad de vuestra augusta persona.

—Bien, ¿entonces...?

—No estoy seguro, Alteza. Aún no he tomado ninguna decisión al respecto.

—¿Que aún no has tomado ninguna decisión...? Habla con Seldon.

—¿Alteza?

—¿Qué es lo que te parece tan incomprensible? ¡Habla con Seldon!

—¿Deseáis que le haga venir al palacio, Alteza?

—No, no hay tiempo suficiente. Supongo que podrás establecer una línea de comunicación protegida a prueba de interferencias, ¿no?

—Desde luego, Alteza.

—Pues hazlo. ¡Ahora!

Seldon era humano, así que no poseía el férreo auto-
control de Demerzel. La llamada a su despacho y el débil
resplandor, casi imperceptible, del campo protector, bas-
taron para indicarle que estaba ocurriendo algo fuera de
lo normal. Seldon ya había hablado por líneas protegidas
anteriormente, pero nunca había utilizado un sistema de
comunicación amparado por todos los recursos de la seguridad imperial.

Esperaba ver el rostro de algún funcionario gubernamental que se encargaría de prepararle para la aparición
de Demerzel. Teniendo en cuenta la creciente agitación
provocada por el panfleto en el que se le acusaba de ser un
robot, era lo mínimo que podía esperarse.

No esperaba nada más, y cuando la imagen del emperador entró en su despacho (por así decirlo) envuelta en el
suave resplandor del campo de protección, Seldon se
quedó boquiabierto y se reclinó en su sillón mientras intentaba levantarse sin conseguirlo.

Cleón le indicó que siguiera en su sitio con un enérgico
movimiento de mano.

—Supongo que está enterado de lo que ocurre, Seldon.

—¿Os referís al panfleto, Alteza?

—Exactamente. ¿Qué debemos hacer al respecto?

Seldon se puso en pie a pesar de que se le había dado
permiso para permanecer sentado.

—Hay más, Alteza. Joranum está organizando actos por
todo Trantor en los que se hablará de la acusación..., por
lo menos es lo que anuncian los noticiarios.

—Esas noticias todavía no me han llegado. Oh, claro
que no... el emperador no necesita saber lo que está ocurriendo, ¿verdad?

—No son asuntos que deban preocupar al emperador,
Alteza. Estoy seguro de que el primer ministro...

—El primer ministro no hará nada, ni siquiera mantenerme informado. He decidido recurrir a usted y a la psicohistoria. *Dígame qué debo hacer.*

—Alteza, ¿yo...?

—Basta de juegos, Seldon. Lleva ocho años trabajando

en la psicohistoria. El primer ministro recomienda no emprender ninguna acción legal contra Joranum. Bien, entonces... ¿Qué he de hacer?

—¡Al... Alteza! —tartamudeó Seldon—. ¡Nada!

—¿No tiene nada que decir?

—No, Alteza, no quería decir eso... Lo que quiero decir es que no debéis hacer nada. *¡Nada en absoluto!* El primer ministro está en lo cierto al no recomendar ninguna acción legal. Sólo serviría para empeorar la situación.

—Muy bien. ¿Qué se puede hacer para que mejore?

—Ni vos ni el primer ministro debéis hacer nada. En cuanto al gobierno, debe permitir que Joranum haga lo que quiera.

—¿Y de qué va a servir?

—Pronto se verá —respondió Seldon intentando suprimir cualquier atisbo de desesperación en su voz.

De pronto el emperador pareció encogerse sobre sí mismo como si toda la ira y la indignación le hubiesen abandonado en una fracción de segundo.

—¡Ah! —exclamó—. ¡Comprendo! Tiene controlada la situación, ¿verdad?

—¡Alteza! Yo no he dicho eso...

—Ni falta que hace. Ya he escuchado bastante. Controla la situación, sí, pero yo quiero resultados. Sigo disponiendo de la Guardia Imperial y las fuerzas armadas. Cuento con su lealtad, y si llegan a producirse auténticos disturbios le aseguro que no vacilaré..., pero antes le daré su oportunidad.

La imagen del emperador se desvaneció, y Seldon se quedó inmóvil en su asiento con los ojos clavados en el espacio vacío que había ocupado la imagen.

Desde el desafortunado momento en que habló de la psicohistoria en la última Convención Decenal, hacía ocho años, tuvo que enfrentarse una y otra vez al hecho lamentable de no poseer la herramienta de la que tan incautamente había hablado.

Sólo contaba con la sombra confusa de unas cuantas ideas..., y lo que Yugo Amaryl llamaba intuición.

Joranum conmovió a todo Trantor en dos días, interviniendo personalmente o mediante sus subordinados. Como Hari predijo a Dors, había dirigido su campaña con una envidiable eficiencia militar.

—Nació para ser almirante de guerra de los viejos tiempos —dijo Seldon—. Está perdiendo el tiempo en la política.

—¿Que pierde el tiempo? —replicó Dors—. Tal y como van las cosas será primer ministro en una semana y, si se empeña, emperador en dos. Hay informes de que algunas guarniciones militares le han vitoreado.

Seldon meneó la cabeza.

—Se derrumbará, Dors.

—¿El qué? ¿El partido de Joranum o el Imperio?

—El partido de Joranum. La historia del robot ha creado una enorme conmoción, sobre todo gracias al uso tan efectivo del panfleto, pero en cuanto las cosas se calmen un poco y la gente haya tenido tiempo de pensar, comprenderá la ridiculez de semejante acusación.

—Hari... —dijo Dors con voz tensa—. No hace falta que finjas conmigo, ¿de acuerdo? La acusación de Joranum no tiene nada de ridícula. ¿Cómo crees que ha descubierto que Demerzel es un robot?

—¡Oh, *eso*! Gracias a Raych, claro. Él se lo dijo.

—¡Raych!

—Así es. Hizo su trabajo a la perfección y logró volver sano y salvo con la promesa de que algún día le nombrarían líder del sector de Dahl. Le creyeron, naturalmente... Sabía que le creerían.

—¿Quieres decir que le contaste a Raych que Demerzel es un robot y que le enviaste a Dahl para que se lo dijera a Joranum?

Dors parecía horrorizada.

—No, no podía hacer eso. Ya sabes que no puedo decir a Raych, ni a nadie, que Demerzel es un robot. Lo que hice fue asegurarle con la máxima firmeza posible que Demerzel *no* es un robot..., e incluso eso me resultó bastante difícil, pero le pedí que le dijese a Joranum que lo era. Así que Raych está convencido de que le mintió.

—Pero, Hari... ¿Por qué? ¿Por qué?

—Debes saber que la psicohistoria no tiene nada que ver en esto. No creas que soy un mago, como piensa el emperador... Quería que Joranum creyera que Demerzel era un robot. Nació en Micógeno, y desde pequeño le llenaron la cabeza con historias de robots propias de su cultura. Estaba predispuesto a creerlo y en seguida se convenció de que el público también lo creería.

—Bueno, ¿es que no va a ser así?

—No, la verdad es que no. Después de la sorpresa y el revuelo iniciales, comprenderán que es una fantasía sin pies ni cabeza..., o eso es lo que pensarán. He convencido a Demerzel de que aparezca en la holovisión subetérica para dar una charla que será transmitida a los puntos clave del Imperio y a todos los sectores de Trantor. Quiero que hable de todo, salvo del asunto del robot. Tenemos crisis más que suficientes para llenar un espacio así. La gente le escuchará y no oirá nada sobre robots. Al final le preguntarán qué opina del panfleto y no hará falta que responda ni una sola palabra. Bastará con que se ría.

—¿Reírse? Que yo sepa, Demerzel nunca se ha reído, y raramente sonríe.

—Esta vez se reirá, Dors. Es la única cosa que todo el mundo cree que un robot es incapaz de hacer. Estás cansada de ver robots en las fantasías holográficas, ¿verdad? Siempre los describen como criaturas inhumanas sin emociones, con una mentalidad estricta que hace que todo se lo tomen al pie de la letra... Te aseguro que eso es lo que la gente espera de los robots. Lo único que tendrá que hacer Demerzel es reírse, y aparte de eso... ¿Te acuerdas de Amo del Sol Catorce, el líder religioso de Micógeno?

—Pues claro que me acuerdo. Inhumano, carente de emociones, una mente que se lo toma todo al pie de la letra... Tampoco se ha reído nunca.

—Y no lo hará esta vez. Desde que tuve aquel pequeño altercado en el *campus* con Joranum, le he estado investigando en profundidad. Sé cuál es su auténtico nombre. Sé dónde nació, quiénes fueron sus padres, dónde estudió..., y todo cuanto sé, ha ido a parar a Amo del Sol Catorce junto con los documentos y las pruebas. No creo que a Amo del Sol Catorce le gusten mucho los desviados...

—Creí que habías dicho que no querías dar pretextos a la intolerancia y el fanatismo.

—Y así es, claro. Si hubiera entregado esa información a las cadenas de holovisión habría hecho justamente lo que dices, pero se la he entregado a Amo del Sol Catorce..., y, después de todo, es la persona con más derecho a conocerla, ¿no te parece?

—Y él se encargará de avivar la intolerancia.

—Por supuesto que no. En todo Trantor no hay nadie que preste atención a Amo del Sol Catorce diga lo que diga.

—Entonces, ¿de qué servirá lo que has hecho?

—Bueno, eso lo averiguaremos dentro de poco, Dors. No cuento con un análisis psicohistórico de la situación, y ni siquiera sé si es posible obtenerlo. He de conformarme con la esperanza de no haberme equivocado.

22

Eto Demerzel rió.

No era la primera vez. Sentado con Hari Seldon y Dors Venabili en una habitación protegida contra las escuchas, se había reído cada vez que Hari le hacía una señal. A veces se echaba hacia atrás y dejaba escapar una ruidosa carcajada, pero siempre que lo hacía Seldon meneaba la cabeza.

—Eso nunca sonaría convincente.

Demerzel sonrió, dejó escapar una risa impregnada de dignidad y Seldon torció el gesto.

—No sé qué hacer —dijo—. Contarte chistes y anécdotas graciosas no sirve de nada. Las entiendes de forma puramente intelectual. Me temo que tendrás que memorizar el sonido.

—Usa una banda sonora holográfica —dijo Dors.

—¡No! No sería Demerzel, sino una pandilla de idiotas contratados para reírse como lo que son. No es eso lo que quiero. Vuelve a intentarlo, Demerzel.

Demerzel volvió a intentarlo una y otra vez hasta que Seldon se dio por satisfecho.

–De acuerdo –dijo–, memoriza ese sonido y reprodúcelo cuando se te formule la pregunta. Tu expresión debe transmitir que la pregunta te hace mucha gracia. Por muy bien que lo imites, no puedes emitir el sonido de la risa con la cara seria. Sonríe un poco, sólo un poco... Sube las comisuras de los labios. –La boca de Demerzel fue moldeando lentamente una sonrisa–. No está mal... ¿Puedes conseguir que te chispeen los ojos?

–¿Qué quieres decir con eso de que le «chispeen» los ojos? –preguntó Dors con voz indignada–. Nadie puede conseguir que le chispeen los ojos. No es más que una metáfora...

–No, no lo es –dijo Seldon–. Cuando hay algunas lágrimas en los ojos provocadas por lo que sea, tristeza, alegría, sorpresa, tanto da, el reflejo de la luz en las pequeñas lágrimas crea ese efecto.

–Bueno, ¿y esperas realmente que Demerzel produzca lágrimas? ¿Que llore?

–Mis ojos producen lágrimas –dijo Demerzel con mucha calma–. Sirven para limpiarlos, aunque nunca hay un exceso de fluido. Claro que si me imagino que los tengo ligeramente irritados...

–Inténtalo –dijo Seldon–. Siempre ayudará un poco.

Cuando la holovisión subetérica acabó de transmitir la charla y las palabras se dirigían hacia millones de mundos a miles de veces la velocidad efectiva de la luz –palabras cargadas de información, pronunciadas en un tono de voz serio y calmado, sin el mínimo embellecimiento retórico–, y se hubieron abordado todos los temas salvo el de los robots, Demerzel declaró que estaba dispuesto a responder a las preguntas que quisieran.

No tuvo que esperar mucho tiempo. La primera pregunta fue: «Señor primer ministro, ¿es usted un robot?»

Demerzel se limitó a contemplar impasiblemente a quien había formulado la pregunta haciendo que la tensión se acumulara. Después sonrió, su cuerpo tembló ligeramente y se rió. No fue una carcajada estrepitosa, pero sí muy sonora, la risa de alguien que está disfrutando de una agradable fantasía interna. Era muy contagiosa. El público empezó a soltar risitas ahogadas y acabó riendo con él.

Demerzel esperó a que los últimos ecos de las carcajadas se desvanecieran.

—¿He de responder a esa pregunta? —dijo Demerzel con los ojos chispeantes—. ¿Es realmente necesario?

Cuando la pantalla se oscureció aún estaba sonriendo.

23

—Seguro que ha funcionado —dijo Seldon—. El vuelco en la situación no será instantáneo, naturalmente. Hace falta un poco de tiempo, pero creo que los acontecimientos ya empiezan a moverse en dirección correcta. Me di cuenta cuando interrumpí el discurso de Namarti en el *campus* universitario. El público estaba con él hasta que me enfrenté a Namarti, demostrando que él y sus matones no me asustaban. En cuanto lo hice, todos empezaron a cambiar de bando en seguida.

—¿Y crees que ésta situación es parecida a aquélla? —preguntó Dors con voz dubitativa.

—Por supuesto que sí. Si no dispongo de la psicohistoria puedo utilizar la analogía..., y supongo que también puedo utilizar el cerebro con el que nací, ¿no? El primer ministro veía cómo las acusaciones llovían sobre su cabeza y se enfrentó a ellas con una sonrisa y una carcajada, la reacción menos robótica que se pueda imaginar, y en sí mismo ese comportamiento implicaba una respuesta clara. La simpatía del público empezó a inclinarse hacia él, naturalmente. No hay nada que pueda detener el proceso. Pero eso no es más que el principio, Dors. Tendremos que esperar a que Amo del Sol Catorce intervenga, ya veremos qué dice.

—¿También confías en que esa parte del plan salga bien?

—Desde luego.

24

El tenis era uno de los deportes favoritos de Hari, pero prefería jugar a ver cómo lo hacían los demás; así que esperó con cierta impaciencia, mientras el emperador Cleón –vestido con un elegante atuendo deportivo– cruzaba corriendo la pista para devolver la pelota. Cleón estaba jugando al tenis imperial, llamado así porque era uno de los deportes favoritos de los emperadores; consistía en una versión modificada del juego en la que se usaba una raqueta provista de un miniordenador capaz de alterar su ángulo mediante las presiones ejercidas sobre el mango. Hari había intentado dominar la técnica en varias ocasiones, pero había descubierto que aprender a utilizar esa raqueta exigía mucha práctica, y el tiempo de Hari Seldon era demasiado precioso para malgastarlo en lo que no era más que una actividad trivial.

Cleón colocó la pelota en un punto imposible de devolver, ganó el partido y salió trotando de la pista seguido por los discretos aplausos de los funcionarios imperiales que le habían visto jugar.

–Os felicito, Alteza –dijo Seldon–. Habéis jugado maravillosamente bien.

–¿Usted cree, Seldon? –replicó Cleón con indiferencia–. Todos se esfuerzan tanto en dejarme ganar que nunca consigo disfrutar del juego.

–En ese caso Alteza, podríais ordenar a vuestros adversarios que se tomaran el juego más en serio –dijo Seldon.

–No serviría de nada. Seguirían haciendo todo lo posible por perder, y si me ganaran, eso me proporcionaría todavía menos placer del que obtengo con una victoria carente de significado. Ser emperador también tiene su lado malo, Seldon. Joranum lo habría descubierto..., si hubiera conseguido sentarse en el trono.

Cleón entró en su ducha privada y regresó un rato después duchado, seco y con un atuendo más formal.

–Y ahora, Seldon –dijo despidiendo a su séquito con un gesto de la mano–, la pista de tenis es tan íntima como cualquier otro sitio que podamos encontrar en el Palacio Imperial, y además hace un tiempo espléndido, así que no vayamos dentro. He leído el mensaje de ese micogenita llamado Amo del Sol Catorce. ¿Cree que servirá?

—Por supuesto, Alteza. Como habréis leído, Joranum fue denunciado como desviado micogenita y acusado de blasfemia en los más rigurosos términos imaginables.

—¿Y eso acaba con él?

—Disminuye su importancia de forma decisiva, Alteza. Muy pocos creen en la ridícula fantasía de que el primer ministro es un robot, y aparte de eso, se ha descubierto que Joranum es un mentiroso y un falsario, peor aún, un mentiroso y un falsario que no ha sabido engañar a sus víctimas.

—Sí, eso es cierto —murmuró Cleón pensativamente—. Lo cual significa que ser un arribista puede ser sinónimo de astuto, e incluso que puede llegar a ser admirable, pero también que el ser descubierto es una estupidez y las estupideces no son dignas de admiración, ¿verdad?

—Lo habéis expresado de forma clara y sucinta, Alteza.

—Entonces Joranum ya no representa peligro alguno.

—No podemos estar totalmente seguros, Alteza. Aún puede recuperarse... Todavía cuenta con su organización y algunos de sus seguidores continuarán siendo leales. La historia nos ofrece ejemplos de hombres y mujeres que han triunfado después de haber sufrido desastres tan grandes como éste..., y aún peores.

—En tal caso, Seldon, su ejecución parece oportuna.

Seldon meneó la cabeza.

—No os lo aconsejo, Alteza. No creo que deseéis crear un mártir o aparecer ante los ojos del público como un déspota.

Cleón frunció el ceño.

—Habla igual que Demerzel... Cada vez que deseo emprender una acción abierta y firme murmura la palabra «déspota». Algunos de los emperadores que me precedieron en el trono, actuaron de manera enérgica y firme, siendo admirados como resultado de esas acciones, y considerados hombres fuertes y decididos.

—Indudablemente, Alteza, pero vivimos en una época inquieta y... la ejecución no es necesaria. Podéis alcanzar vuestro objetivo de tal forma que pareceréis un monarca ilustrado y benévolo.

—¿Pareceré?

—Seréis un monarca ilustrado y benévolo, Alteza... Disculpad la errónea elección de la palabra. Ejecutar a Joranum sería como vengarse, lo cual podría ser interpretado como un acto innoble; pero el emperador es bondadoso e incluso paternal, con las creencias de su pueblo. Por eso no hace ninguna clase de distinciones: es el emperador de todos sin distinción alguna.

—¿Qué intenta decirme, Seldon?

—Alteza, lo que quiero deciros es que Joranum ha ofendido gravemente a los micogenitas, que él mismo nació en Micógeno y que ese sacrilegio os horroriza. ¿Qué mejor curso de acción que entregar a Joranum a los micogenitas para que se ocupen de él? Todo el mundo aplaudirá vuestra delicadeza y consideración.

—Ah... Y los micogenitas le ejecutarán, ¿verdad?

—Posiblemente, Alteza. Sus leyes contra la blasfemia son terriblemente severas. En el mejor de los casos le condenarán a trabajos forzados de por vida.

Cleón sonrió.

—Estupendo. Consigo que se me elogie por mi tolerancia y mi humanitarismo, y ellos hacen el trabajo sucio.

—Lo harían, Alteza, si realmente les entregarais a Joranum; pero con eso seguiríamos creando un mártir.

—No entiendo adónde quiere llegar, Seldon. ¿Qué quiere que haga?

—Poned la elección en manos de Joranum. Decidle que el bienestar de vuestros súbditos os preocupa hasta tales extremos que os obliga a entregarle a los micogenitas para que le juzguen, pero que vuestra bondad natural os hace temer que puedan ser demasiado severos. Así pues, le ofrecéis la alternativa de ser exilado a Nishaya, ese mundo pequeño y distante del que *afirmaba* haber venido, para que viva en la oscuridad y la paz el resto de su existencia. Naturalmente, os aseguraréis de que esté bien vigilado...

—¿Y eso resolverá el problema para siempre?

—Desde luego. Si escogiera volver a Micógeno, Joranum optaría por el suicidio, y no me parece que sea la clase de hombre que se suicida. Estoy seguro de que escogerá el exilio en Nishaya, se trata del curso de acción más prudente y menos heroico. Una vez allí, y convertido en un refugiado, le resultará prácticamente imposible ponerse al frente de un movimiento insurgente con la intención de adueñarse del Imperio, y así sus seguidores terminarán por dispersarse. Podrían seguir a un mártir con devoción fanática, pero les será muy difícil seguir a un cobarde.

—¡Asombroso! Seldon, ¿cómo lo consigue?

La voz de Cleón estaba impregnada por una clara nota de admiración.

—Bueno —dijo Seldon—, me pareció razonable suponer que...

—Olvídelo —le interrumpió secamente Cleón—. Supongo que no me dirá la verdad y aunque lo hiciera no lo entendería, pero voy a decirle algo: Demerzel abandonará su puesto. No ha sabido estar a la altura de esta última crisis y ambos estamos de acuerdo en que ha llegado el momento de que se retire. Pero necesito un primer ministro, y a partir de este momento usted ocupará el cargo.

—¡Alteza! —exclamó Seldon con una mezcla de asombro y horror.

—Primer ministro Hari Seldon —dijo Cleón con voz firme y tranquila—, el emperador así lo desea.

25

—No te alarmes —dijo Demerzel—. Yo se lo sugerí. Llevo demasiado tiempo en el poder, y las sucesivas crisis han llegado a tal extremo que las leyes robóticas me impiden actuar. Eres el sucesor lógico.

—No soy el sucesor lógico —replicó apasionadamente Seldon—. ¿Qué puedo saber yo de cómo gobernar un Imperio? El emperador es tan estúpido que cree que he resuelto esta crisis mediante la psicohistoria y, naturalmente, no ha sido así.

—No importa, Hari. Si *cree* que tienes la respuesta psicohistórica te seguirá sin vacilar, convirtiéndote en un buen primer ministro.

—Puede seguirme sin vacilar hasta la destrucción.

—Me parece que tu sentido común... o tu *intuición* te mantendrá en el buen camino con o sin la psicohistoria.

—Pero... ¿Qué haré sin ti..., Daneel?

—Gracias por llamarme con ese nombre. Ahora ya no soy Demerzel, sólo Daneel. En cuanto a lo que harás sin mí... Supón que intentas llevar a la práctica algunas de las ideas de Joranum sobre igualdad y justicia social. Quizá él no fuese sincero, y puede que las utilizara meramente para recaudar seguidores, pero en sí no son malas. Ah, y encuentra la forma de que Raych te ayude. Siguió fiel a ti resistiendo la atracción de las ideas de Joranum. Debe de sentirse bastante confuso..., y quizá piense que es un traidor. Demuéstrale que no lo es. Aparte de eso, tendrás menos dificultades para seguir trabajando en la psicohistoria porque el emperador te apoyará en todo lo que emprendas.

—Y tú, Daneel... ¿Qué harás?

—Tengo otros asuntos de que ocuparme en la galaxia. La Ley Cero sigue estando presente y debo consagrar mis esfuerzos al bien de la Humanidad..., siempre que logre determinar en qué consiste. Y, Hari...

—¿Sí, Daneel?

—Aún tienes a Dors.

Seldon asintió.

—Sí, aún tengo a Dors. —Guardó silencio durante unos momentos y acabó estrechando la firme mano de Daneel entre sus dedos—. Adiós, Daneel.

—Adiós, Hari —replicó Daneel.

Después de pronunciar aquellas palabras, el robot giró sobre sí mismo y se alejó por el pasillo del Palacio Imperial, con la espalda tan recta como una columna y envuelto en el susurro de su gruesa túnica de primer ministro.

Seldon se quedó inmóvil después de que Daneel se marchara. Permaneció absorto en sus pensamientos durante unos minutos, y de repente empezó a caminar hacia los aposentos del primer ministro. Seldon aún tenía otra cosa que decir a Daneel..., la más importante de todas.

Antes de entrar, se detuvo unos instantes en la penumbra del pasillo, pero la habitación estaba vacía. La túnica se encontraba encima de una silla. Los aposentos del primer ministro repitieron un sinfín de ecos con las últimas palabras que Hari dirigió al robot.

—Adiós, amigo mío.

Eto Demerzel se había marchado; R. Daneel Oliwan se había esfumado.

Segunda parte
CLEÓN I

CLEÓN I. Aunque ha sido objeto de frecuentes panegíricos por ser el último emperador bajo el que el Primer Imperio Galáctico estuvo razonablemente unido y gozó de una razonable prosperidad, el cuarto de siglo que duró el reinado de Cleón I estuvo marcado por un continuo declive. No se le puede atribuir una responsabilidad directa, ya que el declive del Imperio se basó en factores políticos y económicos de tal magnitud, que en aquel entonces nadie pudo evitar. Fue afortunado en su elección de primeros ministros: Eto Demerzel fue sucedido por Hari Seldon, y el emperador nunca perdió la fe inicial en que Seldon conseguiría desarrollar la psicohistoria. El extraño clímax de la última conspiración joranumita tuvo como protagonistas a Cleón y Seldon...

ENCICLOPEDIA GALÁCTICA

1

Mandell Gruber era un hombre feliz y, ciertamente, a Hari Seldon se lo parecía. Seldon interrumpió su paseo matinal para observarle.

Gruber —de cincuenta años de edad— tenía un aspecto curtido gracias al trabajo en los jardines del Palacio Imperial, pero poseía un rostro jovial, pulcramente afeitado y coronado por un cráneo rosado que su escasa cabellera color arena sólo cubría en parte; estaba silbando para sí mismo mientras inspeccionaba las hojas de los arbustos en busca de alguna señal de insectos.

No era el jefe de jardineros, naturalmente. El jefe de jardineros del Palacio Imperial era un alto funcionario que poseía un suntuoso despacho en uno de los edificios del inmenso complejo imperial, y tenía a sus órdenes un auténtico ejército de hombres y mujeres. Habitualmente no inspeccionaba los jardines más de un par de veces al año.

Gruber no era más que otro miembro de su ejército. Seldon sabía que tenía la categoría de jardinero de primera clase, y que se la había ganado merecidamente después de treinta años de fieles servicios.

—Otro día maravilloso, Gruber —dijo Seldon desde el sendero de gravilla en el que se había detenido.

Gruber alzó la mirada y sus ojos chispearon.

—Sí, primer ministro, desde luego, y lo siento por los que están encerrados entre cuatro paredes.

—Como yo voy a estarlo dentro de unos momentos, ¿eh?

—Bueno, primer ministro, hay muy pocas cosas por las que se le pueda compadecer, pero si desaparece en uno de esos edificios en un día como éste, los afortunados podemos sentir un poquito de pena por usted.

—Muchas gracias, Gruber, pero ya sabe que tenemos a cuarenta mil millones de trantorianos debajo de la cúpula. ¿Se siente apenado por todos y cada uno de ellos?

—Desde luego que sí. Doy gracias de no haber nacido en Trantor porque eso me permitió convertirme en jardinero. En este mundo somos muy pocos los que trabajamos al aire libre, pero aquí estoy yo..., uno de esos pocos afortunados.

—El clima no siempre es tan ideal como hoy.

—Cierto, y he aguantado los aguaceros y los vendavales, pero a pesar de eso si vas vestido adecuadamente... Mire. —Gruber alargó los brazos en un gesto tan amplio como su sonrisa, como si quisiera abarcar la enorme extensión de los jardines del palacio—. Tengo mis propios amigos. Los árboles, las praderas y todas las formas de vida animal están aquí para hacerme compañía, y hay muchas plantas a las que animar para que crezcan adoptando formas geométricas, incluso en invierno. ¿Se ha fijado alguna vez en la geometría de los jardines, primer ministro?

—La estoy viendo ahora mismo, ¿no?

—No, me refería sólo a los planos desplegados para apreciarla de veras..., le aseguro que es maravillosa. Fue planeada por Tapper Savand hace más de cien años, y ha cambiado muy poco desde entonces. Tapper era un gran horticultor, el más grande de todos..., y nació en mi planeta.

—Anacreonte, ¿verdad?

—Así es. Un mundo muy lejano, cercano al límite de la galaxia, donde todavía existen tierras vírgenes y donde la vida puede ser magnífica... Vine aquí cuando no era más que un mocoso y el actual jefe de jardineros se distinguía sirviendo al difunto emperador. Naturalmente, ahora hablan de rediseñar los jardines. —Gruber dejó escapar un suspiro y meneó la cabeza—. Eso sería un error. Tal y como

116

están ahora son perfectos..., tienen la proporción adecuada y el equilibrio ideal, resultando agradables tanto al ojo como al espíritu. La verdad es que los jardines han sido rediseñados varias veces a lo largo de la historia. Los emperadores se cansan de lo viejo y lo sustituyen por lo nuevo, como si lo nuevo fuera siempre mejor... Nuestro actual emperador, que tenga larga vida, ha planeado la remodelación con el jefe de jardineros. Por lo menos eso afirman los rumores que corren entre los jardineros...

Gruber pronunció esas últimas palabras deprisa y en voz baja, como si le avergonzara difundir los cotilleos del palacio.

—Puede que aún tarde bastante en ocurrir.

—Espero que no, primer ministro. Si tiene ocasión de robar algún tiempo a ese trabajo tan pesado que debe de estar haciendo, le ruego que estudie el diseño de los jardines. Es de una rara belleza y, si dependiera de mí, no cambiaría de sitio una sola hoja..., ni una flor ni un conejo; no tocaría nada de entre todos estos centenares de kilómetros cuadrados.

Seldon sonrió.

—Veo que ama usted su trabajo, Gruber. No me sorprendería que algún día llegara a ser jefe de jardineros.

—Espero que el destino me libre de ello. El jefe de jardineros no respira aire fresco, no ve paisajes naturales y olvida todo cuanto ha aprendido de la Naturaleza. Vive ahí... —Gruber señaló despectivamente con un dedo—, y creo que sólo es capaz de distinguir un arbusto de un arroyo si algún subordinado le saca del edificio y coloca su mano encima de uno o la hunde en el otro.

Por un instante pareció como si Gruber se dispusiera a expulsar su desprecio con un escupitajo, pero no encontró ningún sitio sobre el que escupir.

Seldon dejó escapar una risita.

—Gruber, hablar con usted siempre relaja. Cuando me noto abrumado por los deberes del día, resulta muy agradable dedicar unos momentos a escuchar su filosofía.

—Ah, primer ministro, no soy un filósofo. Apenas he estudiado.

—No hace falta estudiar para ser filósofo. Basta con poseer una mente activa y tener experiencia de la vida. Cuidado, Gruber..., puede que decida ascenderle.

–Primer ministro, si me mantiene en mi puesto actual contará con toda mi gratitud.

Seldon se alejó con una sonrisa en los labios, que se desvaneció en cuanto volvió a pensar en sus problemas actuales. Diez años como primer ministro..., y si Gruber supiera lo harto que estaba de su cargo, no tendría compasión suficiente para apiadarse de él. Seldon se preguntó si Gruber sería capaz de entender que sus progresos en las técnicas psicohistóricas indicaban que se enfrentaba a un dilema irresoluble.

2

El paseo meditabundo que Seldon dio por los jardines fue un compendio de paz. Encontrarse en el centro de los dominios privados del Emperador hacía que le resultase muy difícil recordar que se hallaba en un mundo totalmente cubierto por una cúpula, a excepción de aquella zona. Recorriendo los jardines imaginaba que se hallaba en Helicón, su planeta natal, o en Anacreonte, el mundo del que procedía Gruber.

Naturalmente la sensación de paz era una ilusión. Los jardines estaban celosamente vigilados.

Mil años antes los jardines del palacio imperial –menos ostentoso y diferenciado del mundo que empezaba a construir las primeras cúpulas protectoras de algunas regiones–, estaban abiertos a todos los ciudadanos, y el mismísimo emperador recorría sus senderos sin protección alguna saludando a sus súbditos con una inclinación de cabeza.

Eso ya era imposible. La seguridad se había impuesto, y ningún ciudadano de Trantor podía entrar en el recinto. Pero eso no eliminaba el peligro, pues cuando surgía procedía de funcionarios imperiales descontentos y soldados corruptos que habían sido sobornados. Los jardines eran el lugar donde el emperador y los miembros de su corte corrían más peligro. ¿Qué habría ocurrido diez años antes, por ejemplo, si Dors Venabili no hubiese estado con Seldon?

Ocurrió durante su primer año como primer ministro y (después de suceder) Seldon supuso que era natural que su inesperado nombramiento como primer ministro hubiese creado celos y resentimientos. Otros hombres mejor cualificados que él —tanto en años de servicio como, sobre todo, a sus propios ojos—, podían enfurecerse cada vez que pensaban en cómo había llegado a ocupar el cargo. No sabían nada de la psicohistoria o de su importancia para el emperador, y la forma más sencilla de corregir aquel error era corromper a uno de los hombres que habían jurado proteger al primer ministro.

Dors debía de haberlo sospechado, o quizá fuera que la desaparición de Demerzel reforzó sus instrucciones de proteger a Seldon. Lo cierto es que durante sus primeros años en el cargo, Dors pasaba mucho más tiempo con él que ausente.

Al anochecer de un cálido día de verano, Dors captó el destello del sol, próximo al ocaso —un sol nunca visto bajo la cúpula de Trantor—, reflejándose en el metal de un desintegrador.

—¡Al suelo, Hari! —gritó de repente, y sus pies aplastaron los tallos de hierba mientras corría hacia el sargento—. Deme ese desintegrador, sargento —ordenó con voz tensa.

El aspirante a asesino quedó momentáneamente inmovilizado ante la inesperada visión de la mujer que corría hacia él, pero reaccionó rápidamente y alzó el desintegrador que había desenfundado.

Pero Dors ya estaba encima de él. Su mano se cerró sobre su muñeca derecha, presionándola poderosamente y obligándole a levantar el brazo.

—Suéltelo —dijo apretando los dientes.

El rostro del sargento se contorsionó mientras intentaba liberar el brazo.

—No lo intente, sargento —dijo Dors—. Mi rodilla está a cinco centímetros de su ingle y bastará con que parpadee para que sus genitales se conviertan en historia, así que no se mueva. Muy bien. Y ahora, abra la mano. Si no suelta el desintegrador ahora mismo le romperé el brazo.

Un jardinero corrió hacia ellos blandiendo un rastrillo. Dors le alejó con una seña. El sargento dejó caer el desintegrador.

Seldon ya estaba a su lado.

–Yo me encargaré de esto, Dors.

–No lo harás. Escóndete entre esos árboles y llévate el desintegrador. Puede que haya más personas metidas en esto..., y quizá estén preparadas para actuar.

Dors no había aflojado la presión con que sujetaba la muñeca del sargento.

–Y ahora, sargento, quiero el nombre de la persona que le convenció para que atentara contra la vida del primer ministro..., y el de los otros conspiradores.

El sargento guardó silencio.

–No sea estúpido –dijo Dors–. ¡Hable! –Le retorció el brazo y el sargento cayó de rodillas. Dors le puso la suela de un zapato sobre el cuello–. Si cree que le conviene no hablar, puedo aplastarle la laringe y no volverá a hacerlo nunca. Ah, y antes me aseguraré de hacerle *mucho* daño... No le dejaré ni un hueso entero. Será mejor que hable.

El sargento habló.

–¿Cómo pudiste hacerlo, Dors? –le preguntó Seldon después–. Nunca creí que fueras capaz de semejante... *violencia*.

–No le hice mucho daño, Hari –respondió Dors con frialdad–. La amenaza fue suficiente y, en cualquier caso, tu seguridad era más importante que cualquier otra consideración.

–Tendrías que haber permitido que me encargara de él.

–¿Por qué? ¿Para no herir tu orgullo masculino? Para empezar, no habrías sido lo bastante rápido y, en segundo lugar, eres un hombre y lo que hubieras podido hacer era justo lo que se esperaba de ti. Yo soy una mujer, y la opinión general es que las mujeres no son tan agresivas como los hombres y que casi ninguna posee la fuerza necesaria para hacer lo que hice. El asunto se divulgará rápidamente y al final todo el mundo me tendrá pánico. Nadie se atreverá a intentar algo contra ti por miedo a mis represalias.

–Sí, por miedo a tus represalias y por miedo a la ejecución. Ya sabes que el sargento y sus cómplices van a ser ejecutados, ¿no?

Apenas acabó de pronunciar esas palabras una terrible angustia se extendió por el habitualmente tranquilo rostro de Dors, como si no soportara la idea de que el sargento, acusado de alta traición, fuera ejecutado, a pesar de que habría acabado con la vida de su querido Hari sin titubear.

—No es necesario ejecutar a los conspiradores —exclamó—. Basta con exiliarles.

—No, no bastaría —dijo Seldon—. Es demasiado tarde. Cleón no quiere oír hablar de nada que no sea la ejecución. Puedo repetirte lo que dijo..., si lo deseas.

—¿Quieres decir que ya ha tomado la decisión?

—La tomó de inmediato. Le dije que bastaba con el exilio o la cárcel, pero él dijo que no. «Cada vez que intento resolver un problema mediante una acción clara y decidida —dijo—, primero Demerzel y ahora tú, habláis de "despotismo" y "tiranía", pero éste es *mi* palacio, y éstos son *mis* jardines y *mis* guardias. Mi seguridad depende de la lealtad de mi gente y de que este lugar esté lo más protegido posible. ¿Acaso crees que cualquier desviación de la lealtad absoluta puede ser respondida con algo que no sea la muerte instantánea? De lo contrario, ¿cómo podrías estar a salvo? ¿Cómo podría estar a salvo *yo*?» Le dije que sería necesario un juicio. «Por supuesto —replicó él—, habrá un juicio militar lo más rápido y breve posible, y no esperes ni un solo voto a favor de nada que no sea la ejecución. Me ocuparé personalmente de dejar bien claro cuál es mi voluntad...»

Dors parecía muy afectada.

—Te estás tomando todo esto con mucha calma. ¿Estás de acuerdo con el emperador?

Seldon vaciló, pero acabó asintiendo de mala gana.

—Sí.

—Porque el atentado se produjo contra tu vida. ¿Has renunciado a tus principios a cambio de la venganza?

—Vamos, Dors... No soy una persona vengativa, pero yo o incluso el emperador no fuimos los únicos en correr peligro. Si hay algo claro en la historia reciente del Imperio es que los emperadores se suceden. Lo que hay que proteger es la psicohistoria. Sin duda la psicohistoria acabará siendo desarrollada algún día, incluso suponiendo que me ocurra algo, pero el declive del Imperio es muy rápido y no podemos esperar..., yo soy la única persona que ha ido lo bastante lejos para desarrollar las técnicas necesarias a tiempo.

—Entonces deberías enseñar lo que sabes a otros —dijo Dors poniéndose muy seria.

—Lo estoy haciendo. Yugo Amaryl es un sucesor razonable y válido, y he reunido a un grupo de técnicos que algún día podrán ser muy útiles, pero no serán tan...

Seldon no terminó la frase.

—¿No serán tan buenos como tú..., tan sabios, tan capaces? ¿De veras lo crees?

—Pues da la casualidad de que eso es lo que pienso, sí —dijo Seldon—. Y da la casualidad de que soy humano. La psicohistoria es mía, y si me es posible conseguirlo quiero que se me atribuya el mérito de su desarrollo.

—Humano... —suspiró Dors, y meneó la cabeza casi con tristeza.

Las ejecuciones se llevaron a cabo. No se había visto una purga semejante desde hacía más de un siglo. Dos ministros, cinco funcionarios de rangos inferiores y cuatro soldados —incluyendo al infortunado sargento— fueron ejecutados. Los guardias que no superaron con éxito la investigación más rigurosa imaginable, perdieron sus puestos y fueron exilados a los mundos exteriores.

Desde entonces no se produjo rastro alguno de traición, y el celo con que se protegía al primer ministro llegó a ser tan conocido —además de la mujer aterradora que le vigilaba, a la que muchos llamaban la *Mujer Tigre*—, que ya no era necesario que Dors le acompañara a todas partes. Su invisible presencia era escudo suficiente, y el emperador Cleón disfrutó de casi diez años de seguridad y paz absolutas.

Entretanto, la psicohistoria estaba llegando al punto en el que podría ser usada para obtener algo parecido a predicciones, y cuando Seldon dejó de ser primer ministro, trasladándose al laboratorio para convertirse en psicohistoriador, era incómodamente consciente de las muchas probabilidades de que aquella era de paz estuviese aproximándose a su fin.

3

A pesar de ello, al entrar en el laboratorio no pudo evitar sentirse satisfecho.

¡Cómo habían cambiado las cosas!

Todo había empezado veinte años atrás con sus primeros tanteos en un ordenador heliconiano de escasa potencia. En ese instante tuvo el primer atisbo de lo que acabaría convirtiéndose en paracaótico.

Después llegaron los años en la Universidad de Streeling, en los que él y Yugo Amaryl trabajaron juntos intentando renormalizar las ecuaciones, librarse de las infinidades que tan molestas resultaban, y dar con un camino que les permitiera evitar los efectos caóticos. No habían avanzado mucho.

Finalmente, después de diez años en el cargo de primer ministro, tenía a su disposición una planta entera con los últimos modelos de ordenadores y un numeroso grupo de personas que trabajaban en una amplia variedad de problemas.

Ninguna de ellas —salvo Yugo y el mismo Seldon, naturalmente—, conocía nada más que el problema inmediato en el que trabajaban. Cada una se ocupaba de un pequeño promontorio de la gigantesca cordillera que era la psicohistoria, que sólo Seldon y Amaryl podían percibir como tal... En realidad, incluso ellos tenían una imagen borrosa de la psicohistoria, de aquella cordillera en la que sus cimas quedaban ocultas entre nubes y sus laderas veladas por la neblina.

Dors Venabili estaba en lo cierto, por supuesto. Tendría que iniciar a sus colaboradores en la totalidad del misterio. La técnica se estaba desarrollando y no tardaría en sobrepasar la capacidad de dos únicos hombres, además Seldon envejecía. Podía esperar unas décadas más de vida, pero estaba seguro de que los años de sus mayores logros ya habían quedado atrás.

Incluso Amaryl tendría treinta y nueve años dentro de un mes, y aunque seguía siendo joven, quizá podía afirmarse que como matemático había dejado de serlo. Su capacidad para producir nuevos enfoques de pensamiento tangencial también podía estar disminuyendo.

Amaryl le vio entrar y dirigirse hacia él. Seldon le contempló con cariño. Amaryl era tan dahlita como Raych, su hijo adoptivo, y a pesar de su físico musculoso y su escasa estatura, no lo aparentaba en lo más mínimo. Le faltaba el bigote, el acento y, al parecer, también le faltaba la consciencia de dahlita. Incluso se había mostrado impenetrable al atractivo de Jo-Jo Joranum, que tanto había afectado a los habitantes de Dahl.

Era como si Amaryl no reconociera la existencia del patriotismo sectorial, planetario y ni siquiera imperial. Pertenecía completa y exclusivamente a la psicohistoria.

Seldon se sintió como un inepto. Era plenamente consciente de que había pasado las dos primeras décadas de su existencia en Helicón, y cuando pensaba en sí mismo se consideraba heliconiano. Se preguntó si eso no acabaría por traicionarle tiñendo de prejuicios sus ideas sobre la psicohistoria. La situación ideal para utilizar la psicohistoria correctamente implicaba estar por encima de mundos y sectores, tratando únicamente con la Humanidad en su aspecto más abstracto y despersonalizado..., y eso era lo que Amaryl hacía.

«Yo no puedo hacerlo», admitió Seldon interiormente en medio de un suspiro.

—Supongo que progresamos, Hari —dijo Amaryl.

—¿Lo supones, Yugo? ¿Tan sólo lo supones?

—No quiero salir al espacio exterior sin llevar un traje puesto.

Amaryl pronunció aquellas palabras con la habitual seriedad de su rostro (Seldon conocía su escaso sentido del humor), mientras se dirigían al despacho de Seldon. Era pequeño, pero estaba perfectamente protegido.

Amaryl se sentó y cruzó las piernas.

—Tu último plan para esquivar el problema del caos puede que en parte funcione..., a cambio de perder precisión, naturalmente —dijo.

–Naturalmente. Ganamos algo en conjunto, y perdemos precisión en los detalles. El universo funciona así, pero tenemos que arreglárnoslas para engañarlo de alguna forma.

–Le hemos engañado un poco, pero es como mirar a través de un cristal opaco.

–Algo hemos avanzado desde esos años en que mirábamos a través de una plancha de plomo.

Amaryl murmuró algo ininteligible.

–Captamos atisbos de luz y oscuridad –dijo después.

–¡Explícate!

–No puedo hacerlo, pero cuento con el primer radiante, con el que me he matado a trabajar como un..., un...

–Prueba con «lamec». Es un animal, una bestia de carga que tenemos en Helicón. En Trantor no hay lamecs.

–Bueno, si el lamec se deja la piel en su trabajo, te aseguro que es lo que he estado haciendo con el primer radiante.

Pulsó la tecla de seguridad de su escritorio desactivando una cerradura, y un cajón se deslizó hacia fuera silenciosamente. Amaryl sacó de él un cubo oscuro y opaco que Seldon observó con gran interés. Seldon había ideado los circuitos del primer radiante, pero Amaryl lo había construido. Yugo Amaryl siempre había sido muy hábil con las manos, y el primer radiante era obra suya.

La habitación quedó sumida en la penumbra y las ecuaciones y las relaciones aparecieron en el aire. Los números se desplegaron por debajo de ellas y flotaron a un par de centímetros de la superficie del escritorio como si fuesen marionetas suspendidas de hilos invisibles.

–Maravilloso –dijo Seldon–. Si vivimos lo suficiente, algún día conseguiremos que el primer radiante produzca un río de símbolos matemáticos que contendrá el mapa de la historia pasada y futura. Lo usaremos para localizar las corrientes y los riachuelos, y encontrar formas de alterarlos para que sigan el curso que prefiramos en cada momento.

–Sí –replicó Amaryl tajantemente–, si conseguimos vivir con el conocimiento de que las acciones que llevemos a cabo pueden producir los peores resultados imaginables a pesar de obrar con la mejor de las intenciones.

—Créeme, Yugo, nunca me acuesto sin atormentarme pensando en ello, pero aún estamos lejos. Lo único que tenemos es esto..., y como tú has dicho, de momento equivale a ver manchas de luz y oscuridad a través de un cristal opaco.

—Cierto.

—¿Y qué crees haber visto, Yugo?

Seldon clavó los ojos en el rostro de Amaryl y se puso bastante serio. Estaba engordando, y empezaba a parecer un poco regordete. Pasaba demasiado tiempo inclinado sobre los ordenadores (especialmente sobre el primer radiante), y descuidaba la actividad física; aunque veía a alguna mujer de vez en cuando, Seldon sabía que nunca estuvo casado. ¡Un grave error! Incluso un adicto al trabajo debe robarle un poco de tiempo a su obsesión para satisfacer a una compañera o atender las necesidades de los niños.

Seldon pensó en su cuerpo, que aún seguía siendo delgado y ágil, y en los esfuerzos de Dors para mantenerle en tal estado.

—¿Qué veo? —murmuró Amaryl—. Veo que el Imperio tiene problemas.

—El Imperio siempre tiene problemas.

—Sí, pero esto es algo más preciso e importante. Existe la posibilidad de que tengamos problemas en el centro.

—¿En Trantor?

—Supongo, o en la periferia. Tal vez pasaremos por una situación bastante grave, quizá una guerra civil, o la independización del Imperio por parte de los alejados mundos exteriores.

—No creo que haga falta recurrir a la psicohistoria para predecir esas posibilidades.

—Lo interesante es que parece existir una exclusividad mutua. Una cosa o la otra, pero la probabilidad de que ocurran las dos es muy remota. ¡Aquí, mira! Está expresado en tus propios símbolos matemáticos... ¡Observa!

Permanecieron inclinados mucho rato sobre los datos que mostraba el primer radiante.

—No entiendo el porqué de esa exclusividad mutua —dijo Seldon por fin.

—Yo tampoco, Hari, pero ¿dónde está el valor de la psicohistoria si sólo nos muestra lo que queríamos ver? Esto nos está mostrando algo que de otra forma no veríamos. Lo que no nos indica es, primero, qué alternativa es la mejor, y, segundo, qué debemos hacer para asegurarnos de que ocurra sólo la mejor, disminuyendo o eliminando las posibilidades de la peor.

Seldon apretó los labios.

—Puedo decirte cuál de las dos alternativas es preferible —murmuró—. Dejemos que la periferia abandone el Imperio y conservemos Trantor.

—¿De verdad?

—No cabe duda. Debemos asegurar la estabilidad de Trantor aunque sólo sea porque vivimos aquí.

—Pero estoy seguro de que nuestra comodidad no puede ser el factor decisivo...

—No, pero la psicohistoria es vital. ¿De qué nos servirá mantener intacta la periferia si la situación en Trantor nos obliga a dejar de trabajar en la psicohistoria? No digo que nos maten, pero puede que nos resulte imposible seguir trabajando. Nuestro destino dependerá del desarrollo de la psicohistoria. En cuanto al Imperio, la secesión de la periferia sólo supondrá el comienzo de una desintegración que puede tardar mucho tiempo en llegar hasta el núcleo.

—Hari, aun suponiendo que tengas razón... ¿Qué podemos hacer para mantener la estabilidad en Trantor?

—Para empezar tendremos que pensar en el problema.

El silencio se adueñó de la habitación.

—Pensar no me tranquiliza demasiado —dijo Seldon por fin—. ¿Y si el Imperio ha estado siguiendo desde siempre una dirección equivocada? Pienso en eso cada vez que hablo con Gruber...

—¿Quién es Gruber?

—Mandell Gruber es un jardinero.

—Oh. ¿Es el que vino corriendo con el rastrillo en alto para salvarte cuando intentaron asesinarte?

—Sí. Siempre se lo he agradecido. Sólo tenía un rastrillo, y cabía la posibilidad de que se enfrentara a más conspiradores armados con desintegradores. Eso es auténtica lealtad, Yugo... En fin, hablar con él es como respirar una bocanada de aire limpio. No puedo pasarme la vida hablando con altos funcionarios de la corte y con psicohistoriadores.

—Muchas gracias.

—¡Vamos, vamos! Ya sabes lo que quiero decir... Gruber ama los espacios abiertos. Quiero sentir el viento, la lluvia, el aliento del frío y todas las cosas que la intemperie le depare. Algunas veces, yo también las echo de menos.

—Yo no. Creo que podría pasar el resto de mi vida sin salir de la cúpula.

—Naciste y creciste bajo la cúpula... Pero imagina que el Imperio estuviera formado por mundos sencillos no industrializados que subsistieran gracias a la ganadería y la agricultura, mundos poco poblados con muchos espacios desiertos. ¿No crees que todos viviríamos mejor?

—Creo que sería una existencia horrible.

—He encontrado algo de tiempo libre para hacer algunas investigaciones al respecto y me parece que es un caso de equilibrio inestable. Un mundo con poca población como el que describo, o empobrece hasta convertirse en un planeta moribundo con un nivel cultural primitivo..., o se industrializa. Cuando el desarrollo alcanza un punto determinado, se inclina hacia una dirección u otra, dándose la casualidad de que casi todos los mundos de la galaxia se han inclinado hacia la industrialización.

—Porque es preferible.

—Quizá, pero eso no puede seguir eternamente. Ahora asistimos a los resultados de ese exceso en una dirección. El Imperio no podrá subsistir por mucho tiempo porque se ha..., se ha recalentado. No se me ocurre otra palabra. No sabemos qué ocurrirá a continuación. Si conseguimos evitar la caída mediante la psicohistoria o, lo que es más probable, si conseguimos provocar una recuperación después de la caída, ¿será simplemente para asegurar otro cíclico período de recalentamiento? ¿Es el único futuro que tiene la Humanidad? ¿Está condenada a empujar el peñasco hasta lo alto de una colina, igual que Sísifo, sólo para verlo rodar por la ladera otra vez?

–¿Quién es Sísifo?

–Un personaje de un mito primitivo. Yugo, tienes que leer más.

Amaryl se encogió de hombros.

–¿Para enterarme de quién era Sísifo y de lo que le ocurrió? No es tan importante. Puede que la psicohistoria nos muestre el camino hacia una sociedad totalmente nueva, una sociedad tan estable y deseable que no se parezca en nada a todo cuanto hemos visto hasta el momento.

–Eso espero –suspiró Seldon–. Eso espero, pero aún no hay ninguna señal que lo indique. En un futuro próximo tendremos que hacer todo lo posible para librarnos de la periferia, y eso marcará el comienzo de la caída del Imperio Galáctico.

4

–Le dije que eso marcaría el comienzo de la caída del Imperio Galáctico –dijo Hari Seldon–. Y eso es lo que ocurrirá, Dors.

Dors le escuchaba con los labios apretados. Había aceptado su nombramiento como primer ministro tal y como lo aceptaba todo, con calma. Su única misión era protegerle a él y a su psicohistoria, pero Dors sabía muy bien que su nueva posición haría que le resultase más difícil. El mejor sistema de seguridad era pasar inadvertido, y mientras la Espacionave solar, símbolo del Imperio, iluminara a Seldon con su resplandor, todas las barreras físicas existentes resultarían insuficientes.

El lujo en el que vivían –la meticulosa protección contra los haces de espionaje que también les salvaguardaba de toda interferencia física; las ventajas que suponía para su propia investigación histórica el hecho de disponer de fondos casi ilimitados–, no la satisfacía. Dors habría cambiado todo aquello por su viejo apartamento de la Universidad de Streeling o, mejor aún, por un apartamento cualquiera en un sector donde nadie les conociese.

–Todo eso está muy bien, querido –dijo–, pero no es suficiente.

–¿A qué te refieres?

–La información que me estás dando... Dices que podríamos perder la periferia. ¿Cómo? ¿Por qué?

Seldon se permitió una sonrisa fugaz.

–Me gustaría saberlo, Dors, pero la psicohistoria aún no ha llegado a la fase necesaria para decírnoslo.

–Entonces dame tu opinión. ¿Crees que los gobernadores locales de los mundos más alejados sienten la ambición de autodeclararse independientes?

–Es un factor, desde luego. Como sabes, ha ocurrido en el pasado, pero nunca por mucho tiempo. Puede que esta vez sea permanente.

–¿Porque el Imperio es más débil?

–Sí, y porque el intercambio comercial se desarrolla con menos libertad que en el pasado, porque las comunicaciones son más inflexibles que antes y porque, de hecho, los gobernadores de la periferia se encuentran más cerca de la independencia de lo que jamás lo habían estado. Si uno de ellos se deja llevar por ciertas ambiciones...

–¿Puedes predecir quién será?

–Desde luego que no. Todo lo que podemos extraer de la psicohistoria en esta fase es la seguridad de que *si* aparece un gobernador extremadamente hábil y ambicioso, encontrará unas condiciones mucho más adecuadas para sus propósitos que en cualquier otro momento del pasado. También podrían ser otras cosas..., un gran desastre natural o una guerra civil entre dos coaliciones de mundos exteriores lejanos. Ninguno de esos acontecimientos puede predecirse con exactitud en estos momentos, pero sí podemos afirmar que cualquier acontecimiento de esa naturaleza que se produzca ahora tendrá consecuencias más serias de las que habría tenido hace un siglo.

–Pero si no sabes con exactitud qué ocurrirá en la periferia, ¿cómo puedes guiar las acciones con seguridad hacia la pérdida de la periferia en vez de a Trantor?

–Observando con mucha atención la situación en los dos mundos y tratando de estabilizar Trantor sin hacer nada por la periferia. No podemos esperar que la psicohistoria ordene los acontecimientos automáticamente a menos que nuestros conocimientos sobre su funcionamiento sean mucho mayores de lo que lo son en la actualidad, así que nos vemos obligados a utilizar continuamente los controles manuales. En días venideros la técnica será desarrollada y mejorada, y la necesidad de ejercer el control manual irá decreciendo paulatinamente.

—Pero eso ocurrirá en días venideros, ¿verdad? —dijo Dors.

—Sí, e incluso eso no es más que una esperanza.

—¿Y qué clase de inestabilidades amenazan a Trantor suponiendo que nos aferremos a la periferia?

—Las mismas de antes: factores económicos y sociales, desastres naturales, rivalidades entre altos funcionarios..., y algo más. Cuando hablé con Yugo le describí la situación del Imperio como si estuviera recalentado, y Trantor es la parte más recalentada de todo el Imperio. Parece como si todo se estuviera desmoronando. La infraestructura, el suministro de agua, la calefacción, la eliminación de desperdicios, los conductos de combustible, todo parece tener problemas que se salen de lo corriente, y me he dedicado a estudiarlo con una atención progresivamente mayor en los últimos tiempos.

—¿Y la muerte del emperador?

Seldon extendió las manos con las palmas hacia arriba.

—Es algo inevitable, pero Cleón goza de buena salud. Tiene la misma edad que yo, y aunque me gustaría ser más joven, no es demasiado viejo. Su hijo sería el peor sucesor imaginable, pero habrá un buen número de aspirantes..., más que suficiente para crear problemas y hacer que su muerte resulte traumática para el Imperio, pero quizá no acabe convirtiéndose en una catástrofe total en el sentido histórico de la expresión.

—Bien, entonces pensemos en su asesinato.

Seldon alzó la cabeza.

—No digas eso —murmuró nerviosamente—. Ya sé que estamos protegidos contra las escuchas, pero no utilices esa palabra.

—Hari, no seas tonto. Es la eventualidad que ha de ser tomada en consideración. Hubo un tiempo en el que los joranumitas podrían haber tomado el poder, de haberlo hecho el emperador habría sido eliminado de una forma o de otra...

–Probablemente no. Habría resultado más útil como figura decorativa, y en cualquier caso olvídalo. Joranum murió el año pasado en Nishaya, y tengo entendido que se convirtió en una ruina humana bastante patética.

–Tenía seguidores.

–Naturalmente. Todo el mundo. tiene seguidores. Tus investigaciones históricas del reino de Trantor y los primeros tiempos del Imperio Galáctico... ¿No has encontrado ninguna referencia al Partido Globalista de Helicón?

–No, ni una sola. No quiero herir tus sentimientos, Hari, pero no recuerdo haber encontrado ningún acontecimiento histórico en el que Helicón desempeñara un papel relevante.

–No pasa nada, Dors. Feliz aquel mundo que no tiene historia, siempre lo he dicho... Bien, hace unos dos mil cuatrocientos años cierto número de heliconianos firmemente convencidos de que Helicón era el único planeta habitado del Universo se agruparon. Afirmaban que Helicón *era* el Universo y que aparte del propio Helicón sólo existía una sólida esfera tachonada de estrellas diminutas.

–¿Cómo podían creer en algo semejante? –preguntó Dors–. Supongo que formaban parte del Imperio, ¿no?

–Sí, pero los globalistas insistían en que todas las pruebas que apoyaban la existencia del Imperio eran una ilusión o un engaño deliberado, que los emisarios y funcionarios del Imperio eran heliconianos que interpretaban un papel por algún motivo desconocido. Estaban totalmente al margen de la lógica y los razonamientos.

–¿Y qué ocurrió?

–Supongo que resulta agradable creer que tu mundo es *el* mundo. En el momento de máxima influencia, los globalistas convencieron a un diez por ciento de la población del planeta de que se uniera a su movimiento. Sólo un diez por ciento, pero se trataba de una minoría de exaltados que hacía mucho más ruido que la mayoría de indiferentes, y estuvo a punto de adueñarse del poder.

–Pero no lo consiguieron, ¿verdad?

—No, no lo consiguieron. El Partido Globalista provocó una considerable disminución del comercio imperial y la economía heliconiana no tardó en sufrir un rápido declive. Cuando la creencia empezó a afectar al bolsillo del ciudadano corriente, perdió popularidad muy deprisa. La ascensión y caída del movimiento debió de sorprender a mucha gente, pero estoy seguro de que la psicohistoria habría demostrado que eran inevitables y que no era necesario perder el tiempo preocupándose por lo que pudiera ocurrir.

—Comprendo, pero... Hari, ¿por qué me has contado esta historia? Supongo que tiene alguna relación con lo que estábamos discutiendo antes, ¿no?

—La relación es que no importa lo ridículas que puedan llegar a ser ciertas creencias para una persona sensata: esos movimientos nunca llegan a morir del todo. En estos momentos..., *en estos momentos* todavía hay globalistas en Helicón. No muchos, pero de vez en cuando setenta u ochenta se reúnen en lo que llaman un congreso global y lo pasan en grande hablando del globalismo. Bueno, sólo han transcurrido diez años desde que el movimiento joranumita parecía una amenaza tan terrible para el futuro de este planeta, no me sorprendería que aún quedaran algunos restos dignos de consideración. Puede que dentro de mil años aún queden algunos restos del movimiento.

—¿Te parece posible que un resto pueda ser peligroso?

—Lo dudo. Lo que hacía tan peligroso el movimiento era el carisma de Jo-Jo..., y ha muerto. Ni siquiera tuvo una muerte heroica o más o menos notable. Era un hombre destrozado que se fue marchitando hasta morir en el exilio.

Dors se puso en pie y cruzó rápidamente la habitación balanceando los brazos y apretando los puños. Después volvió sobre sus pasos y se detuvo delante de Seldon, quien seguía inmóvil en su silla.

—Hari, voy a ser sincera contigo —dijo—. Si la psicohistoria indica que hay posibilidades de que Trantor sufra disturbios realmente serios y si aún hay joranumitas sueltos, es posible que sigan planeando matar al emperador.

Seldon dejó escapar una carcajada nerviosa.

—Te estás dejando asustar por sombras insustanciales, Dors. Relájate.

Seldon no tardó en descubrir que las palabras de Dors se habían quedado grabadas en su mente.

5

El sector de Wye tenía toda una tradición de oposición a la dinastía Entun de Cleón I, que llevaba dos siglos gobernando el Imperio. La oposición se remontaba a los tiempos en que algunos alcaldes de Wye ocuparon el trono imperial. La dinastía Wyan no duró demasiado, no pudo enorgullecerse de muchos éxitos, pero la población y los gobernantes de Wye no olvidaban que hubo un tiempo en el que —aunque sólo fuese de forma imperfecta y transitoria—, habían ostentado el poder supremo. Dieciocho años atrás, el breve período durante el que Rashelle se autoproclamó alcaldesa de Wye y desafió al Imperio, había servido para que tanto el orgullo como la frustración de Wye quedaran reforzados.

Todo eso hacía muy lógico y explicable que el grupito de conspiradores se sintiera tan a salvo en Wye como habría podido sentirse en cualquier otro lugar de Trantor.

Cinco conspiradores estaban sentados alrededor de una mesa en una habitación de una zona pobre del sector. Apenas contenía muebles, pero estaba concienzudamente protegida contra toda clase de escuchas.

El hombre que parecía el líder estaba sentado en una silla un poco más sólida y de mejor calidad que las otras. Su rostro era delgado, tez amarillenta, y tenía una boca bastante grande con labios tan pálidos que resultaban casi invisibles. Su cabellera estaba salpicada por algunas canas, pero sus ojos ardían con una ira inextinguible.

Tenía la mirada fija en el conspirador sentado delante de él, un hombre de mayor edad, apariencia menos feroz y cabellera casi canosa cuyas gruesas mejillas tendían a temblar cada vez que hablaba.

—¿Y bien? —preguntó secamente el líder—. Está claro que no has hecho nada. ¡Explícanos por qué!

–Soy joranumita desde hace mucho tiempo, Namarti –replicó el otro–. ¿Por qué he de justificar mis acciones ante ti?

Gambol Deen Namarti, el hombre que había sido la mano derecha de Laskin «Jo-Jo» Joranum, le fulminó con la mirada.

–Hay muchas personas que son joranumitas desde hace mucho tiempo. Algunas son incompetentes, se han ablandado, otras han olvidado lo que significa ser joranumita. Ser joranumita desde hace mucho tiempo sólo quiere decir que eres un viejo estúpido.

El hombre de la cabellera canosa se reclinó en su silla.

–¿Estás diciendo que soy un viejo estúpido? ¿Yo, Kaspal Kaspalov? Ya estaba al lado de Jo-Jo cuando tú aún no te habías unido al partido, cuando eras un don nadie harapiento en busca de una causa.

–No estoy diciendo que seas un estúpido –replicó Namarti–. Me limito a decir que algunos veteranos joranumitas son estúpidos. Ahora tienes la ocasión de demostrar que no eres uno de ellos.

–Mi relación con Jo-Jo...

–Olvida eso. ¡Jo-Jo está muerto!

–Creo que su espíritu sigue vivo.

–Si esa idea puede ayudarnos en nuestra lucha, entonces de acuerdo, su espíritu sigue vivo. Pero para otros, no para nosotros. Sabemos que cometió errores.

–¡No es cierto!

–No insistas en convertir en héroe a un hombre normal y corriente que cometió errores. Creyó que podría adueñarse del Imperio sólo con la fuerza de la retórica, con las palabras...

–La historia demuestra que las palabras han movido montañas en el pasado.

–Está claro que sus palabras no han movido ninguna montaña a causa de los errores. No supo esconder adecuadamente sus orígenes micogenitas. Peor aún, se dejó engañar y acusó al primer ministro Demerzel de ser un robot. Le advertí de que no lo hiciera, pero no quiso escucharme..., y eso acabó con él. Empecemos de nuevo, ¿de acuerdo? Sea cual sea el uso que hagamos del recuerdo de

Joranum. no debemos dar la sensación de que nos fascina hasta el punto de paralizarnos.

Kaspalov no dijo nada. Las miradas de los otros tres conspiradores fueron de Namarti a Kaspalov y volvieron a posarse en él. Los tres parecían dispuestos a dejar que Namarti llevara el peso de la discusión.

—Cuando Joranum fue exilado a Nishaya el movimiento joranumita se desintegró y pareció desaparecer —dijo Namarti con voz áspera—, y no cabe duda de que habría desaparecido..., de no ser por mí. Lo fui reconstruyendo fragmento a fragmento hasta convertirlo en una organización que se extiende por todo Trantor, como supongo que ya sabes.

—Lo sé, Jefe —murmuró Kaspalov.

El que hubiera utilizado ese título dejaba bien claro que Kaspalov buscaba reconciliarse con Namarti.

Namarti se permitió una leve sonrisa. No insistía en el uso del título, pero le gustaba oírlo emplear.

—Formas parte de la organización y tienes unos deberes que cumplir —dijo.

Kaspalov se removió en su asiento. Estaba manteniendo una discusión interna consigo mismo.

—Jefe, has dicho que aconsejaste a Joranum que no debía acusar al primer ministro de ser un robot —dijo por fin—. Dijiste que no te hizo caso, pero por lo menos te permitió hablar. ¿Puedo gozar del mismo privilegio y señalar lo que creo que es un error con la seguridad de que me escucharás, como Joranum te escuchó, incluso si luego decides imitarle ignorando mis consejos?

—Pues claro que puedes hablar, Kaspalov. Estás aquí para eso. ¿Qué quieres decirme?

—Jefe, las nuevas tácticas que estamos empleando son un error. Crean problemas y causan daños.

—¡Naturalmente! Han sido concebidas precisamente para eso. —Namarti se removió en su asiento y logró controlar su ira haciendo un considerable esfuerzo de voluntad—. Joranum utilizó la persuasión sin ningún éxito. Nosotros derribaremos a Trantor mediante la *acción*.

—¿Por cuánto tiempo y a qué precio?

—Por todo el tiempo que sea necesario..., y pagando un

precio muy pequeño. Una interrupción del suministro de energía, una cañería de agua que revienta, una obstrucción en el sistema de alcantarillado, una avería del aire acondicionado... Molestias y trastornos, todo se reduce a eso.

Kaspalov meneó la cabeza.

—Esas acciones tienen un efecto acumulativo.

—Por supuesto, Kaspalov, y nosotros queremos que el resentimiento y el malestar público también crezcan de forma acumulativa. Escucha, Kaspalov: el Imperio se encuentra en decadencia, y todo el mundo lo sabe..., por lo menos todas las personas inteligentes y capaces de pensar lo saben. La tecnología terminará por fallar incluso suponiendo que no hagamos nada. Lo único que estamos haciendo es acelerar el proceso.

—Es peligroso, Jefe. La infraestructura de Trantor es increíblemente complicada. Un empujón demasiado fuerte puede hacer que se desmorone y quede reducida a un montón de ruinas. Si tiramos del hilo equivocado Trantor puede derrumbarse como un castillo de naipes.

—Eso todavía no ha ocurrido.

—Puede que ocurra en el futuro. ¿Y si la gente descubre que somos los culpables? Nos harían pedazos... No habría necesidad de recurrir a las fuerzas de seguridad o al ejército. Las turbas nos aniquilarían.

—¿Y cómo sabrán que somos los culpables? El blanco natural para el resentimiento del pueblo será el gobierno y los consejeros del emperador. Nunca irán más allá.

—¿Cómo podremos seguir viviendo conociendo la realidad de los hechos?

El anciano pronunció esas palabras de forma casi inaudible y con gran emoción. Kaspalov alzó la cabeza y lanzó una mirada suplicante a su líder, el hombre al que había jurado lealtad y obediencia creyendo que seguiría enarbolando el estandarte de libertad transmitido por Jo-Jo Joranum; Kaspalov se preguntó si era así como Jo-Jo habría querido hacer realidad sus sueños.

Namarti chasqueó la lengua como un padre que reprueba las travesuras de su hijo.

—Kaspalov, espero que no sucumbas al sentimentalismo. Cuando logremos el poder recogeremos los fragmentos y lo reconstruiremos todo. Agruparemos al pueblo con las viejas ideas de Joranum sobre la participación popular en el gobierno y la promesa de que estará mejor representado, y cuando controlemos la situación crearemos un gobierno más eficiente y fuerte. Tendremos un Trantor mejor y un Imperio más sólido. Crearemos algún tipo de sistema parlamentario en el que los representantes de otros mundos puedan hablar hasta caer al suelo de puro agotamiento..., pero *nosotros* seremos gobernantes.

Kaspalov le miraba como si no supiera qué hacer.

Los labios de Namarti esbozaron una sonrisa desprovista de alegría.

—¿Lo entiendes? No podemos perder. Hasta ahora todo ha transcurrido a la perfección y seguirá así. El emperador no tiene ni idea de lo que está ocurriendo, y su primer ministro es un matemático. Cierto, acabó con Joranum, pero desde entonces no ha hecho nada.

—Cuenta con algo llamado..., llamado...

—Olvídalo. Joranum siempre le dio mucha importancia, pero formaba parte de sus orígenes micogenitas, al igual que su obsesión por los robots. Ese matemático no cuenta con *nada* que...

—Psicoanálisis histórico o algo parecido. En una ocasión le oí decir a Joranum que...

—He dicho que lo olvides. Limítate a cumplir con tu deber. Tienes a tu cargo la ventilación en el sector de Anemoria, ¿verdad? Muy bien. Haz que se estropee de la forma que mejor te parezca. Que se desconecte para que aumente la humedad, que produzca un olor desagradable..., lo que sea. Eso no matará a nadie, así que nada de sentimientos de culpabilidad y remordimientos. Lo único que harás será conseguir que la gente se sienta incómoda y que aumente el coeficiente general de disgusto e irritación. ¿Podemos confiar en ti?

—Pero lo que para un joven sólo sea una incomodidad irritante, puede ser algo más para los niños, las personas ancianas y los enfermos...

—¿Vas a seguir insistiendo en que nadie debe sufrir daño alguno?

Kaspalov farfulló algo ininteligible.

–Hacer *lo que sea* con la garantía absoluta de que nadie sufrirá ningún daño es imposible –dijo Namarti–. Tienes que hacer lo que se espera de ti. Si tu conciencia insiste en ello hazlo de forma que dañe al menor número de personas posible..., ¡pero *hazlo*!

–¡Espera! –exclamó Kaspalov–. Quiero añadir algo, Jefe.

–Pues entonces habla –replicó Namarti con voz cansada.

–Podemos pasar años manipulando la infraestructura, pero llegará un momento en el que deberás utilizar el sentimiento de insatisfacción general para adueñarte del poder. ¿Cómo pretendes conseguirlo?

–¿Quieres saber con toda exactitud lo que haremos?

–Sí. Cuanto más deprisa actuemos más limitados serán los daños y más eficiente será la operación quirúrgica.

–Aún no he decidido cuál será la naturaleza exacta de esa «operación quirúrgica» –dijo Namarti hablando muy despacio–, pero se hará. Hasta entonces, ¿cumplirás con tu deber?

Kaspalov asintió y puso cara de resignación.

–Sí, Jefe.

–Bien, pues entonces vete –dijo Namarti, y le despidió con un rápido gesto de la mano.

Kaspalov se puso en pie, giró sobre sí mismo y se fue. Namarti le vio marchar.

–No podemos confiar en Kaspalov –dijo volviéndose hacia el hombre que estaba sentado a su derecha–. Se ha pasado al enemigo y quiere conocer mis planes futuros para traicionarnos. Ocúpate de él.

El hombre sentado a su derecha asintió y los tres salieron de la habitación dejando solo a Namarti. Apagó los paneles luminosos de la pared, a excepción de uno cuadrado en el techo para no quedarse a oscuras.

«Todas las cadenas tienen un eslabón débil que ha de ser eliminado –pensó–. En el pasado así lo hemos hecho, y el resultado es que ahora contamos con una organización a la que nadie puede detener.»

Sonrió en la penumbra, y una mueca de alegría salvaje

contorsionó su rostro. Después de todo, los tentáculos de la organización llegaban incluso al palacio. Todavía no eran muy fuertes y no se podía confiar del todo en ellos, pero estaban allí y pronto serían más sólidos.

6

Hacía muy buen tiempo, el calor y el sol reinaban sobre todo el complejo del Palacio Imperial y sus jardines.

No ocurría muy a menudo. Hari recordó que Dors le había explicado por qué se escogió aquella zona de inviernos fríos y lluvias frecuentes para edificar el palacio.

—No es que fuera realmente *escogida* —le dijo—. En los primeros tiempos del reino de Trantor era una propiedad de la familia Morovian. Cuando el reino se convirtió en Imperio había muchos lugares en los que el emperador podía vivir; fincas veraniegas, refugios invernales, residencias deportivas, casas en la playa... El planeta se fue cubriendo de cúpulas, y un emperador vino a vivir aquí y le gustó tanto que la zona permaneció sin proteger. El hecho de que fuese la *única* zona no cubierta por una cúpula acabó por convertirla en especial, cualidad que atrajo al siguiente emperador, y al que reinó después de él, y al que le sucedió, naciendo así una tradición.

Como le ocurría siempre que oía una historia de ese estilo, Seldon se preguntó cuál habría sido la respuesta de la psicohistoria. ¿Habría predicho que una zona permanecería descubierta, sin precisar cuál sería? De hecho, ¿habría podido llegar tan lejos? ¿O se habría equivocado prediciendo la existencia de varias zonas descubiertas o ninguna? ¿Cómo podía tomar en consideración la idiosincrasia de un emperador instituido azarosamente en el momento crucial, que había tomado una decisión puramente impulsiva y caprichosa? Ese camino llevaba al caos... y a la locura.

Cleón I disfrutaba del buen tiempo.

—Me hago viejo, Seldon —dijo—. No hace falta que lo diga, ¿verdad? Tú y yo tenemos la misma edad... No tener ganas de jugar al tenis o ir de pesca, a pesar de que han repoblado el lago, y conformarme con dar un lento paseo por los senderos debe de ser una señal de que estoy envejeciendo.

El emperador estaba comiendo unas nueces muy parecidas a los frutos que en Helicón eran conocidos como semillas de calabaza, pero estas nueces eran más grandes y tenían un sabor un poco menos delicado. Cleón las partía con los dientes, separaba la delgada cáscara del fruto y se lo metía en la boca.

A Seldon no le gustaban mucho, pero naturalmente, cuando el emperador le ofreció unas cuantas las aceptó y comió dos o tres.

El emperador ya tenía un montoncito de cáscaras en la mano, y miró distraídamente a su alrededor buscando algún recipiente en el que echarlas. No vio ninguno, pero se dio cuenta de que había un jardinero no muy lejos de allí. El jardinero estaba en posición de firmes, como exigía la presencia imperial, y tenía la cabeza respetuosamente inclinada.

—¡Jardinero! —dijo Cleón.

El jardinero fue rápidamente hacia ellos.

—¡Alteza!

—Tira estas cáscaras —dijo Cleón, y las depositó en la mano del jardinero.

—Sí, Alteza.

—Yo también tengo unas cuantas, Gruber —dijo Seldon.

—Sí, primer ministro —murmuró Gruber, y alargó la mano hacia él.

El jardinero se marchó a toda prisa y el emperador le observó alejarse con cierta curiosidad.

—¿Le conoces, Seldon?

—Sí, Alteza. Es un viejo amigo mío.

—¿Que el *jardinero* es un viejo amigo tuyo? ¿Quién es? ¿Un matemático que pasa por una mala época?

—No, Alteza. Quizá recordéis la historia. Ocurrió cuando... —Seldon carraspeó mientras intentaba dar con la forma más diplomática de recordarle el incidente al emperador—. Cuando el sargento amenazó mi vida poco después de que Vuestra Graciosa Majestad me nombrara primer ministro.

—El intento de asesinato. —Cleón alzó los ojos hacia el cielo como pidiéndole que le diera paciencia—. No sé por qué todo el mundo le tiene tanto miedo a esa palabra.

—Quizá porque la posibilidad de que le ocurra algo a nuestro emperador nos preocupa mucho más de lo que preocupa al mismo emperador —dijo Seldon sin perder la calma, sintiendo cierto desprecio hacia sí mismo al darse cuenta de la naturalidad con que salían los halagos de su boca.

Cleón sonrió irónicamente.

—Sí, lo imaginaba... ¿Y qué tiene que ver todo eso con Gruber? ¿Es así como se llama?

—Sí, Alteza, se llama Mandell Gruber. Si hacéis un pequeño esfuerzo memorístico seguro que recordaréis que un jardinero vino corriendo con un rastrillo en ristre para defenderme del sargento, que iba armado con un desintegrador.

—Ah, sí... ¿Y este hombre era aquel jardinero?

—Sí, Alteza, era él. Desde entonces le considero un amigo, y hablo con él prácticamente siempre que visito los jardines. Creo que siempre está un poco pendiente de mí, y que me considera algo así como su propiedad... Y, naturalmente, le estoy muy agradecido.

—Me parece muy lógico que lo estés. Ya que hablamos del tema, ¿qué tal se encuentra tu formidable esposa, la doctora Venabili? No la veo muy a menudo.

—Es historiadora, Alteza. Vive en el pasado.

—¿No te da un poco de miedo? Creo que yo se lo tendría. Me han contado cómo trató a aquel sargento. Cuando lo pienso casi siento pena por él...

—Mi bienestar la preocupa hasta el extremo de reaccionar ante las amenazas con auténtico salvajismo, Alteza, pero en los últimos tiempos no ha tenido ocasión de hacerlo. Todo ha estado muy tranquilo.

El emperador seguía mirando al jardinero, quien ya estaba bastante lejos y a punto de marcharse entre unos arbustos.

—¿Hemos recompensado a ese hombre?

—Sí, Alteza, me encargué personalmente de hacerlo. Tiene esposa y dos hijas, y me he ocupado de que cada una disponga de cierta cantidad apartada de créditos para la educación de los hijos que puedan tener.

—Magnífico, pero creo que necesita un ascenso. ¿Es buen jardinero?

—Excelente, Alteza.

—Malcomber, el jefe de jardineros..., no estoy muy seguro de recordar bien su nombre, pero creo que se llama Malcomber... Está envejeciendo, y puede que las responsabilidades del puesto empiecen a resultarle excesivas. Ya tiene más de setenta años. ¿Crees que Gruber podría sustituirle?

—Estoy seguro de que podría hacerlo, Alteza, pero su trabajo actual le gusta mucho. Le permite estar al aire libre haga el tiempo que haga.

—No parece que un trabajo así sea muy envidiable... Seguro que se acostumbrará a las labores administrativas, y *necesito* a alguien para llevar a cabo algunos cambios en los jardines. Hmmmm... Pensaré en ello. Tu amigo Gruber puede ser el hombre que necesito. Por cierto, Seldon, ¿a qué te referías con lo de que todo ha estado muy tranquilo últimamente?

—Alteza, sólo a que no ha habido ninguna señal de inquietud o discordia en la corte Imperial. La tendencia inevitable a las intrigas parece estar lo más cerca posible del mínimo.

—Seldon, si fueras emperador y tuvieras que enfrentarte a todos esos funcionarios y sus respectivas quejas no dirías eso. ¿Cómo puedes decir que todo está tranquilo cuando cada semana recibo informes de que se ha producido algún nuevo problema o avería en Trantor?

—Son cosas inevitables.

—No recuerdo que ocurrieran con tanta frecuencia en años anteriores.

—Quizá se deba a que no ocurrían con tanta frecuencia, Alteza. La infraestructura envejece, y llevar a cabo las reparaciones necesarias de forma lo suficientemente concienzuda exigiría tiempo, trabajo, y enormes gastos. Por otro lado, un aumento en los impuestos sería bastante mal visto en este momento.

—Siempre lo es. Tengo entendido que esas averías y

problemas están causando considerables molestias a la población. Esto tiene que acabar, Seldon, y debes ocuparte de que acabe. ¿Qué dice la psicohistoria?

–Dice lo mismo que el sentido común, que todo envejece.

–Bueno, esta conversación amenaza con estropearme el día... Lo dejo en tus manos, Seldon.

–Sí, Alteza –dijo Seldon en voz baja.

El emperador se alejó y Seldon pensó que aquella conversación también había estropeado su día. El derrumbamiento del centro era la alternativa que no quería ver convertida en realidad. ¿Pero cómo podía impedir que ocurriera y desplazar la crisis a la periferia?

La psicohistoria no tenía ninguna respuesta.

7

Raych Seldon se sentía extraordinariamente satisfecho: era la primera cena familiar en varios meses con las dos personas a las que consideraba sus padres. Sabía que no lo eran en el sentido biológico de la palabra, pero no importaba. Siempre que les veía la sonrisa de Raych estaba impregnada de ternura y amor.

El ambiente no era tan acogedor como en los viejos tiempos de Streeling, cuando su hogar era pequeño e íntimo, y lo consideraba como una joya en el marco general de la universidad. Por desgracia, nada podía ocultar la lujosa grandeza de la *suite* palaciega del primer ministro.

A veces Raych se contemplaba en el espejo y pensaba en cómo había llegado hasta allí. No era alto –sólo medía 163 centímetros de estatura–, y era claramente más bajo que su padre o su madre. Su cuerpo, aunque achaparrado, era musculoso y no estaba gordo. Tenía los cabellos negros, y el típico bigote dahlita que mantenía lo más oscuro y frondoso posible.

En el espejo aún podía ver al muchacho harapiento que había sido, antes de que el cúmulo de circunstancias más improbable que se pudiera imaginar diera como resultado su encuentro con Hari y Dors. Por aquel entonces

Seldon era mucho más joven, y su apariencia actual evidenciaba que Raych tenía casi la misma edad que Seldon cuando se conocieron. Lo asombroso era que Dors apenas había cambiado. Seguía siendo tan esbelta y ágil como el día en que Raych se encontró con ellos y les condujo hasta la madre Rittah en Billibotton; Raych, nacido para la pobreza y la miseria, era funcionario, un pequeño engranaje más del ministerio de población.

–¿Qué tal van las cosas en el ministerio, Raych? –preguntó Seldon–. ¿Algún progreso?

–Algunos, papá. Las leyes han sido promulgadas. Los tribunales han emitido sus veredictos, y se han pronunciado discursos; pero aun así resulta muy difícil cambiar a la gente. Puedes predicar la hermandad cuanto quieras, pero nadie se siente hermano de su prójimo. Lo que más me sulfura es que los dahlitas son tan tozudos como los demás. Reclaman que se les trate como iguales, pero en cuanto se les da una oportunidad, demuestran no tener el más mínimo deseo de tratar como iguales a los demás.

–Alterar las mentes y los corazones de las personas es prácticamente imposible, Raych –dijo Dors–. Creo que basta con intentar eliminar las peores injusticias.

–La gran dificultad estriba en que durante la mayor parte de la historia nadie se ha ocupado de este problema –dijo Seldon–. Se ha permitido que los seres humanos se entregaran al delicioso juego del yo-soy-mejor-que-tú y limpiar el estropicio no va a resultar nada fácil. Si permitimos que los acontecimientos sigan por su curso actual, empeorando progresivamente durante mil años, no podremos quejarnos si después se necesitan otros cien para conseguir que la situación mejore un poco.

–Papá, a veces creo que me diste este trabajo para castigarme –dijo Raych.

Seldon arqueó las cejas.

–¿Qué motivo podría tener para castigarte?

–Quizá querías castigarme porque me sentí atraído por el programa de igualdad entre sectores y mayor representación popular que defendía Joranum.

–No te culpo de ello. Son sugerencias muy atractivas, pero ya sabes que Joranum y los suyos sólo las usaban como forma de acumular poder. Después...

–Pero hiciste que le tendiera una trampa a pesar de que me sentía atraído por sus opiniones.

–Pedirte que lo hicieras no me resultó fácil –dijo Seldon.

–Y ahora pretendes que intente convertir en realidad el programa de Joranum sólo para demostrarme lo difícil que resulta esa tarea.

–¿Qué opinas, Dors? –preguntó Seldon volviéndose hacia Dors–. El chico me atribuye una especie de astucia indigna que nunca ha formado parte de mi personalidad.

–No estarás atribuyendo semejantes rasgos psicológicos a tu padre, ¿verdad? –dijo Dors, y el fantasma de una sonrisa aleteó en sus labios.

–No, la verdad es que no. En el curso ordinario de la vida no hay nadie que juegue más limpio que tú, papá, pero si *tienes* que hacerlo... Bueno, en ese caso sabes cómo hacer trampas con la baraja. ¿Acaso no es lo que esperas conseguir mediante la psicohistoria?

–De momento he conseguido muy pocas cosas con la psicohistoria –dijo Seldon con voz entristecida.

–Es una lástima. Sigo pensando que el problema de la intolerancia humana debe de tener una solución prehistórica.

–Quizá exista, pero si es así todavía no la he encontrado.

Cuando acabaron de cenar Seldon se volvió hacia su hijo.

–Bien, Raych, ahora tú y yo vamos a tener una pequeña charla.

–¿De veras? –exclamó Dors–. Supongo que eso quiere decir que no estoy invitada, ¿eh?

–Asuntos ministeriales, Dors.

–Tonterías ministeriales, Hari. Vas a pedirle al pobre chico que haga algo que yo no querría que hiciese.

–Te aseguro que no voy a pedirle nada que él no quiera hacer –replicó Seldon con firmeza.

–No te preocupes, mamá –dijo Raych–. Deja que papá

y yo tengamos nuestra charla. Prometo que luego te lo contaré todo.

Dors puso los ojos en blanco.

—Alegaréis que eran «secretos de Estado», lo sé.

—De hecho, es justamente de lo que quiero charlar con Raych, y son secretos de primera magnitud —dijo Seldon—. Hablo en serio, Dors.

Dors se puso en pie y apretó los labios.

—No arrojes al chico a los lobos, Hari —dijo antes de salir de la habitación.

—Me temo que es exactamente lo que tendré que hacer, Raych —dijo Seldon en voz baja en cuanto Dors se hubo marchado—. Tendré que arrojarte a los lobos...

8

Estaban sentados uno frente al otro en el despacho privado de Seldon, su «lugar para pensar», como lo llamaba él. Allí había pasado un número incontable de horas luchando con las complejidades del gobierno imperial y trantoriano.

—¿Estás informado de las recientes averías en los servicios planetarios, Raych? —preguntó.

—Sí —dijo Raych—, pero recuerda que vivimos en un planeta bastante viejo, papá. Deberíamos evacuar a todo el mundo de aquí, extraer todos los sistemas del subsuelo, modificarlos con los últimos dispositivos regulados mediante ordenadores y hacer volver a la población..., o por lo menos a la mitad. Trantor estaría mucho mejor con sólo veinte mil millones de personas.

—¿Qué veinte mil millones escogerías? —preguntó Seldon sonriendo.

—Ojalá lo supiera —respondió Raych con expresión sombría—. El problema está en que no podemos poner el planeta patas arriba para cambiarlo todo y tenemos que conformarnos con ir haciendo remiendos.

—Sí, Raych, eso me temo, pero están ocurriendo algunas cosas bastante extrañas. Quiero que me eches una mano. Tengo ciertas ideas al respecto...

Sacó una esferita de su bolsillo.

—¿Qué es eso? —preguntó Raych.

—Es un mapa de Trantor meticulosamente programado. Raych, ¿querrías hacerme el favor de quitar todos estos trastos?

Seldon colocó la esfera en el centro de la mesa y puso su mano sobre un teclado incrustado en el brazo de su sillón. Pulsó un botón y las luces de la habitación se apagaron mientras la superficie de la mesa quedaba iluminada por una suave claridad de aproximadamente un centímetro de grosor. La esfera se acható, expandiéndose hasta los cantos del escritorio.

La luz se fue llenando de puntos oscuros que acabaron formando una forma definida.

—Es un mapa de Trantor —dijo Raych sorprendido unos treinta segundos después.

—Por supuesto. Es lo que te había dicho, ¿no? Pero no podrás comprarlo en ningún centro comercial de sector. Es uno de esos juguetitos con los que se distraen las fuerzas armadas. Podría presentar a Trantor como una esfera, pero una proyección plana mostrará de forma bastante más clara lo que quiero enseñarte.

—¿Qué quieres enseñarme, papá?

—Bueno, durante los últimos dos años ha habido muchas averías. El planeta es viejo, ciertamente, y tenemos que esperar que se produzcan averías, pero últimamente la frecuencia se ha incrementado y casi todas parecen responder a errores humanos.

—¿No te parece razonable?

—Sí, naturalmente... hasta cierto punto. Eso es cierto incluso en el caso de los terremotos.

—¿Terremotos? ¿En Trantor?

—Admito que Trantor es un planeta prácticamente asísmico..., lo cual es una suerte porque cubrir un mundo que va a temblar varias veces al año con una cúpula, no sería una idea muy práctica. Tu madre dice que una de las razones por las que Trantor se convirtió en capital imperial es que se trataba de un planeta geológicamente moribundo..., ésa es la poco «halagüeña» frase que utilizó. Pero que esté moribundo no implica que esté muerto. De vez en cuando sufre terremotos de pequeña intensidad, y durante los dos últimos años se han producido tres.

—No estaba enterado, papá.

—Muy pocas personas lo están. La cúpula no es una estructura de una sola pieza. Está compuesta por centenares de secciones, y cada una de ellas se puede alzar o entreabrir para descargar las tensiones en caso de terremoto. Cuando se produce un terremoto sólo dura de diez segundos a un minuto, y la abertura también dura muy poco. La cúpula se abre y se cierra tan deprisa que los trantorianos que están debajo ni siquiera se enteran. Son mucho más conscientes del ligero temblor y el tintineo de la cubertería que de la apertura y el cierre de la cúpula que tienen sobre sus cabezas y de la pequeña intrusión del clima exterior, sea cual sea en esos momentos.

—Eso es bueno, ¿verdad?

—Debería serlo. Todo el proceso está controlado por ordenadores, naturalmente. El comienzo de un terremoto en cualquier punto del planeta activa los controles de apertura y cierre de esa sección de la cúpula, de forma que ésta se abre justo antes de que la vibración llegue a ser lo suficientemente importante para causar daños.

—Sigue pareciéndome un buen sistema.

—Pero en el caso de los tres terremotos de poca intensidad que se produjeron durante los dos últimos años, los controles de la cúpula fallaron repetidamente. La cúpula no llegó a abrirse y hubo que hacer reparaciones en cada caso. Requirieron algún tiempo y cierta cantidad de dinero, y entretanto, la eficiencia del control climático se alejó bastante del punto óptimo deseado. Bien, Raych, ¿qué posibilidades crees que hay de que el equipo fallara en las tres ocasiones?

—¿Pocas?

—Desde luego. Menos de una entre cien. Podemos suponer que alguien manipuló los controles antes de que se produjera el terremoto. Bien, aproximadamente una vez cada siglo se produce una filtración de magma, que resulta mucho más difícil de controlar..., no quiero pensar en los resultados si no se la detecta hasta que fuese demasiado tarde. Por suerte no ha ocurrido y no es probable que ocurra, pero quiero que pienses en lo que voy a decir. En este mapa se indica la localización de las averías que nos han creado problemas durante los dos últimos años, aparentemente atribuibles a un error humano, aunque ni en una sola ocasión hemos podido atribuirlas a una persona determinada.

−Eso se debe a que todo el mundo está muy ocupado cubriéndose las espaldas.

−Me temo que tienes razón. Es característico en todas las burocracias, y la de Trantor es la más numerosa que ha conocido la historia, pero volviendo a los sitios en los que se han producido las averías... ¿Qué opinas de esto?

El mapa se llenó de lucecitas rojas que parecían pústulas diminutas y que cubrían la superficie terrestre de Trantor.

−Bueno −dijo Raych cautelosamente−, parece que están repartidas de forma muy regular.

−Exacto..., y *eso* es lo que resulta tan interesante. Sería lógico esperar que las zonas más viejas de Trantor y las secciones de mayor tamaño tuviesen la infraestructura más anticuada y en peor estado, y que en ellas se produjera un aumento de acontecimientos que exigirían rápidas decisiones humanas y que, por tanto, crearían las condiciones de posibilidad de error humano. Voy a superponer sobre el mapa las secciones más antiguas de Trantor indicándolas con el color azul y te darás cuenta de que la frecuencia de averías no parece mayor en dichas zonas.

−¿Y bien?

−Raych, creo que significa que las averías están siendo provocadas deliberadamente y que son distribuidas para afectar al mayor número de personas posible, con el objeto de crear una insatisfacción general cada vez mayor.

−No me parece probable.

−¿No? Entonces fíjate en la distribución temporal de las averías.

Las zonas azules y los puntos rojos desaparecieron y, por unos momentos, el mapa de Trantor quedó en blanco hasta que las señales empezaron a aparecer y a desaparecer desordenadamente.

−Observa que tampoco hay agrupaciones temporales

–dijo Seldon–. Se produce una avería, luego otra, otra y así sucesivamente... de forma casi tan regular como el tic-tac de un metrónomo.

–¿Crees que eso también es deliberado?

–Tiene que serlo. El causante de todo esto quiere obtener la mayor perturbación con el mínimo esfuerzo, por lo que provocar dos averías al mismo tiempo no serviría de nada ya que con una cancelaría parcialmente a la otra, tanto en las noticias como en la conciencia pública. Cada incidente debe quedar aislado de los demás para provocar la máxima agitación posible.

El mapa se apagó y las luces de la habitación volvieron a brillar. La esfera se encogió hasta recuperar su tamaño original y Seldon se la volvió a meter en el bolsillo.

–¿Quién puede ser el responsable? –preguntó Raych.

–Hace unos días recibí el informe de que se había producido un asesinato en el sector de Wye –dijo Seldon meditabundo.

–Eso no es nada raro –dijo Raych–. Wye es uno de los sectores realmente peligrosos de Trantor, pero aun así tiene que haber montones de crímenes al día.

–Centenares –dijo Seldon, y meneó la cabeza–. En algunos días especialmente violentos, el número de asesinatos acaecidos en todo Trantor se aproxima al millón, y lo habitual es que no haya muchas posibilidades de descubrir a todos los asesinos. Los muertos se limitan a entrar en las estadísticas, pero este crimen se salía de lo corriente. Se trataba de un hombre, y le habían acuchillado..., pero con muy poca habilidad. Cuando le encontraron aún estaba vivo, y tuvo tiempo de jadear una palabra antes de morir; esa palabra era «Jefe».

»Eso provocó cierta curiosidad y se le identificó. Trabajaba en Anemoria, y no sabemos qué estaba haciendo en Wye; pero un funcionario más diligente y concienzudo de lo habitual descubrió que era un veterano joranumita de los primeros tiempos de la organización. Se llamaba Kaspal Kaspalov, y se sabe que había sido uno de los hombres de confianza de Laskin Joranum. Ahora está muerto..., acuchillado.

Raych frunció el ceño.

–Papá, ¿sospechas que estamos ante otra conspiración joranumita? Ya no quedan muchos joranumitas.

–No hace mucho, tu madre me preguntó si creía que los joranumitas seguían actuando, y yo le dije que por rara e ilógica que sea cualquier creencia siempre conserva cierto número de seguidores, a veces durante siglos. Lo normal es que sean pocos..., pequeños grupos insignificantes a efectos prácticos. Pero... Supón que los joranumitas siguen disponiendo de una organización, que aún son relativamente fuertes, que son capaces de matar a un supuesto traidor... ¿Y si están causando todas estas averías como fase preliminar a la toma del poder?

–Es mucho suponer, papá.

–Ya lo sé, y puede que esté totalmente equivocado. El asesinato ocurrió en Wye, y da la casualidad de que las infraestructuras de Wye no han sufrido ninguna avería.

–¿Y eso qué demuestra?

–Podría demostrar que el centro de la conspiración se encuentra en Wye, que los conspiradores no quieren sufrir incomodidades y que las reservan para el resto de Trantor. También podría significar que todo esto no es obra de los joranumitas, sino de miembros de la familia Wyan que siguen soñando con volver a gobernar el Imperio.

–Oh, papá... Estás construyendo una teoría fantástica a partir de muy pocos datos.

–Lo sé. Pero supón que estamos ante otra conspiración joranumita. La mano derecha de Joranum era un hombre llamado Gambol Deen Namarti. No existe constancia de que haya muerto, tampoco de que se haya marchado de Trantor y no sabemos nada sobre su vida durante la última década, lo cual no resulta excesivamente sorprendente, claro. Después de todo, perder a una persona entre cuarenta mil millones resulta muy fácil... Hubo una época de mi vida en la que fue justo lo que intenté hacer. Naturalmente, Namarti puede haber muerto. Sería la explicación más sencilla, pero puede que no haya sido así.

–¿Qué vamos a hacer al respecto?

Seldon suspiró.

–El curso de acción más lógico sería acudir a las fuerzas de seguridad, pero no puedo hacerlo. No poseo la presencia de Demerzel. Él era capaz de intimidar a la gente para que hicieran lo que quería, pero yo soy incapaz de conseguirlo. Demerzel tenía una personalidad muy fuerte, y yo no soy más que un matemático. No tendría que ocupar el puesto de primer ministro. No estoy hecho para este cargo..., y no lo estaría desempeñando si no fuera porque el emperador está obsesionado con la psicohistoria y le tiene mucho más respeto del que realmente merece.

—Papá, ¿no te parece que estás siendo muy duro contigo mismo?

—Sí, supongo que sí. Pero me imagino acudiendo a las fuerzas de seguridad con todo lo que acabo de enseñarte en el mapa... —Señaló la vacía superficie del escritorio—. Me veo insistiendo en que existe una conspiración de naturaleza y consecuencias desconocidas, y en que corremos un gran peligro. Todos me escucharían con caras muy serias y en cuanto me hubiese marchado se echarían a reír, contarían chistes sobre «el matemático loco»..., y luego no harían nada.

—Bien, entonces... ¿Qué vamos a hacer? —preguntó Raych volviendo al auténtico problema.

—Serás tú quien haga algo al respecto, Raych. Necesito más pruebas y quiero que las encuentres. Enviaría a tu madre, pero sé que no querrá separarse de mí por ninguna circunstancia, y en estos momentos no puedo abandonar el Palacio Imperial. Aparte de Dors y de mí mismo sólo confío en ti..., en realidad, confío más en ti que en Dors y en mí mismo. Aún eres joven y fuerte, eres un luchador de torsión heliconiana mucho mejor de lo que yo jamás llegué a ser, además de inteligente.

»Pero no quiero que pongas en peligro tu vida. Nada de heroísmos, nada de temeridades innecesarias, ¿comprendes? Si te ocurriera algo no podría mirar a tu madre a la cara... Limítate a descubrir lo que puedas. Quizá descubras que Namarti sigue vivo y en acción, o que ha muerto; quizá que los joranumitas siguen siendo un grupo activo, o agonizante; o quizá que la familia Wyan sigue actuando. Cualquiera de esas cosas resultaría interesante, pero no vital. Lo que quiero que descubras es si las averías sufridas por la infraestructura son provocadas por el hombre, como creo que ocurre, y lo más importante, en el caso de que sea así, qué otros planes tienen los conspiradores. Creo que deben haber planeado alguna acción más importante, y necesito saber en qué consistirá.

—¿Tienes alguna idea sobre cómo he de empezar a actuar? —preguntó Raych.

—Sí, Raych, la tengo. Quiero que acudas a la zona de Wye donde asesinaron a Kaspalov y, si puedes, que descubras si era un joranumita en activo y que intentes unirte a una célula joranumita.

—Quizá sea posible. Siempre puedo fingir que soy un viejo miembro del movimiento. Cuando Jo-Jo empezó yo era bastante joven, pero puedo decir que sus ideas me impresionaron profundamente. Eso se acerca bastante a la verdad, ¿no?

—Bueno... Sí, pero ese plan tiene un fallo importante. Podrías ser reconocido. Después de todo, eres el hijo del primer ministro, ¿no? Has aparecido en la holovisión de vez en cuando y te han hecho entrevistas en las que has expuesto tus opiniones sobre la igualdad entre sectores.

—Claro, pero...

—Nada de peros, Raych. Llevarás zapatos con suela gruesa para añadir tres centímetros a tu estatura y haremos que alguien te enseñe a modificar la forma de tus cejas, hacer que tu rostro resulte más rollizo y cambiar el timbre de tu voz.

Raych se encogió de hombros.

—Vamos a tomarnos muchas molestias para nada.

—Y —añadió Seldon con voz temblorosa—, te afeitarás el bigote.

Raych abrió mucho los ojos y tardó unos momentos en responder.

—¿Afeitarme el bigote? —murmuró por fin con una voz ronca.

—Tendrá que desaparecer. Sin el bigote nadie te reconocerá.

—Pero eso es imposible. No puedo hacerlo. Sería como cortarme el... Como la castración.

Seldon meneó la cabeza.

–No es más que una curiosidad cultural. Yugo Amaryl es tan dahlita como tú y no lleva bigote.

–Yugo está *chiflado*. Creo que sólo vive para sus matemáticas.

–Es un gran matemático y la ausencia de bigote no altera ese hecho. Además, no parece que afeitarse el bigote tenga nada que ver con la castración. Tu bigote volverá a crecer en dos semanas.

–¡Dos semanas! Necesitará dos *años* para estar tan..., tan...

Raych alzó una mano como si quisiera tapar su bigote y protegerlo.

–Raych, tienes que hacerlo –dijo Seldon de forma autoritaria–. Es un sacrificio necesario. Si actúas como espía *con* tu bigote podrías..., podrías salir malparado. No puedo correr ese riesgo.

–Antes prefiero la muerte –replicó apasionadamente Raych.

–No te pongas melodramático –dijo Seldon con voz severa–. No es cierto que prefieras morir y es algo que debes hacer. Pero... –y vaciló–. No le digas nada a tu madre. Yo me ocuparé de eso.

Raych contempló a su padre con una mezcla de enfado y frustración.

–Está bien, papá –dijo por fin en un tono casi desesperado.

–Haré que alguien se ocupe de supervisar tu disfraz y después irás a Wye en un reactor –dijo Seldon–. Anímate, Raych. Esto no es el fin del mundo...

Raych intentó sonreír y Seldon le vio marchar. La expresión de su rostro indicaba lo preocupado que estaba. Un bigote podía volver a crecer, pero perder a un hijo sería algo irreparable, y Seldon era muy consciente de que estaba enviando a Raych a una misión muy peligrosa.

9

Todos tenemos nuestras pequeñas ilusiones y Cleón –emperador de la galaxia, rey de Trantor y una larga lista de títulos que podían enumerarse en una interminable y sonora declamación ceremonial–, estaba convencido de que era una persona de gran espíritu democrático.

Cuando Demerzel (o, posteriormente, Seldon) le aconsejaban que no emprendiera determinada acción basándose en que sería considerada «tiránica» o «despótica», Cleón siempre se enfadaba.

Estaba seguro de que su carácter no contenía la más mínima inclinación a la tiranía o el despotismo. Quería actuar de forma decidida y tajante, nada más.

A menudo se refería con nostalgia a los tiempos en que los emperadores podían moverse libremente entre sus súbditos pero, naturalmente, la sucesión de golpes de Estado y asesinatos –consumados o no–, se había convertido en un lamentable hecho de la vida cotidiana, y el emperador se había visto obligado a renunciar al mundo.

Es muy dudoso que Cleón –quien nunca se había relacionado con la gente, salvo en condiciones muy restringidas y formales–, se hubiera sentido realmente a gusto en un encuentro improvisado con desconocidos, pero siempre imaginaba que disfrutaría mucho de él. Eso hizo que acogiera con nerviosa alegría la rara ocasión de hablar con un subordinado en los jardines, la posibilidad de sonreír y prescindir de la parafernalia del gobierno imperial durante unos minutos. Hacía que se sintiera muy democrático.

Por ejemplo, el jardinero del que le había hablado Seldon... Recompensarle por su lealtad y bravura, aunque fuese con tanto retraso, no sólo era lo correcto, sino que incluso podía considerarse un placer..., especialmente si lo hacía él mismo en vez de algún funcionario.

Cleón hizo los arreglos necesarios para hablar con el jardinero en la inmensa rosaleda, en plena floración. Cleón pensó que era el lugar perfecto pero, naturalmente, primero había que llevar al jardinero hasta su presencia. ¿El emperador esperando? No, eso era impensable. Ser democrático era una cosa, la molestia de tener que esperar era otra muy distinta.

El jardinero le esperaba entre los rosales. Tenía los ojos muy abiertos, y le temblaban los labios. Cleón pensó que cabía la posibilidad de que nadie le hubiese explicado la razón exacta de aquel encuentro. Bueno, le tranquilizaría de la forma más afable y paternal posible..., pero un instante después se dio cuenta de que no se acordaba de su nombre.

Cleón se volvió hacia uno de los funcionarios que le acompañaban.

—¿Cómo se llama el jardinero?

—Mandell Gruber, Alteza. Lleva treinta años siendo jardinero.

El emperador asintió.

—Ah, Gruber —dijo—. Me alegra mucho conocer a un jardinero tan hábil y diligente.

—Alteza... —farfulló Gruber mientras le castañeteaban los dientes—. No soy hombre de muchos talentos, pero siempre intento esforzarme al máximo en el servicio de Vuestra Majestad.

—Naturalmente, naturalmente —dijo el emperador.

Cleón se preguntó si el jardinero pensaría que estaba siendo sarcástico. Los hombres de clases inferiores no poseían los sentimientos y emociones delicadas que acompañaban a los buenos modales, y eso dificultaba cualquier intento de comportarse democráticamente con ellos.

—Mi primer ministro me ha hablado de la lealtad con que acudiste en su ayuda en cierta ocasión, y de tu habilidad en el cuidado de los jardines —dijo Cleón—. El primer ministro también me ha contado que sois muy buenos amigos.

—Alteza, el primer ministro siempre es muy amable conmigo, pero sé cuál es mi sitio. Nunca le hablo a menos que él me dirija la palabra primero.

—Perfecto, Gruber. Eso demuestra que has sido bien educado, pero el primer ministro, al igual que yo mismo, es un hombre de impulsos democráticos y confía en su capacidad para juzgar a las personas.

Gruber le hizo una gran reverencia.

—Bien, Gruber —dijo el emperador—, como ya sabes el jefe de jardineros Malcomber es bastante anciano y desea retirarse. Las responsabilidades del puesto se están volviendo demasiado pesadas para él.

—Alteza, el jefe de jardineros es muy respetado por todos nosotros. Espero que pueda seguir en su cargo durante muchos años para que todos podamos acudir a él y beneficiarnos de su sabiduría y buen juicio.

—Muy bien dicho, Gruber —replicó el emperador con expresión distraída—, pero todo eso no es más que palabrería. El paso de los años no perdona, y Malcomber ya no posee la fortaleza física y agudeza mental necesarias para ocupar un puesto semejante. Él mismo ha solicitado abandonarlo antes de final de año y he accedido a sus deseos. Sólo falta encontrar un sustituto.

—Oh, Alteza, en este inmenso recinto hay cincuenta hombres y mujeres que podrían ocupar el cargo de jefe de jardineros.

—Sí, lo supongo —dijo el emperador—, pero te he escogido a ti.

El emperador obsequió al jardinero con una sonrisa benevolente. Éste era el momento que había esperado. Cleón estaba seguro de que Gruber caería de rodillas en un éxtasis de gratitud.

Pero no lo hizo, y el emperador frunció el ceño.

—Alteza, es un honor excesivo para mí —dijo Gruber.

—Tonterías —dijo Cleón, algo ofendido al ver que se cuestionaba su decisión—. Es hora de que se reconozcan tus virtudes. Ya no tendrás que soportar las inclemencias del tiempo durante todas las estaciones del año. Ocuparás el magnífico despacho del jefe de jardineros que haré redecorar para ti, y podrás traer a tu familia a sus aposentos... Tienes familia, ¿verdad, Gruber?

—Sí, Alteza, una esposa y dos hijas. Y un yerno.

—Estupendo. Estarás muy cómodo y disfrutarás de tu nueva existencia, Gruber. Trabajarás debajo de un techo a salvo de la intemperie, como corresponde a un auténtico trantoriano, Gruber.

—Alteza, os ruego que toméis en consideración el hecho de que nací y me crié en Anacreonte y...

—Ya lo he tomado en consideración, Gruber. Para el emperador todos los planetas son iguales. Es mi voluntad. El nuevo trabajo es justo lo que mereces.

El emperador asintió con la cabeza y se alejó. Cleón había quedado muy satisfecho con la última exhibición de benevolencia. Naturalmente, le habría gustado que el jardinero mostrara un poco más de gratitud y entusiasmo, pero por lo menos había resuelto el problema.

Ocuparse de aquel problema resultaba más sencillo que resolver el del deterioro de la infraestructura.

En un momento de cólera Cleón había propuesto ejecutar de inmediato al responsable de cada avería, siempre que fuese identificable.

—Unas cuantas ejecuciones y nos sorprenderemos de la atención y el cuidado que todos pondrán en el trabajo.

—Alteza —había dicho Seldon—, me temo que semejante conducta despótica no produciría el resultado que deseáis. Probablemente obligaría a los trabajadores a declararse en huelga, y si pretendierais su vuelta al trabajo mediante el uso de la fuerza, se produciría una insurrección; por otro lado, sería inútil sustituirles por soldados, porque no sabrían manejar la maquinaria, así que las averías se volverían mucho más frecuentes.

No era de extrañar que Cleón hubiera aprovechado la ocasión de nombrar un nuevo jefe de jardineros.

En cuanto a Gruber, contempló alejarse al emperador sintiendo un escalofrío del más puro horror imaginable. Le arrebatarían la libertad de los espacios abiertos condenándole a una prisión de cuatro paredes, pero... ¿Quién podía ir en contra de los deseos del emperador?

10

Raych se volvió con expresión sombría hacia el espejo que había en la habitación del hotel (no era ninguna maravilla, pero se suponía que Raych no tenía muchos créditos), y se contempló. Lo que veía no le gustaba nada. Su bigote había desaparecido; sus patillas habían perdido bastante longitud y le habían recortado la cabellera tanto atrás como a los lados.

Parecía..., parecía como si le hubiesen desplumado.

No, peor aún. Todos aquellos cambios faciales habían sustituido su cara por la de un bebé.

Estaba horroroso.

Hasta el momento no había hecho ningún progreso. Seldon le había entregado el informe sobre la muerte de Kaspal Kaspalov, redactado por las fuerzas de seguridad, y Raych lo había estudiado. No decía gran cosa, sólo que Kaspalov había sido asesinado y que los agentes de seguridad locales no habían descubierto nada importante en relación con el asesinato y, de todas formas, parecía evidente que para los agentes de seguridad de Wye el asesinato tenía muy poca o ninguna importancia.

Eso no resultaba sorprendente. Durante el último siglo el índice de criminalidad había subido considerablemente en muchos mundos, especialmente en el complejísimo mundo de Trantor, de manera que los agentes de seguridad no parecían hacer nada para resolver el problema. De hecho, la eficiencia y el número de las fuerzas de seguridad había disminuido considerablemente en todo el Imperio y (aunque eso resultaba difícil de demostrar) se habían vuelto bastante más corruptas que en el pasado. Los sueldos se negaban a subir tan deprisa como el coste de la vida, lo cual parecía convertir a la corrupción en un mal inevitable. Para que los funcionarios siguieran siendo honrados había que pagarles bien, de lo contrario ellos mismos se encargarían de complementar sus inadecuados sueldos con otra clase de ingresos.

Seldon llevaba años predicando inútilmente esa doctrina. No había forma de aumentar los sueldos sin aumentar los impuestos, y la población no estaba dispuesta a aceptar un nuevo aumento. Al parecer prefería perder diez veces esa cifra de créditos pagando sobornos.

Seldon le dijo que todo aquello formaba parte del deterioro general de la sociedad imperial producido en los dos últimos siglos.

«Bien –se preguntó Raych–, ¿qué voy a hacer?» Estaba en el hotel donde había vivido Kaspalov los días inmediatamente anteriores al asesinato. En algún lugar del hotel podría haber alguien relacionado con el asesinato..., o que conociera a alguien que tuviera algo que ver con él.

Raych pensó que debía hacerse notar. Debía mostrar interés por la muerte de Kaspalov, y en cuanto llevara algún tiempo haciéndolo, alguien se interesaría por él y se pondría en contacto. Era peligroso, pero si conseguía dar la impresión de que era lo suficientemente inofensivo quizá no le atacarían de inmediato.

Bueno...

Raych miró la hora. El bar estaría lleno de personas que disfrutaban de un aperitivo antes de la cena. Raych pensó que haría lo mismo en espera de acontecimientos..., suponiendo que tuviese que ocurrir algo.

11

En algunos aspectos Wye podía ser francamente puritano. (En realidad era algo compartido por todos los sectores, dependiendo únicamente del distinto nivel de rigidez.) En Wye las bebidas eran no alcohólicas, pero las sustancias sintéticas habían sido diseñadas para producir otro tipo de estimulaciones. Raych no estaba acostumbrado a su sabor y descubrió que no le gustaban, así que bebería lentamente mientras observaba el entorno.

Una joven sentada a varias mesas de distancia se fijó en él, y Raych se dio cuenta de que le resultaba difícil apartar la mirada de ella. La joven era bastante atractiva, y al parecer el puritanismo no afectaba *todas* las costumbres de Wye.

Tras unos momentos, la joven le sonrió y se puso en pie. Fue hacia la mesa de Raych mientras él la observaba con expresión pensativa, lamentando no poder permitirse una aventura amorosa.

La joven se quedó inmóvil delante de su mesa, le miró y se deslizó ágilmente en la silla contigua.

—Hola —dijo—. No tienes cara de ser cliente habitual.

Raych sonrió.

—No lo soy. ¿Conoces a todos los habituales?

—Más o menos —dijo ella sin incomodarse—. Me llamo Manella. ¿Y tú?

Raych cada vez lamentaba más estar allí en misión secreta. Manella era más alta que él sin sus zapatos especiales —algo que Raych siempre había considerado muy atractivo–, tenía la tez blanca como la leche y una larga melena ondulada con reflejos rojizos. Su atuendo no era demasiado chillón y, de haberse esforzado, podría haber pasado por una mujer respetable de clase relativamente acomodada.

–Mi nombre no importa –dijo Raych–. No tengo muchos créditos.

–Oh. Qué lástima. –Manella torció el gesto–. ¿Y no puedes conseguir unos cuantos?

–Me encantaría. Necesito un trabajo. ¿Sabes de alguno?

–¿Qué clase de trabajo?

Raych se encogió de hombros.

–No tengo experiencia en nada que sea complicado, pero no soy orgulloso.

Manella le contempló con expresión pensativa.

–Voy a decirte algo, Sr. Sin Nombre. A veces no cobro ni un crédito.

Raych se quedó perplejo. Había tenido bastante éxito con las mujeres, pero siempre con su bigote..., ah, su bigote. ¿Qué podía haber visto aquella chica en su rostro de bebé?

–Bueno, yo también voy a decirte algo –replicó–. Un amigo mío estuvo viviendo aquí hace un par de semanas y no consigo encontrarle. Has dicho que conoces a todos los habituales, así que quizá le conozcas. Se llama Kaspalov. –Alzó un poco el tono de voz–. Kaspal Kaspalov.

Manella le lanzó una mirada totalmente inexpresiva y meneó la cabeza.

–No conozco a nadie con ese nombre.

–Lástima. Era joranumita, como yo. –Una nueva mirada inexpresiva–. ¿Sabes qué es un joranumita?

Manella meneó la cabeza.

–No. He oído esa palabra, pero no sé qué significa. ¿Es alguna clase de profesión?

Raych intentó disimular su desilusión.

–Resultaría demasiado largo de explicar –dijo.

La frase pareció una despedida, y tras unos momentos de incertidumbre, Manella se puso en pie y se alejó.

No sonrió, y Raych estaba un tanto sorprendido de que se hubiera quedado tanto tiempo en su mesa.

(Bueno, Seldon siempre había insistido en que Raych poseía la capacidad de inspirar afecto..., pero Raych estaba seguro de que una chica que se ganaba la vida como Manella sería prácticamente inmune a su don. Para aquellas mujeres lo único importante eran los créditos.)

Siguió con la mirada a Manella sin darse cuenta, hasta que se detuvo en otra mesa ocupada por un hombre solo. Era de mediana edad, tenía el cabello de color amarillo y peinado hacia atrás. Se había afeitado meticulosamente pero su mentón era demasiado prominente y Raych pensó que no le habría quedado mal una barba.

Al parecer Manella no tuvo más suerte, y se alejó después de intercambiar unas cuantas palabras con él. Sin embargo, Raych estaba seguro de que Manella no debía de encontrarse con demasiados fracasos. Indudablemente era muy deseable.

Sin quererlo, se encontró pensando en qué habría ocurrido si hubiese podido..., y un instante después se dio cuenta de que ya no estaba solo en la mesa. Esta vez su compañía era masculina y, de hecho, era el hombre con el que acababa de hablar Manella. Raych había estado tan absorto en sus pensamientos que el hombre pudo acercarse a él sin ser visto y cogerle por sorpresa, lo que le asombró. No podía permitir aquel tipo de distracciones.

El hombre le contempló con cierto brillo de curiosidad en los ojos.

—Hace unos momentos estabas hablando con una amiga mía.

Raych tuvo que sonreír.

—Es una chica muy afable.

—Sí, lo es, y también es muy *buena* amiga mía. No pude evitar oír lo que le dijiste.

—No creo que dijera nada que no debiera haber dicho.

—Desde luego que no, pero dijiste que eras joranumita.

Raych sintió que el corazón le daba un vuelco. Bien, así que la revelación que le había hecho a Manella había dado en el blanco, después de todo... Para ella no había

163

significado nada, pero para su «amigo» sí parecía tener algún significado.

¿Estaría en el buen camino..., o solamente se había metido en un lío?

12

Raych hizo cuanto pudo para evaluar a su nuevo acompañante sin permitir que su rostro perdiera la expresión de ingenuidad. El recién llegado tenía los ojos verdes, la mirada penetrante y despierta, y la mano derecha que había apoyado sobre la mesa estaba apretada amenazadoramente en forma de puño.

Raych le observó en silencio con los ojos muy abiertos y esperó.

—Dijiste que eras joranumita —repitió el hombre.

Raych intentó parecer inquieto. No le resultó demasiado difícil.

—Oiga, señor, ¿por qué le interesa tanto?

—Porque creo que no eres lo bastante mayor.

—Soy lo bastante mayor. Vi casi todos los discursos de Joranum en la holovisión.

—¿Puedes repetirlos?

Raych se encogió de hombros.

—No, pero capté la idea básica.

—No todo el mundo sería capaz de confesar que es joranumita tan abiertamente. Tienes que ser un joven muy valiente... A algunas personas no les gustan mucho los joranumitas, ¿sabes?

—Me han dicho que en Wye hay montones de ellos.

—Es posible. ¿Viniste aquí por eso?

—Estoy buscando trabajo. Pensé que otro joranumita quizá me ayudaría a encontrarlo.

—En Dahl también hay joranumitas. ¿De dónde eres?

Sin duda alguna había reconocido el acento de Raych. No había forma de ocultarlo.

—Nací en Millimaru —dijo Raych—, pero crecí en Dahl.

—¿Y qué hiciste allí?

—No gran cosa. Fui algún tiempo a la escuela.

—¿Y por qué eres joranumita?

Raych decidió que había llegado el momento de mostrar un poco de pasión. No podía haber vivido en un sector tan pobre e injustamente discriminado como Dahl sin tener razones obvias para ser joranumita.

—Porque creo que el gobierno imperial debería ser más representativo, con mayor participación popular y más igualdad entre los sectores y los mundos —dijo—. ¿Acaso hay alguien con cerebro y agallas que no piense así?

—¿Quieres que desaparezca la figura del emperador?

Raych tardó un poco en contestar. Lanzar discursos subversivos no le traería problemas, pero cualquier afirmación obviamente antiimperial significaba ir más allá de lo permitido.

—No he dicho eso —murmuró por fin—. No estoy en contra del emperador, pero gobernar todo un Imperio es excesivo para un hombre solo.

—No se trata de un hombre solo. Existe toda una burocracia imperial. ¿Qué opinas de Hari Seldon, el primer ministro?

—No tengo ninguna opinión. No sé nada de él.

—Lo único que sabes es que la gente tendría que estar más representada en el gobierno, ¿verdad?

Raych permitió que sus rasgos adoptaran una expresión confusa.

—Eso es lo que decía Jo-Jo Joranum. No sé cómo se llama... En una ocasión oí que alguien lo llamaba «democracia», pero no sé qué significa esa palabra.

—La democracia se ha intentado poner en práctica en algunos mundos. Algunos lo siguen intentando, pero que yo sepa esos mundos no están mejor gobernados que los demás. Así que eres un demócrata, ¿eh?

—¿Es así como lo llama? —Raych dejó que su cabeza se inclinara sobre su pecho como si estuviera sumido en una profunda meditación—. Me siento mejor diciendo que soy joranumita.

—Claro, como dahlita...

—Viví allí un tiempo, nada más.

—... estás a favor de la igualdad y ese tipo de cosas. Los

dahlitas son un grupo oprimido, y es natural que piensen así.

–He oído comentar que en Wye hay mucha gente que piensa como Joranum, y ellos no están oprimidos.

–La razón es distinta. Los antiguos alcaldes de Wye siempre quisieron ser emperadores. ¿Lo sabías?

Raych meneó la cabeza.

–Hace dieciocho años la alcaldesa Rashelle estuvo a punto de conseguirlo –dijo el hombre–. Los habitantes de Wye son rebeldes, cierto, pero están más en contra de Cleón que a favor de Joranum.

–No sé nada de todo eso –dijo Raych–. No estoy en contra del emperador.

–Pero estás a favor de la representación popular, ¿verdad? ¿Crees que alguna clase de asamblea democrática podría gobernar el Imperio Galáctico sin quedar paralizada por el politiqueo y las continuas disputas entre las distintas facciones?

–Perdone, pero... –murmuró Raych–. No le he entendido.

–¿Crees que un gran número de personas podría tomar decisiones urgentes cuando se presentara una emergencia? ¿O crees que se limitarían a discutir sentados?

–No lo sé, pero no me parece justo que unas pocas personas decidan el destino de todos los mundos.

–¿Estás dispuesto a luchar por tus creencias o te conformas con hablar de ellas?

–Nadie me ha pedido que luche por ellas –dijo Raych.

–Imagínate que alguien lo hiciera. ¿Qué importancia le das a tus creencias democráticas..., o a tu filosofía joranumita?

–Lucharía por ellas..., si creyera que eso iba a servir de algo.

–Un chico valiente... Así que has venido a Wye para luchar por tus creencias, ¿eh?

–No –dijo Raych, como si se sintiera muy incómodo–. No puedo decir que haya venido aquí por eso... He venido a buscar trabajo, señor. Encontrar trabajo en estos tiempos resulta muy difícil, y apenas me quedan créditos. Hay que vivir, ¿no?

–Estoy de acuerdo. ¿Cómo te llamas?

La pregunta fue formulada de forma muy brusca, pero Raych estaba preparado para responder.

–Planchet, señor.

–¿Nombre o apellido?

–Que yo sepa es mi único nombre, señor.

–No tienes dinero y supongo que apenas tendrás educación, ¿no?

–Me temo que no.

–¿Tienes experiencia en alguna clase de trabajo especializado?

–No he trabajado mucho, pero estoy dispuesto a hacerlo.

–De acuerdo, Planchet, te explicaré lo que vamos a hacer... –El hombre sacó un pequeño triángulo blanco de su bolsillo y lo presionó para editar un mensaje en él. Después lo frotó con el pulgar congelando el mensaje–. Te diré adónde has de ir. Lleva esto contigo y quizá te conseguirá un trabajo.

Raych aceptó la tarjeta y la observó. Las señales parecían despedir un brillo fluorescente, pero no consiguió descifrarlas.

–¿Y si creen que la he robado? –preguntó lanzando una mirada recelosa al hombre.

–No se puede robar. Está marcada con mi signo, y ahora contiene tu nombre.

–¿Y si me preguntan quién es usted?

–No lo harán. Les dirás que andas buscando trabajo. Es una oportunidad, ¿eh? ¿Qué te parece? No te garantizo que salga bien, pero te ofrezco una oportunidad. –Le entregó otra tarjeta–. Éste es el sitio al que tienes que ir.

Raych sí pudo leer la segunda tarjeta.

–Gracias –farfulló.

El hombre movió la mano indicándole que ya podía marcharse.

Raych se puso en pie y se fue..., y se preguntó en qué lío se estaría metiendo.

13

Arriba y abajo. Arriba y abajo. Arriba y abajo.

Gleb Andorin observaba a Gambol Deen Namarti, quien no paraba de recorrer la habitación. Sus emociones eran tan terriblemente intensas que le impedían permanecer sentado.

«No es el hombre más inteligente del Imperio y ni siquiera del movimiento –pensó Andorin–, no es el más astuto y, desde luego, no es el que piensa de forma más racional. Siempre hay que frenarle para que no vaya demasiado lejos, pero posee un ímpetu que los demás no tenemos. Nosotros seríamos capaces de abandonar y rendirnos, pero él jamás. Es de los que harían cualquier cosa por conseguir su objetivo... Bueno, puede que necesitemos a alguien así. *Debemos* contar con alguien así o nunca triunfaremos.»

De pronto, Namarti se detuvo como si hubiera sentido la presión de los ojos de Andorin clavados en su espalda.

–Si estás pensando en soltarme otro sermón sobre Kaspalov olvídalo –dijo girando sobre sí mismo.

Andorin se encogió levemente de hombros.

–¿Por qué he de molestarme en soltarte sermones? Ya está hecho. El daño, si es que lo hubo, también está hecho.

–¿Qué daño, Andorin? ¿De qué daño estás hablando? Si no lo hubiese hecho sí que habríamos sufrido un grave daño. Ese hombre estaba a punto de convertirse en un traidor. Un mes más y habría ido corriendo a...

–Lo sé. Estaba allí y escuché lo que dijo.

–Entonces comprenderás que no había alternativa. No había otra alternativa... No pensarás que disfruté matando a un viejo camarada, ¿verdad? No tuve elección.

–Muy bien. No tuviste elección.

Namarti reanudó su ir y venir por la habitación, pero se volvió de nuevo hacia Andorin pasados unos momentos.

–Andorin, ¿crees en los dioses?

Andorin le miró fijamente.

–¿En qué?

–En los dioses.

–No había oído nunca esa palabra. ¿Qué son?

—No es una palabra del idioma galáctico —dijo Namarti—. Influencias sobrenaturales... ¿Qué me dices de eso?

—Oh, influencias sobrenaturales... ¿Por qué no usaste esas palabras desde el principio? Por definición, algo es sobrenatural si existe fuera de las leyes de la Naturaleza y no hay nada que pueda existir fuera de esas leyes. ¿Te estás convirtiendo en un místico?

Andorin formuló la pregunta en el tono de quien está bromeando, pero la repentina preocupación que se apoderó de él hizo que entrecerrara los ojos.

Namarti le obligó a bajar la vista. Aquel par de ojos llameantes eran capaces de hacer bajar la vista a cualquiera.

—No digas estupideces. He estado leyendo algunas cosas sobre ellas. Trillones de personas creen en las influencias sobrenaturales.

—Ya lo sé —dijo Andorin—. Es algo que siempre ha ocurrido.

—La gente ha creído en ellas desde el comienzo de la historia. La palabra «dioses» es de origen desconocido. Al parecer es un residuo de algún lenguaje primigenio del que ya no queda otro rastro. ¿Sabes cuántas variedades de creencias en dioses existen?

—Yo diría que aproximadamente tantas como variedades de idiotas existen entre la población galáctica.

Namarti ignoró su observación.

—Algunas personas creen que la palabra se remonta a una época en la que toda la Humanidad vivía en un solo planeta.

—Lo cual ya es un concepto mitológico. Es una idea tan irracional y fantasiosa como la de las influencias sobrenaturales... Ese planeta en el que se originó la Humanidad no ha existido nunca.

—Tuvo que existir, Andorin —dijo Namarti con cierta irritación—. Los seres humanos no pueden haber evolucionado en distintos mundos para acabar formando una sola especie.

—Aun así, a efectos prácticos ese mundo original no existe. No se lo puede localizar ni tampoco definir, por lo que no se puede hablar de él de forma racional y lógica. A efectos prácticos no existe.

—Se supone que esos dioses protegen a la Humanidad y cuidan de ella o, por lo menos, que cuidan de esas partes de la Humanidad que saben cómo utilizarlos —dijo Namarti siguiendo con su línea de razonamiento—. Cuando existía un solo mundo tiene sentido suponer que los dioses estuvieran especialmente interesados en proteger ese planeta minúsculo con tan poca población, ¿no? Cuidarían de su mundo como si fuera un niño pequeño y ellos fuesen sus hermanos mayores..., o sus padres.

—Qué detalle por su parte... Me gustaría ver cómo se las arreglarían con todo el Imperio.

—¿Y si pudieran hacerlo? ¿Y si fuesen infinitos?

—¿Y si el Sol se helara? ¿De qué sirve recurrir a los «y si»?

—Me limito a especular, ¿entiendes? ¿Nunca has dejado que tu mente vagara libremente? ¿Es que necesitas atarlo todo con una correa?

—Creo que la correa sirve para evitar riesgos. Bien, jefe, ¿qué ha dicho tu mente después de vagabundear un rato?

Namarti fulminó con la mirada a su interlocutor como si sospechara que estaba siendo sarcástico, pero el rostro de Andorin seguía mostrándose tan afable y jovial como de costumbre.

—Lo que dice mi mente es que si los dioses existen deben de estar de nuestro lado —dijo Namarti.

—Maravilloso..., si fuese verdad. ¿Dónde están las pruebas?

—¿Las pruebas? Sin los dioses no sería más que una coincidencia, supongo, pero seguiría siendo una coincidencia muy útil.

Namarti bostezó y se sentó. Parecía exhausto.

«Bien —pensó Andorin—. Su mente por fin se ha agotado y puede que empiece a decir algo con un poco de sentido...»

—Todo el asunto del deterioro interno de la infraestructura... —dijo Namarti en un tono de voz mucho más bajo que el que había utilizado hasta entonces.

—Jefe, creo que Kaspalov tenía parte de razón en eso —le interrumpió Andorin—. Cuanto más tiempo sigamos provocando averías más posibilidades habrá de que las fuerzas imperiales descubran qué las está causando. Tarde o temprano, el programa acabará por estallarnos en la cara.

–Todavía no. De momento las explosiones sólo afectan al rostro imperial. Hay tanta inquietud en Trantor que puedo sentirla... –Alzó las manos y movió los dedos frotándolos unos con otros–. Sí, puedo sentirla, y casi hemos terminado con esta fase... Estamos listos para dar el próximo paso.

Los labios de Andorin formaron una sonrisa carente de alegría.

–No pido detalles, jefe. Kaspalov lo hizo y sabemos lo que le costó. No soy Kaspalov.

–Justamente el que no seas Kaspalov me permite revelártelos..., eso y el hecho de conocer algo que ignoraba entonces.

–Supongo que planeas una incursión en el mismísimo recinto imperial –dijo Andorin, sin creer del todo en lo que había dicho.

Namarti levantó la mirada.

–Por supuesto. ¿Qué otra cosa queda por hacer? Pero el problema es cómo lograr una penetración realmente efectiva... Tengo fuentes de información, pero no son más que espías. Necesitaré disponer de hombres de acción.

–Introducir hombres de acción en el lugar mejor protegido y vigilado de toda la galaxia no resultará fácil.

–Claro que no. Es lo que me ha causado un insoportable dolor de cabeza hasta ahora..., hasta que los dioses decidieron intervenir.

–Creo que no necesitamos embarcarnos en una discusión metafísica –dijo Andorin en el tono de voz más amable de que fue capaz (necesitaba toda su fuerza de voluntad para ocultar su disgusto)–. ¿Qué ha ocurrido... dejando a los dioses a un lado?

–He sido informado de que el emperador Cleón I, Su Graciosa Majestad Por Siempre Amada y Alabada, ha decidido nombrar un nuevo jefe de jardineros. Será el primer cambio en el cargo desde hace casi un cuarto de siglo.

–¿Y qué si es así?

—¿No ves ningún significado en ello?

Andorin pensó durante unos momentos.

—Me temo que tus dioses no me han incluido entre sus favoritos. No alcanzo a ver ningún significado.

—Andorin, cuando nombras un nuevo jefe de jardineros la situación subsiguiente es la misma que se produce con un nuevo administrador de cualquier otro tipo..., la misma que si se tratara de un nuevo primer ministro o un nuevo emperador. El nuevo jefe de jardineros querrá cambiar de personal. Obligará a jubilarse a quienes considere ramas muertas y contratará centenares de jardineros más jóvenes.

—Es posible.

—Más aún, es seguro. Es exactamente lo que ocurrió cuando el actual jefe de jardineros ocupó el cargo, y lo mismo que ocurrió cuando se nombró a su predecesor y al que le precedió. Centenares de desconocidos de los mundos exteriores...

—¿Por qué de los mundos exteriores?

—Utiliza el cerebro..., si es que tienes algo digno de ser llamado así, Andorin. ¿Qué pueden saber los trantorianos de jardinería si toda su vida transcurre debajo de una cúpula cuidando macetas, zoos, cosechas de cereales y frutas cuidadosamente controladas? ¿Qué saben de la vida en los espacios abiertos?

—Ahhh... Ahora lo entiendo.

—Habrá una auténtica oleada de desconocidos. Supongo que serán meticulosamente investigados, pero no sometidos a un interrogatorio tan duro como el que sufrirían si fuesen trantorianos; estoy seguro de que eso significa que podremos infiltrar a algunos de nuestros hombres, provistos de documentos de identidad falsos, en el recinto imperial. Aunque algunos sean descubiertos, es posible que otros superen la investigación..., *tienen* que conseguirlo. Nuestros hombres entrarán en el recinto a pesar del dispositivo de seguridad superreforzado que se creó a raíz del fracasado golpe de estado contra el entonces recién nombrado primer ministro Seldon. —Namarti casi escupió el nombre, tal y como hacía siempre—. Por fin tendremos nuestra oportunidad...

Andorin se sintió mareado, como si hubiera caído en un torbellino que no paraba de dar vueltas.

—Quizá pueda parecer extraño que lo diga, jefe, pero puede que haya algo de verdad en todo ese asunto de los «dioses», porque hace tiempo que quería decirte algo que parece encajar a la perfección con tu plan.

Namarti le contempló con suspicacia y sus ojos recorrieron la habitación como si de pronto temiera por su seguridad. Eran temores infundados. La habitación se encontraba en el centro de un viejo complejo residencial, y estaba muy bien protegida. Nadie podía escuchar su conversación en aquella estancia imposible de localizar, y nadie hubiese podido atravesar las capas de protección que le proporcionaban miembros leales de la organización.

—¿De qué estás hablando? —preguntó Namarti.

—He encontrado a un hombre que puede resultar útil. Es joven, y bastante ingenuo. Muy cordial es la clase de persona en la que tienes la sensación de que puedes confiar apenas le ves. Un rostro muy franco, ojos sinceros... Ha vivido en Dahl; es un entusiasta defensor de la igualdad; cree que Joranum es lo más grande que ha salido de Dahl después de los cocoteros, y estoy seguro de que no nos costará mucho convencerle de que haga cualquier cosa por la causa.

—¿Por la causa? —dijo Namarti. Las palabras de Andorin no habían conseguido disipar sus sospechas—. ¿Es uno de los nuestros?

—Bueno, la verdad es que no es de nada ni de nadie... Tiene algunas ideas bastante vagas en la cabeza, y cree que Joranum pretendía la igualdad entre los sectores.

—Sí, ése era el gran atractivo de su programa.

—Y también del nuestro, pero ese chico se lo ha creído. Habla de la igualdad y la participación popular en el gobierno. Incluso usó la palabra «democracia».

Namarti soltó una risita.

—En veinte mil años la democracia nunca se ha utilizado durante mucho tiempo sin que acabara cayéndose a pedazos.

—Sí, pero eso no es asunto nuestro. Es lo que impulsa a ese joven, jefe. Te aseguro que supe que habíamos encontrado nuestra herramienta apenas le vi, pero no tenía ni idea de cómo utilizarla. Ahora lo sé. Podemos introducirle en el recinto imperial haciéndole pasar por jardinero.

—¿Cómo? ¿Sabe algo de jardinería?

—No, estoy seguro de que no. Nunca ha tenido un empleo, salvo trabajos no especializados. Ahora está manejando un cargador y creo que tuvieron que enseñarle, pero bastará con que sepa cómo sostener unas tijeras de podar para que podamos introducirlo allí en calidad de ayudante de jardinero..., y entonces por fin lo tendremos.

—¿Qué tendremos?

—Tendremos a alguien que podrá aproximarse a quien queramos sin provocar la mínima sospecha, acercándose lo bastante para actuar. Insisto en que emite algo así como un aura de estupidez honorable, una especie de virtud atontada que inspira confianza.

—¿Y hará lo que le ordenemos?

—Todo lo que le ordenemos.

—¿Cómo conociste a esa persona?

—Bueno, no fui yo quien la localizó en primer lugar... Fue Manella.

—¿Quién?

—Manella, Manella Dubanqua.

—Oh, esa amiga tuya...

El rostro de Namarti se frunció en una mueca de evidente desaprobación.

—Es amiga de mucha gente —dijo Andorin con una sonrisa de tolerancia—. Ésa es una de las cosas que le convierten en alguien tan útil... Puede juzgar a un hombre al instante con muy pocos datos en los que basarse. Habló con ese joven porque se sintió atraída hacia él nada más verle, y te aseguro que Manella no es de las que se sienten atraídas con facilidad, por lo que puedes imaginar que se sale de lo corriente. Habló con el chico..., por cierto, se llama Planchet..., y luego me dijo: «Tengo a alguien de primera para ti, Gleb.» Si hay alguien que sepa juzgar a la gente es Manella, jefe, y confío en ella.

—¿Y qué crees que haría tu maravillosa herramienta moviéndose por los jardines imperiales, Andorin? —preguntó Namarti con una sonrisa astuta.

174

Andorin tragó una honda bocanada de aire.

–¿Qué va a hacer? Si lo preparamos todo nos librará de nuestro querido emperador Cleón, primero de ese nombre.

La ira se adueñó del rostro de Namarti.

–¿Qué? ¿Estás loco? ¿Por qué acabar con Cleón? Es nuestro asidero para llegar al gobierno, la fachada detrás de la que podemos gobernar. Nuestro pasaporte a la legitimidad. ¿Es que no tienes ni un gramo de cerebro? Le necesitamos como figura decorativa. No interferirá en nuestras actividades y su presencia nos hará más fuertes.

El rostro de Andorin se había llenado de manchas rojas.

–Bueno, ¿en qué estás pensando entonces? –estalló por fin, incapaz de mantener su expresión habitual de buen humor–. ¿Qué estás planeando? Me estoy hartando de tener que adivinar lo que pasa por tu cabeza.

Namarti alzó una mano.

–De acuerdo, de acuerdo... Cálmate. No quería ofenderte, pero... Piénsalo un poco, ¿quieres? ¿Quién acabó con Joranum? ¿Quién destruyó nuestras esperanzas hace diez años? Ese matemático, el mismo que gobierna el Imperio gracias a esa estupidez llamada psicohistoria. Cleón no es nada. Es a Hari Seldon a quien debemos destruir. Las continuas averías han servido para ridiculizar a Hari Seldon. La gente le echa la culpa de las incomodidades que provocan. Todo se interpreta como resultado de *su* falta de eficiencia y *su* incapacidad. –Había gotitas de saliva en las comisuras de los labios de Namarti–. Cuando haya muerto, el grito de júbilo resonará por todo el Imperio y se oirá en todos los programas de holovisión durante horas. Ni siquiera importará que sepan quién lo hizo... –Alzó una mano y la dejó caer como si estuviera clavando un cuchillo en el corazón de alguien–. Seremos considerados los héroes del Imperio, sus salvadores... Y ahora, ¿crees que nuestro jovencito será capaz de matar a Hari Seldon?

Andorin había recuperado su sentido de la ecuanimidad..., al menos aparentemente.

–Estoy seguro de que podrá hacerlo –dijo, obligándose a usar un tono jovial–. Puede que sienta cierto respeto hacia Cleón. Ya sabes que el emperador está envuelto en una aureola mística... –Puso un leve énfasis en el «sabes», y Namarti frunció el ceño–. Seldon, en cambio... No, no siente el más mínimo respeto respecto de él.

En su fuero interno Andorin hervía de furia. Aquello no era lo que quería.

Estaba siendo traicionado.

14

Manella se apartó los cabellos de los ojos, alzó la mirada hacia Raych y le sonrió.

–Ya te dije que no te costaría ni un crédito.

Raych parpadeó y se rascó un hombro.

–Pero vas a pedirme algo, ¿verdad?

Manella se encogió de hombros y arqueó los labios en una pícara sonrisa.

–¿Por qué debería hacerlo?

–¿Y por qué no?

–Porque de vez en cuando se me permite pasarlo bien.

–¿Conmigo?

–Aquí no parece haber nadie más.

Hubo un silencio bastante prolongado.

–Además, no tienes muchos créditos que gastar –dijo Manella de forma casi conciliadora–. ¿Qué tal va el trabajo?

–Es mejor que nada –dijo Raych–. Sí, es mucho mejor... ¿Le dijiste a ese tipo que me consiguiera un trabajo?

Manella meneó la cabeza lentamente.

–¿Te refieres a Gleb Andorin? No le pedí que hiciera nada. Me dijo que quizá pudieras interesarle, nada más.

–¿Crees que se enfadará porque tú y yo...?

–¿Por qué debería enfadarse? No es asunto suyo..., y tampoco es asunto tuyo.

–¿Qué hace? Quiero decir... ¿En qué trabaja?

–No creo que trabaje en nada. Es rico. Es pariente de los antiguos alcaldes.

–¿Los alcaldes de Wye?

–Exacto. No tiene en mucho aprecio al gobierno imperial, como todos los que están relacionados con los antiguos alcaldes. Dice que Cleón debería... −No llegó a completar la frase−. Estoy hablando demasiado −dijo unos momentos después−. No le repitas a nadie nada de lo que he dicho.

−¿Yo? No he oído que dijeras nada, y pienso seguir así todo lo que haga falta.

−Está bien.

−Pero ese tal Andorin... ¿Está relacionado con los joranumitas? ¿Es un tipo importante dentro de la organización?

−No tengo ni idea.

−¿Nunca habla de esos asuntos?

−Conmigo no.

−Vaya −dijo Raych, intentando disimular todo lo posible su disgusto.

Manella le observó con un brillo de astucia en los ojos.

−¿Por qué te interesa tanto?

−Quiero entrar en la organización. Creo que eso puede ayudarme a progresar. Un trabajo mejor, más créditos..., ya sabes de qué va el asunto.

−Puede que Andorin te ayude. No sé mucho sobre él, pero sí que le caes bien.

−¿Podrías hacer que le cayera aún mejor?

−Puedo intentarlo. No creo que haya ninguna razón por la que no puedas llegar a ser su amigo. Le gustas, ¿sabes? Le gustas más de lo que él me gusta a mí.

−Gracias, Manella. Tú también me gustas... Me gustas mucho.

Raych deslizó una mano por su costado y deseó con todas sus fuerzas poder concentrarse más en ella y menos en su misión.

15

−Gleb Andorin −dijo Hari Seldon con voz cansada mientras se frotaba los ojos.

−¿Quién es? −preguntó Dors Venabili.

Seguía estando tan gélida y malhumorada como lo había estado cada día desde la marcha de Raych.

—Hasta hace unos días jamás había oído hablar de él —dijo Seldon—. Ése es el gran problema al que te enfrentas cuando intentas gobernar un mundo con cuarenta mil millones de habitantes... Nunca oyes hablar de nadie salvo de las pocas personas que consiguen destacar lo suficiente para llamar la atención. Ningún banco de datos es lo bastante grande para impedir que Trantor siga siendo un planeta lleno de personas. Podemos usar los números de referencia y las estadísticas vitales para extraer la historia de alguien de los archivos, pero... ¿A quién escogemos? Suma a eso veinticinco millones de mundos exteriores, y lo realmente asombroso es que el Imperio Galáctico haya funcionado durante tantos milenios. Francamente, creo que si ha aguantado tanto tiempo es sólo porque en gran parte se controlaba a sí mismo..., y ahora se le está acabando la cuerda.

—Basta de filosofías, Hari —dijo Dors—. ¿Quién es el tal Andorin?

—Alguien sobre quien admito *debería* haber sabido unas cuantas cosas. Conseguí que el departamento de seguridad me proporcionara unos cuantos datos sobre él. Es miembro de la familia de los alcaldes de Wye, de hecho, es su miembro más prominente, y los de seguridad no han tenido más remedio que mantenerle relativamente vigilado. Creen que es ambicioso, pero parece que pierde demasiado tiempo en las mujeres y nunca ha intentado convertir en realidad sus ambiciones.

—¿Tiene algo que ver con los joranumitas?

Seldon movió la mano en un gesto de incertidumbre.

—Tengo la impresión de que el departamento de seguridad no sabe nada sobre los joranumitas. Eso quizá signifique que los joranumitas ya no existen o que carecen de importancia. También puede significar que el departamento de seguridad no está interesado en ellos, y no hay ninguna forma de obligarles a que se interesen. Puedo darme por satisfecho con que esos funcionarios me proporcionaran alguna información..., y eso que soy el primer ministro.

—Quizá no seas un primer ministro muy bueno —dijo Dors con frialdad.

—Eso es más que posible. Probablemente hace varias generaciones que el cargo no era ocupado por alguien menos dotado que yo, pero eso no tiene nada que ver con el departamento de seguridad. Es un brazo del gobierno totalmente independiente. Dudo que el mismísimo Cleón sepa gran cosa sobre él, aunque en teoría se supone que los funcionarios del departamento tienen que informarle a través de su director. Créeme, si supiéramos algo más sobre el departamento de seguridad intentaríamos introducir sus actividades en nuestras ecuaciones psicohistóricas.

—Por lo menos supongo que los funcionarios del departamento de seguridad estarán de nuestro lado, ¿no?

—Creo que sí, pero no me atrevería a jurarlo.

—¿Y por qué te interesa tanto ese como-se-llame?

—Gleb Andorin... Porque he recibido un mensaje de Raych.

Los ojos de Dors relampaguearon.

—¿Por qué no me lo dijiste? ¿Está bien?

—Que yo sepa sí, pero espero que no intente enviar más mensajes. Si le sorprenden comunicándose conmigo dejará de estar bien. En fin, el caso es que ha establecido contacto con Andorin...

—¿Y también ha establecido contacto con los joranumitas?

—No lo creo. Parece improbable, sobre todo porque la conexión no tendría demasiado sentido. El movimiento joranumita está compuesto básicamente por gente de clases bajas..., es un movimiento proletario, por así decirlo, y Andorin es un aristócrata entre los aristócratas. ¿Qué podría impulsarle a unirse a los joranumitas?

—Si pertenece a la familia de los alcaldes de Wye quizá aspire a ocupar el trono imperial, ¿no te parece?

—Llevan generaciones detrás de ello. Supongo que te acuerdas de Rashelle, ¿no? Era la tía de Andorin.

—Entonces, ¿no crees posible que utilice a los joranumitas como trampolín?

—Podría ser, si Andorin desea contar con un trampolín creo que estaría metido en un juego muy peligroso. Si los

179

joranumitas subsisten tendrán sus propios planes, y un hombre como Andorin quizá acabe por descubrir que se ha montado encima de un greti...

—¿Qué es un greti?

—Creo que era un animal muy feroz que ya se ha extinguido. Es un proverbio de Helicón... Si montas encima de un greti acabas descubriendo que no puedes bajar, porque si lo haces te devora.

Seldon permaneció en silencio durante unos momentos.

—Una cosa más... Raych parece haber trabado relación con una mujer que conoce a Andorin y cree que puede conseguir información importante a través de ella. Te estoy diciendo todo esto para que después no me acuses de haberte ocultado nada.

—¿Una mujer?

Dors frunció el ceño.

—Tengo entendido que se trata de una mujer que conoce a muchos hombres que pueden irse de la lengua si se encuentran en una situación íntima.

—Una de *ésas*... —Dors frunció aún más el ceño—. No me gusta nada la idea de que Raych...

—Vamos, vamos. Raych tiene treinta años y sin duda posee mucha experiencia. Creo que puedes confiar en que su sentido común sabrá protegerle de esa mujer..., o de cualquier otra. —Se volvió hacia Dors, y la expresión de cansancio y preocupación que había en su rostro no podía ser más clara—. ¿Crees que me gusta esto? ¿Crees que hay *algo* en toda esta situación que me guste?

Dors no supo qué responder.

16

Gambol Deen Namarti no se distinguía por su afabilidad y cortesía ni en sus mejores momentos, y la proximidad del clímax de una década de planes y conspiraciones hacía que estuviera de bastante mal humor.

—Has tardado mucho en llegar, Andorin —dijo con voz nerviosa mientras se ponía en pie.

Andorin se encogió de hombros.

—Pero ya estoy aquí.

—Y ese joven, esa herramienta tan notable de la que no has parado de hablarme... ¿Dónde está?

—Ya llegará.

—¿Por qué no está aquí?

Las facciones de Andorin parecieron relajarse, como si estuviera absorto en sus pensamientos o a punto de tomar una decisión.

—No quería traerle hasta no tener una idea clara de cuál es mi situación —dijo por fin con bastante brusquedad.

—¿Qué quieres decir?

—Es una frase muy sencilla y creo que no cuesta nada entenderla. ¿Cuánto tiempo llevas con el objetivo de acabar con Hari Seldon?

—¡Siempre ha sido mi objetivo, siempre! ¿Acaso resulta tan incomprensible? Tenemos derecho a vengarnos por lo que le hizo a Jo-Jo, y aun suponiendo que no fuera así, es el primer ministro y tenemos que eliminarle.

—Pero es Cleón quien ha de ser derrocado..., *Cleón*, ¿entiendes? Al menos debemos ocuparnos de él al mismo tiempo que de Seldon.

—¿Por qué te preocupas tanto por una mera figura decorativa?

—Vamos, no eres niño. Nunca he necesitado explicarte las razones de que me uniera a vuestra organización porque no eres idiota y ya las conoces. ¿Qué pueden importarme tus planes si no incluyen derrocar al actual ocupante del trono?

Namarti se rió.

—Claro... Ya hace tiempo que sé que me consideras tu forma de llegar hasta el trono imperial.

—¿Acaso esperabas otra cosa?

—En absoluto. Trazo los planes, corro los riesgos pertinentes, y cuando todo haya terminado tú te quedas con la recompensa. Tiene sentido, ¿verdad?

—Sí, tiene sentido porque la recompensa también será tuya. ¿Acaso no te convertirás en primer ministro? ¿Acaso no podrás contar con el pleno apoyo de un nuevo emperador lleno de gratitud hacia ti? ¿Acaso no seré... –y el rostro de Namarti se contorsionó en una mueca irónica mientras escupía las palabras–, la nueva figura decorativa?

–¿Planeas convertirte en eso? ¿En una figura decorativa?

–Planeo convertirme en emperador. Te proporcioné fondos cuando no tenías ni un crédito. Te proporcioné hombres para crear una organización. Te proporcioné la respetabilidad necesaria para construir un movimiento a gran escala en Wye. Aún puedo retirarme llevándome todo lo que he aportado.

–No lo creo.

–¿Quieres correr el riesgo? Ah, y no creas que puedes hacer conmigo lo que hiciste con Kaspalov. Si me ocurre algo, Wye será inhabitable para ti y los tuyos..., descubrirás que ningún otro sector puede proporcionarte lo que necesitas.

Namarti suspiró.

–Entonces insistes en que hay que matar al emperador.

–No he dicho «matar», he dicho «derrocar». Dejo los detalles en tus manos.

La última frase fue acompañada por un gesto casi despectivo, un giro de la muñeca tan elegante e imperativo como si Andorin ya estuviera sentado en el trono.

–Y luego serás emperador, ¿no?

–Así es.

–No, no lo serás. Estarás muerto..., y no seré yo quien te mate. Andorin, permíteme que te dé una pequeña lección sobre las duras realidades de la vida. Si Cleón es asesinado se plantea el problema de la sucesión, y la guardia imperial intentará evitar la guerra civil ejecutando de inmediato a todos los miembros de la familia de los alcaldes de Wye que consiga encontrar..., y tú serás el primero. Por otra parte, si el primer ministro es el único en morir no correrás ningún peligro.

–¿Por qué?

–Porque un primer ministro no es más que eso. Los primeros ministros se suceden y ya está. Incluso podría ser que el mismo Cleón se hubiera hartado de él, ordenando que le asesinaran. Puedo asegurarte que nos ocuparemos de difundir esa clase de rumores... La guardia imperial vacilará y nos proporcionará la oportunidad de crear un nuevo gobierno. De hecho, es muy posible que ellos mismos agradezcan la desaparición de Seldon.

—Y cuando el nuevo gobierno controle el poder, ¿qué he de hacer? ¿Seguir esperando... eternamente?

—No. En cuanto sea primer ministro habrá formas de resolver el problema que plantea Cleón. Puede que incluso sea capaz de hacer algo con la guardia imperial, o con el departamento de seguridad, y acabe por utilizarlos, como mis instrumentos. Después encontraré alguna solución limpia y segura que me permita librarme de Cleón y sustituirle por ti.

—¿Y por qué deberías hacerlo? —estalló Andorin.

—¿Qué quieres decir con eso de por qué debería hacerlo? —preguntó Namarti.

—Sientes un odio personal hacia Seldon. En cuanto haya desaparecido, ¿por qué correr riesgos innecesarios al más alto nivel de estado? Harás las paces con Cleón y yo me veré en la obligación de retirarme a mi mansión (cada vez más ruinosa) para rumiar mis sueños imposibles. Incluso podrías eliminar todos los riesgos haciéndome matar.

—¡No! —exclamó Namarti—. Cleón nació para subir al trono. Es el último descendiente de un linaje de varias generaciones de emperadores..., la orgullosa dinastía Entun, recuérdalo. Sería terriblemente difícil de manejar. Tú, en cambio, llegarías al trono como representante de una nueva dinastía sin ningún lazo sólido con la tradición, porque supongo que admitirás que los anteriores emperadores de la familia Wyan no fueron nada distinguidos. Te sentarás en un trono tambaleante y necesitarás de alguien que te apoye..., y ese alguien seré *yo*. A su vez yo necesitaré de alguien que dependa por completo de mí y al que pueda manejar..., ese alguien serás *tú*. Vamos, Andorin, lo nuestro no es un matrimonio por amor de los que se marchitan en un año. Es un matrimonio de conveniencia, y puede durar todo el tiempo que vivamos. Confiemos el uno en el otro.

—Júrame que seré emperador.

—¿De qué serviría si no puedes confiar en mi palabra? Digamos que serías un emperador extraordinariamente útil y que me gustaría ver cómo sustituyes a Cleón en el trono tan pronto como pueda hacerse sin riesgos. Y ahora, preséntame al hombre que será la herramienta perfecta para nuestros propósitos.

—Muy bien, y recuerda lo que le hace ser distinto. Le he estudiado con mucha atención. Es un idealista no muy inteligente. Hará lo que se le ordene sin pensar en el peligro y sin hacerse demasiadas preguntas. Ah, y tiene algo que le hace parecer digno de confianza, por lo que su víctima confiará en él aunque lleve un desintegrador en la mano.

—Eso me resulta imposible de creer.

—Espera a conocerle —dijo Andorin.

17

Raych mantuvo la mirada baja. Un rápido vistazo a Namarti fue suficiente. Le había conocido diez años atrás, cuando Raych fue enviado para atraer a Jo-Jo Joranum a su destrucción, y una ojeada le bastó para reconocerle.

Namarti había cambiado muy poco en diez años. La ira y el odio seguían siendo las características dominantes que se podían captar al observarle —o, por lo menos, las que Raych podía ver, pues era consciente de que no podía ser considerado como un testigo imparcial—, y parecían haberle endurecido hasta otorgarle la rugosa permanencia del cuero. Su rostro estaba un poco más flaco y sus cabellos salpicados de canas, pero su boca de labios delgados seguía formando la misma línea tensa y sus oscuras pupilas brillaban con la misma peligrosidad de siempre.

Eso era suficiente, y Raych mantuvo apartada la mirada de su rostro. Tenía la sensación de que Namarti no era el tipo de persona al que le guste que le miren a la cara.

Namarti daba la impresión de devorar a Raych con los ojos, pero la mueca burlona que siempre parecía estar presente en su rostro no se había alterado.

Namarti se volvió hacia Andorin, quien había permanecido a un lado y les observaba con cierto nerviosismo.

—Así que éste es el hombre —dijo, como si la persona a la que hacían referencia sus palabras no estuviera presente.

Andorin asintió y sus labios se movieron articulando un silencioso «Sí, jefe».

—¿Cómo te llamas? —preguntó tajantemente Namarti volviéndose hacia Raych.

—Planchet, señor.

—¿Crees en nuestra causa?

—Sí, señor. —Raych habló despacio y con cautela obedeciendo las instrucciones que le había dado Andorin—. Soy un demócrata y deseo que haya una mayor participación del pueblo en el proceso gubernamental.

Los ojos de Namarti se movieron velozmente hacia Andorin.

—Veo que sabe soltar discursos.

Volvió a mirar a Raych.

—¿Estás dispuesto a correr riesgos por la causa?

—Cualquier riesgo, señor.

—¿Harás lo que se te ordene sin preguntar ni echarte atrás?

—Obedeceré las órdenes.

—¿Sabes algo de jardinería?

Raych vaciló unos momentos antes de responder.

—No, señor.

—Entonces eres trantoriano, ¿eh? ¿Naciste debajo de la cúpula?

—Nací en Millimaru, señor y me crié en Dahl.

—Muy bien —dijo Namarti, y se volvió hacia Andorin—. Llévale fuera y di a los hombres que se ocupen de él por un tiempo. Cuidarán bien de él. Después vuelve aquí. Quiero hablar contigo.

Cuando Andorin volvió, Namarti había sufrido un gran cambio. Sus ojos brillaban, y su boca estaba retorcida en una sonrisa salvaje.

—Andorin, los dioses de los que hablábamos el otro día están con nosotros hasta un punto inimaginable —dijo.

–Ya te dije que era el hombre adecuado para nuestros propósitos.

–Mucho más de lo que piensas. Naturalmente, ya sabes que Hari Seldon, nuestro reverenciado primer ministro, envió a su hijo o, mejor dicho, a su hijo adoptivo, para que entrara en contacto con Joranum y le tendiera la trampa, en la que acabó por caer, desoyendo mis consejos.

–Sí –dijo Andorin asintiendo cansinamente con la cabeza–, conozco la historia.

Habló en el tono de voz de quien la conocía muy bien.

–Sólo vi a ese muchacho en una ocasión, pero su imagen quedó grabada en mi cerebro. ¿Crees que diez años, unos tacones falsos y un bigote afeitado podrían engañarme? Tu Planchet es Raych, el hijo adoptivo de Hari Seldon.

Andorin palideció y contuvo el aliento durante un momento.

–Jefe, ¿estás seguro? –preguntó.

–Tan seguro como de que te tengo delante de mis ojos y de que has introducido a un enemigo en el seno de nuestra organización.

–No tenía ni idea...

–No te pongas nervioso –dijo Namarti–. Creo que es lo mejor que has hecho en toda tu vida de aristócrata ocioso. Has interpretado el papel que los dioses te habían asignado. De no haber sabido quién era Raych podría haber desempeñado la función para la que ha sido enviado: entrar en nuestra organización para espiarnos e informar de nuestros planes más secretos. Pero sé quién es, y las cosas no ocurrirán así. No, al contrario... Ahora lo tenemos *todo*.

Namarti se frotó las manos, puso cara de felicidad y, aunque despacio y con cierta dificultad, como si fuera consciente de lo poco que encajaba con su carácter y su imagen, sonrió..., y después se echó a reír.

18

–Supongo que ya no volveré a verte, Planchet –dijo Manella con expresión pensativa.

Raych se estaba secando después de haberse duchado.

—¿Por qué no?

—Gleb Andorin no quiere que lo haga.

—¿Por qué no?

Manella encogió sus hermosos hombros.

—Dice que tienes un trabajo muy importante que hacer y que ya no puedes perder el tiempo con tonterías. Quizá se refiere a que conseguirás un empleo mejor.

Raych se puso nervioso.

—¿Qué clase de trabajo? ¿No se refirió a nada en particular?

—No, pero dijo que pensaba ir al sector Imperial.

—¿De veras? ¿Te suele hacer ese tipo de confidencias?

—Vamos, Planchet, ya sabes cómo son estas cosas... Cuando estás en la cama con un hombre suele hablar mucho.

—Ya lo sé —dijo Raych, quien siempre tenía mucho cuidado de no hacerlo—. ¿Y qué más te ha contado?

—¿Por qué me lo preguntas? —Manella frunció levemente el ceño—. Él siempre me hace preguntas sobre ti. Me he dado cuenta de que eso es algo muy generalizado entre los hombres... Sienten curiosidad por lo que hacen los otros hombres. ¿Por qué crees que será?

—¿Qué le has contado de mí?

—Poca cosa. Que eres un tipo muy decente y nada más. Por supuesto, no le dije que me gustas más que él. Eso podría herir sus sentimientos..., y puede que yo también acabara herida.

Raych empezó a vestirse.

—Así que esto es el adiós, ¿eh?

—Supongo que sí, por lo menos durante un tiempo. Gleb puede cambiar de opinión. Me gustaría ir al sector Imperial, claro..., si quisiera llevarme con él. Nunca he estado allí.

Raych estuvo a punto de irse de la lengua, pero logró disimular su confusión tosiendo.

—Yo tampoco he estado allí nunca —dijo por fin.

—Allí están los edificios más grandes, los sitios más bonitos y los restaurantes más elegantes..., es donde vive la gente rica. Me gustaría conocer a algunas personas ricas..., aparte de Gleb, quiero decir.

—Supongo que una persona como yo no puede ofrecerte muchas cosas —dijo Raych.

—Oh, contigo no estoy mal. No puedes pasarte todo el tiempo pensando en los créditos, pero hay que pensar en ellos de vez en cuando..., especialmente ahora que Gleb se está empezando a cansar de mí.

Raych se sintió obligado a protestar.

—Nadie podría cansarse de ti —dijo, y un instante después se sintió aturdido al descubrir que era sincero.

—Eso es lo que siempre dicen los hombres —replicó Manella—, te sorprendería lo deprisa que pueden llegar a cansarse. En fin... Tú y yo lo hemos pasado muy bien, Planchet. Cuídate y... ¿Quién sabe? Quizá volvamos a vernos algún día.

Raych asintió y descubrió que no sabía qué decir. Las emociones que experimentaba en aquellos momentos no podían expresarse con palabras ni actos.

Desvió su mente hacia otras direcciones. Tenía que averiguar cuáles eran los planes de Namarti y los suyos. Si le alejaban de Manella tenía que ser porque la crisis estaba cerca, y la única pista de que disponía era aquella extraña pregunta sobre jardinería que le había formulado Namarti.

No podía transmitir más información a Seldon. Desde su entrevista con Namarti, le habían sometido a una estrecha vigilancia y todos los posibles canales de comunicación le estaban vedados, lo que seguramente era otra indicación de la inminente crisis.

Pero si descubría lo que estaba ocurriendo después de que el plan se hubiera llevado a la práctica, y si conseguía comunicar la noticia después de que ya hubiera dejado de serlo..., habría fracasado por completo.

19

Hari Seldon no tenía un buen día. No había recibido noticias de Raych desde su primer y último mensaje, y desconocía lo que estaba ocurriendo.

Prescindiendo de su preocupación natural por la seguridad de Raych (y Seldon estaba prácticamente seguro de que si hubiese ocurrido algo realmente malo ya se habría enterado), también estaba preocupado por lo que se pudiera estar tramando.

Tenía que ser algo sutil. Un ataque directo al Palacio Imperial estaba totalmente descartado, ya que el sistema de seguridad era demasiado eficiente.

Pero en tal caso..., ¿qué otra cosa suficientemente efectiva podían estar planeando?

El problema le mantenía despierto por la noche y le impedía concentrarse durante el día.

La luz de aviso empezó a parpadear.

—Primer ministro... Su cita de las dos, señor.

—¿A qué cita se refiere?

—Mandell Gruber, el jardinero. Posee la certificación necesaria de efecto.

Seldon se acordó.

—Sí, envíelo.

No era el momento más adecuado para ver a Gruber, pero Seldon había accedido en un momento de debilidad al percibir la inquietud del jardinero.

Un primer ministro no debería tener semejantes momentos de debilidad, pero Seldon había sido Seldon mucho tiempo antes de convertirse en primer ministro.

—Entre, Gruber —dijo amablemente.

Gruber se plantó delante de él e inclinó la cabeza en un movimiento mecánico mientras sus ojos se desplazaban velozmente en todas direcciones. Seldon estaba casi seguro de que el jardinero nunca había estado en ninguna habitación amueblada con tanta magnificencia, y sintió el perverso impulso de decir: «¿Te gusta? Bueno, pues hazme el favor de quedártela... No la quiero para nada.»

Pero no lo dijo.

—¿Qué ocurre, Gruber? ¿Por qué está tan abatido?

No hubo ninguna respuesta inmediata, y Gruber se limitó a mirarle con una sonrisa vacua en los labios.

—Siéntese, Gruber —dijo Seldon—. Ahí mismo, en esa silla.

—Oh, no, primer ministro. No sería correcto. La ensuciaría y...

—Si la ensucia no costará mucho limpiarla. Haga lo que le digo, vamos... ¡Bien! Y ahora, tómese un par de minutos de descanso y ponga algo de orden en sus pensamientos. Dígame lo que le ocurre cuando le parezca que está un poco más calmado.

Gruber guardó silencio durante unos momentos, y de repente las palabras empezaron a brotar a chorros de sus labios.

—Primer ministro, he de ser jefe de jardineros... El bendito emperador en persona me lo dijo.

—Sí, ya me he enterado, pero no será eso lo que le tiene tan preocupado, ¿verdad? Su nuevo puesto es algo por lo que hay que felicitarle, y le felicito. Puede que incluso haya contribuido un poquito a que lo consiga, Gruber. Nunca he olvidado el valor de que dio muestra cuando estuvieron a punto de asesinarme, y puede estar seguro de que le hablé de ello a Su Majestad Imperial. Es una recompensa adecuada, Gruber, y en cualquier caso se merece el ascenso: su historial pone de manifiesto que reúne todas las cualificaciones necesarias para ser jefe de jardineros. Bien, ahora que nos hemos ocupado de eso, cuénteme qué es lo que le preocupa.

—Primer ministro, lo que me preocupa es precisamente el puesto y el ascenso. No estoy cualificado, no podré enfrentarme a...

—Tenemos el convencimiento de que sí lo está.

Gruber se puso aún más nervioso.

—Tendré que estar sentado en un despacho, ¿no? No lo soportaría. No podría moverme al aire libre y trabajar con las plantas y los animales. Sería como si estuviera en una prisión, primer ministro.

Seldon abrió mucho los ojos.

—Nada de eso, Gruber. No tiene por qué permanecer en el despacho ni un segundo más de lo estrictamente necesario. Podría ir y venir por los jardines supervisándolo todo. Disfrutará del aire libre cuanto quiera, con la única diferencia de que se ahorrará el trabajo duro.

—Quiero trabajar duro, primer ministro, y no me dejarán salir del despacho. He visto lo que le ocurre al actual jefe de jardineros. Nunca podía salir de su despacho por mucho que lo deseara... Hay demasiado trabajo administrativo, demasiado papeleo. Si quiere enterarse de lo que ocurre tenemos que ir a su despacho para contárselo. Ve las plantas y los animales en la *holovisión*... –Gruber pronunció la palabra con un desprecio infinito–. ¡Como si se pudiera saber algo sobre las cosas vivas que crecen a través de las imágenes! Eso no es para mí, primer ministro.

–Vamos, Gruber, no se comporte como si fuera un niño... No está tan mal. Se acostumbrará al nuevo puesto. Se irá adaptando poco a poco.

Gruber meneó la cabeza.

–Para empezar, en cuanto haya tomado posesión tendré que ocuparme de todos los nuevos jardineros. Me enterrarán bajo una montaña de papeles... –murmuró–. No quiero ese puesto y no debo tenerlo, primer ministro –añadió con repentina energía.

–De acuerdo, Gruber, quizá no quiera el puesto, pero no es el único. Mire, puedo asegurarle que en estos momentos me encantaría no ser primer ministro. Este cargo me viene grande. De hecho, a veces pienso que hasta el mismo emperador está harto de soportar el peso de la túnica imperial... Todos estamos en esta galaxia para hacer nuestro trabajo, aunque no siempre resulte agradable.

–Lo comprendo, primer ministro, pero el emperador tiene que ser emperador porque nació para eso, y usted tiene que ser primer ministro porque no hay nadie más que pueda ocupar el puesto. Pero en mi caso... Estamos hablando de un jefe de jardineros, nada más. Aquí hay cincuenta jardineros que podrían hacer el trabajo tan bien como lo haría yo y a los que les encantaría ser nombrados. Me ha dicho que habló con el emperador y le contó cómo intenté ayudarle. ¿No podría volver a hablar con él y explicarle que si quiere recompensarme lo mejor que podría hacer es mantenerme en mi puesto?

Seldon se reclinó en su sillón.

–Gruber, yo haría eso por usted si pudiera –dijo con voz solemne–, pero debo explicarle algo con la única esperanza de que lo comprenda. En teoría el emperador es el gobernante absoluto del Imperio pero, de hecho, hay muy pocas cosas que pueda hacer. Actualmente mi control sobre el Imperio es mucho mayor que el que pueda ejercer él, y yo también puedo hacer muy poco. Hay miles de millones de personas en todos los niveles del gobierno, y todas toman decisiones, todas cometen errores, unas actúan de forma prudente y heroica y otras de forma estúpida y muy poco honrada. No hay forma alguna de controlarlas. ¿Me comprende, Gruber?

—Sí, pero ¿qué tiene que ver todo eso con mi caso?

—Mire, Gruber, sólo hay un lugar donde el emperador sea realmente el gobernante absoluto..., y ese lugar es el recinto imperial. Aquí su palabra es ley, y puede controlar al relativamente escaso número de funcionarios que hay por debajo. Pedirle que revoque una decisión tomada, en relación con el recinto del Palacio Imperial, supondría invadir la única zona que él considera inviolada e inviolable. Si le dijera «Majestad Imperial, cambie de parecer sobre Gruber», habría muchas más probabilidades de que decidiera relevarme de mis deberes que de que cambiase de parecer. Eso quizá fuese bueno para mí, pero no le ayudaría en nada, Gruber.

—¿Quiere decir que no hay forma de cambiar las cosas? —preguntó Gruber.

—Es exactamente lo que quiero decir. Pero no se preocupe, Gruber, le ayudaré en cuanto pueda. Lo siento, pero la verdad es que ya le he dedicado todo el tiempo del que disponía.

Gruber se puso en pie. Sus manos no paraban de estrujar y dar vueltas a su gorra verde de jardinero. Había más que una sospecha de lágrimas en sus ojos.

—Gracias, primer ministro. Sé que le gustaría poder ayudarme. Usted es..., un buen hombre, primer ministro.

Giró sobre sí mismo y se marchó casi llorando.

Seldon le vio marchar con expresión pensativa y acabó meneando la cabeza. Si multiplicara los problemas de Gruber por un cuatrillón, obtendría el equivalente a todos los problemas de las personas que vivían en los veinticinco millones de mundos imperiales, ¿cómo era posible que él, Seldon, diera con la forma de salvarlos a todos cuando era incapaz de resolver el problema de un solo hombres que había acudido a él para pedirle ayuda?

La psicohistoria no podía salvar a un individuo. ¿Podría salvar a un cuatrillón?

Seldon volvió a menear la cabeza, echó un vistazo a su agenda para averiguar la naturaleza y la hora de su próxima cita..., y de repente se exaltó.

—¡Traigan a mi despacho al jardinero que acaba de irse! —gritó salvajemente por el comunicador con una voz desprovista de su habitual control—. Tráiganlo aquí ahora mismo!

20

—¿Qué es eso de los nuevos jardineros? —exclamó Seldon.

Esta vez no le pidió que se sentara.

Gruber parpadeó a toda prisa. Ser reclamado de forma tan inesperada al despacho le había dejado casi paralizado por el pánico.

—¿Nu-nuevos ja-jardineros? —tartamudeó.

—Dijo «todos los nuevos jardineros». Ésas fueron sus palabras. ¿A qué nuevos jardineros se refería?

Gruber estaba perplejo.

—Bueno, si va a haber un nuevo jefe de jardineros habrá nuevos jardineros. Es la costumbre.

—Nunca había oído hablar de eso.

—La última vez que hubo un cambio en el puesto de jefe de jardineros usted aún no era primer ministro. Es probable que ni siquiera estuviese en Trantor.

—Pero, ¿de qué está hablando?

—Bien... Los jardineros nunca son despedidos. Algunos mueren; otros acaban envejeciendo demasiado para el trabajo, así que se les da una pensión y se los remplaza, pero cuando el nuevo jefe de jardineros está preparado para empezar a desempeñar sus funciones, al menos la mitad del personal es viejo y ya ha dejado atrás sus mejores años laborales. Entonces se les asigna una pensión muy generosa y se los remplaza con nuevos jardineros.

—Porque hacen falta jardineros jóvenes.

—En parte sí, pero también porque a esas alturas lo normal es que haya nuevos planes para los jardines, y además se necesitan nuevas ideas. Hay casi quinientos kilómetros cuadrados de parques y jardines, lo normal es que se necesiten unos cuantos años para reorganizarlo todo y yo tendré que supervisar todo el trabajo. Por favor, primer ministro... —Gruber estaba jadeando—. Estoy seguro de que un hombre tan inteligente como usted podrá encontrar alguna forma de conseguir que el emperador cambie de opinión.

Seldon no prestaba atención, y las arrugas de su frente indicaban que estaba sumido en una profunda concentración.

—¿De dónde vienen los nuevos jardineros?

—Se hacen exámenes en todos los mundos... Siempre hay gente esperando la ocasión de sustituir a los viejos jardineros. Llegarán a centenares en una docena de remesas. Como mínimo necesitaré un año entero para...

—¿De dónde vienen? Vamos, vamos... ¿De dónde vienen?

—De cualquier mundo entre un millón. Se requiere una amplia gama de conocimientos sobre horticultura. Cualquier ciudadano del Imperio puede presentarse.

—¿De Trantor también?

—No, de Trantor no. En los jardines no hay nadie de Trantor. —Gruber adoptó un tono de voz despectivo—. Nadie que haya nacido en Trantor puede llegar a ser jardinero. Los parques que hay debajo de la cúpula no son jardines. No tienen más que macetas, y los animales están enjaulados. Los trantorianos son unos pobres desgraciados que no saben nada sobre el aire fresco, el agua en libertad y el auténtico equilibrio de la Naturaleza.

—De acuerdo, Gruber, voy a encargarle un trabajo. Quiero que me consiga los nombres de todos los nuevos jardineros que vayan llegando en las próximas semanas, y quiero que lo averigüe todo sobre ellos. Nombre, mundo, número de referencia, educación, experiencia..., todo, y lo quiero tener todo sobre mi escritorio lo más deprisa posible. Enviaré personal para que le ayude..., gente con máquinas, ¿comprende? ¿Qué clase de ordenador utiliza?

–Un modelo muy sencillo para los inventarios de las plantas, las especies animales y ese tipo de cosas.

–Muy bien. El personal que le enviaré será capaz de hacer todo aquello de lo que usted no pueda encargarse. No puedo explicarle lo importante que es todo esto, Gruber.

–Si he de hacerlo...

–Gruber, no es momento para dudas. Si me falla no se convertirá en jefe de jardineros: se le despedirá sin derecho a pensión.

Cuando se quedó solo, Seldon volvió a inclinarse sobre su comunicador.

–¡Cancele todas las citas para el resto de la tarde! –ladró.

Después dejó que su cuerpo se derrumbara en el sillón, sintiendo el peso de todos los días de su existencia, mientras notaba que su dolor de cabeza empeoraba. El sistema de seguridad se había desarrollado en torno al recinto del Palacio Imperial durante años que se convirtieron en décadas, volviéndose más sólido, robusto e impenetrable a medida que se le añadían nuevas partes y nuevos mecanismos de vigilancia...

Periódicamente se permitía que hordas de desconocidos accedieran al recinto, y lo más probable era que no se les exigiera más que ciertos conocimientos de jardinería.

La estupidez involucrada en todo aquello era tan colosal que resultaba imposible llegar a entenderla.

Pero Seldon lo había descubierto justo a tiempo.

¿O no? ¿Sería posible que en aquellos mismos instantes ya fuese demasiado tarde?

21

Gleb Andorin observaba a Namarti por entre sus párpados a medio cerrar. Namarti nunca le había gustado demasiado, pero había momentos en los que le gustaba todavía menos de lo habitual, y aquél era uno de ellos. Gleb era un Andorin, un Wyan de cuna real (lo cual era prácticamente lo mismo), un aspirante al trono... ¿Por qué tenía que colaborar con aquel don nadie, aquel psicópata seudoparanoico?

Andorin sabía por qué y tenía que aguantarse, incluso cuando Namarti se embarcaba en el relato de cómo había desarrollado el movimiento durante un período de diez años hasta alcanzar su perfección actual. ¿Se lo contaría a todo el mundo una y otra vez, o era únicamente Andorin el escogido para actuar de oyente?

El rostro de Namarti parecía arder con una alegría malévola, y su voz había adquirido una extraña tonalidad, como si estuviera recitando algo de memoria.

—Trabajé año tras año guiándome por los mismos criterios sin dejarme abatir por la desesperanza y la falta de resultados. Construí una organización, debilité la confianza en el gobierno, creé e intensifiqué la insatisfacción. Cuando se produjo la crisis bancaria y llegó la semana de la moratoria yo...

Namarti se calló de repente.

—Ya te he contado esta historia muchas veces y estás harto de escucharla, ¿verdad?

Los labios de Andorin temblaron y formaron una seca sonrisa que se esfumó en seguida. Namarti no era tan idiota como para ignorar lo insufriblemente pesado que llegaba a ser: sencillamente, no podía evitarlo.

—Me la has contado muchas veces —dijo Andorin.

Dejó que el resto de la pregunta quedara flotando en el aire sin responder. Después de todo, no podía estar más claro que la respuesta era afirmativa. No había necesidad de decirlo en voz alta y para que Namarti se enfrentara a ella.

Un ligero rubor tiñó el rostro de Namarti.

—Pero la creación de mi empresa podría haber seguido eternamente sin llegar a ninguna parte de no haber tenido la herramienta adecuada en mis manos —dijo—. Y la herramienta llegó a mí sin ningún esfuerzo por mi parte...

—Los dioses te trajeron a Planchet —dijo Andorin en un tono de voz cuidadosamente neutral.

—Así es. Un grupo de jardineros pronto entrará en el recinto del Palacio Imperial. —Namarti hizo una pausa y pareció saborear su pensamiento–. Hombres y mujeres, los suficientes para enmascarar al puñado de agentes que los acompañarán, entre los cuales estarás tú... y Planchet. Y lo que os convertirá en dos presencias inusuales es el hecho de que tanto tú como Planchet iréis armados con desintegradores.

–Supongo que nos detendrán en la puerta y nos someterán a un interrogatorio –dijo Andorin con deliberada malicia mientras mantenía su expresión afable y cortés–. Tratar de introducir un desintegrador en el recinto imperial...

–No seréis detenidos –añadió Namarti sin percatarse de la malicia impregnada en la voz de Andorin–. No seréis registrados. Se han hecho los arreglos necesarios. Seréis recibidos por algún funcionario del palacio, naturalmente... No tengo ni idea de quién es el que se encarga normalmente de eso, y por lo que sé, quizá sea el tercer ayudante del chambelán a cargo de las hojas y las hierbas, pero en este caso será el mismísimo Seldon. El gran matemático saldrá corriendo de su despacho para recibir a los nuevos jardineros y darles la bienvenida al recinto imperial.

–Supongo que estarás seguro.

–Por supuesto que sí. Todo está preparado. Aproximadamente en el último minuto Seldon se enterará de que su hijo se encuentra en el contingente de nuevos jardineros y no podrá contener el impulso de ir a verle. Y cuando Seldon aparezca, Planchet alzará su desintegrador. Nuestros agentes empezarán a gritar «¡Traición, traición!». Planchet aprovechará la confusión para matar a Seldon y después tú matarás a Planchet. Luego dejarás caer tu arma al suelo y te marcharás. Habrá personas que te ayudarán a desaparecer. Todo ha sido cuidadosamente preparado.

–¿Es absolutamente necesario matar a Planchet?

Namarti frunció el ceño.

–¿Por qué lo preguntas? ¿Pones objeciones a un asesinato y en cambio a otro no? Cuando Planchet se recupere, ¿quieres que le cuente a las autoridades todo lo que sabe sobre nosotros? No olvides que en realidad Planchet es Raych Seldon. Parecerá como si los dos hubierais disparado al mismo tiempo..., o como si Seldon hubiera ordenado matar a su hijo en caso de algún movimiento hostil. Nos ocuparemos de que todo el aspecto familiar de la historia reciba la máxima publicidad. Eso hará que la gente recuerde los horribles tiempos de Manowell, el emperador sanguinario... La pura perversidad del acto repugnará a toda la población de Trantor, y si a ello añadimos la falta de eficiencia y las averías cuyas consecuencias han tenido que soportar, creará un clamor generalizado exigiendo un nuevo gobierno..., y nadie será capaz de negárselo, incluyendo al emperador. Y entonces intervendremos.

—¿Así de fácil?

—No, nada de «así de fácil». No vivo en un mundo de sueños. Es probable que se instituya un gobierno de transición, pero caerá. Nos ocuparemos de que fracase, abandonaremos la clandestinidad y ofreceremos nueva vida a los viejos argumentos joranumitas que los trantorianos nunca han olvidado. Con el tiempo, y no hará falta esperar mucho, seré primer ministro.

—¿Y yo?

—Con el tiempo serás emperador.

—Las posibilidades de que todo esto salga bien son muy escasas —dijo Andorin—. Se han hecho los arreglos para esto, se han hecho los arreglos para lo de más allá... Todo ha de encajar a la perfección o el plan fracasará. En algún lugar alguien cometerá un error. Es un riesgo inaceptable.

—¿Inaceptable? ¿Para quién? ¿Para ti?

—Desde luego. Esperas que Planchet mate a su padre, y luego esperas que yo mate a Planchet. ¿Por qué yo? ¿Acaso no dispones de herramientas menos valiosas que puedan correr el riesgo?

—Sí, pero escoger a otra persona aseguraría el fracaso. Aparte de ti, ¿se te ocurre alguien cuyo futuro dependa del éxito de esta misión hasta el punto de que no haya ninguna posibilidad de que se acobarde y decida huir en el último momento?

—El riesgo es enorme.

—¿No crees que merece la pena? La recompensa es el trono imperial.

—¿Y qué riesgo corres tú, jefe? Te quedarás aquí sentado cómodamente y esperarás a oír las noticias.

Namarti apretó los labios.

—¡Qué idiota eres, Andorin! ¡Menudo emperador vas a ser! ¿Crees que el hecho de estar aquí significa que no correré riesgo alguno? Si falla la jugada, si la conspiración fracasa, si algunos de los nuestros caen prisioneros, ¿crees que no contarán cuanto saben? Si te capturan, ¿te enfrentarás a la guardia imperial y soportarás su «cariñoso» tratamiento sin hablarles de mí?

»Con un intento de asesinato fallido a mis espaldas, ¿acaso crees que no registrarán todo Trantor hasta encontrarme? Y cuando lo hagan, ¿qué piensas que me harán? ¿Riesgo? Estar sentado aquí sin hacer nada significa que corro un riesgo mucho más serio que cualquiera de vosotros. En el fondo todo se reduce a esto, Andorin: ¿quieres ser emperador o no?

—Quiero ser emperador —dijo Andorin en voz muy baja.

Y el engranaje empezó a moverse.

22

Raych en seguida se percató de que estaba siendo tratado de forma especial. El grupo de jardineros se alojó en uno de los hoteles del sector imperial, aunque por supuesto no era de primera categoría.

Los jardineros eran un abigarrado conjunto de hombres y mujeres procedentes de cincuenta mundos distintos, pero Raych apenas tuvo ocasión de hablar con nadie. Andorin le mantenía discretamente alejado de los demás.

Raych se preguntó por qué. Aquello le deprimía. De hecho, se había sentido un poco deprimido desde que salieron de Wye. La depresión entorpecía sus procesos mentales y Raych intentaba combatirla inútilmente.

Andorin vestía ropas toscas y de poca calidad para parecer un trabajador manual. Interpretaría el papel de jardinero como forma de dirigir el «espectáculo», fuera cual fuese ese «espectáculo».

Raych no había averiguado nada sobre la naturaleza de dicho «espectáculo», y eso hacía que se sintiera un poco avergonzado de sí mismo. Le habían vigilado estrechamente impidiéndole toda comunicación con el exterior, por lo que ni siquiera había tenido ocasión de advertir a su padre. Quizás estarían haciendo lo mismo con todos los trantorianos infiltrados en el grupo para extremar las precauciones. Raych calculaba que quizás hubiese una docena de trantorianos y, naturalmente, tanto los hombres como las mujeres eran agentes de Namarti.

Lo que le sorprendía era el trato afectuoso de Andorin. Le monopolizaba, insistía en comer y cenar siempre con él y le trataba de una forma claramente distinta que a los demás.

¿Sería porque habían compartido a Manella? Raych no sabía lo suficiente sobre las costumbres del sector de Wye como para descartar la posibilidad de que fuese una sociedad con cierta tendencia a la poliandria. Si dos hombres compartían la misma mujer, ¿sería posible que eso creara un lazo fraternal entre ellos?

Raych nunca había oído hablar de algo semejante, pero era lo suficientemente instruido como para no suponer que estaba familiarizado con algo más que una minúscula fracción de las infinitas sutilezas de las sociedades galácticas..., e incluso de las trantorianas.

Pero sus pensamientos volvieron a centrarse en Manella, y así permanecieron durante un rato. La echaba mucho de menos, y Raych pensó que quizá fuera la causa de su depresión aunque, en realidad, lo que sentía mientras acababa de almorzar con Andorin era algo cercano a la desesperación..., a pesar de que no se le ocurría ninguna razón para ello.

¡Manella!

Le había manifestado sus deseos de visitar el sector imperial, y era de suponer que podría convencer a Andorin para que se plegara a sus caprichos. Raych estaba lo suficientemente desesperado para hacer una pregunta estúpida.

—Señor Andorin, no dejo de preguntarme si no habrá traído con usted a la señorita Dubanqua. Quiero decir si... ¿Ha venido al sector imperial? ¿Está aquí?

Andorin pareció quedar totalmente perplejo durante

unos momentos y acabó dejando escapar una suave risita.

—¿Manella? ¿La has visto ocuparse de algún jardín o fingir que fuese capaz de hacerlo? No, no, Manella es una de esas mujeres que han sido creadas para alegrar nuestros momentos de reposo. Aparte de eso carece de otra función. ¿Por qué lo preguntas, Planchet?

Raych se encogió de hombros.

—No lo sé. Este lugar es bastante aburrido. Pensé que...

No completó la frase.

Andorin le observó atentamente.

—No serás de los que creen que ir con una mujer o con otra tiene importancia, ¿verdad? —dijo por fin—. Te aseguro que a ella tanto le da un hombre como otro. En cuanto esto haya acabado habrá otras mujeres..., montones de ellas.

—¿Y cuándo acabará todo esto?

—Pronto, y tú formarás parte de lo que ocurra de manera determinante.

Andorin entrecerró los ojos y contempló a Raych en silencio.

—¿En qué sentido? —preguntó Raych—. Creí que sólo sería un..., un jardinero.

Su voz sonaba un poco hueca, y Raych descubrió que era incapaz de mayor vitalidad.

—Serás algo más que eso, Planchet. Entrarás en el recinto imperial llevando un desintegrador.

—¿Un qué?

—Un desintegrador.

—Nunca he manejado un desintegrador. No he tocado uno en toda mi vida.

—No tiene ningún misterio. Lo levantas, lo apuntas, pulsas el botón y alguien muere.

—No puedo matar a nadie.

—Creí que eras uno de nosotros, que harías cualquier cosa por la causa.

—No me refería a... matar.

Era como si no pudiese pensar con claridad. ¿Por qué debía matar? ¿Qué era lo que habían planeado para él? ¿Cómo podría alertar a la guardia imperial antes de que se produjera el asesinato?

El rostro de Andorin se endureció de repente, y su expresión pasó en un instante del interés afable a la más inflexible decisión.

—Debes matar —dijo.

Raych usó todas sus reservas de voluntad.

—No. No voy a matar a nadie. Nada me hará cambiar de opinión.

—Planchet, harás lo que se te ordene —dijo Andorin.

—Un asesinato... No, eso no.

—Incluso un asesinato.

—¿Cómo va a obligarme?

—Me limitaré a ordenártelo.

Raych se sentía mareado. ¿Por qué estaba tan seguro de sí mismo Andorin?

—No —dijo, y meneó la cabeza.

—Planchet, te hemos estado alimentando desde que saliste de Wye —dijo Andorin—. Me aseguré de que comieras y cenaras conmigo. Supervisé tu dieta..., y dediqué una atención especial a la carne que acabas de comer.

Raych sintió que el horror se agitaba en su interior y lo entendió todo al instante.

—¡Desespero!

—Exacto —dijo Andorin—. Eres un chico muy listo, Planchet.

—Es ilegal.

—Sí, por supuesto. El asesinato también lo es.

Raych sabía algunas cosas sobre el desespero, una modificación química de un tranquilizante totalmente inofensivo..., pero la variedad modificada no producía calma sino desesperación. Había sido declarado ilegal porque era utilizado para controlar la mente, aunque había rumores insistentes de que la guardia imperial lo empleaba.

—Lo llaman desespero porque arrebata toda esperanza —dijo Andorin como si la mente de Raych fuera un libro abierto ante él—. Creo que estás sintiendo lo mismo que si hubieras perdido todas tus esperanzas, ¿no?

—Nunca —murmuró Raych.

—Admirable decisión, pero no podrás luchar contra la droga..., y cuanto más desesperado te sientas más efectiva resulta.

—No lo permitiré.

—Vamos, Planchet, piensa un poco... Namarti te reconoció incluso sin el bigote. Sabemos que eres Raych Seldon y voy a ordenarte que mates a tu padre.

—Antes te mataré a ti —murmuró Raych.

Se levantó de la silla. Matar a Andorin no debería de resultarle demasiado difícil. Quizá fuera más alto, pero era más delgado y evidentemente no era ningún atleta. Raych podía partirle en dos con un solo brazo..., pero apenas se hubo puesto en pie se tambaleó. Meneó la cabeza, pero su visión seguía borrosa.

Andorin también se puso en pie y retrocedió un poco. Había metido la mano derecha dentro de la manga izquierda, y cuando la sacó sus dedos sostenían un arma.

—He venido preparado —dijo con afabilidad—. Me han informado de tus proezas como luchador de torsión y te aseguro que no habrá ningún combate cuerpo a cuerpo.

Andorin bajó la visita y contempló su arma.

—Esto no es un desintegrador —dijo—. No puedo matarte antes de que hayas cumplido tu misión. Es un látigo neurónico..., y en cierto aspecto es mucho más temible. Apuntaré a tu hombro izquierdo y, créeme, el dolor será tan espantoso que ni el mayor estoico del mundo podría soportarlo.

Raych había estado avanzando lenta e implacablemente hacia Andorin, pero se detuvo de repente. Tenía doce años cuando conoció la mordedura del látigo neurónico durante una fracción de segundo. Quien la ha sentido no olvida el dolor por mucho tiempo que viva y por muy llena de incidentes que esté su existencia.

—Y además pondré el arma a plena potencia —dijo Andorin—, con lo que los nervios de tu antebrazo serán estimulados hasta sentir un dolor insoportable, y luego quedarán tan dañados que nunca más te servirán de nada. Nunca podrás volver a utilizar tu brazo izquierdo. Te dejaré intacto el derecho para que puedas manejar el desintegrador. Y ahora si te sientas y aceptas la situación, tal y como debes hacer, quizá conserves los dos brazos. Naturalmente, tendrás que seguir comiendo para aumentar tu nivel de desesperación. Tu situación irá empeorando.

Raych sintió cómo la desesperación provocada por la droga se adueñaba de él, y esa misma desesperación servía para intensificar los efectos. Estaba empezando a ver doble, y no se le ocurrió nada que decir.

Raych sólo sabía que tendría que hacer lo que Andorin le ordenase. Había jugado, y había perdido.

23

—¡No! —La negativa de Hari Seldon había sido casi violenta—. No te quiero aquí, Dors.

Dors Venabili le miró. Su rostro estaba tan decidido como el de Seldon.

—Entonces no permitiré que vayas, Hari.

—He de estar allí.

—Eso no es asunto tuyo. Los nuevos jardineros deben ser recibidos por el jefe de jardineros.

—Cierto, pero Gruber no puede hacerlo. Ese hombre está destrozado.

—Debe de tener algún ayudante, ¿no? O deja que lo haga el viejo jefe de jardineros. Seguirá ocupando el puesto hasta final de año.

—El viejo jefe de jardineros también está enfermo. Además... —Seldon vaciló—. Hay impostores infiltrados entre los jardineros. Trantorianos, ¿entiendes? Están aquí y no sabemos por qué. Tengo sus nombres.

—Pues entonces haz que los detengan a todos. Es muy sencillo. ¿Por qué lo estás haciendo tan complicado?

—Porque no sabemos *por qué* están aquí. Alguien está tramando algo. No sé qué pueden hacer doce jardineros, pero... No, deja que lo exprese de otra forma. Se me ocurre una docena de cosas que pueden hacer, pero no sé cuál de ellas planean. Te aseguro que los detendremos, pero debo averiguar algo más antes de hacerlo.

»Tenemos que saber lo suficiente para capturar a todos los implicados en la conspiración, desde la cima hasta el último eslabón, y debemos conocer suficientemente sus planes para imponer el castigo adecuado. No quiero detener a doce hombres y mujeres por lo que básicamente no es más que un delito menor. Alegarán desesperación, la necesidad de un empleo... Se quejarán de que no es justo que los trantorianos estén excluidos. Conseguirán las simpatías de todo el mundo y quedaremos como una pandilla de idiotas. Debemos darles la posibilidad de que actúen para que se les pueda acusar de algo más grave, y además...

Hubo un silencio bastante largo.

—Bien, ¿a qué te refieres con ese «además»? —preguntó Dors con voz iracunda.

—Uno de los doce es Raych con el sobrenombre de Planchet —dijo Seldon bajando el tono de voz.

—¿Qué?

—¿Por qué te sorprendes? Le envié a Wye para que se infiltrara en el movimiento joranumita y lo ha conseguido. Confío en él. Si está allí sabrá el motivo, habrá ideado algún plan de crearles dificultades, pero yo también quiero estar presente. Quiero verle. Quiero estar en situación de ayudarle si puedo.

—Si quieres ayudarle haz que se personen cincuenta guardias del Palacio imperial flanqueando a tus jardineros.

—No. Te repito que no sacaríamos nada de eso. La guardia imperial estará allí, pero no se la verá. Los jardineros deben creer que tienen vía libre para llevar a cabo sus planes, sean cuales sean. Antes de que lo logren, pero después de que hayan mostrado sus intenciones..., les capturaremos.

—Es muy arriesgado. Es arriesgado para Raych.

—No podemos evitar los riesgos, debemos enfrentarnos. Hay más cosas en juego que unas pocas vidas.

—Siempre he pensado que las personas que dicen ese tipo de cosas no tienen corazón.

—¿Crees que no tengo corazón? Aunque quedara destrozado tengo que seguir pensando en la psico...

—No lo digas.

Dors le dio la espalda y torció el gesto como si sintiera un dolor muy agudo.

—Lo comprendo —dijo Seldon—, pero no debes estar allí. Tu presencia resultaría tan fuera de lugar que los conspiradores sospecharían que sabemos demasiado y no actuarían. No quiero que hagan eso. —Se quedó callado durante unos momentos y cuando volvió a hablar usó un tono de voz más bajo y suave—. Dors, dices que tu trabajo es protegerme, incluso por encima de Raych, y lo sabes. No insistiría en ello, pero protegerme significa proteger la psicohistoria y a toda la especie humana. Eso debe tener preferencia. La parte de la psicohistoria que he desarrollado hasta ahora me indica que *yo* debo proteger el centro a toda costa, y eso es lo que intento. ¿Lo entiendes?

—Lo entiendo —dijo Dors, y le dio la espalda.

«Y espero estar haciendo lo correcto», pensó Seldon.

Si estaba equivocado Dors jamás se lo perdonaría, y lo peor era que él tampoco podría perdonarse a sí mismo..., con psicohistoria o sin ella.

24

Estaban desplegados en una formación impecable. Tenían los pies separados y las manos detrás de la espalda, y todos lucían un flamante y holgado uniforme verde de jardinero provisto de grandes bolsillos. Había muy pocas diferencias concernientes al sexo, y sólo se podía adivinar que algunas de las siluetas menos altas eran mujeres. Las capuchas cubrían su cabellera, pero se suponía que quien aspirase a cuidar los jardines del emperador debía llevar el cabello muy corto, y no podía haber ni rastro de vello facial.

Nadie sabía muy bien el motivo. La palabra «tradición» era utilizada para justificar multitud de cosas, algunas útiles y otras estúpidas.

Mandell Gruber estaba frente a la primera fila flanqueado por dos ayudantes. Gruber temblaba, y sus ojos estaban muy abiertos y algo vidriosos.

Hari Seldon apretó los labios. Bastaría con que Gruber pronunciara la frase «Los jardineros del emperador os saludan a todos», y después de eso Seldon se encargaría de lo demás.

Sus ojos recorrieron el grupo y localizaron a Raych.

Sintió que el corazón le daba un vuelco. El nuevo

Raych sin bigote estaba en la primera fila, miraba fijamente hacia delante y su postura resultaba un poco más rígida que la de los demás. Sus ojos no se movieron para encontrarse con los de Seldon, y no mostró la más mínima señal de haberle reconocido.

«Perfecto —pensó Seldon—. Se supone que no me conoce, y no ha hecho nada que pueda delatarle.»

Gruber murmuró una bienvenida casi inaudible y Seldon se apresuró a intervenir.

Caminó con paso firme y sereno hacia Gruber y hasta situarse a su lado.

—Gracias, jardinero de primera clase —dijo—. Hombres y mujeres que cuidaréis de los jardines del emperador, vais a encargaros de una tarea muy importante. Seréis responsables de mantener sana y hermosa la única extensión de terreno descubierto que hay en Trantor, nuestro gran planeta, la capital del Imperio Galáctico. Cuidaréis de que aunque no dispongamos de los interminables panoramas que existen en los mundos sin cúpulas tengamos una pequeña joya que supere en esplendor a cuanto hay en el resto del Imperio.

»Estaréis a las órdenes de Mandell Gruber, quien no tardará en convertirse en jefe de jardineros. Él me informará cuando sea necesario, y yo informaré al emperador. Como comprenderéis, eso significa que sólo estaréis a tres niveles de la presencia imperial y que siempre os hallaréis bajo su benigna vigilancia. Estoy seguro de que ahora mismo nos está observando desde el pequeño palacio, su residencia personal, ese edificio que veis a vuestra derecha, el de la cúpula adornada con ópalos, y que se siente complacido por lo que ve.

»Naturalmente, antes de que empecéis a trabajar pasaréis por un cursillo de adiestramiento para familiarizaros con los jardines y sus necesidades. Tendréis que...

Seldon se había desplazado cautelosamente hasta quedar delante de Raych, quien seguía inmóvil y sin pestañear.

Intentó que su expresión no pareciese excesivamente benévola..., y un instante después frunció ligeramente el ceño. La persona que estaba detrás de Raych le resultaba familiar. Si Seldon no hubiera estudiado su holograma quizá no la hubiese reconocido, pero... Parecía Gleb Andorin de Wye. Era el hombre para el que Raych había trabajado en Wye, ¿no? ¿Qué estaba haciendo allí?

Andorin debió de percatarse de que Seldon le estaba observando, pues murmuró algo con los labios entrecerrados y el brazo derecho de Raych se apartó de su espalda, se movió hacia delante y sacó un desintegrador del espacioso bolsillo de su chaqueta. Andorin le imitó.

Seldon quedó tan perplejo que se sintió casi incapaz de reaccionar. ¿Cómo era posible que los guardias hubieran permitido que se introdujeran desintegradores en el recinto imperial? Estaba tan confuso que apenas oyó los gritos de «¡Traición!» y el repentino ruido de gritos y carreras.

Lo único en lo que podía pensar era en el desintegrador con el que le apuntaba Raych, en que su hijo le miraba sin dar ninguna señal de reconocerle. El horror se adueñó de su mente cuando comprendió que Raych iba a disparar, y que se hallaba a escasos segundos de la muerte.

25

A pesar de su nombre el desintegrador no produce un auténtico proceso de desintegración. Lo que hace es vaporizar el contenido de una cavidad corporal causando una implosión acompañada de un débil sonido que recuerda a un suspiro. El resultado es un cuerpo u objeto aparentemente desintegrado por dentro.

Hari Seldon no esperaba escuchar aquel sonido. Lo único que esperaba era morir, por lo que se sorprendió al oír aquella especie de suspiro inconfundible. Parpadeó rápidamente mientras bajaba la mirada para contemplarse, y se quedó tan atónito que sintió cómo se le aflojaba la mandíbula.

«¿Estaba vivo?», se preguntó.

Raych seguía delante de él con los ojos vidriosos y el desintegrador apuntándole. Permanecía totalmente inmóvil, como si su acción anterior hubiera sido causada por un poder misterioso que le había otorgado movimiento y que se había esfumado de repente.

Detrás de él yacía el cuerpo de Andorin en un charco de sangre, y junto a él había un jardinero que blandía un desintegrador. La capucha se había deslizado hacia atrás, y mostraba el rostro de una mujer que se había cortado los cabellos recientemente.

La mujer desvió la cabeza lo justo para mirar a Seldon.

—Su hijo me conoce con el nombre de Manella Dubanqua —dijo—. Soy una agente del departamento de seguridad. ¿Quiere que le dé mi número de referencia, primer ministro?

—No —dijo Seldon con un hilo de voz. La guardia imperial se estaba reuniendo en el lugar de los hechos—. ¡Mi hijo! ¿Qué le ocurre a mi hijo?

—Creo que le han drogado con desespero —dijo Manella—. Los efectos se disiparán en cuanto haya pasado algún tiempo. —Extendió un brazo y cogió el desintegrador que Raych sostenía en la mano—. Siento no haber actuado antes. Tuve que esperar a que hubiera un gesto claramente hostil, y cuando llegó estuvo a punto de pillarme desprevenida.

—Yo tuve el mismo problema. Debemos llevar a Raych al hospital de palacio.

Unos ruidos confusos brotaron de repente del pequeño palacio. Seldon pensó que era muy probable que el emperador hubiese observado la ceremonia, y en tal caso debía de estar muy furioso.

—Cuide de mi hijo, señorita Dubanqua —dijo—. He de ver al emperador.

Seldon cruzó el caos que se había adueñado de las grandes praderas corriendo de forma poco digna y entró en el pequeño palacio sin perder el tiempo en ceremonias. Cleón debía de estar tan enfadado que un motivo de irritación más no cambiaría las cosas.

Nada más entrar vio el cuerpo de Su Majestad Imperial Cleón I, convertido en un cadáver tan destrozado que resultaba prácticamente irreconocible. A su alrededor había un grupo de siluetas paralizadas por el estupor. Sus magníficos ropajes imperiales se habían convertido en un sudario. Mandell Gruber estaba acurrucado contra la pared, y sus ojos idiotizados no se apartaban de los rostros que le rodeaban.

Seldon pensó que no podría seguir sosteniéndose en pie ni un segundo más, pero se inclinó y cogió el desintegrador que yacía junto a los pies de Gruber. Estaba seguro de haberlo visto en la mano de Andorin.

—Gruber, ¿qué ha hecho? —le preguntó en voz baja.

Gruber se volvió hacia él.

—Todo el mundo gritaba —balbuceó—. «No lo sabrán nunca —pensé—. Nadie imaginará que yo he matado al emperador. Creerán que ha sido otra persona...» Pero después no pude echar a correr.

—Pero Gruber... ¿Por qué?

—Para no tener que ser jefe de jardineros.

Y se derrumbó.

Seldon contempló el cuerpo inconsciente de Gruber sin poder creer en lo que estaba viendo.

Todo había salido bien por el más minúsculo de los márgenes. Seguía con vida. Raych estaba vivo. Andorin había muerto, la conspiración joranumita había fracasado y pronto no quedaría ni un solo miembro de la organización en libertad.

El centro había resistido, tal y como había predicho la psicohistoria.

De repente un hombre había matado al emperador por una razón tan trivial que desafiaba toda pretensión de análisis.

«¿Y qué vamos a hacer ahora? —pensó Seldon con desesperación—. ¿Qué va a ocurrir?»

Tercera parte

DORS VENABILI

DORS, VENABILI. La vida de Hari Seldon está envuelta en leyendas e incertidumbres, por lo que hay muy pocas esperanzas de que algún día se llegue a contar con una biografía que esté realmente basada en los hechos. Es muy posible que el aspecto más enigmático de su existencia sea el referente a su consorte, Dors Venabili. Antes de que Dors Venabili se presentara en la Universidad de Streeling y se incorporase al profesorado de la Facultad de Historia, no existía ningún dato sobre ella, salvo el de que nació en el mundo de Cinna. Conoció a Seldon poco después de su llegada a la Universidad de Streeling y fue su consorte durante veintiocho años, y por imposible que parezca, su vida es todavía más legendaria que la de Seldon. Se cuentan historias totalmente increíbles sobre su velocidad y su fuerza, y sus contemporáneos solían referirse a ella –puede que en susurros– llamándola «la mujer tigre». Su desaparición de la escena histórica es todavía más asombrosa que su aparición, pues después de cierta fecha no se sabe nada más sobre ella y no existe indicación de qué le ocurrió.

De su papel como historiador pueden tomarse como ejemplos sus...

ENCICLOPEDIA GALÁCTICA

1

Contados en Tiempo Galáctico Estándar –todo el mundo usaba el TGE para contar–, Wanda tenía ocho años, y era toda una pequeña dama de modales corteses y refinados. Tenía la cabellera lacia de un color castaño claro. Sus ojos eran azules, pero se estaban oscureciendo y quizás acabaría por tener los ojos castaños de su padre.

Wanda estaba sentada perdida en sus pensamientos. Sesenta...

Era el número que la preocupaba. El abuelo estaba a punto de celebrar su cumpleaños e iba a cumplir sesenta años, y sesenta era un número muy grande. Wanda estaba preocupada porque la noche anterior había tenido una pesadilla en la que aparecía el número sesenta.

Fue en busca de su madre. Tendría que preguntárselo.

Su madre no resultó muy difícil de encontrar. Estaba hablando con el abuelo, seguramente sobre el cumpleaños. Wanda vaciló. Preguntárselo delante del abuelo no estaría bien.

Su madre no tuvo ninguna dificultad para detectar la inquietud de Wanda.

–Un momento, Hari –dijo–. No sé qué le pasa a Wanda... ¿Qué tienes, querida?

Wanda tiró de su mano.

–Aquí no, madre. En privado.

Manella se volvió hacia Hari Seldon.

–¿Ves qué pronto empieza? Vidas privadas, problemas

privados... Claro que sí, Wanda. ¿Quieres que vayamos a tu habitación?

—Sí, madre —dijo Wanda aliviada.

Madre e hija fueron a la habitación de la niña cogidas de la mano.

—Bien, Wanda, ¿cuál es el problema?

—Madre, el abuelo...

—¡El abuelo! Pero Wanda, el abuelo jamás haría nada que te pudiera disgustar.

—Bueno, pues lo está haciendo. —Los ojos de Wanda se llenaron de lágrimas—. ¿Se va a morir?

—¿Tu abuelo? ¿Quién te ha metido esa idea en la cabeza, Wanda?

—Va a cumplir sesenta años. Eso es ser muy viejo...

—No, no lo es. No es joven, pero tampoco es viejo. Las personas pueden vivir ochenta, noventa e incluso cien años, y tu abuelo está fuerte y sano. Vivirá mucho tiempo.

—¿Estás segura? —preguntó Wanda mientras suspiraba hondamente.

Manella cogió a su hija por los hombros y la miró a los ojos.

—Todos tenemos que morir algún día, Wanda. Ya te lo he explicado en alguna ocasión, pero a pesar de eso no nos preocupamos de ello hasta que el día está muy, muy cerca. —Le limpió los ojos con gran delicadeza—. El abuelo seguirá viviendo hasta que tú hayas crecido y tengas tus propios bebés, ya lo verás. Y ahora, ven conmigo. Quiero hablar con tu abuelo.

Wanda volvió a suspirar.

Cuando regresaron, Seldon se volvió hacia la niña y le lanzó una mirada llena de simpatía.

—¿Qué ocurre, Wanda? ¿Por qué estás triste?

Wanda meneó la cabeza.

Seldon volvió la cabeza hacia la madre.

—Bien, Manella, ¿qué ocurre?

Manella también meneó la cabeza.

—Tendrá que decírtelo ella misma.

Seldon se sentó y dio unas palmaditas sobre su regazo.

–Ven, Wanda. Siéntate aquí y cuéntame tus problemas.

La niña obedeció y se removió durante unos momentos hasta estar cómoda.

–Tengo miedo.

Seldon la rodeó con un brazo.

–Te aseguro que tu viejo abuelo es de lo más inofensivo.

Manella torció el gesto.

–No tendrías que haber usado esa palabra.

Seldon alzó los ojos hacia ella.

–¿Cuál? ¿Abuelo?

–No. Viejo.

Aquello pareció romper el dique, y Wanda se echó a llorar.

–Eres viejo, abuelo.

–Sí, supongo que sí. Tengo sesenta años. –Seldon se inclinó para acercar su rostro al de Wanda–. A mí tampoco me gusta demasiado, Wanda, por eso me alegro de que tú sólo tengas siete años y vayas a cumplir ocho.

–Tienes los cabellos blancos, abuelo.

–No siempre los tuve. Se me volvieron blancos hace poco.

–Los cabellos blancos quieren decir que te vas a morir, abuelo.

Seldon puso cara de sorpresa.

–¿A qué viene todo esto? –preguntó volviéndose hacia Manella.

–No lo sé, Hari. Son ideas que se le han ocurrido de repente.

–Tuve una pesadilla –dijo Wanda.

Seldon carraspeó para aclararse la garganta.

–Todos tenemos pesadillas de vez en cuando, Wanda. Es bueno que las tengamos. Los sueños nos libran de los malos pensamientos, y cuando nos hemos librado de ellos nos sentimos mejor.

–Soñé que te morías, abuelo.

–Lo sé, lo sé... Se puede soñar con la muerte, pero eso no significa que el sueño tenga ninguna importancia. Mírame. ¿No ves lo vivo que estoy? Estoy contento...,

215

mira, me río... ¿Tengo aspecto de estar muriendo? Venga, responde.

—N-no.

—Bueno, pues deja de preocuparte. Ahora sal a jugar y olvida todo esto. Celebraré mi cumpleaños y todo el mundo lo pasará en grande. Anda, querida, ve a jugar.

Wanda se marchó con cara de estar más tranquila, pero Seldon le hizo una seña a Manella pidiéndole que se quedara.

2

—¿De dónde crees que puede haber sacado semejante idea? —preguntó Seldon.

—Vamos, Hari... Tenía un gecko salvaniano que murió, ¿recuerdas? El padre de una amiguita suya murió en un accidente y ve muertes en la holovisión continuamente. Ningún niño puede estar lo bastante protegido como para ignorar que la muerte existe y, francamente, no me gustaría que mi hija estuviese tan protegida. La muerte forma parte esencial de la vida, y Wanda tiene que hacerse a la idea.

—No me refería a la muerte en general, Manella. Me refería a mi muerte en particular. ¿Quién le ha metido esa idea en la cabeza?

Manella vaciló. Quería mucho a Hari Seldon. «¿Quién podría no quererle? —pensó—. ¿Cómo puedo decírselo?»

Pero... Tenía que decírselo, ¿no?

—Hari, tú mismo se la metiste en la cabeza —murmuró.

—¿Yo?

—Pues claro que sí. Llevas meses diciendo que vas a cumplir sesenta años y quejándote de que te haces viejo. Hemos organizado esta fiesta sólo para consolarte, ¿entiendes?

—Cumplir sesenta años no tiene nada de divertido —dijo Seldon con cierta indignación—. ¡Espera, espera! Ya lo descubrirás...

—Sí, ya lo descubriré..., siempre que tenga un poco de suerte. Algunas personas no llegan a los sesenta años. Bueno, da igual. Si siempre estás hablando de lo mismo, de que te estás haciendo viejo, es lógico que una niña tan impresionable como Wanda acabe asustándose.

Seldon suspiró y puso cara de sentirse bastante confuso.

—Lo siento, pero resulta bastante duro. Fíjate en mis manos... Se están cubriendo de manchas, y no tardarán en deformarse. Apenas puedo practicar la lucha de torsión. Creo que hasta un niño sería capaz de ponerme de rodillas...

—¿Y en qué te diferencia eso del resto de personas que tienen sesenta años? Por lo menos tu cerebro sigue funcionando tan bien como siempre. ¿Cuántas veces has dicho que eso es lo único que realmente importa?

—Ya lo sé, pero echo de menos mi cuerpo.

—Sobre todo porque Dors no parece envejecer ni un día, ¿verdad? —replicó Manella con una pizca de malicia.

—Bueno —murmuró Seldon con incomodidad—, sí, supongo que...

Desvió la mirada. Estaba claro que no quería hablar de aquello.

Manella contempló a su suegro con expresión pensativa. El problema estribaba en que Seldon no sabía nada de los niños..., ni de las personas en general. Manella apenas podía creer que hubiese servido al difunto emperador durante diez años y hubiera acabado entendiendo tan poco a la gente.

Naturalmente, Seldon estaba totalmente absorto en la psicohistoria, la creación de su ingenio que se ocupaba de cuatrillones de personas, lo que en última instancia significaba prescindir de la gente en tanto que individuos. ¿Cómo podía entender a los niños cuando no había tenido contacto con ninguno aparte de Raych, quien había entrado en su vida cuando ya tenía doce años de edad? Ahora tenía a Wanda, quien era un completo misterio para él..., y probablemente lo seguiría siendo.

Todos esos pensamientos estaban impregnados de amor y ternura. Manella sentía un deseo increíblemente intenso de proteger a Hari Seldon de un mundo que no comprendía. Era lo único que tenía en común con Dors

Venabili y lo único que podía entender de su suegra: su deseo de proteger a Hari Seldon.

Manella había salvado la vida de Seldon hacía diez años. Dors, siempre tan extraña, consideró que aquello era una usurpación de su prerrogativa personal, y nunca se lo perdonó del todo.

Algo más tarde, Seldon había correspondido salvando a Manella de una muerte segura. Manella cerró los ojos y volvió a vivir la escena, viéndola con la misma claridad del presente.

3

Había transcurrido una horrible semana desde el asesinato de Cleón. Todo Trantor estaba sumido en el caos.

Hari Seldon seguía siendo primer ministro, pero evidentemente no tenía ningún poder. Hizo entrar a Manella Dubanqua en su despacho.

—Quería agradecerle que nos salvara la vida a Raych y a mí. Aún no he tenido ocasión de hacerlo. —Seldon suspiró—. De hecho, esta última semana apenas he podido hacer nada.

—¿Qué ha sido del jardinero que enloqueció? —preguntó Manella.

—¡Fue ejecutado inmediatamente! ¡Y sin juicio! Intenté salvarle haciéndoles ver que estaba loco, pero no sirvió de nada. Si hubiera hecho otra cosa, si hubiera cometido cualquier otro crimen... Bueno, entonces habrían admitido su locura y se le podría haber salvado. Le habrían encerrado o le habrían sometido a tratamiento, pero no habría muerto. Pero matar al emperador...

Seldon meneó la cabeza.

—¿Qué ocurrirá ahora, primer ministro? —preguntó Manella.

—Le diré lo que creo que va a ocurrir. La dinastía Entun está acabada. El hijo de Cleón no le sucederá. No creo que quiera hacerlo... Teme ser asesinado, y no se lo reprocho. Será mucho mejor que se retire a una de las propiedades familiares en algún mundo exterior y que lleve una existencia tranquila. Es miembro de la Casa Imperial, y sin duda se lo permitirán. Usted y yo quizá seamos menos afortunados.

Manella frunció el ceño.

—¿En qué aspecto, señor? —preguntó.

Seldon se aclaró la garganta.

—Se puede afirmar que Gleb Andorin dejó caer su desintegrador al suelo porque usted le mató, y eso permitió que Mandell Gruber lo cogiera y lo empleara para matar a Cleón. Así pues, una parte considerable de la responsabilidad del crimen recae sobre usted, e incluso puede llegar a decirse que todo había sido planeado de antemano.

—Pero eso es ridículo. Soy agente del departamento de seguridad y estaba cumpliendo con mi deber..., hice lo que se me ordenó.

Los labios de Seldon esbozaron una sonrisa infinitamente triste.

—Está utilizando argumentos racionales, y me temo que el ser racional no va a estar muy de moda durante una temporada. Dado que no existe ningún sucesor legítimo al trono imperial, lo que ocurrirá es... Bueno, que estamos condenados a tener un gobierno militar.

(En años posteriores, cuando Manella comprendió cómo funcionaba la psicohistoria se preguntó si Seldon había usado sus técnicas para averiguar lo que ocurriría, pues el gobierno militar pronto se convirtió en una realidad; pero por aquel entonces no hizo ninguna referencia a su todavía incipiente teoría.)

—Si se instaura un gobierno militar —prosiguió Seldon—, sus componentes tendrán que mostrarse muy firmes desde el principio. Tendrán que aplastar cualquier señal de discrepancia y tendrán que actuar de forma vigorosa y cruel, aunque eso signifique ir en contra de la cordura y la justicia. Señorita Dubanqua, si la acusan de haber tomado parte en una conspiración para matar al emperador será ejecutada no como un acto de justicia, sino para atemorizar a la población de Trantor.

»En realidad, quizá lleguen a afirmar que yo también tomé parte en la conspiración. Después de todo, fui a saludar a los nuevos jardineros a pesar de que no era yo quien debía recibirles. De no haberlo hecho no se habría producido ningún intento de asesinato, usted no habría actuado y el emperador seguiría vivo. ¿Ve qué bien encaja todo?

–No puedo creer que sean capaces de hacer algo semejante.

–Quizá no lo hagan. Les haré una oferta que quizá, y he dicho «quizá», no deseen rehusar.

–¿En qué consistirá esa oferta?

–Les ofreceré mi dimisión. ¿No quieren que sea primer ministro? De acuerdo, dejaré de ser primer ministro, pero no hay que olvidar que en la Corte Imperial hay gente que me apoya y, lo que es más importante, que en los mundos exteriores hay bastantes personas que me encuentran aceptable. Eso significa que si la guardia imperial me obliga a abandonar el cargo por la fuerza, aun suponiendo que no me ejecuten, tendrán ciertos problemas. Por otra parte, si dimito y hago público un comunicado afirmando estar convencido de que el gobierno militar es lo que Trantor y el Imperio necesitan en estos momentos, podría ayudarles. ¿Lo entiende?

Seldon se sumió en un silencio pensativo que duró unos momentos.

–Además, también tenemos el pequeño problema de la psicohistoria –dijo por fin.

(Fue la primera vez que Manella oyó esa palabra.)

–¿Qué es eso?

–Algo en lo que estoy trabajando. Cleón tenía gran fe en sus posibilidades, bastante más de la que tenía yo por aquel entonces, y en la corte hay muchas personas convencidas de que la psicohistoria es, o podría llegar a ser, una poderosa herramienta a utilizar en beneficio del gobierno..., fuera cual fuese ese gobierno.

»Que no sepan nada muy concreto sobre esa ciencia tampoco importa. De hecho, prefiero que sigan ignorando los detalles. La falta de conocimientos puede incrementar lo que podríamos llamar el aspecto supersticioso de la situación, en cuyo caso me permitirán seguir con mis investigaciones en calidad de ciudadano particular. Por lo menos, eso espero... Y así llegamos a usted.

–¿A mí? ¿Por qué?

–Voy a pedir como parte del trato que se le permita presentar su dimisión al departamento de seguridad y que no se emprenda ninguna acción en su contra por los acontecimientos relacionados con el asesinato. Creo que podré conseguirlo.

–Pero está hablando de poner fin a mi carrera.

–Su carrera ya ha terminado pase lo que pase. Aun suponiendo que la guardia imperial no emita una orden de ejecución contra usted, ¿acaso supone que se le permitirá continuar trabajando como agente del departamento de seguridad?

–Pero... ¿Qué voy a hacer? ¿Cómo me ganaré la vida?

–Yo me ocuparé de eso, señorita Dubanqua. Lo más probable es que regrese a la Universidad de Streeling después de que se me otorgue una beca de considerable cuantía para proseguir mis investigaciones sobre la psicohistoria, y estoy seguro de que podré encontrar un puesto para usted.

–¿Y por qué debería...? –preguntó Manella con los ojos muy abiertos.

–No puedo creer que lo pregunte –dijo Seldon–. Nos salvó la vida a Raych y a mí. ¿Acaso piensa que no le debo nada a cambio?

Todo ocurrió como había dicho. Seldon dimitió elegantemente del cargo que había desempeñado durante diez años, y el recién formado gobierno militar –una junta dirigida por algunos miembros de la guardia imperial y las fuerzas armadas–, le entregó una carta de agradecimiento por los servicios prestados. Volvió a la Universidad de Streeling y Manella Dubanqua, quien ya había dejado de ser agente del departamento de seguridad, acompañó a Seldon y a su familia.

4

Raych entró echándose el aliento sobre las manos.

–Estoy totalmente a favor de la variedad climatológica. Nadie quiere que la vida debajo de una cúpula sea siempre igual, ¿verdad? Pero creo que hoy se han excedido un poquito con el frío, y además han añadido viento. Me parece que ya va siendo hora de que alguien se queje al control meteorológico.

—No estoy seguro de que sea culpa del control meteorológico —dijo Seldon—. Cada vez resulta más difícil controlar las cosas en general.

—Ya lo sé. El deterioro...

Raych se alisó su frondoso bigote negro con el canto de una mano. Lo hacía muy a menudo, como si no acabara de olvidar los meses que pasó en Wye durante los que se había visto privado de él. También había añadido unos cuantos kilos a su barriga y, en conjunto, había adquirido un aspecto de clase media acomodada. Incluso su acento dahlita parecía menos marcado que antes.

—¿Qué tal está el que va a celebrar su cumpleaños? —preguntó quitándose la chaqueta.

—Aún no se ha hecho a la idea. Espera, espera, hijo mío... Uno de estos días celebrarás haber cumplido cuarenta años, y veremos si te hace mucha gracia.

—No tanta como cumplir los sesenta.

—Deja de bromear —dijo Manella, quien le había estado frotando las manos en un intento de calentarlas.

Seldon extendió las manos hacia delante.

—No estamos obrando bien, Raych. Tu esposa opina que toda esta cuestión de mi cumpleaños ha hecho que la pequeña Wanda se preocupe por la posibilidad de mi muerte.

—¿De veras? —dijo Raych—. Vaya, conque era eso... Fui a verla nada más llegar y antes de tener ocasión de pronunciar una palabra me dijo que había tenido una pesadilla. ¿Soñó que te morías?

—Parece que sí —dijo Seldon.

—Bueno, ya se le pasará. Todo el mundo tiene una pesadilla de vez en cuando, no hay forma de evitarlo.

—No creo que sea algo tan trivial como piensas —dijo Manella—. No para de pensar en ello, y no puede ser bueno. Voy a llegar al fondo de este asunto.

—Como quieras, Manella —se apresuró a decir Raych—. Eres mi querida esposa y lo que tú digas..., acerca de Wanda..., es verdad.

Volvió a alisarse el bigote.

¡Su querida esposa! Convertirla en su querida esposa no resultó nada fácil. Raych aún recordaba la actitud de su madre ante aquella posibilidad. Como para hablar de pesadillas... Durante bastante tiempo Raych sufrió pesadillas en las que volvía a enfrentarse con una enfurecida Dors Venabili.

5

El primer recuerdo nítido de Raych después de emerger del caos provocado por la dosis de desespero, era el de estar siendo afeitado.

Podía sentir el contacto de la vibronavaja a lo largo de su mejilla.

—No acerque eso a mi labio superior, barbero —dijo con un hilo de voz—. Quiero recuperar mi bigote.

El barbero —que ya había recibido instrucciones de Seldon—, alzó un espejo delante de su cara para tranquilizarle.

—Déjale trabajar, Raych —dijo Dors Venabili, que estaba sentada junto a la cabecera de su lecho—. No debes excitarte.

Los ojos de Raych se posaron en ella durante unos momentos, pero permaneció en silencio.

—¿Cómo te sientes, Raych? —preguntó Dors en cuanto el barbero se hubo marchado.

—Fatal —murmuró Raych—. Estoy tan deprimido que no sé si podré aguantarlo.

—Son los efectos residuales del desespero que te han administrado. Acabarán por desaparecer.

—No puedo creerlo. ¿Cuánto llevo así?

—Olvídalo. Hará falta tiempo. Te habían llenado de droga hasta las cejas.

Raych se removió nerviosamente y miró a su alrededor.

—Manella... ¿Ha venido a verme?

—¿Esa mujer? —Raych no tardaría en acostumbrarse a oír cómo Dors se refería a Manella en aquellos términos y en ese tono de voz−. No. Aún no estás en condiciones de recibir visitas.

Dors interpretó correctamente la expresión que apareció en el rostro de Raych.

−Yo soy una excepción porque soy tu madre, Raych −se apresuró a decir−. Y, de todas formas, ¿qué razón puedes tener para querer ver a esa mujer? No estás muy presentable.

−Tengo muchas razones para verla −murmuró Raych−. Quiero que se haga una idea de cómo soy en mis peores momentos. −Logró ponerse de lado−. Quiero dormir.

Dors Venabili meneó la cabeza.

−No sé qué vamos a hacer con Raych, Hari −le dijo a Seldon unas horas después−. No hay forma de razonar con él.

−No se encuentra bien, Dors −dijo Seldon−. Dale la oportunidad de recuperarse.

−No para de hablar de esa mujer..., esa como-se-llame.

−Se llama Manella Dubanqua. No es un nombre difícil de recordar.

−Creo que quiere estar con ella. Quiere vivir con ella..., *casarse* con ella.

Seldon se encogió de hombros.

−Raych ya tiene treinta años..., es lo bastante mayor para tomar sus propias decisiones.

−Creo que si somos sus padres tenemos derecho a opinar, ¿no?

Hari suspiró.

−Estoy seguro de que has opinado, Dors. Y estoy seguro de que después de haberte oído, Raych hará lo que le dé la gana.

−¿Es tu última palabra al respecto? ¿Piensas quedarte cruzado de brazos mientras él se dispone a casarse con esa mujer?

−¿Qué quieres que haga, Dors? Manella le salvó la vida. ¿Acaso esperas que lo olvide? Ah, y te recuerdo que también salvó mi vida.

Sus palabras parecieron servir de combustible a la ira de Dors.

—Y tú también salvaste la suya —dijo—. No le debes nada.

—No lo hice por...

—Pues claro que sí. Si no hubieras negociado tu dimisión y tu apoyo a cambio de su protección, esa pandilla de militares incompetentes que gobierna el Imperio la habría ejecutado.

—Te aseguro que no lo hice por saldar una deuda, pero aunque hubiera sido por eso Raych sí que está en deuda con ella, y... Dors, querida, si estuviera en tu lugar yo tendría mucho cuidado con los términos insultantes aplicados a nuestro actual gobierno. Nos esperan tiempos no tan tranquilos y agradables como los del gobierno de Cleón, y siempre habrá informadores dispuestos a repetir lo que te hayan oído decir.

—Me da igual. Esa mujer no me gusta. Supongo que eso sí puedo decirlo en voz alta, ¿no?

—Por supuesto que puedes, pero no va a servirte de nada.

Hari clavó los ojos en el suelo y pareció sumirse en sus pensamientos. Las pupilas negras de Dors, habitualmente insondables, despedían chispazos de ira. Hari alzó la mirada.

—Dors, me gustaría saber... ¿Por qué? ¿Por qué odias tanto a Manella? Nos salvó la vida. De no haber sido por la rapidez con que actuó, tanto Raych como yo estaríamos muertos.

—Sí, Hari —replicó secamente Dors—. Lo sé mejor que nadie, te lo aseguro. Y si no hubiese estado allí, yo no podría haber hecho absolutamente nada para impedir que te asesinaran. Supongo que crees que tendría que estarle agradecida, ¿no? Pero cada vez que miro a esa mujer me recuerda *mi* fracaso. Ya sé que esos sentimientos no son precisamente racionales..., es algo que no puedo explicar, así que no me pidas que cambie de opinión, Hari. No puede gustarme.

Pero al día siguiente Dors tuvo que dar su brazo a torcer.

—Su hijo desea ver a una mujer llamada Manella —le dijo el médico.

—No se encuentra en condiciones de recibir visitas —replicó fríamente Dors.

—Al contrario, está en condiciones de recibirlas. Está evolucionando muy bien. Además, insiste en verla y ha dejado muy claro que piensa insistir en ello. Creo que no sería prudente negarse a satisfacer su deseo.

Llevaron a Manella a su habitación, y Raych la saludó efusivamente mostrando la primera y todavía débil señal de felicidad desde su ingreso en el hospital.

Raych movió una mano en un inconfundible gesto de despedida dirigido a Dors, quien se marchó apretando los labios.

Llegó el día en que Raych le dio la terrible noticia.

—Ha dicho que sí, mamá.

—¿Esperas que me sorprenda? Qué estúpidos podéis llegar a ser los hombres... —replicó Dors—. Pues claro que ha dicho que sí. Ha caído en desgracia y la han echado del departamento de seguridad, tú eres lo único que tiene. Eres su única oportunidad de...

—Mamá, si lo que intentas es perderme te aseguro que como sigas así lo conseguirás —la interrumpió Raych—. No digas esas cosas.

—Sólo estoy pensando en tu bienestar.

—Yo me ocuparé de eso, gracias. No soy la solución de nadie, y te darás cuenta con sólo pensarlo. No soy ningún prodigio de hermosura, soy bajito, papá ya no es primer ministro y tengo un espantoso acento de clase baja. ¿Crees que hay algo en mí de lo que pueda sentirse orgullosa? Podría aspirar a alguien mucho mejor, pero me quiere a mí..., y permíteme que te diga que yo también la quiero.

—Pero sabes lo que es.

—Por supuesto que sé lo que es. Es una mujer que me ama y es la mujer a la que amo, eso es lo que es.

—Y antes de que te enamorases de ella, ¿qué era? Estás al corriente de una parte de lo que hizo mientras trabajaba en Wye como agente secreta..., *tú* fuiste uno de sus «trabajos». ¿Cuántos más hubo? ¿Serás capaz de vivir con su pasado y con todo lo que hizo en nombre del deber? Ahora puedes permitirte el lujo de ser idealista, pero algún día tendrás tu primera discusión con ella, o la segunda o la número diecinueve..., y entonces no podrás contenerte y la llamarás «Pu...».

–¡No digas eso! –gritó Raych con irritación–. Cuando nos peleemos usaré las palabras más irracionales, desagradables, poco consideradas e insultantes que se me ocurran, hay un millón de palabras que se pueden utilizar en una situación semejante, y a ella se le ocurrirán unas cuantas que utilizar conmigo. Pero después, siempre podremos pedirnos perdón.

–Eso es lo que crees, pero espera a que llegue el momento.

Raych se había puesto blanco.

–Mamá, llevas veinte años con papá –dijo–. Papá es un hombre al que resulta muy difícil llevar la contraria, pero ha habido ocasiones en las que habéis discutido. Os he oído. Durante esos veinte años, ¿te ha insultado utilizando alguna palabra que pudiera poner en entredicho tu papel como persona? Es más, ¿lo he hecho yo? ¿Puedes imaginarme haciendo algo semejante por muy enfadado que pueda llegar a estar?

Dors luchó consigo misma. Su rostro no mostraba las emociones como lo habría hecho el de Raych o el de Seldon, pero estaba claro que se había quedado sin habla durante unos instantes.

–De hecho –dijo Raych explotando su ventaja momentánea–, todo se reduce a que estás celosa porque Manella le salvó la vida a papá. No quieres que nadie ocupe tu puesto. Bueno, pues no tuviste la oportunidad de hacerlo... ¿Preferirías que Manella no hubiese disparado contra Andorin y que papá y yo hubiésemos *muerto*?

–Insistió en ir a recibir a los jardineros solo –dijo Dors con voz estrangulada por la emoción–. No me permitió acompañarle.

–Pero eso no fue culpa de Manella.

–¿Por eso quieres casarte con ella? ¿Por gratitud?

–No. Quiero casarme con ella porque la amo.

Raych acabó saliéndose con la suya, pero después de la ceremonia Manella se volvió hacia él.

–Puede que tu madre haya asistido a la boda porque tú insististe en ello, Raych, pero su rostro me recordaba a uno de esos nubarrones de tormenta que dejan sueltos de vez en cuando para que naveguen por debajo de la cúpula.

Raych se rió.

—Mi madre no tiene el tipo de facciones que te puede hacer pensar en un nubarrón de tormenta. Son imaginaciones tuyas.

—Nada de eso. ¿Cómo conseguiremos convencerla de que nos dé una oportunidad?

—Tendremos que armarnos de paciencia. Ya se irá acostumbrando.

Pero Dors Venabili no se acostumbró a la nueva situación.

Wanda nació dos años después de la boda. Manella y Raych no tuvieron nada que reprochar a la actitud de Dors hacia la niña, pero para la madre de Raych, la madre de Wanda siguió siendo «esa mujer».

6

Hari Seldon estaba luchando con la melancolía. Dors, Raych, Yugo y Manella se habían turnado para sermonearle, y todos habían colaborado en el esfuerzo común de asegurarle que los sesenta años no eran la ancianidad.

No lo entendían. Cuando se le presentó el primer atisbo de la psicohistoria Seldon tenía treinta años, treinta y dos cuando pronunció su famosa conferencia en la Convención Decenal, y a partir de aquel momento todo pareció ocurrirle a la vez. Después de su breve entrevista con Cleón tuvo que huir por todo Trantor y conoció a Demerzel, Dors, Yugo y Raych, por no mencionar a los habitantes de Micógeno, Dahl y Wye.

Tenía cuarenta años cuando fue nombrado primer ministro y cincuenta cuando presentó su dimisión. Ahora tenía sesenta años.

Había invertido treinta años en la psicohistoria. ¿Cuántos años más le exigiría? ¿Cuántos años más viviría? ¿Sería posible que acabara muriendo y dejara el proyecto de la psicohistoria inacabado después de todos sus esfuerzos?

Fue a ver a Yugo Amaryl. Durante los últimos años el

proyecto de la psicohistoria no había parado de crecer y complicarse, y Amaryl y Seldon se habían distanciado un poco. Durante sus primeros años en Streeling todo se reducía a Seldon y Amaryl trabajando juntos, sin nadie más. Ahora...

Amaryl ya casi tenía cincuenta años, había dejado muy atrás su juventud, y parecía haber perdido su contagioso entusiasmo. Durante todos aquellos años no se había interesado por nada que no fuese la psicohistoria: esposa, compañera, aficiones, actividades secundarias..., todo aquello no figuraba en su vida.

Amaryl alzó la cabeza hacia Seldon y parpadeó. Seldon no pudo evitar percatarse de los cambios producidos en su apariencia. Una parte de ellos quizá se debieran a que Yugo se había arreglado los ojos. Veía perfectamente, pero los nuevos ojos tenían un aspecto vagamente artificial y tendía a parpadear muy despacio, dando la impresión de que estaba adormilado.

–¿Qué opinas, Yugo? –preguntó Seldon–. ¿Se ve alguna luz al final del túnel?

–¿Luz? Bien, de hecho... Sí –dijo Yugo–. Tamwile Elar, el nuevo... Ya le conoces, naturalmente.

–Oh, sí. Yo le contraté. Muy vigoroso y agresivo, ¿no? ¿Qué tal le van las cosas?

–Bueno, Hari, la verdad es que no me siento muy cómodo cuando estoy con él. Su risa ensordecedora me crispa los nervios, pero es muy brillante. El nuevo sistema de ecuaciones ha encajado a la perfección en el primer radiante y parece que puede permitirnos eludir el problema del caos.

–¿Sólo lo parece?

–Es demasiado pronto para pronunciarse, pero tengo muchas esperanzas. He llevado a cabo muchas pruebas que las habrían destrozado si no fuesen sólidas, y las nuevas ecuaciones han sobrevivido a todas. Estoy empezando a pensar en ellas como «las ecuaciones acaóticas».

–Supongo que no disponemos de ninguna demostración rigurosa referente a esas ecuaciones, ¿verdad? –preguntó Seldon.

–No, no disponemos de ninguna, aunque tengo a media docena de personas trabajando en ello..., Elar incluido, naturalmente. —Amaryl se volvió hacia su primer radiante, tan avanzado como el de Seldon, y contempló cómo las líneas luminosas de las ecuaciones se curvaban en el aire. Eran demasiado pequeñas y finas para poder leerlas sin la ayuda de un amplificador—. Añade las nuevas ecuaciones y quizá seamos capaces de empezar a emitir predicciones.

—Cada vez que estudio el primer radiante me asombro de lo útil que resulta el electroclarificador y de cómo consigue introducir los datos en las líneas y curvas del futuro —dijo Seldon con expresión pensativa—. También fue idea de Elar, ¿no?

—Sí. Fue ayudado por Cinda Monay, quien lo diseñó.

—Me alegra tener hombres y mujeres nuevos con mentes tan brillantes en el proyecto. Hace que me sienta ligeramente reconciliado con el futuro.

—¿Crees que alguien como Elar podrá estar al frente del proyecto algún día? —preguntó Amaryl sin dejar de estudiar el primer radiante.

—Quizá. Después de que tú y yo nos hayamos retirado..., o hayamos muerto.

Amaryl pareció relajarse y apagó el artefacto.

—Me gustaría dejar el trabajo terminado antes de retirarnos o de morir.

—A mí también, Yugo... A mí también.

—La psicohistoria ha sabido guiarnos bastante bien durante los últimos diez años.

Era cierto, pero Seldon sabía que aquello no podía considerarse un gran triunfo. No habían tenido grandes sorpresas, y todo se había desarrollado de forma relativamente tranquila.

La psicohistoria había predicho que el centro se mantendría estable después de la muerte de Cleón —aunque la predicción había sido muy confusa y poco precisa—, y así había ocurrido. La situación en Trantor era razonablemente tranquila. El centro se había mantenido estable incluso después de un asesinato y el final de una dinastía.

Y también había soportado las tensiones creadas por el gobierno militar. Dors tenía toda la razón del mundo cuando se refería a la junta como «esa pandilla de militares incompetentes», e incluso podría haber ido más lejos en sus acusaciones sin faltar a la verdad; pero los militares estaban manteniendo unido al Imperio y seguirían haciéndolo durante un tiempo..., quizás el suficiente para permitir que la psicohistoria jugara un papel activo en los acontecimientos posteriores.

Últimamente Yugo había especulado con la posibilidad de crear Fundaciones −entidades separadas e independientes del Imperio−, que actuarían como semillas para los desarrollos futuros, en previsión de los tiempos difíciles que se aproximaban, y terminarían creando un Imperio nuevo y mejor. El mismo Seldon había investigado las consecuencias de ese curso de acción.

Pero no disponía del tiempo necesario, y tenía la sensación de que también le faltaba la juventud necesaria para ello (lo cual hacía que se sintiera un poco abatido). Su mente seguía siendo sólida y racional, pero ya no poseía la resistente agilidad y creatividad con que había contado cuando tenía treinta años. Seldon sabía que iría perdiendo facultades con el transcurso de cada año.

Quizá debería encomendar la tarea al joven y brillante Elar liberándole de cualquier otra responsabilidad. Seldon tenía que admitir que aquello no le convencía, y confesarlo hacía que se sintiera un poco avergonzado de sí mismo. No quería haber inventado la psicohistoria sólo para que un jovencito recién llegado pudiera surgir de la nada y cosechar los frutos de la fama. De hecho, y para expresarlo de la forma más sincera y que más incómoda le resultaba, Seldon tenía celos de Elar y era lo suficientemente consciente de ello para avergonzarse de esa emoción.

Pero a pesar de sus emociones menos racionales, tendría que depender de hombres más jóvenes por mucho que le incomodara. La psicohistoria ya no era el coto privado de Seldon y Amaryl. Su década como primer ministro la había convertido en un gran proyecto aprobado y subvencionado por el gobierno, y para sorpresa de Seldon, después de presentar su dimisión como primer ministro y volver a la Universidad de Streeling, el proyecto había seguido creciendo. Cada vez que pensaba en su largo y ampuloso nombre oficial –Proyecto de Psicohistoria Seldon de la Universidad de Streeling–, Hari torcía el gesto, pero la gran mayoría de personas se referían a él llamándolo sencillamente el Proyecto.

Al parecer la junta militar creía que el proyecto podía llegar a convertirse en un arma política, y mientras lo creyera podría seguir contando con subvenciones. Los créditos llegaban a raudales y, a cambio, había que redactar informes anuales que resultaban tan eruditos como incomprensibles. Sólo se informaba sobre los aspectos más secundarios del proyecto, e incluso en esos casos las matemáticas eran tan complejas que había muy pocas probabilidades de que pudieran ser entendidas por ningún miembro de la junta militar.

Cuando salió del despacho de su antiguo ayudante, Seldon tenía muy claro que Amaryl estaba más que satisfecho con los progresos de la psicohistoria, pero eso no impidió que volviera a sentir el peso impalpable de la depresión sobre él.

Decidió que todo era culpa de la inminente conmemoración de su cumpleaños. La fiesta había sido concebida como una ocasión de alegría y diversión, pero para Hari ni siquiera era un gesto de consuelo: sólo servía para que fuese todavía más consciente de su edad.

Además interfería en su rutina, y Hari era un animal de costumbres. Su despacho y varios despachos adyacentes habían sido vaciados, y ya llevaba varios días sin poder trabajar con normalidad. Suponía que los despachos serían convertidos en pequeños museos en su honor, y pasarían muchos días antes de que pudiera volver a trabajar. Amaryl era el único que se había negado tozudamente a marcharse, y había conservado su despacho intacto.

Seldon se preguntaba con bastante irritación a quién se le habría ocurrido todo aquello. No había sido Dors, naturalmente, ya que Dors le conocía demasiado bien; y tampoco podía ser cosa de Amaryl o de Raych, quienes ni siquiera se acordaban de sus propios cumpleaños. Había sospechado de Manella, e incluso había llegado a interrogarla abiertamente.

Manella admitió que estaba totalmente a favor de la celebración y que había dado órdenes para que se hicieran ciertos preparativos, pero dijo que la idea de una auténtica fiesta de cumpleaños había sido una sugerencia de Tamwile Elar.

«El joven brillante —pensó Seldon—. Parece que es brillante en todo lo que hace...»

Suspiró. Ah, cómo le gustaría que el cumpleaños ya hubiese quedado atrás...

7

Dors asomó la cabeza por el hueco de la puerta.

—¿Puedo pasar?

—No, por supuesto que no. ¿Por qué creías que iba a permitirte entrar?

—No estás en el sitio habitual.

—Ya lo sé —dijo Seldon, y suspiró—. Me han expulsado del sitio habitual, es decir, de mi despacho, por culpa de la estúpida fiesta de cumpleaños. Ojalá ya hubiera acabado...

—¿Lo ves? Cuando a esa mujer se le mete una idea en la cabeza se adueña de su mente y va creciendo de forma implacable hasta acabar con el estallido original que crea un cosmos.

Seldon cambió de bando de inmediato.

—Vamos, vamos... Lo hace con la mejor intención del mundo, Dors.

—Líbrame de las buenas intenciones —dijo Dors—. Bien, de todas formas he venido aquí para hablar de otra cosa, algo que puede ser importante.

—Adelante. ¿De qué se trata?

—He estado hablando con Wanda sobre su sueño...

Dors vaciló.

Seldon emitió una especie de gorgoteo ahogado.

—No puedo creerlo —dijo después—. Tendrías que haber dejado que se le olvidara poco a poco.

—No, no lo creo. ¿Te tomaste la molestia de interrogarla sobre los detalles del sueño?

—¿Por qué debería hacerle pasar semejante mal rato a la pobre niña?

–Raych y Manella tampoco lo hicieron, así que tuve que encargarme yo.

–Pero... ¿Por qué torturarla haciéndole preguntas sobre eso?

–Porque tenía la sensación de que debía hacerlo –dijo Dors poniéndose muy seria–. En primer lugar, no tuvo el sueño en su cama.

–Bien, ¿y dónde estaba entonces?

–En tu despacho.

–¿Y qué estaba haciendo en mi despacho?

–Quería ver el sitio en el que se celebraría la fiesta y entró en tu despacho y, naturalmente, no había nada que ver porque lo han vaciado como parte de los preparativos para la fiesta. Pero tu sillón seguía estando allí. El sillón grande, ese del respaldo tan alto y los brazos enormes que está medio roto..., el que no quieres que sustituya por otro nuevo.

Hari suspiró como si se acordara de algo que ya habían discutido muchas veces y sobre lo que nunca habían conseguido ponerse de acuerdo.

–No está roto y no *quiero* un sillón nuevo. Sigue.

–Wanda se acurrucó en tu sillón y empezó a pensar que quizá no te harían una fiesta, y se fue poniendo triste. Me ha contado que después debió de quedarse dormida porque ya no recuerda nada con mucha claridad, salvo que en su sueño había dos hombres, no eran mujeres, de eso sí está segura, que estaban hablando.

–¿Y de qué hablaban?

–No lo recuerda con exactitud. Ya sabes lo difícil que resulta recordar los detalles en esa clase de circunstancias, pero dice que hablaban de la muerte y Wanda pensó que se referían a ti porque estás muy viejo. Ah, y recuerda haber oído dos palabras: «muerte» y «limonada».

–¿Qué?

–Muerte y limonada.

–¿Qué significa eso?

–No lo sé. La conversación se acabó, los hombres se marcharon y Wanda despertó en tu sillón temblando de frío y muy asustada..., y ha estado dándole vueltas a ese sueño desde entonces.

Seldon intentó sacar algo en claro de lo que acababa de contarle Dors, y no lo consiguió.

—Oye, querida —dijo por fin—, ¿qué importancia crees que hemos de darle al sueño de una niña?

—Hari, para empezar podemos preguntarnos si realmente se trataba de un sueño.

—¿Qué quieres decir?

—Wanda no ha dicho de forma inequívoca que fuese un sueño. Dice que «debió de quedarse dormida». Ésas fueron sus palabras exactas. No dijo que se hubiese quedado dormida, sino que *debió de quedarse* dormida.

—¿Y qué deduces de eso?

—Puede que se sumiera en una especie de sueño ligero en el que habría oído a dos hombres..., dos hombres de carne y hueso que estaban hablando.

—¿Hombres de carne y hueso que hablaban de acabar conmigo, de la muerte y de la limonada?

—Sí, algo así.

—Dors —dijo Seldon intentando no perder la calma—, ya sé que siempre imaginas peligros que me amenazan e intentas anticiparte a ellos, pero esto es demasiado. ¿Por qué iba alguien a querer matarme?

—Ya se ha intentado en dos ocasiones.

—Cierto, pero considera cuáles eran las circunstancias. El primer intento se produjo poco después de que Cleón me nombrara primer ministro. Naturalmente, eso era una ofensa para la vieja jerarquía establecida de la corte e hizo que fuera odiado. Algunas personas creyeron que la mejor forma de resolver el problema era librarse de mí. El segundo intento tuvo lugar cuando los joranumitas intentaban adueñarse del poder y creyeron que yo me interponía en su camino, a lo que hay que añadir el sueño vengativo que obsesionaba a Namarti.

»Por fortuna ninguno de los dos intentos de asesinato tuvo éxito, pero... ¿Por qué tendría que haber un tercero ahora? Ya no soy primer ministro, y hace diez años que abandoné el cargo. Soy un matemático prácticamente retirado que envejece lentamente, y estoy seguro de que nadie tiene nada que temer de mí. Los joranumitas han sido eliminados y Namarti fue ejecutado hace mucho tiempo. Nadie puede tener ningún motivo para querer matarme.

»Dors, tómate las cosas con más calma, ¿quieres? Cuando estás nerviosa por mí todo te inquieta, y eso hace que te pongas todavía más nerviosa y no quiero que ocurra.

Dors se puso en pie y se inclinó sobre el escritorio de Hari.

–Decir que no existe motivo alguno para matarte te resulta muy sencillo, pero en realidad no se necesita ningún motivo. Nuestro gobierno se ha vuelto totalmente irresponsable y si desean...

–¡Basta! –le ordenó Seldon en voz alta y firme–. Ni una palabra más, Dors –añadió un instante después en un tono de voz mucho más bajo–. No quiero oír ni una palabra en contra del gobierno. Eso podría crearnos justo el tipo de problema que crees nos amenaza.

–Estamos solos, Hari, y estoy hablando contigo.

–En estos momentos sí, pero si te acostumbras a decir ese tipo de imprudencias nunca se sabe cuándo se te puede escapar algo en presencia de otra persona..., alguien a quien le encantará informar de lo que has dicho. Tienes que aprender a abstenerte de hacer comentarios políticos, Dors: es necesario, ¿entiendes?

–Lo intentaré, Hari –dijo Dors, incapaz de ocultar totalmente su indignación.

Después giró sobre sus talones y se marchó.

Seldon la vio marchar. Dors había envejecido muy bien..., de hecho, había envejecido tan bien que a veces tenía la impresión de que no había envejecido lo más mínimo. Sólo era dos años más joven que Seldon, pero comparado con el cambio que se había producido en él durante los veintiocho años que llevaban juntos, se podía decir que Dors apenas había cambiado.

Tenía el cabello salpicado de canas, pero su brillo juvenil seguía siendo visible. Su tez se había vuelto un poco más cetrina, su voz era un poco más ronca y, naturalmente, vestía las ropas adecuadas para una mujer de mediana edad; pero sus movimientos seguían siendo tan ágiles y rápidos como siempre. Era como si no permitiera ninguna interferencia en su misión de proteger a Hari, en caso de emergencia.

Hari suspiró. Había momentos en los que ser protegido continuamente, a veces contra su voluntad, podía llegar a ser una carga muy pesada.

8

Manella fue a verle inmediatamente después de que Dors se marchara.

—Disculpa, Hari, pero... ¿Qué te ha dicho Dors? —Seldon volvió a alzar la mirada. Más interrupciones...

—No era nada importante. Vino a hablarme del sueño de Wanda.

Manella tensó los labios.

—Lo sabía. Wanda me dijo que Dors le había estado haciendo preguntas sobre su sueño. ¿Por qué no puede dejar en paz a la niña? Cualquiera diría que haber tenido una pesadilla es un delito...

—De hecho, quería hablarme de algo que formaba parte del sueño —dijo Seldon intentando calmarla—. No sé si Wanda te lo ha contado, pero al parecer durante el sueño oyó algo sobre la muerte y la limonada.

—¡Hmmmm! —Manella guardó silencio durante unos momentos—. Bueno, no creo que tenga demasiada importancia... Wanda adora la limonada, y espera que haya litros y más litros de limonada en la fiesta. Le prometí que le dejaría beber un poco de limonada con algunas gotas de esencia micogenita dentro y se muere de impaciencia por probarla.

—Así que si oyó algo vagamente parecido a la palabra «limonada» su mente debió de traducirlo inmediatamente por «limonada».

—Sí, ¿por qué no?

—Salvo que en ese caso... ¿Crees que fue lo que se dijo en realidad? Tuvo que oír algo para poder entenderlo mal, ¿no?

—No necesariamente. ¿Por qué le damos tanta importancia al sueño de una niña? Por favor, no quiero que nadie más vuelva a hablar del asunto con ella. La pone muy nerviosa.

–Estoy de acuerdo contigo. Me ocuparé de que Dors se olvide del tema..., por lo menos con Wanda.

–De acuerdo. No me importa que sea la abuela de Wanda, Hari. Después de todo yo soy su madre, y mis deseos tienen preferencia sobre los suyos.

–Tienes toda la razón –dijo Seldon en su tono de voz más conciliador, y la siguió con la mirada mientras Manella salía de la habitación.

Otro peso que soportar: la interminable competición existente entre aquellas dos mujeres.

9

Tamwile Elar tenía treinta y seis años y se había unido al Proyecto de Psicohistoria Seldon en calidad de matemático de primera clase hacía cuatro años. Era alto, y sus ojos solían brillar con una chispa de buen humor mezclada con una indudable confianza en sí mismo.

Tenía los cabellos castaños y un poco ondulados, lo cual resultaba aún más perceptible por el hecho de llevarlos bastante largos. Su carcajada era ruidosa y brusca, pero sus dotes matemáticas eran irreprochables.

Cuando fue reclutado, Elar trabajaba en la Universidad de Mandanov Oeste, y cada vez que recordaba la suspicacia con que le había tratado Yugo Amaryl al principio, Seldon no tenía más remedio que sonreír..., pero, naturalmente, Amaryl sospechaba de todo el mundo. Seldon estaba seguro de que en lo más hondo de su corazón Amaryl creía que la psicohistoria tendría que haber seguido siendo un coto privado para él y Hari.

Sin embargo, incluso Amaryl estaba dispuesto a admitir que la incorporación de Elar al proyecto había mejorado enormemente su situación y le había resuelto muchos problemas.

–Sus técnicas para evitar el choque con el caos son tan únicas como fascinantes. Ninguna otra persona del proyecto podría haber conseguido semejantes resultados, y estoy seguro de que a mí nunca se me habría ocurrido usar sus métodos. Y a ti tampoco se te ocurrió, Hari...

—Bueno, me estoy haciendo viejo —gruñó Seldon.

—Si no tuviera esa risa tan estrepitosa... —dijo Amaryl.

—Nadie escoge su forma de reír, Yugo.

Pero la verdad era que Seldon también tenía ciertos problemas para aceptar a Elar. El hecho de que nunca hubiera conseguido aproximarse a formular las «ecuaciones acaóticas» —como se las llamaba ahora—, resultaba casi humillante. No haber pensado en el principio que había permitido construir el electroclarificador no le molestaba, ya que después de todo ése no era su campo; pero las ecuaciones acaóticas... Sí, tendrían que habérsele ocurrido o, por lo menos, tendría que haberse aproximado.

Intentó razonar consigo mismo. Seldon había creado toda la base de la psicohistoria y las ecuaciones acaóticas eran un desarrollo natural de esa base. En cuanto a Elar, ¿podría haber hecho lo que Seldon hizo tres décadas atrás? Seldon estaba convencido de que le habría resultado imposible. ¿Acaso resultaba tan notable que Elar hubiera concebido el principio de la acaoticidad después de que Seldon le proporcionara la base?

Todo aquello era muy lógico y cierto, pero no impedía que Seldon se sintiera inquieto cada vez que estaba con Elar. No era nada grave, sólo un ligero nerviosismo, pero siempre que estaba con él tenía la sensación de asistir a un enfrentamiento entre la vejez cansada y la juventud exuberante e impulsiva.

En realidad, Elar nunca le había dado ningún motivo obvio para que fuese consciente de la diferencia de años que les separaba. Siempre le trataba con el máximo respeto, y nunca había hecho o dicho nada que pudiera interpretarse como una sugerencia de que Seldon ya había dejado atrás sus mejores años.

Elar estaba bastante interesado en la inminente celebración, e incluso —tal y como había descubierto Seldon—, fue el primero en sugerir que celebraran su cumpleaños. (¿Podía considerarse como una forma sutil de enfatizar la edad de Seldon? Descartó la posibilidad. Empezar a creer en ese tipo de cosas significaba que pronto conseguiría duplicar los prodigios de suspicacia propios de Dors.)

Elar fue hacia él.

—Maestro... —dijo.

Seldon torció el gesto, como hacía siempre. Prefería que los veteranos del proyecto le llamasen Hari, pero el tratamiento parecía algo tan insignificante que no merecía ni mencionarse.

—Maestro —repitió Elar—, se rumorea que el general Tennar quiere mantener una entrevista con usted.

—Sí. Es el nuevo jefe de la junta militar, y supongo que quiere verme para preguntarme qué es exactamente la psicohistoria y para qué sirve. Han estado formulándome la misma pregunta desde los tiempos de Cleón y Demerzel.

¡El nuevo jefe! La junta era como un caleidoscopio que cambiaba periódicamente: algunos miembros caían en desgracia y otros surgían de la nada.

—Pero tengo entendido que quiere verle ahora mismo..., durante las celebraciones del cumpleaños.

—No importa. Pueden celebrarlo sin mí.

—No, maestro, no podemos. Espero que no le importe, pero algunos de nosotros estuvimos hablando de ello y decidimos llamar al palacio para retrasar la entrevista una semana.

—¿Qué? —exclamó Seldon, y puso cara de irritación—. Me parece que se han excedido en sus atribuciones..., y además han corrido un grave riesgo.

—Todo salió bien. Accedieron a retrasar la entrevista y además va a necesitar ese tiempo.

—¿Por qué voy a necesitar una semana de tiempo?

Elar vaciló.

—Maestro, ¿puedo hablarle con franqueza?

—Pues claro que puede. ¿Cuándo he pedido que la gente me hablara de otra forma?

Elar se ruborizó ligeramente. Su blanca piel enrojeció un poco, pero cuando volvió a hablar su voz seguía siendo tan firme y serena como antes.

—Maestro, lo que voy a decirle no me resulta nada fácil. Usted es un genio de las matemáticas, y nadie que trabaje en el proyecto lo duda. Si le conocieran y si supieran algo de matemáticas ningún habitante del Imperio podría dudarlo, pero no todo el mundo puede ser un genio universal.

—Lo sé tan bien como usted, Elar.

—Sé que lo sabe. Pero temo que le falte la habilidad de manejar a la gente corriente..., concretamente a los estúpidos. Le falta cierta capacidad de fingir y actuar de forma sutil, y si trata con alguien que ocupa una posición de poder en el gobierno y que es un poco estúpido no le costaría demasiado poner en peligro el proyecto y, en realidad, incluso su propia vida, simplemente porque es demasiado sincero.

—¿A qué viene todo esto? ¿Es que de repente me he convertido en un niño? Hace mucho tiempo que trato con políticos. Quizá recuerde que fui primer ministro durante diez años.

—Perdóneme, maestro, pero no fue un primer ministro extraordinariamente efectivo. Trató con el primer ministro Demerzel, quien era muy inteligente, y con el emperador Cleón, una persona bastante afable. Ahora va a tratar con militares que no son ni inteligentes ni afables..., la situación es completamente distinta.

—He tratado con militares anteriormente y he sobrevivido.

—No ha tratado con el general Dugal Tennar. No se parece en nada a los militares con los que ha tenido tratos hasta ahora. Le conozco, maestro.

—¿Le conoce? ¿Ha hablado con él?

—No le conozco personalmente, pero nació en Mandanov, que como usted sabe es mi sector, y ya era un hombre poderoso antes de unirse a la junta y de ascender dentro de ella.

—¿Qué sabe de él?

—Sé que es ignorante, supersticioso y violento. No es alguien a quien usted pueda manejar con facilidad..., o sin correr riesgos. Puede utilizar esa semana para pensar en cómo manejarle.

Seldon se mordió el labio inferior. Había algo de verdad en lo que había dicho Elar, y Seldon tenía que admitir que, a pesar de tener sus propios planes, tratar de manipular a un idiota engreído y propenso a los estallidos de mal genio que controlaba fuerzas abrumadoras podía ser bastante difícil.

—Ya me las arreglaré —dijo por fin—. En cualquier caso la junta militar presenta una situación inestable en el Trantor actual. Ha aguantado bastante más tiempo de lo que parecía probable.

—¿Lo hemos comprobado? No sabía que hubiéramos tomado decisiones de estabilidad referentes a la junta.

—Sólo contamos con unos cuantos cálculos que Amaryl ha hecho a partir de sus ecuaciones acaóticas. —Seldon guardó silencio durante unos momentos—. Por cierto, he encontrado algunas referencias donde se las denomina Ecuaciones de Elar.

—No soy yo quien las ha hecho, maestro.

—Espero que no le importe, pero no quiero que vuelva a repetirse. Los elementos psicohistóricos han de ser descritos de una forma funcional, no personal. En cuanto empiezan a intervenir las individualidades no tardan en surgir las disensiones y los problemas.

—Lo entiendo y estoy totalmente de acuerdo con usted, maestro.

—De hecho —dijo Seldon sintiendo una leve punzada de culpabilidad—, siempre me ha parecido mal que hablemos de las Ecuaciones Básicas Seldon de la Psicohistoria. El problema estriba en que se las llama así desde hace tantos años que no resultaría práctico cambiarles el nombre.

—Maestro, si me permite decirlo, usted es un caso excepcional. Creo que nadie podría poner reparos a que se le atribuya todo el mérito de la ciencia de la psicohistoria..., pero si me lo permite querría volver a su entrevista con el general Tennar.

—Bien, ¿qué más tiene que decir sobre eso?

—No puedo evitar preguntarme si sería mejor que no le viera, que no hablase con él y que no tuviera ninguna clase de tratos con el general.

—¿Cómo voy a hacerlo si ha solicitado una entrevista conmigo?

—Quizá podría decir que está enfermo y enviar a alguien en su lugar.

—¿A quién?

Elar no dijo nada, pero su silencio no podía ser más elocuente.

—Supongo que a usted, ¿no?

—¿No cree que sería lo más adecuado? Soy ciudadano del mismo sector que el general, lo cual quizá tuviera algún peso. Usted es un hombre ocupado y algo mayor, y no les costaría mucho creer que no se encuentra demasiado bien de salud. Si voy en su lugar, y le ruego que disculpe lo que le voy a decir, maestro... Bien, quizá consiga manipularle mejor de lo que lo haría usted.

—Quiere decir que mentirá.

—Si llega a ser necesario...

—Correrá un gran riesgo.

—No demasiado grande. Dudo que ordene mi ejecución. Si acabo haciéndole perder la paciencia, cosa que puede ocurrir, podré alegar mi juventud y mi inexperiencia, o usted podrá alegarlas en mi nombre. En cualquier caso, si me meto en un lío el peligro será mucho menor que si fuese usted quien tuviera problemas con el general. Sólo pienso en el proyecto, que puede prescindir de mí mucho más fácilmente que de usted.

Seldon frunció el ceño.

—No pienso esconderme detrás de usted, Elar. Si ese hombre quiere verme me verá. Me niego a temblar de miedo y a pedirle que se enfrente al peligro por mí. ¿Qué cree que soy?

—Un hombre honrado y sincero..., cuando la situación actual exige un hombre sutil y que sepa mentir.

—Si no hay más remedio le aseguro que sabré serlo. Le ruego que no me subestime, Elar.

Elar se dio por vencido.

—Muy bien —dijo encogiéndose de hombros—. He hecho cuanto podía para intentar convencerle.

—De hecho, Elar, me gustaría que no hubiese retrasado la entrevista. Preferiría perderme el cumpleaños y ver al general antes que a la inversa. Todo este asunto de la celebración no ha sido idea mía —murmuró Seldon, y acabó lanzando un gruñido.

—Lo siento —dijo Elar.

—Bueno —añadió Seldon poniendo cara de resignación—, ya veremos qué ocurre.

Giró sobre sí mismo y se marchó. A veces deseaba con todas sus fuerzas que su palabra fuese ley y que todo el mundo cumpliese sus órdenes sin posibilidad de discusión, pero crear ese tipo de organización exigiría una cantidad de tiempo y de esfuerzos enorme, privándole de cualquier posibilidad de seguir trabajando personalmente en la psicohistoria..., y, aparte de eso, él no poseía el tipo de temperamento necesario para imponer aquella clase de disciplina.

Seldon lanzó un suspiro. Tendría que hablar con Amaryl.

10

Seldon entró en el despacho de Amaryl sin anunciarse.

—Yugo —dijo sin más preámbulos—, la entrevista con el general Tennar se ha retrasado.

Después tomó asiento y puso cara de estar bastante enfadado.

Como siempre, Amaryl necesitó unos momentos para apartar su mente del trabajo.

—¿Qué excusa te ha dado? —preguntó cuando por fin alzó la vista hacia Seldon.

—No ha sido cosa suya. Algunos de nuestros matemáticos se encargaron de retrasar la entrevista una semana para que no interfiriese la celebración del cumpleaños. Todo esto me resulta extremadamente irritante.

—¿Por qué lo permitiste?

—No se lo permití. Actuaron por su cuenta y lo arreglaron *todo* ellos solitos. —Seldon se encogió de hombros—. Supongo que en cierta forma es culpa mía... Llevo tanto tiempo quejándome de que voy a cumplir sesenta años que todo el mundo cree que tiene que animarme con fiestas y conmemoraciones.

–Esa semana extra no nos vendrá mal, naturalmente –dijo Amaryl.

Seldon se irguió inclinándose hacia delante.

–¿Hay algún problema?

–No. No creo, pero examinarlo todo con más atención no nos hará ningún daño. Mira, Hari, es la primera vez en casi treinta años que la psicohistoria ha llegado al punto en el que realmente puede hacer una predicción. No es gran cosa, apenas un puñado de polvo en el inmenso continente de la humanidad, pero es lo mejor que hemos conseguido hasta el momento. Bien... Debemos explotarlo al máximo, averiguar cómo funciona y demostrarnos que la psicohistoria realmente es lo que creemos: una ciencia predictiva. Por tanto, creo que asegurarnos de que no se nos ha pasado nada por alto no puede hacernos ningún daño. Incluso una predicción tan insignificante como ésta resulta complicada, y agradezco disponer de otra semana de tiempo para estudiarla.

–De acuerdo, Yugo. Te consultaré sobre el asunto antes de ver al general para estar al corriente de cualquier modificación que deba hacerse en el último minuto. Mientras tanto no permitas que ninguna información concerniente a esto se filtre a los demás..., a *nadie*, ¿entendido? Si la cosa sale mal no quiero que el personal del proyecto se desanime. Tú y yo absorbemos el impacto del fracaso y seguiremos intentándolo.

Una de sus raras sonrisas iluminó el rostro de Amaryl.

–Tú y yo... ¿Te acuerdas de cuando todo se reducía a nosotros dos?

–Lo recuerdo muy bien, no creas que no echo de menos aquellos días. No teníamos mucho con qué trabajar...

–Ni siquiera disponíamos del primer radiante, y mucho menos del electroclarificador.

–Pero fueron días felices.

–Sí, fueron felices –dijo Amaryl, y asintió con la cabeza.

11

La universidad había cambiado, y Hari Seldon no podía evitar que le complaciera.

Las secciones centrales del complejo del proyecto se habían llenado repentinamente de colores y de luz, y los sistemas holográficos saturaban el aire con imágenes tridimensionales que mostraban a Seldon en lugares y tiempos distintos. Se podía ver a Dors Venabili sonriendo y un poco más joven, a un Raych adolescente sin experiencia de la vida, a Seldon y Amaryl inclinados sobre sus ordenadores con un aspecto increíblemente joven..., incluso había un fugaz atisbo de Eto Demerzel, y cada vez que lo distinguía, el corazón de Seldon anhelaba volver a ver a su viejo amigo y recuperar la seguridad que había sentido antes de que se marchara.

El emperador Cleón no aparecía en ninguna imagen holográfica, y no porque no existieran hologramas suyos, sino porque con la junta militar en el poder no resultaba prudente recordar cómo había sido el antiguo Imperio.

Las imágenes fluyeron y se fueron extendiendo de una habitación a otra, de un edificio a otro. Seldon no entendía cómo era posible, pero habían conseguido el tiempo necesario para convertir la universidad en una exhibición incomparable, algo que Seldon jamás había visto o creído posible. Incluso las cúpulas lumínicas se habían oscurecido para producir una noche artificial contra cuyo negro telón de fondo la universidad chispearía y reluciría durante tres días.

–¡Tres días! –exclamó Seldon, medio impresionado y horrorizado.

–Tres días –dijo Dors Venabili asintiendo con la cabeza–. La universidad se negó a tomar en consideración cualquier período de tiempo inferior.

–¡Los gastos y el trabajo que habrá requerido todo esto! –dijo Seldon frunciendo el ceño.

–Los gastos no son nada comparados con todo lo que has hecho por la universidad –dijo Dors–, y todo el trabajo ha sido llevado a cabo por voluntarios. Los estudiantes se ocuparon de todo.

Una imagen panorámica de la universidad apareció en el aire, y Seldon la contempló sintiendo cómo sus labios esbozaban poco a poco una sonrisa involuntaria.

–Estás complacido –dijo Dors–. Durante los últimos meses no has hecho más que quejarte y gruñir diciendo que no querías celebrar el hecho de ser un viejo..., y mírate ahora.

–Bueno, resulta halagador. No tenía ni idea de que hacían algo semejante.

–¿Por qué no? Eres toda una personalidad, Hari. El mundo entero..., no, todo el Imperio sabe quién eres.

–No es cierto –dijo Seldon negando vigorosamente con la cabeza–. No creo que haya ni una persona de cada mil millones que sepa algo de mí..., y sobre la psicohistoria menos aún. Fuera del proyecto nadie tiene la más mínima idea de cómo funciona la psicohistoria, y ni siquiera todos los que trabajan en él la tienen.

–No importa, Hari. *Tú* eres lo realmente importante. Incluso los cuatrillones de personas que no saben nada acerca de ti o de tu trabajo saben que Hari Seldon es el matemático más grande de todo el Imperio.

–Bueno –dijo Seldon mientras miraba a su alrededor–, no cabe duda de que en estos momentos he conseguido que tenga la sensación de serlo. Pero... ¡Tres días y tres noches! Todo el recinto quedará destrozado.

–No, nada de eso. Todos los archivos y bancos de datos han sido guardados. Los ordenadores y el resto del equipo están en un lugar seguro, y los estudiantes han organizado una fuerza de seguridad improvisada que evitará que nada resulte dañado.

–Te has ocupado de todo, ¿verdad, Dors? –dijo Seldon sonriéndole con ternura.

–Lo hemos hecho entre unos cuantos. No creas que todo ha sido cosa mía. Tamwile Elar, tu colega, ha trabajado con una dedicación increíble.

Seldon torció el gesto.

–¿Por qué has puesto esa cara en cuanto te he hablado de Elar? –preguntó Dors.

–Porque no para de llamarme «maestro» –dijo Seldon. Dors meneó la cabeza.

—Vaya, es un crimen terrible.

Seldon no hizo caso de su comentario.

—Y es joven —dijo.

—Peor aún. Vamos, Hari, tendrás que aprender a ir envejeciendo con dignidad..., y para empezar tendrás que demostrar que lo estás pasando bien. Eso hará que los demás se sientan complacidos y disfruten más de la celebración..., porque supongo que es lo que quieres, ¿no? Venga, muévete. No te quedes aquí escondido conmigo. Saluda a todo el mundo. Sonríe. Pregúntales qué tal se encuentran. Ah, y recuerda que después del banquete tendrás que pronunciar un discurso.

—No me gustan los banquetes, y en cuanto a los discursos, me gustan todavía menos que los banquetes.

—Pues tendrás que pronunciar tu discurso te guste o no. ¡Y ahora muévete!

Seldon dejó escapar un suspiro melodramático e hizo lo que le ordenaba Dors. Cuando llegó al pasillo que daba acceso al gran salón, estaba realmente imponente. El voluminoso ropaje de primer ministro del pasado había desaparecido, así como las prendas de estilo heliconiano que tanto le gustaban en su juventud. Seldon llevaba un atuendo que indicaba claramente su elevada posición actual: pantalones rectos de corte impecable y raya perfectamente marcada y una túnica bordada con hilo de plata. A la altura de su corazón se leía la leyenda PROYECTO DE PSICOHISTORIA SELDON DE LA UNIVERSIDAD DE STREELING, brillando como un faro sobre el severo y elegante color gris titanio de su ropas. Los ojos de Seldon chispeaban en un rostro que ya estaba algo arrugado por la edad, y tanto sus arrugas como su cabellera blanca ponían de manifiesto sus sesenta años.

Entró en la habitación en la que se celebraba la fiesta infantil. La estancia había sido totalmente vaciada, y el mobiliario se reducía a mesas sostenidas por caballetes llenas de comida. Los niños corrieron hacia él apenas le vieron entrar —todos sabían que Seldon era la razón de aquel banquete—, y Seldon intentó esquivar sus deditos.

—Esperad, esperad, niños —dijo—. Vamos, retroceded un poco.

Sacó un pequeño robot de su bolsillo, controlado por ordenador, y lo puso en el suelo. En un Imperio sin robots, el artefacto resultaba tan sorprendente que Seldon estaba seguro de que fascinaría a los niños. Tenía la forma de un animalito peludo, pero también poseía la capacidad de cambiar de aspecto sin previo aviso (cada cambio fue recibido con un coro de carcajadas infantiles), y cuando lo hacía los sonidos que emitía y sus movimientos también cambiaban.

—Observadlo y jugad con él —dijo Seldon—, y procurad no romperlo. Después habrá uno para cada uno de vosotros.

Salió al pasillo que llevaba al gran salón y se dio cuenta de que Wanda le estaba siguiendo.

—Abuelo... —dijo la niña.

Bien, Wanda era una excepción, claro. Seldon se inclinó, la alzó por los aires, la hizo girar y volvió a dejarla en el suelo.

—¿Lo estás pasando bien, Wanda? —preguntó.

—Sí —dijo ella—, pero no entres en esa habitación.

—¿Por qué no, Wanda? Es mía. Es el despacho donde trabajo.

—Es donde tuve mi pesadilla.

—Lo sé, Wanda, pero eso ya se acabó, ¿verdad?

Seldon vaciló y acabó llevando a Wanda hacia una de las sillas que se alineaban a lo largo del pasillo. Se sentó en ella y colocó a la niña sobre su regazo.

—Wanda, ¿estás segura de que fue un sueño? —le preguntó.

—Creo que fue un sueño.

—¿Estabas dormida de verdad?

—Creo que lo estaba.

Hablar del sueño parecía hacer que la niña se sintiera incómoda, y Seldon decidió que sería mejor olvidar el asunto. Seguir interrogándola no serviría de nada.

—Bueno, fuera un sueño o no, había dos hombres hablando de muerte y limonada, ¿verdad? —dijo.

Wanda asintió de mala gana.

—¿Estás segura de que usaron la palabra «limonada»? —preguntó Seldon.

Wanda volvió a asentir.

—¿No podría ser que hubieran dicho otra cosa y que tú hubieses entendido que decían «limonada»?

—No, es lo que dijeron.

Seldon tuvo que contentarse con esa respuesta.

—De acuerdo, Wanda. Anda, ve a pasarlo bien y olvídate del sueño.

—Está bien, abuelo.

La niña pareció animarse en cuanto Seldon le dijo que se olvidara del sueño y volvió a la fiesta.

Seldon empezó a buscar a Manella. Necesitó muchísimo tiempo para encontrarla porque a cada paso que daba alguien le detenía, le saludaba e intercambiaba unas palabras con él.

Por fin, la vio a lo lejos y se abrió paso hacia ella con muchas dificultades, sin dejar de murmurar «Perdóneme», «Disculpe», «He de hablar con alguien que...» y «Lo siento».

—Manella —dijo, y tiró de ella hacia un rincón mientras repartía sonrisas mecánicas en todas direcciones.

—¿Sí, Hari? —preguntó ella—. ¿Algún problema?

—El sueño de Wanda...

—No me digas que sigue hablando de eso.

—Bueno, todavía la tiene un poco preocupada. Oye, vamos a servir limonada en la fiesta, ¿verdad?

—Por supuesto. A los niños les encanta. He puesto comprimidos de dos docenas de sabores micogenitas distintos en vasitos minúsculos de muchas formas y colores, y los niños se dedican a probarlos para averiguar cuál sabe mejor. Los adultos también han bebido, como yo. ¿Por qué no la pruebas, Hari? Está muy buena.

—Estoy pensando que... Si no fue un sueño, si la niña realmente oyó a dos hombres hablando de muerte y limonada...

Seldon se interrumpió como si le avergonzara seguir hablando.

—¿Estás pensando en que alguien puede haber envenenado la limonada? —preguntó Manella—. Eso es ridículo. A estas horas todos los niños que hay en la fiesta estarían enfermos o agonizantes.

–Ya lo sé –murmuró Seldon–, ya lo sé.

Dejó a Manella en el rincón y cuando pasó junto a Dors estuvo a punto de no verla, pero Dors le agarró por el codo.

–¿A qué viene esa cara? –le preguntó–. Pareces preocupado.

–He estado pensando en el sueño de Wanda. Ya sabes, muerte y limonada...

–Yo también, pero de momento no he conseguido sacar nada en claro.

–No puedo evitar pensar en la posibilidad de que hayan envenenado la limonada.

–Olvídala. Te aseguro que hasta el último fragmento de comida que ha entrado aquí ha sido sometido a un análisis molecular. Ya sé que pensarás que estás ante otra muestra de mi paranoia habitual, pero mi misión es protegerte y es lo que hago.

–Y todo está...

–Te garantizo que no hay ningún veneno.

Seldon sonrió.

–Bien, me tranquiliza mucho oír eso. No es que realmente creyera que...

–Esperemos que no –dijo Dors en un tono de voz bastante seco–. Lo que me preocupa mucho más que esa fantasía del veneno, es que he oído comentar que dentro de dos días verás a ese monstruo llamado Tennar.

–Dors, no le llames monstruo. Ten cuidado. Estamos rodeados de orejas y lenguas.

–Supongo que tienes razón –dijo Dors bajando inmediatamente el tono de voz–. Mira a tu alrededor. Todos esos rostros sonrientes y sin embargo... ¿Quién sabe cuál de nuestros «amigos» se encargará de informar al gran jefe y a sus esbirros cuando la velada haya terminado? ¡Ah, los humanos! Después de miles de siglos y siguen existiendo traiciones tan bajas y repugnantes... En fin, me parece terriblemente innecesario, pero sé el daño que pueden causar y por eso he de ir contigo, Hari.

–Imposible, Dors. Sólo serviría para complicarme las cosas. Iré solo y no tendré ningún problema.

–No tienes ni idea de cómo manejar al general.

Seldon se puso muy serio.

—¿Y tú sabrías cómo manejarlo? Me recuerdas a Elar. Él también está convencido de que soy un viejo chocho, y él también quiere acompañarme... o, mejor dicho, quiere ir en mi lugar. Me pregunto cuántas personas habrá en Trantor dispuestas a ocupar mi lugar —añadió Seldon en un tono sarcástico—. ¿Docenas? ¿Millones?

12

El Imperio Galáctico llevaba diez años sin emperador, pero en el recinto del Palacio Imperial no había ni la más mínima señal de ello. Milenios de costumbre hacían que la ausencia de un emperador careciese de significado.

Naturalmente, no había ninguna silueta vestida con el ropaje imperial que presidiera las ceremonias. Ninguna voz imperial daba órdenes; no había ningún deseo imperial que satisfacer de inmediato; no había complacencias o disgustos imperiales que dieran vida al Palacio ni enfermedades que lo sumieran en la melancolía. Los aposentos personales del pequeño palacio ocupados por el emperador estaban vacíos, y la familia imperial no existía.

Pero el ejército de jardineros seguía ocupándose del perfecto estado de los jardines. Miles de obreros y técnicos mantenían los edificios en condiciones impecables. La cama del emperador —en la que no dormía nadie—, era hecha cada día con sábanas limpias; las habitaciones eran limpiadas; todo funcionaba tal y como había funcionado siempre, y todo el personal imperial trabajaba tal y como siempre había trabajado, desde el nivel más alto hasta el más bajo de la jerarquía. Los funcionarios de rango más elevado daban órdenes como lo habrían hecho si el emperador hubiera vivido, y daban las órdenes que habría dado el emperador. En muchos casos —especialmente en los niveles más altos—, el personal no había cambiado desde la muerte de Cleón. El personal nuevo que había entrado en el recinto desde entonces, había sido meticulosamente adiestrado e instruido en las tradiciones a las que debía servir.

Era como si el Imperio estuviera tan acostumbrado a ser gobernado por un emperador que insistía en aquel «gobierno fantasma» para mantener su cohesión.

La junta lo sabía o, al menos, era vagamente consciente. En diez años, ninguno de los militares que se habían adueñado del Imperio se había trasladado al pequeño palacio para instalarse en los aposentos privados del emperador. Aquellos hombres no tenían sangre imperial ni derecho alguno a estar allí. Una población que soportaba la pérdida de la libertad no soportaría ninguna señal de irreverencia hacia el emperador..., vivo o muerto.

El general Tennar no se había mudado al hermoso edificio que había alojado a los emperadores de una docena de dinastías distintas durante tanto tiempo. Había establecido su hogar y su despacho en una de las estructuras construidas en la periferia del recinto imperial. Eran auténticos monstruos arquitectónicos, pero construidos como si fuesen fortalezas: eran lo bastante sólidos para resistir un asedio, y contaban con edificios adyacentes en los que se podía alojar a un gran contingente de guardias.

Tennar era un hombre corpulento y tenía bigote. No era el bigote vigoroso y desbordante de los dahlitas, sino un bigote cuidadosamente recortado y adaptado a los contornos del labio superior que dejaba una tira de piel entre el vello y la línea del labio. El bigote era pelirrojo, y Tennar tenía los ojos azules e inexpresivos. Probablemente había sido muy apuesto en sus días de juventud, pero en la actualidad su rostro estaba un poco hinchado y por sus ojos se desprendían mayoritariamente sentimientos de ira.

Estaba hablando con Hender Linn, y usaba el tono de irritación propio de quien se considera dueño y señor absoluto de millones de mundos y, sin embargo, no se atreve a hacerse llamar emperador.

—Puedo establecer mi propia dinastía. —Tennar miró a su alrededor y frunció el ceño—. Éste no es el lugar adecuado para el gobernante del Imperio.

—Lo que importa es gobernarlo —dijo Linn en voz baja

y suave—. Es mejor gobernar desde un cuchitril que estar en un palacio y ser una figura decorativa.

—Creo que es preferible ser el que gobierna y estar en un palacio. ¿Por qué no va a ser posible?

Linn poseía el rango de coronel, pero nunca había participado en ninguna contienda. Sus funciones se limitaban a decir a Tennar lo que deseaba oír, y a transmitir sus órdenes sin alterarlas lo más mínimo. De vez en cuando —si le parecía que no era arriesgado—, intentaba convencer a Tennar de que obrara de forma más prudente.

Linn era conocido como «el lacayo de Tennar», y aunque lo sabía no le molestaba. Ser un lacayo le permitía estar a salvo, y no olvidaba la ruina de quienes habían sido demasiado orgullosos para servir como lacayos.

Naturalmente, quizá llegara un momento en que el mismísimo Tennar quedara enterrado en el cambiante paisaje de la junta, pero Linn tenía cierta tendencia a tomarse las cosas con filosofía y creía poder anticipar los hechos con el tiempo suficiente para salvarse..., o quizá no. Todo tenía un precio.

—No hay razón alguna por la que no pueda fundar una dinastía, general —dijo Linn—. Otros lo hicieron a lo largo de la historia imperial, pero requiere tiempo. Las personas se adaptan con mucha lentitud. Lo normal es que sólo el segundo o el tercer miembro de la dinastía sea plenamente aceptado como emperador.

—No lo creo. Me basta con anunciarme como nuevo emperador. ¿Quién se atreverá a enfrentarse conmigo? Tengo controlada la situación.

—Cierto, general. Su poder es total y absoluto tanto en Trantor como en la mayoría de los mundos exteriores, pero es posible que gran parte de la población de los mundos exteriores más alejados no..., todavía no acepte una nueva dinastía imperial.

—Mundos interiores o mundos exteriores, tanto da... La fuerza militar puede superar cualquier obstáculo. Es una vieja máxima imperial.

—Y muy cierta —dijo Linn—, pero actualmente muchas provincias poseen sus propias fuerzas armadas y quizá no las utilicen en su favor. Vivimos tiempos difíciles.

—Entonces me aconseja que obre con cautela.

—Siempre le aconsejo que obre con cautela, general.

—Algún día quizá me harte de oírlo.

Linn inclinó la cabeza.

—Sólo puedo aconsejarle lo que me parece bueno y útil para usted, general.

—Y supongo que por eso no para de molestarme hablándome del tal Hari Seldon.

—Es el mayor de los peligros que le amenazan, general.

—Eso es lo que me repite continuamente, pero no entiendo por qué cree que es peligroso. No es más que un profesor de universidad.

—Cierto, pero hubo un tiempo en el que fue primer ministro —dijo Linn.

—Ya lo sé, ¿y qué...? Eso ocurrió en la época de Cleón. ¿Qué ha hecho algo desde entonces? Vivimos tiempos difíciles, es cierto, y los gobernadores de las provincias están inquietos... ¿Cómo puede un profesor ser el mayor de los peligros que me amenazan?

—A veces suponer que un hombre discreto que pasa inadvertido es inofensivo puede ser un error —dijo Linn midiendo con mucho cuidado sus palabras (pues educar al general era algo que requería un inmenso cuidado)—. Para los que se han opuesto a él, Seldon ha sido cualquier cosa salvo inofensivo. Hace veinte años el movimiento joranumita estuvo a punto de acabar con Eto Demerzel, el poderoso primer ministro de Cleón.

Tennar asintió, pero su ligero fruncimiento de ceño delató el esfuerzo que hacía para acordarse de aquello.

—Fue Seldon quien destruyó a Joranum y quien sucedió a Demerzel en el cargo de primer ministro, pero el movimiento joranumita sobrevivió y también fue Seldon quien acabó por destruirlo, pero no antes de que el movimiento asesinara a Cleón.

—Pero Seldon sobrevivió, ¿no?

—Efectivamente, Seldon sobrevivió.

—Qué extraño... Permitir un asesinato imperial tendría que haber significado la muerte para un primer ministro.

—Así habría tenido que ser, pero la junta le permitió seguir con vida. Pareció lo más prudente.

—¿Por qué?

Linn suspiró para sus adentros.

—Hay algo llamado psicohistoria, general.

—No sé nada de eso —replicó secamente Tennar.

En realidad, tenía el vago recuerdo de que Linn había intentado hablarle de aquella extraña retahíla de sílabas en varias ocasiones. Tennar nunca quiso escucharle y Linn era lo bastante inteligente para comprender que no debía insistir. Tennar tampoco quería escucharle entonces, pero las palabras de Linn parecían estar impregnadas de una premura oculta, y Tennar pensó que quizás haría bien escuchándole.

—Casi nadie sabe nada de ella —dijo Linn—, pero unos cuantos..., eh..., intelectuales opinan que tiene cierto interés.

—¿Y qué es?

—Es un sistema matemático muy complicado.

Tennar meneó la cabeza.

—Haga el favor de no aburrirme con esas cosas. Puedo contar mis divisiones armadas, y ésas son todas las matemáticas que necesito.

—Se afirma que la psicohistoria posibilita la predicción del futuro —dijo Linn.

Los ojos del general se desorbitaron visiblemente.

—¿Quiere decir que el tal Seldon predice el futuro?

—No de la manera habitual. Se trata de una predicción científica.

—No lo creo.

—Resulta difícil de creer, pero Seldon se ha convertido en una especie de figura de culto en Trantor y en algunos de los mundos exteriores. En cuanto a la psicohistoria... Si se la pudiera utilizar para predecir el futuro o, al menos, si la gente lo creyera, podría ser una herramienta muy poderosa con la que apuntalar el régimen. Estoy seguro de que ya habrá pensado en ello, general... Bastaría con predecir que nuestro régimen perdurará y que traerá paz y prosperidad al Imperio, y si la gente lo cree, convertirá la predicción en una de esas profecías que aseguran su propio cumplimiento. Por otra parte, si Seldon deseara lo contrario podría predecir la guerra civil y la ruina. La gente también creería en esa predicción y eso desestabilizaría el régimen.

–Bien, coronel, en ese caso basta con que nos aseguremos de que la psicohistoria emitirá las predicciones que deseamos.

–Sería Seldon quien tendría que hacerlas y no es amigo del régimen. General, es de la máxima importancia que distingamos entre el proyecto psicohistórico de la Universidad de Streeling y Hari Seldon. La psicohistoria puede resultarnos extremadamente útil, pero sólo en el caso de que alguien que no sea Seldon esté al frente del proyecto.

–¿Hay otras personas capaces de ello?

–Oh, sí. Basta con librarse de Seldon.

–¿Y qué tiene eso de difícil? Una orden de ejecución y estará hecho.

–General, sería preferible que el gobierno no apareciera directamente implicado en el asunto.

–¡Explíquese!

–He hecho los arreglos necesarios para que tenga una entrevista con Seldon y, con su habitual perspicacia, pueda hacerse una idea de su personalidad. Después podrá juzgar si ciertas sugerencias que tengo en mente son dignas de ser llevadas a la práctica o no.

–¿Cuándo tendrá lugar esa entrevista?

–Tenía que celebrarse muy pronto, pero sus representantes del proyecto solicitaron un retraso de unos cuantos días porque estaban a punto de celebrar su cumpleaños..., al parecer acaba de cumplir sesenta años. Me pareció prudente acceder y retrasar la entrevista una semana.

–¿Por qué? –preguntó Tennar–. Ya sabe que odio todo cuanto pueda ser interpretado como una muestra de debilidad.

–Y tiene toda la razón, general, toda la razón... Sus instintos nunca se equivocan, pero me pareció que las necesidades del estado podían exigirnos esperar los acontecimientos de esa celebración, que se desarrolla en este mismo instante.

–¿Por qué?

—El conocimiento siempre resulta útil, sea de la clase que sea. ¿Desea ver algún aspecto de la celebración?

El rostro del general Tennar no perdió su expresión malhumorada.

—¿Es necesario?

—Creo que la encontrará interesante, general.

La reproducción era excelente tanto en imagen como en sonido, y durante un rato, la hilaridad de la celebración se adueñó de la estancia sombría y austera en la que se encontraba el general.

Linn iba comentando las imágenes y el sonido.

—La mayor parte de la celebración se desarrolla en el complejo del proyecto, pero el resto de la universidad también participa en ella. Dispondremos de una imagen aérea dentro de unos momentos y podremos ver que la celebración cubre un espacio muy grande. De hecho, y aunque en estos momentos no dispongo de datos, hay algunas zonas del planeta, varias universidades y centros de sector, básicamente, en las que se están desarrollando lo que podríamos llamar «celebraciones de simpatía» de una u otra clase. Las celebraciones aún no hay terminado, y como mínimo durarán un día más.

—¿Me está diciendo que esa celebración abarca todo Trantor?

—De forma específica sí. Afecta básicamente a las clases intelectuales, pero se ha extendido de manera sorprendente. Incluso es posible que haya llegado a algunos mundos aparte de Trantor.

—¿De dónde ha sacado esta reproducción?

Linn sonrió.

—Estamos al corriente de casi todo lo que ocurre en el proyecto. Tenemos fuentes de información en las que podemos confiar, y muy poco de lo que sucede se nos escapa.

—Bien, Linn, ¿cuáles son sus conclusiones acerca de todo esto?

—General, me parece..., y estoy seguro de que a usted también se lo parecerá..., que Hari Seldon es el foco de un culto a la personalidad. Se ha identificado a sí mismo con la psicohistoria hasta el punto de que si nos librára-

mos de él de una forma demasiado visible, destruiríamos
toda la credibilidad de esa ciencia, lo cual no nos serviría
de nada.

»Por otra parte, general, Seldon se está haciendo viejo
y no resulta difícil imaginar que será sustituido por otro
hombre, alguien a quien habríamos escogido y que simpa-
tizara con nuestros grandes objetivos y esperanzas imperiales. Si Seldon pudiera ser eliminado de forma aparentemente natural..., bien, creo que es cuanto necesitamos,
¿no?

—¿Cree que debería verle? —preguntó el general.

—Sí. Eso le servirá para decidir qué clase de persona es
y lo que debemos hacer con él. Pero hemos de ser cautelo-
sos, ya que es un hombre muy popular.

—Ya he tratado con personas populares en otras ocasiones —dijo Tennar con expresión sombría.

13

—Sí —dijo Hari Seldon con voz cansada—, la celebración fue todo un éxito. Lo pasé estupendamente. No sé si
podré esperar a cumplir los setenta para repetir la experiencia..., pero confieso que estoy agotado.

—Pues regálate una larga noche de sueño reconfor-
tante, papá —dijo Raych y sonrió—. Es el remedio perfecto.

—No sé cómo voy a relajarme si he de ver a nuestro
gran líder dentro de pocos días.

—No irás a verle solo —dijo secamente Dors Venabili.
Seldon frunció el ceño.

—Dors, otra vez no... He de verle a solas: es muy importante para mí, ¿entiendes?

—Si vas solo no estarás a salvo. ¿Recuerdas lo que ocurrió hace diez años cuando te negaste a permitir que estuviera contigo y fuiste a saludar a los jardineros?

—Me lo recuerdas dos veces por semana, Dors, así que
no es posible que lo olvide; pero en este caso tengo intención de ir solo. ¿Qué crees que puede querer hacerme si
acudo a él como un anciano totalmente inofensivo que
sólo pretende averiguar lo que desea de mí?

—¿Qué supones que quiere? —preguntó Raych mientras se mordisqueaba un nudillo.

—Supongo que quiere lo mismo que siempre quiso Cleón. Descubriré que se ha enterado de que la psicohistoria puede predecir el futuro y querrá utilizarla para sus propios propósitos. Hace casi treinta años le dije a Cleón que la psicohistoria no estaba lo bastante desarrollada para ello, y seguí repitiéndoselo todo el tiempo que ocupé el cargo de primer ministro..., y ahora tendré que decirle lo mismo al general Tennar.

—¿Cómo sabes que te creerá? —preguntó Raych.

—Ya se me ocurrirá alguna forma de resultar convincente.

—No deseo que vayas a verle solo —dijo Dors.

—Tus deseos no influirán para nada en mi decisión, Dors. Tamwile Elar decidió intervenir en la conversación.

—Soy la única persona presente que no pertenece a la familia, y no sé cómo acogerían un comentario mío...

—Adelante —dijo Seldon—. No veo por qué tiene que quedarse sin hablar.

—Me gustaría sugerir un compromiso. Unos cuantos de nosotros podríamos ir con el maestro, y estoy pensando en un buen número de gente. Podemos ser su escolta triunfal, una especie de epílogo a la celebración del cumpleaños... No, un momento, no quiero decir que entremos todos en el despacho del general, y ni siquiera en el recinto del Palacio Imperial. Podemos ocupar habitaciones de hotel en el sector imperial junto al recinto, el Hotel Límite de la Cúpula sería el sitio ideal, y podríamos disfrutar de un día de vacaciones.

—Es justo lo que necesitaba —resopló Saldon—. Un día de vacaciones...

—No me refería a usted, maestro —se apresuró a decir Elar—. Usted acudirá a su entrevista con el general Tennar, pero nuestra presencia servirá para que los habitantes del sector imperial se hagan una idea de lo popular que es..., y puede que el general también se dé cuenta de ello. Saber que esperamos a que regrese quizá le impida mostrarse excesivamente desagradable.

Las palabras de Elar fueron seguidas por un silencio bastante largo.

—Me parece demasiado aparatoso —dijo Raych por fin—. No encaja con la imagen que el mundo tiene de papá.

Pero Dors no estaba de acuerdo.

—La *imagen* de Hari no me interesa en lo más mínimo, lo que me interesa es la *seguridad* de Hari. Ya que no podemos presentarnos ante el general o invadir el recinto imperial, congregarnos lo más cerca posible del general quizá sea una buena idea. Doctor Elar, le agradezco su excelente sugerencia.

—No quiero que se ponga en práctica —dijo Seldon.

—Pero yo sí —replicó Dors—, y si es lo más parecido a mi protección personal insistiré en que se haga.

—Visitar el Hotel Límite de la Cúpula podría resultar muy divertido —dijo Manella, que hasta aquel momento había estado escuchando sin hacer ningún comentario.

—No estoy pensando en la diversión —dijo Dors—, pero acepto tu voto a favor.

Y así se hizo. Al día siguiente veinte hombres y mujeres del nivel jerárquico más alto del Proyecto Psicohistoria, se presentaron en el Hotel Límite de la Cúpula y ocuparon habitaciones desde las que se dominaba el recinto del Palacio Imperial.

Esa misma tarde, un grupo de guardias armados se personó en el hotel para recoger a Hari Seldon y llevarlo a su presencia.

Dors Venabili desapareció casi al mismo tiempo, pero su ausencia tardó bastante en ser descubierta; cuando fue descubierta nadie tenía idea de qué había sido de ella, y la atmósfera de alegría y celebración no tardó en esfumarse para dejar paso a la aprensión.

14

Dors Venabili había vivido diez años en el recinto del Palacio Imperial. Como esposa del primer ministro tenía derecho a entrar en él, y podía ir libremente de la cúpula al terreno descubierto usando sus huellas dactilares como pase.

La confusión que siguió al asesinato de Cleón fue tan considerable que nadie pensó en privarla de su pase, y cuando Dors quiso ir de la cúpula al terreno descubierto por primera vez desde aquel día horrible, pudo hacerlo sin la más mínima dificultad.

Siempre supo que sólo podría entrar en el recinto una vez, pues cuando se descubriera lo ocurrido su pase sería cancelado, pero tenía que entrar en el recinto.

Cuando entró en la zona de terreno descubierto el cielo se oscureció de repente, y la temperatura bajó de forma bastante acusada. Durante el período nocturno el mundo que se extendía debajo de la cúpula estaba un poco más iluminado de lo que sería posible en una noche natural, y durante el período diurno la intensidad de la luz tampoco era tan elevada como en un día natural. Aparte de eso, la temperatura que había debajo de la cúpula siempre era un poco más suave que al aire libre.

La inmensa mayoría de trantorianos no lo sabía porque pasaban toda la vida debajo de la cúpula. Dors ya esperaba aquel cambio, y apenas la afectó.

Fue por el camino central que daba acceso a la zona donde se alzaba el hotel. Se encontraba muy bien iluminado, naturalmente, y eso hacía que la oscuridad del cielo careciera de importancia.

Dors sabía que no podría avanzar cien metros por el camino sin ser detenida, y dada la suspicacia casi paranoica de la junta militar, quizá sería detenida incluso antes de haber recorrido esa distancia. Su presencia sería detectada de inmediato.

Sus previsiones se cumplieron. Un vehículo terrestre de reducidas dimensiones fue hacia ella.

—¿Qué está haciendo aquí? —gritó un guardia asomando la cabeza por la ventanilla—. ¿Adónde va?

Dors ignoró la pregunta y siguió caminando.

—¡Alto! —gritó el guardia.

Después puso el freno de seguridad y bajó del vehículo, que era justamente lo que Dors quería.

El guardia sostenía un desintegrador en su mano: no

estaba amenazándola con utilizarlo, y se limitaba a mostrarle que iba armado.

—Su número de referencia —dijo el guardia.

—Quiero su vehículo —dijo Dors.

—¿Qué? —El guardia empezó a enojarse—. Su número de referencia. ¡Inmediatamente!

Alzó el desintegrador para apuntarla.

—No necesita mi número de referencia para nada —dijo Dors en voz baja, y siguió avanzando hacia el guardia.

El guardia retrocedió un paso.

—Si no se detiene y me da su número de referencia dispararé.

—¡No! Arroje su desintegrador al suelo.

El guardia tensó los labios. Su dedo empezó a moverse hacia el botón de disparo, pero jamás logró alcanzarlo.

Nunca consiguió describir con precisión lo ocurrido. Lo único que pudo decir fue «¿Cómo iba a saber que era la *Mujer Tigre*? —(Y llegó un tiempo en el que acabó sintiéndose orgulloso de aquel encuentro)—. Se movió tan deprisa que apenas me di cuenta de lo que hizo o de lo que pasó. Estaba seguro de que era una loca. Iba a disparar..., y un instante después ya me había dominado.»

Dors tenía atrapado al guardia con una presión inquebrantable y le había obligado a levantar la mano que sostenía el desintegrador.

—Deje caer el arma de inmediato o le romperé el brazo —dijo. El guardia sentía una opresión terrible alrededor de su pecho. Apenas podía respirar. Comprendió que no tenía elección, y dejó caer el desintegrador.

Dors Venabili le soltó, pero antes de que el guardia tuviera tiempo de recobrarse, se vio apuntado por su propio desintegrador.

—Espero que no haya desactivado sus detectores —dijo Dors Venabili—. No se apresure a informar de lo que ha ocurrido. Será mejor que espere y decida qué es lo que va a contar a sus superiores. El hecho de que una mujer desarmada le haya quitado su desintegrador y su vehículo podría hacer que la junta considere que ha dejado de ser útil.

Dors puso en marcha el vehículo y siguió avanzando por el camino central. Diez años de estancia en el recinto habían servido para que supiera con toda exactitud hacia adónde se dirigía. El vehículo en el que iba —un vehículo terrestre oficial—, no era una presencia extraña y, por tanto, no sería interceptado en cada control; pero quería llegar lo antes posible a su destino y eso la obligaba a asumir el riesgo de la velocidad. Dors aceleró hasta que el vehículo alcanzó los doscientos kilómetros por hora.

La velocidad a la que se desplazaba acabó atrayendo la atención. Dors ignoró los gritos que surgieron de la radio exigiendo saber por qué iba tan deprisa, y antes de que transcurriera mucho tiempo, los detectores le indicaron que estaba siendo perseguida por otro vehículo terrestre.

Sabía que ya habrían advertido a los otros puestos de vigilancia, que otros vehículos terrestres la estarían esperando, pero había muy poco que pudiesen hacer salvo tratar de aniquilarla, una solución extrema que en principio nadie intentaría hasta disponer de más datos.

Cuando llegó al edificio que era su objetivo, vio dos vehículos terrestres esperándola. Bajó tranquilamente de su vehículo y fue hacia la entrada.

Dos hombres se apresuraron a interponerse en su camino. Sus expresiones indicaban con claridad lo mucho que les había sorprendido descubrir que el conductor no era un guardia, sino una mujer vestida con ropas de civil.

—¿Qué está haciendo aquí? ¿Por qué tanta prisa?

—Traigo un mensaje muy importante para el coronel Hender Linn —dijo Dors en voz baja y tranquila.

—¿De veras? —replicó ásperamente el guardia. Ahora había cuatro hombres interponiéndose entre ella y la entrada—. Tenga la bondad de darme su número de referencia.

—No me haga perder el tiempo —dijo Dors.

—He dicho que me dé su número de referencia.

—Me está haciendo perder el tiempo.

—¿Sabes a quién se parece? —exclamó de repente otro guardia—. Se parece mucho a la esposa del antiguo primer ministro, la doctora Venabili..., la *Mujer Tigre*.

Los cuatro guardias retrocedieron dando un tambaleante paso hacia atrás.

—Está arrestada —dijo uno de ellos.

–¿Sí? –dijo Dors–. Suponiendo que sea la *Mujer Tigre*, les advierto de que soy considerablemente más fuerte que cualquiera de ustedes y de que mis reflejos son considerablemente más rápidos. Permítanme sugerirles una forma de evitar problemas... Entremos en el edificio y veremos qué dice el coronel Linn.

–¡Está arrestada! –repitió el guardia, y cuatro desintegradores apuntaron a Dors.

–Bueno –dijo Dors–. Si insisten...

Se movió con increíble rapidez, y un instante después dos guardias yacían gimiendo en el suelo y Dors tenía un desintegrador en cada mano.

–He intentado no hacerles daño, pero es muy posible que les haya roto la muñeca –dijo Dors–. Ahora ya sólo quedan ustedes dos, y puedo disparar más deprisa de lo que puedan hacerlo ustedes. Si alguno de los dos hace el más leve movimiento tendré que romper la costumbre de toda una vida y matarle. Hacerlo no me gustará lo más mínimo, y les ruego que no me obliguen.

Los dos guardias no dijeron nada, y permanecieron completamente inmóviles.

–Les sugiero que me escolten hasta donde esté el coronel y que luego busquen ayuda médica para sus camaradas –dijo Dors.

La sugerencia no era necesaria. El coronel Linn acababa de salir de su despacho.

–¿Qué está ocurriendo aquí? ¿Qué es...?

Dors se volvió hacia él.

–¡Ah! Permita que me presente. Soy la doctora Dors Venabili, la esposa del profesor Hari Seldon. He venido a verle por un asunto muy importante. Estos guardias intentaron detenerme y, como resultado, dos de ellos han quedado lesionados. Despídales y deje que hable con usted. Le aseguro que no quiero hacerle ningún daño.

Los ojos de Linn se clavaron en los cuatro guardias y acabaron por volver a posarse en Dors.

–¿No quiere hacerme ningún daño? –dijo con voz impasible–. Ya veo que cuatro guardias no han conseguido detenerla, pero puedo reunir cuatro mil en cuestión de segundos.

—Entonces llámeles —dijo Dors—. Por muy deprisa que vengan si decido matarle no llegarán a tiempo de salvarle, ¿verdad? Despida a sus guardias y hablemos como dos personas civilizadas.

Linn despidió a los guardias.

—Bien, doctora Venabili, entre y hablaremos —dijo—. Pero debo advertirle de que tengo muy buena memoria.

—Yo también —agregó Dors.

Y fueron hacia el despacho de Linn.

15

—Y ahora, doctora Venabili, explíqueme por qué está aquí —dijo Linn con la máxima cortesía imaginable.

La sonrisa de Dors no era amenazadora, pero tampoco resultaba del todo agradable.

—Para empezar —dijo—, he venido aquí para demostrarle que *podía* hacerlo.

—¿Ah?

—Sí. Mi esposo fue llevado a su entrevista con el general en un vehículo terrestre oficial con una escolta armada. Salí del hotel al mismo tiempo que él, a pie y desarmada, y aquí estoy... y creo que llegué antes que él. Tuve que superar el obstáculo de cinco guardias, si contamos al guardia de cuyo vehículo me apropié para llegar hasta usted. Cincuenta guardias tampoco habrían podido detenerme.

Linn asintió sin perder la calma.

—Tengo entendido que a veces se la llama la *Mujer Tigre*.

—Sí, se me ha llamado así. Bien, ahora que por fin he conseguido llegar hasta usted, mi tarea es asegurarme de que no le ocurra nada malo a mi esposo. Se está aventurando en la guarida del general, si me perdona el melodramatismo, y quiero que salga de ella sin ser amenazado y sin sufrir el más mínimo daño.

—En lo que a mí concierne, puedo asegurarle que su esposo no sufrirá ningún daño como resultado de esta entrevista, pero si tanto la preocupa... ¿Por qué venir a verme? ¿Por qué no presentarse directamente ante el general?

—Porque usted es el cerebro del equipo que forman.

Hubo un silencio no muy prolongado.

—Esa observación sería muy peligrosa..., si la oyera quien no debe —dijo Linn.

—Resultaría más peligrosa para usted que para mí, así que asegúrese de que no llega a oídos de nadie. Y ahora, si ha pensado que basta con tranquilizarme y darme algunas garantías para que me vaya, y si cree que en el caso de que mi marido sea retenido y condenado a muerte no podré hacer nada al respecto, debo decirle que comete un grave error.

Dors señaló los dos desintegradores que había dejado sobre la mesa delante de ella.

—Entré en el recinto sin nada. Cuando nos encontramos tenía dos desintegradores. De no haber llevado los desintegradores podría haber estado armada con cuchillos, arma en cuyo uso soy toda una experta. Y si no tuviera desintegradores ni cuchillos, seguiría siendo una adversaria formidable. Esta mesa es de metal, obviamente..., y es muy sólida.

—Lo es.

Dors alzó las manos y separó los dedos como para mostrar que no iba armada. Después las puso sobre la mesa y acarició la superficie con las palmas.

De pronto, Dors alzó un puño y lo dejó caer sobre la mesa, asestándole un golpe brutal acompañado de un ruido ensordecedor que recordaba a un choque entre metales. Después sonrió y levantó la mano.

—Ni un morado —dijo Dors—. No siento ningún dolor, pero fíjese en que la mesa se ha doblado ligeramente. Si ese mismo golpe, con idéntica fuerza, se produjera sobre la cabeza de un ser humano, el cráneo habría estallado. Nunca he hecho algo así y, en realidad, nunca he matado a un ser humano, aunque he tenido que lesionar a varios. Pero si el profesor Seldon sufre algún daño...

—Sigue amenazándome.

—Me limito a hacer una promesa. Si el profesor Seldon no sufre ningún daño no haré nada, coronel Linn. En caso contrario... Me veré obligada a matarle o a producirle lesiones muy graves, y también le prometo que haré lo mismo con el general Tennar.

—Por muy grande que sea su felina ferocidad no podrá vencer a todo un ejército —dijo Linn—. ¿Qué hará entonces?

—Las historias se difunden y exageran —dijo Dors—. La verdad es que no he utilizado mucho esa ferocidad, pero lo que se cuenta de mí es mucho más terrible que la verdad. Sus guardias dieron un paso atrás en cuanto me reconocieron, ellos mismos se encargarán de difundir la historia de cómo logré llegar hasta usted..., mejorándola bastante durante el proceso de difusión. Incluso un ejército podría vacilar antes de atacarme, coronel Linn, pero aun suponiendo que lo hiciese y que me destruyera tendría que enfrentarse a la indignación de la gente. La junta está manteniendo el orden, pero a duras penas, y usted no quiere que ocurra nada susceptible de crear disturbios, ¿verdad? Así pues, piense en lo sencilla que resulta la alternativa. Basta con que no hagan ningún daño al profesor Hari Seldon.

—No tenemos la más mínima intención de hacerle daño.

—Entonces, ¿cuál es la razón de que el general quiera entrevistarse con él?

—¿Qué tiene eso de misterioso? El general siente curiosidad hacia la psicohistoria. Los archivos del gobierno están a nuestra disposición. El difunto emperador Cleón estaba muy interesado en ella, y cuando su esposo era primer ministro, Demerzel también se interesó por la psicohistoria. ¿Por qué no debería interesarnos? De hecho, es lógico que nos interese todavía más de lo que les interesó a ellos.

—¿Por qué?

—Porque el tiempo ha ido transcurriendo. Según tengo entendido, la psicohistoria empezó siendo una idea en la mente del profesor Seldon. Ha estado trabajando en ella con creciente vigor, apoyado por un personal cada vez más numeroso, durante casi treinta años. Casi todos sus trabajos han sido apoyados y subvencionados por el gobierno, y podría decirse que en cierto aspecto sus descubrimientos y sus técnicas pertenecen al mismo. Tenemos intención de hacerle algunas preguntas sobre la psicohistoria porque, a estas alturas, debe de estar mucho más avanzada que en tiempos de Demerzel y Cleón, y esperamos que nos diga lo que queremos saber. Queremos algo más práctico que el espectáculo de las ecuaciones enroscándose en el aire. ¿Me entiende?

—Sí —dijo Dors, y frunció el ceño.

—Ah, y una cosa más... No crea que el peligro que amenaza a su esposo procede única y exclusivamente del gobierno y que cualquier daño que pueda sufrir significará que debe atacarnos inmediatamente. Me permito sugerirle que el profesor Seldon podría tener enemigos de naturaleza puramente particular. No es que lo sepa, pero estoy convencido de que es posible.

—No lo olvidaré, pero de momento quiero que se asegure de que podré acompañar a mi esposo durante su entrevista con el general. Quiero cerciorarme sin duda alguna de que no corre ningún peligro.

—Será difícil y exigirá algún tiempo. Interrumpir la conversación es prácticamente imposible, pero si quiere esperar a que haya terminado...

—Tómese su tiempo, pero haga lo necesario para que yo esté presente en la entrevista. No crea que podrá engañarme y seguir con vida.

16

El general Tennar observaba a Hari Seldon con los ojos ligeramente desorbitados mientras sus dedos tabaleaban suavemente sobre el escritorio que ocupaba.

—Treinta años —dijo—. Treinta años... ¿Y me está diciendo que sigue sin tener ningún resultado aparente?

—General, para ser preciso han sido veintiocho años. Tennar ignoró el comentario de Seldon.

—Y todo a expensas del gobierno... Profesor, ¿sabe cuántos miles de millones de créditos han sido invertidos en su proyecto?

—No he llevado la cuenta, general, pero disponemos de

archivos que podrían proporcionarme la respuesta a su pregunta en cuestión de segundos.

—Nosotros también los tenemos. Profesor, el gobierno no es una fuente interminable de fondos. Los viejos tiempos han quedado muy atrás. No compartimos la actitud despreocupada hacia las finanzas típica de Cleón. Subir los impuestos siempre resulta difícil e impopular, y necesitamos el dinero para muchas cosas. Le he hecho venir aquí con la esperanza de que su psicohistoria podría ayudarnos de alguna forma. Si no es así..., debo ser franco y decirle que tendremos que cerrar el grifo. Si puede proseguir sus investigaciones sin los fondos del gobierno hágalo, porque a menos que me enseñe algo que justifique los gastos, eso es justo lo que tendrá que hacer en el futuro.

—General, no puedo satisfacer esa demanda, pero si su respuesta consiste en retirar la ayuda gubernamental estará arrojando el futuro por la ventana. Deme tiempo y eventualmente...

—Varios gobiernos han oído ese «eventualmente» de sus labios durante décadas. Profesor, ¿no es cierto que su psicohistoria predice la debilidad de la junta, que mi poder es inestable y que se derrumbará en poco tiempo?

Seldon frunció el ceño.

—La técnica aún no está lo bastante desarrollada como para afirmar que eso es lo que dice la psicohistoria.

—Bien, pues yo le digo que la psicohistoria ha hecho esa predicción y que todas las personas que trabajan en su proyecto lo saben.

—No —dijo Seldon subiendo un poco el tono de voz—, nada de eso. Es posible que algunos hayan interpretado ciertas relaciones en ese sentido, pero otras relaciones podrían ser interpretadas como pruebas de su estabilidad. Ésa es la razón básica por la que debo continuar con mi trabajo. En estos momentos no resulta difícil utilizar datos incompletos y razonamientos imperfectos para llegar a cualquier tipo de conclusión deseada.

—Pero si decide presentar la conclusión de que el gobierno es inestable basándose en lo que dice la psicohistoria, aunque en realidad no sea así... ¿Acaso no hará que la inestabilidad empeore?

–Es muy posible que produjera ese efecto, general. Y si anunciáramos lo contrario podríamos reforzar la estabilidad del gobierno. Ya he mantenido esta misma discusión con el emperador Cleón muchas veces. La psicohistoria puede ser utilizada como herramienta para manipular las emociones de la gente y conseguir efectos a corto plazo, pero a largo plazo existen muchas probabilidades de que las predicciones resulten incompletas o claramente erróneas, en cuyo caso la psicohistoria perdería toda credibilidad y, a efectos prácticos, sería como si nunca hubiese existido.

–¡Basta! ¡Déjese de rodeos! ¿Qué cree que muestra la psicohistoria con referencia a mi gobierno?

–Creemos que muestra algunos elementos de inestabilidad, pero no estamos totalmente seguros de cómo aumentar o disminuir esa inestabilidad, y no podemos estarlo.

–En otras palabras, la psicohistoria se limita a decir lo que usted podría saber sin necesidad de usarla..., y el gobierno ha invertido una cifra inmensa de créditos en esa ciencia, ¿no?

–Llegará un momento en el que la psicohistoria nos dirá lo que nunca podríamos saber sin ella, y entonces recuperaremos la cuantía de la inversión multiplicada muchas veces.

–¿Y cuánto tardará en llegar ese momento?

–Espero que no demasiado. Durante los últimos años hemos estado haciendo progresos muy prometedores.

Tennar volvió a golpear la superficie del escritorio con las uñas.

–No es suficiente. Dígame algo que pueda ayudarme ahora, algo que yo pueda utilizar.

Seldon meditó durante unos momentos.

–Puedo prepararle un informe detallado, pero eso exigirá algún tiempo.

–Naturalmente. Días, meses, años..., y al final se las arreglará para que el informe nunca llegue a redactarse. ¿Acaso me toma por un imbécil?

–No, general, por supuesto que no; pero yo tampoco quiero que se me tome por imbécil. Puedo decirle algo de lo que me hago único responsable. Lo he descubierto en mi investigación psicohistórica, pero es posible que haya malinterpretado los datos. Pero ya que insiste...

—Insisto.

—Hace unos momentos habló de los impuestos, y dijo que subir los impuestos era difícil e impopular. Siempre lo es. Todos los gobiernos deben cumplir sus funciones acumulando riqueza de una forma u otra. Sólo existen dos formas de obtener los créditos necesarios: la primera es robar a un vecino, y la segunda persuadir a los ciudadanos de que se desprendan de esos créditos voluntariamente y sin resistirse.

»Hemos creado un Imperio Galáctico que lleva miles de años funcionando de forma razonablemente pacífica, por lo que no hay ninguna posibilidad de robar a un vecino, salvo como resultado de las rebeliones que se producen ocasionalmente y de su represión. Eso no ocurre con la frecuencia suficiente como para mantener a un gobierno en el poder, y si así fuese, el gobierno sería excesivamente inestable y, en cualquier caso, no duraría mucho tiempo.

Seldon tragó una honda bocanada de aire antes de seguir hablando.

—Así pues, la única forma de conseguir esos créditos es pedir a los ciudadanos que entreguen parte de su riqueza para que sea utilizada por el gobierno. El gobierno funcionará con eficacia, por lo que es de suponer que los ciudadanos gastarán mejor sus créditos de esta forma que guardándoselos mientras viven en un estado de anarquía peligroso y caótico donde todos luchan contra todos.

»Pero aunque la petición es razonable y los ciudadanos viven mejor pagando impuestos para mantener un gobierno estable y eficiente, siguen mostrándose reacios a ello. Para superar esta circunstancia los gobiernos deben dar una impresión de generosidad, de que sólo perciben los créditos necesarios y de que tienen en cuenta los derechos y beneficios de cada ciudadano. En otras palabras, deben reducir el porcentaje a pagar de los ingresos más bajos, deben permitir que se hagan deducciones de varias clases antes de que se calcule el impuesto total, etcétera.

»A medida que pasa el tiempo la situación impositiva se va volviendo más y más complicada porque no hay forma de evitar que los mundos, los sectores de cada mundo y las distintas divisiones económicas soliciten o exijan un tratamiento especial. Como resultado, la rama del gobierno encargada de recaudar los impuestos va aumentando en tamaño y complejidad y tiende a volverse incontrolable. El ciudadano medio no puede entender por qué se le hace pagar impuestos, y no entiende qué puede quedarse para él sin problemas y qué es lo que debe entregar. De hecho, lo habitual es que el gobierno y la rama que recauda los impuestos tampoco lo entiendan.

»Aparte de eso, una fracción cada vez más grande de los fondos recaudados debe ser invertida en el mantenimiento de la cada vez más compleja rama recaudadora —conservación de archivos, persecución de la delincuencia fiscal—, con lo que la cifra de créditos disponibles para propósitos útiles va disminuyendo a pesar de todo cuanto se pueda hacer para impedirlo.

»Al final la situación impositiva se vuelve insoportable y provoca descontento y deseos de rebelión. Los libros de historia suelen responsabilizar de ello a la codicia de los hombres de negocios, la corrupción política, la brutalidad de los guerreros o la ambición de los virreyes..., pero ellos sólo son los individuos que se aprovechan del exceso impositivo.

—¿Me está diciendo que nuestro sistema impositivo es excesivamente complicado? —preguntó el general con voz ronca.

—Si no lo fuese, al menos que yo sepa, sería el único ejemplo existente en la historia —dijo Seldon—. Si hay algo que la psicohistoria sostenga como inevitable es el exceso y el caos impositivo.

—¿Y qué podemos hacer al respecto?

—No puedo responder a esa pregunta, y por eso querría preparar un informe que, como usted ha dicho, quizá exija algún tiempo para ser redactado.

—Olvídese del informe. El sistema impositivo es excesivamente complicado, ¿no? ¿No es eso lo que me está diciendo?

—Es posible que lo sea —replicó cautelosamente Seldon.

—Y para corregir ese defecto hay que simplificar el sistema impositivo..., es decir, hay que hacerlo lo más sencillo posible.

—Tendría que estudiar...

—Tonterías. Lo opuesto de una gran complicación es una gran simplicidad. No necesito un informe para saberlo.

—Como usted diga, general —murmuró Seldon.

En aquel momento el general alzó la mirada como si acabara de recibir una llamada... y así era. Apretó los puños y una imagen en holovisión del coronel Linn y Dors Venabili apareció repentinamente en la habitación.

—¡Dors! —exclamó Seldon poniendo cara de perplejidad—. ¿Qué estás haciendo aquí?

El general no dijo nada, pero su frente se llenó de profundas arrugas.

17

El general había pasado mala noche, y la preocupación había hecho que el coronel tampoco durmiera bien. Estaban mirándose fijamente sin saber qué decir.

—Vuelva a explicarme lo que hizo esa mujer —dijo por fin el general.

Linn parecía llevar un enorme peso sobre sus hombros.

—Es la *Mujer Tigre*. Así es como la llaman... No parece ser totalmente humana. Debe de ser una especie de superatleta entrenada hasta lo imposible con una increíble confianza en sí misma y... general, le aseguro que resulta aterradora.

—¿Le asustó? ¿Una mujer sola?

—Deje que le describa exactamente lo que hizo y que le cuente algunas cosas sobre ella. No sé qué hay de cierto en todas las historias que circulan, pero puedo asegurarle que lo que ocurrió ayer es verdad.

Volvió a contar la historia y el general le escuchó atentamente con las mejillas tensas.

—No me gusta —dijo por fin—. ¿Qué vamos a hacer?

—Creo que lo que debemos hacer está muy claro. Queremos disponer de la psicohistoria...

—Sí, eso es lo que queremos —dijo el general—. Seldon dijo algo sobre los impuestos que... Pero olvídelo. No estamos hablando de eso. Siga.

Linn estaba tan alterado que había permitido que su rostro adoptara una expresión levemente impaciente.

—Como he dicho, queremos disponer de la psicohistoria sin Seldon —prosiguió—. De todas formas Seldon es un hombre acabado. Cuanto más le estudio más veo a un viejo estudioso que está viviendo de sus logros pasados. Ha dispuesto de casi treinta años para desarrollar la psicohistoria y no lo ha conseguido. Sin él, y con otras personas al frente del proyecto, es posible que el desarrollo de la psicohistoria avance con más rapidez.

—Sí, estoy de acuerdo. Y respecto a la mujer...

—Bueno, no la habíamos tenido en cuenta porque siempre había procurado permanecer en un discreto segundo plano, pero ahora tengo la firme sospecha de que resultará muy difícil, y quizás imposible, eliminar a Seldon discretamente sin implicar al gobierno mientras esa mujer siga con vida.

—¿Realmente cree que esa mujer sería capaz de hacernos pedazos si estuviera convencida de que hemos hecho daño a su esposo? —preguntó el general, y su boca se frunció en una mueca despectiva.

—Sí, creo que lo haría y que además crearía una rebelión popular. Todo ocurriría exactamente como prometió.

—Se está convirtiendo en un cobarde, Linn.

—General, por favor... Estoy intentando ser prudente y seguir los dictados del sentido común. No me estoy echando atrás. Debemos ocuparnos de la mujer tigre. —Se quedó callado y pensó durante unos momentos—. De hecho, mis fuentes de información ya lo habían aconsejado, y admito que hasta el momento había prestado muy poca atención a este asunto.

—¿Y cómo cree que podemos librarnos de ella?

—No lo sé —dijo Linn—. Pero otra persona quizá podría hacerlo —añadió hablando muy despacio.

18

Seldon también había pasado mala noche, y el nuevo día no prometía ser mucho mejor. Hari casi nunca se enfadaba con Dors, pero esta vez estaba *muy* enfadado con ella.

—¡Qué temeridad, qué estupidez! —exclamó—. ¿No bastaba con que estuviéramos alojados en el hotel? Eso ya era más que suficiente para que un gobernante paranoico empezara a pensar en alguna clase de conspiración.

—¿Qué clase de conspiración podía haber, Hari? Ibamos desarmados. Era un día festivo, el toque final a la celebración de tu cumpleaños. No suponíamos ninguna amenaza.

—Sí, pero después tú llevaste a cabo la invasión del recinto imperial. Fue imperdonable... Fuiste corriendo al palacio para interferir mi entrevista con el general, a pesar de que había dejado manifestado en varias ocasiones que no quería que estuvieses allí. Tenía mis propios planes, ¿sabes?

—Tus deseos, tus órdenes y tus planes son secundarios con respecto a tu seguridad —dijo Dors—. Era lo que más me preocupaba.

—No corría ningún peligro.

—No puedo permitirme el lujo de darlo por supuesto. Ya ha habido dos intentos de acabar con tu vida. ¿Qué te hace pensar que no habrá un tercero?

—Los dos intentos se llevaron a cabo cuando era primer ministro, y supongo que por aquel entonces era lo bastante importante para que intentaran asesinarme. ¿Quién puede querer matar a un viejo matemático?

—Eso es justamente lo que quiero averiguar y lo que debemos impedir —dijo Dors—. Tendré que empezar haciendo algunas preguntas en el proyecto.

—No. Lo único que conseguirás será poner nervioso al personal. Déjales en paz.

—No puedo consentirlo, Hari. Mi trabajo consiste en protegerte y llevo veintiocho años haciéndolo. No podrás impedir que siga cumpliéndolo.

Había algo en el brillo de su mirada que evidenciaba

que fueran cuales fuesen los deseos o las órdenes de Seldon, Dors tenía intención de obrar como le viniera en gana.

La seguridad de Seldon estaba por encima de todo.

19

—Yugo, ¿puedo interrumpirte?

—Naturalmente, Dors —dijo Yugo Amaryl acompañando sus palabras con una gran sonrisa—. Tú nunca eres una interrupción. ¿Qué puedo hacer por ti?

—Estoy intentando averiguar unas cuantas cosas, Yugo, y me preguntaba si querrías ayudarme.

—Lo haré si puedo.

—En el proyecto existe algo llamado primer radiante. He oído hablar de él de vez en cuando. Hari suele hablar con ese aparato, por lo que intuyo qué aspecto tiene cuando es activado, pero nunca lo he visto funcionar. Me gustaría verlo en acción.

Amaryl puso cara de sentirse incómodo.

—Bueno, la verdad es que el primer radiante es la parte más secreta y celosamente vigilada de todo el proyecto, y no figuras en la lista de personas que tienen acceso a él.

—Ya lo sé, pero hace veintiocho años que nos conocemos y...

—Y eres la esposa de Hari. Supongo que podemos permitirnos una pequeña excepción, ¿no? Sólo disponemos de dos primeros radiantes completos. Uno se encuentra en el despacho de Hari y el otro se encuentra aquí..., de hecho, está aquí mismo.

Dors clavó la mirada en el pequeño cubo negro que había encima del escritorio central. No parecía tener nada de particular.

—¿Es eso?

—Sí. Almacena las ecuaciones que describen el futuro.

—¿Cómo se puede acceder a esas ecuaciones?

Amaryl pulsó un botón. La habitación se oscureció de inmediato, y un instante después se llenó de un resplandor de muchos colores. Dors se encontró rodeada por flechas, símbolos, líneas y toda clase de signos matemáticos que parecían moverse en espiral, pero cada vez que dirigía la mirada hacia algún punto determinado tenía la impresión de que estaban inmóviles.

—Así que eso es el futuro, ¿eh? —dijo Dors.

—Podría serlo —dijo Amaryl, y desconectó el instrumento—. Lo puse a plena expansión para que pudieras ver los símbolos. Sin la expansión sólo se ven juegos de luces y sombras.

—¿Y el estudio de esas ecuaciones permite decidir lo que nos reserva el futuro?

—En teoría. —La habitación había vuelto a recobrar su aspecto habitual—. Pero hay dos dificultades.

—Oh, ¿sí? ¿Cuáles son?

—Para empezar, esas ecuaciones no han sido creadas directamente por una mente humana. Durante décadas, nos hemos limitado a programar ordenadores cada vez más poderosos; ellos han concebido y almacenado las ecuaciones pero, naturalmente, no sabemos si son válidas y si tienen algún significado. Todo depende de la validez y del significado que tuviera la programación inicial.

—Entonces, ¿podrían estar totalmente equivocadas?

—Podrían estarlo.

Amaryl se frotó los ojos, y Dors no pudo evitar pensar en que se le veía muy cansado, y en que daba la impresión de haber envejecido mucho durante los dos últimos años. Amaryl era casi una docena de años más joven que Hari, pero parecía mucho más anciano.

—Naturalmente —siguió diciendo Amaryl en un tono de voz bastante melancólico—, tenemos la esperanza de que no estén totalmente equivocadas, pero ahí es donde nos encontramos con la segunda dificultad. Hari y yo llevamos décadas poniéndolas a prueba y modificándolas, pero nunca podemos estar seguros de cuál es el significado de las ecuaciones. El ordenador las ha creado, por lo que cabe atribuirles algún significado, pero... ¿Cuál? Hay algunas partes que creemos haber descifrado. De hecho, ahora mismo estoy trabajando en lo que llamamos Sección a-23, un sistema de relaciones particularmente intrincado. Aún no hemos podido compararlo con nada existente en el universo real, pero cada año avanzamos un poquito más y confío en que la psicohistoria acabará siendo una técnica útil y digna de confianza que permita estudiar el futuro y alterarlo.

—¿Cuántas personas tienen acceso a los primeros radiantes?

—Todos los matemáticos del proyecto, pero no siempre que quieren. Hay que repartir el tiempo de uso y el primer radiante tiene que ser sintonizado para que muestre la porción de las ecuaciones que el matemático en cuestión desea estudiar. Cuando todo el mundo quiere utilizar el primer radiante al mismo tiempo, las cosas se complican un poco. En estos momentos no hay mucha demanda, posiblemente porque aún estamos recuperándonos de la celebración del cumpleaños de Hari.

—¿Existe algún plan para la construcción de mis primeros radiantes?

Amaryl sacó los labios hacia fuera.

—Sí y no. Disponer de otro radiante nos ayudaría mucho, pero alguien tendría que encargarse de él. No puede ser una posesión comunitaria, entiéndelo. Tamwile Elar... Creo que le conoces, ¿no?

—Sí, le conozco.

—Bien, pues le he sugerido a Hari que Elar quizá podría tener a su cargo ese tercer primer radiante. Sus ecuaciones acaóticas y el electroclarificador que inventó le convierten en el tercer hombre más importante del proyecto, después de Hari y de mí; pero Hari no acaba de decidirse.

—¿Por qué? ¿Lo sabes?

—Si Elar consigue un tercer primer radiante queda abiertamente reconocido como el tercer hombre del proyecto, pasando por encima de otros matemáticos mayores que él y que ocupan una posición más elevada dentro del proyecto. Podría haber ciertas dificultades políticas, por así decirlo... Creo que no podemos desperdiciar el tiempo preocupándonos por la política interna, pero Hari... Bueno, ya conoces a Hari.

—Sí, conozco a Hari. Supongo que te he dicho que Linn ha visto el primer radiante.

—¿Linn?

—El coronel Hender Linn, de la junta, el lacayo de Tennar.

—Lo dudo mucho, Dors.

—Ha hablado de ecuaciones que se mueven en espiral y acabo de ver cómo el primer radiante producía esas ecuaciones. Linn ha estado aquí y lo ha visto funcionar.

Amaryl meneó la cabeza.

—No puedo creer que nadie del proyecto haya dejado entrar a un miembro de la junta en el despacho de Hari..., o en el mío.

—De toda la gente que trabaja en el proyecto, ¿quién te parece que podría colaborar de esa manera con la junta?

—Nadie —dijo secamente Amaryl y en un tono absolutamente convencido—. Eso sería impensable... Es posible que Linn no haya visto el primer radiante y que tan sólo le hayan hablado de él.

—¿Quién podría haberle hablado del primer radiante?

Amaryl meditó durante unos momentos.

—Nadie —dijo.

—Bien, hace unos momentos hablaste de política interna en relación a la posibilidad de que Elar dispusiera de otro primer radiante. Supongo que en un proyecto en el que trabajan centenares de personas siempre hay pequeñas disensiones, fricciones y disputas personales.

—Oh, sí. El pobre Hari me habla de ellas de vez en cuando. Tiene que resolverlas de una forma o de otra, y no me cuesta imaginar los dolores de cabeza que deben darle.

—Esas disensiones... ¿Son lo bastante graves para interferir en la marcha del proyecto?

—Nunca han causado ninguna interferencia seria.

—¿Hay alguien especialmente problemático o que origine resentimientos? En otras palabras, ¿os desprenderíais de esa clase de gente a cambio de perder un 5 o un 6 por ciento del personal?

Amaryl enarcó las cejas.

—Parece una buena idea, pero no sé de quién podríamos librarnos. La verdad es que apenas participo en las minucias de la política interna... No hay forma de impedir que surjan esos problemas y, por mi parte, me limito a no tener nada que ver con ellos.

—Qué extraño —dijo Dora—. ¿No crees que de esa forma niegas toda credibilidad a la psicohistoria?

—¿En qué aspecto?

—¿Cómo puedes pretender que llegue el momento en el que predecir y encauzar el futuro si eres incapaz de analizar y corregir algo tan próximo e intrascendente como las fricciones personales que surgen en el mismísimo seno del proyecto que hace tal promesa?

Amaryl dejó escapar una risita. Era una reacción bastante inusual en él, pues no tenía mucho sentido del humor y casi nunca se reía.

—Lo siento, Dors, pero acabas de exponer el único problema para el que hemos hallado una solución..., o al menos eso creemos. Hace unos años el mismo Hari descubrió las ecuaciones que representaban las dificultades creadas por los problemas personales, y yo mismo les di el último retoque el año pasado.

»Descubrí que había formas de alterar las ecuaciones para provocar una reducción en las fricciones, pero en todos los casos la reducción producida en cierto punto aumentaba la fricción en otro. Nunca había un descenso o un incremento global en la fricción producida dentro de un grupo cerrado..., es decir, un grupo hermético que conserva sus miembros e impide la llegada de otros. Lo que demostré con la ayuda de las ecuaciones acaóticas de Elar era que eso seguía siendo cierto a pesar de cualquier acción concebible que se pudiera emprender. Hari lo llama «la ley de la conservación de los problemas personales».

Así surgió la hipótesis de que la dinámica social posee leyes de conservación semejantes a las de la física y que, de hecho, esas leyes nos ofrecen las mejores herramientas posibles para enfrentarnos a los aspectos más problemáticos de la psicohistoria.

—Parece impresionante —dijo Dors—, pero ¿qué ocurrirá si al final descubres que no hay nada que hacer, que todo lo malo se conserva y que salvar al Imperio de la destrucción significa tan sólo propiciar otra clase de destrucción?

—Hay quien ha llegado a sugerir que así es, pero no lo creo.

—Muy bien, volvamos a la realidad. Esos problemas y fricciones dentro del proyecto... ¿Hay algo en ellos que pueda suponer una amenaza para Hari? Me refiero a la posibilidad de un daño físico...

—¿Un daño físico que amenace a Hari? Por supuesto que no. ¿Cómo puedes sugerir algo semejante?

—¿No podría haber alguien resentido con Hari por considerarle demasiado arrogante y poco considerado, alguien que creyera que sólo piensa en sí mismo y que está demasiado ansioso de atribuirse todo el mérito? O, aun prescindiendo de todo eso, ¿no puede haber alguien que esté resentido con él sencillamente porque lleva tanto tiempo dirigiendo el proyecto?

—Nunca he oído que nadie dijera algo semejante de Hari.

Dors no parecía totalmente satisfecha.

—Naturalmente, dudo mucho que alguien dijera ese tipo de cosas donde tú pudieras oírlas, Yugo; pero gracias por haber sido tan amable y permitir que te robara tanto tiempo.

Amaryl la siguió con la mirada hasta verla marchar. Se sentía vagamente inquieto, pero no tardó en volver a concentrarse en su trabajo y dejó de pensar en nada que no tuviera relación con él.

20

Una de las pocas formas de olvidar su trabajo durante un tiempo de las que disponía Hari Seldon, era visitar el apartamento de Raych, situado fuera del recinto universitario pero muy cerca de él. Hacerle una visita siempre daba como resultado invariable un inmenso sentimiento de amor hacia su hijo adoptivo. Había muchos motivos que lo justificaban. Raych había sido bueno, capaz y leal, y además tenía aquella extraña cualidad de inspirar confianza y afecto.

Hari se percató de ese don cuando Raych vivía en la calle y sólo tenía doce años. Raych se adueñó en seguida tanto de su corazón como del de Dors, y Seldon recordaba el efecto que su presencia había producido en Rashelle, la antigua alcaldesa de Wye. Hari recordaba que Joranum había confiado en Raych, lo cual le llevó a su destrucción. Raych incluso había conseguido conquistar el corazón de la hermosa Manella. No entendía del todo aquel don peculiar del que Raych estaba impregnado, pero cualquier tipo de contacto con su hijo adoptivo le resultaba muy agradable.

Entró en el apartamento anunciándose con su habitual «¿Va todo bien por aquí?»

Raych dejó a un lado el material holográfico con el que estaba trabajando y se puso en pie para saludarle.

—Todo va bien, papá.

—No oigo a Wanda.

—No me extraña, porque está fuera. Ha ido de compras con su madre.

Seldon tomó asiento y contempló con una expresión de optimismo el caótico montón de materiales de referencia.

—¿Qué tal va el libro?

—Estupendamente, pero yo no tanto. No sé si sobreviviré... —Raych suspiró—. Pero por fin creo que hemos conseguido acertar con Dahl. ¿Puedes creer que nadie ha escrito nunca un libro dedicado a ese sector?

Seldon siempre fue consciente de que el acento dahlita de Raych se acentuaba cada vez que hablaba del sector en el que había nacido.

—Bien, papá, ¿y tú qué tal estás? —preguntó Raych—. ¿Te alegras de que las celebraciones hayan terminado?

—Muchísimo. Odié cada minuto del tiempo que duraron.

—Pues nadie se dio cuenta.

—Mira, tenía que fingir un poco, ¿no? No quería aguar la fiesta a los demás.

—Supongo que cuando mamá te persiguió hasta el recinto imperial debiste de pasarlo bastante mal. Todas las personas a las que conozco han estado hablando de ello.

—Sí, no me gustó nada. Raych, tu madre es la persona más maravillosa del mundo, pero resulta muy difícil de manejar. Podría haber echado a perder mis planes.

—¿Y cuáles son esos planes, papá?

Seldon se reclinó en su asiento. Hablar con alguien en quien tenía absoluta confianza y que no sabía nada sobre la psicohistoria siempre era un gran placer. Había utilizado a Raych como oyente en más de una ocasión, y siempre había conseguido desarrollar y dar forma a sus ideas mucho más deprisa y con mejores resultados que si se hubiera limitado a reflexionar por su cuenta.

—¿Estamos protegidos contra posibles escuchas? —preguntó.

—Siempre lo estamos.

—Bien. Lo que hice fue conseguir que los pensamientos del general Tennar empezaran a seguir rumbos bastante peculiares.

—¿A qué rumbos te refieres?

—Bueno, le estuve hablando de los impuestos durante un buen rato y le hice ver que el esfuerzo de repartirlos equitativamente entre la población hacía que el sistema se fuera volviendo más complicado, costoso y difícil de manejar. La implicación obvia era que había que modificar el sistema impositivo.

—Eso parece tener bastante sentido.

—Hasta cierto punto sí, pero es posible que el resultado de nuestra pequeña charla haga que Tennar simplifique excesivamente las cosas. Verás, el sistema impositivo pierde efectividad en ambos extremos... Si lo complicas demasiado la gente no puede entenderlo y paga para tener una organización recaudadora demasiado grande y costosa. Por otro lado, si lo simplificas demasiado la gente considera que es injusto y se deja dominar por la amargura y el resentimiento. El impuesto más sencillo posible es aquel en el que cada individuo entrega la misma suma, pero la injusticia de tratar igual a los ricos y a los pobres resulta tan evidente que no se la puede pasar por alto.

—¿No se lo explicaste al general?

—No sé por qué, pero no llegué a tener la oportunidad de hacerlo.

—¿Crees que el general intentará aplicar ese tipo de impuesto?

—Sí, creo que empezará a hacer planes para establecerlo. Si lo hace la noticia se filtrará, lo cual bastará para provocar disturbios..., y es posible que eso ponga muy nervioso al gobierno.

—¿Lo hiciste a propósito, papá?

—Por supuesto.

Raych meneó la cabeza.

—No acabo de entenderte. En tu vida particular eres la persona más amable y bondadosa de todo el Imperio, pero eres capaz de crear deliberadamente una situación que acarreará disturbios, represión y muertes. Los daños materiales y humanos serán muy grandes, papá. ¿No has pensado en eso?

Seldon se reclinó en su asiento.

—No he pensado en otra cosa, Raych —dijo con voz entristecida—. Cuando empecé a trabajar en la psicohistoria me pareció que iba a ser una investigación de naturaleza puramente académica. Era algo que parecía tener todas las probabilidades de terminar en un callejón sin salida, y aunque no ocurriera así los resultados no tendrían ninguna aplicación práctica. Pero las décadas fueron transcurriendo y cada vez sabemos más, y así alcanzamos la necesidad de aplicar nuestros conocimientos a la realidad.

—¿Para que haya muertes?

—No..., para que mueran menos personas. Si nuestros análisis psicohistóricos actuales son correctos, la junta sólo sobrevivirá unos cuantos años más y el colapso puede producirse de varias formas. Todas ellas serán bastante horribles y sangrientas. Este método, en cambio... Bueno, el truco de los impuestos debería provocar la caída de la junta de forma mucho menos traumática que cualquier otra si, y lo repito, *si* nuestros análisis son correctos.

—Y si no lo son, ¿qué ocurrirá entonces?

—En ese caso no sabemos qué podría ocurrir. De cualquier forma, la psicohistoria tiene que llegar al punto en el que pueda ser utilizada, y llevamos años buscando algo cuyas consecuencias hayan sido investigadas lo suficiente para estar relativamente seguros de en qué consistirán y que puedan parecernos tolerables en comparación con las de las otras alternativas. En cierto modo, mi truco de los impuestos es el primer gran experimento psicohistórico.

—Debo admitir que tal y como lo explicas parece bastante sencillo.

—No lo es. No tienes idea de lo compleja que es la psicohistoria. Nada es sencillo. El impuesto fijo e igual para todos ha sido utilizado varias veces a lo largo de la historia. Nunca resulta popular, e invariablemente crea alguna clase de resistencia, pero casi nunca ha devenido en un cambio de gobierno por la fuerza. Después de todo, la capacidad de opresión gubernamental puede ser muy potente, y también es posible que la gente encuentre formas de expresar su oposición de manera pacífica y acabe consiguiendo que el gobierno se vuelva atrás. Si el resultado de poner en vigor ese tipo de impuesto fuera invariablemente fatal o, incluso, aunque sólo lo fuese algunas veces, ningún gobierno intentaría utilizarlo. Se ha intentado aplicarlo repetidamente sólo porque el resultado no es fatal, ¿comprendes? Pero la situación de Trantor se sale bastante de la normalidad. Existen ciertas inestabilidades que parecen bastante evidentes a través del análisis psicohistórico, e inducen a suponer que el resentimiento será particularmente intenso y la represión particularmente débil.

—Espero que todo salga bien, papá. —Raych no parecía muy convencido—. ¿Pero no crees que el general dirá que está siguiendo los consejos de la psicohistoria y te arrastrará en su caída?

—Supongo que ha grabado nuestra entrevista, pero si le da publicidad sólo podría de manifiesto mi inútil insistencia en que esperase a que yo hubiera analizado adecuadamente la situación y hubiese redactado un informe...

—¿Y qué piensa mamá de todo esto?

—No he hablado del asunto con ella —dijo Seldon—. Está muy ocupada con algo que no tiene nada que ver.

—¿De veras?

—Sí. Está intentando detectar una conspiración oculta en el proyecto..., ¡que pretende acabar conmigo! Supongo que cree que en el proyecto hay muchas personas a las que les gustaría librarse de mí. —Seldon suspiró—. Creo que yo soy una de ellas... Me encantaría dejar de ser director del proyecto y confiar las pesadas responsabilidades de la psicohistoria a otros.

—Lo que sigue preocupando a mamá es el sueño de Wanda —dijo Raych—. Ya sabes que mamá está obsesionada con protegerte. Apuesto a que incluso un sueño sobre tu muerte bastaría para hacerle creer que existe una conspiración para asesinarte.

—Bueno, confío en que no exista.

La idea bastó para que los dos hombres se echaran a reír.

21

El pequeño laboratorio de electroclarificación era mantenido a una temperatura levemente inferior a la normal, y Dors Venabili se preguntó distraídamente cuál podría ser la razón que lo hacía necesario. Dors estaba sentada esperando a que la única ocupante del laboratorio acabara de hacer lo que estaba haciendo.

Dors la observó con atención. Era delgada, y tenía los rasgos muy marcados. Sus labios delgados y su frente poco despejada hacían que no resultara muy atractiva, pero sus pupilas castaño oscuro estaban iluminadas por el brillo de la inteligencia. En la placa iluminada de su escritorio se leía CINDA MONAY.

La mujer acabó volviéndose hacia Dors.

—Le pido disculpas, doctora Venabili —dijo—, pero algunos experimentos no pueden ser interrumpidos ni siquiera cuando recibes la visita de la esposa del director del proyecto.

—Me habría desilusionado gravemente que descuidara su trabajo por mí. Me han hablado muy bien de usted.

—Siempre resulta agradable saberlo. ¿Quién me ha estado alabando?

—Bastantes personas —dijo Dors—. Tengo entendido que, dejando aparte a los matemáticos, usted es una de las colaboradoras más importantes del proyecto.

Monay torció el gesto.

—Existe cierta tendencia a dividir el mundo entre la aristocracia de las matemáticas y los demás. Siempre he creído que si soy importante, lo soy como colaboradora del proyecto. El hecho de que no sea matemática no supone ninguna diferencia.

—Sí, me parece que tiene toda la razón. ¿Cuánto tiempo lleva en el proyecto?

—Dos años y medio. Antes estudié la física de radiaciones en Streeling hasta que me gradué, y mientras estudiaba colaboré en el proyecto durante dos años en calidad de interina.

—Tengo entendido que ha hecho usted un buen trabajo dentro del proyecto.

—He sido ascendida dos veces, doctora Venabili.

—Doctora Monay, ¿ha tenido alguna clase de dificultades? Le aseguro que cuanto me diga será estrictamente confidencial.

—El trabajo resulta difícil, naturalmente, pero si me está preguntando por alguna dificultad de tipo social la respuesta es no..., por lo menos creo que no más de las previsibles en cualquier proyecto de naturaleza complicada con mucho personal.

—¿A qué se refiere...?

—Alguna que otra discusión. Todos somos humanos.

—¿Pero nada serio?

Monay meneó la cabeza.

—Nada serio.

—Doctora Monay —dijo Dors—, me han dicho que usted ha sido la responsable del desarrollo y la construcción de un aparato que juega un papel muy importante en la utilización del primer radiante. Creo que aumenta considerablemente la cantidad de información que se puede acumular dentro del primer radiante.

Una sonrisa iluminó el rostro de Monay.

—¿Está enterada de eso? Sí, el electroclarificador... Después de su desarrollo el profesor Seldon creó este pequeño laboratorio y me puso al frente de otras investigaciones que siguen la misma dirección.

—Me asombra que un avance tan importante no la impulsara hacia los niveles más altos de la jerarquía del proyecto.

—Oh, bueno... —dijo Monay, y pareció sentirse un poco incómoda—. No quiero atribuirme todo el mérito. La verdad es que mi trabajo se redujo a la faceta técnica. Me gusta pensar en que hice un trabajo técnico muy hábil y creativo, nada más.

–¿Y quién trabajó con usted?

–¿No lo sabe? Tamwile Elar. Concibió la teoría que hizo posible construir el aparato, y yo me encargué de su diseño y construcción.

–¿Quiere decir que él se atribuyó el mérito, doctora Monay?

–No, no, no debe pensar eso. El doctor Elar no es esa clase de hombre... Reconoció todo el mérito que me correspondía por parte del trabajo. De hecho, tuvo la idea de bautizar el aparato con nuestros nombres, pero no fue posible.

–¿Por qué no?

–Bueno... Es una regla impuesta por el profesor Seldon, ya sabe. Todos los aparatos y ecuaciones reciben nombres funcionales y no personales..., para evitar resentimientos, ¿comprende? El aparato es conocido como electroclarificador, pero cuando trabajamos juntos el doctor Elar se refiere a él con nuestros nombres y... En fin, doctora Venabili, puedo asegurarle que oírlos produce una sensación muy agradable. Puede que algún día todo el personal del proyecto los utilice. Espero que así sea.

–Yo también lo espero –dijo cortésmente Dors–. Oyéndola se diría que Elar es un hombre irreprochable.

–Lo es, lo es –se apresuró a decir Monay–. Colaborar con él es un auténtico placer. En estos momentos estoy trabajando en una nueva versión del aparato que tendrá más potencia y que, a decir verdad, no entiendo del todo... Bueno, no sé muy bien para qué lo van a utilizar, pero sigo atentamente sus instrucciones.

–¿Y está progresando?

–Desde luego. De hecho, ya he entregado un prototipo al doctor Elar, y piensa someterlo a varias pruebas muy pronto. Si el resultado es positivo podremos seguir adelante.

–Me alegro –dijo Dors–. ¿Qué cree que ocurriría si el profesor Seldon dimitiera como director del proyecto..., si se retirase?

Monay puso cara de sorpresa.

—¿Es que el profesor Seldon planea retirarse?

—No que yo sepa. Le estoy exponiendo un caso hipotético. Suponga que abandona el proyecto. ¿Quién cree que sería el sucesor más adecuado? Por lo que ha dicho hasta ahora me parece que votaría por el profesor Elar como nuevo director, ¿no?

—Sí, votaría por él —dijo Monay después de una vacilación casi imperceptible—. Es el más brillante, con diferencia, de todos los nuevos, y creo que, a pesar de su juventud, sería el mejor director del proyecto. Hay un número considerable de viejos fósiles..., bueno, ya sabe lo que quiero decir..., a los que les molestaría bastante ver a un joven recién llegado por encima de ellos.

—¿Está pensando en algún viejo fósil en particular? Recuerde que esta conversación es confidencial.

—Hay unos cuantos, pero pensaba especialmente en el doctor Amaryl. Parece que ha sido designado como heredero de Seldon, ¿no?

—Sí, comprendo lo que quiere decir. —Dors se puso en pie—. Bien, muchísimas gracias por su ayuda. Y ahora, dejaré que vuelva a su trabajo.

Salió del laboratorio pensando en el electroclarificador..., y en Amaryl.

22

—Vaya, Dors, otra vez aquí —dijo Yugo Amaryl.

—Lo siento, Yugo. Ya es la segunda vez que te molesto en lo que va de semana... No recibes muchas visitas, ¿verdad?

—No, procuro no animar demasiado a la gente a que me visite —dijo Amaryl—. Tienden a interrumpirme e interferir el curso de mis pensamientos..., tú no, Dors. Tú y Hari sois muy especiales. No pasa un día sin que recuerde lo que los dos habéis hecho por mí.

Dors movió una mano como dando a entender que no tenía importancia.

—Olvídalo, Yugo. Has ayudado muchísimo a Hari, y

cualquier pequeño favor que pudiéramos haberte hecho lo has devuelto con creces hace mucho tiempo. ¿Qué tal va el proyecto? Hari nunca habla de él..., al menos a mí.

El rostro de Amaryl se tensó y todo su cuerpo pareció recibir una inyección de vitalidad.

—Va muy, muy bien. Hablar de él sin recurrir a las matemáticas resulta bastante difícil, pero los avances que hemos hecho en los dos últimos años son realmente asombrosos..., hemos progresado más que en todo el tiempo anterior. Es como si después de haber golpeado una pared durante casi una eternidad empezáramos a ver cómo se desmorona.

—Me han dicho que las nuevas ecuaciones concebidas por el doctor Elar os han ayudado mucho.

—¿Las ecuaciones acaóticas? Sí, enormemente.

—Y el electroclarificador también os ha ayudado, ¿no? Hablé con la mujer que lo diseñó.

—¿Hablaste con Cinda Monay?

—Sí, hablé con ella.

—Es una mujer muy inteligente. Somos muy afortunados al tenerla con nosotros.

—Dime, Yugo... Tú te pasas prácticamente todo el tiempo trabajando con el primer radiante, ¿no?

—Sí, puede decirse que casi siempre lo estoy estudiando.

—Y lo estudias mediante el electroclarificador.

—Desde luego.

—Yugo, ¿nunca has pensado hacer vacaciones?

Amaryl la contempló con los ojos muy abiertos y parpadeó lentamente.

—¿Unas vacaciones?

—Sí. Supongo que habrás oído esa palabra antes, ¿no? ¿Sabes qué son unas vacaciones?

—¿Por qué iba a tomarme unas vacaciones?

—Porque cada vez que te veo me parece que estás terriblemente cansado.

—Bueno, de vez en cuando me siento cansado, sí... Pero no quiero abandonar el trabajo.

—¿Te sientes más cansado ahora de lo que solías sentirte en el pasado?

–Un poco. Me hago viejo, Dors.

–Sólo tienes cuarenta y nueve años.

–Aun así soy más viejo de lo que he sido en toda mi vida.

–Bueno, olvidémoslo. Dime, Yugo, sólo para cambiar de tema... ¿Qué tal le van las cosas a Hari? Llevas tanto tiempo colaborando con él que nadie puede conocerle mejor que tú..., ni siquiera yo, por lo menos en lo que concierne a su trabajo.

–Muy bien, Dors. No he percibido ningún cambio en él. Sigue teniendo el cerebro más brillante y rápido de todo el proyecto. La edad no está teniendo ningún efecto sobre él..., al menos por ahora.

–Me alegra oírlo. Me temo que su concepto de sí mismo no es tan bueno como el que tienes tú. No se está tomando demasiado bien el envejecer. Nos costó mucho convencerle de que celebrara su último cumpleaños... Por cierto, ¿asististe a la celebración? No te vi.

–Estuve allí durante un rato, pero... Ya sabes, esa clase de fiestas no son el tipo de situaciones en las que me sienta demasiado cómodo.

–¿Crees que Hari está perdiendo facultades? No me refiero a su brillantez mental, sino a sus capacidades físicas... En tu opinión, ¿está cansado..., quizá incluso demasiado cansado para soportar el peso de las responsabilidades?

Amaryl puso cara de perplejidad.

–Nunca se me había pasado por la cabeza. No puedo imaginarme a Hari cansado.

–Puede llegar a estarlo. Creo que de vez en cuando siente el impulso de abandonar su puesto y confiar el trabajo a un hombre más joven que él.

Amaryl se reclinó en su asiento y soltó el punzón gráfico con el que no había parado de juguetear desde que Dors entró en su despacho.

–¿Qué? ¡Eso es ridículo! ¡Es imposible!

–¿Estás seguro?

–Totalmente. Jamás consideraría la posibilidad de algo semejante sin comentarlo antes conmigo, y no lo ha hecho.

–Yugo, sé razonable... Hari está exhausto. Intenta evitar que se le note, pero lo está. ¿Qué ocurriría si decidiese retirarse? ¿Qué sería del proyecto? ¿Qué sería de la psicohistoria?

Amaryl entrecerró los ojos.

–Dors, ¿estás bromeando?

–No. Intento imaginar el futuro, nada más.

–Bueno, si Hari se retira yo ocuparé su puesto. Él y yo nos encargamos del proyecto durante años antes de que hubiera nadie más. Él y yo, nadie más... Nadie conoce el proyecto tan bien como nosotros. Dors, me asombra que no des por sentado que yo le sucederé.

–Ni yo ni nadie duda de que eres el sucesor lógico, pero ¿quieres serlo? –preguntó Dors–. Puede que lo sepas todo sobre la psicohistoria, pero... ¿Quieres verte involucrado en el aspecto político y en todas las complejidades cotidianas de un proyecto de tales dimensiones y abandonar gran parte de tu trabajo actual? De hecho, lo que está agotando a Hari es precisamente el intentar que todo siga funcionando como es debido, sin problemas. ¿Podrías enfrentarte a esa parte del trabajo?

–Sí, puedo hacerlo y no es algo que tenga intención de discutir. Dors... ¿Has venido aquí para darme la noticia de que Hari piensa echarme del proyecto?

–¡Desde luego que no! –exclamó Dors–. ¿Cómo puedes pensar eso de Hari? ¿Acaso le has visto alguna vez traicionar a un amigo?

–Bien, entonces... Olvidemos el tema. En serio, Dors, si no te importa hay muchas cosas de las que debo ocuparme.

Amaryl inclinó la cabeza y volvió a concentrarse en su trabajo.

–Por supuesto. Disculpa, no tenía intención de robarte tanto tiempo.

Dors salía del despacho con el ceño fruncido.

293

23

–Adelante, mamá –dijo Raych–. No hay peligro. Me las he arreglado para que Manella y Wanda salieran a dar un paseo.

Dors entró en el apartamento, miró a derecha e izquierda como solía hacer, y se instaló en el asiento más cercano.

–Gracias –dijo Dors.

Después permaneció inmóvil y en silencio durante unos momentos, y por su aspecto parecía soportar todo el peso del Imperio sobre sus hombros.

–Nunca he tenido ocasión de preguntarte qué ocurrió durante tu incursión en el recinto imperial –dijo Raych pasados unos instantes–. No todo el mundo tiene una madre capaz de hacer ese tipo de cosas...

–No vamos a hablar de eso, Raych.

–Bien, entonces... No eres la clase de persona cuya expresión revele lo que está pasando por su cabeza, pero pareces un poco abatida. ¿Por qué?

–Porque, como dices tú, me siento abatida. De hecho, estoy de mal humor porque tengo cosas terriblemente importantes en que pensar y hablar de ellas con tu padre no sirve de nada. Es el hombre más maravilloso del mundo, pero resulta muy difícil de manejar, ya lo sabes. No existe la más mínima posibilidad de que se interese por lo que se sale de lo corriente. Descarta todos mis temores por su vida calificándolos de irracionales..., y hace lo mismo con mis intentos subsiguientes de protegerle.

–Vamos, mamá, me parece que en lo que concierne a papá tus temores son realmente irracionales. Si hay algo terrible dando vueltas por tu cabeza probablemente no tiene ningún fundamento real.

–Muchas gracias. Hablas exactamente igual que él y oírte hace que me sienta totalmente frustrada.

–Bueno, entonces, desahógate, mamá. Cuéntame lo que merodea por tu cabeza..., desde el principio.

–Empieza con el sueño de Wanda.

–¡El sueño de Wanda! Mamá... Quizá sería mejor que lo dejaras estar. Sé que si empiezas así papá no querrá escuchar ni una palabra más. Quiero decir que... Oh, vamos. Una niña tiene un sueño y tú lo exageras desproporcionadamente. Es ridículo.

–No creo que fuese un sueño, Raych. Creo que lo que ella *pensó* que era un sueño fue una conversación entre dos personas de carne y hueso que hablaban de algo que ella relacionó con la muerte de su abuelo.

–Eso es una conjetura sin fundamento. ¿Qué posibilidades hay de que todo sea verdad?

–Supongamos que lo es. Las únicas palabras que se le quedaron grabadas en la memoria fueron «muerte» y «limonada». ¿Por qué iba a soñar algo así? Es mucho más probable que oyera algo y distorsionara las palabras que había oído, en cuyo caso... ¿Cuáles eran las palabras originales?

–No puedo responder a esa pregunta –dijo Raych, y su voz estaba impregnada de incredulidad.

Dors no la pasó por alto.

–Crees que todo esto son fantasías mías. Aun así, si por casualidad estoy en lo cierto puede que esté a punto de descubrir una conspiración contra Hari tramada en el mismísimo seno del proyecto.

–¿Hay conspiraciones en el proyecto? Eso me parece tan imposible como encontrar algo que tenga significado en un sueño.

–Todo proyecto de grandes dimensiones está lleno de iras, fricciones y envidias de todas clases.

–Claro, claro. Estamos hablando de palabras desagradables, muecas, risitas disimuladas y cotilleos; pero eso no tiene nada que ver con una conspiración..., y no tiene nada que ver con el hecho de que alguien quiera matar a papá.

–No es más que una diferencia de grado. Una diferencia pequeña..., quizá.

–Nunca conseguirás que papá lo crea y, si a eso vamos, nunca conseguirás que *yo* lo crea. –Raych cruzó la habitación caminando a toda prisa y volvió sobre sus pasos–. Así que has estado intentando descubrir lo que tú calificas de conspiración, ¿eh?

Dors asintió.

–Y has fracasado.

Dors asintió.

—Mamá, ¿no se te ha ocurrido pensar que quizá has fracasado porque no existe ninguna conspiración?

Dors meneó la cabeza.

—Hasta el momento no he conseguido nada, pero eso no afecta mi creencia de que existe una conspiración. Lo presiento.

Raych se rió.

—Mamá, todo eso parece muy corriente. Esperaba algo más de ti. Creía que iba a oír algo más impresionante que un «lo presiento».

—Hay una frase que podría ser distorsionada hasta convertirse en «limonada», y es «la ayuda de un profano»*.

—¿Ayuda de un profano? ¿Qué es eso?

—Los matemáticos del proyecto llaman así a los que no son matemáticos.

—¿Y bien?

—Supongamos que alguien habló de «muerte mediante la ayuda de un profano» —dijo Dors con voz firme y tranquila—, refiriéndose a una forma de matar a Hari en la que una o más personas no expertas en matemáticas jugarían un papel esencial. Para Wanda la frase «la ayuda de un profano» era tan nueva como para ti, y dado lo mucho que le gusta la limonada, la distorsión no resulta tan extraña.

—¿Estás sugiriendo que había gente en el despacho particular de papá, nada menos que en su despacho de entre todos los sitios posibles que...? Por cierto, ¿de cuántas personas se trataba?

—Al describir su sueño Wanda dice que dos. Tengo la impresión de que una de esas dos personas era el coronel Hender Linn, un miembro de la junta, al que le estarían mostrando el primer radiante. Debió de haber una conversación en la que se discutió la eliminación de Hari.

—Mamá, tus conjeturas se van haciendo más descabelladas a cada momento. ¿El coronel Linn y otro hombre

---

* «Layman-aided» (con la ayuda de un profano) y «lemonade» (limonada) suenan casi igual. (N. del T.)

estaban en el despacho de papá planeando un asesinato sin saber que había una niña escondida en un sillón que les estaba oyendo? ¿Es eso lo que quieres hacerme creer?

—Más o menos.

—En ese caso, y si se habla de la ayuda de alguien que no es matemático, una de esas dos personas, y es de suponer que no se trate de Linn, ha de ser experta en matemáticas.

—Sí, eso parece.

—Me parece totalmente imposible. Pero aunque fuese cierto, ¿de qué matemático crees que podría tratarse? En el proyecto hay unos cincuenta como mínimo.

—No los he interrogado a todos, tan sólo a unos cuantos y también a unos cuantos «profanos», si quieres saberlo, pero no he dado con ninguna pista. Naturalmente, no puedo hacerles preguntas demasiado directas.

—En resumen, que ninguna de las personas con las que has hablado te ha proporcionado ninguna pista de que exista una conspiración peligrosa.

—No.

—No me sorprende. No lo han hecho porque...

—Ya sé qué vas a decir después del «porque», Raych. ¿Acaso crees que hay muchas probabilidades de que alguien se derrumbe y revele una conspiración sólo porque se le han hecho unas cuantas preguntas? No puedo sacarles información con métodos más contundentes. ¿Puedes imaginarte lo que diría tu padre si pusiera nervioso a uno de sus valiosísimos matemáticos? Raych... —murmuró Dors, y su tono de voz había cambiado bruscamente—. ¿Has hablado con Yugo Amaryl últimamente?

—No, últimamente no. Ya sabes que no es un hombre demasiado sociable. Si le quitaras la psicohistoria se encogería hasta quedar convertido en un montoncito de piel seca.

La imagen usada por Raych hizo que Dors torciese el gesto.

—He hablado con él dos veces recientemente, y me pareció que estaba un poco distante. No me refiero tan sólo a que estuviese cansado..., era como si el mundo no existiera para él.

—Sí, muy típico de Yugo.

—¿Ha empeorado últimamente?

Raych lo pensó durante unos momentos antes de responder.

—Quizá. Ya sabes que está envejeciendo. Todos envejecemos..., excepto tú, mamá.

—Raych, ¿te atreverías a decir que Yugo ha cruzado alguna especie de límite mental y se ha vuelto un poco inestable?

—¿Quién, Yugo? No tiene nada ni a nadie que pueda provocarle esa inestabilidad de la que hablas. Deja que siga trabajando en su psicohistoria y pasará el resto de su vida hablando en susurros consigo mismo sin molestar a nadie.

—No lo creo. Hay algo que le interesa..., y mucho. Está enormemente interesado en la sucesión.

—¿Qué sucesión?

—Le dije que algún día tu padre quizá quiera retirarse y descubrí que Yugo está totalmente decidido a ser su sucesor.

—No me sorprende. Supongo que todo el mundo está de acuerdo en que Yugo es el sucesor natural. Estoy seguro de que papá también opina lo mismo.

—Pero su reacción no me pareció del todo normal. Pensó que venía a darle la noticia de que Hari se había decantado por otro sucesor y que había decidido prescindir de él. ¿Puedes imaginar a alguien pensando eso de Hari?

—Resulta sorprendente... —Raych se interrumpió y contempló a su madre en silencio durante unos momentos—. Mamá, ¿te estás preparando para decirme que Yugo es el centro de esa conspiración de la que hablas? ¿Vas a decirme que quiere librarse de papá y ponerse al frente del proyecto?

—¿Te parece totalmente imposible?

—Sí, mamá, es total y absolutamente imposible. Si Yugo tiene algún problema, es el exceso de trabajo y nada más. Contemplar todas esas ecuaciones o lo que sean durante todo el día y la mitad de la noche volvería loco a cualquiera.

Dors se puso en pie con un movimiento algo torpe.

—Tienes razón.

—¿Qué ocurre? —preguntó Raych observándola con expresión sorprendida.

—Lo que has dicho... Ha hecho que se me ocurriera una idea totalmente nueva, y creo que puede ser crucial.

Giró sobre sí misma sin decir ni una palabra más y se fue.

24

El rostro de Dors Venabili estaba fruncido en una mueca de desaprobación.

—Llevas cuatro días en la Biblioteca Galáctica —le dijo a Hari Seldon—. No hay forma de ponerse en contacto contigo, y te las has vuelto a arreglar para que no te acompañara.

Marido y mujer contemplaban la imagen de su respectivo cónyuge en sus holopantallas. Hari acababa de volver de un viaje de investigación a la Biblioteca Galáctica del sector imperial, y había llamado a Dors desde su despacho del proyecto para comunicarle que había regresado a Streeling. «Dors es hermosa incluso cuando está enfadada», pensó Hari, y deseó alargar una mano y acariciarle la mejilla.

—Dors —dijo intentando que su voz sonara lo más conciliadora posible—, no fui solo. Iba acompañado de bastantes personas y la Biblioteca Galáctica es el sitio más seguro para los estudiosos, incluso en estos tiempos turbulentos. Creo que tendré que visitarla con frecuencia en el futuro.

—¿Y piensas seguir haciéndolo sin decírmelo?

—Dors, no puedo vivir rigiéndome por tu obsesión con la muerte, y tampoco quiero que eches a correr detrás mío y asustes a los bibliotecarios. No son los militares de la junta, ¿entiendes? Les necesito, y no quiero que se enfaden. Pero creo que yo..., que deberíamos alquilar un apartamento cerca de la Biblioteca Galáctica.

Dors se puso muy seria, meneó la cabeza y cambió de tema.

–¿Sabes que he hablado en dos ocasiones con Yugo en los últimos días?

–Bien, me alegra que lo hicieras. Necesita algo de contacto con el mundo exterior.

–Sí, desde luego, porque está claro que tiene algún problema grave. No es el Yugo al que hemos conocido durante todos estos años. Se ha vuelto elusivo, distante y, por extraño que parezca, que yo sepa sólo hay una cosa que le interese hasta el punto de apasionarle..., su decisión de sucederte en cuanto te retires.

–Eso sería natural..., si me sobrevive.

–¿No esperas que te sobreviva?

–Bueno, tiene once años menos que yo pero nunca se sabe qué puede ocurrir y...

–Lo que realmente quieres decir es que te has dado cuenta de que Yugo no se encuentra demasiado bien. Parece más viejo que tú y actúa como si lo fuese a pesar de ser más joven, y eso a partir de un cambio relativamente reciente. ¿Está enfermo?

–¿Físicamente? No lo creo. Se somete a sus exámenes periódicos, pero admito que parece agotado. He intentado persuadirle de que se tomara unos cuantos meses de vacaciones..., incluso un año sabático si así lo desea. Le he sugerido que se marche de Trantor para que esté lo más lejos posible del proyecto por una temporada. Getorin es un mundo turístico muy agradable que no está a demasiados años luz de aquí, y no hay ninguna razón económica por la que no pueda disfrutar de una estancia allí, pero...

Dors meneó la cabeza con impaciencia.

–Naturalmente, rechazó tu oferta. Le sugerí que se tomara unas vacaciones y actuó como si ni siquiera supiera cuál es el *significado* de esa palabra. Se negó tajantemente.

–Bien, ¿qué podemos hacer? –preguntó Seldon.

–Podemos pensar un poco –dijo Dors–. Yugo ha trabajado durante un cuarto de siglo en el proyecto, y hasta el momento no parecía haberle creado ningún problema de cansancio o salud, pero ahora se ha debilitado de repente. No puede ser cosa de la edad porque aún no ha cumplido cincuenta años.

–¿Estás intentando sugerir algo?

—Sí. ¿Cuánto hace que tú y Yugo usáis el electroclarificador en vuestros primeros radiantes?

—Unos dos años..., puede que un poco más.

—Supongo que el electroclarificador es empleado por cualquier persona que desee utilizar el primer radiante.

—Así es.

—Lo que significa que Yugo y tú sois quienes más lo utilizan, ¿no?

—Sí.

—¿Y Yugo lo utiliza más que tú?

—Sí. Yugo se ha concentrado al máximo en el primer radiante y sus ecuaciones. Yo, por desgracia, me veo obligado a invertir gran parte de mi tiempo en las tareas administrativas.

—¿Y qué efecto tiene el electroclarificador sobre el cuerpo humano?

Seldon puso cara de sorpresa.

—Que yo sepa, ninguno que deba tenerse en cuenta.

—En tal caso, Hari, a ver si consigues darme una explicación a esto... El electroclarificador ha sido utilizado durante más de dos años y en ese tiempo tú has cambiado de forma bastante perceptible: te cansas con más facilidad, estás irritable y a veces parece como si tuvieras que esforzarte por no perder el contacto con lo que te rodea. ¿A qué se debe todo eso?

—A que me estoy haciendo viejo, Dors.

—Tonterías. ¿Quién te ha dicho que los sesenta años equivalen a la senilidad? Estás utilizando tu edad como muleta y defensa, y quiero que dejes de hacerlo. Yugo es más joven, pero ha estado bastante más expuesto al electroclarificador que tú, y como resultado está más cansado, más alterable, y ha perdido el contacto con el mundo en un grado mucho mayor que tú; tampoco hay que olvidar su intensa obsesión, casi infantil, por sucederte. ¿No ves nada significativo en todo eso?

—La edad y el exceso de trabajo. Eso es significativo, ¿no?

—No. Es el electroclarificador: está teniendo un efecto a largo plazo sobre vosotros dos.

Seldon guardó silencio durante unos momentos antes de responder.

–No puedo demostrar que eso no es cierto, Dors, pero no veo cómo puede ser posible. El electroclarificador es un aparato que produce un campo electrónico muy inusual, pero se trata de un tipo de energía al que los seres humanos están expuestos continuamente. No puede causar esa clase de daños tan poco usuales en los que estás pensando..., y en cualquier caso no podemos renunciar a utilizarlo. El proyecto no puede seguir avanzando sin él.

–Hari, he de pedirte una cosa y tienes que cooperar conmigo. No salgas del recinto del proyecto sin decírmelo ni hagas nada que se aparte de lo acostumbrado. ¿Lo has entendido?

–Dors, ¿cómo puedo acceder a esa petición? Estás intentando ponerme una camisa de fuerza.

–Sólo será durante un tiempo. Unos cuantos días, una semana...

–¿Qué va a ocurrir en unos cuantos días o en una semana?

–Confía en mí –dijo Dors–. Yo me encargaré de todo.

25

Hari Seldon llamó suavemente con los nudillos usando un código muy antiguo y Yugo Amaryl alzó la mirada hacia él.

–Hari, cómo me alegra que hayas venido a verme...

–Tendría que hacerlo más a menudo. En los viejos tiempos siempre estábamos juntos. Ahora hay cientos de personas de las que preocuparse. Están por todas partes, y se interponen entre nosotros. ¿Te has enterado de la gran noticia?

–¿Qué gran noticia?

–La junta va a poner en vigor un impuesto fijo e igual para todos los individuos..., y la cuantía va a ser bastante elevada. TrantorVisión lo anunciará mañana. De momento el impuesto quedará limitado a Trantor, y los mundos exteriores tendrán que esperar. Resulta un poco decepcionante, ¿no? Albergaba la esperanza de que se pondría en vigor en todo el Imperio, pero al parecer subestimé la cautela del general.

—Trantor será suficiente —dijo Amaryl—. Los mundos exteriores comprenderán que les tocará el turno dentro de poco tiempo.

—Tendremos que esperar y ver qué ocurre.

—Lo que ocurrirá es que oiremos los gritos en cuanto el anuncio se haga público, y que los disturbios empezarán incluso antes de que el nuevo impuesto haya entrado en vigor.

—¿Estás seguro?

Amaryl activó su primer radiante y expandió la sección correspondiente.

—Míralo tú mismo, Hari. No creo que sea posible malinterpretar los datos y ésa es la predicción bajo las circunstancias actuales. Si no se convierte en realidad, quiero decir que todo lo que hemos averiguado sobre la psicohistoria estaba equivocado, y me niego a aceptarlo.

—Intentaré armarme de valor —dijo Seldon, y sonrió—. ¿Qué tal te has encontrado últimamente, Yugo? —le preguntó unos momentos después.

—Bastante bien. Razonablemente bien... Y, por cierto, ¿cómo estás tú? He oído rumores de que estabas pensando en presentar tu dimisión. Incluso Dors dijo algo al respecto.

—No hagas ningún caso de Dors. Últimamente dice cosas muy extrañas... Se le ha metido en la cabeza que hay no sé qué peligro oculto en el proyecto.

—Es mejor no preguntárselo. Sufre uno de sus ataques de obsesión precautoria y, como siempre, hace que se vuelva insoportable e imprevisible.

—¿Te das cuenta de las ventajas de vivir solo? —dijo Amaryl—. Hari, si dimites... ¿Cuáles son tus planes para el futuro? —preguntó después bajando la voz.

—Tú te pondrás al frente del proyecto —dijo Seldon—. ¿Qué otros planes puedo tener?

Y Amaryl sonrió.

26

Tamwile Elar estaba escuchando a Dors Venabili. Se
encontraban en la pequeña sala de conferencias del edificio principal, y la confusión y la ira se iban adueñando del
rostro de Elar.

—¡Imposible! —estalló por fin, y se frotó el mentón—. No
pretendo ofenderla, doctora Venabili —dijo cautelosamente—, pero lo que sugiere es ridíc..., no puede ser verdad.
No puedo creer que ninguna de las personas que trabajan
en el proyecto psicohistoria albergue un resentimiento tan
terrible como para justificar sus sospechas. Si esa persona
existiera le aseguro que yo lo sabría, y le aseguro que no
existe. No, francamente no lo creo posible.

—Yo sí lo creo posible —dijo Dors tozudamente—, y
puedo encontrar pruebas en que apoyar mi creencia.

—No sé cómo decir esto sin ofenderla, doctora Venabili
—murmuró Elar—, pero si una persona es lo bastante ingeniosa y está lo bastante decidida a demostrar algo, puede
encontrar todas las pruebas que quiera..., o, por lo menos,
algo que crea es una prueba.

—¿Cree que sufro de paranoia?

—Creo que su preocupación por el maestro, que com-
parto plenamente, ha hecho que..., bueno, digamos que
está haciendo una montaña de un grano de arena.

Dors guardó silencio mientras consideraba lo que Elar
acababa de decir.

—Por lo menos tiene razón en una cosa —dijo por fin—.
Una persona lo suficientemente ingeniosa puede encontrar pruebas en cualquier sitio. Por ejemplo, yo puedo encontrar pruebas con las que apoyar una acusación contra
usted.

Elar abrió mucho los ojos y puso cara de total perplejidad.

—¿Contra mí? Me gustaría saber de qué puede acusarme.

—Muy bien, lo sabrá. La fiesta de cumpleaños fue idea
suya, ¿no?

—Sí, la idea fue mía pero estoy seguro de que otras personas también tuvieron la misma idea —dijo Elar—. El

maestro no paraba de quejarse de que se estaba haciendo viejo, y parecía la forma más lógica de animarle.

—Estoy segura de que otras personas pudieron tener esa misma idea, pero fue usted quien la defendió hasta conseguir que mi nuera se entusiasmara con ella y acabara asumiéndola como propia. Se ocupó de todos los detalles y usted la persuadió de que era posible organizar una celebración a una escala realmente grande. ¿No fue así?

—No sé si ejercí alguna influencia sobre ella, pero aun suponiendo que lo hiciera, ¿qué hay de malo en eso?

—En sí mismo nada, pero al organizar una celebración tan larga, a tan gran escala y de la que se hizo tanta publicidad, ¿no estábamos advirtiendo a los suspicaces y un tanto inestables miembros de la junta de que Hari era demasiado popular y de que podía convertirse en un peligro para ello?

—Nadie puede creer que ése fuera mi objetivo.

—Me estoy limitando a indicar una posibilidad —dijo Dors—. Cuando planeó la celebración insistió en que la zonade central del complejo debía ser evacuada...

—Temporalmente, y por razones obvias.

—... e insistió en que permaneciera desocupada por un tiempo. Durante ese tiempo nadie llevó a cabo ningún trabajo excepto Yugo Amaryl.

—Pensé que al maestro no le vendría mal disfrutar de unos días de reposo antes de la celebración. No encontrará nada reprochable en ello, ¿verdad?

—Pero eso significa que usted podía llevar a otras personas a cualquier despacho vacío y hablar con ellas en la más completa intimidad. Los despachos están protegidos contra toda clase de escuchas, naturalmente.

—Sí, hablé con bastante personas..., con su nuera y con los suministradores de las comidas y bebidas que se iban a consumir en la fiesta, entre otras. ¿No le parece que no había forma de evitarlo?

—¿Y si una de las personas con las que habló hubiera sido miembro de la junta?

Elar reaccionó como si Dors acabase de golpearle.

—Doctora Venabili, sus palabras me resultan muy dolorosas. ¿Por quién me ha tomado?

Dors no respondió directamente.

—Fue a hablar con el doctor Seldon sobre su inminente entrevista con el general e insistió de forma bastante apremiante en que le dejara ir en su lugar para enfrentarse a los riesgos que pudiera acarrear dicha entrevista —dijo—. El resultado, por supuesto, fue que el doctor Seldon insistió con vehemencia en ver personalmente al general, y se podría argumentar que eso era precisamente lo que usted pretendía.

Elar emitió una breve y nerviosa carcajada.

—Con el debido respeto, eso sí suena a delirio paranoico, doctora.

—Y después de la fiesta —siguió diciendo Dors—, ¿acaso no fue usted el primero en sugerir que un grupo de colaboradores del proyecto fuese al Hotel Límite de la Cúpula?

—Sí, y recuerdo que usted dijo que era una buena idea.

—¿No cree que esa sugerencia podía tener como objetivo poner nerviosa a la junta proporcionándole otro ejemplo de la popularidad de Hari? ¿Y no podría haber sido concebida para tentarme a entrar en el recinto imperial?

—¿Acaso podría haberla detenido? —replicó Elar, y la incredulidad fue sustituida por la ira—. Usted ya había tomado su propia decisión al respecto.

Dors no prestó ninguna atención a sus palabras.

—Y, naturalmente, tenía la esperanza de que al entrar en el recinto imperial causaría el alboroto suficiente para que la junta sintiera todavía más animadversión hacia Hari.

—Pero... ¿Por qué, doctora Venabili? ¿Por qué iba a hacer todo eso?

—Se podría responder que para librarse del doctor Seldon y sucederle como director del proyecto.

—¿Cómo puede pensar eso de mí? No puedo creer que esté hablando en serio. Está haciendo lo que dijo que haría al comienzo de la conversación, ¿no? Me está demostrando lo que puede hacerse cuando una mente ingeniosa está totalmente decidida a encontrar algo que pueda parecer una prueba...

—Pasemos a otro asunto. He dicho que usted podía utilizar los despachos vacíos para mantener conversaciones privadas y que podía haber estado allí con un miembro de la junta.

–Eso ni siquiera merece que lo niegue.

–Pero le oyeron. Una niña entró en el despacho, se encogió en un sillón donde no podía ser vista y oyó su conversación.

Elar frunció el ceño.

–¿Qué oyó?

–Dijo que había oído a dos hombres hablando de la muerte. No es más que una niña y no pudo repetir nada con detalle, pero hubo dos palabras que la impresionaron mucho y se le quedaron grabadas en la memoria: eran «muerte» y «limonada».

–Me parece que ahora está pasando de la fantasía a, si me disculpa, la locura. ¿Qué relación puede existir entre esas dos palabras, y qué tienen que ver conmigo?

–Al principio pensé en tomarlas de forma literal. La niña en cuestión adora la limonada y había mucha limonada en la fiesta, pero nadie la había envenenado.

–Bien, le agradezco que no lleve la locura demasiado lejos.

–Después comprendí que la niña había oído otra cosa, y que su imperfecto dominio del lenguaje y su afición a esa bebida la habían convertido en «limonada».

–¿Se ha inventado una distorsión? –resopló Elar.

–Por un tiempo pensé que en realidad lo que oyó quizá «la ayuda de un profano».

–¿Qué significa eso?

–Un asesinato llevado a cabo mediante profanos..., personas que no son expertas en matemáticas y...

Dors se interrumpió y frunció el ceño. Alzó una mano y se apretó el pecho.

–¿Le ocurre algo, doctora Venabili? –preguntó Elar con repentina preocupación.

–No –dijo Dors, y pareció recuperarse.

Durante unos momentos no dijo nada y Elar carraspeó.

–Doctora Venabili –dijo, y en su rostro ya no había señal alguna de que todo aquello le pareciera gracioso–, sus comentarios se están volviendo más ridículos a cada momento y..., en fin, no me importa que se ofenda, pero ya me he cansado de escucharlos. ¿No cree que deberíamos poner fin a esto?

—Ya casi hemos llegado al final, doctor Elar. Cierto, tal y como dice usted «la ayuda de un profano» es una frase que puede parecer bastante ridícula. Yo también había llegado a esa conclusión... Usted ha sido parcialmente responsable del desarrollo del electroclarificador, ¿verdad?

—Totalmente responsable —dijo Elar, y pareció erguirse orgullosamente.

—Oh, seguramente no del todo... Tengo entendido que fue diseñado por Cinda Monay.

—No es más que una diseñadora, y se limitó a seguir mis instrucciones.

—No es una experta, ¿eh? El electroclarificador fue construido con la ayuda de...

—Creo que no deseo volver a oír esa frase —dijo Elar en un tono de violencia reprimida con dificultad—. Se lo repito una vez más... ¿No cree que deberíamos poner fin a esto?

—Aunque ahora le niegue el mérito —siguió diciendo Dors como si no hubiera oído su petición—, cuando hablaba con ella se lo atribuía..., supongo que para asegurarse de que seguiría trabajando con el mismo entusiasmo que hasta entonces. Cinda Monay me dijo que le atribuyó el mérito y le estaba muy agradecida. Me dijo que incluso llegó a bautizar el aparato con su apellido y el de ella, aunque no es así como se le conoce oficialmente.

—Naturalmente que no. Se lo conoce como el electroclarificador.

—Y me contó que estaba trabajando en algunas mejoras para aumentar su potencia..., que usted disponía de un prototipo de la versión mejorada para poner a prueba.

—¿Qué tiene que ver todo esto con...?

—Desde que empezaron a utilizar el electroclarificador tanto el doctor Seldon como el doctor Amaryl han sufrido cierto deterioro físico y mental. Yugo, que lo utiliza con más frecuencia, también ha resultado más afectado.

–El electroclarificador no puede producir esa clase de daños.

Dors se llevó una mano a la frente y torció el gesto durante una fracción de segundo.

–Y ahora usted dispone de un electroclarificador más poderoso que podría ser más dañino y que sería capaz de matar deprisa en vez de lentamente.

–Eso es una estupidez.

–Pensemos en el nombre del aparato, un nombre que según la mujer que lo diseñó sólo es utilizado por usted. Supongo que lo llama Clarificador Elar-Monay, ¿no?

–No recuerdo haber utilizado nunca esas palabras –dijo Elar con voz temblorosa.

–Estoy segura de que las ha utilizado. Y el nuevo clarificador Elar-Monay de más potencia podría ser utilizado para matar sin que nadie fuese acusado de ello..., no sería más que un lamentable accidente provocado por un nuevo aparato que aún no habría terminado de pasar las pruebas necesarias. Sería la «muerte Elar-Monay», y una niña deformó esas palabras convirtiéndolas en «muerte» y «limonada»*.

La mano de Dors se tensó sobre su costado.

–No se encuentra bien, doctora Venabili –dijo Elar en voz baja y suave.

–Me encuentro perfectamente. ¿Estoy equivocada?

–Mire, puede escoger la palabra que le dé la gana y deformarla hasta que se convierta en «limonada». Eso no tiene la más mínima importancia, ¿entiende? ¿Quién puede saber lo que oyó esa niña? Todo se reduce a si el electroclarificador es peligroso no. Lléveme ante un tribunal o póngame delante de un comité de investigación compuesto por científicos, convoque a todos los expertos que le apetezca para que comprueben los efectos del electroclarificador incluso de la nueva versión, sobre los seres humanos. Descubrirán que no tiene ningún efecto mensurable.

–No lo creo –murmuró Venabili.

* «Elar-Monay» y «lemonade» (limonada) suenan casi igual (N. del T.)

Se había llevado las manos a la frente, había cerrado los ojos y se tambaleaba ligeramente de un lado a otro.

—Está claro que no se encuentra bien, doctora Venabili —dijo Elar—. Quizá signifique que me ha llegado el turno de hablar. ¿Puedo hacerlo?

Dors abrió los ojos, pero no dijo nada.

—Interpretaré su silencio como un asentimiento, doctora Venabili. ¿De qué me serviría librarme del doctor Seldon y el doctor Amaryl para convertirme en director del proyecto? Usted frustraría cualquier intento de asesinato que pudiera planearse, tal y como cree que está haciendo ahora. En la improbable eventualidad de que semejante proyecto pudiera verse coronado por el éxito y consiguiera librarme de esos dos grandes hombres, usted me haría pedazos después. Es una mujer muy poco corriente, doctora Venabili. Posee una fuerza y una rapidez de reflejos realmente increíbles, y mientras viva el maestro está a salvo.

—Sí —dijo Dors fulminándole con la mirada.

—Es justo lo que les dije a los miembros de la junta. ¿Por qué no van a consultar conmigo en todos los asuntos relacionados con el proyecto? Están muy interesados en la psicohistoria, y resulta lógico. Les costó mucho creer en lo que les conté sobre usted..., hasta que llevó a cabo su pequeña incursión en el recinto imperial. Puede estar segura de que eso les convenció, y aprobaron mi plan.

—Ah. Por fin hemos llegado a ese punto... —dijo Dors con un hilo de voz.

—Le he dicho que el electroclarificador no puede dañar a los seres humanos, y le repito que es así. Amaryl y su queridísimo Hari están *envejeciendo* a pesar de que usted se niegue a aceptarlo, nada más. ¿Y qué? Son total y absolutamente *humanos*. El campo electromagnético no tiene ningún efecto digno de mención sobre los materiales orgánicos. Naturalmente, puede producir efectos nocivos en una maquinaria electromagnética muy sensible, y si pudiéramos imaginar un ser humano compuesto de metal y sistemas electrónicos, podría producir un considerable efecto sobre él. Los habitantes de Micógeno han basado su religión sobre ellos y les llaman «robots». Si una de esas criaturas existiese, es de suponer que sería mucho más fuerte y rápida de reflejos que un ser humano corriente y que poseería propiedades que, de hecho, se parecerían mucho a las que usted posee, doctora Venabili. Y, desde luego, ese robot podría ser afectado, dañado e incluso destruido por un electroclarificador de gran potencia como el que tengo aquí y que ha estado funcionando a baja intensidad desde que empezó nuestra conversación. Ésa es la razón de que se encuentre mal, doctora Venabili..., estoy seguro de que por primera vez en toda su existencia.

Dors no dijo nada y se limitó a contemplarle en silencio. Después se fue dejando caer lentamente sobre una silla.

Elar sonrió.

—Naturalmente, una vez me haya librado de usted el obstáculo que representan el maestro y Amaryl será fácil de eliminar —siguió diciendo Elar—. De hecho, y en lo que respecta al maestro, es muy posible que sucumba al dolor de su pérdida y presente la dimisión; y en cuanto a Amaryl..., bueno, en el fondo es como un niño. Lo más probable es que no sea preciso matarles. Bien, doctora Venabili, ¿qué siente al ser desenmascarada después de tantos años? Debo admitir que ha sabido ocultar su verdadera naturaleza con suma habilidad. Resulta casi sorprendente que nadie haya descubierto la verdad hasta ahora pero, naturalmente, yo soy un matemático muy brillante..., soy un observador, un pensador, alguien acostumbrado a las deducciones. Ni siquiera yo habría dado con la verdad de no ser por su fanática devoción por el maestro y esas ocasionales exhibiciones de poderes sobrehumanos surgidas de la nada..., justo cuando el maestro estaba amenazado por algún peligro.

»Diga adiós, doctora Venabili. Ahora lo único que he de hacer es girar el dial hasta la posición de máxima potencia y usted será *historia*.

Dors pareció recuperarse un poco y se fue levantando lentamente.

—Puede que esté mejor protegida de lo que usted cree —murmuró.

Dejó escapar un gruñido y se lanzó sobre Elar.

Elar abrió mucho los ojos, chilló y retrocedió tambaleándose.

Y un instante después Dors estaba sobre él y su mano se movió a una velocidad increíble. El canto de la mano golpeó el cuello de Elar haciendo añicos las vértebras y destrozando la médula espinal. Cuando cayó al suelo, Elar estaba muerto.

Dors se irguió con un considerable esfuerzo y fue con paso vacilante hacia la puerta. Tenía que encontrar a Hari. Hari tenía que saber lo que había ocurrido.

27

Hari Seldon se levantó de su asiento con una expresión horrorizada en el rostro. Nunca había visto a Dors en aquel estado. Su rostro estaba agitado, su cuerpo se inclinaba hacia un lado y se tambaleaba como si estuviese borracha.

—¡Dors! ¿Qué ha ocurrido? ¿Qué pasa?

Corrió hacia ella y le rodeó la cintura con los brazos un instante antes de que su cuerpo se aflojara y se derrumbase sobre él. La levantó (pesaba más de lo que habría pesado una mujer corriente de su estatura, pero Seldon no se dio cuenta), y la depositó sobre el sofá.

—¿Qué ha ocurrido? —preguntó.

Dors se lo contó entre jadeos con voz quebradiza mientras Seldon le sostenía la cabeza e intentaba creer en lo que estaba pasando.

—Elar está muerto —dijo Dors—. Por fin he matado a un ser humano... Es la primera vez... Eso lo empeora todo.

—Dors, ¿has sufrido daños muy graves?

—Sí. Elar puso el aparato a la máxima potencia... cuando me lancé sobre él.

—Se te puede reparar.

—¿Cómo? En Trantor no hay... nadie que sepa... cómo hacerlo. Necesito a Daneel.

Daneel. Demerzel. Una parte muy profunda de Hari siempre lo había sabido. Su amigo —un robot—, le había proporcionado una protectora —otro robot—, para asegurarse de que la psicohistoria y las semillas de las fundaciones tendrían la posibilidad de seguir adelante. El único problema era que Hari se había enamorado de su protectora..., de un *robot*. Todo encajaba. Todas las dudas que le atormentaron se habían esfumado, y todas las preguntas habían sido respondidas..., y aunque no sabía por qué todo aquello había dejado de tener importancia. Lo único que le importaba era Dors.

—No podemos permitir que esto ocurra...

—Tiene que ocurrir. —Dors abrió los ojos y miró a Seldon—. Tiene que... Intenté salvarte, pero pasé por alto... un factor vital... ¿Quién te protegerá ahora?

Seldon no podía verla con claridad. Tenía algún problema en los ojos.

—No te preocupes por mí, Dors. Eres tú..., tú la que...

—No. Tú, Hari. Dile a Manella..., Manella... Dile que la perdono. Se portó mejor que yo. Explícaselo a Wanda. Tú y Raych... Cuidad el uno del otro.

—No, no, no —dijo Seldon meciéndose hacia atrás y hacia delante—. No puedes hacerlo... Aguanta, Dors. Resiste, por favor. Por favor, amor mío...

Dors movió débilmente la cabeza de un lado a otro y su sonrisa fue todavía más débil e imperceptible que el gesto.

—Adiós, Hari, amor mío. Recuerda siempre... todo lo que hiciste por mí.

—No hice nada por ti.

—Me amaste y tu amor me hizo... humana.

Sus ojos seguían abiertos, pero Dors había dejado de funcionar.

Yugo Amaryl entró corriendo en el despacho de Seldon.

—Hari, los disturbios han empezado más pronto de lo que esperábamos y son todavía más serios de...

Vio a Seldon y a Dors y se quedó inmóvil.

—¿Qué ha ocurrido? —murmuró.

Seldon alzó la mirada hacia él en una agonía de dolor.

—¡Disturbios! ¿Qué me importan ahora los disturbios? ¿Qué puede importarme *cualquier cosa* ahora?

Cuarta parte

WANDA SELDON

SELDON, WANDA. Durante los últimos años de su vida Hari Seldon mantuvo una relación muy estrecha (algunos afirman que llegó a depender totalmente de ella) con su nieta, Wanda. Wanda Seldon quedó huérfana durante su adolescencia y se consagró al proyecto psicohistoria de su abuelo, ocupando el puesto de Yugo Amaryl...

El contenido exacto del trabajo de Wanda Seldon sigue siendo en gran parte un misterio, pues fue llevado a cabo en un aislamiento prácticamente total. Los únicos individuos que tuvieron acceso a las investigaciones de Wanda Seldon fueron el mismo Hari Seldon y un joven llamado Stettin Palver (cuatrocientos años después Preem, un descendiente suyo, contribuiría al renacimiento de Trantor cuando el planeta emergió de las cenizas del Gran Saqueo [300 e.f.]...

Aunque la total contribución hecha por Wanda Seldon a la Fundación sigue siendo desconocida, no cabe duda de que fue de la mayor magnitud...

ENCICLOPEDIA GALÁCTICA

1

Hari Seldon entró en la Biblioteca Galáctica (cojeando un poco, cosa que le ocurría cada vez con más frecuencia) y se dirigió hacia las filas de pequeños vehículos que iban y venían por los interminables pasillos del complejo de edificios.

Se detuvo al ver a los tres hombre sentados en una de las estancias galactográficas. El galactógrafo mostraba una representación tridimensional de la galaxia y, naturalmente, de los mundos que orbitaban lentamente alrededor de un núcleo y de los que se movían en ángulo recto respecto a él.

Desde su posición, Seldon podía ver que la provincia de Anacreonte estaba indicada por una mancha roja. Anacreonte era una provincia fronteriza que se encontraba en el confín de la galaxia y abarcaba gran volumen de espacio, pero contenía muy pocas estrellas. Anacreonte no era notable ni por su riqueza ni por su cultura, pero sí por lo lejos que estaba de Trantor: había diez mil parsecs entre Trantor y Anacreonte.

Seldon se dejó llevar por un impulso repentino. Se instaló delante de una consola de ordenador cerca de los tres hombres y tecleó una búsqueda aleatoria que estaba seguro exigiría un período de tiempo bastante largo. El instinto le decía que un interés tan intenso en Anacreonte tenía que ser de naturaleza política, ya que su posición en la galaxia lo convertían en una de las posesiones más inesta-

317

bles del actual régimen imperial. Sus ojos permanecieron clavados en la pantalla, pero los oídos de Seldon estaban alerta para captar la conversación que se desarrollaba cerca de él. Oír discusiones políticas en la Biblioteca Galáctica no era nada corriente y, de hecho, se suponía que no debía haberlas.

Seldon no sabía nada de los tres hombres, lo cual no era demasiado sorprendente. La Biblioteca Galáctica tenía sus habituales, Seldon conocía de vista a la gran mayoría de ellos –e incluso había hablado con algunos–, pero estaba abierta a todos los ciudadanos. No se exigía ninguna cualificación especial: cualquier persona podía entrar y utilizar sus instalaciones. (Durante un período limitado de tiempo, naturalmente. Sólo unos cuantos privilegiados –como Seldon–, podían «instalarse» en la Biblioteca. Seldon tenía permiso para utilizar un despacho particular que podía cerrar con llave, y disponía de pleno acceso a los recursos de la Biblioteca.)

Uno de los hombres (Seldon había empezado a pensar en él como *Nariz Ganchuda*, por razones obvias) estaba hablando en voz baja pero apremiante.

–Dejemos que se pierda –estaba diciendo–. Olvidémoslo. Tratar de retenerlo nos está costando una fortuna, y aunque lo consigamos sólo lo retendremos mientras sigan allí. No pueden quedarse eternamente, y apenas se marchen la situación volverá a ser la de antes.

Seldon sabía de qué estaban hablando. Tres días antes, TrantorVisión había dado la noticia de que el gobierno imperial había decidido hacer una demostración de fuerza para doblegar al más rebelde gobernador de Anacreonte. El oportuno análisis psicohistórico de Seldon revelaba que la demostración de fuerza no serviría de nada, pero cuando el gobierno se ponía nervioso casi nunca atendía a razones. Los labios de Seldon se tensaron en una hosca sonrisa en cuanto oyó que *Nariz Ganchuda* decía lo mismo que había dicho él..., y el joven no contaba con la ventaja del conocimiento psicohistórico.

–Si nos olvidamos de Anacreonte, ¿qué perdemos? –siguió diciendo *Nariz Ganchuda*–. Seguirá estando donde ha estado siempre, en el mismísimo confín de la galaxia.

No puede hacer las maletas y largarse a Andrómeda, ¿verdad? Tendrá que seguir comerciando con nosotros y la vida continuará como siempre. ¿Qué importa que saluden al emperador o no? Nadie notará la diferencia.

—Pero todo esto no se produce en un vacío ideal —dijo el segundo hombre, al que Seldon había apodado *Calvo* por razones todavía más obvias—. Si perdemos Anacreonte también perderemos las otras provincias fronterizas. El Imperio se desintegrará.

—¿Y qué? —murmuró apasionadamente *Nariz Ganchuda*—. De todas formas el Imperio ya no puede funcionar de manera efectiva. Es demasiado grande. Que la frontera se largue y que cuide de sí misma..., si puede. Los mundos interiores estarán mucho mejor. La frontera no tiene por qué ser una propiedad política: económicamente hablando seguirá siendo nuestra.

—Ojalá tuvieras razón —dijo el tercer hombre (*Mejillas Rojas*)—, pero las cosas no ocurrirán así. Si las provincias fronterizas se independizan, lo primero que harán será tratar de incrementar su poder a expensas de sus vecinos. Habrá guerra y conflictos, y cada gobernador pensará que por fin ha llegado el momento de hacer realidad su sueño de ser emperador. Será como en los viejos tiempos anteriores al reino de Trantor..., una edad oscura que durará miles de años.

—Vamos, no creo que las cosas vayan a ir *tan* mal —dijo *Calvo*—. Puede que el Imperio se disgregue, pero recuperará la integridad perdida en cuanto la gente descubra que la disgregación sólo significa guerras y empobrecimiento general. Volverán la mirada hacia la época dorada del Imperio y todo irá bien. No somos bárbaros, ¿sabéis? Encontraremos una forma de salir adelante.

—Desde luego —dijo *Nariz Ganchuda*—. Tenemos que recordar que a lo largo de su historia el Imperio se ha enfrentado a una crisis detrás de otra y que siempre ha logrado superarlas.

Pero *Mejillas Rojas* meneó la cabeza.

—Esto es algo más que una crisis —dijo—, es mucho peor. El Imperio se ha estado deteriorando durante generaciones. Diez años de junta militar destrozaron la economía, y desde que se produjo su caída y la subida al trono del nuevo emperador, el Imperio se ha debilitado de tal forma que los gobernadores de la periferia no han tenido que fomentarlo. El Imperio se derrumbará sin necesidad de que muevan ni un dedo.

—Y la lealtad al emperador... —empezó a decir *Nariz Ganchuda*.

—¿Qué lealtad? —replicó *Mejillas Rojas*—. Cuando Cleón fue asesinado vivimos unos años sin tener emperador y a nadie pareció importarle, y este nuevo emperador no es más que una figura decorativa. No puede hacer nada, nadie puede hacer nada... Esto no es una crisis, esto es el *fin*.

Los otros dos miraron a *Mejillas Rojas* y fruncieron el ceño.

—¡Estás realmente convencido! —exclamó *Calvo*—. ¿Crees que el gobierno imperial se quedará cruzado de brazos sin hacer nada y dejará que ocurra?

—¡Sí! No creen que vaya a ocurrir, igual que vosotros. No harán nada hasta que sea demasiado tarde.

—¿Y qué se supone que deberían hacer si creyeran que esto es el fin? —preguntó *Calvo*.

Mejillas Rojas clavó la mirada en el galactógrafo como si pudiera encontrar una respuesta en la representación tridimensional que ofrecía.

—No lo sé. Mirad, cuando yo muera, la situación aún no será demasiado mala. Después irá empeorando, pero no pienso obsesionarme pensando en ello. Que se preocupen otros... Yo me habré ido, y los buenos tiempos también..., puede que para siempre. Por cierto, no soy el único que piensa así. ¿Habéis oído hablar de alguien llamado Hari Seldon?

—Claro —se apresuró a decir *Nariz Ganchuda*—. Fue primer ministro durante el reinado de Cleón, ¿no?

—Sí —dijo *Mejillas Rojas*—. Es científico, y hace meses asistí a una conferencia suya. Me alegró saber que no soy el *único* que cree que el Imperio se está desmoronando. Seldon dijo...

—¿Dijo que todo se está yendo al cuerno y que se aproxima una edad oscura que no tendrá fin? —le interrumpió *Calvo*.

—Bueno..., no —replicó *Mejillas Rojas*—. Es un tipo muy cauteloso, ¿sabéis? Dijo que *podría* ocurrir, pero se equivoca. *Ocurrirá.*

Seldon ya había oído bastante. Fue cojeando hacia la mesa que ocupaban los tres hombres y puso una mano sobre el hombro de *Mejillas Rojas.*

—Señor —dijo—, ¿puedo hablar un momento con usted? *Mejillas Rojas* dio un respingo y alzó la mirada.

—Eh, usted es el profesor Seldon, ¿no? —dijo.

—Siempre lo he sido —dijo Seldon, y le entregó una tarjeta de referencia con su fotografía—. Me gustaría que fuera a mi despacho de la biblioteca pasado mañana a las cuatro de la tarde. ¿Le será posible ir?

—Tengo que trabajar.

—Si no hay otra forma de arreglarlo diga que está enfermo. Es muy importante.

—Bueno, señor, no estoy seguro de si...

—Hágalo —dijo Seldon—. Si eso le crea alguna clase de problema yo me encargaré de resolverlo. Mientras tanto, caballeros, ¿les importa que estudie la simulación de la galaxia durante un momento? Hace mucho tiempo que no veo una.

Los tres asintieron en silencio, aparentemente muy impresionados ante la proximidad de alguien que había sido primer ministro. Los tres hombres fueron retrocediendo uno a uno para permitir que Seldon tuviera acceso a los controles del galactógrafo.

Seldon alargó un dedo hacia los controles y el color rojo que indicaba los contornos de la provincia de Anacreonte se esfumó. La galaxia recobró su apariencia original y volvió a convertirse en un torbellino de niebla cuya luminosidad aumentaba poco a poco hasta crear la esfera resplandeciente del centro, detrás del que se extendía el agujero negro de la galaxia.

Las estrellas no podían distinguirse a menos que se aumentara el tamaño de la simulación, pero en ese caso la pantalla sólo mostraría una parte de la galaxia y Seldon quería verla entera: quería echar un vistazo al Imperio que se estaba desvaneciendo.

Pulsó un botón y aparecieron una serie de puntos amarillos en la imagen galáctica. Los puntos amarillos representaban los veinticinco millones de planetas habitables. Podían distinguirse como puntos individuales perdidos entre la neblina que indicaba los confines de la galaxia, pero su número iba en aumento a medida que la mirada se dirigía hacia el centro. Alrededor del resplandor central había una franja ininterrumpida de color amarillo (que revelaría los puntitos de los que estaba compuesta si se ampliaba la imagen), pero el resplandor central seguía siendo blanco y estaba libre de puntos, naturalmente. Las turbulentas energías del núcleo no permitían la existencia de ningún planeta habitable.

A pesar de la gran densidad del color amarillo, Seldon sabía que ni una estrella de cada diez mil poseía un planeta habitable, y aquello seguía siendo un hecho innegable a pesar de las habilidades terraformadoras de remodelación planetaria adquiridas por la Humanidad. Por muchas remodelaciones que pudieran hacerse en la galaxia, la mayoría de los planetas jamás llegarían a ser transitables para un ser humano sin la protección de un traje espacial.

Seldon pulsó otro botón. Los puntos amarillos desaparecieron, pero una región diminuta se iluminó con un resplandor azul: Trantor y los mundos, que dependían directamente de él. Aquella región se encontraba lo más cerca posible del núcleo central sin entrar en contacto con sus energías letales, y era considerada como «el centro de la galaxia» a pesar de que en realidad no lo fuese. La imagen, como siempre, era impresionante, porque revelaba con toda claridad la pequeñez de Trantor, un lugar diminuto perdido en la colosal extensión de la galaxia y que, a pesar de ello, albergaba la mayor concentración de riqueza, cultura y autoridad gubernamental que la Humanidad había conocido en toda su historia.

Todo estaba condenado a la destrucción.

Fue como si los tres hombres pudieran leer su mente, o quizás interpretaron la expresión de su rostro.

—¿Es cierto que el Imperio será destruido? —preguntó *Calvo* en voz baja.

—Es posible —replicó Seldon en un tono de voz todavía más bajo—. Es posible... Todo es posible.

Seldon se puso en pie, les sonrió y se fue. Mientras lo hacía, su mente gritaba: «¡Ocurrirá! ¡Ocurrirá!»

2

Seldon se instaló en uno de los pequeños vehículos alineados junto a la estancia galactográfica y suspiró. Hubo un tiempo −tan sólo unos años atrás−, en el que disfrutaba caminando con paso seguro y rápido por los interminables pasillos de la biblioteca diciéndose que, a pesar de tener más de sesenta años, aún era capaz de hacerlo.

Pero ahora tenía setenta años y sus piernas se cansaban demasiado deprisa. No le quedaba más remedio que utilizar un vehículo. Hombres más jóvenes que él los utilizaban continuamente porque ahorraban tiempo y les evitaban tener que caminar, pero Seldon lo hacía porque no tenía más remedio, y ahí estaba la gran diferencia.

Tecleó el destino, pulsó un botón y el vehículo ascendió hasta quedar a unos cinco centímetros del suelo. Después empezó a avanzar sin ninguna clase de sacudidas y sin hacer ningún ruido, moviéndose un poco más deprisa que un ser humano que apretara el paso. Seldon se reclinó en el asiento y se dedicó a contemplar las paredes del pasillo, los otros vehículos y a la gente que iba a pie.

Se cruzó con unos cuantos bibliotecarios. Habían pasado muchos años, pero aún sonreía cada vez que veía a alguno. Eran el gremio más antiguo del Imperio y el que poseía las tradiciones más admiradas, se aferraban a costumbres que habían sido propias de siglos anteriores..., quizás incluso milenios.

Llevaban prendas blancas de una tela parecida a la seda, lo bastante holgadas para recordar una túnica con el cuello ceñido cuyos pliegues ondulantes caían hasta el suelo.

En lo referente a los hombres, Trantor, como todos los mundos, oscilaba entre el vello facial y el afeitado. Los habitantes de Trantor −o, por lo menos, los de la mayoría de sus sectores−, se afeitaban meticulosamente y hasta donde Seldon recordaba, siempre habían tenido ese aspecto, exceptuando anomalías como los bigotes de los dahlitas, exuberantes adornos faciales como el que lucía Raych, quien había nacido en Dahl.

Pero los bibliotecarios se aferraban a las *barbas* de un pasado muy lejano. Todos los bibliotecarios tenían una barba no muy larga y pulcramente recortada que iba de oreja a oreja pero dejaba desnudo el labio superior. Eso bastaba para identificarles y hacía que Seldon se sintiera un poco incómodo, era demasiado consciente de su ausencia de vello facial cuando estaba rodeado por un grupo de ellos.

En realidad, lo que más les identificaba era la gorra que llevaban. (Seldon pensaba que quizás incluso cuando dormían.) Era una gorra cuadrada compuesta de cuatro secciones unidas mediante un botón en la parte de arriba. La gama de colores era casi infinita, y al parecer cada color tenía su significado. Así, conociendo la historia y las tradiciones del gremio se podía averiguar el tiempo de servicio, los méritos y la especialidad de cada bibliotecario con sólo echar un vistazo a su gorra. Las gorras ayudaban a crear un orden jerárquico tan complejo y sutil como el de un gallinero. Un bibliotecario sólo tenía que fijarse en la gorra de otro para saber si debía mostrarse respetuoso (y hasta qué punto), o si podía tratarle de forma condescendiente (y hasta qué punto).

La Biblioteca Galáctica era el edificio más grande de Trantor y posiblemente de toda la galaxia —era incluso más grande que el Palacio Imperial—, y hubo un tiempo en el que brillaba y resplandecía como si alardeara de su tamaño y magnificencia; pero, al igual que el Imperio, su esplendor había ido palideciendo y marchitándose lentamente. Parecía una vieja solterona luciendo las joyas de su juventud sobre un cuerpo invadido por las arrugas y las manchas de la vejez.

El vehículo se detuvo delante del arco que daba acceso al despacho del jefe de bibliotecarios. Seldon bajó de él.

Las Zenow saludó a Seldon con una sonrisa.

—Bienvenido, amigo mío —dijo con su voz estridente de siempre.

Seldon había pensado en más de una ocasión que quizás hubiese sido tenor durante su juventud, pero nunca se había atrevido a preguntárselo. El jefe de bibliotecarios parecía encarnar el espíritu de la dignidad, y la pregunta quizás hubiese resultado ofensiva.

–Hola –dijo Seldon.

Zenow tenía una barba gris muy próxima a la blancura de las canas, y llevaba una gorra del blanco más impoluto imaginable. Seldon podía comprenderlo sin necesidad de ninguna explicación. Era un claro caso de ostentación a la inversa. La ausencia total de color representaba haber alcanzado la posición más alta concebible.

Zenow se frotó las manos en lo que parecía expresar una intensa alegría interior.

–Te he hecho venir porque tengo buenas noticias para ti, Hari. ¡Lo hemos encontrado!

–Supongo que te refieres a...

–A un mundo adecuado. Querías uno que estuviese muy lejos, y creo que hemos encontrado el mundo ideal. –Su sonrisa se hizo un poco más grande–. Ya sabes que puedes confiar en la biblioteca, Hari. Somos capaces de encontrar cualquier cosa...

–No lo dudaba, Las. Háblame de este mundo.

–Bueno, antes permite que te muestre su posición.

Una sección de pared se deslizó a un lado, la intensidad de las luces disminuyó y la galaxia apareció bajo la forma de una representación tridimensional que giraba lentamente. El rojo volvió a delinear la provincia de Anacreonte, de forma que Seldon casi habría podido jurar que el episodio con los tres hombres había sido un ensayo.

Un instante después vio aparecer un punto de un azul intenso en el extremo más alejado de la provincia.

–Ahí está –dijo Zenow–. Es un mundo ideal. Buen tamaño, abundancia de agua, excelente atmósfera con oxígeno y, naturalmente, vegetación. Ah, y grandes cantidades de vida marina... Está allí esperando a que llegue alguien. No hace falta llevar a cabo ninguna remodelación planetaria o terraformación..., o, por lo menos, ninguna que no pueda llevarse a cabo mientras está ocupado.

–¿Es un mundo por ocupar, Las? –preguntó Seldon.

–Totalmente. No hay nadie.

–Pero si es tan adecuado... ¿Por qué? Supongo que si dispones de todos los detalles sobre ese mundo es porque habrá sido explorado. ¿Por qué no fue colonizado?

–Fue explorado, pero sólo mediante sondas automatizadas. No hubo colonización..., presumiblemente porque está tan alejado. El planeta gira alrededor de una estrella que se encuentra más lejos del agujero negro central que de cualquier planeta habitado..., bastante más lejos. Supongo que queda demasiado lejos para cualquier aspirante a colonizador, pero no lo suficiente para ti. «Cuanto más alejado, mejor», dijiste.

–Sí –murmuró Seldon y asintió con la cabeza–, y sigo diciendo lo mismo. ¿Tiene nombre o sólo una combinación de letras y números?

–Lo creas o no tiene nombre. Los que enviaron las sondas lo llamaron Terminus, una palabra arcaica que significa «el final del trayecto»..., y eso es justamente lo que parece ser.

–¿Forma parte del territorio de la provincia de Anacreonte? –preguntó Seldon.

–En realidad no –dijo Zenow–. Si examinas con atención la línea y el sombreado rojo verás que el punto azul que representa a Terminus se encuentra fuera de esa zona..., unos cincuenta años luz fuera, para ser exactos. Terminus no pertenece a nadie y, de hecho, ni siquiera forma parte del Imperio.

–Entonces tienes razón, Las. La verdad es que parece el mundo ideal que he estado buscando.

–Por supuesto –dijo Zenow con expresión pensativa–, en cuanto ocupes Terminus supongo que el gobernador de Anacreonte afirmará que el planeta está bajo su jurisdicción.

–Es posible –dijo Seldon–, pero tendremos que enfrentarnos a ese problema cuando surja.

Zenow volvió a frotarse las manos.

–Qué idea tan gloriosa... Crear un proyecto de grandes dimensiones en un mundo absolutamente nuevo, lejano y totalmente aislado de tal manera que se pueda acumular una inmensa enciclopedia de todo el conocimiento humano que vaya aumentando año tras año y década tras década..., un compendio de todo lo que hay en la biblioteca. Si fuese un poco más joven me encantaría unirme a la expedición.

—Tienes casi veinte años menos que yo —dijo Seldon con tristeza.

«Casi todo el mundo es más joven que yo», pensó con una tristeza aún mayor de la que había en su voz.

—Ah, sí, me enteré de que acabas de cumplir setenta años —dijo Zenow—. Espero que hayas disfrutado de tu cumpleaños y que lo celebrarás como es debido.

Seldon se removió en su asiento.

—No celebro mis cumpleaños.

—Oh, pero antes lo hacías... Recuerdo que la celebración de tu sesenta aniversario fue muy espectacular.

Seldon sintió la punzada de dolor tan profundamente como si la pérdida del ser que más había querido en el mundo hubiera ocurrido el día anterior.

—Por favor, no hablemos de ello —dijo.

—Lo lamento —dijo Zenow con expresión compungida—. Hablemos de otra cosa... Bien, si Terminus es el mundo que andas buscando supongo que trabajarás todavía con más ahínco en los preparativos preliminares del Proyecto Enciclopedia. Como ya sabes, para la biblioteca será un placer ayudarte en todos los aspectos.

—Contaba con ello, Las, y nunca podré agradecéroslo lo suficiente. Sí, seguiremos trabajando...

Seldon se puso en pie. El dolor provocado por la referencia a la celebración de su sesenta aniversario había sido tan intenso que aún no era capaz de sonreír.

—Bien, tengo que volver a mi trabajo —dijo.

Y al marcharse, como le ocurría siempre, el engaño en el que se había embarcado hizo que sintiera un leve remordimiento de conciencia. Las Zenow no tenía la más mínima idea de cuáles eran las auténticas intenciones de Seldon.

3

Hari Seldon contempló la cómoda *suite* de la Biblioteca Galáctica que le había servido como despacho personal durante los últimos años. Al igual que el resto de la biblioteca, estaba impregnada por la indefinible atmósfera de cansancio y decadencia típica de algo que ha permanecido demasiado tiempo en el mismo sitio y, sin embargo, Seldon sabía que quizá siguiera en el mismo sitio durante siglos, y que prudentes trabajos de reconstrucción podían permitir que perdurase durante milenios.

¿Cómo había llegado allí?

Sintió la presencia del pasado en su mente y deslizó sus pensamientos a lo largo de la línea de su desarrollo vital. Estaba seguro de que todo aquello formaba parte de la vejez. El pasado estaba tan repleto y el futuro le reservaba tan pocas cosas que su mente prefería absorberse en la mucho menos arriesgada contemplación de lo que había ocurrido antes.

Pero no se podía obviar aquel cambio. La psicohistoria se había desarrollado durante más de treinta años en lo que podía considerarse una línea recta, un progreso terriblemente lento que avanzaba en la misma dirección..., pero de pronto, seis años atrás, la línea se había desviado en ángulo recto de forma totalmente inesperada.

Seldon sabía con toda exactitud cómo había ocurrido, cómo se produjo la concatenación de acontecimientos que lo había provocado.

Wanda tenía doce años y se sentía sola. Manella, su madre, había tenido otro bebé, una niñita llamada Bellis, y durante un tiempo sólo pensó en la recién llegada.

Raych, su padre, había terminado su libro sobre Dahl, el sector en el que había nacido. El libro tuvo cierto éxito, y Raych se convirtió en una celebridad menor. Se le invitó a dar conferencias sobre el tema, y Raych aceptó la oferta inmediatamente pues le apasionaba y, como le dijo a Seldon sonriendo: «Cuando hablo de Dahl no tengo que disimular mi acento dahlita. De hecho, el público espera oírlo.»

Como resultado de todo aquello Raych estuvo lejos durante un período de tiempo bastante largo, y cuando volvía a casa sólo quería ver al bebé.

En cuanto a Dors... Dors ya no estaba, y para Hari Seldon la herida nunca se cerraría y jamás dejaría de doler; había reaccionado de forma muy poco afortunada. El sueño de Wanda había puesto en marcha la sucesión de acontecimientos que terminaron con la pérdida de Dors.

Wanda no había tenido nada que ver con lo ocurrido, y Seldon lo sabía muy bien; pero a pesar de ello descubrió que la estaba rehuyendo, y tampoco supo ayudarla cuando se produjo la crisis desencadenada por el nacimiento del bebé.

Wanda, desconsolada, acudió a la única persona que siempre había parecido alegrarse de verla, la única persona con la que siempre había podido contar. Esa persona era Yugo Amaryl, cuyo papel en el desarrollo de la psicohistoria sólo era superado por el de Hari Seldon, y cuya devoción a esa ciencia era todavía más intensa y apasionada que la del mismísimo Seldon. Hari había tenido a Dors y Raych, pero la psicohistoria era toda la existencia de Yugo, quien no tenía esposa ni hijos. Cada vez que Wanda le visitaba algo se agitaba en el interior de Yugo. La reconocía como lo que era, una niña, y aunque sólo fuese por unos momentos, Yugo experimentaba una vaga sensación de pérdida que parecía aliviarse si demostraba afecto a la niña. Naturalmente, tendía a tratarla como si fuese un adulto en miniatura, pero a Wanda eso parecía gustarle.

Seis años atrás Wanda había entrado en el despacho de Yugo. Yugo alzó la cabeza y la contempló con sus ojos reconstruidos que le hacían parecer un búho y, como de costumbre, necesitó unos momentos para reconocerla.

—Vaya, pero si es mi querida amiga Wanda —dijo por fin—. Pero, ¿por qué estás tan triste? Una joven tan atractiva como tú nunca tendría que sentirse triste.

—Nadie me quiere —dijo Wanda sin controlar el temblor de su labio inferior.

—Oh, vamos, eso no es cierto.

—Sólo quieren al nuevo bebé. Ya no les importo.

—Yo te quiero, Wanda.

—Bueno, tío Yugo, pues entonces eres el único.

Wanda ya no podía instalarse en su regazo tal y como hacía cuando era más pequeña, pero apoyó la cabeza en su hombro y lloró.

Amaryl no tenía idea de qué podía hacer y sólo se le ocurrió abrazarla.

—No llores —dijo—. No llores.

Por pura simpatía y porque en su vida había tan pocas cosas que merecieran el llanto, descubrió que las lágrimas también se deslizaban por sus mejillas.

—Wanda —dijo con repentina energía—, ¿te gustaría ver algo bonito?

—¿El qué? —sollozó Wanda.

Para Amaryl, en la vida y el universo sólo había una cosa bonita.

—¿Has visto alguna vez el primer radiante? —preguntó.

—No. ¿Qué es?

—Es lo que tu abuelo y yo utilizamos para hacer nuestro trabajo. ¿Ves? Está aquí mismo.

Señaló el cubo negro que tenía encima del escritorio y Wanda lo contempló sin mucho entusiasmo.

—Eso no es bonito —dijo.

—Aún no —dijo Amaryl—, pero mira lo que ocurre cuando lo activo.

Activó el aparato. La habitación se oscureció y quedó repleta de puntos luminosos y destellos de colores distintos.

—¿Ves? Ahora podemos aumentarlo todo de forma que los puntos se convierten en símbolos matemáticos.

Y eso hicieron. Los datos parecieron salir disparados hacia ellos y el aire se llenó de símbolos de todas clases, letras, números, flechas y formas que Wanda jamás había visto antes.

—¿Verdad que es bonito? —preguntó Amaryl.

—Sí, lo es —dijo Wanda contemplando con mucha atención las ecuaciones que (ella no lo sabía) representaban posibles futuros—. Pero esa parte no me gusta. Creo que no queda bien.

Wanda señaló una ecuación multicolor que flotaba a su izquierda.

–¿No te gusta? ¿Por qué dices que no queda bien? –preguntó Amaryl frunciendo el ceño.

–Porque no es... bonita. Yo no la habría hecho así.

Amaryl carraspeó.

–Bueno, intentaré arreglarlo.

Se acercó un poco más a la ecuación y clavó su mirada de búho en ella.

–Tío Yugo, te agradezco mucho que me hayas enseñado esas luces tan bonitas –dijo Wanda–. Puede que algún día entienda lo que significan.

–No ha sido muy difícil –dijo Amaryl–. Espero que te sientas mejor.

–Un poco. Gracias.

Wanda salió del despacho después de dedicarle la más breve de las sonrisas.

Amaryl se quedó inmóvil sintiéndose un poco herido. No le gustaba oír ninguna clase de críticas a la representación producida por el primer radiante..., aunque provinieran de una niña de doce años que no sabía qué era ni para qué servía.

Y mientras contemplaba los símbolos no tenía la más mínima idea de que la revolución psicohistórica acababa de empezar.

4

Por la tarde Amaryl fue a la Universidad de Streeling y entró en el despacho de Hari Seldon. Era un hecho bastante inusual: se podía decir que Amaryl no salía de su despacho ni para charlar con un colega en el pasillo.

–Hari –dijo Amaryl frunciendo el ceño con cara de perplejidad–, ha ocurrido algo muy raro..., algo realmente peculiar.

Seldon contempló a Amaryl y sintió una pena terrible. Amaryl sólo tenía cincuenta y tres años, pero parecía mucho más anciano. Estaba inclinado, y tan delgado y consumido que casi daba la impresión de ser transparente. Se le obligó a someterse a varios exámenes médicos, y todos los doctores recomendaron que abandonara su trabajo durante un largo período de tiempo (algunos sugirieron que de forma permanente) y que *descansara*. Todos estaban de acuerdo en que sólo eso mejoraría su salud. De lo contrario... Seldon había meneado la cabeza. «Apártenle de su trabajo y morirá más pronto..., se sentirá mucho más desgraciado —había dicho—. No podemos hacer nada.»

Un instante después Seldon se dio cuenta de que estaba tan absorto en aquellos deprimentes pensamientos que no había oído lo que acababa de decir Yugo.

—Lo siento, Yugo —dijo—. Estoy un poco distraído. Vuelve a empezar, ¿quieres?

—Te estoy diciendo que ha ocurrido algo muy raro, algo realmente peculiar —repitió Yugo.

—¿De qué se trata, Yugo?

—Wanda vino a verme..., estaba muy triste y preocupada.

—¿Por qué?

—Parece que por el nuevo bebé.

—Oh, sí —dijo Hari, y en su voz había algo más que una huella de culpabilidad.

—Es lo que me dijo. Apoyó la cabeza en mi hombro y lloró..., la verdad es que yo también derramé unas cuantas lágrimas, Hari, y luego se me ocurrió que quizá podría animarla enseñándole el primer radiante y...

Amaryl vaciló como si quisiera escoger muy cuidadosamente sus próximas palabras.

—Sigue, Yugo. ¿Qué ocurrió?

—Bueno, estuvo contemplando las luces y los colores y yo amplié una parte..., la sección 42R54 para ser exactos. ¿Estás familiarizado con ella?

Seldon sonrió.

—No, Yugo, nunca he conseguido aprender las ecuaciones de memoria como tú.

—Bueno, pues deberías intentarlo —dijo Amaryl con severidad—. ¿Cómo puedes aspirar a hacer un buen trabajo si...? Da igual, olvídalo... Lo que estoy diciendo es que Wanda señaló una parte de la ecuación y dijo que no estaba bien. Dijo que no era *bonita*.

—¿Eso te parece raro? Todos tenemos nuestras pequeñas manías personales en cuanto a nuestras preferencias.

–Sí, por supuesto, pero luego pensé en lo que había dicho, le dediqué algún tiempo a esa ecuación, ¿sabes? y... Hari, *había* algo equivocado en ella. La programación era inexacta y esa parte, justo la que Wanda señaló, no era correcta..., y, realmente, no era bonita.

Seldon se irguió en su asiento y frunció el ceño.

–Yugo, vamos a ver si lo he entendido bien. Wanda señaló una ecuación aparentemente al azar, dijo que no estaba bien... ¿Y acertó?

–Sí. Señaló una ecuación, pero no al azar: no vaciló ni un instante.

–Pero eso es imposible.

–Pero ocurrió. Yo estaba allí.

–No estoy diciendo que no ocurriese. Me he limitado a decir que fue una increíble coincidencia.

–¿Lo fue? Con todos los conocimientos de psicohistoria que posees, ¿crees que serías capaz de echar un vistazo a un nuevo conjunto de ecuaciones y decirme que una parte está equivocada?

–Bueno, Yugo, entonces... ¿Cómo se te ocurrió ampliar esa parte de la ecuación? –preguntó Seldon–. ¿Qué te hizo escoger *esa* parte en concreto para aumentarla de tamaño?

Amaryl se encogió de hombros.

–*Eso* sí fue una coincidencia..., si prefieres utilizar esa palabra. Me limité a juguetear con los controles.

–No pudo ser una coincidencia –murmuró Seldon.

Permaneció absorto en sus pensamientos durante unos momentos, y después formuló la pregunta que hizo avanzar la revolución psicohistórica iniciada por Wanda.

–Yugo, ¿sospechabas que esa ecuación pudiera estar equivocada? –le preguntó–. ¿Tenías alguna razón para creer que había algo erróneo en ella?

Amaryl jugueteó con el fajín de su unitraje y pareció sentirse un poco incómodo.

–Sí, creo que sí. Verás, yo...

–¿*Crees* que sí?

–Estoy seguro de que sí. Es una sección nueva, ¿sabes? Me pareció recordar que cuando la estaba incorporando al primer radiante mis dedos..., bueno, es posible que introdujese algún error en el programador. En aquel momento me pareció que la ecuación era correcta, pero supongo que mi subconsciente siguió dándole vueltas. Recuerdo haber pensado que no quedaba bien, pero tenía otras cosas que hacer y acabé por dejarlo estar. Pero cuando Wanda señaló precisamente la parte de la ecuación que me había estado preocupando decidí comprobarla, y de no haber sido por todo lo que acabo de explicar no le habría dado ninguna importancia a lo que dijo.

—Y ampliaste ese mismo fragmento de las ecuaciones para enseñárselo a Wanda. Como si tu subconsciente estuviera obsesionado por él...

Amaryl se encogió de hombros.

—¿Quién sabe?

—Y justo antes los dos estabais muy cerca. Os habíais abrazado y estabais llorando.

Amarylis volvió a encogerse de hombros, y pareció sentirse todavía más incómodo que hacía unos momentos.

—Creo que sé lo que ocurrió, Yugo —dijo Seldon—. Wanda te leyó la mente.

Amaryl se sobresaltó de forma tan visible como si acabaran de morderle.

—¡Eso es imposible!

—En una ocasión conocí a alguien que poseía unos poderes mentales muy extraños —dijo Seldon hablando muy despacio y con voz entristecida, y pensó en Eto Demerzel o Daneel, su nombre secreto—, sólo que él era *más* que humano. Pero su capacidad para leer las mentes, captar los pensamientos de los demás y persuadirles para que actuaran de una forma determinada..., no cabe duda de que era un don *mental*. Creo que Wanda quizá también posea ese don.

—No puedo creerlo —insistió Amaryl.

—Yo sí —dijo Seldon—, pero no sé qué hacer al respecto.

Empezaba a ser vagamente consciente del estallido lejano de una revolución en las investigaciones psicohistóricas, pero aún no podía oírlo con claridad.

5

–Papá, pareces cansado –dijo Raych con voz un poco preocupada.

–Sí, la verdad es que creo que lo estoy –dijo Seldon–. ¿Pero y tú? ¿Qué tal estás?

Raych tenía cuarenta y cuatro años y en su cabellera empezaban a verse unas cuantas canas, pero su bigote seguía siendo frondoso, oscuro y totalmente dahlita. Seldon se preguntó si se lo teñía, pero sabía que no era un tema sobre el que se pudiera hablar.

–¿Has acabado de dar conferencias por una temporada? –preguntó.

–Sí, aunque no por mucho tiempo. Me alegra estar en casa y ver al bebé, a Manella y a Wanda..., y a ti, papá.

–Gracias, pero tengo una noticia para ti, Raych. Se acabaron las conferencias. Voy a necesitarte aquí.

Raych frunció el ceño.

–¿Para qué?

Raych había sido enviado a dos misiones muy delicadas, pero aquello ocurrió durante los días de la amenaza joranumita y, por las últimas noticias, todo parecía estar en calma, especialmente después de la caída de la junta y la subida al trono de un emperador al que apenas se veía.

–Es por algo relacionado con Wanda –dijo Seldon.

–¿Wanda? ¿Qué le pasa a Wanda?

–No le pasa nada, pero tendremos que hacer un mapa completo de su genoma, así como del tuyo y el de Manella..., y dentro de algún tiempo también tendremos que hacer lo mismo con el bebé.

–¿Con Bellis? ¿Qué está ocurriendo?

Seldon vaciló.

–Raych, ya sabes que tu madre y yo siempre pensamos que había en ti algo que inspiraba afecto y confianza, algo que hacía que resultara muy fácil quererte...

–Sí, ya lo sé. Lo decías con bastante frecuencia siempre que intentabas conseguir que hiciera algo difícil, pero si he de serte sincero yo nunca lo he notado.

–No, pero yo y..., y Dors te quisimos nada más conocerte. –(Ya habían pasado cuatro años desde la destrucción de Dors, pero aún le costaba pronunciar su nombre)–. Rashelle de Wye, Jo-Jo Joranum, Manella... Les conquistaste a todos apenas te conocieron. ¿Cómo lo explicas?

–Yo diría que es una coincidencia o que sólo son imaginaciones tuyas.

–Raych, hace mucho tiempo conocí a alguien para quien manipular las mentes humanas era tan sencillo como hablar nos resulta a ti o a mí.

–¿Quién era?

–No puedo hablar de él, pero acepta mi palabra.

–Bueno... –dijo Raych con voz dubitativa.

–He estado en la Biblioteca Galáctica haciendo algunas investigaciones sobre esos temas. Existe una peculiar historia que tiene veinte mil años de antigüedad y, por tanto, se remonta a los nebulosos orígenes del viaje hiperespacial. La protagonista de esa historia era una joven no mucho mayor que Wanda capaz de comunicarse con todo un planeta que orbitaba un sol llamado Némesis.

–Debe ser un cuento de hadas, ¿no?

–Seguramente, y sólo se ha conservado una parte de la historia. Pero la similitud con Wanda es asombrosa.

–Papá, ¿qué estás planeando? –preguntó Raych.

–No estoy seguro, Raych. Necesito conocer el genoma de la niña y he de encontrar a más personas que sean como Wanda. Creo que no es frecuente, pero que de vez en cuando nacen bebés con ese tipo de habilidades mentales y que, por lo general, sólo sirven para crearles problemas aunque aprendan a ocultar su talento. A medida que van creciendo, sus capacidades van quedando enterradas en las profundidades de su mente en lo que podría llamarse un acto de autoconservación inconsciente. Estoy seguro de que en el Imperio, o incluso entre los cuarenta mil millones de trantorianos, tiene que haber más personas como Wanda, y si conociera el genoma que busco podría diseñar pruebas para las personas que pudieran tener esos poderes.

–¿Y qué harías con ellas si las encontraras, papá?

–Creo que son justo lo que necesito para seguir desarrollando la psicohistoria.

–¿Y Wanda es la primera persona de ese tipo que has encontrado y tienes intención de convertirla en una psicohistoriadora? –preguntó Raych.

–Quizá.

–Como Yugo... ¡Papá, no!

–¿Por qué no?

–Porque quiero que crezca como una chica normal y que se convierta en una mujer normal. No permitiré que la sientes delante del primer radiante y que la conviertas en un monumento viviente a las matemáticas psicohistóricas.

–Puede que eso no ocurra nunca, Raych, pero necesitamos conocer su genoma –dijo Seldon–. Ya sabes que desde hace varios miles de años se ha sugerido una y otra vez que el genoma de cada ser humano debería ser conocido y estar disponible. La única razón por la que no se ha convertido en una práctica corriente es que resultaría muy caro, pero nadie duda de su utilidad. Supongo que eres consciente de los beneficios que reportaría, ¿no? Aunque no descubramos nada más, sabremos qué tendencias a una amplia gama de trastornos fisiológicos presenta Wanda. Si dispusiéramos del genoma de Yugo estoy seguro de que ahora no se estaría muriendo. Por lo menos podemos llegar hasta aquí, ¿no?

–Bueno, papá... Quizá, pero no más lejos. Apostaría a que Manella se tomara todo esto mucho peor que yo.

–Muy bien –dijo Seldon–. Pero recuerda..., se acabaron las giras para dar conferencias. Necesito que estés en casa.

–Ya veremos –dijo Raych, y se fue.

Seldon se quedó sentado pensando en el dilema al que se enfrentaba. Eto Demerzel, la única persona capaz de manipular las mentes que había conocido, habría sabido qué hacer. Dors, con su conocimiento inhumano, quizá también lo habría sabido.

En cuanto a él, empezaba a tener la vaga imagen de una psicohistoria futura..., nada más.

6

Obtener el genoma completo de Wanda no era tarea fácil. Para empezar, el número de biofísicos capaces de estudiar el genoma era muy reducido, y solían estar muy ocupados.

Aparte de eso, Seldon tampoco podía despertar su interés revelándoles el motivo por el que necesitaba disponer del genoma. Seldon no habría sabido explicarlo, pero tenía la sensación de que la auténtica razón de su interés en los poderes mentales de Wanda se debía a un secreto ignorado por toda la galaxia.

Otra dificultad añadida estribaba en el enorme costo del proceso.

Seldon meneó la cabeza.

—¿Por qué es tan caro, doctora Endelecki? —le preguntó a Mian Endelecki, la biofísica a la que había acudido—. No soy experto en este campo, pero tengo entendido que todo el proceso se lleva a cabo mediante ordenadores y que en cuanto obtienen unas cuantas células de la piel, el genoma puede ser construido y analizado en pocos días.

—Cierto, pero manejar una molécula de ácido desoxirribonucleico desplegando miles de millones de nucleótidos y haciendo que cada purina y pirimidina esté en su sitio, es la parte menos complicada del proceso, profesor Seldon. Después hay que estudiar y comparar toda la información con el modelo promedio.

»Para empezar, piense que aunque contamos con trazados de genomas completos sólo representan una fracción asombrosamente pequeña del número total de genomas existente, por lo que en realidad no tenemos idea de cuál es el promedio.

—¿Por qué hay tan pocos genomas completos? —preguntó Seldon.

—Por varias razones, y una de ellas es lo caro que resulta el proceso. Muy pocas personas están dispuestas a gastar tantos créditos a menos que tengas motivos muy sólidos para pensar que algo anda mal en su genoma, y si carecen de esos motivos se muestran reacios a someterse al procedimiento porque temen *descubrir* que algo no funciona. Bien, ¿está seguro de que quiere disponer del genoma de su nieta?

—Sí, estoy seguro. Es muy, muy importante.

—¿Por qué? ¿Muestra signos de padecer alguna anomalía metabólica?

—No, nada de eso. Más bien lo contrario..., si supiera cuál es el antónimo de «anomalía» lo utilizaría. Creo que es una persona muy poco corriente, y quiero saber qué es lo que hace que sea así.

—¿En qué aspecto es poco corriente?

—Mentalmente, pero resulta imposible darle más detalles porque no lo entiendo del todo. Quizá logre entenderlo en cuanto disponga del genoma.

—¿Cuántos años tiene?

—Doce, y pronto cumplirá los trece.

—En ese caso necesitaré el permiso de sus padres.

Seldon carraspeó.

—Puede que resulte difícil de conseguir. Soy su abuelo. ¿No basta con mi permiso?

—A mí me basta, desde luego. Pero... Ya sabe, estamos hablando de la ley. No quiero perder mi licencia profesional.

Seldon tuvo que volver a hablar con Raych. Eso también resultó difícil, pues Raych reaccionó como la vez anterior. Tanto él como su esposa Manella querían que Wanda tuviera la existencia de una chica normal. ¿Qué ocurriría si su genoma resultaba ser anormal? ¿Se la llevarían para estudiarla y analizarla como si fuese un espécimen de laboratorio? Hari sentía una devoción fanática por su proyecto psicohistoria. ¿La obligaría a llevar una vida dedicada al trabajo y monótona, aislándola de todo contacto con otros jóvenes de su edad? Pero Seldon insistió.

—Raych, confía en mí. Jamás haría nada que pudiese dañar a Wanda, pero esto tiene que hacerse. Necesito conocer el genoma de Wanda. Si resulta ser tal y como sospecho que es, puede que estemos a punto de alterar el curso de la psicohistoria, ¡y del mismísimo futuro de la galaxia!

Raych acabó por dejarse convencer, y también se las arregló para obtener el consentimiento de Manella. Los tres llevaron a Wanda a la consulta de la doctora Endelecki.

Mian Endelecki les recibió en la puerta. Tenía la cabellera de un blanco casi resplandeciente, pero su rostro seguía siendo el de una mujer joven.

La doctora Endelecki observó durante unos momentos a la niña, que había entrado en la consulta con visible curiosidad y sin dar ninguna señal de aprensión o miedo. Después se volvió hacia ellos.

—Madre, padre y abuelo —dijo la doctora Endelecki sonriendo—. ¿He acertado?

—Ha dado en el blanco —respondió Seldon.

Raych parecía un poco abatido. Manella tenía el rostro hinchado y los ojos un poco enrojecidos, y parecía cansada.

—Wanda... —dijo la doctora—. Te llamas así, ¿no?

—Sí, señora —respondió Wanda con su límpida voz de niña.

—Voy a explicarte lo que haré contigo. Supongo que eres diestra, ¿no?

—Sí, señora.

—Muy bien. Rociaré con anestésico una pequeña zona de tu antebrazo izquierdo. Sentirás lo mismo que si te rozara una brisa fresca, nada más. Después te quitaré un poquito de piel raspando con un instrumento especial..., apenas nada, no te preocupes. No te dolerá, no habrá sangre y no te quedará ninguna señal. Sólo necesitaremos unos cuantos minutos. ¿Te parece bien?

—Claro —dijo Wanda.

Le alargó su brazo y la doctora Endelecki empezó a trabajar.

—Pondré la muestra de piel debajo del microscopio —dijo la doctora Endelecki cuando terminó—, escogeré una célula en buen estado y mi analizador de genes empezará a trabajar en ella. Detectará y marcará hasta el último nucleótido, pero hay miles de millones por lo que es probable que el proceso dure casi todo un día. Todo es automático, naturalmente, así que no estaré sentada junto al aparato observando cómo trabaja y no existe razón alguna para que ustedes lo hagan.

»En cuanto el genoma esté preparado hará falta un período de tiempo aún más largo para analizarlo. Si quieren un trabajo completo tendrán que esperar un par de semanas. Ésa es la razón de que el procedimiento resulte tan caro. El trabajo es duro y largo... Les llamaré cuando disponga de los resultados.

La doctora Endelecki giró sobre sí misma como despidiendo a la familia y empezó a manipular el aparato de metal reluciente que había encima de la mesa.

–Si descubre algo que se salga de lo corriente, ¿se pondrá en contacto conmigo de inmediato? –dijo Seldon–. Quiero decir que... Bueno, si encuentra algo en la primera hora de trabajo no espere a disponer del análisis completo. No me haga esperar.

–Las posibilidades de encontrar algo durante la primera hora de trabajo son muy escasas, profesor Seldon, pero le prometo que si lo creo oportuno me pondré en contacto con usted inmediatamente.

Manella agarró a Wanda del brazo y la sacó de la consulta con una expresión triunfal en el rostro. Raych la siguió arrastrando los pies, pero Seldon se quedó.

–Esto es más importante de lo que cree, doctora Endelecki –dijo.

La doctora Endelecki asintió.

–Profesor, sean cuales sean sus razones le aseguro que haré mi trabajo lo mejor posible.

Seldon apretó los labios y se marchó. No podía entender porqué había pensado que el genoma estaría listo en cinco minutos y que bastaría con otros cinco en echarle un vistazo para proporcionarle una respuesta. Tendría que esperar durante semanas sin tener idea de lo que podría encontrar la doctora Endelecki.

Apretó los dientes hasta hacerlos rechinar, y se preguntó si la segunda Fundación, el último fruto de su cerebro y el más preciado, llegaría a existir algún día o si sólo sería una ilusión que siempre permanecería fuera de su alcance.

7

Hari Seldon entró en la consulta de la doctora Endelecki. Sus labios estaban tensos y esbozaban una sonrisa nerviosa.

—Dijo un par de semanas, doctora —murmuró—. Ha pasado más de un mes.

La doctora Endelecki asintió.

—Lo lamento, profesor Seldon, pero quería un análisis completo y exacto, y es lo que he intentado conseguir.

—¿Y bien? —La expresión preocupada que había en el rostro de Seldon no había desaparecido—. ¿Qué ha descubierto?

—Aproximadamente un centenar de genes defectuosos.

—¿Qué? Genes defectuosos... Doctora, ¿habla en serio?

—Totalmente. ¿Por qué no iba a hacerlo? No existe ningún genoma en el que no haya como mínimo un centenar de genes defectuosos, y lo normal es que haya bastantes más. Vamos, vamos... Ya sabe, no es tan grave como parece.

—No, no sé nada al respecto. Usted es la experta, doctora, no yo.

La doctora Endelecki suspiró y se removió en su sillón.

—No sabe nada de genética, ¿verdad, profesor?

—No. Un hombre no puede dominar todas las ciencias.

—Tiene toda la razón. Yo no sé nada sobre... ¿Cómo la llama? No sé nada sobre su psicohistoria. —La doctora Endelecki se encogió de hombros—. Si quisiera explicarme cualquiera de sus aspectos se vería obligado a empezar desde el principio —siguió diciendo—, y es muy probable que ni siquiera así pudiera entenderle. En lo que respecta a la genética...

—¿Sí?

—Normalmente un gen imperfecto no tiene ninguna importancia. Algunos genes son tan imperfectos y tan necesarios que producen desórdenes terribles, pero son muy raros. La inmensa mayoría de los genes imperfectos se limitan a no funcionar con una precisión total. Son como ruedas que se apartan un poquito de la vertical... El vehículo que tenga esas ruedas vibrará un poco al avanzar, pero se moverá sin problemas.

—¿Y Wanda tiene ese tipo de genes imperfectos?

—Sí, más o menos. Después de todo, si todos los genes fueran perfectos todos tendríamos el mismo aspecto y nos comportaríamos de la misma forma. Lo que hace distintas a las personas es precisamente las diferencias entre los genes.

—Pero... ¿No empeorará al envejecer?

—Sí. Todos empeoramos a medida que vamos envejeciendo. Cuando entró en la consulta me di cuenta de que cojeaba. ¿Qué le ocurre?

—Tengo un poco de ciática —murmuró Seldon.

—¿La ha padecido durante toda su vida?

—Por supuesto que no.

—Bueno, algunos de sus genes han empeorado con el paso del tiempo y ahora cojea.

—¿Y qué le ocurrirá a Wanda con el tiempo?

—No lo sé. No puedo predecir el futuro, profesor; creo que eso le corresponde a usted. Pero si quiere que haga una conjetura yo diría que a Wanda no le ocurrirá nada que se salga de lo corriente..., al menos genéticamente hablando. Envejecerá y nada más.

—¿Está segura? —preguntó Seldon.

—Tendrá que aceptar mi palabra. Usted quería conocer el genoma de Wanda y corrió el riesgo de enterarse de cosas que quizás es mejor ignorar, pero según mi opinión no le va a ocurrir nada terrible.

—Los genes imperfectos... ¿Deberíamos hacer algo para repararlos? ¿Se puede hacer?

—No. En primer lugar, resultaría muy caro. En segundo lugar, hay muchas posibilidades de que la mejora no fuese permanente. Y, por último, la opinión pública está en contra de ello.

—¿Por qué?

—Porque está contra la ciencia en general. Usted debería saberlo tan bien como yo, profesor. Me temo que nos encontramos en una situación donde el misticismo se ha impuesto, especialmente desde la muerte de Cleón. La gente no cree en la mejora científica de los genes. Preferirían curar las enfermedades a través del tacto o mediante cualquier otro tipo de charlatanería. Francamente, me resulta muy difícil seguir con mi trabajo. Apenas consigo encontrar fondos.

Seldon asintió.

—Sé de qué está hablando. La psicohistoria lo explica pero, en realidad, no creía que la situación empeorase con tanta rapidez. He estado tan absorto en mi trabajo que apenas me he enterado de las dificultades surgidas a mi alrededor. —Suspiró—. Llevo treinta años viendo cómo el Imperio Galáctico se desmorona lentamente..., y ahora el desmoronamiento se está acelerando a cada momento que pasa, y no veo forma alguna de detenerlo a tiempo.

—¿Está intentando detenerlo? —preguntó la doctora Endelecki, y la idea pareció divertirla.

—Sí, lo estoy intentando.

—Que tenga suerte. Ah, lo de su ciática... Hace cincuenta años se podría haber curado, ¿sabe? Ahora no.

—¿Por qué no?

—Bueno, los instrumentos que se utilizaban para curar esa enfermedad han desaparecido y las personas que podían manejarlos están trabajando en otras cosas. La medicina ha entrado en decadencia.

—Junto con todo lo demás... —murmuró Seldon con expresión pensativa—. Pero volvamos a Wanda. Estoy convencido de que es una jovencita muy poco corriente y de que posee un cerebro bastante distinto al de la inmensa mayoría de seres humanos. ¿Qué le han dicho los genes acerca de su cerebro?

La doctora Endelecki se reclinó en su sillón.

—Profesor Seldon, ¿sabe cuántos genes están involucrados en las funciones cerebrales?

—No.

—Le recuerdo que de todos los aspectos del cuerpo humano las funciones cerebrales son las más complejas. De hecho, que sepamos en todo el universo no existe nada tan complicado como el cerebro humano, por lo que espero que no se sorprenda si le digo que las funciones cerebrales involucran a miles de genes y que cada uno de ellos juega un papel distinto.

–¿Miles?

–Exactamente. Y es imposible examinarlos a todos y averiguar si hay algo extraordinario. Aceptaré su palabra en lo que concierne a Wanda. Es una jovencita que se sale de lo corriente y que posee un cerebro muy poco común, pero no he visto nada en sus genes que pueda decirme algo sobre ese cerebro..., salvo, naturalmente, que es normal.

–¿Podría encontrar otras personas cuyos genes relacionados con el funcionamiento cerebral fueran como los de Wanda y que tuvieran la misma pauta cerebral?

–Lo dudo. Aun suponiendo que otro cerebro fuese muy parecido al de Wanda, seguirían existiendo enormes diferencias genéticas. Buscar similitudes no serviría de nada. Dígame, profesor... ¿Qué hay en Wanda que le hace pensar que su cerebro se sale de lo corriente?

Seldon meneó la cabeza.

–Lo siento. No puedo hablar de eso.

–En ese caso, estoy *segura* de que no podré ayudarle. ¿Cómo descubrió que en el cerebro de Wanda había algo inusual..., algo de lo que no puede hablar?

–Lo descubrí por casualidad –murmuró Seldon–. Por pura casualidad...

–En ese caso tendrá que utilizar el mismo método para encontrar otros cerebros como el suyo. No se puede hacer otra cosa.

El silencio se adueñó de la consulta.

–¿Puede decirme algo más? –preguntó Seldon por fin.

–Me temo que no, salvo que le enviaré mi factura.

Seldon se puso en pie con cierto esfuerzo. Su ciática le incordiaba de nuevo.

–Bien..., Gracias, doctora. Envíeme su factura y se la abonaré.

Hari Seldon salió de la consulta de la doctora Endelecki y se preguntó qué haría a continuación.

8

Al igual que cualquier otro intelectual, Hari Seldon había utilizado los servicios de la Biblioteca Galáctica con toda libertad. La mayor parte de sus investigaciones se habían llevado a cabo mediante una conexión de larga distancia por ordenador, pero de vez en cuando visitaba la biblioteca, más por alejarse de las presiones del proyecto psicohistoria que por otra razón. Durante los dos últimos años −desde que había concebido el plan de encontrar a otros seres humanos con los mismos poderes que Wanda−, había contado con un despacho particular que le permitía acceder a cualquier archivo del gigantesco depósito de conocimientos de la biblioteca. Incluso había alquilado un pequeño apartamento en un sector adyacente para poder ir a pie cuando su compleja investigación le impedía volver al sector de Streeling.

Pero su plan había adquirido nuevas dimensiones, y necesitaba hablar con Las Zenow. Sería la primera vez que se encontraban cara a cara.

Conseguir una entrevista personal con el jefe de bibliotecarios de la Biblioteca Galáctica no resultaba fácil. Zenow tenía un alto concepto de la naturaleza y el valor de su puesto, y se decía que cuando el emperador deseaba consultar con el jefe de bibliotecarios incluso él tenía que acudir a la Biblioteca Galáctica y esperar su turno.

Pero Seldon no tuvo ningún problema para conseguir la entrevista. Zenow le conocía bien, a pesar de que nunca había visto a Hari Seldon en persona.

−Es un honor, primer ministro −le saludó.

Seldon sonrió.

−Confío en que sabrá que hace dieciséis años que abandoné el cargo.

−El honor del tratamiento sigue siendo suyo, señor, y aparte de eso usted jugó un papel decisivo en los acontecimientos que acabaron librándonos del brutal gobierno de la junta. La junta violó en bastantes ocasiones la sagrada regla de neutralidad de la Biblioteca Galáctica.

(«Ah −pensó Seldon−, *eso* explica la rapidez con que ha accedido a concederme la entrevista....»)

—Meros rumores —dijo en voz alta.

—Bien, y ahora dígame qué puedo hacer por usted —dijo Zenow, quien no pudo resistir la tentación de echar un rápido vistazo a la cronobanda que llevaba en la muñeca.

—Jefe de bibliotecarios, he venido a pedirle algo que no le será fácil concederme —dijo Seldon—. Lo que quiero es más espacio en la biblioteca. Deseo obtener permiso para embarcarme en un largo y complicado programa de la máxima importancia imaginable.

Los rasgos de Las Zenow se tensaron en una expresión de inquietud.

—Me está pidiendo mucho. ¿Puede explicarme cuál es la importancia de todo esto?

—Sí. El Imperio se halla en proceso de desintegración.

Hubo un silencio bastante prolongado.

—He oído hablar de sus investigaciones psicohistóricas —dijo Zenow por fin—. Me han dicho que su nueva ciencia encierra la promesa de predecir el futuro. ¿Me está hablando de las predicciones psicohistóricas?

—No. Aún no he llegado al punto en el que la psicohistoria me permita hablar del futuro con certeza, pero no se necesita la psicohistoria para darse cuenta de que el Imperio se está desintegrando. Puede ver las evidencias con sus propios ojos.

Zenow suspiró.

—Mi trabajo ocupa todo mi tiempo, profesor Seldon. En lo que respecta a los asuntos sociales y políticos soy tan ignorante como un niño.

—Si lo desea puede consultar la información contenida en la biblioteca. Ni siquiera tiene que salir de aquí: este despacho está repleto de todos los datos concebibles llegados de todo el Imperio Galáctico.

—Me temo que soy el último en enterarse de ellos —dijo Zenow, y sonrió con tristeza—. Ya conoce el viejo proverbio: el hijo del zapatero no tiene zapatos... Pero tengo la impresión de que el Imperio se está recuperando. Volvemos a tener un emperador.

—Sólo de nombre, jefe de bibliotecarios. En la inmensa mayoría de provincias de la periferia el nombre del emperador es mencionado de vez en cuando por puro ritual, pero no juega ningún papel en lo que ocurre allí. Los mundos exteriores controlan sus propios programas y, lo que es más importante, controlan a las fuerzas armadas locales, y dichas fuerzas no están sometidas a la autoridad del emperador. Si éste intentara ejercer su autoridad en cualquier lugar de la galaxia ajeno a la zona de los mundos exteriores, fracasaría. Dudo mucho que transcurran más de veinte años antes de que algunos mundos exteriores se declaren independientes.

Zenow volvió a suspirar.

—Si está en lo cierto, nos encontramos en la peor época de cuantas ha visto el Imperio en su larga historia. Pero... ¿Qué relación tiene esto con su petición de más espacio y más personal en la biblioteca?

—Si el Imperio se desintegra es muy posible que la Biblioteca Galáctica no logre escapar a la carnicería general.

—Oh, pero tiene que hacerlo —se apresuró a decir Zenow—. Ya hemos pasado por malas épocas anteriormente y siempre ha estado muy claro que la Biblioteca Galáctica de Trantor es el depósito de todo el conocimiento humano y, como tal, debe permanecer intacta; y así seguirá siendo en el futuro.

—Quizá no. Usted mismo ha dicho que la junta violó su neutralidad.

—No de forma seria.

—La próxima vez quizá lo sea mucho más, y no podemos permitir que el depósito de todo el conocimiento humano sufra ningún daño.

—¿Y de qué forma contribuiría a evitarlo ese incremento de su presencia?

—No contribuirá a evitarlo, pero el proyecto en el que quiero embarcarme sí lo hará. Quiero crear una gran enciclopedia que contenga todo el conocimiento que la Humanidad necesitará para reconstruirse en caso de que ocurra lo peor..., una enciclopedia galáctica, si quiere llamarla así. No necesitaremos todos los datos que hay en la biblioteca, ya que una gran parte de ellos son triviales. Es muy posible que las bibliotecas provinciales dispersadas por la galaxia acaben siendo destruidas y, en cualquier caso, salvo los datos de naturaleza más local, el resto es obtenido mediante una conexión con los ordenadores de la Biblioteca Galáctica. Así pues, lo que pretendo es crear algo totalmente independiente y que contenga la información esencial que necesita la Humanidad de forma lo más concisa posible.

—¿Y si también es destruido?

—Albergo la esperanza de que no lo será. Tengo la intención de encontrar un mundo lejano situado en los confines de la galaxia al que me sea posible transferir mis enciclopedistas para que puedan trabajar en paz, pero hasta que dicho mundo haya sido encontrado quiero que el núcleo del grupo trabaje aquí y utilice las instalaciones de la biblioteca a fin de decidir qué datos serán necesarios para el proyecto.

Zenow torció el gesto.

—Le entiendo, profesor Seldon, pero no estoy seguro de que pueda hacerse.

—¿Por qué no, jefe de bibliotecarios?

—Porque ser jefe de bibliotecarios no me convierte en un monarca absoluto. Tengo que responder ante un consejo bastante numeroso que funciona como una especie de cuerpo legislativo, y le ruego que me crea cuando le aseguro que no puedo limitarme a ordenarle que dé luz verde a su Proyecto Enciclopedia.

—Me asombra.

—No se asombre. No soy un jefe de bibliotecarios demasiado popular. El consejo lleva años luchando por imponer el acceso limitado a la biblioteca, y yo me he resistido a sus esfuerzos. De hecho, el que le concediera el pequeño despacho del que disfruta en la actualidad irritó considerablemente al consejo...

—¿Acceso limitado?

—Exactamente. Su idea es que si alguien necesita información debe ponerse en comunicación con un bibliotecario, quien se encargaría de conseguir la información deseada por la persona. El consejo no desea que la gente entre en la biblioteca libremente y que maneje los ordenadores. Los miembros del consejo afirman que los gastos que supone mantener en buen estado los ordenadores y el resto de equipos de la biblioteca están empezando a ser prohibitivos.

—Pero eso es imposible. La tradición de que la Biblioteca Galáctica está abierta a todo el mundo tiene milenios de antigüedad...

—Cierto, pero durante los últimos años la biblioteca ha sufrido varios recortes presupuestarios y, sencillamente, ya no contamos con tanto dinero como en el pasado. Mantener en buenas condiciones nuestro equipo se está volviendo más difícil a cada día que pasa.

Seldon se frotó el mentón.

—Pero si les recortan el presupuesto supongo que tendrán que bajar los salarios y despedir personal... o, por lo menos, no contratar nuevo personal.

—Exacto.

—En ese caso, ¿cómo piensa enfrentarse al problema que supondrá aumentar los deberes de una fuerza laboral disminuida cuando se le pida que obtenga toda la información deseada por el público?

—La idea es que no proporcionaremos toda la información que se nos solicite, sino sólo aquellos datos que *nosotros* consideremos importantes.

—Entonces no sólo piensan abandonar el concepto de biblioteca popular sino también el de la biblioteca completa, ¿verdad?

—Me temo que así es.

—No puedo creer que un bibliotecario esté a favor de algo semejante.

—No conoce a Gennaro Mummery, profesor Seldon. —La expresión de Seldon indicó claramente que no le conocía, y Zenow se apresuró a seguir hablando—. Se está preguntando quién es, ¿verdad? Bien, es el líder de esa fracción del consejo que desea cerrar la biblioteca al público, y cada vez hay más miembros del consejo que se ponen de su lado. Si permitiese que usted y sus colegas entraran en la biblioteca como fuerza independiente cierto número de miembros del consejo que quizá no estén a favor de Mummery, pero que se oponen con todas sus fuerzas a que cualquier parte de la biblioteca esté controlada por cualquier persona que no pertenezca al gremio de bibliotecarios, quizá decidirían votar a favor de sus propuestas..., y en ese caso me vería obligado a presentar mi dimisión.

–Veamos, veamos –dijo Seldon con repentina energía–. Toda esa idea de cerrar la biblioteca al público, de volverla menos accesible, de negarse a proporcionar todos los datos que se soliciten y todo el problema de los recortes presupuestarios..., todo eso es un signo más del proceso de desintegración que está afectando al Imperio. ¿No está de acuerdo conmigo?

–Si lo expresa de esa manera quizá tenga razón.

–Deje que me presente delante del consejo. Deje que les explique que el futuro quizá no sea tan terrible como parece y lo que deseo hacer. Quizá pueda persuadirles tal y como tengo la esperanza de haberle persuadido a usted.

Zenow se lo pensó durante unos momentos.

–Estoy dispuesto a permitir que lo intente, pero debe saber de antemano que su plan quizá no funcione.

–Tengo que correr ese riesgo. Le ruego que haga lo que tenga que hacerse y que me comunique cuándo y dónde he de presentarme ante el consejo.

Seldon salió del despacho de Zenow sintiéndose bastante inquieto y preocupado. Todo lo que le había dicho al jefe de bibliotecarios era cierto..., y trivial. La auténtica razón por la que necesitaba utilizar la biblioteca no había salido a la luz en ningún momento de su conversación.

Y, en parte, eso se debía a que ni el mismo Seldon entendía muy bien el motivo.

9

Hari Seldon estaba sentado junto a la cabecera de Yugo Amaryl. Yugo agonizaba. Se encontraba más allá de la ayuda que pudieran prestarle los médicos aun suponiendo que hubiera consentido en utilizarla, y la había rechazado.

Sólo tenía cincuenta y cinco años. Seldon tenía sesenta y seis, y a pesar de eso y dejando aparte la ocasional punzada de dolor ciático –o lo que fuese–, que le hacía cojear un poco, disfrutaba de una salud excelente.

Amaryl abrió los ojos.

—¿Sigues ahí, Hari?

Seldon asintió.

—No te abandonaré.

—¿Hasta que muera?

—Sí —murmuró Seldon—. Yugo, ¿por qué has hecho esto? —le preguntó de repente con voz entristecida—. Si hubieras llevado una existencia más sana y racional habrías podido disfrutar de veinte o treinta años más de vida.

Los labios de Amaryl esbozaron una débil sonrisa.

—¿Una existencia más sana y racional? ¿Te refieres a haberme tomado unas vacaciones de vez en cuando, a haber visitado los planetas turísticos, a haberme divertido con nimiedades?

—Sí. Sí.

—En ese caso habría anhelado volver a mi trabajo o me habría acabado acostumbrando a desperdiciar el tiempo, y esos veinte o treinta años de vida adicional no me habrían servido de nada. Tú, por ejemplo...

—¿Qué quieres decir?

—Fuiste primer ministro de Cleón durante diez años. ¿Cuánto tiempo dedicaste a la ciencia mientras eras primer ministro?

—Dedicaba una cuarta parte de mi tiempo a la psicohistoria —dijo Seldon en voz baja.

—Exageras. De no haber sido por mí el desarrollo de la psicohistoria habría quedado totalmente paralizado.

Seldon asintió.

—Tienes razón, Yugo, y te lo agradezco.

—Y antes y después de eso, cuando invertías por lo menos la mitad de tu tiempo en las tareas administrativas... ¿Quién se encarga..., quién se encargaba del trabajo realmente importante? ¿Eh?

—Tú, Yugo.

—Por supuesto.

Amaryl volvió a cerrar los ojos.

—Pero siempre dijiste que si me sobrevivías te encargarías de esas tareas administrativas —dijo Seldon.

—¡No! Quería estar al frente del proyecto para seguir impulsándolo en la dirección por la que debía avanzar, pero habría delegado todas las tareas administrativas en otras personas.

La respiración de Amaryl se había vuelto agónica, pero se removió y abrió los ojos, y clavó la mirada en el rostro de Hari.

—¿Qué será de la psicohistoria cuando me haya ido? —preguntó—. ¿Has pensado en eso?

—Sí, he pensado en eso, y quiero hablar contigo de ello. Quizá te alegre... Yugo, creo que la psicohistoria está a punto de sufrir una auténtica revolución.

El fruncimiento de ceño de Amaryl fue casi imperceptible.

—¿A qué clase de revolución te refieres? No me gusta mucho cómo suena eso...

—Escúchame. Fue idea tuya, ¿sabes? Hace años me dijiste que deberíamos crear dos fundaciones independientes y aisladas la una de la otra, y que debíamos concebirlas de tal forma que sirvieran como núcleos para un eventual segundo Imperio Galáctico. ¿Lo recuerdas? Tú tuviste esa idea.

—Las ecuaciones psicohistóricas...

—Lo sé. Las ecuaciones lo sugirieron, y estoy trabajando en ello, Yugo. He conseguido que me permitan disponer de un despacho en la Biblioteca Galáctica, y...

—La Biblioteca Galáctica... —Amaryl frunció un poco más el ceño—. No me gustan. No son más que una pandilla de idiotas engreídos.

—Vamos, Yugo, Las Zenow, el jefe de bibliotecarios, no es mala persona.

—¿Conoces a un bibliotecario llamado Mummery..., Gennaro Mummery?

—No, pero he oído hablar de él.

—Es un hombre de lo más miserable y odioso... Recuerdo que en una ocasión discutimos porque él afirmaba que yo había archivado mal no sé qué dato. No era verdad, Hari, y acabé enfadándome mucho. De repente fue como si volviera a estar en Dahl... No sé si lo sabes, Hari, pero una de las características más curiosas de la cultura dahlita es que posee una auténtica letrina de invectivas e insultos. Utilicé unos cuantos con él y le dije que estaba interfiriendo en el desarrollo de la psicohistoria y que la historia le recordaría como un villano. Y no me limité a usar la palabra «villano». –Amaryl dejó escapar una risita muy débil–. Le dejé sin habla.

Seldon comprendió de repente cuál había sido el origen –por lo menos parcial– de la actual animosidad que sentía Mummery hacia quienes no eran bibliotecarios y, muy probablemente, hacia la psicohistoria, pero no dijo nada.

–Bueno, Yugo, lo importante es que tú querías que hubiese dos Fundaciones para que si una fracasaba la otra siguiera adelante, pero hemos ido más allá de eso.

–¿De qué manera?

–¿Recuerdas que Wanda pudo leerte la mente hace dos años y vio que había un error en una sección de las ecuaciones del primer radiante?

–Sí, naturalmente.

–Bien, pues encontraremos a más personas como Wanda. Crearemos una Fundación que consistirá básicamente en un grupo de científicos especializados en las disciplinas físicas que se encargarán de preservar el conocimiento de la Humanidad y servirán como núcleo del segundo Imperio; y habrá una segunda Fundación compuesta única y exclusivamente por psicohistoriadores, mentalistas, psicohistoriadores capaces de establecer contacto mental, que podrá seguir trabajando en la psicohistoria a través de un enfoque multimental, y así avanzará mucho más deprisa de lo que resultaría posible para cualquier grupo de pensadores individuales. Ese grupo tendrá la misión de hacer los ajustes más delicados a medida que vaya transcurriendo el tiempo, ¿comprendes? Siempre estarán en un segundo plano vigilando lo que ocurre... Serán los guardianes del Imperio.

–¡Maravilloso! –exclamó Amaryl con un hilo de voz–. ¡Maravilloso! ¿Ves cómo he sabido escoger el momento adecuado para morir? Ya no me queda nada que hacer.

–No digas eso, Yugo.

–Vamos, Hari, no te lo tomes así... Estoy tan cansado que ya no soy capaz de hacer nada. Gracias..., gracias por contarme lo... –Su voz se estaba debilitando–. Lo de la revolución... Me hace muy..., muy... feliz..., muy fe...

Fueron las últimas palabras de Yugo Amaryl.

Seldon se inclinó sobre la cama. Las lágrimas ardieron en sus ojos y se deslizaron a lo largo de sus mejillas.

Otro viejo amigo desaparecido. Demerzel, Cleón, Dors y ahora Yugo..., y cada desaparición le dejaba más vacío y aumentaba su soledad mientras envejecía.

La revolución que había permitido que Amaryl muriese feliz quizá nunca llegaría a convertirse en realidad. ¿Conseguiría utilizar la Biblioteca Galáctica? ¿Lograría encontrar a más personas como Wanda? Y, lo más importante, ¿cuánto tardaría en conseguirlo?

Seldon tenía sesenta y seis años. Si hubiera iniciado aquella revolución cuando llegó a Trantor, cuando sólo tenía treinta y dos años...

Ahora quizá fuese demasiado tarde.

10

Gennaro Mummery le estaba haciendo esperar. Era una descortesía estudiada, casi una insolencia, pero Hari Seldon no había perdido la calma.

Después de todo, Seldon necesitaba a Mummery y si se enfadaba con el bibliotecario sólo conseguiría causarse un grave perjuicio a sí mismo. De hecho, a Mummery le encantaría encontrarse con un Seldon muy irritado.

Seldon se controló, y esperó impasible hasta que Mummery acabó entrando en la habitación. Seldon le había visto antes, pero sólo de lejos. Era la primera vez en que estarían juntos a solas.

Mummery era bajito y rechoncho. Tenía el rostro redondo y lucía una corta barba oscura. Estaba sonriendo, pero Seldon sospechó que aquella sonrisa era un adorno que carecía de todo significado. La sonrisa revelaba unos dientes amarillentos y la inevitable gorra que lucía Mummery era de un color amarillo similar al de los dientes, y estaba adornada con una ondulante línea marrón.

Seldon sintió una repugnancia nauseabunda, y tuvo la

impresión de que Mummery le habría caído mal aunque no tuviera ninguna razón para ello.

—Bien, profesor, ¿qué puedo hacer por usted? —preguntó Mummery sin ninguna clase de preliminares.

Echó un vistazo a la cronobanda que había en la pared, pero no ofreció ninguna disculpa por haber llegado con retraso.

—Señor, quiero pedirle que deje de oponerse a mi presencia en la Biblioteca Galáctica —dijo Seldon.

Mummery extendió las manos hacia él.

—Lleva dos años aquí, ¿De qué oposición me habla?

—Hasta la actualidad la fracción del consejo representada por usted y los que comparten sus opiniones no ha conseguido reunir el número de votos suficiente para imponerse al jefe de bibliotecarios, pero habrá otra reunión el mes próximo y Las Zenow me ha dicho que no está muy seguro de cuál será el resultado de la votación.

Mummery se encogió de hombros.

—Yo tampoco lo estoy. Su contrato de alquiler, si es que podemos llamarlo así, quizá sea renovado.

—Pero necesito algo más que eso, bibliotecario Mummery. Deseo traer aquí a algunos colegas. El proyecto en el que estoy embarcado, la creación del organismo que llevará a cabo los preparativos de lo que con el tiempo llegará a ser una enciclopedia muy especial, no es algo que pueda hacer solo.

—Estoy seguro de que sus colegas pueden trabajar donde les plazca. Trantor es un mundo muy grande.

—Tenemos que trabajar en la Biblioteca Galáctica. Soy viejo, señor, y tengo prisa.

—¿Quién puede detener el transcurso del tiempo? No creo que el consejo le permita traer aquí a sus colegas. Sería como introducir una cuña en la Biblioteca Galáctica, profesor. ¿Me comprende?

(«Sí, desde luego», pensó Seldon, pero no dijo nada.)

—No he podido impedirle que trabajara aquí, profesor..., por lo menos hasta el momento —dijo Mummery—. Pero creo que puedo impedir que sus colegas se instalen en la biblioteca.

Seldon comprendió que no estaba llegando a ninguna

parte, y decidió ser un poco más franco de lo que había sido hasta entonces.

—Bibliotecario Mummery —dijo—, estoy seguro de que la animosidad que siente hacia mí no es de origen personal. Supongo que comprende la importancia del trabajo que estoy haciendo, ¿no?

—Se refiere a su psicohistoria, ¿verdad? Vamos... Lleva más de treinta años trabajando en ella. ¿Qué resultados ha obtenido?

—Precisamente se trata de eso. Puede que ahora obtenga algún resultado palpable.

—Pues entonces obténgalo en la Universidad de Streeling. ¿Por qué ha de obtenerlo en la Biblioteca Galáctica?

—Bibliotecario Mummery, escúcheme... Usted quiere cerrar la Biblioteca Galáctica al público. Quiere acabar con una larga tradición. ¿Tendrá el valor de hacerlo?

—No es valor lo que necesitamos, sino créditos. Supongo que el jefe de bibliotecarios le habrá contado nuestros problemas y habrá llorado sobre su hombro, ¿no? Reducciones presupuestarias, recortes salariales, ausencia del mantenimiento necesario... ¿Qué vamos a hacer? Tenemos que eliminar algunos de los servicios que prestamos y le aseguro que no podemos permitirnos el lujo de proporcionar despachos y equipo a usted y sus colegas.

—¿Han expuesto la situación al emperador?

—Vamos, profesor, está soñando... ¿Acaso no es verdad que su psicohistoria le ha dicho que el Imperio se está deteriorando? He oído cómo ciertas personas hablaban de usted llamándole «Cuervo» Seldon o algo parecido, y creo que eso es una referencia a un pájaro legendario de mal agüero, ¿no?

—Se aproximan malos tiempos, es cierto.

—¿Y cree que la Biblioteca Galáctica es inmune a esos malos tiempos? Profesor, la Biblioteca Galáctica es mi vida y quiero que siga existiendo, pero eso no será posible a menos que encontremos alguna forma de subsistir con nuestro menguante presupuesto. ¡Y usted viene aquí esperando encontrar una biblioteca abierta a todo el mundo de la que usted mismo pueda ser beneficiario especial! No, profesor, es imposible..., sencillamente imposible.

—¿Y si encuentro los créditos que necesita? —preguntó Seldon con creciente desesperación.

—Oh, claro. ¿Cómo?

—¿Y si hablo con el emperador? Hubo un tiempo en el que fui primer ministro. Accederá a verme y me escuchará.

—¿Y conseguirá fondos de él?

Mummery se rió.

—Si lo hago... Si consigo que les aumenten el presupuesto, ¿podré traer a mis colegas a la biblioteca?

—Consiga los créditos primero —dijo Mummery—, y ya veremos. Pero no creo que le sea posible.

Parecía estar muy seguro de sí mismo, y Seldon se preguntó si la Biblioteca Galáctica habría apelado ya muchas veces al emperador sin ningún éxito.

Y se preguntó si recurrir al emperador serviría de algo.

11

El emperador Agis XIV no tenía ningún derecho real a ostentar ese nombre. Lo había adoptado al subir al trono con el deliberado propósito de establecer una conexión entre su persona y los Agis que habían gobernado hacía dos mil años, casi todos ellos de forma muy competente (especialmente Agis IV, quien había ocupado el trono imperial durante cuarenta y dos años y había mantenido el orden en un imperio próspero, con mano firme pero sin recurrir a la tiranía.)

Agis XIV no se parecía a ninguno de los Agis anteriores, suponiendo que los registros holográficos tuvieran algún valor aunque, en realidad, Agis XIV tampoco se parecía mucho a la holografía oficial distribuida entre la población del Imperio.

De hecho, en cuanto Hari Seldon le vio pensó que a pesar de todos sus defectos y debilidades no cabía duda de que el emperador Cleón tenía una apariencia realmente imperial, y sintió una leve punzada de nostalgia.

Agis XIV no poseía esa apariencia. Seldon nunca le había visto de cerca, y acababa de descubrir que las escasas

holografías que había visto se apartaban considerablemente de la realidad. «El holografista imperial conoce su
trabajo y lo hace a la perfección», pensó Seldon con
amargura.

Agis XIV era bajito, tenía un rostro poco atractivo y
unos ojos ligeramente saltones sin el brillo de la inteligencia. Su única cualificación para ocupar el trono era la de
ser pariente colateral de Cleón.

Pero, a decir verdad, había que reconocer que no intentaba interpretar el papel de emperador poderoso y temible. Todo el mundo sabía que prefería ser llamado «Ciudadano emperador» y que sólo el protocolo imperial y las
furiosas protestas que ello había provocado en la guardia
imperial le habían impedido salir de la cúpula y pasearse
por Trantor. Al parecer, afirmaban los rumores, Agis deseaba estrechar la mano de los ciudadanos y escuchar personalmente sus quejas.

(«Eso es un punto a su favor —pensó Seldon—, aunque
nunca haya conseguido hacerlo.»)

—Alteza, os agradezco que hayáis accedido a verme
—murmuró Seldon haciendo una reverencia.

Agis XIV poseía una voz límpida y bastante atractiva
que no encajaba en nada con su apariencia.

—Un ex primer ministro debe tener sus privilegios —dijo—, aunque admito que haber accedido a verle es algo que
me permite estar orgulloso de mi asombroso valor.

Había bastante humor en sus palabras, y de repente
Seldon comprendió que un hombre podía no parecer inteligente y, sin embargo, serlo.

—¿Valor, Alteza?

—Naturalmente. Le llaman «Cuervo» Seldon, ¿no?

—Alteza, el otro día oí ese apodo por primera vez.

—Al parecer es una referencia a su psicohistoria, la cual
parece predecir la caída del Imperio.

—Se limita a apuntar una posibilidad, Alteza...

—Y por eso se le ha relacionado con ese pájaro mítico
que trae malos augurios..., pero creo que usted mismo es
el pájaro que trae malos augurios.

—Espero que no sea así, Alteza.

—Vamos, vamos... Todos sabemos qué ha ocurrido. Eto

Demerzel, el primer ministro de Cleón, quedó muy impresionado por sus investigaciones y mire qué le ocurrió..., fue obligado a abandonar su cargo y tuvo que exilarse. El emperador Cleón también quedó muy impresionado por sus investigaciones y mire qué le ocurrió... Fue asesinado. La junta militar quedó muy impresionada por sus investigaciones y mire qué le ocurrió..., ha desaparecido como si jamás hubiese existido. Se afirma que incluso los joranumitas quedaron muy impresionados por sus investigaciones..., y fueron destruidos. Y ahora ha venido a verme, oh «Cuervo» Seldon. ¿Qué puedo esperar?

–Alteza..., nada malo.

–Supongo que no porque, a diferencia de todas esas personas que he mencionado, sus investigaciones no me impresionan lo más mínimo. Bien, y ahora dígame por qué está aquí.

Agis XIV escuchó atentamente y sin ninguna interrupción mientras Seldon le explicaba la importancia de crear un proyecto cuyo objetivo fuese el de preparar una enciclopedia que preservaría el conocimiento humano si ocurría lo peor.

–Sí, sí –dijo Agis XIV cuando Seldon acabó de hablar–. Así que está realmente convencido de que el Imperio caerá, ¿no?

–Es una posibilidad con la que hay que contar, Alteza, y no sería prudente no tenerla en cuenta. La verdad es que si me fuera posible desearía evitar que se convierta en realidad..., o al menos paliar los efectos negativos.

–«Cuervo» Seldon, si continúa metiendo la nariz en esos asuntos estoy convencido de que el Imperio *acabará* cayendo y de que nada podrá impedirlo.

–No es cierto, Alteza. Sólo deseo obtener el permiso para iniciar el trabajo.

–Oh, ya lo tiene, pero no consigo entender qué es lo que desea de mí. ¿Por qué me ha contado todo eso de la enciclopedia?

–Porque deseo trabajar en la Biblioteca Galáctica, Alteza, o, para ser más preciso, deseo que otras personas trabajen allí conmigo.

–Le aseguro que no me interpondré en su camino.

—No es suficiente, Alteza. Necesito vuestra ayuda.

—¿En qué aspecto, ex primer ministro?

—Fondos. La Biblioteca Galáctica debe ver aumentado su presupuesto o cerrará sus puertas al público y me expulsará.

—¡Créditos! —Una nota de asombro claramente perceptible apareció en la voz del emperador—. ¿Ha venido a pedirme créditos?

—Sí, Alteza.

Agis XIV se puso en pie dando muestras de cierta agitación. Seldon le imitó de inmediato, pero Agis movió una mano indicándole que volviera a sentarse.

—Siéntese. No me trate como si fuese un emperador. No soy un emperador. No quería serlo, pero me obligaron a aceptar el trono. Era lo más aproximado a un miembro de la familia imperial que había disponible, y no pararon hasta que me convencieron de que el Imperio necesitaba un emperador. Bien, ahora me tienen a mí y no les estoy sirviendo de mucho...

»¡Créditos! ¡Espera que disponga de créditos para usted! Habla de que el Imperio se está desintegrando... ¿Cómo cree que se produce esa desintegración? ¿Está pensando en la rebelión? ¿En la guerra civil? ¿En desórdenes aquí y allá?

»No. Piense en los créditos. ¿Acaso no sabe que no puedo recaudar impuestos en la mitad de las provincias del Imperio? Siguen formando parte del Imperio —«¡Viva el Imperio! ¡Honramos y respetamos al emperador!»—, pero no pagan ni un solo impuesto y no puedo obligarles porque no dispongo de la fuerza necesaria para ello. Y si no puedo obtener créditos de esas provincias supongo que en realidad no forman parte del Imperio, ¿verdad?

»¡Créditos! El Imperio padece un déficit crónico de proporciones espantosas. No puedo pagar nada... ¿Cree que dispongo de fondos suficientes para el mantenimiento del recinto imperial? A duras penas... Tengo que hacer ahorros. Me veo obligado a permitir que el palacio se vaya deteriorando. He de permitir que el número de cortesanos imperiales disminuya paulatinamente.

»Profesor Seldon, si quiere créditos he de decirle que

no tengo nada que darle. ¿Dónde voy a encontrar fondos para la Biblioteca Galáctica? Tendrían que agradecerme que consiga darles algo cada año.

El emperador extendió las manos con las palmas hacia arriba como indicándole lo vacías que estaban las arcas imperiales.

Hari Seldon estaba atónito.

—Pero... —murmuró—. Alteza, aunque no dispongáis de esos fondos seguís teniendo el prestigio imperial. ¿No podéis ordenar a la Biblioteca Galáctica que permita conservar mi despacho y que acceda a que mis colegas me ayuden en ese trabajo de importancia vital?

Agis XIV volvió a sentarse como si el hablar de otro tema que no fueran los créditos le hubiese calmado al instante.

—Seldon, tiene que comprender que la Biblioteca Galáctica posee una larga tradición de independencia y que en cuanto concierne a su autogobierno no está sometida a la potestad del emperador. La biblioteca establece sus propias reglas internas y ha venido haciéndolo desde que Agis VI, el emperador de quien tomé mi nombre —y Agis XIV sonrió—, intentó controlar las nuevas funciones de la biblioteca. No lo consiguió, y si el gran Agis VI fracasó, ¿cree que yo triunfaría?

—Alteza, no os estoy pidiendo que utilicéis la fuerza. Me limito a pediros que expreséis un deseo de la forma más cortés posible. Estoy seguro de que si no afecta a ninguna función vital de la Biblioteca Galáctica el gremio de bibliotecarios estará dispuesto a demostrar su respeto al emperador cumpliendo sus deseos.

—Profesor Seldon, qué poco conoce a los bibliotecarios y a la Biblioteca Galáctica... Basta con que exprese un deseo, por cortés y tímida que sea esa expresión de mi voluntad, para que pueda tener la seguridad de que harán justo lo contrario. Son muy sensibles a la más mínima señal de control imperial.

—Entonces, ¿qué puedo hacer? —preguntó Seldon.

—Bueno, le diré lo que puede hacer... Acabo de tener una idea. Soy un ciudadano del Imperio y si lo deseo puedo visitar la biblioteca. Se encuentra dentro del recinto del palacio, por lo que visitarla no supondría ninguna violación del protocolo. Usted vendrá conmigo y haremos ostentación de lo bien que nos llevamos. No les pediré nada, pero si nos ven caminando cogidos del brazo quizá algunos de los miembros de su precioso consejo se sientan mejor dispuestos hacia usted de lo que se sentirían en otras circunstancias..., es todo lo que puedo hacer.

Seldon, profundamente desilusionado, se preguntó si bastaría con aquello.

12

—No sabía que tuviera una relación de amistad tan íntima con el emperador, profesor Seldon —dijo Las Zenow, y en su voz había una nueva nota de respeto.

—¿Por qué no iba a tenerla? Para ser emperador es un hombre de espíritu terriblemente democrático, y estaba interesado en mis experiencias como primer ministro durante el reinado de Cleón.

—Todos quedamos muy impresionados. Hacía muchos años que no veíamos a un emperador caminando por nuestros pasillos. Normalmente cuando el emperador necesita los servicios de la biblioteca...

—Ya me imagino qué ocurre. Lo pide y se le lleva inmediatamente como acto de cortesía hacia el emperador, ¿no?

—Hace mucho tiempo se sugirió que el emperador debería contar con un equipo propio en su palacio —dijo Zenow, quien parecía tener bastantes ganas de hablar—. Ese equipo computerizado habría estado unido al sistema de la biblioteca mediante una conexión directa, y el emperador no habría tenido que esperar ni un instante. Eso ocurrió en los viejos tiempos, cuando había abundancia de créditos, claro, pero... Bueno, el resultado de la votación fue negativo.

—¿De veras?

—Oh, sí. Casi todo el consejo opinó que eso haría que el emperador tuviese una relación excesivamente íntima con la biblioteca y que pondría en peligro nuestra independencia del gobierno.

—Y ese consejo que no quiere doblar la rodilla para honrar a un emperador, ¿accederá a tolerar mi presencia en la biblioteca?

—Por el momento..., sí. Existe la sensación, y he hecho cuanto he podido para reforzarla y extenderla, de que si no tratamos cortésmente a un amigo personal del emperador la posibilidad de un aumento presupuestario se esfumará del todo, así que...

—Así que los créditos hablan..., e incluso la tenue esperanza de conseguirlos puede hacer oír su voz, ¿no?

—Me temo que sí.

—¿Podré traer a mis colegas?

Zenow puso cara de sentirse bastante incómodo.

—Me temo que no. El emperador fue visto paseando con usted..., no con sus colegas. Lo siento, profesor.

Seldon se encogió de hombros y se dejó dominar por una profunda melancolía. De todas formas no disponía de ningún colega al que llevar a la Biblioteca Galáctica. Por algún tiempo había albergado la esperanza de encontrar a otras personas con poderes similares a los de Wanda, y había fracasado. Él también necesitaría fondos para poner en marcha las investigaciones..., y tampoco contaba con ellos.

13

Trantor, la ciudad-mundo capital del Imperio Galáctico, había cambiado considerablemente desde el día en el que Hari bajó del hipernavío que le había sacado de Helicón, su planeta natal, hacía treinta y ocho años. Hari se preguntó si no sería la neblina propia de la memoria de un anciano la que hacía que el Trantor de aquel entonces brillara con un resplandor tan intenso en el ojo de su mente; o quizás hubiera sido la exuberancia de la juventud. Después de todo, un joven llegado de un mundo exterior tan provinciano como Helicón no podía por menos que sentirse impresionado ante las torres resplandecientes, las cúpulas centelleantes y las abigarradas masas vestidas con ropajes multicolores que parecían ir y venir incesantemente por todo Trantor tanto de día como de noche.

«Y ahora –pensó Hari con tristeza–, las calles y avenidas están casi desiertas incluso a plena luz del día...» Pandillas de matones controlaban varias partes de la ciudad y competían unas con otras para aumentar sus respectivos territorios. El número de agentes de seguridad había disminuido, y los que quedaban sólo tenían tiempo para atender y procesar las quejas en la oficina central. Naturalmente cada vez que se recibía una llamada de emergencia se enviaba a un grupo de agentes, pero éstos llegaban a la escena del crimen *después* de que se hubiera cometido, y ni siquiera intentaban fingir que protegían a los ciudadanos de Trantor. Quien salía a la calle era consciente del riesgo que corría..., y el riesgo era muy grande. Pero Hari Seldon seguía corriendo ese riesgo en forma de un paseo diario, como si desafiara a las fuerzas que estaban destruyendo su amado Imperio invitándolas a que le destruyeran también.

Hari Seldon caminaba con su paso cojeante..., y pensaba.

Todo lo que intentaba parecía condenado al fracaso. Había sido incapaz de aislar la pauta genética que distinguía a Wanda de la inmensa mayoría de seres humanos, y sin eso era incapaz de encontrar a otras personas que fuesen como ella.

La capacidad telepática de Wanda había aumentando considerablemente durante los seis años transcurridos desde que había dado con el error en el primer radiante de Yugo Amaryl. Wanda era especial en más de un aspecto. Seldon tenía la impresión de que cuando se percató de que su extraño poder mental la distinguía de los demás, Wanda había tomado la decisión de entenderlo, de dominar su energía y controlarla. La adolescencia la había hecho madurar arrebatándole las risitas infantiles que tanto gustaban a Hari y, al mismo tiempo, su decisión de ayudarle en su trabajo con los poderes de su «don» había hecho que Wanda le resultara todavía más querida que antes. Hari Seldon le había contado sus planes de crear una segunda Fundación y Wanda se había comprometido a alcanzar ese objetivo con él.

Pero aquel día el estado anímico de Seldon no podía ser más sombrío. Estaba llegando a la conclusión de que la habilidad mental de Wanda no le serviría de nada. Créditos: todo se reducía a eso. Necesitaba créditos para seguir con su trabajo, créditos para encontrar a otras personas similares a Wanda, créditos para pagar a quienes trabajaban en el proyecto psicohistoria de Streeling, créditos para poner en marcha el importantísimo Proyecto Enciclopedia en la Biblioteca Galáctica...

¿Y ahora qué?

Siguió caminando con rumbo a la Biblioteca Galáctica. Habría llegado mucho más deprisa y más cómodamente tomando un gravitaxi, pero quería caminar..., con cojera o sin ella. Necesitaba tiempo para pensar.

Oyó un grito −«¡Ahí está!»−, pero no le prestó ninguna atención.

El grito se repitió.

−¡Ahí está! ¡Psicohistoria!

La palabra le obligó a alzar la mirada. Psicohistoria...

Estaba a punto de ser rodeado por un grupo de jóvenes. Seldon reaccionó de forma automática pegando la espalda a la pared y alzando su bastón.

−¿Qué queréis?

Los jóvenes se rieron.

−Créditos, viejo. ¿Llevas algún crédito encima?

−Quizá, pero ¿por qué queréis que os los dé? Habéis gritado «¡Psicohistoria!» ¿Sabéis quién soy?

−Claro. Eres «Cuervo» Seldon −dijo el joven que parecía ser el líder y que daba la impresión de sentirse complacido y cómodo con la situación.

−Eres un chiflado −dijo otro joven.

−¿Qué vais a hacer si no os entrego ningún crédito?

−Te daremos una paliza y te los quitaremos −dijo el líder.

−¿Y si os los entrego?

−¡Te daremos la paliza de todas formas!

Hari Seldon alzó un poco más su bastón.

−No os acerquéis.

Ya había logrado contarles. Había ocho jóvenes.

Seldon descubrió que le costaba un poco respirar. En una ocasión él, Dors y Raych habían sido atacados por diez hombres y no habían tenido ninguna dificultad para vencerles. Por aquel entonces él tenía treinta y dos años y Dors... era Dors.

Ahora todo era distinto. Seldon agitó su bastón.

—Eh, el viejo va a atacarnos —dijo el líder de la pandilla—. ¿Qué vamos a hacer?

Seldon miró rápidamente a su alrededor. No había ningún agente de seguridad visible..., otra indicación del deterioro de la sociedad. De vez en cuando pasaba alguien, pero gritar pidiendo ayuda no serviría de nada. Los transeúntes apretaban el paso y daban un rodeo. Nadie estaba dispuesto a correr el riesgo de acabar metido en un lío.

—El primero que se acerque conseguirá que le rompa la cabeza —dijo Seldon.

—Ah, ¿sí?

Y el líder se lanzó sobre él y agarró el bastón. Hubo un forcejeo tan rápido como violento y el bastón fue arrebatado de los dedos de Seldon. El líder de la pandilla lo arrojó a un lado.

—¿Y ahora qué, viejo?

Seldon se encogió sobre sí mismo. Lo único que podía hacer era esperar los golpes. Los jóvenes le rodearon. Todos parecían tener muchas ganas de darle un par de puñetazos. Seldon alzó los brazos intentando apartarles. Aún podía usar algunos trucos de la lucha de torsión, y si se hubiera enfrentado a uno o dos adversarios quizá habría conseguido retorcer su cuerpo para esquivar los golpes y replicar a ellos. Pero contra ocho..., no, contra ocho no podría hacer nada.

Pero a pesar de todo lo intentó. Se movió rápidamente a un lado para esquivar los puñetazos y su pierna derecha, la más afectada por la ciática, se dobló bajo su peso. Seldon cayó al suelo y comprendió que estaba totalmente indefenso.

De repente oyó una voz estentórea.

—¿Qué está pasando aquí? —gritó la voz—. ¡Atrás, matones! ¡Retroceded o acabo con vosotros!

—Vaya, otro viejo —dijo el líder de la pandilla.

—No soy tan viejo —dijo el recién llegado, y golpeó el rostro del líder con el canto de una mano.

—¡Raych, eres tú! —exclamó Seldon muy sorprendido.

La mano de Raych volvió a su posición original.

—No te metas en esto, papá —dijo Raych—. Limítate a levantarte y vete de aquí.

—Pagarás lo que has hecho —dijo el líder de la pandilla frotándose la mejilla—. Acabaremos contigo.

—No, no lo haréis —dijo Raych.

Y sacó de su bolsillo un cuchillo de manufactura dahlita que tenía una hoja muy larga y reluciente. Un segundo cuchillo siguió al primero, y un instante después Raych tenía un cuchillo en cada mano.

—¿Todavía llevas cuchillos, Raych? —preguntó Seldon con un hilo de voz.

—Siempre —dijo Raych—. Nada hará que deje de llevarlos encima.

—Yo te convenceré —dijo el líder, y sacó un desintegrador de su bolsillo.

Uno de los cuchillos de Raych voló por los aires más deprisa de lo que el ojo podía seguirlo y se hundió en la garganta del líder. El joven emitió un jadeo ahogado seguido de un gorgoteo y cayó al suelo. Siete pares de ojos se clavaron en él.

—Quiero recuperar mi cuchillo —dijo Raych yendo hacia él.

Extrajo el cuchillo de la garganta del pandillero y lo limpió en la pechera de su camisa. Al hacerlo puso un pie sobre la mano del joven, se inclinó y cogió su desintegrador.

Raych dejó caer el desintegrador dentro de uno de sus espaciosos bolsillos.

—Bien, hatajo de inútiles, no me gusta usar el desintegrador porque a veces fallo —dijo—, pero con un cuchillo no fallo jamás. ¡Jamás! Ese hombre está muerto. Aún quedáis siete en pie. ¿Tenéis intención de quedaros o pensáis iros?

—¡A por él! —gritó uno de ellos, mientras los otros jóvenes iniciaban un ataque en grupo.

Raych dio un paso atrás. Un cuchillo se movió a velocidad cegadora seguido del otro, y dos de los atracadores se detuvieron con un cuchillo en cada abdomen.

–Devolvedme mis cuchillos –dijo Raych.

Los extrajo tirando de ellos de tal forma que la herida se hizo todavía más grande, y los limpió.

–Esos dos siguen vivos, pero no por mucho tiempo. Eso deja a cinco de vosotros en pie. ¿Vais a atacarme o pensáis marcharos?

Los pandilleros giraron sobre sí mismos.

–¡Recoged a vuestro muerto y a vuestros agonizantes! –gritó Raych–. No los quiero para nada.

Los tres cuerpos fueron colocados a toda prisa sobre otras tantas espaldas y los cinco pandilleros huyeron a toda velocidad.

Raych se inclinó para recoger el bastón de Seldon.

–¿Puedes caminar, papá?

–No muy bien –dijo Seldon–. Me he torcido la pierna.

–Bueno, entonces entra en mi coche. ¿Qué hacías paseando por aquí?

–¿Por qué no iba a hacerlo? Nunca me ha ocurrido nada.

–Así que esperaste a que te ocurriese algo, ¿eh? Entra en mi coche y te llevaré a Streeling.

Raych programó los controles del vehículo sin decir nada.

–Es una lástima que no tuviéramos a Dors con nosotros –dijo después–. Mamá les habría atacado con las manos desnudas y habría matado a esos ocho granujas en cinco minutos.

Seldon sintió el escozor de las lágrimas en sus párpados.

–Ya lo sé, Raych, ya lo sé... ¿Crees que no la echo de menos cada día?

–Lo siento –murmuró Raych.

–¿Cómo supiste que tenía problemas? –preguntó Seldon.

–Wanda me lo dijo. Dijo que había gente malvada acechándote, me explicó dónde estaban y salí corriendo.

–¿Y no dudaste ni por un momento de lo que te dijo?

—En absoluto. Ahora sabemos lo suficiente sobre ella para estar seguros de que mantiene alguna clase de contacto mental con tu cerebro y con lo que te rodea.

—¿Te dijo cuántas personas acechaban?

—No. Se limitó a decir que eran bastantes.

—Y viniste solo, ¿eh, Raych?

—No tenía tiempo para reunir un grupo de rescate, papá..., y ha bastado conmigo, ¿no?

—Sí, desde luego. Gracias, Raych.

14

Habían vuelto a Streeling, y Seldon tenía la pierna estirada y apoyada sobre un cojín.

Raych le estaba contemplando con expresión sombría.

—Papá, a partir de ahora no volverás a ir por Trantor solo —dijo.

Seldon frunció el ceño.

—¿Por qué? ¿Porque he tenido un pequeño incidente?

—Fue un incidente bastante grave. Ya no puedes cuidar de ti mismo. Tienes setenta años y tu pierna derecha no te sostendrá en una emergencia. Y tienes enemigos...

—¡Enemigos!

—Sí, los tienes y tú lo sabes. Esas ratas de cloaca no andaban detrás del primero que pasara por allí. No buscaban un incauto al que desplumar. Te identificaron gritando «¡Psicohistoria!» y te llamaron chiflado. ¿Por qué crees que lo hicieron?

—No lo sé.

—No lo sabes porque vives en una especie de mundo privado, papá, y no tienes idea de lo que está ocurriendo en Trantor. ¿Crees que los trantorianos no saben que su mundo va cuesta abajo a toda velocidad? ¿Crees que no saben que tu psicohistoria lleva años prediciendo esto? ¿No se te ha ocurrido pensar que pueden echar la culpa del mensaje al mensajero? Si las cosas van mal, y *están* yendo muy mal, muchos pensarán que tú eres el responsable de ello.

—No puedo creerlo.

–¿Por qué crees que unos cuantos miembros del consejo de la Biblioteca Galáctica quieren echarte de allí? No quieren estar cerca cuando las turbas caigan sobre ti para lincharte, así que... Bueno, tienes que cuidarte. No puedes salir a la calle solo. Tendré que ir contigo o tendrás que ir acompañado por guardaespaldas. A partir de ahora harás lo que te he dicho, papá.

Seldon parecía terriblemente desdichado.

–Pero no será por mucho tiempo, papá –dijo Raych en un tono de voz menos adusto–. Tengo un nuevo trabajo.

Seldon alzó la mirada hacia él.

–Un nuevo trabajo... ¿Qué clase de trabajo?

–Daré clases en una universidad.

–¿En cuál?

–En Santanni.

Los labios de Seldon temblaron levemente.

–¡Santanni! Eso está a nueve mil parsecs de Trantor... Es un mundo provinciano que se encuentra al otro lado de la galaxia.

–Exactamente, y por eso quiero ir. He pasado toda mi vida en Trantor, papá, y estoy harto. En todo el Imperio no hay ningún mundo que se esté deteriorando de la forma en que lo está haciendo Trantor. Se ha convertido en una madriguera de criminales, y nadie nos protege de ellos. La economía va mal, la tecnología está fallando... Santanni, en cambio, es un mundo agradable sin problemas, y quiero estar allí para rehacer mi vida al lado de Manella, Wanda y Bellis. Todos iremos allí dentro de dos meses.

–¡Todos vosotros!

–Y tú también, papá, y tú también... No podemos dejarte solo en Trantor. Vendrás a Santanni con nosotros.

Seldon meneó la cabeza.

–Es imposible, Raych. Ya lo sabes.

–¿Por qué es imposible?

–Ya sabes por qué. El proyecto, mi psicohistoria... ¿Me estás pidiendo que abandone el trabajo al que he dedicado toda mi vida?

–¿Por qué no? Él te ha abandonado, ¿verdad?

–Te has vuelto loco.

–No, no me he vuelto loco. ¿Adónde te está llevando

ese trabajo? No tienes créditos, y no hay forma alguna de que los consigas. En Trantor ya no queda nadie dispuesto a apoyarte.

—Durante casi cuarenta años...

—Sí, lo admito, pero después de todo ese tiempo... Bueno, papá, has *fracasado*. Fracasar no es ningún crimen. Lo has intentado con todas tus fuerzas y has conseguido llegar hasta cierto punto, pero has tropezado con una economía que se deteriora y un Imperio que se desmorona. Lo que has estado prediciendo desde hace tanto tiempo ha acabado deteniéndote, así que...

—No. No me detendré. No sé cómo, pero seguiré adelante de una forma o de otra.

—Voy a decirte lo que has de hacer, papá. Si realmente piensas ser tan tozudo, llévate la psicohistoria contigo. Vuelve a empezar en Santanni. Puede que allí haya los créditos o el entusiasmo suficiente para que lo consigas.

—¿Y los hombres y las mujeres que han colaborado tan fielmente conmigo?

—Oh, papá, no digas tonterías. Te han estado *abandonando* porque no puedes pagarles. Quédate aquí el resto de tu vida y acabarás solo. Oh, vamos, papá... ¿Acaso crees que me gusta tener que hablarte de esta manera? Si ahora te encuentras en esta situación es precisamente porque nadie ha querido..., porque nadie ha tenido el valor de hablarte así. Seamos sinceros el uno con el otro. Cuando caminas por las calles de Trantor y eres atacado sin que exista ninguna razón para ello, aparte de la de llamarte Hari Seldon, ¿no crees que ha llegado el momento de que oigas unas cuantas verdades?

—Olvídate de la verdad. No tengo intención de marcharme de Trantor.

Raych meneó la cabeza.

—Estaba seguro de que no querrías dar tu brazo a torcer, papá. Dispones de dos meses para cambiar de opinión. Piensa en ello. ¿Querrás hacerlo?

15

Hari Seldon llevaba mucho tiempo sin sonreír. Había dirigido el proyecto de la misma forma en que siempre lo había hecho: impulsando hacia delante el desarrollo de la psicohistoria, haciendo planes para la Fundación y estudiando el primer radiante.

Pero no sonreía. Lo único que hacía era obligarse a cumplir con su deber y trabajar sin ninguna sensación de que el éxito fuese inminente. Al contrario, todo parecía transmitirle la indefinible sensación de que el fracaso estaba próximo.

Seldon estaba sentado en su despacho de la Universidad de Streeling. Wanda entró en él y cuando alzó la mirada hacia ella, Seldon sintió como si le quitaran un peso de encima. Wanda siempre había sido especial. Seldon no habría podido decir con exactitud en qué momento él y los demás empezaron a aceptar sus afirmaciones con entusiasmo, porque parecía como si siempre hubiera sido así. De pequeña le había salvado la vida con dos palabras, «muerte» y «limonada», y durante toda su infancia siempre había parecido *saber* cosas de una manera misteriosa.

La doctora Endelecki había afirmado que el genoma de Wanda no podía ser más normal en todos los aspectos, pero Seldon seguía convencido de que su nieta tenía poderes mentales muy poco corrientes en los seres humanos, y también estaba seguro de que había otras personas como ella en la galaxia..., e incluso en Trantor. Si pudiera encontrar a esos mentalistas, ¡qué gran contribución serían capaces de hacer a la Fundación! El potencial de toda aquella grandeza se centraba en su hermosa nieta. Seldon contempló su silueta enmarcada en el umbral del despacho y pensó que se le rompería el corazón. Dentro de unos cuantos días Wanda se habría ido...

¿Cómo podría soportarlo? Era una joven tan hermosa... Tenía dieciocho años, una larga cabellera rubia y un rostro de rasgos un poco marcados pero con tendencia a la sonrisa. De hecho, en aquellos momentos estaba sonriendo. «¿Por qué no va a sonreír? –pensó Seldon–. Está a punto de partir hacia Santanni y una nueva existencia...»

—Bien, Wanda, ya sólo faltan unos cuantos días —dijo.

—No. No lo creo, abuelo.

Seldon la miró fijamente.

—¿Qué has dicho?

Wanda fue hacia él y le rodeó con los brazos.

—No iré a Santanni.

—¿Es que tu padre y tu madre han cambiado de opinión?

—No, ellos se irán.

—¿Y tú no? ¿Por qué? ¿Adónde irás?

—Me voy a quedar aquí, abuelo. Contigo... —Wanda le abrazó con más fuerza—. ¡Pobre abuelo!

—Pero no lo entiendo... ¿Por qué? ¿Te lo van a permitir?

—¿Te refieres a mamá y a papá? No, la verdad es que no cuento con su permiso... Hemos discutido durante semanas, pero al final me he salido con la mía. ¿Por qué no, abuelo? Ellos se irán a Santanni y se tendrán el uno al otro..., y también tendrán a la pequeña Bellis. Pero si me voy con ellos y te dejo aquí yo no tendré a nadie. Creo que no podría soportarlo.

—Pero... ¿Cómo conseguiste que accedieran a dejarte quedar aquí?

—Bueno, ya sabes... Les «empujé» un poco.

—¿Qué quiere decir eso?

—Es algo que mi mente es capaz de hacer. Puedo ver lo que hay en tu mente y en las suyas, y a medida que pasa el tiempo puedo verlo con más claridad..., y puedo «empujarles» para que hagan lo que quiero.

—¿Cómo lo haces?

—No lo sé. Pero cuando llevo un tiempo haciéndolo se cansan de sentir esa especie de presión mental y dejan que haga lo que quiera, así que me quedaré contigo.

Seldon alzó la mirada hacia ella, y sus ojos estaban llenos de un amor que no sabía cómo expresar.

—Es maravilloso, Wanda. Pero Bellis...

—No te preocupes por Bellis. No tiene una mente como la mía.

—¿Estás segura?

Seldon se mordisqueó el labio inferior.

—Totalmente, y además mamá y papá también necesitan tener a alguien, ¿no?

Seldon quería dar rienda suelta a su alegría, pero no podía hacerlo de una forma tan abierta. Tenía que pensar en Raych y Manella. ¿Qué sería de ellos?

—Wanda, ¿y tus padres? —preguntó—. ¿Cómo puedes tratarles de forma tan despiadada?

—No soy despiadada. Ellos lo comprenden. Saben que he de estar contigo.

—¿Cómo lo conseguiste?

—Empujé y empujé —se limitó a decir Wanda—, y al final acabaron comprendiendo mis razones.

—Es increíble. ¿Puedes hacerlo?

—No resultó fácil.

—Y lo hiciste porque...

Seldon no llegó a completar la frase.

—Porque te quiero, naturalmente —dijo Wanda—. Y porque...

—¿Sí?

—He de aprender psicohistoria. Ya sé bastantes cosas sobre ella.

—¿Cómo?

—Por lo que he visto en tu mente y en las mentes de otras personas que trabajan en el proyecto, especialmente en la del tío Yugo antes de que muriese; pero de momento todo son fragmentos y cosas sueltas. Quiero estar en contacto con la verdadera psicohistoria. Abuelo, quiero tener mi propio primer radiante. —El rostro de Wanda se iluminó, y cuando siguió hablando las palabras que salieron velozmente de sus labios estaban impregnadas de una inmensa pasión—. Quiero estudiar la psicohistoria con el máximo detalle posible. Abuelo, eres muy viejo y estás muy cansado. Yo soy joven y estoy llena de entusiasmo. Quiero aprender cuanto pueda para poder seguir adelante cuando...

—Bueno, eso sería maravilloso... si pudieras hacerlo, pero los fondos se han terminado —dijo Seldon—. Te enseñaré cuanto pueda, pero... No podemos *hacer* nada.

—Ya veremos, abuelo. Ya veremos...

Raych, Manella y la pequeña Bellis estaban esperando en el espaciopuerto.

El hipernavío se estaba preparando para el despegue, y ya habían facturado el equipaje.

—Papá, ven con nosotros —dijo Raych.

Seldon meneó la cabeza.

—No puedo.

—Si cambias de parecer siempre tendremos un sitio para ti.

—Ya lo sé, Raych. Hemos estado juntos durante casi cuarenta años..., y han sido buenos años. Dors y yo fuimos muy afortunados al conocerte.

—Yo he sido el afortunado. —Los ojos de Raych se llenaron de lágrimas—. No creas que no me acuerdo de mamá cada día...

—Sí.

Seldon sintió una tristeza tan grande que tuvo que desviar la mirada. Wanda estaba jugando con Bellis, y unos instantes después oyeron sonar el timbre que indicaba que todos los pasajeros debían abordar el hipernavío.

Y así lo hicieron después de que Wanda abrazara sollozando a sus padres por última vez. Raych se volvió para saludar a Seldon con la mano e intentó que sus labios esbozaran una sonrisa torcida.

Seldon devolvió el saludo con una mano, y la otra se movió a tientas hasta acabar posándose sobre el hombro de Wanda.

Era la única que le quedaba. A lo largo de su vida Seldon había ido perdiendo una a una a sus amistades y a las personas que amaba. Demerzel se había marchado y no volvería nunca; el emperador Cleón, su amada Dors y su fiel amigo Yugo Amaryl se habían ido..., y ahora Raych, su único hijo, también.

Sólo le quedaba Wanda.

–Hace un atardecer precioso –dijo Hari Seldon–. Vivimos bajo una cúpula, y lo lógico sería pensar que podríamos disfrutar de este tiempo maravilloso cada atardecer, ¿no?

–Abuelo, si siempre hiciera un tiempo maravilloso nos acabaríamos hartando de él –dijo Wanda con indiferencia–. Un pequeño cambio de vez en cuando resulta beneficioso.

–Te lo resulta a ti porque eres joven, Wanda. Tienes muchos, muchos atardeceres por delante... Yo no. Quiero que haya más atardeceres hermosos.

–Vamos, abuelo, no eres viejo. Tu pierna está portándose bien y tu mente sigue tan lúcida como siempre. Lo *sé*, recuérdalo.

–Claro. Adelante, haz que me sienta mejor –replicó Seldon–. Quiero dar un paseo –añadió después con una leve expresión de incomodidad en el rostro–. Quiero salir de este apartamento minúsculo, dar un paseo hasta la biblioteca y disfrutar de este precioso atardecer.

–¿Y para qué quieres ir a la biblioteca?

–De momento para nada en concreto. Quiero dar ese paseo. Pero...

–Sí. ¿Pero...?

–Le prometí a Raych que no iría por Trantor sin un guardaespaldas.

–Raych no está aquí.

–Ya lo sé –murmuró Seldon–, pero una promesa es una promesa.

–Raych no dijo quién debía hacerte de guardaespaldas, ¿verdad? Vamos a dar un paseo y yo seré tu guardaespaldas.

–¿Tú?

Seldon sonrió.

–Sí, yo. Te ofrezco mis servicios como tal. Prepárate e iremos a dar un paseo.

El ofrecimiento divirtió a Seldon. La pierna apenas le dolía y pensó que podía prescindir del bastón pero, por otra parte, tenía un bastón nuevo cuya empuñadura había sido rellenada con plomo. Era más pesado y más resistente que su antiguo bastón, y si sólo iba a tener a Wanda de guardaespaldas pensó que quizá sería mejor llevárselo.

El paseo resultó delicioso, y Seldon se alegró enormemente de haber cedido a la tentación..., hasta que llegaron a cierto lugar.

Seldon alzó su bastón en un gesto de ira mezclada con resignación.

—¡Fíjate en eso! —exclamó.

Wanda alzó su mirada. La cúpula brillaba, tal y como hacía cada atardecer para crear la impresión del comienzo del ocaso. Después se oscurecía a medida que avanzaba la noche, naturalmente.

Pero Seldon estaba señalando una mancha de oscuridad que se extendía a lo largo de la cúpula. Un grupo de luces se había apagado.

—Cuando llegué a Trantor algo así habría sido impensable —dijo Seldon—. Siempre había operarios ocupándose de las luces. La ciudad *funcionaba*, pero ahora se desmorona en multitud de pequeños aspectos como ése y lo que más me irrita es que a nadie le importa. ¿Por qué no envían escritos al palacio imperial? ¿Por qué no se celebran reuniones indignadas? Es como si los habitantes de Trantor dieran por descontado que la ciudad tiene que desmoronarse y se enfadaran conmigo porque les hago ver que eso es justamente lo que está ocurriendo.

—Abuelo, hay dos hombres detrás nuestro —dijo Wanda en voz baja.

Se habían internado en las sombras que se extendían debajo de las luces averiadas.

—¿Están dando un paseo? —preguntó Seldon.

—No. —Wanda no les miró. No necesitaba hacerlo—. Vienen a por ti.

—¿Puedes detenerles... empujándoles?

—Lo estoy intentando, pero son dos y su decisión es muy fuerte. Es..., es como empujar una pared.

—¿A qué distancia están detrás de mí?

—A unos tres metros.

—¿Se están acercando?

—Sí, abuelo.

—Avísame cuando estén a un metro.

Seldon deslizó la mano a lo largo del bastón hasta sostenerlo por la punta dejando que la empuñadura rellena de plomo se balanceara libremente.

—*Ahora*, abuelo —siseó Wanda.

Seldon giró sobre sí mismo blandiendo su bastón. La empuñadura chocó con el hombro de uno de sus perseguidores. El hombre lanzó un alarido, cayó y empezó a retorcerse sobre el pavimento.

—¿Dónde está el otro tipo? —preguntó Seldon.

—Ha huido.

Seldon contempló al hombre caído en el suelo y le puso un pie sobre el pecho.

—Regístrale los bolsillos, Wanda —dijo—. Alguien tiene que haberle pagado y me gustaría averiguar cuál es su archivo de crédito..., quizá pueda descubrir de dónde han salido. Mi intención era golpearle en la cabeza —añadió con voz pensativa.

—Le habrías matado, abuelo.

Seldon asintió.

—Es lo que pretendía. Tendría que estar avergonzado, ¿no? Por suerte fallé el golpe.

—¿Qué es todo esto? —preguntó una voz enronquecida. Una silueta de uniforme fue corriendo hacia ellos. Su rostro estaba cubierto de sudor—. ¡Usted, deme ese bastón!

—Agente... —dijo Seldon sin perder la calma.

—Luego podrá contarme su historia. Tenemos que llamar a una ambulancia para este pobre hombre.

—¿*Pobre hombre*? —replicó Seldon con voz irritada—. Iba a atacarme. Actué en defensa propia.

—Vi cómo ocurría todo —dijo la agente de seguridad—. Este hombre no llegó a ponerle un dedo encima. Usted giró de repente y le golpeó sin que hubiese ninguna provocación previa. Eso no es defensa propia, es agresión premeditada.

—Agente, le digo que...

—No me diga nada. Podrá hablar ante el tribunal.

—Agente, si tuviera la bondad de escucharnos... —dijo Wanda en un tono de voz muy dulce.

—Váyase a casa, señorita —dijo la agente.

Wanda se irguió todo lo alta que era.

—No lo haré, agente. Iré donde vaya mi abuelo —dijo, y sus ojos echaban chispas.

—Bueno, pues acompáñenos —murmuró la agente.

18

Seldon estaba enfurecido.

—Nunca me habían detenido. Hace un par de meses ocho hombres me atacaron. Pude ahuyentarles con la ayuda de mi hijo, pero mientras ocurría todo eso, ¿había algún agente de seguridad? ¿Se paró alguien a ayudarme? No. En esta ocasión me encontraba mejor preparado y derribé al suelo a un hombre dispuesto a agredirme. ¿Había un agente de seguridad cerca? Desde luego que sí, y me arrestó sin perder ni un instante. También había espectadores, y les divirtió mucho ver a un anciano detenido por agresión premeditada. ¿En qué clase de mundo vivimos?

Civ Novker, el abogado de Seldon, dejó escapar un suspiro.

—Vivimos en un mundo corrompido —dijo—, pero no se preocupe. No le ocurrirá nada. Le sacaré bajo fianza y cuando haya pasado un tiempo tendrá que presentarse ante un jurado de conciudadanos para ser juzgado, y la peor sentencia que puede esperar es una recriminación del magistrado. Su edad y su reputación...

—Olvídese de mi reputación —dijo Seldon, quien seguía estando muy enfadado—. Soy psicohistoriador, y en el momento actual la psicohistoria no está demasiado bien vista. Les encantará meterme entre rejas.

—Nada de eso —dijo Novker—. Puede que existan algunos chiflados que le odien, pero yo me ocuparé de que no haya ninguno en el jurado.

—¿Es realmente necesario que mi abuelo pase por todo esto? —preguntó Wanda—. Hace mucho tiempo que dejó de ser joven. ¿No podríamos limitarnos a comparecer delante del magistrado y evitar las molestias de un juicio con jurado?

El abogado se volvió hacia ella.

–Puede hacerse..., si no está en su sano juicio, claro.
Los magistrados son personas ávidas de poder a las que
tanto les da encerrar a alguien en la cárcel durante un año
como escucharle y creer en lo que dice. Nadie comparece
delante de un magistrado.

–Creo que deberíamos hacerlo –dijo Wanda.

–Bueno, Wanda, yo creo que deberíamos escuchar a
Civ... –empezó a decir Seldon, pero sintió como si algo gi-
rara a toda prisa dentro de su abdomen. Wanda acababa
de «empujarle»–. Bueno, si insistes –murmuró.

–No puede insistir –dijo el abogado–. No lo permitiré.

–Mi abuelo es su cliente –dijo Wanda–. Si quiere que
las cosas se hagan a su manera usted tiene que obedecerle.

–Puedo negarme a representarle.

–Bueno, pues entonces váyase –replicó secamente
Wanda–, y nos enfrentaremos al magistrado solos.

Novker se lo pensó durante unos momentos.

–Muy bien –dijo por fin–. Si va a tomárselo de esa
forma... He representado a Hari durante años y supongo
que no puedo abandonarle ahora. Pero les advierto que
hay bastantes posibilidades de que el magistrado le senten-
cie a pasar un tiempo en la cárcel, y tendré que esforzarme
al máximo para conseguir que Hari no acabe entre rejas...,
suponiendo que lo consiga, claro.

–Eso no me da miedo –dijo Wanda.

Seldon se mordió el labio y su abogado se volvió hacia
él.

–¿Y usted, Hari? ¿Está dispuesto a permitir que su
nieta lleve la voz cantante en este asunto?

Seldon lo pensó durante unos momentos.

–Sí –acabó admitiendo para gran sorpresa del abogado–. Sí, lo estoy.

19

El magistrado contempló a Seldon con cara de pocos
amigos mientras éste explicaba lo ocurrido.

–¿Qué le hace pensar que el hombre al que golpeó tenía intención de atacarle? –preguntó el magistrado en

cuanto Seldon terminó de hablar–. ¿Le golpeó? ¿Le amenazó? ¿Hizo algo que le impulsara a temer por su integridad física?

–Mi nieta se dio cuenta de que venía hacia nosotros y estaba totalmente segura de que planeaba atacarme.

–Convendrá conmigo en que no es suficiente, señor. ¿Hay algo más que pueda decirme antes de que emita sentencia?

–Bueno, espere un momento –dijo Seldon empezando a indignarse–. No vaya tan deprisa. Hace unas cuantas semanas fui atacado por ocho hombres a los que conseguí ahuyentar con la ayuda de mi hijo, así que tenía razones para suponer que volvería a ser atacado.

El magistrado examinó el fajo de papeles que tenía delante.

–Fue atacado por ocho hombres. ¿Informó de ello?

–No había agentes de seguridad cerca..., ni uno solo.

–Eso carece de toda relevancia. ¿Informó de ello?

–No, señor.

–¿Por qué no?

–Para empezar, porque temía verme involucrado en un procedimiento legal que duraría mucho tiempo. Habíamos repelido su ataque sin sufrir ningún daño físico, por lo que nos pareció que no había razón para buscarnos más problemas.

–¿Y cómo se las arreglaron usted y su hijo para ahuyentar a ocho hombres?

Seldon vaciló.

–Mi hijo está en Santanni y fuera de la jurisdicción trantoriana, por lo que puedo decirle que llevaba encima cuchillos dahlitas y que es experto en su uso. Mató a un hombre y dejó malheridos a otros dos. El resto huyeron llevándose al muerto y a los dos heridos.

–¿No informó de que un hombre había muerto y dos habían resultado heridos?

–No, señor, por la misma razón que le expuse antes. Además fue un caso evidente de defensa propia, pero si se logra encontrar al muerto o a los dos heridos tendrá la prueba de que fuimos atacados.

–¿Encontrar a un muerto y a dos heridos..., a tres trantorianos sin nombre y sin rostro? —replicó el magistrado—. ¿Está enterado de que en Trantor se descubren más de dos mil cadáveres al día..., contando sólo los que han muerto por herida de arma blanca? No podemos hacer nada a menos que se nos informe inmediatamente de ese tipo de acontecimientos. Su historia no puede tenerse en cuenta porque no existe prueba alguna que la apoye. Tenemos que limitarnos a lo que ocurrió hoy, un incidente que *fue* denunciado y presenciado por una agente de seguridad.

»Bien, examinemos la situación. ¿Por qué pensó que aquel hombre le atacaría? ¿Simplemente porque dio la casualidad de que usted pasaba por allí? ¿Porque es viejo y parecía estar indefenso? ¿Porque daba la impresión de que podía llevar encima una suma considerable de créditos? ¿Qué opina?

—Magistrado, opino que por ser quien soy.

El magistrado volvió a examinar el fajo de papeles.

—Usted es Hari Seldon, profesor y estudioso. ¿Por qué cree que eso provocaría que le agredieran?

—Por mis opiniones.

—Sus opiniones. Bien... —El magistrado empezó a cambiar de posición algunos papeles, pero se quedó inmóvil de repente. Después alzó la cabeza y observó a Seldon—. Espere un momento... Hari Seldon. —Su cambio de expresión indicó que sabía quién era—. Usted es el fanático de la psicohistoria, ¿no?

—Sí, magistrado.

—Lo siento. No sé nada sobre su psicohistoria salvo cómo se llama y el hecho de que usted va de un lado a otro prediciendo el fin del Imperio o algo parecido.

—Eso no es totalmente exacto, magistrado, pero mis opiniones se han vuelto impopulares porque están demostrando ser ciertas. Creo que ésa es la razón de que ciertas personas quieran agredirme o, más probablemente, de que hayan sido pagadas para hacerlo.

El magistrado contempló a Seldon por unos momentos y acabó llamando a la agente de seguridad que le había arrestado.

—¿Hizo alguna averiguación sobre el herido? ¿Tenía un historial delictivo?

La agente de seguridad carraspeó.

—Sí, magistrado. Ha sido arrestado en varias ocasiones. Agresión, atraco...

—Vaya, así que es un delincuente habitual, ¿eh? Y el profesor... ¿Tiene un historial?

—No, magistrado.

—Por lo tanto tenemos a un anciano inocente que se defiende de un conocido atracador..., y usted arresta al anciano inocente. Es lo que ocurrió, ¿no?

La agente de seguridad no dijo nada.

—Puede irse, profesor —dijo el magistrado.

—Gracias, señor. ¿Puedo recuperar mi bastón?

El magistrado se volvió hacia la agente y chasqueó los dedos. La agente le devolvió el bastón a Seldon.

—Una cosa más antes de que se vaya, profesor —dijo el magistrado—. Si vuelve a utilizar ese bastón será mejor que esté absolutamente seguro de que podrá demostrar que ha sido en defensa propia. De lo contrario...

—Sí, señor.

Hari Seldon salió del despacho del magistrado apoyándose pesadamente en su bastón, pero con la cabeza muy alta.

20

Wanda estaba sollozando desconsoladamente. Su rostro estaba mojado por las lágrimas. Tenía los ojos enrojecidos y se le habían hinchado las mejillas.

Hari Seldon estaba inclinado sobre ella dándole palmaditas en la espalda, y no sabía cómo consolarla.

—Abuelo, no sirvo de nada. Creí que podría manipular a la gente empujándola, pero sólo pude hacerlo cuando no les importaba demasiado que lo hiciese como en el caso de papá y mamá, e incluso entonces necesité mucho tiempo para convencerles. Hasta llegué a crear una especie de sistema de evaluación basado en una escala del cero a diez..., algo así como un indicador de la potencia del empujón mental. Pero confié demasiado en mí misma. Di por sentado que llegaba al diez o, por lo menos, al nueve, pero me doy cuenta de que como mucho rozo el siete.

El llanto de Wanda había cesado, y la joven se limitaba a sorber aire por la nariz de vez en cuando mientras Seldon le acariciaba la mano.

—Normalmente..., normalmente no hay problema. Si me concentro puedo captar los pensamientos de la gente y cuando quiero puedo empujarles. ¡Pero esos canallas...! Oh, sí, pude captar sus pensamientos pero no pude hacer absolutamente nada por ahuyentarles.

—Creo que te portaste estupendamente, Wanda.

—No lo hice. Tenía una fan-fantasía... —tartamudeó Wanda—. Imaginé que intentarían atacarte y que yo les daría un empujón tan poderoso que los haría salir despedidos. Sería la guardaespaldas perfecta, ¿entiendes? Por eso me ofrecí a ser tu guar-guardaespaldas..., pero fallé. Esos dos tipos aparecieron de repente y yo no pude hacer nada.

—Pero sí lo hiciste. Conseguiste que vacilara, y eso me dio la ocasión de volverme y golpearle con el bastón.

—No, no. Yo no tuve nada que ver con eso. Lo único que pude hacer fue advertirte de que estaba allí y tú hiciste el resto.

—El segundo huyó.

—Porque casi dejaste sin sentido al primero. Yo no tuve nada que ver. —Wanda se sentía tan frustrada que volvió a prorrumpir en sollozos—. Y luego el magistrado... Me concentré mucho en el magistrado. Pensé que bastaría con empujarle para que te dejara marchar de inmediato.

—Puede decirse que prácticamente me soltó en seguida.

—No. Te lo hizo pasar bastante mal y sólo vio la luz cuando se enteró de quién eras. Yo tampoco tuve nada que ver. He fracasado en cada ocasión. Podría haberte metido en un lío tan terrible...

—No, Wanda, me niego a aceptar eso. Si tus empujones mentales no funcionaron como esperabas fue sólo porque te encontrabas en situación de emergencia. No fue culpa tuya, pero... Escucha, Wanda, tengo una idea.

Wanda captó la excitación que había en su voz y alzó la mirada.

385

—¿Qué clase de idea, abuelo?

—Bueno, Wanda, supongo que sabes que necesito conseguir créditos. La psicohistoria no puede seguir adelante sin ellos y no puedo soportar la idea de que quizá todo acabe en nada después de tantos años de esfuerzo.

—Yo tampoco puedo soportarlo. Pero, ¿cómo podemos conseguir los créditos?

—Bueno, volveré a solicitar una audiencia con el emperador. Ya le he visto una vez y es un buen hombre, me cae bien, aunque no puede decirse que nade en la abundancia. Pero si te llevo conmigo y le empujas con delicadeza quizá encuentre una fuente de créditos que me permita seguir trabajando por algún tiempo hasta que se me ocurra otra idea.

—Abuelo, ¿realmente crees que funcionará?

—Sin ti no, pero contigo... Quizá funcione. Vamos, ¿no te parece que vale la pena intentarlo?

Wanda sonrió.

—Sabes que siempre haré lo que me pidas, abuelo. Además, es nuestra única esperanza.

21

Ver al emperador no resultó difícil. Agis acogió a Hari Seldon con afabilidad y un brillo de optimismo en los ojos.

—Hola, viejo amigo —le saludó—. ¿Ha venido a traerme mala suerte?

—Espero que no —dijo Seldon.

Agis soltó los cierres de la aparatosa capa que llevaba, y la arrojó hacia un rincón de la habitación mientras lanzaba un gruñido de cansancio.

—Y *tú* quédate ahí —dijo.

Después miró a Seldon y meneó la cabeza.

—Odio esa cosa. Pesa más que el pecado y da un calor insoportable. Cuando la llevo puesta significa que tengo que soportar un sinfín de palabras carentes de significado y he de estar de pie como una estatua. Cleón nació para ello y tenía el aspecto adecuado para ese tipo de cosas. Pero yo no, y tampoco tengo el aspecto que se espera de un emperador, tan sólo la desgracia de ser tercer primo suyo por el lado materno y de que eso me cualifique como emperador. Me encantaría venderla por una suma muy pequeña. Hari, ¿le gustaría ser emperador?

—No, no, ni soñarlo —replicó Seldon, y se rió—. No os hagáis ilusiones.

—Pero dígame... ¿Quién es esta joven tan extraordinariamente hermosa que se ha traído con usted?

Wanda se ruborizó.

—No debe permitir que la haga sentirse incómoda, querida mía —dijo el emperador con voz jovial—. Una de las pocas prerrogativas que posee un emperador es el derecho a decir lo que le dé la gana. Nadie puede protestar o llevarle la contraria, y lo único que pueden decir es «Alteza»..., pero no quiero oír ningún «Alteza» saliendo de sus labios. Odio esa palabra. Llámeme Agis aunque no sea mi verdadero nombre. Es mi nombre imperial, y he de acostumbrarme a él. Bien... Cuénteme qué ha estado haciendo, Hari. ¿Qué le ha ocurrido desde que nos vimos por última vez?

—He sido atacado en dos ocasiones —dijo lacónicamente Seldon.

El emperador no parecía estar muy seguro de si Seldon bromeaba o hablaba en serio.

—¿En dos ocasiones? —preguntó—. ¿De veras?

Seldon le contó la historia de sus agresiones mientras el rostro del emperador se ensombrecía a medida que lo hacía.

—Supongo que no había ningún agente de seguridad cerca cuando esos ocho hombres le amenazaron...

—Ni uno.

El emperador se puso en pie y les hizo una seña para que siguieran sentados. Después empezó a ir y venir por la habitación como si pretendiera disipar parte de la ira que sentía mediante el ejercicio físico, y acabó volviéndose hacia Seldon.

—Durante miles de años, siempre que ocurría algo así la gente decía: «¿Por qué no recurrimos al emperador?», o «¿Por qué el emperador no hace algo?» —dijo—. Y, en última instancia, el emperador *podía* hacer algo y *hacía* algo aunque no siempre obrara de la forma más inteligente, pero yo... Hari, no puedo hacer nada. Absolutamente nada...

»Oh, claro, existe lo que se llama Comisión de Seguridad Pública, pero quienes la forman parecen más preocupados por *mi* seguridad que por la del público. Usted no es muy popular entre ellos, y me asombra que haya podido concederle esta audiencia...

»No puedo hacer *nada* acerca de nada. ¿Sabe qué le ha ocurrido a la posición del emperador desde la caída de la junta y la restauración del..., ¡ja...!, del poder imperial?

—Creo que sí.

—Apuesto a que no del todo. Ahora tenemos una democracia. ¿Sabe qué es la democracia?

—Desde luego que sí.

Agis frunció el ceño.

—Seguro que cree que es beneficiosa —dijo.

—Creo que *puede* serlo.

—Bueno, pues ahí lo tiene... No lo es. Ha puesto el Imperio patas arriba.

»Supongamos que quiero que haya más agentes de seguridad en las calles de Trantor. En los viejos tiempos cogería la hoja de papel que preparaba el secretario imperial y la firmaría con una floritura..., y habría más agentes de seguridad en las calles de Trantor.

»Ahora no puedo hacer nada de eso. He de exponer el asunto a la legislatura, y eso equivale a exponerlo ante más de setecientos hombres y mujeres que se echan a reír de forma incontrolable en cuanto se les presenta una sugerencia. En primer lugar, ¿de dónde saldrán los fondos? Por ejemplo, diez mil agentes de seguridad más en las calles supone tener que pagar diez mil salarios más. Después, suponiendo que se tomara esa decisión, ¿quién selecciona a los nuevos agentes de seguridad? ¿Quién los controla?

»Los miembros de la legislatura se gritan mutuamente, discuten, crean tempestades y al final... no se hace nada. Hari, ni siquiera pude resolver un problema tan pequeño como el de las luces averiadas de la cúpula.

¿Cuánto costará eso? ¿Quién se encargará de las reparaciones? Oh, las luces serán reparadas, pero es muy posible que se necesiten unos cuantos meses para ello. *Eso* es la democracia.

–Que yo recuerde el emperador Cleón siempre se estaba quejando de que no podía hacer lo que deseaba –dijo Seldon.

–El emperador Cleón tuvo dos primeros ministros de primera categoría, Demerzel y usted mismo –replicó con impaciencia Agis–, y ambos hicieron cuanto estaba en sus manos para impedir que Cleón cometiera alguna estupidez. Yo cuento con setecientos cincuenta primeros ministros y ni uno solo tiene un gramo de cerebro, pero... Bueno, Hari, supongo que no habrá venido para quejarse de esos ataques.

–No, no he venido por eso. He venido por algo mucho peor. Alteza... Agis, necesito créditos.

El emperador le miró fijamente.

–¿Después de todo lo que le he dicho, Hari? No tengo créditos que darle. Oh, sí, hay créditos para atender al mantenimiento del recinto, naturalmente, pero si quiero disponer de ellos he de enfrentarme a mis setecientos cincuenta legisladores. Si cree que puedo ir a verles y decirles «Quiero unos cuantos créditos para mi amigo Hari Seldon», si cree que conseguiré una cuarta parte de lo que les pida antes de que transcurra un período de tiempo inferior a los dos años, está loco porque no será así.

Agis se encogió de hombros.

–No me malinterprete, Hari –siguió diciendo en un tono de voz más bajo y suave–. Si pudiera me encantaría ayudarle..., sobre todo por su nieta. Cada vez que la miro tengo la sensación de que debería darle todos los créditos que quisiera..., pero no puede ser.

–Agis –dijo Seldon–, si no consigo fondos la psicohistoria desaparecerá... después de casi cuarenta años de esfuerzos.

–Esos cuarenta años de esfuerzos apenas han dado resultados. ¿Por qué preocuparse?

–Agis, ahora puedo hacer mucho más que en el pasado –dijo Seldon–. Me atacaron precisamente porque soy psicohistoriador. La gente me considera un profeta de la destrucción.

El emperador asintió.

—Trae mala suerte, «Cuervo» Seldon. Se lo dije hace tiempo.

Seldon se puso en pie con expresión abatida.

—Bien, entonces estoy acabado...

Wanda le imitó y se quedó inmóvil junto a Seldon. Su coronilla apenas llegaba al hombro de su abuelo. La joven clavó los ojos en el emperador.

—Espere, espere —dijo el emperador cuando Hari se daba la vuelta para marcharse—. Hace tiempo me aprendí de memoria unos versos...

> *«Desgraciada la tierra*
> *presa de la codicia*
> *que acumula la riqueza*
> *y a los hombres destruye.»*

—¿Qué significa eso? —preguntó Seldon con expresión abatida—. Que el Imperio se deteriora a cada momento que pasa y que está empezando a desmoronarse, pero eso no impide que algunos individuos se enriquezcan. ¿Por qué no acude a un rico empresario? No tienen que enfrentarse a ningún legislador y, si lo desean, les basta con poner su firma en una transferencia de créditos.

Seldon le miró.

—Lo intentaré.

22

—Señor Bindris —dijo Seldon extendiendo su mano para estrechar la de su interlocutor—, me alegro mucho de verle y le agradezco que haya accedido a recibirme.

—¿Por qué no iba a hacerlo? —replicó Terep Bindris con jovialidad—. Le conozco bien..., o, mejor dicho, he oído hablar mucho de usted.

—Eso siempre resulta agradable. Bien, entonces supongo que habrá oído hablar de la psicohistoria, ¿no?

–Oh, sí. ¿Qué persona inteligente no ha oído hablar de la psicohistoria? Naturalmente, no he *entendido* nada de lo que he oído, pero... ¿Quién es la joven dama que le acompaña?

–Es Wanda, mi nieta.

–Una joven muy hermosa. –Bindris obsequió a Wanda con una gran sonrisa–. No sé porqué, pero tengo la sensación de que podría llegar a ser barro en sus manos.

–Creo que exagera, señor –dijo Wanda.

–No, no, de veras... Bien, y ahora tengan la bondad de sentarse y dígame qué puedo hacer por usted.

Movió un brazo en un amplio arco indicándoles que podían sentarse en dos elegantes sillones colocados delante de su escritorio. Los sillones –al igual que el escritorio, las imponentes puertas talladas que se habían abierto sigilosamente en cuanto recibieron la señal de su llegada y el reluciente suelo de obsidiana–, eran de la mejor calidad; y a pesar de que su entorno era impresionante –e imponente–, Bindris no compartía esas cualidades. Quien viera por primera vez a aquel hombre de apariencia cordial no habría encontrado nada en él que le indujese a pensar que estaba ante uno de los financieros más poderosos del Imperio.

–Señor, estamos aquí porque el emperador nos lo sugirió.

–¿El emperador?

–Sí. No podía ayudarnos, pero pensó que un hombre como usted quizá pudiese hacerlo. Se trata de un problema de créditos, naturalmente.

El rostro de Bindris se ensombreció un poco.

–¿Créditos? –dijo–. No le entiendo.

–Bien –dijo Seldon–, durante casi cuarenta años la psicohistoria ha contado con la ayuda del gobierno, pero los tiempos cambian y el Imperio también.

–Sí, lo sé.

–El emperador no dispone de los créditos que necesitamos, y aunque los tuviera no podría conseguir que la legislatura aprobara la concesión de esos fondos; por lo que me ha recomendado que hable con algún hombre de negocios porque, en primer lugar, ellos aún tienen créditos y, en segundo lugar, pueden limitarse a firmar una transferencia.

Hubo un silencio bastante prolongado.

—Me temo que el emperador no sabe nada de negocios —dijo Bindris por fin—. ¿Cuántos créditos quiere?

—Señor Bindris, estamos hablando de una tarea ingente. Voy a necesitar varios millones.

—¡Varios *millones*!

—Sí, señor.

Bindris frunció el ceño.

—¿Estamos hablando de un préstamo? ¿Cuándo espera poder devolverlo?

—Bueno, señor Bindris, si quiere que sea sincero no espero poder devolverlo. Busco que alguien me dé esos créditos sin pedir nada a cambio.

—Aun suponiendo que quisiera darle esos créditos, y permita que le diga que no sé por qué extraña razón siento un fuerte deseo de hacerlo, no podría. El emperador quizá tenga su legislatura, pero yo tengo mi consejo de dirección. No puedo hacer semejante donación sin el permiso del consejo de dirección, y nunca me lo darían.

—¿Por qué no? Su empresa es enormemente rica. Unos cuantos millones de créditos no significarían nada para usted.

—Eso suena muy bien —dijo Bindris—, pero me temo que la firma está sufriendo cierto declive. No es lo bastante serio como para crearnos problemas graves, pero sí lo suficiente como para que estemos un poco preocupados. Si el Imperio se encuentra en decadencia las partes que lo componen también lo están. Nuestra situación actual no nos permite regalar unos cuantos millones de créditos... Lo lamento sinceramente.

Seldon no dijo nada y Bindris pareció sentirse bastante incómodo.

—Mire, profesor Seldon —dijo meneando la cabeza—, le aseguro que me gustaría ayudarle, sobre todo por consideración a la joven dama que ha venido con usted, pero... No puede ser. Claro que no somos la única gran empresa de Trantor. Pruebe con otros, profesor. Quizá tenga más suerte.

—Bien, lo intentaremos —dijo Seldon poniéndose en pie con cierto esfuerzo.

23

Los ojos de Wanda estaban llenos de lágrimas, pero la emoción que las había provocado no era la pena sino la furia.

—Abuelo, no lo entiendo —dijo—. Sencillamente no lo entiendo... Hemos ido a cuatro empresas distintas, y en cada una nos trataron de forma más grosera y desagradable que en la anterior. En la cuarta prácticamente nos echaron a patadas, y después todo el mundo se ha negado a recibirnos.

—No es ningún misterio, Wanda —dijo Seldon con dulzura—. Cuando fuimos a ver a Bindris desconocía el motivo de nuestra visita y estuvo amable y educado hasta que le pedí unos cuantos millones de créditos, después de lo cual se mostró bastante menos amable. Supongo que la noticia se difundió hasta que todos los grandes empresarios se enteraron de lo que queríamos. A cada nueva visita nos trataban de forma más gélida hasta que por fin ya ni siquiera quieren recibirnos. ¿Por qué iban a hacerlo? No van a darnos los créditos que necesitamos, así que no hay razón para perder el tiempo con nosotros.

La ira de Wanda se centró en sí misma.

—¿Y qué hice yo? Quedarme sentada sin abrir la boca... No hice nada.

—Yo no diría eso —replicó Seldon—. Conseguiste afectar bastante a Bindris. Me pareció que realmente deseaba darme esos créditos y, en gran parte, debido a ti. Le empujaste, y conseguiste algo.

—No lo suficiente. Además lo único que parecía interesarle era que fuese bonita.

—No eres bonita —murmuró Seldon—. Eres hermosa. Muy, muy hermosa...

—Bien, abuelo, ¿qué vamos a hacer ahora? —preguntó Wanda—. La psicohistoria se desvanecerá después de todos estos años.

—Supongo que es algo que no puede evitarse —dijo Seldon—. He estado prediciendo el desmoronamiento del Imperio durante casi cuarenta años, y ahora que ha llegado, la psicohistoria se ve arrastrada en su caída.

—Pero la psicohistoria salvará al Imperio, al menos en parte.

—Sé que lo hará, pero no puedo obligarla.

—¿Vas a quedarte cruzado de brazos?

Seldon meneó la cabeza.

—Intentaré impedir que ocurra, pero debo admitir que no tengo idea de cómo conseguirlo.

—Voy a practicar —dijo Wanda—. Tiene que haber alguna forma de reforzar el poder de mi empujón mental para obligar a las personas a que hagan lo que quiero.

—Ojalá lo consiguieras.

—¿Qué vamos a hacer, abuelo?

—Bueno, no podemos hacer gran cosa. Hace dos días fui a ver al jefe de bibliotecarios y tropecé con tres hombres que estaban hablando de la psicohistoria en la biblioteca. No sé por qué, pero uno de ellos me causó gran impresión. Le pedí que viniera a verme y accedió. Le recibiré esta tarde en mi despacho.

—¿Quieres que trabaje para ti?

—Me gustaría..., si tuviera créditos con los que pagarle. Pero hablar con él no me hará ningún daño. Después de todo, ¿qué puedo perder?

24

El joven llegó a las 4 T.E.T. (Tiempo Estándar Trantoriano) en punto, y Seldon sonrió. Siempre había apreciado a las personas puntuales. Seldon puso las manos sobre el escritorio y se dispuso a levantarse, pero el joven le detuvo con un gesto.

—Por favor, profesor... —dijo—. Sé que le duele una pierna. No hace falta que se levante.

—Gracias, joven —dijo Seldon—, pero eso no significa que usted no pueda sentarse. Tenga la bondad de hacerlo.

El joven se quitó la chaqueta y se sentó.

–Debe perdonarme –dijo Seldon–. Cuando nos encontramos y concerté esta cita se me olvidó preguntarle cuál era su nombre. ¿Cómo se llama?

–Stettin Palver –dijo el joven.

–Ah. Palver. ¡Palver! Me resulta familiar...

–Debería resultárselo, profesor. Mi abuelo solía presumir de haberle conocido.

–Su abuelo... Naturalmente, Joramis Palver. Recuerdo que tenía dos años menos que yo. Intenté convencerle de que colaborara conmigo en mis investigaciones psicohistóricas, pero se negó. Dijo que jamás conseguiría aprender las matemáticas suficientes. ¡Lástima! Por cierto, ¿qué tal está Joramis?

–Me temo que Joramis ha tenido el destino de todos los ancianos –dijo Palver solemnemente–. Está muerto.

Seldon torció el gesto. Dos años más joven que él..., y estaba muerto. Habían sido muy amigos, pero la relación se había debilitado hasta el extremo de que Seldon no se había enterado de su muerte.

Seldon guardó silencio durante unos momentos.

–Lo lamento –murmuró por fin.

El joven se encogió de hombros.

–Tuvo una buena vida.

–Y usted, joven, ¿dónde ha estudiado?

–En la Universidad de Langano.

Seldon frunció el ceño.

–¿Langano? Corríjame si me equivoco, pero eso no está en Trantor, ¿verdad?

–No. Quise conocer otro mundo. Las universidades de Trantor, como usted sabe por experiencia, están atestadas. Quería encontrar un sitio donde pudiera estudiar en paz.

–¿Y qué estudió?

–Nada importante... Historia. No es el tipo de carrera universitaria que te permita obtener un buen empleo.

(Seldon volvió a torcer el gesto, y ahora de forma más visible que la anterior. Dors Venabili había sido historiadora.)

–Pero ha vuelto a Trantor –dijo Seldon–. ¿Por qué?

–Créditos. Empleos.

–¿Como historiador?

Palver se rió.

—Ni soñarlo. Manejo un artefacto que sirve para empujar y levantar paquetes. No es un empleo que encaje demasiado bien con la preparación que he recibido, pero...

Seldon contempló a Palver y sintió una leve punzada de envidia. Los contornos de los brazos y el pecho de Palver quedaban realzados por la delgada tela de su camisa. El joven poseía una excelente musculatura. Seldon nunca había sido tan musculoso.

—Supongo que cuando estaba en la universidad formó parte del equipo de boxeo, ¿no? —preguntó Seldon.

—¿Quién, yo? Jamás. Soy luchador de torsión.

—¡Un luchador de torsión! —exclamó Seldon animándose de repente—. ¿Es de Helicón?

—No hace falta haber nacido en Helicón para ser un buen luchador de torsión —dijo Palver en un tono algo despectivo.

«No, pero los mejores luchadores de torsión proceden de allí», pensó Seldon sin decirlo.

—Bueno —dijo—, su abuelo no quiso trabajar conmigo. ¿Y usted? ¿Quiere hacerlo?

—¿Psicohistoria?

—Cuando le vi por primera vez le oí conversar con esos dos hombres, y me pareció que hablaba de la psicohistoria de forma muy inteligente. ¿Quiere colaborar conmigo?

—Ya le he dicho que tengo un empleo, profesor.

—Empujar y levantar trastos. Vamos, vamos...

—Está bien pagado.

—Los créditos no lo son todo.

—No, pero son bastante importantes. Usted no podrá pagarme un sueldo muy elevado. Estoy seguro de que anda corto de créditos.

—¿Por qué dice eso?

—Supongo que es una conjetura, pero... ¿Me equivoco?

Seldon apretó los labios.

—No, no se equivoca y no puedo pagarle un sueldo muy elevado —dijo—. Supongo que esto pone punto final a nuestra pequeña charla.

—Espere, espere, espere. —Palver alzó las manos—. No tan deprisa, por favor... Sigamos hablando de la psicohistoria. Si trabajo para usted me enseñará psicohistoria, ¿no?

–Por supuesto.

–En ese caso los créditos no lo son todo. Haré un trato con usted. Usted me enseña todo lo que pueda sobre la psicohistoria y me paga lo que buenamente pueda, y ya me las arreglaré de alguna manera. ¿Qué le parece?

–Maravilloso –dijo Seldon con alegría–. Me parece estupendo. Y una cosa más.

–¿Oh?

–Sí. He sido atacado dos veces en pocas semanas. La primera vez mi hijo acudió en mi ayuda, pero se ha ido a Santanni. La segunda vez utilicé mi bastón de paseo..., tiene la empuñadura rellena de plomo, ¿sabe? Funcionó, pero tuve que comparecer ante un magistrado acusado de agresión premeditada y...

–¿Y por qué ha sufrido esos ataques? –le interrumpió Palver.

–No soy popular. Llevo predicando la caída del Imperio desde hace tanto tiempo que ahora que está próxima me echan la culpa.

–Comprendo. Bien... ¿Qué relación tiene todo eso con lo que ha dicho hace unos momentos?

–Quiero que sea mi guardaespaldas. Es joven, fuerte y, lo más importante, conoce la lucha de torsión. Es el hombre ideal.

–Supongo que sabré arreglármelas –dijo Palver, y sonrió.

25

–Fíjate en eso, Stettin –dijo Seldon mientras paseaban por uno de los sectores residenciales de Trantor próximos a Streeling. El anciano señaló los múltiples desperdicios lanzados desde los vehículos terrestres que circulaban o arrojados por peatones descuidados que cubrían la acera–. En los viejos tiempos –siguió diciendo Seldon–, nunca veías este tipo de basuras. Los agentes de seguridad tenían los ojos bien abiertos, y los equipos de mantenimiento municipales se ocupaban de la limpieza de las zonas públicas tanto de día como de noche; pero lo más importante es que a nadie se le habría *ocurrido* tirar la basura de esta forma. Trantor era nuestro hogar y estábamos orgullosos de él. Ahora... –Seldon meneó la cabeza en un gesto triste y resignado y suspiró–. Ahora es...

No llegó a completar la frase.

–¡Eh, joven! –le gritó a un chico de aspecto andrajoso que se había cruzado con ellos unos momentos antes. El joven masticaba una golosina que acababa de meterse en la boca, y había arrojado despreocupadamente el envoltorio al suelo sin mirar dónde caía.

–Recoja eso y échelo donde es debido –dijo severamente Seldon mientras el joven le contemplaba con expresión taciturna.

–Recógelo tú –gruñó el joven.

Después giro sobre sus talones y se alejó.

–Otro signo del desmoronamiento social que predice su psicohistoria, profesor Seldon –dijo Palver.

–Sí, Stettin. El Imperio se derrumba a nuestro alrededor y sus fragmentos van cayendo uno por uno... De hecho ya se ha roto, y no hay forma de invertir el proceso. La apatía, el deterioro y la codicia han jugado su papel en la destrucción de lo que antaño fue un magnífico Imperio. ¿Y qué ocupará su lugar? Bueno...

La expresión del rostro de Palver hizo que Seldon se callara. El joven parecía estar escuchando con mucha atención..., pero no escuchaba la voz de Seldon. Tenía la cabeza inclinada a un lado y sus rasgos habían adoptado una expresión distante y absorta. Era como si Palver intentara captar un sonido inaudible para todos salvo para él.

Palver pareció volver a la realidad de repente. Lanzó una rápida mirada a su alrededor y cogió a Seldon de un brazo.

–Hari, deprisa, tenemos que salir de aquí. Se acercan...

La calma del atardecer se interrumpió por el seco chasquido de unos pasos que se aproximaban rápidamente. Seldon y Palver giraron sobre sí mismos, pero ya era demasiado tarde: el grupo de asaltantes se abalanzaba sobre ellos. Por suerte esta vez Hari Seldon estaba preparado.

Alzó su bastón al instante y lo movió en un gran arco alrededor de él y de Palver. Los tres atacantes —dos chicos y una chica, tres jóvenes rufianes de las calles—, se echaron a reír.

—Así que no piensas ponernos las cosas fáciles, ¿eh, viejo? —resopló el chico que parecía ser el líder del trío—. Bueno, yo y mis amigos te dejaremos sin sentido en un par de segundos. Vamos a...

El líder cayó al suelo víctima de una patada de torsión impecablemente dirigida a su abdomen. El chico y la chica que seguían en pie se agazaparon rápidamente preparándose para el ataque, pero Palver fue más rápido y también les derribó sin darles tiempo para comprender qué les había ocurrido.

El incidente había terminado casi tan deprisa como había empezado. Seldon se había hecho a un lado, y se apoyaba pesadamente en su bastón mientras temblaba al pensar en lo cerca que habían estado de salir malparados. Palver, jadeando ligeramente a causa del esfuerzo, miró rápidamente a su alrededor. Sus tres agresores yacían inconscientes sobre la acera desierta bajo la cúpula que se iba oscureciendo.

—¡Venga, salgamos de aquí lo más deprisa posible! —volvió a apremiarle Palver, pero esta vez no era de los atacantes de quien huirían.

—Stettin, no podemos marcharnos —dijo Seldon, y movió una mano señalando a los inconscientes aspirantes a atracadores—. No son más que unos críos... Puede que estén muriendo. ¿Cómo podemos darles la espalda y marcharnos? Sería inhumano..., sí, sería inhumano, y la humanidad es justo lo que he intentado proteger durante todos estos años.

Seldon golpeó el suelo con la punta de su bastón como queriendo dar más énfasis a sus palabras, y una plena convicción brilló en sus ojos.

—Tonterías —replicó Palver—. Lo que es inhumano es el que atracadores como éstos puedan atacar a ciudadanos inocentes como usted. ¿Cree que habrían tenido algún miramiento? Le habrían clavado un cuchillo en las tripas para robarle hasta el último crédito sin dudarlo un instante..., ¡y luego le habrían dado unas cuantas patadas antes de salir huyendo! No tardarán en recobrar el conocimiento y se largarán para lamerse las heridas, o alguien les encontrará y llamará a la central de seguridad.

»Pero tiene que *pensar* en sí mismo, Hari. Después de lo ocurrido la última vez, si vuelven a relacionarle con otro incidente violento puede tener muchos problemas. Por favor, Hari... ¡Hemos de irnos lo más deprisa posible!

Palver le cogió del brazo y Seldon se dejó llevar después de lanzar una última mirada hacia atrás.

Los ecos de las pisadas de Seldon y Palver se debilitaron rápidamente hasta perderse en la lejanía, y una silueta emergió de detrás de los árboles que le habían servido como escondite.

—Bien, profesor, no creo que sea la persona más indicada para explicarme lo que está bien y lo que está mal —murmuró el joven de ojos taciturnos mientras dejaba escapar una risita.

Después giró sobre sus talones para avisar a los agentes de seguridad.

26

—¡Orden! ¡Quiero orden en la sala! —gritó la juez Tejan Popjens Lih.

La comparecencia pública del profesor «Cuervo» Seldon y su joven colaborador Stettin Palver había creado un gran revuelo entre la población de Trantor. Aquí estaba el hombre que había predicho la caída del Imperio, la decadencia de la civilización, que había pedido regresar a la época dorada de la cortesía y el orden..., y según un *testigo ocular* era el mismo hombre que había ordenado que tres jóvenes trantorianos recibieran una paliza brutal sin ninguna provocación aparente. Ah, sí, la comparecencia prometía ser realmente espectacular, y no cabía duda de que tendría como resultado un juicio todavía más espectacular.

La juez pulsó un botón disimulado en un panel de su

estrado y el estrepitoso retumbar de un gong resonó en la atestada sala del tribunal.

—Quiero orden en la sala —repitió la juez contemplando a la multitud algo más callada—. Si es necesario ordenaré que despejen la sala. Es una advertencia, y no voy a repetirla.

Su túnica escarlata convertía a la juez en una presencia imponente. Lih había nacido en Listena, un mundo exterior, y su tez tenía un imperceptible matiz azulado que se oscurecía cuando se irritaba y se volvía prácticamente púrpura cuando estaba realmente enfadada. Se rumoreaba que a pesar de todos los años que llevaba ejerciendo la magistratura, de su reputación como mente judicial de primera categoría y de estar considerada como una de las intérpretes más efectivas de la ley imperial, Lih era un poco *vanidosa* y se enorgullecía de su impresionante aspecto y de la forma en que el rojo fuerte de su atuendo resaltaba el delicado tono turquesa de su piel.

Pero Lih también tenía la reputación de ser implacable con los que quebrantaban la ley imperial, y era uno de los pocos magistrados capaces de aplicar el código civil sin vacilar.

—He oído hablar de usted y de sus teorías sobre la inminente destrucción que nos amenaza, profesor Seldon, y he hablado con el magistrado que se ocupó hace poco de otro caso en el que estuvo involucrado, uno en el que golpeó a un hombre con su bastón relleno de plomo. En ese procedimiento legal también afirmó ser la víctima de la agresión. Creo que su razonamiento se originaba en un incidente anterior que no fue denunciado durante el cual afirma que usted y su hijo fueron atacados por *ocho* delincuentes. Bien, profesor Seldon, logró convencer a mi colega de haber actuado en defensa propia a pesar de que una testigo ocular declaró lo contrario. Esta vez tendrá que ser mucho más convincente, profesor.

Los tres delincuentes sentados en la mesa de la acusación que habían presentado los cargos contra Seldon y Palver soltaron una risita. Su aspecto actual era muy distinto al que presentaban la tarde en que se produjo el ataque. Los dos jóvenes vestían unitrajes limpios y holgados;

la joven llevaba una túnica de corte impecable. Si no se les observaba (o escuchaba) con demasiada atención, se podía decir que ofrecían una imagen muy tranquilizadora de la juventud trantoriana.

Civ Novker, el abogado de Seldon (quien también representaba a Palver) fue hacia el estrado de la juez.

—Su Señoría, mi cliente es un miembro destacado de la comunidad trantoriana. Es un antiguo primer ministro de reputación estelar. Es amigo personal de Agis XIV, nuestro emperador. ¿Qué posible beneficio podría obtener el profesor Seldon atacando a jóvenes inocentes? Ha defendido con entusiasmo la creatividad intelectual de la juventud trantoriana. Su proyecto psicohistoria emplea a numerosos estudiantes voluntarios, y es un miembro apreciado y querido del claustro universitario de Streeling.

»*Además*... —Novker hizo una pausa y su mirada recorrió la atestada sala del tribunal, como diciendo: "Cuando oigáis lo que voy a decir os *avergonzará* haber dudado por un instante de las afirmaciones de mi cliente"— el profesor Seldon es uno de los escasísimos individuos que colaboran con la prestigiosa Biblioteca Galáctica. Se le ha concedido acceso ilimitado a los servicios de la biblioteca para que trabaje en lo que él llama la enciclopedia galáctica, auténtico himno a la civilización imperial.

»Y ahora le pregunto: ¿cómo es posible que se dude de la palabra de este hombre en un asunto semejante?

Novker movió el brazo en un elegante arco que terminó señalando a Seldon, quien estaba sentado en la mesa de la defensa junto con Stettin Palver y parecía sentirse decididamente incómodo. Oír tantos elogios desacostumbrados (después de todo, en los últimos tiempos su nombre había provocado más risitas burlonas que discursos elogiosos) hizo enrojecerle las mejillas, y su mano temblaba levemente sobre el puño tallado de su fiel bastón.

La juez Lih contempló a Seldon. Su expresión dejaba claro que el discurso de Novker no la había impresionado lo más mínimo.

—Cierto, abogado. ¿Qué beneficio podía obtener con ello? Yo misma me he formulado esa pregunta. He pasado varias noches en vela devanándome los sesos para dar con una razón plausible. ¿Qué motivo podría tener un hombre de la talla del profesor Seldon para cometer una agresión sin ninguna provocación previa cuando él mismo es uno de los más ardientes críticos de lo que llama «derrumbe» de nuestro orden civil?

»Y de repente lo comprendí. Es posible que el profesor Seldon quiera *demostrar* a los mundos que sus lúgubres predicciones están a punto de hacerse realidad, ante la frustración de que *nadie* le crea. Después de todo, se trata de un hombre que ha dedicado toda su carrera a profetizar la caída del Imperio y la única prueba que tiene hasta el momento es unas cuantas bombillas fundidas en la cúpula, algún que otro problema en el sistema de transporte público, un recorte presupuestario aquí o allá..., nada espectacular. Pero un ataque, o dos, o tres.., *eso* sería más convincente.

Lih se echó hacia atrás y cruzó las manos delante de ella mientras ponía cara de satisfacción. Seldon se puso en pie apoyándose en la mesa para sostenerse. Tuvo que hacer un gran esfuerzo para llegar al estrado, pero apartó con un gesto a su abogado mientras se enfrentaba a la mirada acerada de la juez.

—Su Señoría, permítame decir unas cuantas palabras en mi defensa.

—Naturalmente, profesor Seldon. Después de todo esto no es un juicio sino una audiencia en la que exponer alegaciones, hechos y teorías pertinentes al caso antes de decidir si se celebra un juicio. Me he limitado a expresar una teoría, y me interesa mucho oír lo que tenga que decir.

Seldon carraspeó antes de empezar a hablar.

—He consagrado mi vida al Imperio. He servido fielmente a mis emperadores. Mi ciencia, la psicohistoria, no es una pregonera del desastre, sino un instrumento que ha de ser usado como factor de rejuvenecimiento. La psicohistoria puede *prepararnos* para el curso que tome la civilización, sea el que sea. Si el Imperio sigue en declive, como creo que ocurrirá, la psicohistoria nos ayudará a colocar en su lugar los nuevos bloques que sostendrán una civilización nueva y mejor, basada en todo lo que hay de bueno en la antigua. Amo nuestros mundos, nuestras gentes, nuestro *Imperio*... ¿Por qué iba a contribuir a la falta de respeto a la ley que mina nuestra fuerza día a día?

»No puedo decir más. Tiene que creerme. Yo, un hombre de intelecto y de ecuaciones, un científico..., le hablo con el corazón en la mano.

Seldon giró sobre sí mismo y volvió lentamente a su asiento. Antes de sentarse junto a Palver sus ojos buscaron a Wanda, quien estaba sentada en la galería de los espectadores. Su nieta sonrió débilmente y le guiñó un ojo.

—Profesor Seldon, tanto si me habla con el corazón en la mano como si no, tendré que meditar mucho esta decisión. Hemos oído la declaración de sus acusadores; le hemos oído a usted y al señor Palver. Necesito otro testimonio. Quiero oír la declaración de Rial Nevas, quien se ha presentado como testigo ocular del incidente.

Nevas fue hacia el banquillo y Seldon y Palver intercambiaron una rápida mirada de alarma. Nevas era el joven al que Hari había recriminado su comportamiento unos instantes antes de que se produjese el ataque.

Lih ya había empezado a interrogarle.

—Señor Nevas, ¿quiere describirnos qué es lo que vio?

—Bueno —dijo Nevas clavando su mirada taciturna en Seldon—, yo iba dando un paseo pensando en mis cosas cuando vi a esos dos... —Se volvió y señaló a Seldon y Palver—. Iban por el otro lado de la acera y venían hacia mí, y luego vi a esos tres chicos. —Nevas volvió a señalar con el dedo, esta vez a los tres jóvenes sentados en la mesa de la acusación—. Los dos tipos caminaban detrás de ellos, pero no me vieron porque yo estaba al otro lado de la acera y, además, seguían atentamente a sus tres víctimas. Y de repente... ¡Bam! El viejo les atacó con su bastón, y el otro empezó a darles patadas, y antes de que me percatara de lo ocurrido los tres chicos ya estaban en el suelo. Después el viejo y su compinche se largaron como si tal cosa. No podía creerlo, de veras...

—¡Eso es mentira! —estalló Seldon—. ¡Joven, está jugando con nuestras vidas!

Nevas se limitó a contemplarle con expresión impasible.

—Juez —le imploró Seldon—, ¿no se da cuenta de que

está mintiendo? Me acuerdo de él. Le reproché que echara un papel al suelo unos momentos antes de que fuésemos atacados. Le dije a Stettin que era otro ejemplo del declive de nuestra sociedad, de la apatía de los ciudadanos y el...

—Basta, profesor Seldon —ordenó la juez—. Otra interrupción como ésta y haré que le expulsen de la sala. Y ahora, señor Nevas... —dijo volviéndose hacia el testigo—. ¿Qué hizo usted mientras ocurría lo que acaba de describir?

—Yo... Eh... Me escondí detrás de unos árboles. Me escondí, sí. Temía que fueran a por mí, así que me escondí. Y cuando se fueron... Bueno, salí corriendo y avisé a los agentes de seguridad.

Nevas había empezado a sudar y deslizó un dedo bajo el ceñido cuello de su unitraje. Después se removió nerviosamente en la plataforma que servía como banquillo para seguir prestando testimonio. Era incómodamente consciente de los ojos de la multitud clavados en él. Intentó no mirar al público, pero cada vez que lo hacía se sentía atraído hacia el rostro de una hermosa joven rubia sentada en la primera fila que no apartaba los ojos de él. Era como si le estuviera haciendo una pregunta, como si le presionara para que la respondiera, como si quisiera obligarle a hablar...

—Señor Nevas, ¿qué tiene que decir sobre la alegación del profesor Seldon según la cual le vieron antes del ataque? ¿Es cierto que el profesor intercambió unas palabras con usted?

—Bueno... Eh, no... Verá, todo ocurrió tal y como he dicho... Yo estaba dando un paseo y...

Nevas volvió la cabeza hacia la mesa en la que estaba sentado Seldon. Seldon le contempló con gran tristeza, como si comprendiera que todo estaba perdido. Pero Stettin Palver, el compañero de Seldon, clavó la mirada en Nevas y las palabras que oyó hicieron que Nevas se sobresaltase y estuviera a punto de dar un salto. *¡Di la verdad!* Sí, eso era lo que acababa de oír, y era como si Palver hubiese hablado sin mover los labios. Nevas estaba muy confuso. Volvió la cabeza hacia la chica rubia, y creyó oírla hablar —*¡Di la verdad!*—, pero sus labios tampoco se movieron.

–Señor Nevas... Señor Nevas... –La voz de la juez logró abrirse paso por entre el remolino de pensamientos confusos que giraban en la mente del joven–. Señor Nevas, si el profesor Seldon y el señor Palver venían *hacia* usted y estaban *detrás* de los tres demandantes, ¿cómo es que se fijó en Seldon y Palver *antes* que en ellos? Es lo que ha declarado, ¿no?

Nevas movió la cabeza de un lado a otro y su mirada desesperada recorrió toda la sala del tribunal. Era como si no pudiera escapar a aquellos ojos, y todos le gritaban *¡Di la verdad!* Rial Nevas acabó volviéndose hacia Hari Seldon, dijo «¡Lo siento!» y aquel muchacho de catorce años asombró a todos los presentes echándose a llorar.

27

Hacía un día precioso, ni demasiado frío ni demasiado calor, ni demasiado soleado ni demasiado gris. El presupuesto para la conservación de los jardines había desaparecido unos años atrás, pero a pesar de ello las escasas y maltrechas plantas perennes que flanqueaban los peldaños hasta la entrada de la Biblioteca Galáctica, conseguían añadir una nota de alegría y colorido a la mañana. (La biblioteca había sido construida en el estilo clásico de la antigüedad, y contaba con una de las escalinatas más gigantescas que se podían encontrar en todo el Imperio, superada tan sólo por la del palacio imperial; pero la mayoría de visitantes preferían entrar en ella por el deslizador.) Seldon estaba de buen humor, y se sentía lleno de esperanza.

Desde que él y Stettin Palver habían sido absueltos de todas las acusaciones en su último caso de agresión, Hari Seldon tenía la sensación de ser un hombre nuevo. La experiencia había resultado dolorosa, pero su misma naturaleza pública había redundado en beneficio de la causa de Seldon. La juez Tejan Popjens Lih, considerada como una de las personalidades más influyentes de la magistratura trantoriana –si no *la* más influyente–, se había mostrado muy contundente al expresar su opinión el día siguiente a la declaración emotiva que prestó Rial Nevas.

—Cuando llegamos a semejante encrucijada en nuestra sociedad «civilizada» —tronó la juez desde su estrado—, cuando un hombre de la talla y reputación del profesor Hari Seldon se ve obligado a soportar la humillación, los malos tratos y las mentiras de sus conciudadanos sólo por ser quien es y por lo que representa y defiende, no cabe duda de que podemos afirmar que el Imperio vive días muy oscuros. Admito que yo también me dejé engañar..., al principio. «¿Por qué no iba a emplear un truco semejante para tratar de demostrar sus predicciones?», razoné..., pero acabé dándome cuenta de que había cometido un lamentable error. —La frente de la juez se llenó de arrugas, y la piel de su cuello y de sus mejillas se fue volviendo de un color azul oscuro—. Atribuí al profesor Seldon motivos propios de nuestra actual sociedad, una sociedad donde hay muchas probabilidades de que la decencia, la honestidad y la buena voluntad sólo sirvan para que te maten, una sociedad en la que parece que es preciso recurrir a la deshonestidad y los engaños para sobrevivir.

»Cómo nos hemos apartado de nuestros principios fundacionales... Esta vez hemos tenido suerte, conciudadanos de Trantor. Estamos en deuda con el profesor Hari Seldon por habernos mostrado nuestra auténtica personalidad. Grabemos este ejemplo en lo más hondo de nuestros corazones y, a partir de ahora, tomemos la firme decisión de estar en guardia contra las fuerzas más viles de nuestra naturaleza humana.

Después de la comparecencia ante la juez Lih, el emperador envió un holodisco de felicitación a Seldon en el que expresaba la esperanza de que a partir de aquel momento le resultara más fácil encontrar nuevos fondos para su proyecto.

Seldon salió del deslizador. Estaba pensando en la situación actual de su proyecto psicohistoria. Las Zenow, su buen amigo y anterior jefe de bibliotecarios, ya se había jubilado. Mientras ocupó el cargo, Zenow defendió con todas sus fuerzas a Seldon y su trabajo, pero lo habitual era que el consejo de la biblioteca le dejase muy poca libertad de maniobra.

Pero Zenow había asegurado a Seldon que Tryma Acarnio, el nuevo y afable jefe de bibliotecarios, era tan progresista como él, y le había explicado que gozaba de gran popularidad entre casi todos los grupúsculos que formaban el consejo.

–Hari, amigo mío –le había dicho Zenow antes de abandonar Trantor para volver a Wencory, su mundo natal–, Acarnio es un buen hombre, una persona de gran intelecto y mente abierta. Estoy seguro de que hará cuanto pueda para ayudarte a ti y al proyecto. Le he entregado el archivo que contiene todos tus datos y los de la enciclopedia; sé que la contribución a la Humanidad que representa le interesará tanto como a mí. Cuídate, amigo mío... Siempre te recordaré con afecto.

Aquel día Hari Seldon tendría su primera entrevista oficial con el jefe de bibliotecarios. Las garantías que le había dado Las Zenow antes de que se despidieran le habían animado, y tenía muchas ganas de compartir sus planes para el futuro del proyecto y de la enciclopedia.

Tryma Acarnio se puso en pie apenas Seldon entró en el despacho del jefe de bibliotecarios. Ya había dejado su huella en la habitación: Zenow había llenado cada rincón con holodiscos y tridipublicaciones de los distintos sectores de Trantor, y cuando ocupaba el puesto un impresionante despliegue de visiglobos que representaban varios mundos del Imperio giraba en el aire. Acarnio había eliminado los montículos de datos e imágenes que a Zenow le gustaba tener al alcance de las manos. Una holopantalla de grandes dimensiones dominaba una pared, y Seldon supuso que Acarnio podría utilizarla para estar al corriente de cualquier publicación o emisión que le interesara.

Acarnio era bajito y corpulento, y tenía una perpetua expresión de distracción –producto de una corrección córnea llevada a cabo durante su infancia no muy acertada–, que disimulaba una inteligencia temible y una aguda consciencia de cuanto ocurría a su alrededor.

–Bien, bien, profesor Seldon... Entre y siéntese. –Acarnio le señaló una silla de respaldo recto colocada delante de su escritorio–. Creo que es una casualidad afortunada que solicitara esta entrevista, porque tenía intención de ponerme en contacto con usted tan pronto como me hubiera hecho una idea de mis nuevos deberes.

Seldon asintió. Que el nuevo jefe de bibliotecarios hubiese dado tanta prioridad a conocerle durante los ajetreados días de su toma de posesión le complacía.

–Pero en primer lugar, profesor, explíqueme por qué quería verme antes de que pasemos a ocuparnos de mis problemas, que es muy probable resulten bastante más prosaicos.

Seldon carraspeó y se inclinó hacia delante.

–Jefe de bibliotecarios, tengo la seguridad de que Las Zenow le ha hablado del trabajo que estoy haciendo aquí y de mi idea de crear una enciclopedia galáctica. Las estaba entusiasmado con el proyecto y me ayudó mucho. Me proporcionó un despacho privado y acceso ilimitado a los vastos recursos de la Biblioteca Galáctica. De hecho, fue él quien dio con lo que será el hogar del Proyecto Enciclopedia, un mundo exterior muy remoto llamado Terminus.

»Pero hay una cosa que Las no pudo proporcionarme. Si quiero evitar retrasos en el proyecto necesito espacio y acceso ilimitado a cierto número de mis colegas. Sólo recopilar la información que será transferida a Terminus antes de que iniciemos la auténtica labor de compilar la enciclopedia ya supondrá un trabajo enorme.

»Las no era muy popular entre los miembros del consejo, como supongo que sabrá, pero usted sí lo es. Bien, jefe de bibliotecarios, lo que le pido es lo siguiente: ¿se ocupará de que mis colegas consigan los mismos privilegios de que yo he disfrutado para que podamos continuar con nuestra obra más importante?

Hari se calló. Casi se había quedado sin aliento. Estaba seguro de que su discurso –que había repasado mentalmente una y otra vez la noche anterior–, produciría el efecto deseado y aguardó en silencio la respuesta que quería oír de Acarnio.

–Profesor Seldon... –dijo Acarnio, y la sonrisa de Seldon se desvaneció. La voz del jefe de bibliotecarios había adquirido un tono seco y cortante que Seldon no esperaba–. Mi estimado predecesor me ha explicado con exhaustivo detalle todo lo referente al trabajo que ha llevado a cabo en la biblioteca. Estaba entusiasmado con su investigación y se había comprometido con su idea de traer aquí a sus colegas. Yo también lo había hecho, profesor Seldon... –Acarnio hizo una pausa y Seldon se apresuró a levantar su mirada hacia él–, al principio. Estaba dispuesto a convocar una reunión especial del consejo para proponer que usted y sus enciclopedistas pudieran utilizar un conjunto de despachos. Pero ahora todo ha cambiado, profesor Seldon.

–¡Que ha cambiado! Pero... ¿Por qué?

–Profesor Seldon, acaba de aparecer como acusado en un caso de agresión que ha causado un gran revuelo.

–Pero fui absuelto –dijo Seldon–. El caso nunca llegó a ser juzgado.

–Aun así, profesor, su última exposición a los ojos del público le ha proporcionado una innegable..., no sé cómo expresarlo..., una *aureola* de mala reputación. Oh, sí, fue absuelto de todas las acusaciones, pero para conseguir dicha absolución fue preciso exhibir su nombre, su pasado, sus creencias y su trabajo ante los ojos de todos los mundos. Y a pesar de que una juez progresista que respeta y defiende la ley le ha declarado inocente, ¿qué hay de los millones y, quizá, miles de millones, de ciudadanos que no ven a un pionero de la psicohistoria que intenta preservar la gloria de su civilización, sino a un lunático delirante que profetiza el desmoronamiento y la ruina de un inmenso y poderoso Imperio?

»La mismísima naturaleza de su trabajo amenaza la textura del Imperio, y no me refiero al Imperio monolítico que no tiene nombre ni rostro... No, me estoy refiriendo al corazón y el alma del Imperio..., sus habitantes. Cuando les dice que el Imperio está en decadencia les hace responsables de eso, y les recuerda que ellos también están en decadencia..., y, mi querido profesor, el ciudadano corriente no puede enfrentarse a esa acusación.

»Seldon, le guste o no se ha convertido en un objeto de irrisión, un hazmerreír, un blanco al que ridiculizar.

—Discúlpeme, jefe de bibliotecarios, pero en ciertos círculos ya hace años que soy un hazmerreír.

—Sí, pero sólo en ciertos círculos, y este último incidente y su publicidad le han expuesto al ridículo no sólo en Trantor sino en todos los mundos. Profesor, si la Biblioteca Galáctica aprueba tácitamente su trabajo proporcionándole esos despachos, la biblioteca se convertirá en el hazmerreír de todos los mundos. No importa lo que yo pueda opinar *personalmente* de su teoría y su enciclopedia: soy el jefe de bibliotecarios de la Biblioteca Galáctica de Trantor, y debo pensar en la biblioteca antes que en ninguna otra cosa.

»Y ésa es la razón de que deba responder a su petición con una negativa.

Hari Seldon se echó atrás tan bruscamente como si acabara de ser golpeado.

—Aparte de eso —siguió diciendo Acarnio—, debo advertirle de que sus privilegios han sido suspendidos durante dos semanas..., y que la efectividad de dicha suspensión empieza ahora mismo. Profesor Seldon, el consejo celebrará una reunión especial, y dentro de dos semanas le notificaremos si hemos decidido poner fin a nuestra relación con usted o si deseamos que prosiga.

Acarnio se quedó callado durante unos momentos. Después puso la palma de las manos sobre la reluciente e impoluta superficie de su escritorio y se levantó.

—Eso es todo, profesor Seldon..., por ahora.

Hari Seldon también se puso en pie, pero sin la flexibilidad y la rapidez con que se había incorporado Tryma Acarnio.

—¿Se me permitirá dirigirme al consejo? —preguntó Seldon—. Quizá si pudiera explicarles la importancia vital de la psicohistoria y de la enciclopedia...

—Me temo que no será posible, profesor —dijo Acarnio en voz baja, y Seldon tuvo un fugaz atisbo del hombre del que le había hablado Las Zenow.

Pero el gélido burócrata volvió a ocultarle en seguida, y Acarnio le acompañó hasta la puerta.

—Dos semanas, profesor Seldon —dijo Acarnio mientras los paneles se deslizaban a un lado—. Hasta entonces.

Hari cruzó el umbral para dirigirse hacia el vehículo que le esperaba y los paneles volvieron a cerrarse tras él.

«¿Qué voy a hacer ahora? –se preguntó Seldon desconsoladamente–. ¿Será posible que esto signifique el fin de mi trabajo?»

28

–Wanda, querida, ¿qué es lo que te tiene tan atareada? –preguntó Hari Seldon al entrar en el despacho de la Universidad de Streeling que ocupaba su nieta.

La habitación había sido el despacho del brillante matemático Yugo Amaryl, cuya muerte había empobrecido considerablemente al proyecto psicohistoria. Afortunadamente durante los últimos años Wanda había asumido el papel de Yugo, y había seguido introduciendo mejoras y ajustes en el primer radiante.

–Estoy trabajando en una ecuación de la sección 33A2D17. Mira, he recalibrado esta parte... –Movió la mano señalando una mancha violeta que flotaba en el aire delante de sus ojos–. He utilizado el cociente habitual y... ¡Ahí! Justo lo que pensaba..., creo.

Wanda se echó atrás y se frotó los ojos.

–¿Qué es, Wanda? –Hari se acercó un poco más para estudiar la ecuación–. Vaya, esto parece la ecuación de Terminus y sin embargo... Wanda, es una *inversión* de la ecuación de Terminus, ¿no?

–Sí, abuelo. Verás, los números de la ecuación de Terminus no acaban de funcionar con precisión, y... Mira. –Wanda pulsó un botón disimulado en un panel de la pared y una segunda mancha, ésta de un rojo intenso, apareció al otro lado de la habitación. Seldon y Wanda fueron hacia ella para inspeccionarla–. ¿Ves lo bien que encaja todo ahora, abuelo? He necesitado semanas para conseguir que quedara así.

–¿Cómo lo has logrado? –preguntó Seldon admirando la estructura de la ecuación, su lógica y su elegancia.

–Al principio me concentré en ella desde aquí. Eliminé todo lo demás. Si quieres que Terminus funcione concéntrate en Terminus... Parece lógico, ¿verdad? Pero después comprendí que no podía limitarme a introducir esta ecuación en el primer radiante y esperar que encajara con fluidez como si no hubiera pasado nada. Colocar algo significa que habrá cambios de posición en otro sitio. Un peso necesita un contrapeso.

–Creo que el concepto al que te estás refiriendo es lo que los antiguos llamaban *yin* y *yang*.

–Sí, más o menos. *Yin* y *yang*... Bien, comprendí que para perfeccionar el *yin* de Terminus tenía que localizar su *yang*..., cosa que hice..., aquí. –Volvió a la mancha violeta, casi escondida en el otro semicírculo de la esfera del primer radiante–. Y en cuanto ajusté las cifras la ecuación de Terminus encontró el lugar adecuado. ¡Armonía!

Wanda parecía tan complacida consigo misma como si hubiera logrado resolver todos los problemas del Imperio.

–Resulta fascinante, Wanda. Luego tendrás que explicarme lo que crees que significa todo esto para el proyecto... Pero ahora tienes que acompañarme a la holopantalla. Hace unos minutos recibí un mensaje urgente de Santanni. Tu padre quiere que nos pongamos en comunicación con él inmediatamente.

La sonrisa de Wanda se desvaneció. Las recientes noticias de que había combates en Santanni le habían alarmado mucho. Los recortes presupuestarios del Imperio seguían produciéndose, y los ciudadanos más afectados siempre eran los de los mundos exteriores. Tenían acceso limitado a los mundos interiores, que eran más ricos y estaban más poblados, y cada vez les resultaba más difícil cambiar los productos de sus mundos por las importaciones que tanto necesitaban. Pocos hipernavíos imperiales visitaban Santanni y aquel planeta tan lejano se sentía aislado del resto del Imperio, con el resultado de que habían empezado a surgir focos de rebeldía.

–Abuelo, espero que todo vaya bien –dijo Wanda, y el tono de su voz revelaba el miedo que sentía.

–No te preocupes, querida. Si Raych ha podido enviarnos un mensaje deben de estar a salvo, ¿no?

Entraron en el despacho de Seldon y se colocaron delante de la holopantalla, que se activó al instante. Seldon tecleó un código en el panel que había junto a la pantalla y esperaron los escasos segundos necesarios para que se estableciera la conexión intergaláctica. La pantalla pareció retroceder lentamente hasta quedar incrustada en la pared como si fuera la entrada de un túnel, y la silueta familiar de un hombre de constitución muy robusta fue emergiendo poco a poco de ella. El sistema de conexión hizo los últimos ajustes, y los rasgos del hombre se volvieron más nítidos. La silueta cobró vida un instante después de que Wanda y Seldon distinguieran el frondoso bigote dahlita de Raych.

−¡Papá! ¡Wanda! −exclamó el holograma tridimensional de Raych proyectado hasta Trantor desde Santanni−. Escuchad, no dispongo de mucho tiempo... −Se encogió sobre sí mismo, como si le hubiese sobresaltado algún ruido muy fuerte−. Las cosas están bastante mal. El gobierno ha caído y un partido provisional se ha adueñado del poder, y ya podéis imaginar lo caótica que es la situación actual... Acabo de meter a Manella y Bellis en un hipernavío que va a Anacreonte. Les dije que se pusieran en contacto con vosotros desde allí. El nombre del navío es *Arcadia VII*.

»Tendrías que haber visto a Manella, papá. Tener que irse la puso tan furiosa que... En fin, la única forma de convencerla de que se marchara fue apelando a la seguridad de Bellis.

»Ya sé lo que estáis pensando. Pues claro que habría querido irme con ellas..., si hubiese podido, pero no había sitio suficiente. Tendrías que haber visto lo que me costó conseguirles pasajes a bordo del navío... −Raych sonrió con una de aquellas sonrisas torcidas que Wanda y Seldon tanto amaban, y siguió hablando−. Además ya que estoy aquí tengo que ayudar a proteger la universidad..., puede que formemos parte del sistema de universidades *imperiales*, pero somos una institución dedicada al aprendizaje y la construcción del futuro, no a su destrucción. Os aseguro que si uno de esos rebeldes fanáticos consigue acercarse a nuestros equipos...

−Raych −le interrumpió Hari−, ¿tan grave es la situación? ¿Vais a tener que combatir?

−Papá, ¿corres peligro? −preguntó Wanda.

Esperaron los segundos necesarios para que su mensaje recorriera los nueve mil parsecs de galaxia que les separaban de Raych,

—Yo... No he podido entender muy bien lo que decíais —replicó el holograma—. Sí, ha habido unos cuantos combates. La verdad es que casi resulta emocionante —dijo Raych, y volvió a sonreírles con su mueca de siempre—. Bueno, tengo que marcharme. Acordaos de averiguar qué ha sido del *Arcadia VII* con destino a Anacreonte. Volveré a ponerme en contacto con vosotros lo más pronto posible. Recordad que...

La conexión quedó interrumpida y el holograma se esfumó. El túnel en que se había convertido la holopantalla se derrumbó sobre sí mismo, y Seldon y Wanda se encontraron contemplando una pared desnuda.

—Abuelo, ¿qué crees que iba a decir? —preguntó Wanda volviéndose hacia Seldon.

—No tengo idea, querida. Pero hay algo que sí sé, y es que tu padre puede cuidar de sí mismo. ¡Compadezco a cualquier rebelde que se le acerque lo suficiente para recibir una de sus temibles patadas de torsión! Anda, volvamos a esa ecuación y dentro de unas cuantas horas intentaremos averiguar algo sobre el *Arcadia VII*...

—Comandante, ¿tiene idea de qué ha sido de la nave?

Hari Seldon mantenía otra conversación intergaláctica, pero esta vez su interlocutor era un comandante de la Armada Imperial destinado a Anacreonte. Seldon había decidido usar la visipantalla, que permitía una comunicación mucho menos realista que la holopantalla pero facilitaba enormemente la conexión.

—Profesor, le repito que en nuestros registros no hay ninguna indicación de que un hipernavío haya solicitado permiso para entrar en la atmósfera de Anacreonte. Las comunicaciones con Santanni están interrumpidas desde hace varias horas, naturalmente, y durante la última semana no han sido más que esporádicas. Es posible que el hipernavío intentara ponerse en contacto con nosotros utilizando una frecuencia dependiente de Santanni y no pudiese establecer la comunicación, pero lo dudo.

»No, lo más probable es que el *Arcadia VII* haya decidido cambiar de destino... Voreg, quizás, o Sarip. ¿Ha probado con alguno de esos mundos, profesor?

—No —dijo Seldon con voz cansada—, pero no veo ninguna razón para que un navío que se dirigía a Anacreonte no vaya a Anacreonte. Comandante, es vital que averigüe dónde se encuentra ese navío.

—Naturalmente también es posible que el *Arcadia VII* no lo haya conseguido —conjeturó el comandante—. Quiero decir que quizá no haya podido salir del planeta... Los combates estaban siendo bastante encarnizados, y a esos rebeldes no les importa mucho a quién liquidan. Se limitan a apuntar sus láseres e imaginan que están disparando contra el emperador Agis. Profesor, le aseguro que la situación en la frontera no tiene nada que ver con lo que usted conoce...

—Mi nuera y mi nieta iban a bordo de ese navío, comandante —dijo Seldon con un hilo de voz.

—Oh, profesor, lo siento —dijo el comandante con expresión abatida—. Me pondré en contacto con usted apenas tenga alguna noticia de lo ocurrido.

Hari pulsó el botón que desconectaba la visipantalla. «Qué cansado estoy —pensó—. No me sorprende... Llevo casi cuarenta años sabiendo que ocurriría esto.»

Seldon dejó escapar una risita impregnada de amargura. El comandante quizás había creído impresionar a Seldon con esos vívidos detalles de la vida «en la frontera», pero Seldon lo sabía todo sobre la frontera. La frontera era como una prenda de lana con un hilo suelto: bastaba con tirar del hilo para que todo se deshiciese, y la desintegración acabaría afectando al núcleo, al mismísimo Trantor.

Seldon oyó un zumbido apagado. Era la señal de la puerta.

—¿Sí?

—Abuelo —dijo Wanda entrando en el despacho—, estoy asustada.

—¿Por qué, querida? —preguntó Seldon con expresión preocupada.

Aún no quería decirle lo que había averiguado —lo

que *no* había averiguado–, durante su conversación con el comandante de Anacreonte.

–Normalmente *siento* a papá, mamá y Bellis a pesar de que están muy lejos... Lo siento aquí dentro –dijo Wanda señalando su cabeza–, y aquí también –añadió poniéndose una mano sobre el corazón–. Pero estoy empezando a dejar de sentirles. Es como si se estuvieran apagando poco a poco igual que esas bombillas de la cúpula, y quiero detenerlo. Quiero tirar de ellos hasta conseguir que vuelvan, pero no puedo.

–Wanda, creo que todo esto es producto de la lógica preocupación que sientes por tu familia. Ya sabes que a cada momento hay algún disturbio o una rebelión en algún lugar del Imperio. Son como pequeñas erupciones que sirven para liberar vapor... Vamos, vamos, ya sabes que las posibilidades de que les ocurra algo son asombrosamente pequeñas, ¿no? Tu papá llamará cualquier día de éstos para decirnos que todo va bien; tu mamá y Bellis llegarán a Anacreonte en cualquier momento y disfrutarán de unas pequeñas vacaciones. Nosotros sí que somos dignos de compasión... ¡Estamos atrapados aquí con trabajo hasta las cejas! Anda, cariño, vete a la cama y procura pensar en cosas alegres. Te prometo que mañana la cúpula brillará con fuerza y todo tendrá mucho mejor aspecto.

–Está bien, abuelo –dijo Wanda, quien no parecía muy convencida–. Pero mañana... Si no hemos tenido noticias de ellos mañana... Tendremos que..., que...

–Wanda, ¿qué podemos hacer aparte de esperar? –preguntó Hari en voz baja y suave.

Wanda giró sobre sí misma y se fue con los hombros encorvados bajo el peso de las preocupaciones. Hari la vio marchar y, en cuanto se hubo ido, permitió que sus propias preocupaciones emergieran.

Habían pasado tres días desde la transmisión holográfica de Raych, y desde entonces... nada. Lo peor era que el comandante de Anacreonte acababa de decirle que no sabía nada sobre el *Arcadia VII*.

Hari había intentado comunicar con Santanni para hablar con Raych, pero todos los canales estaban cortados. Era como si Santanni –y el *Arcadia VII*– se hubieran desprendido del Imperio tan irrevocablemente como un pétalo de flor.

Seldon sabía qué debía hacer. El Imperio podía estar en declive, pero aún no había desaparecido y si sabía emplear adecuadamente su poder, aún resultaba impresionante. Seldon decidió ponerse en contacto con el emperador Agis XIV.

29

−¡Qué sorpresa! Amigo Hari... −El rostro de Agis sonreía a Seldon desde la holopantalla−. Me alegra tener noticias suyas, aunque normalmente hace más caso de los formalismos y pide una audiencia personal, ¿eh? Vamos, Hari, ha despertado mi curiosidad... ¿A qué viene tanta urgencia?

−Alteza −dijo Seldon−, mi hijo Raych, su esposa y su hija viven en Santanni.

−Ah... Santanni −dijo el emperador y su sonrisa se desvaneció−. En toda la historia del Imperio no ha habido un caso más claro de estupidez y...

−Alteza, por favor −le interrumpió Seldon, sorprendiendo tanto al emperador como a sí mismo con aquella flagrante infracción al protocolo imperial−. Mi hijo logró introducir a Manella y Bellis en el *Arcadia VII*, un hipernavío con destino a Anacreonte, pero tuvo que quedarse en Santanni. De eso ya hace tres días. El navío no ha llegado a Anacreonte, y mi hijo parece haber desaparecido. Mis llamadas a Santanni han sido inútiles, y las comunicaciones se han interrumpido hace poco.

»Alteza, os lo ruego... ¿Podéis ayudarme?

−Hari, como sabe todos los lazos oficiales entre Santanni y Trantor han sido cortados, pero aún tengo cierta influencia en algunas zonas de Santanni. Es decir, aún quedan algunas personas leales a mí que todavía no han sido descubiertas... No puedo establecer contacto directo con ninguno de mis agentes en ese mundo, pero puedo compartir con usted todos los informes que reciba de ellos. Son de naturaleza altamente confidencial, claro está, pero considerando su situación y nuestra relación, permitiré que tenga acceso a todos aquellos datos que puedan serle de interés.

»Espero recibir otro informe dentro de una hora. Si lo desea me pondré en contacto con usted en cuanto haya llegado. Haré que uno de mis secretarios repase todas las transmisiones que han llegado de Santanni durante los tres últimos días buscando cualquier referencia a Raych, Manella o Bellis Seldon.

—Gracias, Alteza. Os lo agradezco humildemente.

Hari Seldon inclinó la cabeza y la imagen del emperador desapareció de la holopantalla.

Sesenta minutos después Hari Seldon seguía sentado detrás de su escritorio esperando que el emperador se pusiera en contacto con él. La hora que acababa de transcurrir había sido una de las más horribles y difíciles de toda su existencia, sólo superada por las que siguieron a la destrucción de Dors.

Lo que le estaba destrozando era ignorar lo ocurrido. Había dedicado su vida al *conocimiento* del futuro y del presente, e ignorar qué había sido de las personas que más le importaban en el universo le resultaba insoportable.

La holopantalla emitió un leve zumbido y Hari pulsó un botón. El rostro de Agis apareció en la holopantalla.

—Hari... —dijo el emperador.

En cuanto captó la tristeza que impregnaba su voz Hari supo que el emperador iba a darle malas noticias.

—Mi hijo —dijo Hari.

—Sí —murmuró el emperador—. Raych ha muerto a primera hora de la mañana durante el bombardeo de la Universidad de Santanni. Mis fuentes de información me han dicho que Raych sabía que el ataque era inminente, pero se negó a abandonar su puesto. Entre los rebeldes hay muchos estudiantes, y Raych creía que si se enteraban de que estaba allí no... Pero el odio se impuso a la razón.

»La universidad es una universidad *imperial*, Hari. Los rebeldes están convencidos de que deben destruir todo lo que lleve la marca del Imperio antes de empezar la reconstrucción. ¡Estúpidos! ¿Por qué...?

Agis se interrumpió de repente como si acabara de

comprender que a Seldon no le importaban en lo más mínimo los planes de los rebeldes o la Universidad de Santanni..., al menos en aquellos momentos.

–Hari, si le hace sentirse mejor recuerde que su hijo murió defendiendo el conocimiento. Raych no luchó y murió por el Imperio, sino por la Humanidad.

Seldon alzó la cabeza y sus ojos llenos de lágrimas se clavaron en la holopantalla.

–¿Y Manella y la pequeña Bellis? –preguntó con un hilo de voz–. ¿Qué ha sido de ellos? ¿Habéis logrado averiguar algo sobre el *Arcadia VII*?

–Todas mis investigaciones han resultado infructuosas, Hari. El *Arcadia VII* salió de Santanni como le dijeron, pero parece haber desaparecido. Es posible que fuera secuestrado por rebeldes o quizás haya tenido que desviarse por alguna emergencia..., de momento no sabemos nada.

Seldon asintió.

–Gracias, Agis. Me habéis comunicado noticias trágicas, pero por lo menos ahora sé algo de lo ocurrido. No saber nada era mucho peor. Sois un verdadero amigo.

–Le dejo con esas noticias, amigo mío..., y con sus recuerdos –dijo el emperador.

Su imagen se desvaneció de la pantalla. Hari Seldon apoyó los brazos sobre el escritorio, inclinó la cabeza y lloró.

30

Wanda Seldon ajustó el cinturón de su unitraje y lo dejó un poco más apretado. Después cogió una azada y empezó a cortar los hierbajos que habían brotado en el pequeño jardín que había creado delante del Edificio Psicohistoria de Streeling. Wanda solía pasar la mayor parte de su tiempo trabajando con el primer radiante en su despacho. Su precisa elegancia estadística la aliviaba, y aquellas ecuaciones invariables parecían tranquilizarla al asegurarle que aún existía algo sólido en aquel Imperio enloquecido. Pero cuando los recuerdos de sus seres queridos –su padre, su madre y su hermana pequeña– se volvían imposibles de soportar, cuando ni siquiera sus investigaciones podían apartar su mente de las horribles pérdidas sufridas, Wanda siempre acababa por encontrarse en el jardín, hurgando en el suelo terraformado como si el insuflar vida a unas cuantas plantas pudiese disminuir su dolor mínimamente.

Había transcurrido un mes desde la muerte de su padre y la desaparición de Manella y Bellis. Wanda, que siempre había sido bastante delgada, no había parado de perder peso. Unos meses atrás, la pérdida repentina de su apetito habría preocupado terriblemente a Seldon, pero ahora estaba tan absorto en su pena que parecía no darse cuenta.

Hari y Wanda Seldon y los escasos colaboradores que seguían trabajando en el proyecto psicohistoria, habían sufrido un gran cambio. Hari parecía haberse rendido definitivamente. Pasaba la mayor parte del tiempo sentado en un sillón en el solario de Streeling, contemplando el recinto universitario y absorbiendo el calor emitido por las bombillas que brillaban sobre su cabeza. De vez en cuando los miembros del proyecto le decían a Wanda que su guardaespaldas, un hombre llamado Stettin Palver, había logrado convencerle de que diera un paseo por debajo de la cúpula o que había intentado arrastrarle a una discusión sobre la dirección que seguiría el proyecto en el futuro.

Wanda se había concentrado en el estudio de las fascinantes ecuaciones del primer radiante. Podía sentir cómo el futuro por el que su abuelo había luchado durante tanto tiempo al fin cobraba forma, y sabía que Seldon estaba en lo cierto. Los enciclopedistas serían la Fundación y debían instalarse en Terminus.

Y la sección 33A2D17... Siempre que la repasaba, Wanda podía ver en ella el germen de aquello a lo que Seldon llamaba la segunda Fundación o la Fundación secreta. Pero... ¿Cómo conseguir que llegara a convertirse en realidad? Sin el interés activo de Seldon, Wanda no sabía cómo seguir adelante, y el dolor provocado por la destrucción de su familia la había herido de forma tan profunda que no parecía tener la energía necesaria para dar con la solución.

Los miembros del proyecto, esa cincuentena escasa de

hombres y mujeres lo bastante valerosos para quedarse, continuaban haciendo su trabajo lo mejor posible. La mayoría eran enciclopedistas dedicados a localizar los materiales de referencia que deberían copiar y catalogar para su eventual traslado a Terminus..., cuando consiguieran pleno acceso a la Biblioteca Galáctica suponiendo que lo consiguieran. De momento la fe era su único sostén. El profesor Seldon había perdido su despacho privado en la Biblioteca Galáctica, por lo que las perspectivas de que cualquier otro miembro del proyecto consiguiera acceder a los servicios de la biblioteca parecían muy débiles.

Aparte de los enciclopedistas, había unos cuantos matemáticos y analistas históricos. Los historiadores interpretaban los acontecimiento y las acciones humanas del pasado y el presente y entregaban sus descubrimientos a los matemáticos, quienes encajaban aquellas piezas en la gran ecuación psicohistórica. Era un trabajo tan largo como difícil.

Muchos miembros del proyecto se habían marchado. Las recompensas a su trabajo eran muy escasas —los psicohistoriadores eran el hazmerreír de Trantor y las limitaciones presupuestarias habían obligado a Seldon a recortar drásticamente los salarios—, pero hasta hacía muy poco, la presencia tranquilizadora de Hari Seldon había logrado imponerse a las progresivas dificultades con que se enfrentaba el proyecto. De hecho, todos sus miembros actuaban impulsados por el respeto y la devoción que sentían hacia el profesor Seldon.

«Y ahora —pensó Wanda Seldon con amargura—, ¿qué razón les queda para quedarse?» Una suave brisa se apoderó de un mechón de sus rubios cabellos y lo hizo caer sobre sus ojos. Wanda lo apartó distraídamente y siguió luchando con los hierbajos.

—Señorita Seldon, ¿puede concederme unos momentos de su tiempo?

Wanda se volvió y alzó la mirada. Un joven —Wanda pensó que debería tener veintitantos años—, había llegado por el sendero de gravilla y se había detenido junto a ella. Nada más verle Wanda tuvo la sensación de que era fuerte y tremendamente inteligente. Su abuelo había sabido escoger bien. Wanda se incorporó para hablar con él.

—Le conozco. Es el guardaespaldas de mi abuelo, ¿verdad? Creo que se llama Stettin Palver, ¿no?

—Sí, señorita Seldon, así es —dijo Palver, y se le enrojecieron levemente las mejillas como si le complaciera que una chica tan hermosa se fijara en él—. Señorita Seldon, he venido a verla porque me gustaría hablar de su abuelo. Estoy muy preocupado por él. Tenemos que hacer algo.

—¿Qué podemos hacer, señor Palver? No se me ocurre nada. Desde que mi padre... —Wanda tragó saliva como si le costara hablar—. Desde que mi padre murió y mi madre y mi hermana desaparecieron, sólo sacarle de la cama por las mañanas es toda una batalla; y si he de serle sincera lo ocurrido también me ha afectado mucho. Lo comprende, ¿verdad?

Wanda le miró a los ojos y supo que Palver lo comprendía.

—Señorita Seldon, lamento terriblemente sus pérdidas —dijo Palver en voz baja—, pero usted y el profesor Seldon están *vivos* y deben seguir trabajando en la psicohistoria. El profesor parece haberse rendido. Tenía la esperanza de que quizá usted..., de que nosotros podríamos dar con algo que volviera a insuflarle esperanzas. Ya sabe, una razón para seguir adelante.

«Ah, señor Palver —pensó Wanda—, puede que el abuelo esté haciendo lo único que puede hacerse. Me pregunto si existe alguna razón para seguir adelante...», pero no lo dijo en voz alta.

—Lo siento, señor Palver —murmuró—, pero no se me ocurre nada. —Señaló el suelo con su azada—. Y ahora, como puede ver, debo seguir ocupándome de esas malas hierbas que parecen estar por todas partes.

—No creo que su abuelo esté haciendo todo lo posible —dijo Palver—. Creo que existe una razón para seguir adelante. Lo único que debemos hacer es encontrarla.

Las palabras de Palver afectaron a Wanda de tal forma que casi se tambaleó. ¿Cómo podía saber lo que pensaba? A menos que...

—Puede leer las mentes, ¿verdad? —preguntó Wanda

conteniendo el aliento como si temiera oír la respuesta de Palver.

—Sí, puedo hacerlo —replicó el joven—. Creo que siempre he podido. Por lo menos no consigo recordar un momento en el que no pudiese hacerlo... La mitad de las veces ni siquiera soy consciente de ello. Sencillamente sé lo que la gente está pensando, o lo que ha pensado... A veces —siguió diciendo, animado por la comprensión que sentía emanar de Wanda—, recibo *destellos* de pensamientos procedentes de otra persona, pero eso siempre ocurre cuando hay mucha gente cerca y nunca he conseguido localizar de quién procedían. Pero sé que en Trantor hay otros como yo..., como nosotros.

Wanda le cogió de la mano. Su herramienta de jardinería había caído al suelo y había sido olvidada.

—¿Tiene alguna idea de lo que podría significar esto? ¿Sabe lo que podría significar para el abuelo, para la psicohistoria? Ninguno de nosotros puede hacer gran cosa sin ayuda, pero los dos juntos...

Wanda giró sobre sí misma y fue hacia el edificio psicohistoria dejando a Palver en el sendero de gravilla. Ya casi había llegado a la entrada cuando se detuvo y se volvió. «Venga, señor Palver —dijo Wanda sin abrir la boca—. Tenemos que contarle esto a mi abuelo.» «Sí —respondió mentalmente Palver yendo hacia ella—, supongo que deberíamos hacerlo...»

31

—Wanda, ¿estás intentando decirme que he buscado a alguien con tus poderes por todo Trantor y que ha estado aquí durante los últimos meses sin que tuviéramos idea de lo que podía hacer? —dijo Hari Seldon con incredulidad.

Había estado dormitando en el solario, y Wanda y Palver le habían despertado para darle sus asombrosas noticias.

—Sí, abuelo. Piensa en ello. Nunca había tenido ocasión de hablar con Stettin. La mayor parte del tiempo que has pasado con él estabais lejos del proyecto y yo pasaba casi todo mi tiempo encerrada en mi despacho con el primer radiante. ¿Cuándo *podríamos* habernos encontrado? De hecho, la única vez que se cruzaron nuestros caminos tuvo un resultado muy significativo.

–¿Cuándo ocurrió eso? –preguntó Seldon mientras hurgaba en su memoria.

–Tu última comparecencia ante la ley..., la juez Lih –replicó Wanda sin perder un segundo–. ¿Te acuerdas del testigo que juró que tú y Stettin habíais atacado a esos tres atracadores? ¿Te acuerdas de que se derrumbó y confesó la verdad..., y que tan siquiera él parecía saber por qué lo hizo? Stettin y yo lo hemos comprendido. Los dos empujamos a Rial Nevas para que dijese la verdad. Cuando prestó testimonio estaba muy seguro de sí mismo, y creo que ni yo ni Palver podríamos haberlo conseguido si hubiésemos estado solos, pero *juntos*... –Wanda lanzó una mirada llena de timidez a Palver, quien permanecía inmóvil junto a ella–. ¡Juntos nuestro poder es impresionante!

Hari Seldon pensó en las implicaciones de todo aquello y abrió la boca como si se dispusiera a hablar, pero Wanda se le adelantó.

–De hecho –siguió diciendo–, pensamos pasar la tarde poniendo a prueba nuestras habilidades metálicas tanto juntos como por separado. Por lo poco que hemos descubierto hasta ahora parece que el poder de Stettin es un poquito más débil que el mío..., quizá llegue a un cinco en mi escala. Pero su cinco combinado con mi siete ¡nos proporciona un doce! Piensa en ello, abuelo... ¡Es impresionante!

–¿No lo entiende, profesor? –dijo Palver–. Wanda y yo somos lo que estaba buscando. Podemos ayudarle a convencer a los mundos de la validez de la psicohistoria, podemos ayudarle a encontrar a otras personas como nosotros y podemos conseguir que la psicohistoria vuelva a progresar.

Sus rostros estaban iluminados por el brillo de la juventud, el entusiasmo y el vigor físico, y Seldon se dio cuenta de que todo aquello era un bálsamo para su viejo corazón. Quizá no todo estuviese perdido... Había creído que no sobreviviría a aquella última tragedia, y casi estaba convencido de que la muerte de su hijo y la desaparición de la esposa y la hija de Raych acabarían con él, pero podía ver que Raych seguía viviendo en Wanda..., y ahora sabía que el futuro de la Fundación también vivía en Wanda y Stettin.

—Sí, sí —dijo Seldon asintiendo con la cabeza—. Vamos, ayudadme a levantarme... He de volver a mi despacho para planear cuál será nuestro próximo paso.

32

—Entre, profesor Seldon —dijo el jefe de bibliotecarios Tryma Acarnio con voz gélida.

Hari Seldon entró en el imponente despacho del jefe de bibliotecarios seguido de Wanda y Stettin.

—Gracias, jefe de bibliotecarios —dijo Seldon mientras se instalaba en un sillón y contemplaba a Acarnio, quien había vuelto a tomar asiento detrás de su enorme escritorio—. ¿Me permite presentarle a mi nieta Wanda y a mi amigo Stettin Palver? Wanda es una de las colaboradoras más valiosas del proyecto psicohistoria, y está especializada en matemáticas. Y Stettin..., bueno, Stettin, se está convirtiendo en un generalista psicohistórico de primera categoría..., cuando no está ocupado cumpliendo con sus deberes como mi guardaespaldas, naturalmente.

Seldon dejó escapar una risita bienhumorada.

—Sí, ya... Bien, profesor, todo eso me parece magnífico —dijo Acarnio, algo sorprendido ante el buen humor de Seldon. Esperaba que el profesor entraría casi arrastrándose y que se pondría de rodillas para suplicarle que la Biblioteca Galáctica le devolviera sus privilegios especiales—. Pero no entiendo por qué deseaba verme. Supongo que ha comprendido que nuestra posición no va a cambiar. No podemos permitir que la Biblioteca Galáctica mantenga ningún tipo de relación con alguien tan extremadamente impopular entre la población. Después de todo, somos una biblioteca *pública* y no podemos herir los sentimientos del público...

Acarnio se reclinó en su sillón, y pensó que lo que

había dicho quizá haría que Seldon empezara a arrastrarse ante él.

—Soy consciente de que no he conseguido hacerle cambiar de opinión, pero pensé que si hablaba con un par de los miembros más jóvenes del proyecto, los psicohistoriadores del mañana, por así decirlo, quizá comprendería mejor que el proyecto y la enciclopedia en particular jugarán un papel vital en nuestro futuro. Por favor, le ruego que escuche lo que Wanda y Stettin tienen que decirle.

Acarnio contempló a los dos jóvenes que flanqueaban a Seldon. El jefe de bibliotecarios no parecía muy impresionado.

—Muy bien —dijo señalando la cronobanda mural—. Cinco minutos y ni un instante más. Tengo toda una biblioteca de la que ocuparme.

—Jefe de bibliotecarios —dijo Wanda—, tal y como estoy segura le habrá explicado mi abuelo, la psicohistoria es una herramienta de inmenso valor que debe usarse para la preservación de nuestra cultura. Sí, la *preservación* —repitió al ver que Acarnio había abierto un poco más los ojos después de oír esa palabra—. Se ha puesto un énfasis indebido en la destrucción del Imperio, y eso ha hecho que el auténtico valor de la psicohistoria fuese ignorado. La psicohistoria nos permite predecir el inevitable declive de nuestra civilización y, por tanto, también nos permite tomar medidas para preservarla. Eso es lo que pretendemos conseguir con la enciclopedia galáctica, y ésa es la razón de que necesitemos su ayuda y la de nuestra gran biblioteca.

Acarnio no pudo resistir la tentación de sonreír. No cabía duda de que la joven poseía un gran encanto personal. Parecía tan llena de entusiasmo, hablaba tan bien, era tan educada... Acarnio contempló a la joven sentada delante de él y se fijó en que su cabellera rubia estaba recogida hacia atrás en un peinado de académica bastante severo que no sólo no ocultaba el atractivo de sus rasgos sino que casi lo realzaba. Lo que estaba diciendo empezaba a tener sentido. Quizá Wanda Seldon tuviese razón..., quizá había enfocado el problema desde el ángulo equivocado. Si era un asunto de *preservación* en vez de *destrucción*...

–Jefe de bibliotecarios –dijo Stettin Palver–, esta magnífica biblioteca tiene milenios de existencia. Representa el inmenso poder del Imperio de forma aún más noble e impresionante que el mismísimo Palacio Imperial. El palacio se limita a albergar al líder del Imperio, pero la biblioteca es el hogar de todos los conocimientos, la cultura y la historia del Imperio. Su valor es incalculable.

»¿No cree que preparar un homenaje a este inmenso depósito de sabiduría es tan justo como necesario? La enciclopedia galáctica será precisamente eso..., un gigantesco resumen de todo el conocimiento contenido entre estos muros. ¡Piense en ello!

Y de repente Acarnio creyó verlo con una increíble claridad. ¿Cómo podía haber permitido que el consejo (y, en especial, aquel enano mezquino llamado Gennaro Mummery) le convenciera de que debía rescindir los privilegios de Seldon? Las Zenow, una persona cuyo sentido común y buen juicio siempre había tenido en gran estima, había apoyado con entusiasmo la enciclopedia de Seldon.

Volvió a contemplar a las tres personas sentadas delante de él que aguardaban su decisión. Si los dos jóvenes sentados en su despacho eran una muestra representativa de la clase de personas que colaboraban con Seldon, el consejo tendría grandes dificultades para encontrar algún motivo de queja en los miembros del proyecto.

Acarnio se puso en pie y cruzó su despacho mientras fruncía el ceño como si estuviera moldeando sus pensamientos. Acabó cogiendo una esfera de cristal de un blanco lechoso que había encima de una mesita auxiliar y la sostuvo en la palma de su mano.

–Trantor –dijo Acarnio con voz pensativa–, sede del Imperio, centro de toda la galaxia... Si se piensa en ello resulta realmente asombroso. Quizá hemos juzgado al profesor Seldon con excesiva precipitación. Ahora que su proyecto de la enciclopedia galáctica me ha sido presentado bajo una nueva luz... –Acarnio miró a Wanda y Palver y asintió con la cabeza–, comprendo lo importante que es que se le permita seguir trabajando aquí. Y, naturalmente, comprendo que debemos permitir que sus colegas tengan acceso a los servicios de la Biblioteca Galáctica.

Seldon sonrió con gratitud y apretó suavemente la mano de Wanda.

–Hago esta recomendación no sólo para mayor gloria del Imperio –siguió diciendo Acarnio, quien aparentemente había empezado a dejarse entusiasmar por la idea (y por el sonido de su propia voz)–. Profesor Seldon, usted es un hombre famoso. Tanto da que la gente le considere un charlatán o un genio: *todo el mundo* parece tener una opinión sobre usted. Si un académico de su talla queda estrechamente relacionado con la Biblioteca Galáctica eso sólo puede aumentar nuestro prestigio en tanto que bastión de las ocupaciones intelectuales más elevadas. Su presencia continuada en la Biblioteca Galáctica puede ser utilizada para conseguir los fondos necesarios que nos permitan poner al día nuestros archivos, aumentar nuestro personal, mantener abiertas nuestras puertas al público más tiempo...

»Y la perspectiva de la enciclopedia galáctica en sí... ¡Qué proyecto tan monumental! Imagínese cuál será la reacción cuando el público se entere de que la Biblioteca Galáctica está involucrada en una empresa concebida para preservar y aumentar el esplendor de nuestra civilización, nuestra gloriosa historia, nuestros brillantes logros y nuestras soberbias culturas. Y pensar que yo, el jefe de bibliotecarios Tryma Acarnio, seré el responsable de que este gran proyecto se ponga en marcha...

Acarnio clavó los ojos en la esfera de cristal y se dejó absorber durante unos momentos por todas aquellas gloriosas fantasías.

–Sí, profesor Seldon –dijo en cuanto volvió a la realidad–, usted y sus colegas gozarán de todos los privilegios posibles..., y contarán con despachos en los que trabajar.

Acarnio colocó la esfera de cristal sobre su mesita y volvió a su escritorio envuelto en un susurro de telas.

–Naturalmente, puede que necesite algún tiempo para convencer al consejo, pero confío en que sabré manejarles. Déjemelo a mí.

Seldon, Wanda y Palver intercambiaron una rápida mirada de triunfo y alzaron las comisuras de sus labios en una discreta sonrisa. Tryma Acarnio movió una mano indicándoles que podían irse y así lo hicieron, dejando al jefe de bibliotecarios reclinado en su asiento soñando con la gloria y el honor que sus planes reportarían a la biblioteca.

–Ha sido asombroso –dijo Seldon cuando estuvieron dentro de su vehículo–. Si le hubierais visto durante nuestra última entrevista... Dijo que estaba «amenazando la textura del Imperio» o alguna estupidez semejante, y en cambio hoy después de unos minutos con vosotros...

–No resultó demasiado difícil, abuelo –dijo Wanda mientras pulsaba un botón y hacía que el vehículo se introdujera en el tráfico. Wanda había tecleado las coordenadas correspondientes a su destino en el panel, y el autopiloto tomó el control permitiéndole reclinarse en su asiento–. Es un hombre con un sentido muy agudo de su importancia personal. Bastó con que resaltáramos los aspectos positivos de la enciclopedia y su ego se encargó del resto.

–Estuvo perdido desde que Wanda y yo entramos en el despacho –dijo Palver desde el asiento de atrás–. Con los dos empujándole..., bueno, resultó sencillísimo.

Palver se inclinó hacia delante y dio un par de palmaditas afectuosas en el hombro de Wanda. La joven sonrió, alargó un brazo y le acarició la mano.

–Debo avisar a los enciclopedistas lo más pronto posible –dijo Seldon–. Quedan treinta y dos, pero son grandes trabajadores y sólo viven para el proyecto. Los instalaré en la biblioteca y después nos enfrentaremos al obstáculo siguiente..., los créditos. Puede que esta alianza con la biblioteca sea justo lo que necesite para convencer a la gente de que nos proporcione fondos. Volveré a solicitar una entrevista con Terep Bindris y os llevaré conmigo. Parecía bien dispuesto hacia mí..., por lo menos al principio. Pero ahora, ¿cómo podrá resistírsenos?

El vehículo acabó deteniéndose delante del edificio psicohistoria en Streeling. Los paneles laterales se deslizaron, pero Seldon no hizo el gesto de bajar sino que se volvió hacia Wanda.

–Wanda, ya sabes lo que tú y Stettin conseguisteis con Acarnio. Estoy seguro de que también lograréis sacar unos cuantos créditos a algunos benefactores financieros.

»Sé que no te gusta abandonar tu amado primer radiante, pero estas visitas os proporcionarán la ocasión de practicar, de perfeccionar vuestras habilidades y haceros una idea de lo que podéis conseguir.

—Está bien, abuelo, aunque estoy segura de que ahora que la biblioteca ha dado luz verde a tu proyecto descubrirás que la resistencia a tus peticiones ha disminuido mucho.

—Hay otra razón por la que creo que es importante que los dos estéis juntos. Stettin, creo que dijiste que en ciertas ocasiones habías «sentido» la presencia de otra mente como la tuya, pero que nunca habías logrado identificarla, ¿verdad?

—Sí —respondió Palver—. He captado algunos destellos, pero siempre que me llegaron estaba rodeado por una multitud; y en mis veinticuatro años de existencia sólo recuerdo haber captado esos destellos cuatro o cinco veces.

—Pero, Stettin —dijo Seldon con voz apremiante—, seguro de que cada destello indicaba la proximidad de una mente parecida a la tuya y a la de Wanda..., otro mentalista. Wanda nunca ha sentido esos destellos porque, francamente, ha llevado una vida muy recluida y las pocas ocasiones en que ha estado rodeada de una multitud supongo que no habría ningún mentalista cerca.

»Ésa es una razón para que os mováis por Trantor conmigo o sin mí, y quizá sea la más importante. Tenemos que encontrar más mentalistas. Vuestro poder combinado es capaz de manipular a una persona. ¡Un grupo de vosotros que empuje al unísono tendrá el poder suficiente para influir sobre todo el Imperio!

Hari Seldon puso los pies en el suelo y bajó del vehículo. Wanda y Palver le vieron alejarse cojeando por el camino que llevaba al edificio psicohistoria, y mientras le contemplaban aún no eran conscientes de la enorme responsabilidad que Seldon acababa de colocar sobre sus jóvenes hombros.

33

Aún faltaban horas para que anocheciera, y el sol de Trantor arrancaba destellos a la piel metálica que cubría el enorme planeta. Hari Seldon estaba en la plataforma de observación de la Universidad de Streeling e intentaba proteger sus ojos de aquel potente resplandor con una mano. Habían pasado años desde la última ocasión en que estuvo fuera de la cúpula, dejando aparte sus escasas visitas al Palacio y, aunque no sabía por qué, le parecía que esas visitas no contaban: en el recinto imperial siempre tenía la sensación de estar encerrado.

Seldon ya no iba a ninguna parte sin compañía. En primer lugar Palver pasaba la mayor parte de su tiempo con Wanda: trabajaba en el primer radiante, estaba absorto en la investigación mentálica y buscaba a otras personas que tuvieran poderes semejantes; a pesar de todo, Seldon podría haber encontrado otro joven —un estudiante de la universidad o un miembro del proyecto— para que desempeñara las funciones de guardaespaldas.

Pero Seldon sabía que ya no necesitaba un guardaespaldas. Después de aquella comparecencia ante la juez Lih y del restablecimiento de sus relaciones con la Biblioteca Galáctica, la comisión de seguridad pública había empezado a interesarse mucho por Seldon. Seldon sabía que le seguían, y había tenido varios atisbos de su «sombra» durante los últimos meses. Aparte de eso, no cabía duda de que tanto su hogar como su despacho habían sido provistos de sistemas de escucha, por lo que cada vez que mantenía una conversación delicada utilizaba un escudo estático.

Seldon no estaba muy seguro de qué pensaba la comisión de él, y quizá ni la mismísima comisión tuviera una opinión formada; pero tanto si le consideraba un chiflado como un profeta se había asegurado de saber dónde estaba Seldon en cada momento..., y eso significaba que hasta que la comisión cambiara de parecer Seldon no corría ningún peligro.

Una suave brisa hizo ondular la capa azul oscuro que Seldon había echado sobre su unitraje y agitó los escasos mechones de cabellos blancos que le quedaban en el cráneo. Seldon inclinó la cabeza hacia la barandilla y contempló la lisa manta de acero que se extendía por debajo de él. Sabía que debajo de aquella manta gruñía la maquinaria de un mundo enormemente complicado. Si la cúpula fuese transparente habría podido ver los vehículos que iban y venían de un lugar a otro, los gravitaxis que subían y bajaban por una compleja red de túneles intercomunicados, los hipernavíos espaciales que eran cargados y descargados de cereales, sustancias químicas y joyas que llegaban o partían hacia prácticamente todos los mundos del Imperio.

Debajo de aquella resplandeciente cubierta metálica se desarrollaban las vidas de cuarenta mil millones de personas acompañadas del dolor, la alegría y el drama inherente a la condición humana. Seldon siempre había amado la imagen ofrecida por aquel enorme panorama de logros humanos, y le destrozaba el corazón saber que bastarían unos cuantos siglos para que todo lo que estaba contemplando se convirtiera en ruinas. La gran cúpula se llenaría de agujeros y cicatrices que revelarían la destrucción de lo que había sido el centro vital de una floreciente civilización. Seldon meneó melancólicamente la cabeza, pues sabía que no había nada que pudiera hacer para evitar aquella tragedia; pero así como preveía la destrucción de la cúpula, también estaba seguro de que tras las últimas batallas del Imperio se abrirían paso nuevos brotes de vida y, aunque no supiese exactamente cómo se desarrollaría el proceso, estaba seguro de que Trantor emergería de sus ruinas para convertirse en un miembro del nuevo Imperio. El plan se ocuparía de que así ocurriese.

Seldon tomó asiento en uno de los bancos que había esparcidos por el perímetro de la plataforma. Sentía un doloroso palpitar en la pierna, y pensó que el esfuerzo de ir hasta allí había resultado excesivo, pero volver a contemplar Trantor, sentir la caricia del aire sobre su piel y ver la inmensidad del cielo sobre su cabeza eran recompensa más que suficiente.

Seldon pensó en Wanda. Veía muy poco a su nieta y, cuando lo hacía, Stettin Palver siempre estaba presente.

Los tres meses transcurridos desde que se conocieron habían servido para volverse inseparables. Wanda le aseguraba que esa relación tan continuada era necesaria para el proyecto, pero Seldon sospechaba que en ella había algo más profundo que una simple devoción al trabajo.

Recordaba las señales delatoras de sus primeros tiempos con Dors, y era consciente de que esas mismas señales estaban presentes en la forma en que se miraban los dos jóvenes y en aquella intensidad que no era fruto exclusivo de la estimulación intelectual, sino también de la emocional.

Y, aparte de ello, sus mismas naturalezas hacían que Wanda y Palver pareciesen sentirse más cómodos el uno con el otro que en compañía de otras personas. De hecho, Seldon había descubierto que, cuando no había nadie cerca, Wanda y Palver ni siquiera se *hablaban*: sus capacidades mentálicas estaban lo suficientemente avanzadas para permitirles comunicarse sin necesidad de palabras.

Los otros miembros del proyecto no sabían nada sobre los talentos únicos que poseían. Seldon había pensado que era mejor mantener en secreto todo lo referente al trabajo mentálico que estaban haciendo, por lo menos hasta que el papel que jugarían en el proyecto hubiese quedado claramente definido. El plan estaba fijado con toda claridad..., pero sólo existía en la mente de Seldon. Cuando hubiera logrado encajar unas cuantas piezas más revelaría su plan a Wanda y Palver, y cuando fuese imprescindible hacerlo se lo revelaría a otro par de personas.

Seldon se puso en pie moviéndose lenta y torpemente. Tenía que estar en Streeling dentro de una hora para hablar con Wanda y Palver. La pareja de jóvenes le había dejado un mensaje en el que le anunciaban una gran sorpresa, y Seldon tenía la esperanza de que fuese otra pieza del rompecabezas. Echó un último vistazo a Trantor y antes de volverse para ir hacia el ascensor de repulsión gravítica sonrió y murmuró la palabra «Fundación».

34

Hari Seldon entró en su despacho, y vio que Wanda y Palver ya habían llegado y estaban sentados junto a la mesa de conferencias que había al otro extremo de la habitación. Entre los dos, como era habitual, reinaba un silencio absoluto.

Un instante después Seldon se dio cuenta de que no estaban solos. Qué extraño... Cuando se hallaban en compañía de otras personas Wanda y Palver solían hablar en voz alta por razones de cortesía, pero en aquellos momentos ninguno de los tres estaba hablando.

Seldon observó al desconocido. Era un hombre de aspecto un poco raro que tendría unos treinta y cinco años y la expresión distraída y absorta de alguien que ha pasado demasiado tiempo concentrado en sus estudios. Si no hubiera sido por la línea decidida y firme de su mandíbula, Seldon habría pensado que el desconocido era un hombre tímido y vacilante, pero estaba claro que habría sido un error. En el rostro de aquel hombre había fortaleza y también bondad. Seldon acabó por decidir que era el rostro de alguien en quien se podía confiar.

—Abuelo —dijo Wanda levantándose grácilmente de su silla.

Seldon contempló a su nieta, y sintió una débil punzada de dolor y preocupación. Había cambiado tanto en los meses transcurridos desde la pérdida de su familia... En el pasado, Wanda nunca parecía capaz de contener el impulso de sonreír y lanzar risitas; pero en los últimos tiempos su rostro sereno apenas se iluminaba de vez en cuando con una sonrisa beatífica, pero seguía siendo tan hermosa como siempre, y su intelecto era todavía más asombroso que su belleza.

—Wanda, Palver... —dijo Seldon. Besó a su nieta en la mejilla y dio una palmadita afectuosa en el hombro de Palver—. Hola —dijo volviéndose hacia el desconocido, quien también se había puesto en pie—. Soy Hari Seldon.

—Es un gran honor conocerle, profesor —dijo el hombre—. Me llamo Bor Alurin.

Alurin le ofreció una mano, el gesto de saludo más arcaico y formal de la sociedad trantoriana.

—Bor es psicólogo, Hari —dijo Palver—, y está muy interesado en tu trabajo.

—Y lo más importante es que Bor es uno de nosotros, abuelo —dijo Wanda.

—¿Uno de vosotros? —Los ojos de Seldon fueron de Wanda a Palver—. ¿Quieres decir...? —murmuró, y se le iluminaron las pupilas.

—Sí, abuelo. Ayer Stettin y yo estábamos paseando por el sector de Ery..., buscábamos a otros mentalistas, tal y como nos habías sugerido, y de repente... ¡Allí estaba él!

—Reconocimos las pautas mentales en seguida y empezamos a mirar a nuestro alrededor intentando establecer un contacto —dijo Palver relevando a Wanda en su relato—. Nos encontrábamos en una zona comercial cercana al espaciopuerto, y las aceras estaban repletas de turistas, comerciantes del exterior y gente que iba de compras. Parecía imposible encontrarle, pero Wanda se limitó a quedarse quieta y envió un mensaje mental. «Ven aquí», emitió..., y Bor surgió de entre la multitud. Vino hacia nosotros y los dos captamos su «¿Sí?» mental.

—Asombroso —dijo Seldon sonriendo a su nieta—. Y usted, doctor... ¿Doctor, verdad? Bien, doctor Alurin, ¿qué opina de todo esto?

—Bueno —dijo el psicólogo con expresión pensativa—, estoy muy complacido. Siempre tuve la vaga sensación de que era distinto a los demás y nunca supe muy bien por qué, y si puedo ayudarle en algo yo... —El psicólogo clavó la mirada en sus pies como si acabara de comprender que sus palabras podían sonar un poco presuntuosas—. Lo que quiero decir es que Wanda y Stettin me han dicho que quizá pueda contribuir de alguna manera al proyecto psicohistoria. Profesor, le aseguro que nada me complacería más.

—Sí, sí. Lo que le han dicho es verdad, doctor Alurin, y, de hecho, creo que puede hacer una gran contribución al proyecto..., si quiere colaborar conmigo. Naturalmente, tanto si se dedica a la enseñanza como al ejercicio privado de la profesión me temo que deberá abandonar sus actividades actuales... ¿Podrá hacerlo?

–Por supuesto que sí, profesor. Quizá necesite un poco de ayuda para convencer a mi esposa... –Alurin dejó escapar una leve risita y contempló con cierta timidez a sus tres interlocutores–. Es curioso, pero al final siempre acabo por convencerla, ¿sabe?

–Bien, entonces estamos de acuerdo –dijo Seldon–. Se unirá al proyecto psicohistoria. Doctor Alurin, le prometo que no lamentará haber tomado esta decisión.

–Wanda, Stettin, me habéis dado una noticia realmente maravillosa –dijo Seldon cuando Alurin ya se había marchado–. ¿Cuánto tiempo crees que tardaréis en encontrar más mentalistas?

–Abuelo, necesitamos más de un mes para localizar a Bor... No podemos predecir con qué frecuencia descubriremos otros mentalistas.

»A decir verdad todos estos "paseos" nos impiden trabajar en el primer radiante y también afectan bastante nuestra concentración. Ahora que puedo "hablar" con Stettin la comunicación verbal me resulta..., no sé muy bien cómo expresarlo..., demasiado tosca, demasiado *ruidosa*.

La sonrisa de Seldon se desvaneció. Era algo que ya se temía. La tolerancia a la vida «corriente» de Wanda y Palver había disminuido a medida que desarrollaban sus capacidades mentales, lo cual era lógico. Sus dotes de manipulación mentálica tenían que crear cierta distancia entre ellos y los seres humanos corrientes.

–Wanda, Stettin, creo que quizá haya llegado el momento de que os cuente algo más sobre la idea que Yugo Amaryl tuvo hace años y sobre el plan que he concebido como resultado de esa idea. No había querido hablaros con detalle de él hasta hoy porque las piezas del rompecabezas aún no habían encajado del todo, pero acaban de hacerlo.

»Como ya sabéis, Yugo creía que debíamos establecer dos fundaciones porque conformarse con una sola sería demasiado arriesgado. Fue una idea muy brillante, y es una pena que Yugo no haya vivido el tiempo suficiente para ver cómo se convertía en realidad. —Seldon permaneció en silencio durante unos momentos y dejó escapar un suspiro melancólico—. Pero me estoy apartando del tema... Hace seis años, cuando estuve seguro de que Wanda poseía capacidades mentálicas que le permitían entrar en contacto con las mentes de los demás, se me ocurrió que no sólo debería haber dos Fundaciones sino que también deberían ser de naturaleza distinta. Una estaría compuesta por estudiosos de las ciencias físicas, y los enciclopedistas de Terminus serían su grupo pionero. La segunda Fundación estaría compuesta por auténticos psicohistoriadores..., por mentalistas como *vosotros*. Ésa es la razón de que haya insistido tanto en que encontrarais a más personas con poderes similares.

»Y, por último, una cosa más: la existencia de la segunda Fundación debe ser un secreto. Su poder residirá en su clandestinidad, en su omnipresencia y omnipotencia telepática.

»Hace unos años comprendí que necesitaría los servicios de un guardaespaldas y me di cuenta de que la segunda Fundación tendría que ser el guardaespaldas silencioso y secreto de la primera Fundación.

»La psicohistoria no es infalible..., pero sus predicciones tienen muchas probabilidades de convertirse en realidad. La Fundación tendrá muchos enemigos, especialmente durante su infancia..., tantos como los que tengo yo hoy.

»Wanda, tú y Palver sois los pioneros de la segunda Fundación, los guardianes de la Fundación de Terminus.

—Pero abuelo... ¿Cómo podemos cumplir esa misión? —preguntó Wanda—. Sólo somos dos..., bueno, tres si cuentas a Bor. Para proteger a toda la Fundación necesitaríamos...

—¿Centenares de mentalistas? ¿Millares? Encuentra a todos los que se precisen, nieta. Puedes hacerlo, y sabes cómo.

»Cuando me estaba contando cómo descubriste al doctor Alurin, Stettin dijo que te quedaste inmóvil y enviaste un mensaje a la presencia mentálica que habías captado, y que Alurin vino a ti. ¿No lo entiendes? Has estado yendo por todas partes para encontrar a otros como tú, pero eso es difícil y hay momentos en que te resulta casi doloroso. Açabo de comprender que tú y Stettin debéis permanecer en un lugar tranquilo y aislado desde el que actuaréis como núcleo de la segunda Fundación, y desde el que arrojaréis vuestras redes en el océano de la Humanidad.

–Abuelo, ¿qué estás diciendo? –murmuró Wanda. Se puso en pie y se arrodilló junto al asiento de Seldon–. ¿Quieres que me vaya?

–No, Wanda –replicó Seldon con la voz estrangulada por la emoción–. No quiero que te vayas, pero es la única forma de lograrlo. Tú y Stettin debéis aislaros de la tosca fisicidad de Trantor. A medida que vuestras capacidades mentálicas aumenten de potentes iréis atrayendo a otras personas con poderes mentálicos..., y la Fundación callada y secreta irá creciendo.

»Estaremos en contacto..., de vez en cuando, naturalmente. Y cada uno de nosotros tiene un primer radiante. Comprendes la verdad y la absoluta necesidad de lo que te estoy diciendo, ¿no? Dime que lo comprendes...

–Sí, abuelo, lo comprendo –replicó Wanda–. Y lo más importante de todo es que también *siento* la brillantez de esa idea. Puedes tener la seguridad de que no te fallaremos.

–Ya lo sé, querida –dijo Seldon con voz cansada.

¿Cómo podía hacer algo semejante..., cómo podía enviar a su amada nieta tan lejos de él? Wanda era el último eslabón que le unía a sus días más felices, a Dors, Yugo y Raych. Aparte de él, era la única Seldon que había en toda la galaxia.

–Te echaré muchísimo de menos, Wanda –dijo Seldon, y una lágrima se deslizó sobre la red de finas arrugas que cubría su mejilla.

–Pero abuelo, ¿adónde iremos? –preguntó Wanda mientras se ponía en pie e iba hacia Palver–. ¿Dónde *está* la segunda Fundación?

Seldon alzó la vista hacia ella.

–El primer radiante te lo dijo, Wanda –replicó.

Wanda contempló a Seldon con expresión de perplejidad mientras hurgaba en su memoria.

Seldon alargó un brazo y cogió la mano de su nieta.

—Entra en mi mente, querida. Está allí.

Las pupilas de Wanda se dilataron y su mente entró en contacto con la de Seldon.

—Lo veo —murmuró.

Sección 33A2D17: El Fin de las Estrellas.

EPÍLOGO

Soy Hari Seldon, antiguo primer ministro del emperador Cleón I, profesor emérito de psicohistoria en la Universidad de Streeling en Trantor, director del proyecto de investigación psicohistórica, director ejecutivo de la enciclopedia galáctica y creador de la Fundación.

Ya sé que parece impresionante. He hecho muchas cosas en mis ochenta y un años de existencia, y estoy muy cansado. Si pienso en mi vida me pregunto si podría..., si no tendría que haber obrado de forma distinta en algunas ocasiones. Por ejemplo: ¿acaso no hubo momentos en los que llegué a obsesionarme tanto con el inmenso alcance de la psicohistoria que, en comparación, pensé que los acontecimientos y las personas que se cruzaron en mi camino carecían de importancia?

Quizá se me pasaron por alto algunos pequeños ajustes que hubiese podido hacer aquí y allá, retoques insignificantes que no habrían supuesto ningún peligro para el futuro de la Humanidad pero que podrían haber mejorado la vida de algún individuo al que quería. Yugo, Raych... No puedo evitar preguntármelo... ¿Acaso habría podido hacer algo para salvar a mi amada Dors?

El mes pasado acabé de grabar los hologramas de la crisis. Gaal Dornick, mi ayudante, los ha llevado a Terminus para supervisar su instalación en la bóveda Seldon. Dornick se asegurará de que la bóveda quede sellada y de dejar las instrucciones necesarias para las eventuales aberturas de la bóveda durante las crisis.

Naturalmente, cuando lleguen estaré muerto.

¿Qué pensarán los futuros miembros de la Fundación cuando me vean (o, para ser más exactos, cuando vean mi holograma) durante la primera crisis, dentro de unos cincuenta años? ¿Harán algún comentario sobre lo viejo que estoy, o lo débil que suena mi voz, o lo pequeño que parezco encogido en esta silla de ruedas? ¿Comprenderán el mensaje que les he dejado, sabrán apreciarlo? Ah, bueno, la verdad es que especular no sirve de nada... Como dirían los antiguos: los dados están echados.

Ayer tuve noticias de Gaal. En Terminus todo va bien. Bor Alurin y los miembros del proyecto son felices en su «exilio». No debería permitirme esa debilidad, pero cada vez que recuerdo la cara de satisfacción que puso ese idiota pomposo llamado Linge Chen cuando decretó la expulsión del proyecto a Terminus hace ya dos años, no puedo contener la risa. El exilio acabó siendo expresado mediante un decreto imperial («Una institución científica apoyada por el Estado y parte del dominio personal de Su Augusta Majestad el Emperador...» El alto comisionado quería expulsarnos de Trantor y tenernos lo más lejos posible, pero no pudo soportar la idea de perder todo el control sobre el proyecto), pero saber que Las Zenow y yo escogimos Terminus para que fuese el hogar de la Fundación sigue siendo una fuente de placer secreto.

Lo único que lamento en lo que concierne a Linge Chen es que no pudiéramos salvar a Agis. Aquel emperador era un buen hombre y un líder noble, a pesar de que de imperial sólo tuviese el nombre... Su error fue no creer en su título, y la comisión de seguridad pública no estaba dispuesta a tolerar el progresivo reforzamiento de la independencia imperial.

Me he preguntado más de una vez qué hicieron con Agis... ¿Fue exilado a algún remoto mundo exterior o fue asesinado como Cleón?

El muchacho que se sienta en el trono es el perfecto emperador-títere. Obedece cada palabra que Linge Chen susurra a su oído y se considera un gran estadista en ciernes. Para él su palacio y los adornos de la vida imperial no son más que juguetes de un juego inmenso y fantástico.

¿Qué voy a hacer ahora? Gaal por fin se ha marchado para incorporarse al grupo de Terminus, y me he quedado totalmente solo. De vez en cuando me llegan noticias de Wanda. El trabajo continúa y durante la última década ella y Stettin han añadido decenas de mentalistas al grupo. Su poder aumenta a cada momento que pasa. Fue ese contingente de mentalistas, mi Fundación secreta, el que convenció a Linge Chen de que enviara los enciclopedistas a Terminus.

Echo de menos a Wanda. Han pasado muchos años desde que la vi por última vez y estuve sentado junto a ella cogiéndole la mano. Cuando se marchó creí que moriría de tristeza a pesar de que fui yo quien le había pedido que se fuese. Quizá fue la decisión más difícil de toda mi vida, y aunque nunca se lo he dicho, estuve a punto de no tomarla. Pero si quería que la Fundación triunfara era necesario que Wanda y Stettin se marcharan de Trantor. La psicohistoria así lo decretó..., y puede que después de todo la decisión realmente no fuese mía.

Sigo acudiendo cada día a mi despacho en el edificio psicohistoria. Me acuerdo de los días en que estaba lleno de gente a todas horas. A veces tengo la sensación de que está lleno de voces, las voces de la familia que perdí hace tanto tiempo, las voces de los estudiantes y de mis colegas..., pero los despachos están vacíos y silenciosos. El zumbido de mi silla de ruedas crea ecos por los pasillos.

Supongo que debería abandonar el edificio y devolverlo a la universidad para que lo asignen a otro departamento, pero.... No sé por qué, pero me resisto a marcharme de aquí. Hay tantos recuerdos...

Ahora sólo me queda mi primer radiante, el instrumento que permite hacer los cálculos de la psicohistoria y analizar todas las ecuaciones de mi plan..., y todo está dentro de este pequeño y asombroso cubo negro. Mientras contemplo esta herramienta engañosamente simple que sostengo en la palma de mi mano pienso en lo mucho que me gustaría enseñársela a R. Daneel Oliwan...

Pero estoy solo, y me basta con pulsar un botón para

disminuir la intensidad de las luces del despacho. Me reclino en mi silla de ruedas, activo el primer radiante y las ecuaciones despliegan su esplendor tridimensional a mi alrededor. Para el ojo no adiestrado este torbellino multicolor no sería más que un amasijo ininteligible de formas y números, pero para mí –y para Yugo, Wanda y Gaal–, es la psicohistoria que cobra vida.

Lo que veo ante mí y a mi alrededor es el futuro de la Humanidad. Treinta mil años de caos potencial comprimidos en un único milenio...

Esa parte que aumenta su brillo deslumbrante cada día es la ecuación de Terminus, y allí –tan deformadas que ya es imposible devolverlas a su estado original–, están las cifras de Trantor. Pero también puedo ver..., sí, allí está el débil resplandor de una lucecita de esperanza... ¡La segunda Fundación!

Esto... *esto* fue la obra de mi vida. Mi pasado..., el futuro de la Humanidad. La Fundación... Tan hermosa, tan viva... Y nada puede...

¡Dors!

SELDON, HARI. Fue encontrado muerto sobre su escritorio en su despacho de la Universidad de Streeling el 12.069 E.G. (E.F.). Al parecer, Seldon estuvo trabajando hasta el último momento en sus ecuaciones psicohistóricas, y se encontró su primer radiante activado entre los dedos de su mano...

El instrumento fue enviado a su colega Gaal Dornick, quien había emigrado recientemente a Terminus, siguiendo las instrucciones dejadas por Seldon...

El cuerpo de Seldon fue enviado al espacio, también en obediencia a sus instrucciones. El servicio fúnebre oficial celebrado en Trantor fue sencillo, aunque estuvo bastante concurrido, y se ha de hacer constar que Eto Demerzel, el antiguo primer ministro y viejo amigo de Seldon, asistió a él. Demerzel no había sido visto desde su misteriosa desaparición después de la conspiración joranumita durante el reinado del emperador Cleón I. Los intentos de localizar a Demerzel durante los días siguientes al servicio fúnebre de Seldon hechos por la comisión de seguridad pública, no dieron ningún resultado...

Wanda Seldon, la nieta de Hari Seldon, no asistió a la ceremonia. Se rumorea que se encontraba tan afectada que se negó a hacer ninguna aparición en público. Hasta el momento su paradero posterior sigue siendo desconocido...

Se ha afirmado que Seldon murió tal y como había vivido, pues abandonó el mundo de los vivos con el futuro que había creado desplegándose a su alrededor...

ENCICLOPEDIA GALÁCTICA*

---

* Todas las citas de la Enciclopedia Galáctica reproducidas están tomadas de la edición número 116, publicada el año 1020 E.F. por la Compañía Editora de la Enciclopedia Galáctica, Terminus, con permiso de la editorial.